KNAUR

KAREN ROSE
DORNENHERZ
THRILLER

Aus dem Amerikanischen von Andrea Brandl

Die amerikanische Originalausgabe erschien 2018 unter dem Titel »Edge of Darkness« bei Berkley, an imprint of Penguin Random House LLC, New York.

Besuchen Sie uns im Internet:
www.knaur.de

Deutsche Erstausgabe November 2018
© 2017 Karen Rose Books, Inc.
Published by Arrangement mit KAREN ROSE BOOKS INC.
© 2018 der deutschsprachigen Ausgabe Knaur Verlag
Ein Imprint der Verlagsgruppe
Droemer Knaur GmbH & Co. KG, München
Alle Rechte vorbehalten. Das Werk darf – auch teilweise – nur mit Genehmigung des Verlags wiedergegeben werden.
Redaktion: Antje Nissen
Zitat auf S. 478 aus dem Film »Der Zauberer von Oz« (1939).
Drehbuch von Noel Langley, Florence Ryerson, Edgar Allan Woolf.
Warner Home Video-DVD.
Covergestaltung: Favoritbuero, München
Coverabbildung: Shutterstock.com
Satz: Adobe InDesign im Verlag
Druck und Bindung: CPI books GmbH, Leck
ISBN 978-3-426-22678-0

2 4 5 3

Für meine Leser.
Ich danke euch dafür, dass ich durch euch in meinem Traumjob arbeiten darf und ihr meine Figuren so sehr liebt wie ich.

Und wie immer – für Martin.

Prolog

Cincinnati, Ohio
Freitag, 18. Dezember, 23.15 Uhr

Andy schreckte aus dem Schlaf hoch und riss die Augen auf. Sein eigenes Zittern hatte ihn geweckt. *Kalt.* Es war so verdammt kalt. *Dann beweg dich, verdammt. Los, bring deinen Kreislauf...*
Dann kam die Erinnerung – und mit ihr lähmende Panik.
Er konnte sich nicht bewegen. Jemand hatte ihn gefesselt und einfach hier liegen gelassen. Wo auch immer dieses *hier* sein mochte.
Schrei, verdammt! Ruf um Hilfe! Er holte tief Luft. Seine Lunge brannte wie Feuer, und er wurde von einem heiseren Husten geschüttelt.
Es fiel ihm wieder ein. *Nein. Nicht schreien.* Sein Kopf schmerzte noch vom letzten Versuch. Er war schon einmal zu sich gekommen und hatte es probiert. Wie lange war das her? Es war dunkel gewesen. So wie jetzt.
Der Mann, ganz in Schwarz gekleidet, war aufgetaucht. Natürlich. Die Bösen trugen doch immer Schwarz, richtig? Und der Mann gehörte zu den Bösen. Andy hatte um Hilfe gerufen, nach irgendjemandem. Aber der Mann in Schwarz hatte ihm einen so brutalen Tritt gegen den Kopf verpasst, dass er Sterne gesehen hatte. Danach hatte er lieber den Mund gehalten.
Doch nicht der Schlag hatte ihn das Bewusstsein verlieren lassen. Nein. Er schluckte mühsam. Seine Angst war so übermächtig, dass er fast keine Luft mehr bekam. Seine Brust fühlte sich an, als wäre sie mit Eis gefüllt. Der Kerl hatte ihm einen stinkenden Lappen aufs Gesicht gelegt. Andy hatte

versucht, nicht zu atmen, doch dann hatte der Kerl zu einem weiteren Schlag ausgeholt, diesmal in den Magen, und Andy hatte nach Luft geschnappt und damit unwillkürlich eingeatmet, womit der Lappen getränkt war.

So war es auch am Hinterausgang der Imbissstube geschehen.

Ja, genau! Jetzt erinnerte er sich wieder. Hinter dem Pies & Fries. Er hatte gerade Rauchpause gemacht. Jemand hatte ihm aufgelauert. Es war schon dunkel gewesen, deshalb hatte Andy ihn erst gesehen, als er seine Zigarette anzündete, weder ein Gesicht noch eine Gestalt, sondern bloß einen Schatten am Rand seines Gesichtsfelds.

Wer sind die? Was wollen die von mir? Und wieso? Er hatte keine Feinde. Nicht mehr. Und nicht hier.

Er hatte doch noch mal ganz von vorn angefangen.

Und jetzt würde er hier verrecken. *Wo auch immer das »hier« sein mag*, dachte er bitter.

Ich verpasse meine Abschlussprüfungen, und dabei hatte ich lauter Einsen. Sogar in englischer Literatur. Dafür hatte er sich so ins Zeug gelegt.

Aber das spielte jetzt keine Rolle mehr. Nichts von alldem.

Ich muss hier raus. Bevor der Typ zurückkommt. Wer auch immer er sein mag.

Ich muss hier raus. Linnie finden. Ich hab ihr nie gesagt, dass ich sie liebe. Aber ich muss es unbedingt tun. Und dass ich es nicht so gemeint habe. Nichts davon. Sie hatten sich gestritten, und er hatte ihr schreckliche Dinge an den Kopf geworfen. Und jetzt glaubte sie, dass das alles ernst gemeint war. Sie glaubte, er würde abhauen, sie hängen lassen, so wie alle anderen Menschen in ihrem Leben. Wie all die anderen Menschen in *seinem* Leben.

Ich habe einen Fehler gemacht. Es konnte nicht sie gewesen sein, die er an jenem Tag gesehen hatte. Mit einem anderen

Mann. Sie hatte es so vehement abgestritten, als er ihr seine Vorwürfe entgegengeschleudert hatte. Seine Wut. Seine Kränkung. Sie war in Tränen ausgebrochen, hatte es immer noch abgestritten. Dann war sie weggelaufen. Und er hatte es zugelassen.

Aber dann, nachdem er sich ein wenig beruhigt hatte, war ihm klar geworden, dass er ihr glaubte. *Ich glaube dir.* Aber auch das hatte er ihr nicht gesagt. *Noch nicht. Und wenn ich nicht bald hier rauskomme, werde ich es ihr überhaupt nicht mehr sagen können.*

Er zerrte an seinen Fesseln, erreichte jedoch nur, dass sich die Seile noch tiefer in seine Haut gruben. Er sank auf den kalten Beton und hatte Mühe, den Schluchzer zu unterdrücken, der ihn von innen heraus zu zerreißen drohte und schließlich als klägliches Wimmern über seine Lippen drang.

Sei ein Mann, verdammt noch mal! Tu was. Sieh zu, dass du hier rauskommst!

Aber es war sinnlos. *Ich werde hier drinnen sterben.*

Auf keinen Fall. Dafür hast du schon viel zu viel geschafft, zu erbittert gekämpft.

Völlig umsonst. Ich werde hier drinnen sterben.

Er fror so entsetzlich, spürte den eiskalten Beton durch seinen dünnen Pulli und die Socken. Seinen Parka und die Schuhe hatten sie ihm weggenommen. Beide waren nagelneu gewesen. Na ja, er hatte sie letzte Woche erst im Secondhand-Laden gekauft; nachdem er die Semestergebühren bezahlt hatte, war gerade noch genug für ein paar Winterklamotten übrig gewesen. Von den Sachen des letzten Jahres passte ihm nichts mehr.

Weil ich endlich gewachsen bin. Jahrelang hatte er darauf gewartet, groß genug zu sein, um sich wehren zu können. *Und jetzt drückt mir so ein Arschloch einen Lappen ins Gesicht, und ich bin erst mal völlig k. o.*

Aber wer? Wer würde so was tun? *Wer, verdammt noch mal?*
Ein Raubüberfall war es jedenfalls nicht. Er hatte gerade mal zwanzig Mäuse in der Tasche gehabt – sein Trinkgeld vom Abendgeschäft, und sein gesamtes restliches Geld, hundertzweiundvierzig Dollar und sechs Cents, lag sicher auf seinem Konto.
Niemand, der auch nur halbwegs klar im Kopf war, würde ihn ausrauben, und die einzige Person, die ihn hasste wie die Pest, saß im Knast.
Dieses kranke Miststück saß doch noch ein, oder? Neuerliche Panik wallte in ihm auf. Der Richter hatte sie zu fünfzehn Jahren verknackt, von denen gerade einmal drei vorbei waren.
O Gott. Wenn sie rauskommt, bin ich tot. Andy begann zu hyperventilieren. Aber die Cops hätten ihn doch gewarnt, oder?
Nein, du Genie, weil sie keine Ahnung haben, wo du steckst. Du bist abgehauen, schon vergessen? Hast deinen Namen geändert. Und keine Nachsendeadresse hinterlassen.
Shane und Linnie waren die Einzigen, die wussten, wo er sich aufhielt. Linnie ... bestimmt wollte sie ihn nie wiedersehen. Er schloss die Augen. *Was ich gesagt habe ... tut mir so leid.*
Natürlich würde Shane zu Hilfe eilen, wenn Andy sich bei ihm meldete, aber Andy hatte ihn nie zurückgerufen, nachdem sich ihre Wege getrennt hatten. *Weil ich ganz von vorn anfangen wollte.*
Genauso wie Shane. Shane hatte nie Schiss vor etwas.
Eine Träne löste sich aus Andys Augenwinkel und lief ihm übers Gesicht. *Ich werde den morgigen Tag nicht erleben.*
Zumindest nicht, wenn sie ihn weiter hier hocken ließen. Er würde erfrieren.
Tu etwas. Sei ein Mann, verdammt noch mal! Lass dir etwas

einfallen, wie du diese Seile durchschneiden kannst, bevor der Typ zurückkommt und dir den Lappen noch mal aufs Gesicht drückt.
Sieh zu, dass du freikommst, damit du Linnie suchen und es ihr sagen kannst.
Auf dem Boden lag nichts Brauchbares herum, nichts Metallisches mit einer scharfen Kante. Auch nichts aus Plastik, noch nicht einmal ein Stein oder so etwas. Rein gar nichts. Bloß Betonboden und Wände aus grob gezimmertem Holz. Jemand hatte aus Planken eine Hütte zusammengebaut; es gab weder Mörtel noch Glasfasern noch sonst etwas in den Ritzen, das die Kälte abgehalten hätte. Damit stand fest, dass es nur noch schlimmer werden konnte.
Das Knacken eines Zweigs ließ ihn erstarren. Jemand kam.
Hilfe, vielleicht? *Vielleicht ist jemand hier, der mich nach Hause bringen kann.*
Doch dann ging die Tür auf, und der Mut verließ ihn. Es war wieder der schwarz gekleidete Mann. Wortlos zog er ihn hoch und schwang ihn sich im Gamstragegriff über die Schulter.
Ein stechender Schmerz fuhr ihm durch den Schädel, und sein restlicher Körper war schon ganz taub vor Kälte. Er sah die von dünnem, zwei Tage altem Schnee bedeckte Rasenfläche, als der Mann ihn durch einen Garten trug und schließlich eine Tür öffnete.
O mein Gott. Warm. So warm. Seine Füße begannen heftig zu prickeln, als sein Blut wieder zu zirkulieren begann. Wieder drang ein Wimmern aus seinem Mund.
»Leg ihn da rüber«, befahl eine leise Stimme. Ein Mann. Älter. Und so drohend, dass Andy erschauderte.
Erneut durchzuckte ihn der Schmerz, als der schwarz gekleidete Typ ihn mit dem Gesicht voran auf ein Sofa fallen ließ. Es war alt. Staubig.

In diesem Moment ertönte eine weitere Stimme. Sie gehörte einer jungen Frau und kam ihm bekannt vor. *O Gott. Er kannte sie.* »Warum?«, fragte sie, und er hörte den körperlichen Schmerz in den beiden Silben. »Warum er? Er hatte doch gar nichts damit zu tun.«

»Weil ich ihn brauche«, antwortete der Mann. »Setz ihn aufrecht hin.«

Der Mann in Schwarz zerrte Andy am Kragen seines dünnen Pullis hoch. Andy sah sich um. Er befand sich in einem mit altem schäbigem Mobiliar ausgestatteten Büro. Eine Werkstatt? Es roch nach Öl.

Andy starrte den Kerl in Schwarz im trüben Schein einer einzelnen Lampe an.

Er war ... keine Ahnung. Andy hatte ihn noch nie gesehen. Er war nicht alt, aber auch nicht jung. Vierzig? Oder fünfzig? Schwer zu sagen bei diesem Licht. Er schien sehr groß und kräftig zu sein; der gestärkte weiße Stoff seines Hemds spannte sich um seinen Bizeps.

Andy kannte den Typ nicht, und er war auch niemand, dem er über den Weg laufen wollte.

Die Frau dagegen ... *O Gott, Linnie.* Sie hingegen wusste genau, wer er war. Das verriet ihr bleiches, beängstigend schmales Gesicht klar und deutlich. Ihr verschwollenes, von Hämatomen übersätes Gesicht.

»Linnie?«, krächzte Andy. Dieser Mann war gefährlich. Und er hatte sie beide in seiner Gewalt.

Vielleicht ist das alles ein Missverständnis. Ein schreckliches Missverständnis. Vielleicht hatte er es ja auf jemand ganz anderen abgesehen.

Aber dann schüttelte Linnie den Kopf, wollte ihm nicht in die Augen sehen. »Es tut mir leid«, flüsterte sie. »Es tut mir so leid, Andy.«

Also war es doch kein Missverständnis. Der Mann hatte niemand anderen in seine Gewalt bringen wollen, sondern es zumindest auf Linnie abgesehen.

Das muss er sein. Andy hatte sie gemeinsam ein Motelzimmer betreten sehen. Sie beide ... zusammen. »Wer sind Sie?« Seine Stimme klang brüchig, kläglich. »Was wollen Sie?«

»Sie, Mr Gold. Genauer gesagt, Ihre Dienste«, sagte der Mann.

»Meine Dienste?«, wiederholte Andy verständnislos. »Was für Dienste? Du lieber Gott, ich bin *Kellner!* Und ich studiere englische Literatur im Hauptfach. Sie müssen mich mit jemandem verwechseln.«

Der Mann wandte sich Linnie zu. »Er weiß es nicht, stimmt's, Linnea?« Andy spürte, wie sich ihm vor Angst der Magen umdrehte. Linnie wusste also, weshalb man ihn geschnappt und entführt hatte.

Linnie schloss die Augen. »Nein«, flüsterte sie. »Er glaubt, wir wären ein Paar.«

Der Mann stieß ein schnaubendes Lachen aus. »Ein Paar? Dass ich nicht lache. Los, sag ihm die Wahrheit.«

Linnie schüttelte den Kopf. Sie sank auf ihrem Stuhl zusammen und wandte ihr geschundenes Gesicht ab.

Andy packte die kalte Wut. »Sie haben sie geschlagen? Sie?«

»Ich habe ihr die Seele aus dem Leib geprügelt«, erwiderte der Mann mit einem grausamen Lächeln, holte aus und verpasste ihr mit dem Handrücken einen weiteren Schlag, der sie vor Schmerz aufheulen ließ. Es klang wie das Jaulen eines Hundes. »Los, sag es ihm, *Linnie*«, befahl er höhnisch.

»Linnie?«, krächzte Andy, während er seinen Herzschlag in den Ohren rauschen hörte. »Mir was sagen? Wer ist der Typ?«

»Sag es ihm«, befahl der Mann noch einmal. »Er soll wissen, wieso er hier ist. Das hat er verdient.«

Andy spürte bittere Galle in seiner Kehle aufsteigen. Die

Angst fühlte sich wie ein Klumpen ranzigen Fetts in seinem Magen an. »Bitte, Linnie?«
»Er ist mein ... Zuhälter.« Sie spie das Wort förmlich aus.
Andy blieb der Mund offen stehen, doch kein Wort drang über seine Lippen. Ihr *Zuhälter?* Linnie war eine Prostituierte? Das konnte unmöglich sein. *Hätte sie Geld gebraucht, wäre sie doch zu mir gekommen, hätte es mir gesagt. Oder etwa nicht?*
Er liebte sie. Seit Jahren. Eines Tages würden sie heiraten. Weil er irgendwann den Mut aufbringen würde, ihr seine Gefühle zu gestehen. Irgendwann. Er hätte es getan. *Ich hätte ihr sagen müssen, dass ich sie liebe.* Seine Augen brannten. Denn es war auch jetzt noch die Wahrheit.
Unverbrämte Bosheit lag in dem Lächeln des Mannes. »Und?«, höhnte er. »Wem gehörst du nun, Linnea?«
Ein Schluchzen stieg in ihrer Kehle auf. »Dir.«
»Genau. Du gehörst mir.« Der Mann stieß sie weg, als wäre sie Abfall. »Du gehörst mir. Und vergiss das gefälligst nicht, Miststück. Niemals«, knurrte er. »Machen Sie den Mund zu, Mr Gold. Das sieht höchst unattraktiv aus.«
Unattraktiv. Das Wort hing in der Luft, zwischen ihnen. Vibrierte wie eine Gitarrensaite. *Unattraktiv?* Andy schluckte hörbar. »Ich mache da nicht mit«, stieß er verzweifelt hervor. »Ich werde nichts tun, um attraktiv zu sein. Ich werde mich nicht verkaufen.«
Der Mann musterte ihn einen Moment lang, dann warf er den Kopf in den Nacken und lachte. »Du glaubst, ich will dich verkaufen? Das ist echt gut, Junge. Nein, du wirst nicht anschaffen, sondern du wirst töten.«
Entsetzt wich Andy zurück. »Nein. Das mache ich nicht.«
»Oh, doch, das wirst du.« Der Mann strich Linnie eine Haarsträhne aus dem Gesicht – eine fast zärtliche Geste, stünde ihm die Verachtung nicht ins Gesicht geschrieben. »Denn

wenn du es nicht tust, jage ich ihr eine Kugel in den Kopf.« Er tippte ihr gegen die Stirn. »Und zwar genau hier.«
Nein. Nein ... Nein. Andy stockte der Atem, als Linnie einen kläglichen Schrei ausstieß. »Nein«, stöhnte sie. »Bitte. Ich tue es. Lass es mich an seiner Stelle tun.«
Wieder schlug der Mann ihr ins Gesicht. »Halt's Maul!«, schnauzte er sie an. »Er wird es tun!«
Andys Lunge schien sich aus ihrer Erstarrung zu lösen, und er schnappte nach Luft, zu schnell, zu scharf. »Das können Sie nicht machen. Sie können sie nicht töten. Das ... Das können Sie nicht!«
Der Mund des Mannes verzog sich zu einem Lächeln, bei dessen Anblick Andy neuerlich eiskalt wurde. »Los, nimm sie«, befahl er dem Kerl in Schwarz. »Zeig ihm, wozu wir fähig sind.«
»Nein«, stöhnte Linnie. »Bitte, nicht.«
Der Schwarzgekleidete warf sich Linnie über die Schulter, so wie er es zuvor mit Andy getan hatte, und trug sie hinaus. Augenblicke später drangen Linnies Schreie herein – entsetzliche Schreie. Er tat ihr weh. Der Schwarzgekleidete tat ihr weh.
Und Andy konnte ihn nicht daran hindern.
Er schloss die Augen, um das Grinsen des Kerls vor ihm nicht länger sehen zu müssen. *Ihr Zuhälter.* Der Typ war ihr Zuhälter. Sie hatte versprochen, es nicht zu tun. Sie hatte es *versprochen.* Damals, in der Pflegefamilie, hatten sie einen Pakt geschlossen – er, Linnie und Shane. Sie hatten sich gegenseitig das Versprechen gegeben, niemals ihren Körper zu verkaufen, selbst wenn es noch so schwierig werden würde. Sie hatte es versprochen.
Aber es war eine Lüge gewesen. Andy konnte nicht sagen, was ihn mehr schmerzte – die Tatsache, dass sie ihren Schwur gebrochen hatte, oder dass sie verzweifelt genug gewesen

sein musste, sich nicht daran zu halten. *Oder dass sie sich mir nicht anvertraut hat.*

Der Mann zündete sich eine Zigarette an und nahm einen tiefen Zug, ehe er den Rauch ausstieß, der in einer dünnen Säule aufstieg. »Also, Andy, nein, Mr Gold – wie hätten Sie's denn gern? Wollen Sie noch mehr? Mein Partner kann dafür sorgen, dass sie noch eine halbe Ewigkeit weiterschreit. Oder kann ich darauf zählen, dass Sie Ihrer kleinen Freundin das Leben retten?«

Andy schlug die Augen auf und zwang sich, den Mann anzusehen, der ihrer beider Leben mit dieser beiläufigen Gleichgültigkeit in seiner Hand hielt. Der Kerl lauschte mit schief gelegtem Kopf Linnies Schreien.

»Also, Mr Gold? Raus mit der Sprache. Meine Geduld lässt allmählich nach.«

Andy biss die Zähne aufeinander. »Was soll ich tun?«, stieß er hervor.

1. Kapitel

*Cincinnati, Ohio
Samstag, 19. Dezember, 15.30 Uhr*

»Bist du sicher, dass das Kleid einigermaßen gut aussieht, Mer?«
Mit einem gutmütigen Seufzer wandte sich Dr. Meredith Fallon der jungen Frau zu. »Es sieht fantastisch aus, Mallory. *Du* siehst fantastisch aus. Sehr schick. Keiner wird dich für etwas anderes halten als für eine Achtzehnjährige, die sich soeben für ihre Kurse eingeschrieben hat.«
Aber das war nicht das einzig Bemerkenswerte an Mallory Martin, die heute zum ersten Mal die Zufluchtsstätte für Gewaltopfer verlassen hatte, wo sie während der letzten vier Monate versucht hatte, das Erlebte zu verarbeiten und ihre Wunden zu heilen – was an sich schon eine enorme Leistung war. Dabei hatte der Heilungsprozess erst begonnen. In den zehn Jahren ihrer Arbeit als Kinder- und Jugendpsychologin war Meredith kaum ein Opfer begegnet, das mehr durchgemacht hatte als Mallory – und kaum eines, das so mutig war wie sie.
»Das stimmt, aber sie gehen aufs College, ich dagegen nur ...«
Mallory wandte den Kopf ab. »Verdammt.«
»Du nimmst dein Leben in die Hand. Habe ich dir eigentlich schon gesagt, wie verdammt tapfer du bist?«
»Zweimal. Und zwar allein heute.« Sie lächelte flüchtig, ehe sie verlegen das Gesicht verzog. »Ich weiß, es ist blöd von mir ... zu versuchen, dir ein Lob abzuluchsen, meine ich. Entschuldige.«
Diesmal war Merediths Seufzer nicht mehr ganz so geduldig.
»Was haben wir über dieses Wort gesagt?«

»›Blöd‹?«
»Ja, das auch. Aber eigentlich geht es mir um das ›Entschuldigung‹. Streich sie sofort aus deinem Vokabular, alle beide.«
Mallory holte Luft und nickte knapp, aber entschlossen.
»Eliminiert.«
»Gut. Los, legen wir einen Zahn zu. Es ist nicht mehr weit bis zum Café, und mir frieren bald die Zehen ab.«
Sie würden ein bisschen feiern. Mallory hatte sich für mehrere Volkshochschulkurse eingetragen – ein erster Schritt in Richtung Highschool-Abschluss, den ihr das Monster verwehrt hatte, das sie sechs lange Jahre gefangen gehalten hatte.
»Vielleicht hättest du gefütterte Stiefel anziehen sollen«, zog Mallory sie auf. »Und welche ohne diese Wahnsinnsabsätze.«
Meredith betrachtete ihre nagelneuen kniehohen Wildlederstiefel und musste lächeln – Mallory belehrte sie. Eigentlich eine Kleinigkeit, aber so herrlich *normal*. Das Mädchen hatte sich zu einer ihrer erklärten Lieblingspatientinnen entwickelt. »Aber die sind eben schöner. Außerdem waren sie heruntergesetzt.«
Mit liebevoller Nachsicht schüttelte Mallory den Kopf. »Und natürlich *musstest* du sie haben. Damit sich die vielen anderen Stiletto-Wildlederstiefel in deinem Schuhschrank nicht gar so einsam fühlen.«
Merediths Lächeln verblasste. Nicht etwa wegen der Kritik, denn a) lag auf der Hand, dass Mallory sie nur necken wollte, und b) zogen ihre Freundinnen sie ohnehin ständig wegen ihres überquellenden Schuhschranks auf.
Nein. Sondern weil Meredith sie tatsächlich hatte kaufen *müssen*. Nicht zwingend diese Stiefel, aber sie hatte das dringende Bedürfnis gehabt, sich *irgendetwas* zu gönnen. Sie hatte sich damit ein vorgezogenes Weihnachtsgeschenk gemacht, weil nichts darauf hindeutete, dass sie das Geschenk bekommen würde, nach dem sie sich in Wahrheit sehnte. Im Sommer

hatte es den Anschein gehabt, als würde es vielleicht klappen – dass sie außer ihrer Familie das erste Mal jemanden an ihrer Seite hätte, an den sie sich über die Feiertage kuscheln könnte. Wie albern von ihr, sich solche Hoffnungen zu machen. Ihre gemeinsame Zeit mit Adam Kimble war kostbar und knapp gewesen – und ihm hatte sie ganz offensichtlich nicht genauso viel bedeutet wie er ihr. Der Fall, der sie zusammengeführt hatte, war mittlerweile gelöst und Adam von der Bildfläche verschwunden. Wieder einmal.

Was angesichts ihres gemeinsamen Freundeskreises einiges an Talent und Planung erforderte. In den letzten vier Monaten hatte es mehr als genug Gelegenheiten gegeben, sich rein zufällig über den Weg zu laufen. Aber da es nie dazu gekommen war, musste sie davon ausgehen, dass er ihr bewusst aus dem Weg ging. Das tat weh. Sehr.

Allerdings hatte er sie nicht konsequent gemieden. Sie dachte an die Umschläge, die sie alle paar Wochen in ihrem Briefkasten gefunden hatte. Ohne Absender.

Aber von wem die aus Malbüchern herausgerissenen, mit Buntstiften oder farbigen Kugelschreibern ausgemalten Seiten stammten, lag auf der Hand. Sie waren alle mit größter Sorgfalt angefertigt worden, ohne auch nur einen Strich über die Linien hinaus. Detective Adam Kimble schien stets darauf bedacht zu sein, innerhalb der vorgezeichneten Grenzen zu bleiben.

Die ersten Bilder waren noch in allen möglichen Rotschattierungen gewesen, im Lauf der Wochen waren jedoch weitere Farben hinzugekommen. Eines der Bilder war sogar mit Wasserfarben ausgemalt; sage und schreibe fünfzehn verschiedene Farben hatte sie gezählt, eigentlich war es gar nicht so übel gewesen. Die Botschaft dahinter war eindeutig: *Ich arbeite dran. Und es geht mir allmählich besser. Gib mich nicht auf.*

Aber vielleicht war das auch reines Wunschdenken ihrerseits.
»Meredith?«, fragte Mallory kleinlaut. »Es tut mir leid. Ich wollte dich doch bloß aufziehen.«
Meredith blieb abrupt stehen, als sie merkte, dass Mallory direkt vor dem Café stand und sie mit ernster Miene ansah. Sie waren einen ganzen Häuserblock weit gelaufen, ohne ein Wort zu wechseln. Scham ergriff Besitz von ihr, hinterließ einen bitteren Geschmack auf ihrer Zunge. *Eigentlich ist heute Mallorys großer Tag, und ich habe es geschafft, dass es wieder mal nur um mich geht.*
Sie rang sich ein Lächeln ab. »Weiß ich doch, Süße. Es lag nicht an dir oder daran, was du gesagt hast. Manchmal bin ich einfach mit den Gedanken woanders.«
»Es beruhigt mich, dass es sogar dir so geht. Da fühle ich mich gleich viel besser.«
Meredith lächelte. »Wie schön, dass ich selbst dann noch helfen kann, wenn ich Mist baue.« Sie deutete auf das Schild über dem Café. »Gehen wir rein. Ich hoffe, es gefällt dir. Hier gibt's die beste Pasta der ganzen Stadt.«
»Trifft sich gut, ich habe nämlich Bärenhunger. Eine Frage habe ich allerdings«, sagte Mallory ernst.
»Nur eine?« Meredith lachte, als Mallory die Augen verdrehte. Wieder eine so herrlich normale Reaktion. *Sei dankbar, statt dem nachzutrauern, was du nicht haben kannst.* Sie konnte Adam nicht zwingen, mit ihr zusammen sein zu wollen, und es wurde allmählich Zeit, seinetwegen nicht länger den Mond anzuheulen. »Raus damit. Was gibt's?«
»Was passiert eigentlich, wenn ich den Führerschein mache und wieder Auto fahre?«
Die Hand auf der Türklinke, hielt Meredith inne. »Was meinst du?«
Mallorys Gesicht verzog sich zu einem verschmitzten Grinsen. »Na ja, wie soll ich Auto fahren, wenn ich das Wort

›blöd‹ nicht in den Mund nehmen darf? Ich meine, vorhin, beim Parkplatzsuchen, hast du es mindestens dreimal benutzt. Also, wie soll ich fahren, ohne dieses Wort sagen zu dürfen? Oder ›Schwachkopf‹? Oder ›Sch...‹?« Sie zog den Laut in die Länge. »*Sch*-öne Bescherung.«

Meredith lachte. »Du kleines Ekelpaket.«

Mallory grinste, sichtlich zufrieden mit sich. »Kann sein, aber immerhin habe ich dich zum Lachen gebracht. Und zwar richtig.«

Meredith schluckte. »Rein jetzt, bevor ich zum Eiszapfen werde.« Sie hielt Mallory die Tür auf. Ihre Kehle fühlte sich eng an, wenngleich aus einem anderen Grund als zuvor. Mallory hatte einen Witz gerissen. *Um mich aufzumuntern.* Dass sich die junge Frau, die so grausam missbraucht worden war, die Fähigkeit bewahrt hatte, Mitgefühl für andere zu empfinden ... Meredith war zutiefst gerührt. Sie räusperte sich.

»Es müsste ein Tisch auf den Namen ›Fallon‹ reserviert sein«, sagte sie mit immer noch leicht belegter Stimme.

»Ja, bitte hier entlang.« Die Kellnerin, eine junge Frau in Mallorys Alter, führte sie zu einem Fenstertisch. »Das ist der beste Platz, um Leute zu beobachten«, sagte sie mit einem Lächeln.

»Und um auf das Feuerwerk zu warten, während es schön warm und gemütlich ist«, fügte Meredith hinzu.

Mallorys Augen begannen zu leuchten, doch sie wartete, bis die Kellnerin verschwunden war, ehe sie sich vorbeugte. »Feuerwerk? Wo denn?«

»Auf dem Fountain Square«, antwortete Meredith. »Wir essen erst mal was, trinken in aller Ruhe Kaffee, und dann gehen wir raus auf die Straße.«

»Hast du das Café deshalb ausgesucht?«

»Nein, nein.« Meredith ließ den Blick wohlwollend umherschweifen. »Ich war jedes Jahr mit meiner Großmutter hier, nachdem wir uns den *Nussknacker* angesehen haben. Nur wir beide. Damals fanden die Aufführungen noch in der Music Hall statt und waren sehr festlich.« Nach einer langen Renovierungsphase hatte die Music Hall dieses Jahr den Betrieb wieder aufgenommen. Eigentlich hatte Meredith vorgehabt, die Mädchen, die im Mariposa House Zuflucht gefunden hatten, dorthin mitzunehmen, die Idee jedoch wieder verworfen. Die meisten Mädchen hätten angesichts der Menschenmassen Panik bekommen. Vielleicht klappte es ja nächstes Jahr.

»Wie festlich?«, wollte Mallory wissen. »Mit langen Kleidern und Handschuhen und so?«

»Na ja, nicht ganz so schick«, wiegelte Meredith lächelnd ab. »Aber ich durfte mein schönstes Weihnachtskleid tragen und bekam eine große Schleife ins Haar, und meine Oma trug ihr Festtagskostüm und ihre Perlenkette dazu. Granny trug immer Perlen.«

»So wie du«, meinte Mallory. »Zumindest als Ohrringe. Ich habe dich noch nie ohne gesehen. Und ohne deine Armreifen«, fügte sie mit einem Blick auf Merediths Handgelenke hinzu.

Meredith strich liebevoll über einen der Ohrringe. »Die habe ich von ihr geerbt. Du hättest meine Großmutter bestimmt gemocht. Sie war eine echte Granate.«

Mallory lächelte belustigt. »Eine Granate mit Perlenkette.«

»Das kannst du laut sagen. Und das ist noch nicht alles. Gran war nicht nur eine Lady mit Perlenkette, sondern eine ausgebuffte Falschspielerin, die fluchen konnte wie ein Kutscher, eine Pistole in ihrer riesigen Handtasche hatte und dabei alle glauben machte, sie sei eine harmlose Omi, die gern Socken strickt.«

Mallory blickte mit hochgezogenen Brauen von der Speisekarte auf. »Sag nichts gegen Stricklieseln. Inzwischen kenne ich mehrere von denen, die auch bis an die Zähne bewaffnet sind.«

Meredith prustete los. Kate, ihre jüngste Freundin, war FBI-Agentin, Scharfschützin und strickte wie eine Verrückte. Und sie brachte immer mehr von Merediths Freundinnen dazu, sich ihr anzuschließen. Inzwischen gehörte zu ihrem allmonatlichen Mädelsabend neben Wein und Schokolade auch Strickwolle.

Meredith selbst hatte sich noch nicht vom Strickfieber anstecken lassen, dafür trug sie bereits seit Jahren heimlich eine Waffe, entweder in der Tasche ihres Blazers oder in einem BH-Holster. Als Kinder- und Jugendtherapeutin war sie immer wieder mit gewalttätigen Familienmitgliedern konfrontiert, die ihr drohten. Sie trainierte regelmäßig auf dem Schießstand, hatte ihre Waffe aber zum Glück bisher nie benutzen müssen.

»Meine Großmutter fehlt mir sehr«, sagte sie wehmütig. »Nach dem Tod meiner Eltern war sie mein Fels in der Brandung.«

Mallory legte den Kopf schief. »Und wann ist sie gestorben?«

»Vor drei Jahren«, antwortete Meredith, wohl wissend, dass sie Mallory bisher nie etwas über sich erzählt hatte. *Ich muss sie an einen anderen Therapeuten überweisen, und zwar bald.* Die Vorstellung tat weh. Aber eigentlich war dieser Schritt längst überfällig. In den letzten Monaten war ihre Bindung viel zu eng geworden. »An einem Herzinfarkt. Aber wenigstens ging es ganz schnell, und sie musste nicht leiden. Obwohl sie schon über achtzig war, hatte ich nicht damit gerechnet. Es war ein Schock. Ich war einfach noch nicht bereit, sie gehen zu lassen.«

Mallorys Gesicht wurde traurig. »Das kann ich verstehen. Und was ist mit deinen Eltern passiert?«

Meredith holte tief Luft. Ihr Tod war weder schnell noch ohne Schmerzen vonstattengegangen, darüber hinaus jährte sich bald ihr Todestag. Noch ein weiterer Grund für ihren Frustkauf. »Ein Flugzeugabsturz«, sagte sie leise. »Vor sieben Jahren.«

»Oh«, sagte Mallory betroffen. »Und was ist mit deinem Großvater?«

Beim Gedanken an ihn hob sich Merediths Stimmung augenblicklich. Sie sah Mallory die Erleichterung an. »Er lebt noch und ist ein ziemlich wilder Typ. Er lebt in Florida, in einem Haus am Strand, und geht jeden Tag angeln. Er behauptet, er würde auch jeden Tag einen Fisch fangen, aber das ist bestimmt eine Lüge. Vielleicht lernst du ihn sogar kennen. Er kommt über die Feiertage her.« Er ließ sie Weihnachten niemals allein verbringen. »So, aber jetzt schauen wir endlich, was es zu essen gibt. Heute lasse ich es mal so richtig krachen.« Sie ging direkt zu den Desserts über. »Sonst ist meine morgendliche Lauferei ja völlig sinnlos.«

Meredith überlegte gerade, für welches Schokoladendessert sie sich entscheiden sollte, als sie Mallory scharf den Atem einsaugen hörte. Sie sah auf, und auch ihr stockte der Atem. Ein junger Mann stand direkt zwischen ihrem Tisch und dem Fenster. Er war kreidebleich und zitterte am ganzen Leib. *Lauf*, war ihr erster Gedanke, und mit den Jahren hatte sie gelernt, im Zweifelsfall ihren Instinkten zu folgen. Doch stattdessen ließ sie die Speisekarte sinken und zwang sich zu einem Lächeln, während sie sich erhob. Mit einer beiläufigen Geste schob sie die Hände in ihre Blazertasche und löste den Verschluss ihres Holsters. »Kann ich Ihnen helfen?«

Der junge Mann schluckte. »Es tut mir so leid«, sagte er und zog eine Waffe aus der Tasche. »Es tut mir leid«, flüsterte er. »So leid.«

Und dann zielte er auf sie.

Meredith holte Luft und ignorierte die erschrockenen Aufschreie der anderen Gäste. Sie musste ihn von seinem Vorhaben abbringen. Es war ihr schon früher mit Schießwütigen gelungen, warum also nicht auch jetzt? »Reden wir darüber«, sagte sie.
Er schüttelte den Kopf. Die Verzweiflung stand ihm ins Gesicht geschrieben. »Dafür ist es zu spät. Ich muss es tun.«
Meredith riskierte einen Blick auf Mallory. Das Mädchen starrte wie gebannt auf den Pistolenlauf. Ihre Augen waren weit aufgerissen und glasig. Sie stand eindeutig unter Schock.
»Sie müssen das nicht tun«, sagte Meredith ruhig. »Wir kriegen das wieder hin. Was auch immer los ist, wir finden eine Lösung.«
Der junge Mann schüttelte den Kopf. »Seien ... Sie einfach still. Bitte.« Die Waffe in seiner Hand wackelte gefährlich, als er noch stärker zu zittern begann.
Er will das nicht tun. Er will eigentlich gar nicht hier sein. Jemand hatte ihn gezwungen.
Beschwichtigend streckte Meredith eine Hand nach ihm aus, während ihre andere zu ihrem Holster glitt, ohne die Waffe herauszuziehen. »Tun Sie's nicht. Ich kann Ihnen helfen. Wie heißen Sie, mein Lieber?«
Wieder schüttelte der Junge verzweifelt den Kopf. »Still jetzt! Ich muss nachdenken!« Er zuckte zusammen, riss die freie Hand hoch und schlug sich aufs Ohr. »Hören Sie auf, mich anzuschreien! So kann ich nicht denken!«
Aber niemand schrie ihn an. Im Gegenteil. Im Restaurant herrschte Totenstille.
Er stieß sich den Finger ins Ohr. »Ich hab doch gesagt, ich tu's!«, schrie er.
Schizophrenie? Er war genau in dem Alter, in dem die Krankheit häufig ausbrach, aber normalerweise zeigten die Patienten keine Gewaltbereitschaft gegen andere. Es sei denn, die

Stimmen in seinem Kopf befahlen ihm, zu schießen. Außerdem war es nach wie vor möglich, dass ihn jemand dazu zwang. Sie musste herausfinden, womit sie es hier zu tun hatten, und sich dann für die beste Taktik entscheiden.

Sie traute sich nicht, den Blick von ihm zu lösen. »Runter, Mallory«, befahl sie ganz leise.

»Nein!«, rief der Junge, während sein Blick zu der kreidebleichen Mallory schweifte. »Keiner rührt sich!« Er richtete die Waffe zuerst auf Mallory, dann wieder auf Meredith. »Keine Bewegung.«

Meredith hatte den kurzen Moment genutzt, um ihre eigene Waffe zu ziehen. Ihre Hand war ganz ruhig, als sie sie auf den Jungen richtete, dessen Augen sich weiteten.

Im Restaurant war es immer noch totenstill, lediglich vereinzelte erstickte Angstlaute und schweres Atmen der Gäste war zu hören.

»Nimm die Waffe weg, Junge«, sagte Meredith sanft. »Ich will dir nicht wehtun, und ich weiß, dass du mir auch nicht wehtun willst.«

Der junge Mann wimmerte. Er konnte kaum älter als Mallory sein. *Er ist bloß ein Junge. Ein völlig verängstigter Junge.*

»Ich kann das nicht«, flüsterte er.

»Ich weiß«, sagte Meredith besänftigend. »Ich weiß, dass du es nicht kannst. Und das ist in Ordnung. Lass die Waffe fallen, bitte. Ich helfe dir. Ich will dir helfen.«

»Er wird sie umbringen«, flüsterte der Junge heiser.

Wer? Die Frage lag ihr auf der Zunge, doch sie verkniff sie sich. Viel wichtiger war jetzt, ihn zum Aufgeben zu bewegen.

»Wir können dir helfen. Das weiß ich. Bitte … bitte, nimm einfach die Waffe runter.«

Cincinnati, Ohio
Samstag, 19. Dezember, 15.55 Uhr

»Verdammt«, stieß er hervor, während er Andy mit dem Fernglas vom Fahrersitz seines vor dem kleinen Café geparkten SUV aus beobachtete. Fallon trug eine Waffe.
Die ruhige Stimme der Psychologin drang aus dem Transmitter in Andys Tasche. Sie versuchte, ihn zu beruhigen, es ihm auszureden. Und allem Anschein nach gelang es ihr, denn bislang hatte er nicht geschossen. Aber eigentlich spielte es keine Rolle. Die Waffe war lediglich die einfachste Methode, damit Andy möglichst nahe an ihren Tisch herankam.
Über das Mikro in Andys Ohr hatte er ihm befohlen, an den Tisch zu treten, an dem Fallon mit ihrem Schützling saß. Er hatte ihn angewiesen abzudrücken und ihn noch einmal daran erinnert, dass Linnea sterben würde, falls er es nicht täte. Aber in Wahrheit würde er sie ohnehin töten. Das Mädchen hatte sein Gesicht gesehen.
Genau wie Andy. Auch er würde nicht mit dem Leben davonkommen.
Er schob den Automatikhebel nach vorn, ließ den Fuß jedoch auf der Bremse, während er die Anruftaste auf seinem Handy drückte. Dann nahm er den Fuß von der Bremse und erstarrte. Nichts war passiert.
Dabei hätte in diesem Moment alles losbrechen müssen, aber da war nichts – keine Explosion, kein berstendes Glas, kein umherfliegender Schutt. Nichts.
Er rammte den Hebel wieder in die Parkposition, schnappte das Fernglas und nahm Andy ins Visier. Der Junge zielte immer noch auf Meredith, die inzwischen ihre eigene Waffe auf ihn gerichtet hielt. Er lebte also immer noch. *Verdammte Scheiße!* Er überprüfte die Nummer. Sie stimmte. Er wählte sie ein zweites Mal. Wieder nichts.

»Verdammt!«, stieß er hervor. Er konnte die Stimme des Jungen über das Mikro kaum hören. *Er wird sie umbringen.* Andy war drauf und dran, Meredith Fallon alles zu erzählen. *Dieser beschissene kleine Dreckskerl.*
»Niemals!« Dazu würde es nicht kommen. Er zog das Gewehr unter dem Sitz hervor, ohne Linnea auf dem Rücksitz zu beachten, die entsetzt nach Luft schnappte.
»Nein!«, schrie sie. »Das kannst du nicht machen!«
Doch er konnte. Und er würde. Keine losen Enden.

2. Kapitel

*Mount Carmel, Ohio
Samstag, 19. Dezember, 15.55 Uhr*

»Eine Idee weiter nach links. So ist es zu weit rechts.«
Adam Kimble stand auf der obersten Leitersprosse und beäugte den Stern aus Alufolie, dann warf er Wendi Cullen einen finsteren Blick zu. Die zierliche Leiterin des Mariposa House, wo Opfer von sexueller Gewalt und Menschenhandel Zuflucht fanden, mochte wie Tinker Bell aussehen, doch Adam wusste nur zu genau, dass sich hinter der elfenhaften Fassade ein stählernes Rückgrat und ein eiserner Wille verbargen.
Für den Bruchteil einer Sekunde flackerte Angst in ihm auf, weil er wusste, dass hinter ihrem munteren Lächeln heiße Wut lauerte. Als Detective des Morddezernats der Polizei von Cincinnati mit dreizehn Jahren Berufserfahrung sollte er sich von Tinker Bell eigentlich nicht den Schneid abkaufen lassen, dachte er verdrossen, und trotzdem war es so.
Er hatte sie nicht gefragt, weshalb sie so sauer auf ihn war, weil er den Grund dafür sehr wohl kannte, das Gespräch jedoch unbedingt vermeiden wollte. Weil Wendi völlig recht hatte.
Ich bin ein egoistischer Dreckskerl, dachte er resigniert. Und das nicht zum ersten Mal, weder heute noch in der vergangenen Stunde. Nein, der Gedanke kam ihm, wann immer er einen Fuß in dieses Haus setzte, wo er *sie* an jeder Ecke sehen konnte, obwohl sie heute gar nicht hier war.
Was wiederum der Grund war, weshalb *er* hergekommen war: Er achtete darauf, sich seine Freiwilligendienste im Mariposa House so einzuteilen, dass er Meredith Fallon nicht in die Arme laufen konnte.

Es schmerzte ihn, ihre Stimme nicht hören, ihr Gesicht nicht sehen zu können, doch den Ausdruck in ihren grünen Augen ertragen zu müssen, war noch viel schlimmer – Enttäuschung. Reue. Und Scham. Vor allem der Anblick von Letzterem bohrte sich wie ein Dolch in sein Herz. Sie hatte keinerlei Grund, sich zu schämen. Sie hatte nichts falsch gemacht.

Sondern ich. Es ist alles meine Schuld. Jedes Versagen, jede Schwäche, jeder Moment der Reue. Und es gab so viele davon. Aber er hatte sich fest vorgenommen, all das zu ändern und zu jenem Mann zu werden, den sie verdiente.

Allerdings hatte er nicht die Absicht, ihre überaus respekteinflößende Freundin in seine Pläne einzuweihen, solange er auf einer fünf Meter hohen Leiter stand und versuchte, die Christbaumspitze möglichst gerade auf den Baum zu platzieren, während ihm das Glitzerzeug schon an den Händen klebte.

Die Mädchen, die den Stern gebastelt hatten, waren ziemlich großzügig mit dem Kram gewesen. Er wischte sich die Hand an seiner Jeans ab und wünschte, sie hätten dafür mit dem Klebstoff ein bisschen weniger gegeizt.

»Gerade sollte ich ihn doch noch eine Idee nach rechts rücken«, maulte er.

»Das liegt daran, dass er gerade noch zu weit links war«, erwiderte Wendi scharf. Adam fragte sich, ob sie ihn einfach nur schikanieren wollte.

Die beiden Männer, die mit ihm zum Schmücken abkommandiert worden waren, stießen wie auf Kommando ein belustigtes Schnauben aus, was seinen Verdacht bestätigte. Der fast fünf Meter hohe Baum stand mitten im Wohnzimmer des alten Hauses, das inzwischen zwanzig jungen Frauen in unterschiedlichen Stadien der Genesung dazu diente, wieder auf die Beine zu kommen. Stone O'Bannion fädelte Popcorn auf eine Schnur, während Diesel Kennedy in Kartons mit altmodischem Christbaumschmuck wühlte, die man auf dem Dachboden des alten Hauses entdeckt hatte.

Beide Männer arbeiteten eigentlich für den *Ledger*, ein Regionalblatt. Vor einem Jahr noch hätte Adam nicht im Traum daran gedacht, sich im selben Raum mit Reportern aufzuhalten – es sei denn, um sie zu verhaften –, doch hinter ihnen allen lag ein reichlich verrücktes Jahr, und inzwischen zählten die beiden zu seinen engsten Freunden. In den letzten Monaten hatten sie gemeinsam hier gesägt und gezimmert, abgeschliffen, gestrichen und poliert, bis jede Erinnerung an die einstigen Gewaltopfer in den alten, gruseligen Mauern verbannt und der heimeligen Behaglichkeit eines neuen, sicheren Zuhauses gewichen war.

Adam hatte sich kopfüber in die Arbeit gestürzt; zum einen, weil sie wichtig war und erledigt werden musste, zum anderen, weil die körperlichen Strapazen eine willkommene Abwechslung darstellten. Aber in allererster Linie hatte er es für Meredith getan. Weil Mariposa House zu Wendis und Merediths Lebensaufgabe geworden war – die Idee, all jenen Mädchen und jungen Frauen zur Seite zu stehen, die noch nicht für eine Pflegefamilie oder ein eigenständiges Leben bereit waren. Hier fanden Opfer von brutaler sexueller Gewalt oder skrupellosen Sexhändlern Zuflucht. Die Mädchen waren zwischen neun und achtzehn Jahre alt, die Mehrzahl jedoch im Teenageralter. Ziel war es, sie bis zu dem Punkt zu begleiten, an dem sie in die Gesellschaft zurückkehren konnten.

An jeder Ecke war Merediths Einfluss zu spüren, Mariposa House war so behaglich wie ihr eigenes Zuhause. Und Adam wollte Meredith helfen, ihren Traum zu verwirklichen, auch wenn es das Einzige war, was er ihr schenken konnte. Zumindest im Augenblick.

Stones Stimme riss ihn aus seinen Gedanken. »Der Stern an sich ist ja okay, Kimble«, sagte er belustigt. »Das Problem ist der Baum. Am Fenster würde er viel besser aussehen. Was denkst du, Wendi? Sollte er ihn nicht lieber rüberwuchten?«
»Nein«, erwiderte Adam schnell, bevor die Idee in Wendis Kopf überhaupt erst Gestalt annehmen konnte.
»Nein«, erwiderte Wendi in derselben Sekunde todernst.
Stone lachte. »Kommt schon. Das würde super aussehen. Überlegt nur, wie sich das Licht darin fangen würde.«
»Halt den Mund, O'Bannion«, unterbrach Adam, wenn auch nur zum Schein. Stone lachte, und es stand ihm ausgesprochen gut. Im Sommer hätte ihn um ein Haar eine Kugel getötet, und er war noch nicht wieder vollständig auf dem Posten. Manchmal hatte er Mühe, das Gleichgewicht zu halten, was einer der Gründe war, weshalb Adam sich bereit erklärt hatte, auf die Leiter zu steigen.
Diesel sah zu Adam hoch. »Vielleicht hättest du lieber auf mich hören sollen, bevor du da hochkletterst und an etwas herumzirkelst, was doch völlig in Ordnung ist«, meinte er und zog die dunklen Brauen hoch. Eigentlich wäre er derjenige gewesen, der sich um die Christbaumspitze kümmern sollte.
»Aber das Ding war schief«, beharrte Adam.
»Klar war es schief«, gab Diesel zurück. »Weil die Mädchen den Stern selbst gebastelt haben. Und das ist doch völlig okay. Nicht alles muss immer perfekt sein.« Er warf Wendi einen vorsichtigen Blick zu. »Wenn du einen perfekten Stern willst, dann kauf einen.«
Mit seinen auffälligen Tattoos, dem kahlen Schädel, dem Ohrring und seiner beeindruckenden Größe von über einem Meter neunzig sah Diesel Kennedy wie ein übellauniger Meister Proper aus. Aber sobald er lächelte, stürzten sich die Kids, denen er Fußballspielen beibrachte, auf ihn und wollten ihn

gar nicht mehr loslassen. Hinter seiner Gangsterfassade verbarg sich ein hochanständiger Bursche.
Wendi seufzte. »Wenn wir die Spitze nicht draufsetzen, verletzen wir die Gefühle der kleineren Mädchen. Deshalb ...«
»Ist schon in Ordnung, Wen. Lass gut sein.«
Ein verdrossenes Grunzen ertönte aus der Wohnzimmerecke, wo FBI Special Agent Parrish Colby im Schneidersitz mit einer langen Lichterkette kämpfte. Wie es aussah, würde die Lichterkette eindeutig gewinnen. Auf den ersten Blick schien der bullige Agent alles andere als die perfekte Wahl für die puppenhafte Wendi zu sein, doch seit dem Sommer waren die beiden offiziell ein Paar.
»Du hast dir den Stern ja noch gar nicht angesehen«, tadelte Wendi.
Mit seiner roten Weihnachtsmütze auf dem Kopf und der hoffnungslos um seinen Hals verhedderten Lichterkette sah Colby wie ein kampflustiger Elf aus, der einmal zu häufig mit seinen Kumpanen aneinandergeraten war. Er verdrehte genervt die Augen. »Er ist prima«, sagte er. »Der Scheißstern sieht ganz toll aus.«
»Parrish! Wie redest du denn?« Wendi warf ihm einen tadelnden Blick zu.
»Ist doch keiner da«, meinte Colby.
Das stimmte. Dank einer planerischen Meisterleistung waren alle Bewohnerinnen von Mariposa House anderweitig beschäftigt, sodass Wendi in Ruhe schmücken und die Geschenke einpacken konnte. Und für alles hatte sie Helfer engagiert – Begleitschutz für die Mädchen und Dekorationshilfen für sich selbst.
Adams Cousin Deacon war gemeinsam mit seiner Verlobten Faith abkommandiert worden, auf die Mädchen aufzupassen. *Gut so,* dachte er. Das gab ihm Gelegenheit, seine Hilfe anzubieten, ohne dabei Meredith über den Weg laufen zu müssen.

Die restlichen Mitarbeiter und weitere Freiwillige waren mit einigen der Mädchen Geschenke kaufen gegangen, während andere, die sich noch nicht zutrauten, unter Fremden zu sein, einen Bastelkurs besuchten und dort Geschenke anfertigten. Mallory Martin, die Älteste in Mariposa House, war zur Volkshochschule gefahren, um sich dort für ihre Kurse einzuschreiben. Und Meredith begleitete sie, wie ihm sein Partner bei der MCES, der Spezialeinheit für Gewaltverbrechen, Special Agent Deacon Novak, verraten hatte – allerdings nicht in offizieller Funktion, sondern weil er Adams Cousin und ältester Freund war und die Information von seiner Verlobten bekommen hatte. Deacon war mit Dr. Faith Corcoran verlobt, die wiederum eine enge Freundin von Meredith war und in deren Kinder- und Jugendpsychologiepraxis arbeitete.
Sie waren alle eng miteinander verbandelt, seine ganze Familie und seine Freunde. Das machte es manchmal schwierig, weil jeder von jedem alles wusste.
Na ja, nicht alles. Es gab trotz allem Dinge, die Adam Deacon vorenthielt, weil ... *ich will nicht, dass er es weiß. Weil ich mich schäme.*
Doch jenseits aller Geheimnisse gab es eine Sache, die sie alle verband: der Wunsch, den Mädchen in Mariposa House eine sichere Zufluchtsstätte zu bieten. Erklärtes Ziel war es, die Mädchen auf ein eigenständiges Leben vorzubereiten, und der Einstufungstest an der Volkshochschule war ein bedeutender Einschnitt und großer Erfolg für Mallory.
Genauso wie für mich. Denn ihm, Deacon und dem restlichen MCES-Team war es gelungen, diesem elenden Dreckskerl, der Mallory und viele andere aufs Übelste gequält hatte, das Handwerk zu legen. Zudem war es ein seltener Sieg, den er umso mehr in vollen Zügen genoss.
Ausnahmsweise war Adam nicht zu spät gekommen. Er

hatte nicht versagt. Und die Kids waren noch am Leben gewesen. Seit Monaten war dies der Gedanke, der ihn bei der Stange hielt. Er klammerte sich daran, manchmal weniger, manchmal mehr, beispielsweise um drei Uhr morgens, wenn ihn all jene, die er nicht zu retten vermocht hatte, in seinen Träumen heimsuchten und er schweißgebadet aus dem Schlaf schreckte, mit hämmerndem Herzen und von seinen verzweifelten Schreien schmerzender Kehle.
Und dem so übermächtigen Drang nach einem beschissenen Drink, dass er glaubte, sterben zu müssen, wenn er ihn nicht bekam.
Die Erinnerung an das Bedürfnis kam unerwartet und so heftig, dass ihm einen Moment lang schwindlig wurde und er am ganzen Leib zu zittern begann. Er hielt sich an der obersten Sprosse fest, spürte, wie sich das Metall in seine Handfläche grub und einen Schmerz verursachte, der das Verlangen verjagte, dessentwegen er um ein Haar sein ganzes Leben zerstört hätte.
Er schloss die Augen und zwang sich, nicht länger an die Gesichter all jener zu denken, die er nicht hatte retten können, sondern sich stattdessen die Opfer vorzustellen, zu deren Rettung er rechtzeitig herbeigeeilt war. Es mochten zwar nicht ganz so viele sein, doch es gab sie. Und sie waren am Leben.
Daher, nein – du brauchst *keinen Drink. Du willst höchstens einen. Aber* brauchen *tust du ihn nicht.*
Er holte Luft und sog tief den Harzduft des Baums ein.
Dann atmete er noch einmal ein, spürte, wie er seinen Körper und seinen Geist gleichermaßen wieder unter Kontrolle bekam, um erleichtert festzustellen, dass das Ganze nur ein paar Sekunden gedauert hatte, weil Wendi immer noch mit Colby schimpfte.
»Es ist egal, ob die Mädchen hier sind oder nicht«, sagte sie.

»Deine Kraftausdrücke und deine schlechten Manieren haben hier nichts zu suchen, das weißt du ganz genau.«
»Tut mir leid«, brummte Colby.
Kurz herrschte Stille, dann ertönte Wendis leises Lachen.
»Nein, tut es nicht.«
Colbys Lachen hörte sich an, als versuche jemand, ein rostiges Sägeblatt durch einen Holzbalken zu treiben. »Vielleicht ein kleines bisschen.«
Adam blickte über die Schulter und sah, wie Wendi Colby einen raschen Kuss auf den Mund drückte. »Du erdrosselst dich noch«, sagte sie liebevoll und zog an den Kabeln, die er um seine Arme, Beine und sogar seinen Hals geschlungen hatte. Das Lächeln, das auf Colbys Züge trat, war von verblüffender Süße. Er schien förmlich dahinzuschmelzen.
Adam wandte sich abrupt ab, schluckte den Kloß in seiner Kehle hinunter und tat so, als würde er das plötzliche Brennen in seinen Augen nicht bemerken. *Genau das will ich auch*, dachte er. Diesen Moment der Zärtlichkeit, den er gerade miterleben durfte. Aber er wollte nicht nur einen einzigen Moment, sondern eine unendliche Aneinanderreihung davon, ein ganzes Leben lang. Einen Kuss und ein Lächeln von jenem Menschen, für den er der Richtige war. Selbst wenn er so etwas eigentlich gar nicht verdiente.
Und das tat er tatsächlich nicht. Er verdiente sie nicht. Noch nicht.
Aber irgendwann wird es so weit sein. Ich brauche nur noch eine Weile, das ist alles.
Adams Blick schweifte durch den Raum und blieb an Diesel hängen, der ebenfalls Zeuge der Zärtlichkeit zwischen Wendi und Colby geworden war. Seine Miene war wie versteinert. Er richtete sich auf, murmelte, er hätte etwas in seinem Truck vergessen, und war verschwunden, noch bevor jemand etwas sagen konnte.

Verdammt. Jeder in ihrem Freundeskreis wusste, dass Diesel etwas für Adams Cousine Dani empfand, es bislang aber noch nicht geschafft hatte, ihr irgendwie näherzukommen. Seufzend stieg Adam von der Leiter, wobei er Stones besorgte Miene bemerkte.
»Alles klar?«, fragte Stone. »Es hat ausgesehen, als wäre dir schwindlig geworden.«
Schwindlig. Genau. Es war die perfekte Ausrede. »Ich glaube, ich sollte mal etwas essen. Ich hatte seit dem Frühstück nichts mehr«, meinte er achselzuckend. »Mein Blutzuckerspiegel ist wohl in den Keller gerasselt.«
»Dann iss etwas, Dummkopf«, gab Stone kopfschüttelnd zurück. »Ich habe eine halbe Lkw-Ladung voll Essen mitgebracht.« Er beugte sich verschwörerisch vor. »Und in Diesels Truck ist auch Bier, aber sieh zu, dass die Gefängnisdirektorin es nicht mitbekommt.«
Adam zuckte unwillkürlich zusammen und verdrängte die Stimme aus seinem Kopf. *Ist doch bloß Bier. Eines wird schon nicht schaden.* Aber aus einem würden zwei werden, dann ein ganzes Sixpack, und am Ende würde er mit einem Riesenkater und einem Filmriss wieder zu sich kommen.
Adam wollte gerade seine Standardantwort geben – *Geht nicht, ich habe Bereitschaft. Wenn irgendwo eine Leiche auftaucht, muss ich los* –, doch Wendi war schneller.
»Das habe ich gehört«, rief sie barsch, ohne von Colbys Schoß aufzustehen. »Herrgott noch mal, Stone, du kannst hier drin keinen Alkohol trinken.«
»Tue ich doch gar nicht«, gab er zurück. »Es ist im Truck. Also draußen.«
»Das spielt aber keine Rolle.« Sie sprang auf und stemmte die Hände in die Hüften. »Und sieh mich nicht so an. Du kennst die Regeln. Du benimmst dich bloß wieder mal wie ein blöder Arsch.«

»Tut mir leid, du hast ja recht.« Ganze zwei Sekunden gelang es Stone, zerknirscht zu wirken, ehe ein Grinsen auf seinem Gesicht erschien. »Aber du hast geflucht«, sagte er und hob zwei Finger. »Sogar zwei Mal.«
»Schhhh…« Wendi verkniff sich ein weiteres Schimpfwort und verpasste Colby einen Klaps auf den Arm, als der zu prusten begann. »Und du bist still. Also gut. Dann macht eine Pause, aber das Bier könnt ihr vergessen. Und trödelt nicht so lange herum. Es ist schon fast vier, und wir haben mit der Außenbeleuchtung noch nicht mal angefangen. Ich will, dass sie hängt, wenn es dunkel wird und die Mädchen nach Hause kommen.«
Adam blinzelte. Er hatte gar nicht mitbekommen, dass es schon so spät war. Auch heute hatte er sich seine Arbeit im Mariposa House so eingeteilt, dass er rechtzeitig verschwunden war, bevor Meredith mit Mallory zurückkam. Panik stieg in ihm auf. »Ich … ich kann nicht mehr lange bleiben. Aber ich komme gern später noch mal vorbei.«
Wendi runzelte die Stirn und hob warnend das Kinn. »Wir sind aber noch nicht fertig.«
»Ich habe dir doch gesagt, dass ich um drei gehen muss«, sagte Adam.
Sie warf ihm einen finsteren Blick zu. »Das stimmt. Weil du ein Feigling bist.«
Adam biss die Zähne zusammen, wohl wissend, dass er diesem Vorwurf nichts entgegenzusetzen hatte. »Mag sein, aber das geht dich nichts an.«
Aus dem Augenwinkel bemerkte er, dass Stone sich mit der Schüssel Popcorn auf einen Stuhl fallen ließ und den Dialog mit unverhohlener Faszination verfolgte. Dreckskerl.
Wendi trat vor ihn, so dicht, dass ihre Schuhe die seinen beinahe berührten. »Es geht mich tatsächlich nichts an, nur leider betrifft es in diesem Fall eine enge Freundin von mir.«

Ihre Freundin Meredith, die er wollte, seit er sie zum ersten Mal gesehen hatte. Ihr Gesicht war es, das er sich vorstellte, wenn das Verlangen so stark wurde, dass es ihm die Luft abschnürte.

Colby seufzte. »Wendi, Schatz, du hast ihr versprochen, dass du es nicht tun würdest. Und mir auch.«

Wut flackerte in Wendis Augen auf. »Ich weiß«, sagte sie, ohne den Blick von Adam zu lösen. »Aber ich kann ihm wenigstens sagen, dass Meredith die nächsten zwei Stunden nicht zurückkommt, weil sie Mallory zum Essen eingeladen hat und sie sich danach das Feuerwerk ansehen.«

Adams Panik ließ nach, und er holte Luft. Von dem Abendessen hatte er gewusst. Wendi hatte es vor ein paar Tagen erwähnt. Daher hatte er auch gewusst, dass sie nicht so schnell zurückkommen würde. Er hatte lediglich einen Zeitpuffer schaffen wollen, doch es sah so aus, als würde dieser nicht so groß werden wie erhofft.

»Gut, dann kümmere ich mich um die Außenbeleuchtung«, sagte er und wich einen Schritt zurück, doch Wendi trat gleichzeitig einen Schritt nach vorn. Er sah, wie ihr Tränen in die Augen schossen.

»Sie ist so traurig, Adam«, flüsterte sie. »Traurig und einsam, weil sie immer noch auf dich wartet. Wenn du sie nicht willst, dann lass sie gehen, damit sie mit jemand anderem glücklich werden kann.«

Mit einem Mal fühlte sich seine Brust an, als hätte jemand Beton hineingegossen – hart, schwer und unbeweglich. *Nein.* Er wollte das Wort aussprechen, doch sein Mund verweigerte seinen Dienst. *Nein.* Er konnte sie nicht gehen lassen. Sie durfte nicht mit einem anderen glücklich werden. *Sie gehört mir, verdammt noch mal, mir ganz allein.*

Luft. Er brauchte Luft. Er stieß den Atem aus, sog ihn wieder ein. Es fühlte sich an, als hätte er Scherben eingeatmet. Er wirbelte herum und ging mit zitternden Knien zur Tür, so wie Diesel wenige Minuten zuvor. *O Gott, sind wir etwa dieselben Loser?*

Eisige Luft schlug ihm entgegen, kalt und trocken. Er sog ein weiteres Mal den Atem ein, beugte sich vor und versuchte, die Hände auf die Knie abgestützt, gegen den Brechreiz anzukämpfen.

Sie gehört mir, mir, mir. Das stete Mantra in seinem Kopf half ihm, seine Atmung wieder unter Kontrolle zu bekommen. Eine Panikattacke. Jetzt, da sie vorüber war, erkannte er die Symptome. Seit Monaten hatte ihn keine mehr heimgesucht.

Seit er das letzte Mal Meredith Fallons Haus hatte verlassen müssen.

Sie ist traurig und einsam.

Aber ich bin noch nicht bereit. Noch nicht gut genug für sie. Noch nicht.

Cincinnati, Ohio
Samstag, 19. Dezember, 16.00 Uhr

»Ich helfe dir«, sagte Meredith noch einmal. Sie spürte, wie der Junge zauderte, wartete mit angehaltenem Atem, bis sich seine um die Waffe gekrallten Finger lösten und sie polternd zu Boden fiel. Seine Schultern sackten herab, und ein Schluchzer drang aus seiner Kehle. Tränen liefen ihm übers Gesicht. »Es tut mir leid, Lin.« Er fummelte am Reißverschluss seiner Jacke herum. »Er wird sie umbringen. Er wird sie umbringen.« Er sah auf, blickte Meredith wie ein gehetztes Tier an. »Weg hier. Laufen Sie, um Himmels willen, *laufen Sie!*«

In diesem Moment zerbarst die Glasscheibe. Und der Kopf des Jungen ... explodierte.

Wie erstarrt stand Meredith da, während die Gäste ringsum schrien. Tische wurden umgestoßen. Mallory, die sich bereits auf den Boden geworfen hatte, zerrte Meredith zu sich nach unten.

Ein weiterer Schuss ertönte, gefolgt von einem schrillen Schrei, während Meredith wie betäubt auf die Waffe in ihrer Hand starrte. Sie hatte nicht abgedrückt. Was war hier gerade passiert, zum Teufel?

Vor dem Café ertönte das Dröhnen eines Motors, gefolgt von quietschenden Reifen.

Ringsum herrschte Stimmengewirr. Einige Gäste wählten den Notruf. Am ganzen Leib zitternd, hielt sie die Waffe in der einen Hand und kramte mit der anderen in ihrer Handtasche, bis sie ihr Handy gefunden hatte. Sie wählte die Nummer, ohne sich zu fragen, weshalb es ausgerechnet diese war.

Mount Carmel, Ohio
Samstag, 19. Dezember, 16.03 Uhr

Noch immer vornübergebeugt, starrte Adam auf die Schneedecke im Vorgarten des Hauses, während er um Atem rang. Diese elenden Panikattacken! Er fragte sich, ob er seinen Sponsor bei den Anonymen Alkoholikern anrufen sollte, als sich ein riesiges, in Stahlkappenstiefeln steckendes Paar Füße in seinem Sichtfeld materialisierte. Er setzte eine neutrale Miene auf, hob den Kopf und blickte Diesel ins Gesicht.

Auch Diesel hatte seine Miene vollständig unter Kontrolle, was nicht weiter überraschend war. In der Hand hielt er eine Schachtel Kopierpapier, die aussah, als wäre sie mindestens zwanzig Jahre alt. »Alles klar?«, fragte er.

Adam nickte. »Was ist in dem Karton?«

»Da ist eine Menora drin.«

Adam rang sich ein Lächeln ab. »Daran habe ich gar nicht gedacht. Gibt es auch Jüdinnen unter den Mädchen?«

»Keine Ahnung. Aber wenn wir einen Baum haben, sollten wir auch eine Menora aufstellen. Diese hat meiner Mutter gehört. Ich wollte sie auf den Kaminsims stellen.«

Adams gezwungenes Lächeln schlug in ein aufrichtiges um. »Das ist echt nett von dir, Diesel. Ich bin …« Er deutete auf die Kartons mit den Lichterketten, die bereits unter einer der großen Eichen standen. »Ich soll hier draußen die Lichter aufhängen und könnte ein bisschen Hilfe gebrauchen.«

Diesel wirkte erleichtert. »Ich bringe nur kurz die Menora hinein und bin gleich wieder da.«

»Danke.« Er trat einen Schritt zur Seite, um Diesel durchzulassen, als Cyndi Laupers »True Colors« auf seinem Handy ertönte. Adam erstarrte.

Diesen Klingelton hatte er seit dem Tag, als er ihn installierte, nicht mehr gehört.

Er gehörte zu Meredith. Das Herz schlug ihm bis zum Hals, als er sein Telefon aus der Tasche zerrte. »Hallo?«, fragte er vorsichtig – Meredith würde ihn nur anrufen, wenn etwas sehr Schlimmes passiert war.

Und genau das schien der Fall zu sein. Er hörte Schreie im Hintergrund, laute Stimmen und Schluchzen. »Meredith?«, sagte er scharf, während seine Fantasie augenblicklich die schlimmsten Bilder heraufbeschwor. »Bist du das?«

Diesel starrte Adam an, ohne ein Wort zu sagen. Er wartete.

»Meredith?«, sagte Adam, während ihn neuerlich Panik erfasste. »Sag mir, dass du das bist.«

»Ja.« Ihre Stimme war dünn, spröde. »Ich … Kannst du bitte herkommen? Ich brauche dich.«

»Ja. Ja, natürlich.« Er versuchte, ganz ruhig zu bleiben, gegen die Angst anzukämpfen, die ihm die Luft abzuschnüren drohte. Eine Hand legte sich um seinen Oberarm, drückte so

fest zu, dass es wehtat … und holte ihn ins Hier und Jetzt zurück. Dankbar sah er auf, direkt in Diesels Gesicht, und deutete in Richtung Haus. »Hol bitte Colby«, sagte er. Diesel rannte sofort los. »Ich bin hier«, sagte er in den Hörer. »Sag mir, wo du bist, Süße.«
Ein halb unterdrückter Schluchzer drang durch die Leitung. »Im Buon Cibo.«
Stimmt ja, dachte er. Wendi hatte es vor ein paar Tagen erwähnt, als er das undichte Rohr in der Küche repariert hatte. Er kramte die Schlüssel aus der Tasche. In dem Moment kamen Colby, Wendi und Diesel aus dem Haus gelaufen, gefolgt von Stone, der nicht ganz mithalten konnte.
»Ich weiß, wo du bist.« Adam schob das schmiedeeiserne Tor auf und trat zu seinem Jeep. Die anderen folgten ihm. »Ich steige schon in den Wagen. Sag mir, dass es dir gut geht.«
Wendi war kreidebleich geworden und schlug sich die Hand auf den Mund. Colby legte ihr beschützend den Arm um die Schultern.
»Ich bin …« Merediths Stimme war kaum hörbar. »Es geht mir gut. Mallory auch. Es gab eine Schießerei. Ein Mann ist tot. Aber ich habe nicht geschossen, ich schwöre, ich war's nicht.« Ihre Stimme brach.
Adam kniff die Augen zusammen und zwang sich zu atmen. »Es geht ihr gut«, sagte er zu den anderen und stieg in seinen Jeep. »Mallory auch, aber offenbar gab es in dem Café, wo sie essen waren, eine Schießerei. Im Buon Cibo.«
»Wir fahren dir hinterher«, sagte Colby, packte Wendi, die bereits zu seinem Wagen laufen wollte, und schob sie in Richtung Haus. »Ohne Jacke kannst du nicht mitkommen, Wendi. Wir beeilen uns, versprochen.«
Colbys Stimme schien sie zu beruhigen. Sie ließ sich gegen seine Brust sinken und nickte schwach.

»Ruf an, wenn du uns brauchst!«, rief Diesel, als Adam mit heulendem Motor und quietschenden Reifen davonschoss. Adam hob kurz die Hand, dann wandte er seine Aufmerksamkeit wieder Meredith zu. »Hast du die Polizei gerufen?«
»Alle haben es getan«, stieß sie atemlos hervor. »Die anderen Gäste.«
»Sehr gut«, sagte er beschwichtigend. »Wo genau bist du gerade, Schatz?«
»Im Café. Unter dem Tisch.« Ihr Atem ging schnell und flach. »Ich hatte meine Waffe gezogen, Adam. Aber ich habe ihn nicht erschossen.«
Adam runzelte die Stirn. Was sie sagte, war ziemlich verwirrend. Aber ... Moment mal! Meredith trug eine Waffe bei sich? Er hatte nicht mal gewusst, dass sie überhaupt eine besaß. »Natürlich nicht. Aber wer hat ihn dann erschossen?«
»Das weiß ich nicht.« Wieder drang ein Schluchzer durch die Leitung. »Er hat auf mich gezielt, aber ich habe es ihm ausgeredet. Er hat sie runtergenommen. Und dann ...« Sie brach in Tränen aus. Frustriert krallte Adam die Hände ums Steuer. *Ich hätte bei ihr sein sollen.* Zum x-ten Mal verfluchte er sich für seine Schwäche. *Wäre ich nicht so kaputt, wäre ich an ihrer Seite gewesen ... wo ich hingehöre. Ich wäre da gewesen, und es würde ihr gut gehen.* »Und dann?«, fragte er sanft.
»Sein Kopf ... er ist einfach explodiert.« Sie würgte ein wenig, dann holte sie tief Luft. »Ich bin ... o Gott. Ich bin voller ... Gott, Adam!«
»Verstehe«, sagte er. Die Hirnmasse eines toten Mannes klebte überall an ihr. Er preschte die gewundene Straße so schnell entlang, wie er nur konnte, und trat kräftig aufs Gas, sowie er den Highway erreichte. »Ich bin schon unterwegs, Meredith. Leg die Waffe einfach auf den Boden. Die Polizei kann später feststellen, dass du keinen Schuss abgegeben

hast, aber es ist besser, wenn sie dir die Waffe nicht erst abnehmen müssen. Hast du sie hingelegt?«
»Ja«, flüsterte sie.
»Sehr gut«, lobte er. »Wo ist Mallory?«
»Sie sitzt neben mir.«
»Unter dem Tisch?«
»Ja. Sie hat mich runtergezogen, nachdem der Kopf des ...« Wieder brach ihre Stimme. »Er war noch ein halbes Kind, Adam.«
Mallory hatte schnell gehandelt, aber leider nicht schnell genug, um zu verhindern, dass das Gehirn des Jungen auf Meredith spritzte. »Geht es ihr gut?«
»Ich glaube, sie hat einen Schock. Die Fensterscheibe ist zerborsten.«
»Im Café?«
»Ja. Ich wusste nicht, dass ein zweiter Schuss fallen würde.«
Adam zwang sich, ruhig zu bleiben, tief durchzuatmen. »Was ist passiert?«
»Beim ersten Schuss ging die Scheibe zu Bruch, das Panoramafenster, an dem wir saßen. Der zweite ... hat einen Mann getroffen, einen Gast hinter mir. Er blutet.« Ihre Stimme war kaum mehr als ein ersticktes Flüstern. »Einer der Gäste leistet Erste Hilfe. Ich kann nicht. Meine Hände sind ...«
»Verstehe«, sagte er und lockerte die angespannten Muskeln an seinem Kiefer. »Es kann sein, dass sie die Masse an deinen Händen als Beweismittel sichern wollen, deshalb kannst du sie leider noch nicht waschen. Aber bald.«
»Ich weiß. Er hat gesagt, es tue ihm leid. Der Junge, meine ich. Er meinte, ich solle runtergehen, unter den Tisch, solle weglaufen. Und dann ...« Wieder versagte ihr die Stimme.
»Süße«, sagte er hilflos, doch dann zwang er sich, einen strengeren Ton in seine Stimme zu legen. »Meredith.«
»J-Ja?«

Sein Herz hämmerte. »Sind die Cops schon da?«
Ihr Schluchzen wurde ein wenig leiser, dann war sie wieder am Apparat. »Ja, sie sind gerade gekommen.«
»Gut. Sehr gut. Wenn sie bei dir sind, gib ihnen dein Telefon. Oder, noch besser, schalte es auf Lautsprecher. Ich will als Erstes mit ihnen reden.«

3. Kapitel

Cincinnati, Ohio
Samstag, 19. Dezember, 16.04 Uhr

Dieser beschissene Dreckskerl! Er glitt hinters Steuer, schlug mit der einen Hand die Tür zu und knibbelte mit der anderen die Reste der abziehbaren Folie ab, mit der die Türen und das Nummernschild seines Geländewagens beklebt gewesen waren. Heute war er als Klempner unterwegs gewesen. Er fädelte sich in den dichten Verkehr ein und blickte ein letztes Mal in den Rückspiegel.

Vor dem Restaurant hatte sich bereits eine Traube Schaulustiger eingefunden, und hinter ihm fuhr ein Streifenwagen mit Blaulicht heran. Noch ein paar Minuten, dann wäre das gesamte Areal abgesperrt, vielleicht würde die Polizei sogar die Innenstadt abriegeln. Er schaffte es gerade noch rechtzeitig, wegzukommen.

Eigentlich hätte ein solches Chaos herrschen sollen, dass eine Flucht kein Problem darstellte. Meredith Fallon und ihre junge Begleiterin hätten beide tot sein sollen. Verdammt! Dies war die perfekte Gelegenheit gewesen, und jetzt war sie dahin. Den Auftrag, die beiden umzubringen, hatte er nicht einmal den beiden Männern übertragen, denen er sonst sein Leben anvertraute. Weil er von so immenser Bedeutung war.

Hier geht es um meine Existenzgrundlage. Um mein Leben, verdammt!

Er hatte gewartet, beobachtet und schließlich den perfekten Zeitpunkt und Ort ausgewählt ... nur um dann zusehen zu müssen, wie alles den Bach runterging. Ab sofort wären Fallon und das Mädchen auf der Hut. Die Cops würden sie abschirmen, und er hatte keine Ahnung, wann sich ihm wieder eine Gelegenheit bieten würde.

Verdammt! Er hatte allen Ernstes gedacht, Andy würde es durchziehen, vor allem angesichts seiner bisherigen Lebensgeschichte. Schließlich hatte der Junge schon einmal für Linnea getötet.

Abgesehen davon, hatte er es so eingefädelt, dass für die Polizei nichts mehr zu ermitteln blieb. Die Bombe unter Andys Jacke hätte alles zerfetzen sollen. Wie immer hatte sein Onkel Mike gleich zwei von den Dingern gebastelt, wie immer hatte er die eine getestet, und sie hatte perfekt funktioniert – wie immer.

Er hatte keine Ahnung, weshalb die zweite Bombe nicht detoniert war. Aber er würde es bald erfahren. Seine Kontaktperson auf dem Revier würde ihm schon verraten, was die Spurensicherung herausgefunden hatte.

»Du hast ihn getötet.« Linnea saß stocksteif auf dem Rücksitz. Die Blutergüsse wirkten fast schwarz in ihrem gefährlich bleichen Gesicht.

»Er hat's vermasselt«, sagte er nur. »Er brauchte bloß einen Schuss abzugeben, sonst nichts.«

»Er ist kein Mörder.« Ihre Stimme klang tonlos. Wahrscheinlich stand sie unter Schock. Was nicht weiter schlimm war. Bald wäre auch sie tot. Sobald er die Stadt hinter sich gelassen hatte, würde er ihr eine Kugel in den Kopf jagen und ihre Leiche irgendwo liegen lassen, wo sie vor dem Frühling keiner finden würde.

»Doch, war er. Heute hat er vielleicht niemanden getötet, aber ein Mörder ist er trotzdem.«

»Damals war er doch viel jünger. Und er hatte Angst.« Ihre Stimme zitterte. Sie schien völlig erschüttert zu sein. »Das ist nicht dasselbe.«

»Es ist genau dasselbe, aber jetzt spielt es sowieso keine Rolle

mehr, oder? Schließlich ist er ja tot«, fügte er hinzu, wobei er die Grausamkeit seiner Worte in vollen Zügen auskostete.
Sie schloss lediglich die Augen. Zwei Tränen lösten sich und liefen ihr über die Wangen. Sie sah genauso aus wie das, was sie war – eine kaputte Nutte, die endlich resigniert hatte.
Trotzdem musste er vorsichtig sein, er durfte nicht riskieren, dass sie ihm das Gesicht zerkratzte oder sich zu einer anderen dämlichen Kurzschlusshandlung hinreißen ließ, die ihn zu Hause in Erklärungsnot brachte. Er fuhr nach Süden, in Richtung Fluss. Er würde sie loswerden und es trotzdem noch rechtzeitig zum Abendessen nach Hause schaffen.

Cincinnati, Ohio
Samstag, 19. Dezember, 16.20 Uhr

»Aus dem Weg, verdammt noch mal!«, knurrte Adam. Anfangs war er gut vorwärtsgekommen. Bis er die Innenstadt erreicht hatte. Offenbar war die ganze Stadt auf den Beinen, um sich das Feuerwerk anzusehen. Alles war hoffnungslos verstopft.
Kurz überlegte er, das Blaulicht einzuschalten, aber rein rechtlich war er nicht im Dienst, sondern lediglich in Bereitschaft, und Meredith ging es gut, zumindest körperlich. Die Bedrohung war unter Kontrolle, und die ersten Beamten waren bereits eingetroffen und sicherten den Tatort.
Rein körperlich war sie unversehrt. Aber an ihren Händen klebte die Hirnmasse eines jungen Mannes. Allein beim Gedanken daran drückte sein Fuß ganz automatisch das Gaspedal durch.
Scheiß drauf! Er streckte die Hand nach dem Blaulichtschalter aus. Scheiß auf die Folgen. Eine Verwarnung war das Schlimmste, was ihm blühen konnte, und selbst das war

reichlich unwahrscheinlich. In diesem Moment ertönte die Darth-Vader-Melodie, und er griff stattdessen nach seinem Handy.

»Hey, Loo.« Lieutenant Lynda Isenberg, seine Vorgesetzte, hatte stets eisern hinter ihm gestanden, auch in den schlimmsten Zeiten. Mit dem Klingelton wollte er sie bloß ein bisschen aufziehen. Die Liste der Menschen, denen er voll und ganz vertraute, war kurz, doch Isenberg stand ziemlich weit oben.

»Detective«, sagte sie knapp, was bedeutete, dass sie nicht allein war, denn im letzten Jahr war sie dazu übergegangen, ihn mit dem Vornamen anzusprechen. »Haben Sie schon von der Schießerei in der Innenstadt gehört?« Ihre Stimme klang leicht blechern, was ihm verriet, dass sie ihn auf laut gestellt hatte.

Vermutlich waren irgendwelche hohen Tiere bei ihr. Womit klar war, dass es sich nicht bloß um »irgendeinen schießwütigen Irren« handeln konnte. Andererseits war das Ganze, zumindest für ihn, ohnehin kein Routinefall, denn der Schütze hatte auf Meredith gezielt.

»Ich habe gehört, dass es im Buon-Cibo-Café zu einer Schießerei gekommen ist«, antwortete er.

»Das stimmt. Ich brauche Sie am Tatort«, sagte Isenberg. »Special Agent Triplett stößt dort zu Ihnen. Sie beide leiten die Ermittlungen.«

Das ist die Erlaubnis. Adam schaltete das Blaulicht an, woraufhin die Fahrzeuge eine Gasse bildeten, was bei diesem Verkehr nicht ganz einfach war.

Dass Jefferson Triplett sein Partner sein würde, war eine kleine Überraschung, wenngleich keineswegs eine unangenehme. Adam konnte Trip gut leiden. Er mochte zwar noch grün hinter den Ohren sein, legte sich jedoch mächtig ins Zeug und machte seine Sache gut.

»Ist Zimmerman auch da?«, fragte er und fuhr ein paar Meter weiter. Der leitende Special Agent des FBI-Büros von Cincinnati stellte Lieutenant Isenberg häufiger Personal für ihr Baby, die MCES, eine aus FBI- und CPD-Beamten gebildete Task Force, zur Verfügung.

»Ist er«, meldete sich Zimmerman zu Wort. »Hallo, Detective Kimble.«

»Sir«, erwiderte Adam höflich. »Wie ist die Lage? Wieso ist das FBI hier involviert?«

»Weil der potenzielle Schütze, der am Ende zum Opfer wurde, eine Bombe am Körper trug«, antwortete Isenberg.

Adam sog scharf den Atem ein. *Heilige Scheiße.* Eine Bombe. In einem voll besetzten Restaurant, mitten an einer Straße voller Leute, die Weihnachtsgeschenke kaufen wollten.

»Aber wie das? Und wo?«

»Das *Wie* sollen Sie herausfinden«, antwortete Isenberg. »Unter seinem Parka, um Ihre Frage nach dem *Wo* zu beantworten. Sekunden bevor er von jemandem von der Straße aus erschossen wurde, hat er den Reißverschluss aufgezogen. Der erste Beamte vor Ort hat die Sprengkörper gesehen.«

Adam rief sich ins Gedächtnis, was die völlig erschütterte Meredith gesagt hatte. *Er meinte, ich solle runtergehen, weglaufen.* Direkt bevor jemand dem jungen Mann den Kopf weggeschossen hatte. »Er wollte, dass Meredith weiß, was los ist. Er hat gesagt, sie soll weglaufen.«

»Dann wissen Sie mehr als wir«, bemerkte Isenberg trocken. »Deacon und Scarlett wollen sich wegen Befangenheit aus den Ermittlungen raushalten, weil sie zu eng mit Dr. Fallon befreundet sind, bieten aber ihre Unterstützung an. Sie sind der Nächste in der Reihe. Besteht bei Ihnen ebenfalls ein Interessenkonflikt?«

»Nein«, antwortete Adam, in der Hoffnung, dass ihm das Wort nicht zu schnell über die Lippen gekommen war. »Ich bin nicht ... involviert.« Zumindest noch nicht. Und dabei würde es auch bleiben, wenn das bedeutete, dass er den Fall übernehmen durfte. Es gab niemanden, in dessen Hände er Merediths Sicherheit freiwillig legen würde. »Wurde das Restaurant evakuiert?«

»Ja, man hat die Gäste in ein Hotel auf der anderen Straßenseite gebracht.« Isenberg seufzte. »Leider sind einige von ihnen schwer traumatisiert. Es war ... ziemlich heftig. Aber bestimmt wissen Sie auch das bereits.«

»Ja, Meredith hat es mir gesagt«, erwiderte er wahrheitsgetreu. »So aufgelöst habe ich sie noch nie erlebt. Sie war beinahe hysterisch.«

»Und wieso hat sie ausgerechnet Sie angerufen, Detective?«, erkundigte sich Zimmerman milde.

Adam sah Zimmermans Gesicht förmlich vor sich – die sorgenvoll gerunzelte Stirn, weil er die Wahrheit natürlich längst kannte. »Das weiß ich nicht. Vermutlich, weil mein Name mit A beginnt und ich deshalb ganz oben in der Kontakteliste stand?«

Isenberg schnaubte nur, doch ihr Tonfall ließ keine Zweifel aufkommen. »Sie sind schneller raus, als Sie *Piep* sagen können, Adam, haben Sie mich verstanden? Sehen Sie zu, dass Sie tatsächlich nicht ... involviert werden.«

»Ja, Ma'am.« Auch ihr Gesicht konnte er sich lebhaft vorstellen – ohne die Spur eines Lächelns, umrahmt von grauem Haar, das sie ebenso kurz trug wie er selbst, und zu Schlitzen verengte Augen, denen nichts entging. »Ich bin gleich da. Sonst noch etwas?«

»Ja«, antwortete Zimmerman. »Agent Triplett übernimmt das Kommando für alles, was mit der Bombe zusammenhängt. Er verfügt über große Erfahrung mit Sprengsätzen.«

Adam blinzelte. »Trip? Woher hat er denn Erfahrung mit Bomben?« Inzwischen hatte er den Tatort erreicht und stellte

seinen Jeep hinter den Einsatzfahrzeugen und Krankenwagen ab. Das Telefon zwischen Ohr und Schulter geklemmt, stieg er aus, ging um den Wagen herum zum Kofferraum und nahm seine kugelsichere Weste heraus, die er überzog. »Er war doch noch gar nicht beim Militär, oder? Er hat gerade mal das College hinter sich.«
»Sein Alter schmälert seine Erfahrung keineswegs. Lassen Sie sich da mal nicht täuschen«, gab Zimmerman zurück. »Er ist einer der besten Entschärfungsexperten, die ich je gesehen habe. Unser Team ist bereits mit Agent Triplett vor Ort. Sie wissen, dass Sie kommen.«
»Passen Sie gut auf sich auf, Adam«, sagte Isenberg leise. »Der Schütze vor dem Restaurant wollte möglichst viele Leute töten. Wir wissen nicht, wer die eigentliche Zielperson war und warum er sie im Visier hatte. Der junge Mann ist zwar vor Dr. Fallons Tisch stehen geblieben, aber sein Befehl hätte durchaus lauten können, willkürlich ein Opfer auszuwählen. Der Sprengstoffmenge nach zu schließen, die er bei sich trug, hätte er ohne Weiteres das ganze Café hochgehen lassen können.«
Adam nickte grimmig. »Diesmal hat es nicht geklappt, sprich, der Schütze versucht es vielleicht noch einmal. Alles klar. Ich melde mich, so schnell ich kann.« Er beendete das Telefonat und schloss die Weste, dann schnappte er seinen ballistischen Schutzhelm und die Sporttasche mit einem Jackett, einem Hemd und einer Krawatte, schob seine Dienstwaffe ins Holster und schloss den Kofferraum.
Er blickte zu dem Hotel auf der anderen Straßenseite hinüber. Meredith war wahrscheinlich dort. Hoffentlich hatte die Spurensicherung bereits alle Beweise an ihren Händen gesichert, damit sie sie hatte waschen können.
Und hoffentlich reichten Seife und Wasser aus, um sich wieder sauber zu fühlen.
Bei ihm funktionierte es nie. Das Blut von zu vielen Opfern

klebte an seinen Händen und ließ sich niemals entfernen, auch wenn er sie sich noch so häufig schrubbte. Dieses Gefühl wünschte er Meredith definitiv nicht.

Zwei Streifenpolizisten waren am Hoteleingang postiert, und er sah zwei weitere in der Lobby, als er an den Einsatzfahrzeugen vorbeitrabte, um sich auf die Suche nach Trip zu machen.

Meredith würde noch ein Weilchen warten müssen.

Anderson Township, Ohio
Samstag, 19. Dezember, 16.30 Uhr

Er wird mich umbringen, dachte Linnea Holmes. Für eine Frage war in ihren Gedanken kein Platz. Er hatte Andy getötet, als wäre er ... ein Nichts gewesen. Aber das stimmte nicht, Andy war kein Nichts gewesen, sondern ... alles.

Es tut mir so leid. Am liebsten würde sie die Worte gen Himmel schreien, doch sie tat es nicht. Weil der elende Dreckskerl, der Andy auf dem Gewissen hatte, glauben sollte, er hätte ihren Willen gebrochen. Er sollte glauben, dass sie sich nicht zur Wehr setzen würde. Doch sie würde sich wehren. Sie würde nicht zulassen, dass er sie tötete.

Durch ein Loch im Futter ihrer Jacke tastete sie nach dem Klappmesser im Saum. Andy hatte es ihr gegeben, damit sie sich verteidigen konnte. Sie wusste nicht, woher er es hatte – entweder beim Pokern gewonnen oder geklaut. Ihr war es völlig egal gewesen, aber ihm nicht. Diebstahl und Betrügereien waren ihm ein Gräuel gewesen.

Deshalb hatte er ihr auch den Kassenzettel für die Winterjacke gezeigt, die er bereits beim ersten Kälteeinbruch im November für sie gekauft hatte, lange bevor er sich selbst eine besorgt hatte.

Er hat immer zuerst an mich gedacht. Immer. Dass er mit dem Gedanken gestorben war, dass sie ihn so schmählich verraten hatte ...
Leider entsprach es der Wahrheit. Weitgehend. Ja, sie hatte tatsächlich ihren Körper verkauft. Aber nicht so, wie er dachte. Sie war sich nicht sicher, ob sie es jemals über sich gebracht hätte, ihm die wahren Gründe zu enthüllen.
Tränen brannten in ihren Augen. *Und jetzt werde ich es niemals herausfinden.*
Sie schuldete Andy Gold so viel. *Ich werde ihn nie wieder im Stich lassen.* Sie drückte die Schultern durch. Sie würde ihn rächen. Das war ein Versprechen. An sich selbst. Und an Andy.
Endlich blieb der SUV stehen. Die letzten zwanzig Minuten waren sie in Richtung Osten gefahren, hatten die Stadt hinter sich gelassen. So weit war sie noch nie von der Stadt weg gewesen. Überall standen Bäume und wucherndes Gestrüpp, als hätte sich seit Jahren niemand mehr hierher verirrt.
Sie hielt den Kopf gesenkt, damit er glaubte, sie stünde immer noch unter Schock, während sie in Wahrheit die Strecke genau verfolgt hatte. Sie schloss die Finger fester um das Messer. Entweder ihr gelang die Flucht, oder aber sie würde beim Versuch zu fliehen sterben.
Schließlich hob sie den Kopf und riss in gespielter Überraschung die Augen auf. »Wo sind wir?«
Statt einer Antwort stieg er aus. Der Motor lief, und seine Tür stand offen, während er um den Wagen herumging und dabei eine Waffe aus dem Schulterholster zog.
Jetzt. Sie flüsterte ein Gebet, hoffte, dass Gott sie hören möge. Die Waffe in der Rechten, packte er sie mit der Linken am Kragen. *Um mich zu erschießen und hier liegen zu lassen.*
Vergiss es, dachte sie und biss die Zähne aufeinander. *Nicht heute.*

Sie zog das Messer heraus, hielt es so, wie Andy es ihr beigebracht hatte, und ließ die Klinge herausspringen, die sie, wie versprochen, minutiös geschliffen hatte. *Als würde dein Leben davon abhängen*, hatte Andy ihr eingeschärft, ohne zu ahnen, wie recht er damit gehabt hatte.

Sie ließ die Hand vorschnellen und erwischte ihn am rechten Unterarm, während sie die Beine herausschwang und ihm das Knie in den Unterleib rammte. Er krümmte sich vor Schmerz. Gleichzeitig stieß sie ihren Kopf gegen den seinen, so fest, dass einen Moment lang die Sterne vor ihren Augen tanzten.

»Elende Schlampe«, knurrte er und schloss die Finger fester um ihren Kragen. Und um die Waffe. *Verdammt.* Der Schnitt war nicht tief genug gegangen. Er hatte die Pistole nicht fallen lassen. Lähmende Panik erfasste sie. Doch sie verdrängte sie.

Noch mal. Stich noch mal zu. Und noch mal. Bis er aufhört. Sonst bist du tot.

Wieder stieß sie zu, grub die Klinge tief in die Unterseite seines Arms. Mit einem Wutschrei ließ er von ihr ab und taumelte einen Schritt rückwärts. Ihr ganzer Körper schmerzte von den Schlägen von gestern Abend. Trotzdem trat sie ihn mit beiden Füßen von sich und gab der Tür des Geländewagens einen Stoß, die daraufhin mit voller Wucht gegen ihn knallte.

Ein Schuss ertönte, doch er hatte sie nicht getroffen. Ohne sich umzusehen, lief sie um den Wagen herum zur Fahrerseite. *Nicht umdrehen. Nicht nach hinten sehen. Lauf und dann fahr los.* Sie sprang hinein, legte den Gang ein und drückte das Gaspedal bis zum Anschlag durch, sodass der Wagen einen Satz nach vorn machte. Beide Türen standen immer noch sperrangelweit offen.

Für den Bruchteil einer Sekunde sah sie im Seitenspiegel, wie er verzweifelt versuchte, die hintere Klappe zu erreichen, während die Reifen auf der schneebedeckten Straße durchdrehten. Schließlich fanden sie Halt, und der Geländewagen gewann schlingernd an Fahrt.

Sie sah, wie er auf die Knie fiel, die Waffe hob und zielte. Sie duckte sich. Schüsse hallten durch die Stille, so schnell, dass sie sie nicht zählen konnte. Eine Kugel traf die Rückscheibe. Sie zuckte zusammen, doch ... nichts. Kein zerberstendes Glas.

Kugelsicher. Die Scheiben waren kugelsicher. Und das wurde ihm jetzt zum Verhängnis.

Endlich war er mal im Nachteil.

Sie raste weiter, bis sie zum Ende des Weges gelangte, der zu ihrer Erleichterung in eine breitere Straße mündete. Abrupt riss sie das Steuer herum und bog auf den zweispurigen Highway ab, wobei die Zentrifugalkraft die Beifahrertür zuknallen ließ. *Gut.* Das war nicht geplant gewesen, aber umso besser.

Sie drückte das Gaspedal bis zum Bodenblech durch, worauf die Fahrertür ebenfalls weit genug zuschwang, sodass sie zu fassen bekam. Sie zog sie zu, ehe sie erneut aufs Gas stieg.

Wo bin ich? Sie befand sich östlich der Stadt, kannte aber niemanden hier draußen. Ein Handy hatte sie auch nicht bei sich. Ihr Blick fiel auf das Ladekabel in der USB-Buchse des Audiosystems. Es hing kein Telefon daran, daher trug er es vermutlich bei sich.

Was bedeutete, dass er wahrscheinlich bereits Hilfe rief. *Scheiße.* Sie musste den SUV so schnell wie möglich loswerden. Er hatte seine Leute, die alles für ihn tun würden. Linnea konnte sich beim besten Willen nicht vorstellen, wodurch er sich diese Loyalität verdient hatte, aber seine Handlanger befolgten sklavisch jeden seiner Befehle. Sie zuckte vor Schmerz zusammen. Am allerliebsten befolgten sie jene

Anweisungen, andere zu quälen, die kleiner und schwächer waren als sie, sprich, so ziemlich jeder.

Ihre Verletzungen waren ein klarer Beweis dafür, die innerlichen und die äußerlichen.

Es war nicht das erste Mal, dass er sie gezwungen hatte, einen seiner »Partner« bei Laune zu halten. Doch der Kerl von gestern Abend war besonders brutal gewesen. Er hatte verlangt, dass sie laut schrie. Was sie auch getan hatte. Er hatte darauf gezählt, dass Andy alles tun würde, damit die Schreie nur aufhörten. Was er eigentlich auch getan hatte. Aber nicht wirklich.

Sie hatte gewusst, dass Andy nicht zu einem Mord fähig war. Sie hatte seinen angespannten Kiefer gesehen, die Qual in seinen Augen. Andy hatte gewusst, dass er heute sterben würde, aber er hatte nicht zugelassen, dass jemand anderes dabei zu Schaden kam. So war er.

Der Schmerz saß tief. So war er gewesen. Gottverdammt noch mal! Er war tot. Für immer. Andy, der jedes Happy End verdient hätte, das man sich nur wünschen konnte. Aber jetzt würde er es niemals erleben.

Ihre Augen füllten sich mit Tränen, die sie verärgert wegwischte. Sie hatte nicht die Zeit zu trauern. Und sie verdiente die Trauer nicht. Nicht solange Andys Tod nicht gerächt war.

Du solltest die Polizei rufen. Ihnen sagen, was du weißt.

Sie schnaubte verbittert. *Als würden die ausgerechnet mir glauben. Einer Hure.*

Abgesehen davon, würden sie sie womöglich sogar festnehmen. Und sie würde nicht einmal eine Nacht im Knast überleben, denn auch dort hatte er Macht und Einfluss.

Für den Moment wussten lediglich er und seine Leute, dass sie in der Schießerei mit drinsteckte. Sie musste erst einmal untertauchen, sich verstecken. Und auf ihre Chance warten, ihn zu töten.

Dann würde sie zur Polizei gehen. Und sich ihrer Strafe stellen. Denn dann konnte Andy in Frieden ruhen. *Und ich auch.*

Cincinnati, Ohio
Samstag, 19. Dezember, 16.30 Uhr

»Nur noch ein kleines bisschen, Dr. Fallon.« Special Agent Quincy Taylors Hände waren ebenso sanft wie seine Stimme. Er kniete direkt vor ihr. »Es fehlen nur noch die Reste unter den Nägeln Ihrer rechten Hand. Die linke habe ich ja schon, und dann können Sie sich sofort die Hände waschen.«
Meredith zuckte zusammen. Die Hände waschen? Das hörte sich an, als hätte sie im Garten gebuddelt oder die Schlafzimmerwand gestrichen. Nach derlei Aktivitäten wusch man sich die Hände. Aber nicht nach dem, was sie gerade erlebt hatte.
Agent Taylor hatte den größten Teil der klebrigen Masse von ihren Händen entfernt, als er eingetroffen war, nur Minuten nach den ersten Beamten, und sie anschließend gebeten, zu warten, während er den Tatort sicherte.
Danach hatte man sie evakuiert – der reinste Albtraum. Zum Glück hatte Kendra Cullen in der Innenstadt Streifendienst. Mallory kannte Wendis Schwester und vertraute ihr, und es war eine Riesenerleichterung für Meredith, dass zumindest das Mädchen in guten Händen war.
Denn es lag immer noch eine Bombe im Buon Cibo. Der Junge war bis unter die Hutschnur verdrahtet gewesen und hätte sie alle in die Luft jagen sollen. Der Ausdruck auf seinem Gesicht, als er ihr zugerufen hatte, sie solle weglaufen … Meredith brach es das Herz. Er hatte solche Angst gehabt. Trotzdem hatte er gewollt, dass sie flüchtete. Und dann …

Der Schuss hallte in ihren Gedanken wider. Sie hörte es, spürte ...
Nein. Nicht. Nicht noch einmal. Sie schloss die Augen, schluckte und kämpfte gegen den Drang an, auf ihre Hände zu blicken. Zu würgen. Wieder. Schon beim ersten Mal war es grauenvoll gewesen.
Kaum hatte sie das Gespräch mit Adam beendet, war der Würgereiz übermächtig geworden. Sie war heilfroh gewesen, dass Adam das Spektakel nicht hatte mit ansehen müssen. Aber jetzt brauchte sie ihn an ihrer Seite.
Die Drehtür des Hotels zischte. Jemand war hereingekommen oder hinausgegangen. Wann immer sie das Geräusch hörte, blickte sie auf, in der Hoffnung, Adams Gesicht zu sehen. Es war ihr egal, ob er sie wollte oder nicht. Weshalb er so eisern Distanz wahrte. Und es war ihr auch egal, ob sie erbärmlich und hilfsbedürftig wirkte.
Sie *war* erbärmlich und hilfsbedürftig. Diesmal beschloss sie, die Augen nicht zu öffnen, weil er es bestimmt sowieso nicht war, doch ihre Augen wollten ihr nicht gehorchen.
Und dann schien mit einem Mal alles gut zu sein. *Er ist da. Er ist gekommen.* Wie er es versprochen hatte.
Adam trat durch die Tür und ließ den Blick durch die volle Lobby schweifen ... bis er sie entdeckte. Sein Körper spannte sich kurz an, dann sackten seine Schultern herab. Er nahm sie in Augenschein, von oben bis unten, dann bedeutete er ihr mit einer Geste, kurz zu warten.
Meredith wartete bereits seit Monaten auf Adam. »Was machen da ein paar Minuten länger schon aus?«, murmelte sie.
»Ich bin so weit«, verkündete Agent Taylor.
»Gott sei Dank.« Sie hob den Kopf und hielt erneut nach Adam Ausschau, der sich gerade mit Agent Triplett unterhielt. Beide Männer sahen zu ihr herüber, doch sie vermochte nicht zu sagen, was genau sie besprachen.

Agent Taylor sah kurz über die Schulter, dann richtete er den Blick wieder auf Meredith. »Die beiden leiten die Ermittlungen. Er muss zuerst den Tatort überprüfen. Deshalb ist er nicht gleich hergekommen.«

Meredith wurde rot. »Ah.« *Super.* Sie hörte sich an wie ihre Teenager-Patienten. Sie straffte die Schultern. »Ich habe keine Ahnung, was Sie meinen.«

Agent Taylors Grinsen bekam etwas Verschmitztes. Auf eine etwas verklemmte, nerdige Art war er wirklich süß. »Sie können gern Quincy zu mir sagen.« Er zog ein Päckchen Desinfektionstücher heraus. »Ich werde jetzt Ihre Hände säubern, damit sie *für was auch immer* einsatzfähig sind, wenn er herüberkommt.«

»Oder damit ich mich dahinter verstecken kann.« Sie versuchte, ein Stöhnen zu unterdrücken. »So offensichtlich kann es doch nicht sein, oder?«

Quincy stieß ein gespielt empörtes Schnauben aus. »Ich bin ein erfahrener Beobachter, Dr. Fallon. Ich habe einen Abschluss in Psychologie, Chemie und forensischer Anthropologie«, erklärte er, während er mit behutsamer Effizienz ihre Hände säuberte. »Außerdem bin ich darin ausgebildet, Täuschungsmanöver zu erkennen. Nicht dass ich das jetzt bräuchte«, fuhr er fort und grinste erneut. »Wenn Sie sich also nicht gleich verraten wollen, sollten Sie versuchen, daran zu arbeiten. Nur ein kleines bisschen.«

»Sie können unmöglich all diese Abschlüsse haben. Dafür sind Sie doch viel zu jung«, gab sie zurück, ohne seine letzte Bemerkung zu beachten.

Er zog die Brauen hoch, sodass sie über den Rand seiner schwarzen Hornbrille ragten. »Ich bin vierunddreißig.«

Zwei Jahre jünger als ich. Anscheinend fühle ich mich einfach älter. »Das ist wirklich unfair«, brummte sie, worauf er lachte.

»Als ich fünfundzwanzig war und wie siebzehn ausgesehen habe, hätte ich das vielleicht auch gesagt«, meinte er und nahm ihre sauberen Hände in Augenschein. »Sie haben keine Verletzungen. Das ist gut.« Er gab die schmutzigen Tücher in eine Beweismitteltüte, ehe er sich mit einer Mühelosigkeit erhob, um die Meredith ihn nur beneiden konnte – sie kam sich steinalt und steif vor. »Ich muss jetzt zurück an den Tatort.« Er reichte ihr seine Visitenkarte. »Melden Sie sich, wenn Sie etwas brauchen. Ernsthaft.«
»Aber ...« Sie packte ihn beim Ärmel. »Ist die Bombe denn entschärft?«
Quincy zeigte auf Agent Triplett, dann tätschelte er ihr die Hand. »Da Sie diesen Riesenkerl dort drüben sehen, dürfte die Bombe bereits entschärft und schon auf dem Weg ins Labor sein. Er ist der Bombenexperte.«
Meredith zwang sich, ihre Finger zu lösen, während sie den Riesen neben Adam betrachtete. Jeff Triplett war vor Kurzem Teil ihres Freundeskreises geworden. Er war ein netter Kerl – witzig, klug und ein ausgezeichneter Tänzer. Hier jedoch, bei der Arbeit, sah sie einen engagierten Polizisten von eindrucksvoller Größe – er überragte selbst Adam mit seinen knapp einen Meter neunzig – mit vor seiner breiten Brust verschränkten Armen und einer dunkelbraunen Glatze, die im gleißenden Licht der Hotelbeleuchtung schimmerte.
»Interessant«, sagte sie. »Eigentlich würde man glauben, seine Hände wären viel zu groß für all die winzigen Drähte.«
»Irrtum«, gab Quincy zurück.
»Okay, aber jung ist er definitiv.«
Quincy lächelte sie an. »Ekelerregend jung«, meinte er, während sein Lächeln verblasste. »Aber ich freue mich für ihn, weil er nicht so verhärtet und abgestumpft wie wir anderen ist. Zumindest noch nicht.«

Meredith musterte ihn mit zusammengekniffenen Augen. Die Verletzlichkeit in seinem Tonfall ließ sämtliche Alarmglocken schrillen. »Alles in Ordnung, Quincy?«
Im ersten Moment schien er ein wenig erschrocken zu sein, nickte aber. »Ich habe fast vergessen, dass Sie ja Psychologin sind. Wie auch immer. Ich denke, mir geht es so gut wie den anderen auch.« Er zuckte mit den Achseln. »Wir haben eben alle zu viel gesehen, zu viele Albträume gehabt. Und heute ist noch einer dazugekommen. Sie wissen ja, wie das ist.«
»Ich mache mir wirklich Sorgen um Sie alle«, meinte Meredith, während sie an die Höllenqualen zurückdachte, die Adam vor knapp einem Jahr durchlebt hatte, als er ihren Trost gesucht hatte. Und dann hatte er vor vier Monaten wieder an ihrem Küchentisch gesessen und gemalt – ein ganzer Buntstift war für ein einziges Bild draufgegangen, in Rot. So viele der Polizisten, die sie kannte, litten an einer posttraumatischen Belastungsstörung, aber nur wenige von ihnen gestatteten sich, die Hilfe zu suchen, die sie so dringend benötigten. »Ich würde gern ...«
»Ich muss los«, unterbrach Quincy und machte sich mit einem letzten, verkniffenen Lächeln auf den Weg.
Meredith sah ihm hinterher. Erst als sie einen warmen Luftzug an ihrem Ellbogen spürte, wurde ihr bewusst, dass sie sich aufgerappelt hatte und mit in die Hüften gestemmten Händen dastand. Sie sah nach links, in Richtung Tür, dann blickte sie hoch und schnappte unwillkürlich nach Luft. »Adam.« Ihr Herz begann zu hämmern. Adam Kimble war der attraktivste Mann, den sie je gesehen hatte. »Hi.«
Doch es war, als hätte er sie nicht gehört. Er starrte sie mit finsterer Miene an. »Was hat er mit dir gemacht?«
Meredith blinzelte verblüfft. »Was meinst du?« Sie folgte seinem Blick und sah Quincy vor dem Hotel in seine FBI-Jacke schlüpfen. »Redest du von Quincy?«

Adam zog die Brauen hoch. »Quincy?«, wiederholte er sarkastisch.
Sie biss verärgert die Zähne zusammen. *Du liebe Zeit!* War er wütend? *Vermutlich.* Eifersüchtig? *Unwahrscheinlich.* Trotzdem hatte seine Haltung etwas ziemlich Machohaftes, wenn sie richtiglag. Was wohl der Fall war. Sie hatte so etwas in der Vergangenheit bereits oft gesehen. »Agent Taylor?«, fragte sie zuckersüß. »Dein netter Kollege?«
Adam presste die Lippen aufeinander, und selbst das war unglaublich sexy, wie sie zähneknirschend zugeben musste. »Er hat dich angefasst«, knurrte er.
Sie spürte Wut in sich aufsteigen. »Ja, er hat *Gehirnmasse* von meinen *Händen* gewischt und gefragt, ob es mir gut geht, weil ich völlig von der Rolle war. Er hat sich tadellos benommen, und was auch immer dein Problem sein mag, hör auf damit.«
Er schluckte. »Tut mir leid«, murmelte er leise ... und mit einer Intimität, die ihr einen Schauder über den Rücken jagte. »Ich war halb verrückt vor Sorge um dich, muss aber unbedingt Professionalität wahren, sonst zieht Isenberg mich von dem Fall ab. Es tut mir wirklich leid«, wiederholte er. »Ist alles in Ordnung mit dir? Das hätte ich dich natürlich als Erstes fragen sollen.«
Ihr lag auf der Zunge, dass alles okay war, doch als sie ihm ins Gesicht sah, wollte ihr die Lüge nicht über die Lippen kommen. »Nein.« Ihre Stimme brach. »Gar nichts ist in Ordnung«, flüsterte sie. »Ich habe einen Jungen sterben sehen, und es geht mir überhaupt nicht gut.«

4. Kapitel

*Cincinnati, Ohio
Samstag, 19. Dezember, 16.45 Uhr*

Adam sehnte sich danach, sie zu berühren. Er wollte sie an sich ziehen und sie in seinen Armen halten, bis das Zittern nachließ. Sie war bleich, Reste von Hirnmasse klebten in ihrem Haar. Wahrscheinlich hatte sie es nicht mitbekommen, sonst hätte sie bestimmt längst versucht, es auszuwaschen. Er nahm sie beim Ellbogen und drückte sie auf einen der Klappstühle, die das Hotel inzwischen bereitgestellt hatte, dann ging er vor ihr in die Hocke und streifte einen der Latexhandschuhe ab. Zum Teufel mit Isenberg und ihren warnenden Worten. Merediths schmale Hand war eiskalt, und der Geruch nach Desinfektionsmittel stieg ihm in die Nase. Er sah sie an.

»Erzähl mir, was passiert ist, Meredith.«
Ein Schauder überlief sie. »Mallory und ich hatten uns gerade hingesetzt, als er plötzlich ... dastand. Und mich anstarrte.« Sie schloss die Augen und spürte, wie ihr sämtliche Farbe aus dem Gesicht wich.
Wieder drückte er ihre Hand. »Meredith«, befahl er scharf. »Mach die Augen auf. Gut«, fügte er eine Spur sanfter hinzu, als sie gehorchte.
»Du hast Glitzer im Haar«, bemerkte sie leise.
Na prima. »Das ist von dem selbst gebastelten Stern, der auf die Spitze des Weihnachtsbaums im Mariposa House sollte.« Sie blinzelte kurz, runzelte die Stirn. »Ihr habt den Baum aufgestellt?«
»Ja, Diesel und ich.« Er machte Anstalten, ihre Hand loszulassen, doch sie schloss die Finger um die seinen.

»Nicht«, flüsterte sie. »Ich will noch eine Weile deine Hand halten.«

»Ich tue alles, was du willst«, erwiderte er leise.

Sie stieß ein Schnauben aus, und ein Anflug von Bitterkeit flackerte in ihren Zügen auf, so flüchtig, dass es ihm entgangen wäre, hätte er sie nicht in dieser Sekunde angesehen. Sie öffnete den Mund, besann sich jedoch eines Besseren und schüttelte kaum merklich den Kopf. »Gut. In Ordnung. Es ist okay. Ich bin okay.« Sie wollte ihm ihre Hand entziehen, doch diesmal war er derjenige, der nicht losließ.

Er musterte sie stirnrunzelnd. »Nein, es ist nicht okay. Was wolltest du gerade sagen? Nein, sag es mir«, beharrte er, als sie den Blick abwandte. »Sieh mich an, Meredith.«

Sie gehorchte. Die Qual in ihren Augen war schrecklich anzusehen, doch er unterdrückte den Impuls, zurückzuweichen. Er durfte sich nicht der Verantwortung entziehen.

Sie ist so traurig, hatte Wendi gesagt. *Wenn du sie nicht willst, dann lass sie gehen.*

Ich bin schuld, dachte er. *Schuld an dem Schmerz in ihren Augen.* Er fühlte sich hundeelend, wahrscheinlich genauso elend wie sie. Er hatte ihr nicht wehtun wollen, aber genau das war geschehen.

»Du tust alles, was ich will?«, wiederholte sie leise. »Klar. Du kannst mir nicht geben, was ich brauche. Oder willst es nicht, keine Ahnung. Aber eigentlich spielt es keine Rolle. Zumindest im Moment nicht.« Wieder versuchte sie, ihm ihre Hand zu entziehen, doch auch jetzt wollte er sie nicht loslassen. »Bitte, Adam«, flüsterte sie heiser. »Es geht nicht. Ich kann mir nicht erlauben, jetzt zusammenzubrechen. Nicht vor all den Leuten. Ich hätte dich nicht bitten dürfen herzukommen. Es war nicht fair, keinem von uns gegenüber, und … du musst deine Arbeit machen. Also, lass einfach los.«

»Ich kann nicht«, flüsterte er. »Zwing mich nicht. Noch nicht. Bitte.«
Tränen brannten in ihren Augen. Sie wandte den Kopf ab und blinzelte dagegen an. »Gut«, hauchte sie mit einem mühsam unterdrückten Seufzer, doch ihre Hand erschlaffte. Adam wusste, dass sie sie ihm entziehen würde, sobald er seinen Griff auch nur minimal löste. Gefühlsmäßig hatte sie sich längst zurückgezogen.
Sie räusperte sich, drückte die Schultern durch und setzte jene gelassene Miene auf, von der alle rings um sie herum glaubten, sie spiegle ihren natürlichen inneren Frieden wider. *Zen.*
Doch Adam kannte sie besser. Er wusste, wie sie aussah, wenn sie die Kontrolle aufgab. Sich fallen ließ. Seinen Namen rief. Er atmete tief durch.
Jetzt war nicht der richtige Zeitpunkt, darüber nachzudenken. »Später«, murmelte er. »Wir reden später darüber. Versprochen. Jetzt muss ich zuerst einmal deine Aussage aufnehmen. Du sagtest, er sei aus heiterem Himmel aufgetaucht, hätte auf einmal neben eurem Tisch gestanden und dich angestarrt.«
Sie nickte. Inzwischen wirkte sie geradezu stoisch. »Mein erster Impuls war wegzulaufen. Reiner Instinkt, vermute ich. Ich hatte meine Waffe in der Jackentasche und das Holster schon offen.«
Ihre Waffe war als Beweismittel sichergestellt worden. »Trägst du immer eine bei dir?«, fragte er.
Wieder nickte sie. »Schon seit ein paar Jahren. Ich wurde von Eltern bedroht, nachdem ihre Kinder den Missbrauch an ihnen preisgegeben haben. Einige wurden ziemlich rabiat.«
Adam hatte Mühe, seine Wut niederzukämpfen. *Nicht jetzt.* »Ich brauche ihre Namen. Alle.«
Ihr Kiefer spannte sich kaum merklich an. »Ich kann dir die

Namen der Leute geben, die mich explizit bedroht haben, aber sie sind ohnehin bekannt, weil ich Anzeige gegen sie erstattet habe.«

Er runzelte die Stirn. »Explizit? Und was ist mit den nicht expliziten Drohungen?«

Sie zuckte mit einer Achsel. »Es gibt keine.«

Er kniff die Augen zusammen. »Gibt es sie nicht, oder willst du mir bloß nicht die Namen verraten?«

»Rein rechtlich gesehen Ersteres, aus pragmatischen Gründen Letzteres.«

Er schloss die Augen und musste neuerlich gegen seine Verärgerung ankämpfen. »Wieso nicht?«, fragte er, als er sicher war, dass sein Tonfall nicht allzu scharf ausfiel.

»Wenn ich die Namen der Eltern preisgebe, lege ich automatisch die Namen meiner minderjährigen Patienten offen. Das geht nicht. Nicht, wenn sie weder ihrem Kind noch mir gegenüber eine eindeutige Drohung ausgesprochen haben.« Ihre Stimme war ruhig, beinahe freundlich. Er malte sich aus, wie sie in diesem Tonfall mit ihren Schützlingen sprach. Trotzdem ärgerte es ihn.

»Dennoch trägst du eine Waffe bei dir«, gab er in bemüht professionellem Tonfall zurück.

Wieder zuckte sie angedeutet mit den Achseln. »Ich bin eben vorsichtig, Detective.«

Detective. *Scheiße.* »Hat dir jemand Grund zur Annahme gegeben, dass du eine Waffe bräuchtest, selbst wenn es bloß im Rahmen einer nicht expliziten Drohung ist?«

»Ja.«

Seine Wut brach sich Bahn. »Verdammt, Meredith. Jemand hat um ein Haar ein Restaurant mitten in der Stadt in die Luft gejagt. Hast du eine Ahnung, wie viele Leute hätten umkommen können?«

Sie reckte das Kinn vor. »Ich bin mir dessen durchaus bewusst

und werde alles in meiner Macht Stehende tun, um zu kooperieren.«
»Aber du willst mir nicht sagen, vor wem genau du Angst hast. Herrgott noch mal, Meredith!«
Sie schluckte. »Ich werde auf keinen Fall gegen die ärztliche Schweigepflicht verstoßen. Wir reden hier von Kindern, traumatisierten Kindern. Jene Kinder, die vom Gericht zur Therapie zu mir überwiesen wurden, sind aktenkundig. Und jeden, der etwas à la ›Dafür wirst du bezahlen, Miststück‹ gesagt hat, habe ich hochoffiziell angezeigt. Aber ich kann leider die Namen derjenigen nicht nennen, die rein zufällig jeden Morgen um fünf mit mir auf der Aschenbahn der Highschool joggen, samstagmorgens im Kroger-Supermarkt um die Ecke ihr Obst und Gemüse einkaufen oder mich seit drei Wochen jeden Sonntag nach der Messe in St. Germaine's anstarren.«
»Und sie sind der Grund, weshalb du eine Waffe trägst?«
Sie nickte mit zusammengepressten Lippen. »Jedenfalls habe ich mein Holster geöffnet. Er hat die Waffe gezogen, aber ich habe versucht, es ihm auszureden. Seine Hand hat gezittert.«
Er würde ihr die Namen später entlocken. Im Augenblick war sie viel zu erschüttert, zu fragil dafür. »Der erste Beamte vor Ort meinte, die anderen Gäste hätten mitbekommen, dass der junge Mann Selbstgespräche führte.«
»Das glaube ich nicht«, widersprach sie. »Ich bin mir nicht sicher, ob es jetzt überhaupt noch möglich ist, aber vielleicht solltet ihr überprüfen, ob er ein Mikro im Ohr hatte. Ich glaube eher, jemand hat ihm Anweisungen erteilt. Ganz bestimmt. Er hat pausenlos gesagt, es tue ihm leid. Und etwas von ›Er wird sie umbringen‹.« Sie merkte auf. »Vielleicht hat ihn ja jemand mit dem Handy gefilmt.«
Daran hatte er auch schon gedacht. »Sobald ich mit dir fertig bin, befrage ich die anderen Zeugen.« Obwohl, fertig mit

Meredith? Dazu würde es niemals kommen. Nicht solange er lebte.»Und dann?«
»Und dann habe ich meine Waffe gezogen. Wir haben einander gegenübergestanden und gewartet, eine gefühlte Ewigkeit lang, aber in Wahrheit war es vermutlich gerade mal eine Minute, vielleicht sogar kürzer. Am Ende hat er die Waffe heruntergenommen und gesagt, ich solle laufen. Zusehen, dass ich rauskomme. Er hat den Reißverschluss seiner Jacke heruntergezogen, aber dann ...« Sie schluckte hörbar.»Der Schuss kam von draußen. Das Fenster ist zerborsten, und sein Kopf... na ja, den Rest kennst du ja.« Sie blickte auf ihre Hände.»Ich war wie in einer Art Schockzustand. Ich habe nur auf meine Pistole gestarrt und gedacht, ich hätte sie abgefeuert, aber gleichzeitig hatte ich keine Ahnung, wie das passiert sein sollte. In diesem Moment war ich gar nicht in der Lage, einen Zusammenhang zwischen dem zerborstenen Fenster und allem anderen herzustellen.« Ein Lächeln umspielte ihre Mundwinkel.»Mallory aber schon. Sie hat mich gerade noch rechtzeitig unter den Tisch gezogen. Die nächste Kugel hat den Mann hinter mir getroffen. Aber er wird wieder gesund«, fügte sie hinzu.»Der Notarzt konnte die Blutung stoppen.«
»Und dann?«, hakte er behutsam nach.
»Dann habe ich quietschende Reifen gehört«, fuhr sie mit einem erschöpften Seufzer fort.»Und dann habe ich dich angerufen.«
»Worüber ich heilfroh bin.« Er drückte ihre schlaffe Hand ein klein wenig.»Verdammt froh, Meredith.«
Wieder zeichnete sich Bitterkeit auf ihren Zügen ab.»Zumindest konntest du dadurch schneller herkommen. Agent Taylor hat gesagt, du würdest die Ermittlungen gemeinsam mit Agent Triplett leiten.« Sie blickte vielsagend auf ihre ineinander verschlungenen Finger.»Ich nehme an, Ihre Vorgesetzte

wäre nicht gerade begeistert, wenn sie wüsste, dass Sie mit einer Zeugin Händchen halten, Detective Kimble.«

Ihr Sarkasmus ließ ihm das Herz bluten. »Es tut mir leid, Meredith, ich muss dir einiges erklären.«

Sie schüttelte traurig den Kopf. »Du schuldest mir keine Erklärung. Ich will Dinge, die ... du eindeutig nicht willst. Aber ich bin eine erwachsene Frau und kann damit umgehen.« Sie setzte ein Lächeln auf und entzog ihm ihre Hand. Diesmal ließ er los.

Er musste ihr alles sagen, nicht zuletzt, weil er sie unter keinen Umständen verletzen wollte. Er hätte nie gedacht, dass sie so sehr leiden könnte. *Wegen mir. Ich bin es doch gar nicht wert.* Und das war die Untertreibung des Jahrtausends.

»Wir müssen reden«, beharrte er so leise, dass die anderen ihn nicht hören konnten. »Genauer gesagt, ich. Ich muss dir alles erklären.«

Sie straffte die Schultern. »Bin ich hier fertig? Ich muss dringend zu Mallory. Und ich will endlich nach Hause.« Wieder brach ihre Stimme. »Ich wäre wirklich dankbar, wenn ich jetzt gehen dürfte.«

Nein. Geh nicht. Bitte, geh nicht. Doch er verkniff sich die Worte, verdrängte die aufkeimenden Gefühle, um in der Lage zu sein, sich voll und ganz auf den Fall zu konzentrieren. »Wo war Mallory die ganze Zeit?«

Sie blickte ihn überrascht an. »Neben mir.«

»Auf dem Stuhl? Du sagtest, sie hätte dich nach dem ersten Schuss zu Boden gezogen.«

Meredith runzelte die Stirn. »Ich habe zu ihr gesagt, sie soll unter den Tisch gehen. Nachdem er auf uns gezielt hatte.«

»Und was hat er dann getan?«

»Er hat mich angeschrien. Und dass sich keiner vom Fleck rühren soll.« Sie legte den Kopf schief. »An den genauen Wortlaut erinnere ich mich nicht mehr.«

»Als er Selbstgespräche geführt hat … oder mit jemand anderem geredet hat, falls das der Fall gewesen sein sollte?«
Sie runzelte die Stirn. »Nachdem er die Waffe gezogen hat. Bevor ich Mallory zugerufen habe, in Deckung zu gehen. Zumindest glaube ich das. Das hat ihn für einen Moment abgelenkt. Er hat die Waffe auf sie gerichtet und dann wieder auf mich. In dem Moment habe ich meine eigene Waffe gezogen. Ich glaube, Mallory war zu dem Zeitpunkt schon unter dem Tisch.« Sie presste sich die Fingerspitzen gegen die Schläfen. »Es tut mir leid, aber ich erinnere mich nicht mehr genau.«
»Verstehe.«
Sie faltete die Hände im Schoß. »Wann bekomme ich meine Waffe zurück?«
»Das weiß ich nicht. Im Augenblick ist sie ein Beweismittel, daher wird es in absehbarer Zeit wohl nicht möglich sein. Heute jedenfalls nicht.«
»Schon gut. Ich habe noch eine zweite. Kann ich jetzt gehen?«
»Ja. Ich …« Er erhob sich ebenfalls. »Darf ich dich anrufen? Heute Abend? Bitte«, fügte er hinzu, als sie schwieg. Er senkte die Stimme. »Bitte«, flüsterte er eindringlich.
Sie ließ die Schultern sacken. »Na gut. Ich …«, krächzte sie. »Ich tue alles, was du willst.«
Sie wandte sich ab und ging davon, während er zurückblieb und gegen den Drang ankämpfte, ihr zu folgen. Er stieß einen tiefen Seufzer aus und schickte seinem Sponsor bei den Anonymen Alkoholikern eine SMS. *Bist du heute Abend zu Hause?*
Sekunden später kam die Antwort. *Klar. Was liegt an?*
Meredith Fallon. Das lag an. Aber das würde er natürlich nicht schreiben. John hatte ihm davon abgeraten, sich mit ihr zu treffen. Zumindest nicht, bevor das Jahr zu Ende war. Aber wenn sie ihn zurückwies, nachdem er ihr alles erklärt

hatte, würde er den Zuspruch seines Sponsors dringend brauchen. *Ganz übler Fall,* schrieb er zurück. *Muss vielleicht reden.*

Ich bin hier. Ruf an, egal, wie spät es ist.

John Kasper war ein hochanständiger Mann. Ein ehemaliger Cop, der nur allzu genau wusste, welche Belastungen die Arbeit mit sich brachte. *Danke,* schrieb Adam und schickte die Nachricht ab, ehe er zu Trip zurückkehrte, der ihn beobachtet hatte. »Geht es ihr gut?«, fragte er.

»Nein.« Meredith Fallon ging es nicht gut. Aus einer Vielzahl von Gründen.

Trip zog die Brauen hoch und legte den Kopf schief. »Und Ihnen?«

Adam zwang sich, ihm zu antworten. »Ich bin okay. Wie ist der Status zur Bombe?«

»Sie ist schon unterwegs ins Labor. Ich bin zu neunundneunzig Prozent sicher, dass sie entschärft ist, aber das Team hat trotzdem sämtliche Sicherheitsvorkehrungen getroffen, nur für alle Fälle.«

»Wie haben Sie sie entschärft?«, hakte Adam nach.

»Nicht ich, sondern eher das Opfer, denke ich«, antwortete Trip.

Anderson Township, Ohio
Samstag, 19. Dezember, 16.50 Uhr

Endlich. Zivilisation. Linnea bog auf den Parkplatz eines Fischrestaurants namens Clyde's ein und sah sich suchend um. Dass sie seine Handlanger nirgendwo entdecken konnte, machte die Sache nicht besser. Wahrscheinlich hielten sie sich tunlichst bedeckt. Sie ging davon aus, dass der SUV mit einem Peilsender versehen war und er ihr seine Männer bereits auf den Hals gehetzt hatte, doch den Wagen am Straßenrand stehen zu lassen und zu Fuß weiterzugehen, wäre auch keine ideale Lösung gewesen. Sie war viel zu schwer verletzt. Nun, da sie die Pampa hinter sich gelassen hatte, standen ihre Chancen deutlich besser. Sie könnte für eine Weile untertauchen, vielleicht irgendwohin trampen.

Aber wohin? Diese Entscheidung hatte sie noch nicht getroffen. Jedenfalls nicht zu weit weg. Sie musste in der Nähe bleiben, um ihn töten zu können.

Sie zog die Kapuze ihrer Jacke hoch und stieg vorsichtig aus, als ihr Blick auf den Blutfleck auf dem Sitz fiel. *Na toll!* Es war durch den Stoff ihrer Jeans gegangen. Keine sonderliche Überraschung. Die Blutungen hatten immer wieder eingesetzt, nachdem sein oberster Helfershelfer mit ihr fertig gewesen war. Vor ihrem geistigen Auge zogen die Ereignisse noch einmal an ihr vorüber, sie hörte ihre Schreie, das Gelächter – seines und das seines Handlangers.

Er hatte zugesehen. Weil es ihn antörnte.

Hör auf. Sie zwang sich, die Erinnerung in eine virtuelle Schachtel zu legen und sie im hintersten Winkel ihres Bewusstseins zu verstauen, gemeinsam mit all den anderen Erinnerungen, die sie nicht aus ihrem Gedächtnis löschen konnte.

Du musst ins Krankenhaus, bevor du verblutest. Was durchaus passieren konnte. Es war schon einmal ziemlich knapp gewesen.

Aber auch das konnte sie vergessen, denn selbst im Krankenhaus hatte er seine Beziehungen. Sie war zwar nicht sicher, in welchem genau, oder ob seine Leute überall postiert waren, aber fest stand, dass sie das Risiko nicht eingehen konnte.

Allerdings gab es eine Klinik, die der städtischen Notunterkunft angeschlossen war. Dort war sie schon einmal nach einem brutalen Übergriff gewesen. Die Ärztin war sehr nett gewesen und hatte Linnea gefragt, ob sie mit der Polizei reden wolle, hatte sie jedoch nicht weiter bedrängt, als Linnea abgelehnt hatte. Stattdessen hatte sie sie notdürftig zusammengeflickt, ihr ein Schmerzmittel gegeben, das nicht müde machte, und ihr nahegelegt, sich auf sexuell übertragbare Krankheiten, darunter HIV, untersuchen zu lassen.

Die Ärztin mit den merkwürdigen Augen hatte mit keiner Wimper gezuckt, als Linnea wenig später wegen der Testergebnisse zurückgekommen war. Sie hatte kein Mitleid gezeigt, aber auch keinen Ekel oder Ablehnung. Sondern lediglich Empathie und Verständnis.

Das war vor sechs Monaten gewesen. Linnea hoffte, dass das Antibiotikum geholfen hatte, den Tripper zu bekämpfen, denn sie hatte den Termin für die zweite Spritze sausen lassen, ebenso wie die Nachuntersuchung nach drei Monaten, die ihr die Ärztin empfohlen hatte.

Was machte es schon aus? Die andere Diagnose war ein Todesurteil gewesen, obwohl die Ärztin gemeint hatte, das sei heutzutage längst nicht mehr so. Aber Linnea hatte leider kein Geld für Medikamente. Oder für sonst etwas.

Sie war im schlimmsten Albtraum gefangen gewesen, gezwungen, seine »Partner« zu »unterhalten«, wieder und wieder und wieder. Die anderen Mädchen bekamen Geld dafür, aber Linnea nicht, weil er sie in der Hand hatte. Er wusste Dinge über sie, die er benutzen konnte, um sie zum Gehorsam zu zwingen. Einige seiner Partner benutzten Kondome, anderen blühte dasselbe Schicksal wie ihr. Was in gewisser Weise befriedigend war. Obwohl sie zugegebenermaßen mit Sorge an die Ehefrauen dachte, zu denen die Kerle zurückkehrten. Sie verdienten es nicht, ebenfalls angesteckt zu werden, andererseits waren ihr die Hände gebunden. Dass er herausgefunden hatte, dass sie HIV-positiv war, hatte ihr Schicksal besiegelt. Damit war sie ihm endgültig ausgeliefert gewesen. Er hatte keinen Grund mehr gehabt, sie am Leben zu lassen, und sobald sie verschwunden gewesen wäre, hätte er sich Andy vorgeknöpft.

Sie hätte alles getan, um Andy Gold zu beschützen, aber dafür bestand jetzt kein Anlass mehr.

Zumindest wusste sie, dass sie denjenigen warnen musste, der heute in der Klinik Dienst hatte. Denn genau dort würde sie hingehen. Und sich zusammenflicken lassen. Wieder einmal. Und sie würde lange genug am Leben bleiben, um den Mann zu töten, der ihr das angetan hatte.

Den Mann, der Andy getötet hatte, als wäre er ein Nichts.

Alles, was sie brauchte, war ein bisschen Bargeld. Genug, um in die Stadt zu gelangen. Sie blickte sich um und entdeckte erleichtert eine Bushaltestelle ein Stück die Straße hinunter. An der Zufahrt zum Highway gab es auch ein Hotel, nicht gerade ein Luxustempel, aber zumindest würde sie von dort aus ein Taxi kriegen. Wenn sie genug Geld für die Fahrt zusammenbekam. Hoffentlich. Es war Samstag, und allzu viele Busse würden vermutlich nicht fahren. Es war kalt.

Und ich blute immer noch.

Sie hatte keine Ahnung, wie viel Zeit ihr blieb, bis er oder seine Handlanger sie aufstöberten. Sie öffnete die Mittelkonsole und spähte hinein. Nichts. So sauber wie am ersten Tag. Auch das Handschuhfach war leer, doch in dem Fach auf der Rückseite des Fahrersitzes befand sich ein einzelnes, nahezu auf die Größe einer Briefmarke gefaltetes Blatt Papier.

Sie steckte es in ihre Jackentasche und durchsuchte den Wagen weiter auf Bargeld. Selbst ein paar Münzen würden schon helfen, vielleicht fand sie ja genug, um sich etwas zu essen zu kaufen. Allein vom Geruch der Hamburger knurrte ihr der Magen, und sie versuchte, nicht daran zu denken, wann sie das letzte Mal etwas zu essen bekommen hatte. *Konzentrier dich. Zuerst die Klinik, dann kannst du etwas essen.*

Sie öffnete den Aschenbecher und stieß den Atem aus. Bargeld, ein mit einem Gummiband zusammengerolltes Bündel Zwanziger. Eigentlich logisch. Drogen und Nutten – beides sein Metier – wurden üblicherweise bar bezahlt. Das waren mindestens zehn Scheine, vielleicht sogar fünfzehn ... mehr als genug, um ein Taxi davon zu bezahlen. Ihr bliebe sogar noch genug übrig, um sich eine neue Waffe zu beschaffen, nun, da das Springmesser in seinem Arm steckte.

Sie steckte das Geld ein, schlug die Tür des SUV zu, schloss ab und steckte den Schlüssel ein.

Das Blut auf dem Sitz war tödlich. Die Cops würden Handschuhe tragen, doch falls er oder seine Handlanger, die nicht Bescheid wussten, den Wagen als Erstes fanden, würden sie ihre verdiente Strafe bekommen.

Aber außer ihnen verdiente niemand, mit ihrem Blut in Berührung zu kommen. Sie konnte nur hoffen, dass eine abgeschlossene Tür genügte. Immerhin war ihre Jacke sauber geblieben, sie würde sich im Taxi einfach darauf setzen, um keine Flecken auf dem Sitz zu hinterlassen.

Auf dem Weg zu dem kleinen Hotel warf sie die Autoschlüssel in den nächstbesten Gully. *Halt dich von der Straße fern. Es darf dich keiner sehen. Halte dich versteckt.* Was nicht weiter schwierig war, weil sie in den letzten sechs Monaten genau das getan hatte.

Cincinnati, Ohio
Samstag, 19. Dezember, 16.50 Uhr

Ich muss dir einiges erklären. Meredith saß mit Mallory auf einem schmalen Sofa im Büro des Hoteldirektors. Sie hatte den Arm fest um die Schultern des Mädchens gelegt. Adams Worte hallten so laut in ihrem Gedächtnis wider, dass sie alle anderen Geräusche ausblendeten. Wie wollte er seine monatelange Abwesenheit erklären? Er war nicht interessiert, so einfach war das.

Na gut, er hatte ihr die Zeichnungen zukommen lassen, aber doch nur, um ihr zu signalisieren, dass er sich allmählich erholte. Dass er sein Trauma in den Griff bekam.

Wenn er mit einem »Es liegt nicht an dir, sondern an mir« ankommt, haue ich ihm eins aufs Maul.

»Hey«, sagte Wendi, die im Türrahmen stand. Ihr Gesicht war tränenüberströmt, ihre Augen waren gerötet, und sie zitterte am ganzen Leib. Sie kam hereingelaufen und schloss Mallory in die Arme. »Ihr seid okay. Ich hatte solche Angst. Aber es geht euch gut.«

Meredith blickte ihre Freundin über Mallorys Schulter hinweg an. *Nichts ist okay*, formte sie stumm mit den Lippen. *Gar nichts.*

»Wenigstens seid ihr unverletzt«, korrigierte sich Wendi mit einem grimmigen Flüstern.

»Das habe ich dir doch gleich gesagt. Ihnen ist nichts passiert«, meinte Agent Colby in seiner typisch ruhigen Art, obwohl er beim Anblick von Merediths Haar zurückzuckte. »Wir sehen jetzt zu, dass ihr eure Aussage macht, dann kannst du nach Hause fahren und duschen.«

Meredith kniff die Augen zusammen und kämpfte gegen den Würgereiz an. »Ist es in meinem Haar?«

»Nicht viel«, wiegelte Wendi schnell ab, zu schnell. »Es sieht aus, als hättest du das Flusensieb im Trockner sauber gemacht.« Sie klang hochzufrieden mit ihrer Erklärung.

Meredith schlug die Augen auf und grinste sarkastisch. »Du bist eine derart miserable Lügnerin, Wen.«

»Stimmt«, bestätigte Colby und zwirbelte liebevoll eine von Wendis Locken.

Wendi warf ihm einen Blick zu. »Meredith kann nicht allein

zu Hause bleiben. Dieser Mann hat versucht, sie umzubringen. Was, wenn er zurückkommt?«
Meredith spürte, wie Mallory stocksteif wurde. »Hör auf, Wendi«, seufzte sie. »Du machst Mallory Angst.«
Doch Colby nickte nur. »Sie kann im Mariposa House bleiben. Ich habe noch ein paar Tage Urlaub und passe auf euch auf.«
Wendi warf Colby einen schmachtenden Blick zu wie ein liebeskranker Teenager. Meredith verdrehte bloß die Augen, andererseits war der Mann einfach hinreißend und zudem rasend verliebt in Wendi.
Ich bin doch bloß eifersüchtig, dachte sie. Adam Kimble hatte sich nicht einmal ansatzweise so besorgt über ihr Wohlbefinden gezeigt. *Wenn man bedenkt, dass mich gerade jemand umbringen wollte.* Der Gedanke beschwor eine neuerliche Woge der Übelkeit in ihr herauf. *O Gott. Jemand hat versucht, mich zu töten ... und die vielen anderen Leute im Restaurant.*
Aber wer? Wer könnte sie so sehr hassen? Wer hatte so wenig Respekt vor einem Menschenleben? Tja, leider einige Eltern ihrer kleinen Patienten, zumindest jener, die ihr das Gericht zur Therapie zugewiesen hatte. Normalerweise war dies der Grund, warum die Kinder zu ihr in die Therapie kamen: weil ihre Eltern zu egoistisch, gleichgültig oder innerlich abgestumpft waren, um für ihre Sicherheit zu sorgen.
»Im dritten Stock ist ein Zimmer frei«, sagte Wendi. »Dort kannst du übernachten.«
Wendi und Colby organisierten also bereits ihre Unterbringung. Meredith rang sich ein Lächeln ab und beschloss, zumindest ein Minimum an Kontrolle über ihr Leben zurückzugewinnen. »Danke, Parrish, das ist wirklich nett von dir, aber ich halte es für besser, nicht im Mariposa House zu wohnen. Die Mädchen sollen meinetwegen nicht aus

ihren Gewohnheiten gerissen werden.« Sie sah Mallory an und schluckte. *Auch sie hätte heute ums Leben kommen können. Nur weil sie mit mir zusammen war.* »Außerdem könnte ich die Mädchen damit in Gefahr bringen. Ich muss auf Distanz bleiben, bis ... die Lage unter Kontrolle ist.«
»Aber es war doch nicht deine Schuld, Meredith«, protestierte Wendi.
»Ich weiß.« Und das stimmte auch. Zumindest verstandesmäßig. »Trotzdem ist das Risiko zu groß. Parrish, du bleibst bei Wendi und den Mädchen. Ich bitte Kendra, zu mir zu kommen.« Kendra arbeitete zwar erst seit einem guten Jahr als Polizistin, konnte jedoch ganz hervorragend auf sich selbst aufpassen. *Genauso wie ich*, dachte Meredith. Trotzdem wollte sie heute Abend lieber nicht allein sein.
Kann ich dich später anrufen? Heute Abend? Bitte. Das eindringliche *Bitte* hatte sie komplett aus der Bahn geworfen. Verdammt.
»Kenny hat Tagschicht und folglich heute Abend frei«, fügte Meredith eilig hinzu, als Wendi erneut protestieren wollte. »Ich bitte dich. Du glaubst doch nicht ernsthaft, dass Kendra jemanden ins Haus lässt, der nicht dort hingehört, oder?« Das könnte womöglich auch Adam Kimble einschließen. Ebenso wie Wendi hatte auch Kendra ihr ans Herz gelegt, ihn zu vergessen. Keine der Cullen-Schwestern war ein großer Fan von ihm.
»Nein, definitiv nicht.« Wendi schien alles andere als glücklich zu sein, bedrängte Meredith jedoch nicht weiter. »Na gut«, sagte sie und wandte sich Colby zu. »Können wir jetzt gehen?«
»Mal sehen. Ich kümmere mich darum. Trip und Kimble müssen hier irgendwo sein.«

Cincinnati, Ohio
Samstag, 19. Dezember, 17.00 Uhr

»Er hat sie tatsächlich entschärft«, murmelte Adam. Er und Trip standen in dem kleinen Konferenzraum des Hotels, das ihnen der Direktor zur Verfügung gestellt hatte, und sahen sich zum dritten Mal auf Trips Laptop die Aufnahmen der Überwachungsvideos aus dem Restaurant an ... wenngleich leider nicht die Schießerei selbst zu sehen war. Stattdessen hatte die Innenkamera lediglich eine Teilansicht des jungen Mannes erfasst, bevor der tödliche Schuss gefallen war. Die aufschlussreichsten Aufnahmen stammten von einer an der Hauswand montierten Außenkamera, die über drei Sekunden hinweg zeigten, wie er die Straße überquert und das Restaurant betreten hatte.

»Hier zieht er den Reißverschluss auf«, sagte Trip und zeigte auf den Bildschirm. »Und ... hier reißt er die Drähte ab.« Er hielt die Aufnahme an. »Wenn man es nicht weiß, würde man nicht darauf kommen. Beim ersten Mal habe ich es glatt übersehen. Ich dachte, er zerrt an seinem Kragen.«

»Er wusste, dass er beobachtet wird«, meinte Adam. »Meredith meinte, er hätte ein Mikro im Ohr getragen und mit jemandem geredet.«

»Stimmt«, sagte eine leise Stimme hinter ihnen.

Adam blickte über die Schulter und unterdrückte den Impuls, das Gesicht zu verziehen, als er Agent Quincy Taylor die Tür hinter sich schließen sah. »Haben Sie es gefunden?«, fragte Adam, um einen neutralen Tonfall bemüht. Der Typ hatte ... *Was denn, Kimble?*, meldete sich die sarkastische Stimme in seinem Kopf zu Wort. *Er hat ihr die Hand getätschelt, um sie zu beruhigen. Weil du nicht da warst, um das zu übernehmen.*

Agent Taylor sah ihn an. »Ja«, sagte er in einem Tonfall, der

verriet, dass Adam seine Verärgerung bei Weitem nicht so gut kaschiert hatte, wie er dachte.
Selbst Trip musterte ihn argwöhnisch. »Wo war das Mikro?«, fragte er den Forensiker.
»In einem Klumpen Gehirnmasse«, antwortete Agent Taylor tonlos. »Einer der Bombenexperten hat es gesehen und ein Foto gemacht, weil der Tatort für meine Leute noch nicht freigegeben ist. Sagten Sie gerade, dass er die Bombe selbst entschärft hat?«
Trip nickte. »Sieht ganz danach aus. Der Junge hat offenbar gewusst, was er da tat, wenn ich das mal so deutlich sagen darf. Eine falsche Bewegung, und er hätte sich selbst in die Luft gejagt.«
Adam beschloss, sich wieder einzukriegen und sich auf seinen Job zu konzentrieren. »Kann schon sein, dass er wusste, was er tat, aber noch wahrscheinlicher ist es, dass es ihm egal war. Wäre die Bombe an der Tür hochgegangen, wäre die Detonation weit weniger heftig gewesen.«
»Sie glauben also, er hat versucht, die Leute im Restaurant zu retten?«, wollte Trip wissen.
»Er hat versucht, Meredith zu retten«, antwortete Adam. »Er hat zu ihr gesagt, sie solle abhauen. Das war unmittelbar vor dem ersten Schuss. Das zeigt mir, dass er immer noch Angst hatte, die Bombe könnte hochgehen.«
»Also war er sich doch nicht sicher, dass er sie unschädlich gemacht hatte«, meinte Trip nachdenklich. »Der Junge wusste, dass er sowieso sterben würde. Das sieht man ihm deutlich an ... daran, wie er zusammenzuckt, bevor er die Drähte abreißt.«
Adam stieß einen Seufzer aus, als sich sein Herz vor Mitgefühl zusammenzog. »Er sagte, ›Er wird sie umbringen‹. Das legt den Schluss nahe, dass derjenige, vor dem der Junge solche Angst hatte, ihn erschossen hat und anschließend geflüch-

tet ist. Wir haben einen schwarzen Geländewagen mit ›Plumber's Helper‹-Werbeaufdruck auf beiden Seiten schon zur Fahndung ausgeschrieben.« Mehrere Zeugen hatten den Wagen wegfahren sehen. »Aber ›Plumber's Helper‹ ist eine Scheinfirma, und niemand hat sich das Kennzeichen gemerkt.«

»Ein Zeuge hat den SUV mit dem Handy aufgenommen«, sagte Agent Taylor. »Ich konnte einen Teil des Kennzeichens erkennen und habe es in die Fahndung aufnehmen lassen. Das ist der zweite Grund, weshalb ich hier bin.«

Adam sah ihn überrascht an, während er bemerkte, dass auch Trip nichts davon gewusst zu haben schien, was den Schluss nahelegte, dass Agent Taylor ihn nicht mit Absicht im Unklaren gelassen hatte. »Wann haben Sie das Video bekommen?«, wollte Trip von ihm wissen.

»Gerade eben, als ich am Tatort war. Nachdem ich Dr. Fallons Hände sauber gemacht habe«, fügte er spitz hinzu. »Mehr habe ich nämlich nicht getan, Detective Kimble.«

»Weiß ich. Sie war ziemlich aufgebracht. Danke, dass Sie ihr geholfen haben, Agent Taylor.«

Agent Taylor nickte knapp. »Quincy.«

»Adam«, gab Adam zurück.

»Und ich bin Trip«, warf Trip sarkastisch ein. »Wieso hat der Zeuge das Video nicht uns übergeben?«

»Kids eben«, gab Quincy ungerührt zurück. »Brüder, zehn und zwölf Jahre alt. Sie haben mit der Handykamera herumgeblödelt und so getan, als würden sie ihre Eltern nach den Geschenken unterm Weihnachtsbaum ausquetschen. Sie waren zwei Blocks entfernt, als der SUV an ihnen vorbeigefahren ist. Anfangs war ihnen gar nicht bewusst, dass sie etwas Wichtiges aufgenommen hatten, aber dann haben sie die Fahndung in den Nachrichten gesehen. Sie sind zu mir gekommen, weil sie das FBI-Logo auf meiner Jacke gesehen haben, haben mir die Aufnahme zuerst gezeigt und dann per E-Mail geschickt. Sie warten mit ihren Eltern draußen in der Lobby.«

»Danke«, sagte Trip. »Haben wir schon Hinweise darauf, wer es auf Dr. Fallon abgesehen haben könnte, Adam?«

»Oder weshalb sie bewaffnet war?«, fügte Quincy hinzu.

»Beides«, gab Adam zurück. »Sie trägt immer eine Waffe bei sich, weil Eltern ihrer Patienten sie bedrohen und/oder stalken.«

Trip runzelte die Stirn. »Und womit genau drohen sie ihr? Hat sie Anzeige erstattet?«

»Sie hat jeden angezeigt, der sie explizit bedroht hat«, erwiderte Adam düster. »Doch anscheinend taucht ein Elternteil eines minderjährigen Patienten immer dort auf, wo sie morgens laufen geht oder ihre Einkäufe erledigt. Wer auch immer es ist, lächelt sie einfach nur an, obwohl sie die Person gar nicht kennt, was nicht als explizite Bedrohung gewertet werden kann.«

»Aber als reichlich implizit«, bemerkte Quincy verkniffen. »Sie hat Ihnen nicht konkret gesagt, vor wem sie Angst hat, oder?«

»Nein«, gestand Adam und fragte sich, ob er über Quincys Beschützerinstinkte erleichtert sein sollte, oder ob sie seine Eifersucht noch weiter schüren. »Sie wollte es nicht sagen, und ich habe sie nicht weiter bedrängt.«

»Wieso nicht, zum Teufel?«, platzte Trip heraus.

Adam sah ihn ausdruckslos an. »Sie wollte die Privatsphäre ihrer Patienten schützen. Ich habe nicht weiter nachgebohrt, weil sie drauf und dran war, zusammenzubrechen. Aber ich kriege es schon heraus, auf die eine oder andere Art.«

Trip warf ihm einen finsteren Blick zu. »Ich werde sie ganz einfach fragen. Sie behandeln sie wie ein rohes Ei, aber sie ist nicht so zerbrechlich, wie Sie glauben.«

Adam zog die Brauen hoch. »Und woher wissen Sie das?«
»Weil ich auf dem Weg hierher ihren Namen gegoogelt habe«, antwortete Trip. »Sie hat in den letzten fünf Jahren ein paar ganz üblen Arschlöchern das Handwerk gelegt. Von denen jeder ohne Weiteres einen Auftragskiller angeheuert haben könnte. Damit ist die Liste unserer Verdächtigen ellenlang.«
»Was für üble Arschlöcher?« Und wieso wusste er nichts davon? *Gott, Kimble, du bist ein egozentrierter Schwachkopf, der keine Ahnung hat, was eigentlich läuft.*
»Mindestens drei Drogendealer, einen Zuhälter und irgendein Managertyp, der geschworen hat, sie dafür büßen zu lassen, dass er ihretwegen seine Kinder nicht mehr sehen darf.«
Adam musterte ihn stirnrunzelnd. »Aber das können Sie unmöglich alles auf Google gefunden haben.«
Trip sah ihn etwas beschämt an. »Na gut, okay, ich habe auch Kendra gefragt. Officer Cullen, meine ich.«
Kendra war Wendis Schwester. Beide Frauen standen Meredith sehr nahe. »Und woher weiß Kendra das alles?«, fragte Adam argwöhnisch. »Und wieso sollte sie es Ihnen erzählen?«
»Die beiden gehen manchmal morgens gemeinsam laufen. Kenny hat mir von den Dealern und Zuhältern erzählt, als ich vorhin hier angekommen bin. Sie war eine der ersten Beamten am Tatort und diejenige, die die Bombe selbst gesehen hat.« Trip schien zu bemerken, wie stolz er klang, und blickte verlegen auf seine Pranken. »Wir, na ja, wir sind ein paar Mal ausgegangen. Kendra und ich.«
Quincy verdrehte die Augen. »Großer Gott, ist hier eigentlich jeder mit jedem verbandelt? Sie, Adam, haben mich vorhin angesehen, als würden Sie mir am liebsten den Kopf abreißen, und Trip kriegt die Fakten exklusiv von der Schwester ihrer besten Freundin auf dem Silbertablett serviert.« Er schnaubte. »Ich gehe jetzt wieder an die Arbeit. Ich wollte bloß wegen des Mikros und des Videos Bescheid geben.«

»Danke, Quince«, sagte Trip verlegen. »Ich fahre ins Labor und sehe mir die Bombe genauer an«, fuhr er fort, nachdem Agent Taylor verschwunden war. »Die Kollegen bringen sie gerade rüber. Die Drähte interessieren mich. Wenn der Junge das Ding so einfach entschärfen konnte, haben wir es wohl nicht gerade mit einem erfahrenen Bombenbauer zu tun.«
»Wie lange dauert es, bis ich den Tatort betreten kann?«
»Mindestens eine Stunde. Erst muss gewährleistet sein, dass nichts mehr passieren kann.«
»Dann befrage ich inzwischen die Zeugen. Deacon und Scarlett sind auch schon unterwegs, um uns zu unterstützen.«
»Als Erstes brauchen wir Mallorys Aussage«, meinte Trip mit sorgenvoller Miene. »Sie ist … labil. Das war ihr erster richtiger Ausflug nach der ganzen Scheiße, die sie im Sommer durchgemacht hat.«
Seit sie aus den Klauen dieses Monsters befreit worden war, das sie sechs Jahre lang missbraucht und in die Online-Kinderpornografie gezwungen hatte, indem er ihr gedroht hatte, dass ihrer jüngeren Schwester Macy dasselbe Schicksal bevorstünde, wenn sie nicht spurte. Macy war mittlerweile bei einer Pflegefamilie untergebracht, doch Adam wusste ganz genau, dass Mallory in ständiger Angst um sie lebte.
»Was heute vorgefallen ist, würde jeden umhauen.«
Trip zögerte. »Sie hat immer noch Albträume wegen des Polizisten, der an den Vergewaltigungen beteiligt war.«
»Wegen demjenigen, den wir bis heute nicht gefunden haben«, fügte Adam grimmig hinzu. Niemand bezweifelte, dass Mallory die Wahrheit sagte: Sie hatte angegeben, der Polizist habe eines Tages vor der Tür gestanden, um ihren Kidnapper zu verhören, nur um ihn dann zu zwingen, Mallory als Gegenleistung für sein Schweigen vergewaltigen zu dürfen. Natürlich hatten sie Ermittlungen angestellt, allerdings keine hinreichenden Beweise gefunden, dass die Poli-

zei überhaupt jemals eingeschaltet worden war. Aufzeichnungen für eine Befragung gab es nicht. Die Interne Revision war eingeschaltet worden, war jedoch zu dem Schluss gelangt, dass Mallorys Vergewaltiger sich lediglich als Polizist ausgegeben haben musste. Was Mallory kein Trost war.
»Sie hatte Angst, das Haus zu verlassen, weil jemand sie von den Pornofilmen erkennen könnte. Aber sie wollte sich unbedingt für die Kurse einschreiben, deshalb hat sie sich ein Herz gefasst. Ich kann nicht glauben, dass so etwas passieren konnte. Das arme Mädchen. Bestimmt setzt sie nie wieder allein einen Fuß vor die Tür.«
Adam ging davon aus, dass Kendra Trip von Mallory erzählt hatte, weil die Polizistin einen Teil ihrer Freizeit damit zubrachte, ihre Schwester im Mariposa House zu unterstützen. Er selbst wusste von seinem Cousin Deacon Bescheid, der es wiederum von seiner Verlobten und Merediths Praxispartnerin Faith erfahren hatte.
Adam verkniff sich einen Seufzer – am Ende schienen alle Fäden stets bei Meredith zusammenzulaufen, dem Herzstück ihres Freundeskreises. »Ich nehme Mallorys Aussage auf, damit sie so schnell wie möglich ins Mariposa House zurückkehren kann. Ich bin sicher, Wendi und Colby sind bereit.«
»Gut.« Wieder zögerte Trip. »Adam ... ich war dabei an dem Tag, als sie uns im Krankenhaus erzählt hat, was vorgefallen ist.« Weil ihr Entführer versucht hatte, sie für immer zum Schweigen zu bringen. »Ich habe ihre Aussage auf Video aufgenommen. Sie hatte solche Angst, und trotzdem hat sie uns alles erzählt. Sie war trotzig. Voller Wut. Aber heute ... sie wirkte wie betäubt. Sie müssen ganz vorsichtig sein. Nicht dass ich Ihnen kein Einfühlungsvermögen zutrauen würde, aber ... seien Sie einfach nett zu ihr.«
»Das werde ich«, versprach Adam, der die Bemerkung nicht

als Kränkung auffasste – Trip schien aufrichtig besorgt um Mallorys Wohlergehen zu sein. Er beschloss, dass es längst an der Zeit war, dass sie sich duzten. »Du findest so lange heraus, wer diese Bombe gebastelt hat. Du bist ja ein echtes Wunderkind, was Sprengkörper angeht, wie ich höre.«
Ein beinahe scheues Lächeln erschien auf Trips Zügen. »Ja. Das bin ich wohl.«
»Wie hast du das eigentlich geschafft, wo du doch gerade erst aus den Windeln heraus bist?«
Trip stieß ein abfälliges Schnauben aus. »Ihr Typen ... ihr seid doch noch nicht reif fürs Altersheim. Und ich bin kein Jungspund mehr.« Er warf sich gespielt in die Brust. »Ich verwende nur regelmäßig eine Feuchtigkeitspflege.«
»Und dann wird schön auf Hochglanz poliert«, bemerkte Adam trocken. Die beiden Männer verabschiedeten sich. Trip machte sich auf den Weg ins Labor, während Adam Mallory Martin suchte.

5. Kapitel

Anderson Township, Ohio
Samstag, 19. Dezember, 17.10 Uhr

Er stieß ein Grunzen aus, als die Nadel seine Haut durchstieß. »Vorsichtig.« Sein Onkel war der Einzige, dem er vertraute, deshalb hatte er ihn angerufen, nachdem Linnea in seinem verdammten SUV davongefahren war. Mike war in seinem Pick-up gekommen, hatte einen Erste-Hilfe-Kasten herausgezogen und versuchte nun, seine Wunden zu nähen.
»Verdammt, das tut weh, Mike! Sei gefälligst vorsichtig.«
Mit einem angewiderten Blick rammte sein Onkel die Injektionsnadel noch tiefer und drückte den Inhalt der Betäubungsspritze in sein Fleisch. »Du meinst, so vorsichtig, wie du heute warst? Was hast du dir dabei gedacht? Lässt dich von einem Mädchen übers Ohr hauen! Und dann siehst du auch noch zu, wie sie die Kurve kratzt. Was ist verdammt noch mal mit dir los, Junge?«
Er wollte protestieren, doch es lag auf der Hand, dass er bestenfalls faule Ausreden liefern konnte. Mike hatte recht. Er hatte Scheiße gebaut, und zwar auf der ganzen Linie.
Linnea war abgehauen. Und jetzt trieb sie sich irgendwo herum. *Und sie kennt mein Gesicht, verdammt noch mal!* Er klappte geräuschvoll den Mund zu.
»Hab ich mir gedacht«, bemerkte Mike und legte die Spritze beiseite. »Das werden mindestens zehn Stiche. Ich hoffe nur, das Lidocain wirkt lange genug. Mehr hatte ich nicht.«
Er biss die Zähne zusammen. »Ich schaffe das schon. Los, fang an.« Er hatte schon Schlimmeres ausgehalten.
Mike arbeitete schweigend. »Wo ist der SUV jetzt?«, fragte er nach einer Weile.

»Wird schon weggebracht.«
Mike sah auf. »Wohin?«, fragte er argwöhnisch. »Zu dir nach Hause?«
»Natürlich nicht, Scheiße noch mal!«, blaffte er. »Ich bin schließlich nicht blöd.«
»Was weiß ich«, brummte Mike. »Immerhin hast du zugelassen, dass ein Mädchen –«
»Halt endlich die Schnauze!«, schrie er und zischte vor Schmerz, als Mike viel kräftiger als nötig den sterilen Faden durch seine Haut zerrte.
»Pass auf deinen Ton auf, Freundchen«, warnte Mike. »Du bist derjenige, der Scheiße gebaut hat, nicht ich.«
Das stimmte natürlich. Und es ging ihm ganz gewaltig auf die Nerven. »Butch hat den SUV geortet und abgeholt.« Butch arbeitete seit über zehn Jahren für ihn und hätte ihm niemals wegen des Mädchens die Hölle heißgemacht. Leider war Butch jedoch nicht so geschickt mit Nadel und Faden wie Mike. »Er hat ihn in die Werkstatt nach Batavia gebracht.« Sie war eine von drei Werkstätten, die er besaß, und warf genug legalen Profit ab, damit das eine oder andere nächtliche Zusatzgeschäft nicht auffiel. »Die Sitze müssen ausgetauscht werden. Die Schlampe hat alles vollgeblutet.«
Mikes Züge erhellten sich. »Du hast ihr also auch einen Schnitt verpasst? Das ist ja immerhin etwas.«
Aber leider war das nicht der Grund, was er wohl oder übel zugeben musste, weil Mike es sowieso herausfinden und ihm für den Rest seines Lebens unter die Nase reiben würde. »Scheiße, Mike«, zischte er, weil trotz des Lidocains jeder Stich höllisch schmerzte. »Ich hab ihr überhaupt nichts getan. Sondern Butch.« Er dachte an den blutbefleckten Sitz. »Aber nicht mit dem Messer. Er hat sie bloß anständig durchgevögelt.«
Mike grunzte. »Er wusste wenigstens, was man mit einer Schlampe wie der macht.«

Er erschauderte. »Nicht in tausend Jahren stecke ich meinen Schwanz in dieses versiffte Loch. Igitt.«
»Deshalb hat ein schlauer Kopf ja das Kondom erfunden.« Er verdrehte die Augen. Seine Schar »College«-Nutten brachte ihm ein hübsches Sümmchen ein, aber abgesehen davon, dass sie für seinen Geschmack viel zu alt waren, betrachtete er sie gewissermaßen als Betriebsvermögen … sie waren nicht für sein Vergnügen da, sondern rein fürs Geschäft. Und keine von ihnen kannte sein Gesicht. Bis auf Linnea. *Scheiße!*
Mike verknotete den letzten Stich und schnitt den Faden ab, ehe er sich auf dem Sitz zurücksinken ließ. »Fertig. Jetzt der andere Arm. Die Schnitte sind nicht ganz so tief. Die kriege ich mit ein paar Klammerpflastern wieder in den Griff.«
Er hielt Mike den anderen Arm hin und zuckte zusammen, als dieser die Wunden mit Peroxid desinfizierte. »Der SUV ist also auf dem Weg in die Werkstatt«, meinte Mike. »Aber wo war er vorher?«
»Das Mädchen hat ihn in der Nähe der Ausfahrt Beechmont vor einem Restaurant stehen lassen, gleich neben der 275. Clyde's heißt der Schuppen.«
Mike grunzte. »Von dort aus kann sie überall hingefahren sein.«
»Ja, das weiß ich auch. Butch hat den SUV abgeholt. Jolee war auch dabei. Wir dachten, Linnea vertraut ihr vielleicht eher, wenn sie sie aufgabeln.« Jolee Cusack war das offizielle Gesicht seines Collegenutten-Rings. Die Mädchen dachten, sie sei der Boss, nur Jolee kannte die Wahrheit.
Und Linnea jetzt auch, verdammte Scheiße.
»Sie treibt sich irgendwo da draußen herum«, sagte Mike und klebte die Pflaster auf. »Die Cops hat sie jedenfalls nicht gerufen. Wieso nicht?«
»Keine Ahnung. Vielleicht ist sie ja tot. Sie hat ziemlich hef-

tig geblutet.« Schön wär's, doch im Grunde wusste er, dass ihm dieses Glück wohl nicht beschert war. »Vielleicht hat sie die Stadt verlassen.«

»Fang schon mal an zu beten«, zischte Mike. »Sie kann dich ruinieren. Mich ziehst du jedenfalls nicht mit ins Verderben, das kann ich dir versichern.«

Er starrte seinen Onkel eisig an. »Das würde ich niemals tun.«

Mike stieg aus und schwang sich auf den Fahrersitz. »Los, schaff deinen Arsch nach vorn«, knurrte er über die Schulter hinweg. »Ich bin nicht dein scheiß Chauffeur.«

»Hat auch keiner behauptet«, murmelte er und gehorchte. Wie ein Fünfjähriger. Der er nie gewesen war. Stattdessen war er gefühlt von seinem zweiten gleich zu seinem zwölften Lebensjahr gesprungen ... in erster Linie, weil er die zehn Jahre dazwischen geflissentlich ausblendete. Er schnallte sich an. »Ich bin so weit, *Onkel Mike*.«

Mike schnaubte. »Du bist ein beschissenes Arschloch.«

»Ich hatte einen guten Lehrer«, blaffte er zurück.

Mike grinste. »Vergiss das lieber nicht. Also, wohin?«

»Zur Werkstatt in Fairfield. Dort steht ein SUV, der fast genauso aussieht wie der, den die blöde Schlampe vollgeblutet hat.«

Mike legte den Gang ein und lenkte den Pick-up die schmale, schneebedeckte Straße entlang. »Das erspart dir wenigstens langwierige Erklärungen bei Rita.«

»Genau.« Nicht dass seine Frau allzu viele Fragen stellen würde – dafür gab er ihr nie einen Anlass, indem er das Geschäft vom Familienleben sorgfältig trennte. Und das würde auch jetzt ganz bestimmt so bleiben.

Cincinnati, Ohio
Samstag, 19. Dezember, 17.25 Uhr

Mallorys Aussage bestand im Grunde nur aus einer Aneinanderreihung von Nicken, Kopfschütteln und einsilbigen Antworten auf Adams Fragen. Trip hatte recht gehabt. Das Mädchen wirkte wie betäubt, und die Leere in ihren Augen erfüllte ihn mit großer Besorgnis.
Mehr als einmal hatte sie mitten während der Befragung innegehalten und blicklos ins Leere gestarrt. Er hatte laut ihren Namen wiederholen müssen, um ihre Aufmerksamkeit wieder auf sich zu lenken, und sie war zusammengezuckt, als hätte er sie geschlagen.
Adam warf Meredith, die neben ihr saß und ihre Hand hielt, einen Blick zu. Meredith wirkte ruhig und gefasst, sogar beinahe locker. Doch das war sie nicht. Adam bemerkte sehr wohl den angespannten Zug um ihre Mundwinkel und fragte sich, wie oft sie diese fast heiter gelassene Fassade aufsetzte, hinter der sie ihre wahren Gefühle verbarg.
Er wünschte, sie würde ihn ansehen, doch seit er das kleine Büro des Hoteldirektors betreten hatte, wo die beiden mit Wendi und Colby warteten, hatte sie jeden Blickkontakt gemieden.
»Wir lassen es jetzt gut sein«, sagte er leise zu Meredith. »Sie hat schon genug durchgemacht.«
»Danke.« Ihre Stimme war kaum mehr als ein Flüstern. Hätte er nicht genau hingesehen, wäre ihm entgangen, wie sie die Schultern sacken ließ.
Was hatte er sonst noch übersehen?
Er sah zu Wendi und Colby hinüber. Wendi hatte sich an Colbys ausladenden Oberarm geschmiegt. »Ihr beide bringt Mallory am besten nach Hause. Ich komme morgen vorbei, dann machen wir weiter.« Abgesehen von Mallorys Beteue-

rung, dass sie den jungen Mann noch nie gesehen hatte, war nichts wirklich Brauchbares aus ihr herauszubekommen gewesen. Alle weiteren Fragen hatte sie entweder vage oder überhaupt nicht beantwortet.

»Ich hoffe bloß, dass Mallory nicht zurückfällt«, murmelte Colby und folgte Wendi, die den Arm schützend um die Taille des Mädchens gelegt hatte. »Jetzt, wo sie schon so weit war.«

»Das hoffe ich auch«, bestätigte Adam. »Aber falls ja, ist sie im Mariposa House am besten aufgehoben.«

Colby nickte stolz. »Wendi sorgt dafür, dass man sich um sie kümmert, und ich bin für ihre Sicherheit zuständig.«

»Bleibst du dort? Im Haus?«, fragte Adam überrascht. »Ist das erlaubt?« Wendi legte großen Wert darauf, dass keiner der männlichen Helfer in die Nähe der Mädchen kam, damit sie sich nicht belästigt fühlten. Sie ging sogar so weit, dass sie alle vor dem gemeinsamen Abendessen nach Hause schickte, was neben dem Alkohol- und Fluchverbot eine weitere Hausregel darstellte.

»Das ist egal«, brummte Colby. »Wenn ich nicht im Haus bleiben kann, dann übernachte ich eben in meinem Truck oder stelle im Garten ein Zelt auf. Keiner betritt dieses Haus, solange ich da bin.«

»Aber es liegt Schnee«, protestierte Meredith. »Du kannst nicht im Zelt schlafen.«

»Das wäre nicht das erste Mal«, erklärte er. »Außerdem gibt es auf dem Grundstück eine Hütte, wo ich notfalls eine Pritsche aufstellen kann.«

»Danke«, sagte sie ernst. »Zu wissen, dass du in der Nähe bist, hilft mir enorm.«

»Und was wird aus dir?«, fragte Adam.

Sie versteifte sich. »Ich gehe nach Hause.«

Nein! Verdammt noch mal! »Und wer passt dort auf dich auf?«, fragte er. »Immerhin warst du das Ziel des Anschlags.«

Sie wich zurück. Und selbst Colby zuckte zusammen. *Gut gemacht, Kimble. Immer schön reintreten, wenn sie ohnehin schon am Boden liegt.*

»Kendra kommt vorbei«, antwortete Meredith. »Nach ihrer Schicht.«

»Bis dahin dauert es noch Stunden ... Stunden, in denen du ganz allein bist.«

»Sie wird nicht allein sein«, warf Colby ein. »Diesel Kennedy steht schon vor deinem Haus, Meredith, und bleibt so lange, bis Kendra kommen kann. Faith hat inzwischen deine Termine verlegt und die Patienten übernommen, die keine Sitzung verpassen sollten. Den anderen hat sie gesagt, dass du ein paar Tage nicht in der Praxis sein wirst. Es wird immer jemand rund um die Uhr bei dir sein, bis der Fall aufgeklärt ist.«

»Und wer soll dieser ›jemand‹ sein?«, fragte Adam scharf.

»Alle zusammen«, antwortete Colby unbeirrt. »Faith hat alle Mädels aus ihrem Frühstücks- und Wein-und-DVD-Klub mobilisiert. Sie und ihre Ehemänner, Partner und Freunde teilen sich auf. Jedenfalls wirst du die ganze nächste Woche nicht allein sein.«

Merediths Freunde hatten sich also zusammengefunden, sozusagen eine Wagenburg um sie herum arrangiert, um sie zu beschützen. *Ich gehöre nicht dazu*, dachte Adam. Weil er es versaut hatte. Er und die beschissene Trinkerei – eine bittere Tatsache, die nicht leicht zuzugeben war.

Aber sie hat mich heute angerufen. Mich. Es war also nicht zu spät. Noch nicht.

»Ich bin so fertig, dass ich noch nicht mal gegen die Babysitter-Truppe protestiere«, sagte Meredith. Doch trotz ihrer Müdigkeit erhob sie sich und stand mit eleganter Mühelosigkeit auf ihren Mörderabsätzen da, die ihre Beine so sexy machten. Den Blick auf Colby geheftet, ging sie zur Tür.

Nicht mich sieht sie an. Weder aus böser Absicht noch aus Unhöflichkeit, so viel war Adam klar, sondern sie befand sich lediglich am Ende ihrer emotionalen Belastbarkeit. *Und ich muss sie gleich noch viel mehr quälen.*
»Warte, Meredith. Ich habe noch ein paar Fragen. Nur ein, zwei Minuten.«
Mit einem widerstrebenden Nicken setzte sie sich wieder hin, ebenso elegant, wie sie sich erhoben hatte. »Na gut«, sagte sie, hielt jedoch ihre Handtasche so fest umklammert, dass ihre Fingerknöchel weiß hervortraten.
»Ihr hattet einen Tisch am Fenster«, sagte er – dieser vermeintliche Zufall irritierte ihn am meisten. »Hattest du ihn eigens reserviert?«
Sie zog ihre rotbraunen Augenbrauen hoch. »Ja«, sagte sie langsam und starrte einen Moment auf ihre Hände, ehe sie den Kopf wieder hob. Doch auch jetzt weigerte sie sich, ihm in die Augen zu blicken, sondern richtete ihren Blick auf einen Punkt irgendwo hinter seiner Schulter. »Ich habe angerufen und einen Fenstertisch reserviert. Das war an dem Tag, als Mallory gesagt hat, dass sie sich an der Volkshochschule einschreiben will. Ich wollte, dass sie ...« Meredith hielt inne. »Ich wollte ihr einen perfekten Tag bescheren«, flüsterte sie und schluckte schwer. Als sie fortfuhr, war ihre Stimme wieder fest. »Aber man sagte mir, dass keine Reservierung spezieller Tische mehr möglich sei, sondern dass wir den Tisch nehmen müssten, der zum gewünschten Zeitpunkt eben verfügbar sei.«
»Trotzdem war genau dieser eine frei, als ihr hereingekommen seid.«
Sie nickte stirnrunzelnd. »Stimmt. Ich dachte, wir hätten eben Glück gehabt.«
»Vielleicht war es ja auch so«, räumte Adam ein. »Trotzdem müssen wir es überprüfen. Wer hat gewusst, dass du mit Mallory ins Buon Cibo gehen wolltest?«

»Die anderen. Meine Freunde«, antwortete Meredith.
»Der Frühstücksklub«, folgerte Adam. Einmal im Monat trafen sich Merediths Freundinnen im Haus ihrer Cousine Bailey – Wendi, Kendra, Faith und Scarlett Bishop, die ebenfalls der Spezialeinheit von FBI und CPD angehörte, sowie ein paar weitere Mädels, darunter auch Adams Cousine Dani. Jede der Frauen war absolut vertrauenswürdig. Jede Einzelne von ihnen würde Meredith unter Einsatz ihres Lebens beschützen, daran bestand nicht der geringste Zweifel. »Wer sonst noch?«
»Äh ... keine Ahnung. Vielleicht die anderen Mädchen im Mariposa House.«
Adam sah Colby an. »Ich werde mit ihnen reden müssen.«
Colby nickte. »Ich sorge dafür, dass Wendi sie vorwarnt. Wir wollen ihren Tagesablauf nicht mehr durcheinanderbringen als unbedingt notwendig.«
Adam würde noch ein paar Stunden hier im Hotel und am Tatort auf der anderen Straßenseite brauchen. »Wahrscheinlich schaffe ich es erst morgen früh, aber ich rufe dich vorher an.« Er wandte sich an Meredith. »Es tut mir sehr leid«, sagte er sanft, »aber ich muss dich noch einmal offiziell nach den Namen all jener fragen, die dich in letzter Zeit gestalkt haben.«
Ihr Kiefer spannte sich an. »Ich habe es dir doch schon gesagt. Ich kann leider die Namen derjenigen nicht nennen, die rein zufällig *jeden Morgen um fünf* mit mir auf der Aschenbahn der Highschool joggen, *samstagmorgens* im Kroger-Supermarkt um die Ecke ihr Obst und Gemüse einkaufen oder mich seit drei Wochen jeden Sonntag nach der Messe in St. Germaine's anstarren.«
Er runzelte die Stirn. Es waren genau dieselben Worte wie vorhin, und zwar exakt dieselben – *verdammt*. Die Erkenntnis schlug ihm wie eine Faust ins Gesicht. Sie sagte ihm gerade, wo er suchen sollte. Und wann und nach wem.

Bestimmt gab es an allen drei Orten Überwachungskameras.
»Oh«, stieß er hervor und kam sich wie der letzte Idiot vor.
»Alles klar.«
Sie verdrehte die Augen. »Na, Gott sei Dank«, murmelte sie und seufzte. »Kann ich jetzt gehen, Detective Kimble?«
Wieder ließ ihn die Förmlichkeit der Anrede zusammenzucken. »Natürlich. Aber, äh …« Er zog eine Schlüsselkarte des Hotels aus seiner Jackentasche. »Der Direktor meinte, du kannst gern das Zimmer 1254 benutzen. Duschen. Sofern du das willst.«
Meredith starrte die Karte an. »Kam das Angebot von ihm?«
»Ich habe gefragt.« Das war das Mindeste, was Adam für sie hatte tun können, obwohl er gern so viel mehr für sie tun würde.
Noch war ihr Blick auf die Karte geheftet. »Ich habe keine frischen Kleider dabei.«
»Im Zimmer sollte etwas liegen. Ich habe Scarlett gebeten, ein paar Sachen vorbeizubringen.« Scarlett und Deacon hatten gerade die Lobby betreten, als er und Trip aus dem kleinen Konferenzraum gekommen waren.
»Scarlett ist hier?« Hoffnung schwang in ihrer Stimme mit.
»Ja, aber sie befragt gerade die Gäste aus dem Restaurant.«
»Verstehe.« Mit zittrigen Fingern nahm Meredith die Schlüsselkarte entgegen, sorgsam darauf bedacht, dass sich ihre Finger nicht berührten. Noch immer vermied sie den Blickkontakt. Adam kämpfte gegen das Bedürfnis an, ihr Kinn zu packen und sie zu zwingen, doch auch das stand ihm nicht zu. »Das war sehr nett von dir«, hauchte sie. »Danke.«
Sie stand auf und verließ das Büro. Colby warf Adam einen mitfühlenden Blick zu. »Wir können dafür sorgen, dass sie in Sicherheit ist, wenigstens das. Doch dafür, dass es ihr gut geht, können wir leider nicht garantieren. Vermutlich sind wir auch nicht die Richtigen dafür.«

Adam nickte. Seine Kehle war mit einem Mal so eng, dass er keinen Ton herausbrachte. Colbys Bemerkung traf den Nagel auf den Kopf. *Nein, es geht ihr nicht gut. Und mir genauso wenig.* Und der Grund dafür lag allein bei ihm. Genauso wie die Aufgabe, die Dinge wieder ins Lot zu bringen. Heute Abend. Heute Abend würde er alles in Ordnung bringen. Oder zumindest damit anfangen. Für den Moment konnte er weiter nichts tun, als dafür zu sorgen, dass ihr nichts passierte.
Er schickte Isenberg eine Nachricht. *Habe vielleicht erste Spur. Dr. Fallon wurde gestalkt. Bitte Überwachungsvideo der Aschenbahn der Highschool besorgen – von jedem Morgen während der letzten drei Wochen, plus die Tapes der letzten drei Samstagvormittage des Kroger-Supermarkts in der Nähe ihres Hauses.* Er tippte Merediths Adresse ein und drückte auf Senden. Dann fügte er hinzu: *Und St. Germaine's, die letzten drei Sonntagsmessen.*
Isenbergs Antwort kam innerhalb von Sekunden. *Alles klar. Name/Beschreibung?*
Nein, sie will nichts sagen. Schweigepflicht. Aber sie hat verraten, wo und welche Zeiten ich checken soll.
Sie ist keine Ärztin, antwortete Isenberg. *Deshalb gilt die Schweigepflicht nicht für sie. Bringen Sie sie dazu.*
Noch bevor ihm bewusst wurde, was er tat, wählte er die Nummer seiner Vorgesetzten. »Bringen *Sie* sie doch dazu«, sagte er, sobald sie abhob.
»Ist sie weg?«, fragte Isenberg.
»Ja. Sie wäscht sich die Hirnmasse des Jungen aus den Haaren«, erwiderte er grimmig.
Isenberg seufzte. »Wissen wir schon, wer der Junge war?«
»Nein, noch nicht. Das Entschärfungsteam hat den Tatort noch nicht freigegeben. Ich befrage jetzt die Zeugen. Scarlett und Deacon sind inzwischen gekommen und haben schon

angefangen. Mit ein bisschen Glück kriegen wir eine Beschreibung zusammen, oder jemand hat ihn sogar fotografiert.«

»Die Kennzeichen auf dem Video der beiden Jungs stammen von einem Wagen, der vor zwei Jahren als gestohlen gemeldet wurde.«

»Das dachte ich mir schon«, meinte Adam, trotzdem konnte er einen Anflug von Enttäuschung nicht leugnen.

»Auf dem Rücksitz saß eine Frau. Die Scheiben waren dunkel getönt, deshalb kann man weder ihr Gesicht noch das des Fahrers richtig erkennen, aber sehen kann man sie trotzdem.«

»Das ist vermutlich diese ›sie‹, deretwegen der Junge besorgt war.«

»Kann sein, aber vielleicht ist sie auch eine Komplizin.«

Stimmt, dachte er, dankbar für ihre Objektivität. »Wie lange dauert es, um das Material der Überwachungskameras zu kriegen, die ich Ihnen genannt habe? Ich würde später gern aufs Revier kommen und mir die Aufnahmen ansehen.«

»Ich schicke gleich jemanden los, der sie besorgt und überprüft. Sie bleiben am Tatort. Ich gebe Bescheid, wenn wir etwas Konkretes haben.«

»Danke. Ich halte Sie wegen der Zeugenbefragung auf dem Laufenden.«

Cincinnati, Ohio
Samstag, 19. Dezember, 17.55 Uhr

»Ms Johnson? Die Ärztin hat jetzt Zeit für Sie.«

Linnea blinzelte verschlafen. Die Frau in der Krankenhauskluft stand direkt vor ihr. *Ms Johnson? Ach ja.* Denise Johnson war der Name, der auf ihrem gefälschten Ausweis stand.

Ziemlich praktisch, so ein Teil. Vor allem in Krankenhäusern, Arztpraxen und Apotheken. Und bei Verhaftungen wegen Prostitution, zu denen es ebenfalls ab und zu kam. Natürlich hatten sich die Anklagepunkte nie halten lassen. *Er* hatte alles bereinigt, und sie war auf freien Fuß gesetzt worden – noch dazu mit einer anständigen Entschuldigung. Er hatte seine Finger überall drin, hatte überall Augen. Vielleicht sogar hier, in dieser Klinik. *Also, sieh zu, dass du es hinter dich bringst und verschwindest, bevor er dich kriegt.*
Linnea erhob sich, hatte jedoch Mühe, sich auf den Beinen zu halten. So müde. Sie brauchte dringend Schlaf, aber wann immer sie die Augen schloss, sah sie Andy vor ihrem geistigen Auge umfallen. *Tot. Weg. Für immer.*
»Danke«, presste sie mühsam hervor.
»Sie haben Ihre Tüte vergessen«, sagte die Schwester.
Wie in Zeitlupe drehte Linnea sich um. Es fühlte sich an, als würde sie durch eine klebrige Masse waten. *Ach ja.* Richtig. Die Plastiktüte aus dem Hotel. *Ach ja. Richtig.* Ihre blutige Jeans lag darin. Sie sah an sich hinunter, an der viel zu großen Polyester-Jogginghose, die sie in der Wäschekammer des Hotels gefunden hatte.
Die Schwester nahm die Tüte. »Kommen Sie mit. Wir kümmern uns um Sie.«
»Nett«, murmelte Linnea und spürte, wie ihre Augen zu brennen begannen. »Sie sind so nett zu mir.« Es war so lange her, dass jemand nett zu ihr gewesen war. Abgesehen von Andy. *Er ist weg. Ich bin allein.*
»Ich tue mein Möglichstes, Schätzchen.« Die Schwester legte ihr behutsam die Hand auf den Rücken. »Hier entlang.«
Wenig später saß Linnea in einem hellgelb gestrichenen Raum mit Fotos von Katzen- und Hundebabys an den Wänden. Sie lächelte. »Das ist neu«, sagte sie und merkte, wie nuschelnd ihre Stimme klang.

Die Schwester erwiderte das Lächeln. »Dr. Dani wollte, dass hier ein bisschen mehr Farbe reinkommt, seit sie als Direktorin übernommen hat.«
Wieder blinzelte Linnea, diesmal noch fester, weil mit einem Mal alles um sie herum zu verschwimmen schien. Dr. Dani war die Ärztin, die sie letztes Mal behandelt hatte. »Sie ist immer noch da?«
»Ja«, antwortete die Schwester gut gelaunt und legte ihr eine Blutdruckmanschette um den Oberarm.
Linnea zuckte zurück. »Positiv«, sagte sie. »Ich, meine ich.«
Die Schwester hob ihre behandschuhten Hände. »Weiß ich, Süße. Wir haben Sie im Computer.«
Denise Johnson war in ihrem Computer. Nicht sie selbst. Nicht Linnea Holmes. *Niemand weiß, wer ich wirklich bin.* Außer Shane. *Shane darfst du nicht vergessen.* Er war der dritte Musketier. Drei Teenager, vereint in ihrem Leid als Pflegekinder. Sie hatten sich zusammengetan und sich geschworen, immer füreinander da zu sein. Shane würde ihr helfen. Wenn er Bescheid wüsste.
Aber das tat er nicht, weil Linnea es ihm niemals sagen würde. Scham war kein neues Gefühl für sie. Aber jetzt? Sie hatte Andy getötet. Praktisch den Abzug gedrückt. Shane würde sie für den Rest seines Lebens hassen, und allein der Gedanke war unerträglich. Dann wäre sie endgültig allein.
»Hmm«, machte die Schwester. »Ihr Blutdruck ist ziemlich niedrig. Möchten Sie mir erzählen, was passiert ist?«
Linnea schüttelte den Kopf, ehe ihr dämmerte, dass sie etwas sagen musste, wenn sie wollte, dass man ihr half. »Etwas grober Sex«, flüsterte sie.
Die Schwester schürzte die Lippen und nickte knapp. »Ich hole Dr. Dani.«
Eine Minute später kam die Ärztin herein. Ihr Haar sah immer noch gleich aus – pechschwarz mit zwei weißen Strähn-

nen links und rechts an den Schläfen. Nur ihr Gesicht war sichtlich schmaler. »Hallo«, sagte Dr. Dani.

»Sie sind dünn geworden«, platzte Linnea heraus. »Was ist passiert?«

Die Ärztin setzte sich auf einen Hocker und musterte sie aus ihren eigentümlichen Augen – das eine war blau, das andere braun. Augen, die zu viel zu sehen schienen. So wie letztes Mal. »Ich wurde letzten Sommer niedergestochen«, antwortete sie sachlich. »Inzwischen geht es mir besser, aber ich bin immer noch dabei, ein paar Pfund zuzulegen. Was ist mit Ihnen? Sie haben noch mehr abgenommen als ich.«

Linnea schluckte. »Ich wurde ...« *Nicht niedergestochen. Aber heftig durchgenommen. Kaputt gemacht. Und ich lebe in ständiger Angst, jeden Tag, jede Minute.* »Mir geht's gut.«

»Aha.« Dr. Dani schüttelte den Kopf. »Also, erzählen Sie mir, was passiert ist, Denise.«

Denise. Linnea fragte sich, ob je wieder jemand ihren richtigen Namen so freundlich aussprechen würde. Sie deutete auf die Tüte. »Meine Hose ist voller Blut.«

»Ich kümmere mich darum«, sagte Dr. Dani, ohne den Blick von ihr zu lösen. »Die Schwester sagte mir, Sie hätten etwas ›groben Sex‹ gehabt? Bluten Sie noch?«

»Ein bisschen.« Aber nur, weil sie versucht hatte, sich nicht allzu sehr zu bewegen. Wenn sie wie vorhin wegrennen müsste, würde sie womöglich verbluten, noch bevor sie Gelegenheit hatte, Andys Mörder zu töten.

Dr. Dani deutete auf ihre Polyesterhose. »Die sieht ziemlich groß aus.«

Linnea starrte die Hose an. »Ich habe sie im Hotel mitgenommen.«

»Dem Hotel da?« Dr. Dani zeigte auf den Schriftzug auf der Tüte. »Hat Ihnen jemand die Hose gegeben?«, fragte sie weiter, als Linnea nickte.

Linnea schüttelte den Kopf. »Nein, ich hab sie gefunden. In der Wäschekammer.«

Dr. Dani lächelte, und Linnea spürte, wie sie augenblicklich ruhiger wurde. Ein bisschen zumindest. »Wie sind Sie zu dem Hotel gekommen?«

»Zu Fuß.« Nachdem sie den SUV abgestellt hatte. Sie war einem Pärchen in die Lobby und den Aufzug gefolgt, als würde sie zu ihnen gehören, damit die Angestellten an der Rezeption sie nicht vor die Tür setzten. »Ich wollte jemanden bitten, mir ein Taxi zu rufen.« Von einem Hausapparat aus, damit es so aussah, als wäre sie ein Hotelgast. »Aber dann habe ich die Kammer entdeckt.«

»Und sich dort umgezogen?«, fragte Dr. Dani sanft.

»Ja. Ich hab Geld hingelegt. Für die Hose.« Ein paar Dollar. Ich bin keine Diebin. »Und dann habe ich ein Taxi genommen.«

Wieder lächelte die Ärztin. »Ich bin froh, dass Sie hergekommen sind. Dann wollen wir mal sehen.« Sie reichte Linnea ein Untersuchungstuch. »Ziehen Sie bitte die Hose aus. Es sei denn, Sie haben noch andere Wunden.«

Linnea senkte den Kopf. Schamesröte stieg ihr ins Gesicht. »Nein. Nur hier.«

Sie spürte einen Finger unter ihrem Kinn, und dann blickte sie in die zweifarbigen Augen der Ärztin. »Es ist nicht Ihre Schuld, Denise. Sondern die desjenigen, der Ihnen das angetan hat. Ich werde eine Untersuchung auf Vergewaltigung durchführen.«

Linnea schüttelte so heftig den Kopf, dass sich der Raum um sie zu drehen begann. »Nein. Das will ich nicht.«

»Warum nicht?« Die Stimme der Ärztin war immer noch sanft.

»Weil …« *Es keine Vergewaltigung war.* Doch sie brachte es nicht über sich, die Worte auszusprechen, weil es eine

schmutzige Lüge war. Sie *war* vergewaltigt worden. Jedes Mal, wenn er sie einem seiner »Kunden« oder »Partner« überlassen hatte.
»Haben Sie dem Verkehr zugestimmt?«, hakte Dr. Dani nach.
Wieder schüttelte Linnea den Kopf. »Nein«, flüsterte sie. Tränen brannten in ihren Augen.
»Haben Sie Nein gesagt?«
»Ja.« Ein Schluchzen drang aus Linneas Mund. »Immer wieder. Ich habe ihn angefleht aufzuhören. Aber er hat es nicht getan.« Weil Butch es genossen hatte, dass sie schrie. Und dann hatte *er* gelacht und Butch angefeuert, noch fester zuzustoßen. Um Andy dazu zu bringen, dass er einwilligte. Resignierte. Gehorchte.
Aber Andy war nicht eingeknickt. Und jetzt war er tot.
Dr. Dani streichelte mit langsamen, behutsamen Kreisen Linneas Rücken. »Wann ist das passiert?«
»Gestern Abend.«
»Dann werde ich doch eine Untersuchung auf Vergewaltigung vornehmen. Es gibt noch genug Beweise. Ich rufe eine Polizistin, bei der Sie Ihre Aussage machen können. Ich bleibe die ganze Zeit bei Ihnen, versprochen.«
Linnea sprang in panischer Angst auf. »Nein. Keine Polizei.«
»Shh.« Dr. Dani klopfte beschwichtigend auf die Untersuchungsliege. »Setzen Sie sich wieder hin. Nicht dass Sie noch umkippen.« Sie lächelte ermutigend. »Wenn Sie nicht wollen, rufe ich keine Polizei. Aber können Sie mir wenigstens sagen, wovor Sie so entsetzliche Angst haben? Ich will nicht, dass Sie Angst haben.«
Linnea schluckte. Konnte sie der Ärztin wirklich glauben? Sie stand schwankend da. In Wahrheit hatte sie keine andere Wahl. »Er ... er findet es bestimmt heraus.«
»Der Mann, der das getan hat?«

»Ich kann nicht ...« Sie trat einen Schritt in Richtung Tür. »Er ...« *Er bringt mich um, langsam und qualvoll. Nachdem er mich gefoltert hat, nur damit er mich schreien hört.* »Er wäre nicht gerade glücklich darüber.«

Die Ärztin presste die Lippen aufeinander. »Na gut. Sie können es sich ja immer noch überlegen. Vielleicht ändern Sie Ihre Meinung und erstatten später Anzeige. Das Untersuchungsset muss ich trotzdem holen.«

Linnea überlegte. Nachdem er für Andys Tod bezahlt hatte, konnte sie immer noch Anzeige erstatten. Wenn es nach ihr ginge, konnte sein Handlanger gerne im Knast verrotten. »Also gut. Holen Sie das Set, und machen Sie die Untersuchung. Ich überlege mir das mit der Anzeige noch mal.«

»Gut.« Behutsam berührte Dr. Dani sie an der Schulter, damit sie sich auf die Untersuchungsliege legte. »Sie haben blaue Flecke im Gesicht. Wo hat er Sie noch geschlagen?«

»Nirgendwo.« Zumindest dieses Mal nicht. Sie verschränkte schützend die Arme vor der Brust. Als könnte sie so die Narben verdecken, die er ihr zugefügt hatte.

»Gut. Ich gehe raus und warte ein paar Minuten, bis Sie so weit sind. Können Sie heute Nacht irgendwo unterkommen?«

Linnea zögerte. In das Apartment, das sie mit Jolee geteilt hatte, konnte sie nicht zurück. Und in Andys Wohnung genauso wenig. Dort würde *er* als Erstes nach ihr suchen. »Nein.«

»Ich kenne ein Frauenhaus. Soll ich dort für Sie anrufen? Dort ist Vertraulichkeit oberstes Gebot. Wer auch immer Ihnen solche Angst macht, wird Sie dort auf keinen Fall finden.«

Linnea konnte die Tränen nicht länger zurückhalten. Sie blinzelte. Prompt kullerten sie ihr übers Gesicht. »Ja, bitte. D-D-« Ihre Stimme brach. »Danke.«

Cincinnati, Ohio
Samstag, 19. Dezember, 18.15 Uhr

»Wem gehört der Wagen da?«, fragte Wendi, die mit Mallory im Arm auf dem Rücksitz saß.
Meredith richtete sich auf dem Beifahrersitz auf und sah den blauen Pick-up in ihrer Einfahrt stehen, als Colby anhielt. Sie blinzelte schläfrig. Die Wärme im Wageninneren hatte sie müde gemacht. *Und ich rieche zum Glück ein bisschen besser.*
In diesem Moment kam die Erinnerung. Daran, was vorgefallen war. Was sie gesehen, erlebt hatte. Sie zwang sich, die Fassung zu wahren. Nein, sie würde sich nicht noch einmal übergeben. Dass die Gehirnmasse nicht länger in ihrem Haar klebte, machte es definitiv einfacher, nicht zusammenzubrechen. *Danke, Adam.*
Es war wirklich eine nette Geste gewesen, ihr das Zimmer zu besorgen. Wo sie sich hatte umziehen, sich wieder wie ein Mensch hatte fühlen können. Sie war versucht, mehr in diese ritterliche Geste hineinzuinterpretieren, aber das würde sie sich nicht gestatten.
Während der letzten zwei Stunden hatte sie die Hoffnung gehegt, Adams Erklärung möge sich als plausibel entpuppen, als etwas, an dessen Ende sie zusammenkommen würden. Etwas, das auf ein Happy End hoffen ließ, so unwahrscheinlich es auch sein mochte.
»Das ist Diesels Wagen«, sagte Colby.
»Das weiß ich auch«, meinte Wendi und spähte aus dem Fenster. »Ich meinte den anderen.«
»Welchen anderen?«, fragte Meredith, doch Diesels Pick-up war zu groß, um etwas zu erkennen. Kurz hoffte sie, dass es Adams Jeep wäre, verwarf den Gedanken jedoch eilig wieder. Wendi kannte seinen Wagen und hätte sich die Gelegenheit,

über ihn herzuziehen, unter Garantie nicht entgehen lassen. Allmählich wurde Wendis Loyalität ein wenig nervig.
»Vor dem Pick-up steht ein Mazda«, sagte Colby. »Blau, mit vier Türen. Ein Mietwagen. Auf der Rückscheibe ist ein Aufkleber«, fügte er hinzu, als er sah, dass Meredith die Frage auf der Zunge lag, woher er das wissen wollte. »Erwartest du noch jemanden?«
»Erst in ein paar Tagen«, antwortete Meredith und massierte ihren Nacken, der von ihrem Nickerchen in einer unbequemen Position schmerzte. »Über die Feiertage.«
Wendi runzelte die Stirn. »Könntest du nachsehen, Parrish?«
»Klar. Ihr bleibt hier.«
»Warte.« Erst allmählich kam Merediths Hirn in Gang. »Wer auch immer es sein mag, muss Diesel ins Haus gelassen haben, denn er hat ja keinen Schlüssel. Es sei denn, ihr habt ihm einen gegeben.«
»Nein«, sagte Wendi, doch Meredith war bereits ausgestiegen und rannte die Einfahrt entlang.
Ihre Freundinnen hatten zwar einen Hausschlüssel, aber keine von ihnen fuhr einen Mietwagen. Nur zwei weitere Leute besaßen Ersatzschlüssel zu ihrem Haus – ihre Cousine Alex und ihr Großvater.
Die Haustür ging auf, und ein Paar kräftige Arme schlang sich um sie.
Ein wohliger Schauder überlief Meredith, als sie sich in die Umarmung sinken ließ und diesen Geruch einatmete, den sie schon seit Kindertagen kannte – nach Old Spice und Pfeifentabak. »Papa. O Gott, du bist da.«
Ihr Großvater zog sie fester an sich. »Ich bin vor etwa einer Stunde gekommen«, murmelte er in ihr Haar und wiegte sie sanft in seinen Armen. »Ich habe gerade gehört, was passiert ist. Hätte ich es früher gewusst, wäre ich vom Flughafen direkt ins Hotel gefahren, um dich abzuholen.«

Sie vergrub das Gesicht an seinem weichen Pullover. Weichspüler. *Downy.* Ihr Großvater, ein Bär von einem Mann, liebte den Duft. Genauso wie sie, auch wenn er so gar nicht zu der Würzigkeit von Old Spice passte. Aber wann immer sie die Kombination roch, fühlte sie sich augenblicklich zu Hause. In Sicherheit.

Liebevoll wischte er ihr die Tränen ab, sie hatte noch nicht einmal gemerkt, dass sie ihr über die Wangen gelaufen waren. »Dein Haar ist ja ganz nass, Merry. Komm rein, ins Warme.«

Sie hob den Kopf und musterte ihn. Er sah gut aus. Gebräunt und … wie immer. Kräftig stand er da und trotz seiner vierundachtzig Jahre immer noch aufrecht. »Ich muss mich von meinen Freunden verabschieden.« Sie nahm seine Hand und zog ihn aus dem Haus und die Einfahrt entlang. »Komm. Wendi sitzt im Wagen. Sie wäre sauer, wenn du sie nicht begrüßt.«

»Wieso steigt sie nicht einfach aus?«, fragte er, doch dann schien es ihm zu dämmern. »Oh. Das ist das Mädchen, mit dem du unterwegs warst? Diejenige, die dich unter den Tisch gezogen hat, als der zweite Schuss fiel?«

Meredith sah ihn verblüfft an. »Du bist erstaunlich gut informiert, Papa.«

»Dein Freund hat mir alles erzählt.« Er wies hinter sich auf Diesel Kennedy, der in der Haustür stand.

»Nachdem ich beinahe einen Herzinfarkt bekommen hätte«, rief Diesel.

Merediths Großvater versteifte sich. »Er hat sich hier herumgedrückt und sah aus …«

»Wie du?«, warf Meredith ein. Was durchaus stimmte. Beide Männer waren Hünen und überall tätowiert. Und glatzköpfig – Diesel aus Überzeugung, ihr Großvater aufgrund seines Alters. Und beide wirkten ziemlich bedrohlich. Zumindest

bis man sie kannte und merkte, was für ein weiches Herz sie hatten.
Er grinste. »Genau«, bestätigte er und wurde wieder ernst. »Ich will dem Mädchen keine Angst einjagen. Sie hat vermutlich schon genug durchgemacht.«
Ja. Ein butterweiches Herz. Meredith tätschelte seine Brust. »Sag einfach Wendi und ihrem Galan Hallo. Er heißt Parrish Colby. Ich kümmere mich so lange um Mallory. Los, beeil dich, sonst holen wir uns hier draußen den Tod.«
Meredith ging weiter zum Wagen, als Wendi ausstieg. »Clarke!«, rief sie und warf sich in seine Arme, während er sie mit einem Lachen auffing.
»Wendi, es ist immer wieder ein Vergnügen, dich zu sehen.« Er hob die Brauen und warf Colby einen Blick zu, der ebenfalls ausgestiegen war und die Szene mit verschränkten Armen verfolgte. »Wie ich höre, sind Sie ihr Galan.«
Colby lief rot an – ein bezaubernder Anblick. »Parrish Colby, Sir.«
»Ich bin Clarke. Freut mich, Sie kennenzulernen, Junge. Danke, dass Sie Merry heimgebracht haben.«
Meredith spähte ins Innere des Wagens. Mallory hatte ihnen den Kopf zugewandt und sah Clarke an. Sie hatte sich vollständig in sich zurückgezogen, schien jedoch keine Angst zu haben. Meredith nickte ihrem Großvater zu, woraufhin er sich vorbeugte und sein breitestes Lächeln aufsetzte.
»Hi, Mallory«, sagte er mit sanfter Stimme. »Ich bin Clarke.« Meredith beugte sich ebenfalls ins Innere des Wagens. »Das ist mein Großvater. Ich habe dir doch erzählt, dass er über die Feiertage kommen wollte. Er hat mich überrascht.«
Mallory nickte vorsichtig.
Clarke räusperte sich. »Ich ... möchte mich bei dir bedanken, Mallory.«
Mallory legte den Kopf schief. »Wieso?«

Es war das erste Wort, seit sie das Hotel verlassen hatten. Meredith spürte, wie ihre Sorge ein wenig nachließ.
»Du hast Merry das Leben gerettet, indem du sie aus der Schusslinie gebracht hast.« Wieder musste er sich räuspern. »Dafür danke ich dir.«
Mallorys Mundwinkel zogen sich kaum merklich nach oben.
»Merry?«
Clarke drückte einen lauten Schmatzer auf Merediths Wange.
»Ja. Wie Merry Christmas.«
Meredith verdrehte nur die Augen. »Du brauchst nichts dazu zu sagen, Mallory. Und jetzt bringe ich diesen Kerl ins Haus, damit er nicht erfriert.« Sie nahm Mallorys Hand und drückte sie. »Aber er hat recht. Du hast mir tatsächlich das Leben gerettet. Vergiss das nicht, okay? Immer wenn du an den Jungen denkst, der gestorben ist, stellst du dir mein Gesicht vor. Du hast mich gerettet. Okay?«
Mallory nickte knapp.
»Gut.« Sie drückte ein weiteres Mal die verkrampfte Hand des Mädchens. »Ich rufe dich später an. Du kannst mich auch anrufen, wann immer du willst, ganz egal, um welche Uhrzeit.«
Wieder nickte Mallory. »Okay.«
Meredith drückte ihr einen Kuss auf die feuchte Stirn. »Versuch, ein bisschen zu schlafen.« Sie richtete sich auf, winkte Colby zu und drückte Wendi an sich. »Danke, euch beiden.«
»Du solltest auch zusehen, dass du ein bisschen schläfst«, sagte Wendi und beugte sich vor. »Nachdem du eine Liste von jedem elenden Scheißkerl gemacht hast, der dich jemals bedroht hat«, zischte sie Meredith ins Ohr.
Meredith wich zurück und starrte ihre Freundin an, schockiert über den Hass in ihrer Stimme. Wendi hatte Dinge erlebt, die die meisten Menschen für den Rest ihres Lebens schlimmste Albträume bescheren würden, und war jeden Tag

aufs Neue mit den Nachwirkungen brutalster Gewalt gegen ihre jugendlichen Schützlinge konfrontiert. Trotzdem hatte Meredith noch nie diesen Tonfall aus ihrem Mund gehört. Wendis Augen füllten sich mit Tränen. Erst jetzt merkte Meredith, dass ihre Freundin am ganzen Leib zitterte. Verdammt. Sie war so mit sich selbst beschäftigt und so besorgt um Mallory und Adam gewesen, dass sie keinen Gedanken daran verschwendet hatte, wie andere Menschen um sie herum mit dem Vorfall umgingen. Meredith zog Wendi fest an sich.

»Mir geht's gut«, beteuerte sie.

»Nein, verdammt, es geht dir überhaupt nicht gut.« Wendi verpasste ihr einen kleinen Fausthieb auf den Rücken. »Wie auch? Alle anderen kannst du hinters Licht führen, aber mir machst du nichts vor. Dir liegt das Wohl deiner Patienten doch immer mehr am Herzen als dein eigenes.«

»Und dir etwa nicht?« Meredith löste sich von ihr. »Du würdest dich nicht in Gefahr bringen, um eines deiner Mädchen zu beschützen?« Meredith lachte leise, als Wendi schwieg. »Also, hör auf, mit Steinen zu werfen, Ms Glashaus.«

»Das ist nicht witzig«, stieß Wendi mit einem unterdrückten Schluchzen hervor. »Und es ist überhaupt nicht dasselbe. Schließlich sind mir nicht irgendwelche Arschlöcher auf den Fersen, die versuchen, mich einzuschüchtern. Oder mich abknallen und das Restaurant in die Luft jagen wollen, in dem ich gerade einen Kaffee trinke. Du schreibst jeden einzelnen Namen auf, Meredith Fallon. Jeden einzelnen verdammten Namen!«

Meredith tätschelte Wendis Rücken und schlug einen leicht ironischen Tonfall an. »Das würde Tage dauern.«

Wendi löste sich von ihr und wischte sich mit einer wütenden Handbewegung die Tränen ab. »Ich bin so sauer auf dich!«

»Wen«, warf Colby leise ein.

Wendi fuhr herum und warf ihm einen finsteren Blick zu. »Ist doch wahr. Jemand muss sie doch zur Vernunft bringen.« Sie wandte sich wieder Meredith zu, wobei sie um ein Haar auf dem spiegelglatten Boden ausrutschte. »Du willst der Polizei also nicht dabei helfen, dich zu beschützen?«
Meredith packte Wendis Arme, um sie zu stützen. *Das habe ich doch bereits getan*, lag ihr auf der Zunge, doch stimmte das? Sie hatte Adam signalisiert, wo er suchen sollte; zu mehr konnte sie sich im Augenblick nicht durchringen. Zumindest einem Cop gegenüber.

Merediths Blick fiel auf den Pick-up. *Diesel ist hier, und er ist kein Polizist. Ganz im Gegenteil.* Im Zuge seiner Arbeit beim *Ledger* hatte er seine beeindruckenden Hacker-Fähigkeiten bereits unter Beweis gestellt. Er verstand es wie kein Zweiter, Infos über miese Machenschaften zu finden und ans Licht zu zerren, üblicherweise Missbrauch an Kindern, die der *Ledger* dann veröffentlichte und damit all jene an den Pranger stellte, die irgendwie durch die Maschen des Justizapparats geschlüpft waren. Für Meredith war Diesel ein echter Held. Trotzdem war ihr nicht wohl bei dem Gedanken, ihn zu bitten, ihren neuesten Stalkern auf den Zahn zu fühlen. Doch es waren nun einmal außergewöhnliche Umstände. Sollte Diesel nichts finden, würde sie die Polizei gar nicht erst darauf ansetzen müssen.

»Du gibst der Polizei die Namen nicht, hab ich recht?«, bohrte Wendi nach und ließ resigniert die Schultern sinken. »Verdammt. Damit lädst du denjenigen, der es auf dich abgesehen hat, förmlich dazu ein, so lange weiterzumachen, bis er trifft.«

Meredith hörte ihren Großvater scharf den Atem einsaugen. »Das tue ich definitiv nicht«, widersprach sie ruhig und mit einem vielsagenden Blick auf Diesels Pick-up, während sie zusah, wie bei Wendi der Groschen fiel. »Ich habe kein Interesse daran, mich abknallen oder in die Luft jagen zu lassen. Oder zuzulassen, dass derjenige, der diesen Jungen getötet hat, noch andere Menschen ermordet. Verstanden?«

Wendi stieß einen zittrigen Seufzer aus. »O Gott. Ja. Alles klar. Danke.«

»Wendi, Schatz«, warf Colby ein, »steig wieder ein. Mit Meredith hier in der Einfahrt herumzustehen, hilft auch nicht gerade, sie zu beschützen.«

Meredith fiel auf, dass Colby die ganze Zeit, eine Hand auf seiner Waffe, die Straße im Auge behalten hatte. Nur für den Fall, dass der Angreifer es noch einmal versuchte. *Vor meinem eigenen Haus.* Und sie spürte die Wärme, die von ihrem Großvater ausging, der sich wie ein menschlicher Schutzschild hinter ihr postiert hatte. *Verdammt!* Allein durch ihre Existenz riskierte sie die Sicherheit aller anderen Menschen rings um sie herum. Diese Erkenntnis festigte sie in ihrem Entschluss – sie musste diese Angelegenheit in den Griff bekommen, egal wie.

»Ich gehe jetzt rein, Parrish«, sagte sie. »Danke noch mal für alles.« Sie hakte sich bei ihrem Großvater ein und führte ihn die Einfahrt hinauf zur Haustür.

Ein Mensch war heute ums Leben gekommen. Sie würde nicht zulassen, dass ihretwegen noch jemand sterben musste.

6. Kapitel

Cincinnati, Ohio
Samstag, 19. Dezember, 18.15 Uhr

Er war frisch geduscht, verbunden und trug saubere Sachen, als er in die Einfahrt seines Hauses bog und den SUV abstellte, den er aus der Flotte der Werkstatt in Fairfield mitgenommen hatte. Dass er ausschließlich schwarze Geländewagen kaufte und sie akribisch sauber hielt, war keine Zwangsstörung, sondern pure Absicht. Wenn einer kaputtging – oder, wie in diesem Fall, mit Blut beschmutzt wurde –, konnte er ihn jederzeit problemlos durch einen anderen ersetzen. Keine Fragen, keine Notwendigkeit, etwas abzustreiten, und folglich auch keine Lügen, die man sich merken musste.

Er stieg aus, schloss den Wagen ab und sah sich lächelnd um. Seine Nachbarn hatten sich beim Schmücken ihrer Häuser wieder einmal selbst übertroffen, vor allem die Wainwrights nebenan. Ikes Weihnachtsbeleuchtung war wie üblich die prächtigste im ganzen Viertel.

»Wirklich schön!«, rief er Ike zu, der im Vorgarten auf der Leiter stand und den Stern auf der Krippe mit den drei Weisen aus dem Morgenland, Hirten und der heiligen Familie, allesamt aus Wachs gefertigt, gerade rückte.

Ike besaß eine Kette von Bestattungsinstituten. Wo er sich seine fundierten Kenntnisse im Umgang mit Wachs erarbeitet hatte, wollte lieber keiner so genau wissen, aber Ike verdiente gutes Geld damit, die Verblichenen hübsch aussehen zu lassen – das wusste er, weil er so ziemlich alles über seine Nachbarn in Erfahrung gebracht hatte, von ihrem Steuerbescheid bis hin zu der Frage, wie oft sie ihren ehelichen Verpflichtungen nachkamen. Ike und Mrs Wainwright waren immer noch regelmäßig zugange. Das bedeutete, dass der alte Mann glücklich und ausgelastet und – das war das Allerwichtigste – nicht neugierig war. Neugierige Nachbarn waren ihm ein Gräuel.

»Danke!«, rief Ike. »Dieses Jahr gewinnt mein Haus garantiert gegen die Dorseys, jede Wette.«

Er drehte sich um und sah zum Haus der Dorseys auf halber Höhe der Sackgasse hinüber. Die beiden konkurrierten jedes Jahr um die schönste und üppigste Dekoration. »Ich weiß nicht, Ike. Dorsey hat immerhin die Werkstatt des Weihnachtsmanns, außerdem verteilt er Süßigkeiten.« Er blickte wieder zu Ike. »Wirst du dieses Jahr wieder Tiere haben? Das könnte dein Vorteil sein.«

Ike scharte stets auch Vierbeiner um seine Krippe, aber im letzten Jahr hatte sich der Eigentümerverband quergestellt, als er seine Menagerie aus Schafen und Ziegen um ein Kamel erweitert hatte.

Ike machte ein finsteres Gesicht. »Ja, aber ich brauchte eine Sondergenehmigung. Elende Bürokraten. Ich habe eigens einen Stall für sie hinterm Haus gebaut. Dort stören sie keinen.«

Ihre beiden Häuser bildeten das Ende der Siedlung. Direkt dahinter verlief ein gut fünfzehn Meter breiter Streifen mit Bäumen, der vor einem drei Meter hohen Elektrozaun mit Stacheldraht begrenzt wurde. Dahinter befand sich ein Steilhang, der mit ungefähr zehn Metern Tiefe die Siedlung vom Columbia Parkway trennte. Nachts war der Straßenlärm zwar zu hören, doch diese Pufferzone kam ihm durchaus gelegen, weil sie gewährleistete, dass sich niemand seinem Haus von hinten näherte.

»Manchmal könnte man glatt glauben, die Typen vom Eigentümerverband hocken bloß rum und überlegen, wie sie uns das Leben schwer machen können«, meinte er, worauf Ike eifrig nickte.

»Trotzdem nehme ich das gern in Kauf, wenn ich dafür die strahlenden Gesichter der Kinder sehen darf, die die Tiere streicheln.« Der alte Mann lächelte breit. »Kommt ruhig auch mal vorbei.«

»Machen wir. Pass auf, wenn du von der Leiter steigst«, warnte er. »Ich will nicht noch mal dasselbe erleben wie vor fünf Jahren.« Damals hatte Ike sich die Hüfte gebrochen. Er winkte ihm zu und ging in Richtung Haus, wobei ihm die gefrorenen Stellen auf dem Gehsteig auffielen. Er würde später Salz streuen müssen.

Oder Kies. Er vergaß immer wieder, dass Salz inzwischen ein absolutes No-Go in der Siedlung war. Wie auch immer – es sollte niemand vor seinem Haus stürzen. So ein Unfall konnte ohne Weiteres in einem Rechtsstreit enden, bei dem sein ganzes Leben auseinandergenommen werden würde. *Nein, danke.*

Er blieb stehen, um einen Spielzeuglaster und einen Mini-Fußball aufzuheben, und öffnete die Tür. »Ich bin zu –« Ein kleiner Junge stürzte sich von der mittleren Stufe geradewegs in seine Arme.

»Daddy!«

»Uff!« Er unterdrückte einen Fluch, als der Schmerz durch seine Arme schoss, hoffentlich war keine der Nähte aufgeplatzt. Er ließ die Spielsachen fallen, schlang die Arme um den Kleinen und rang sich ein Lächeln ab. »Wenn du mich fragst, hast du seit dem Frühstück fünfzig Kilo zugenommen.«

Winzige Hände gruben sich in seine Wangen, und große blaue Augen richteten sich auf ihn. Es war, als blickte er in einen Spiegel, jedes Mal wieder. »Santa«, verkündete Mikey mit feierlichem Ernst.

»Ich?«, quiekte er. War er etwa aufgeflogen? Er hatte es genossen, den Weihnachtsmann zu spielen, und hätte gerne noch ein Weilchen weitergemacht.

»Nein, Daddy«, ertönte es mit ach-so-überlegener Stimme. Er sah nach unten, direkt in ein Augenpaar, das genauso blau war wie Mikeys. Mit ihren sieben Jahren stand Ariel im Begriff, das große Geheimnis endlich zu lüften. »Mama hat versprochen, dass wir heute Abend nach der Kirche Santa sehen dürfen, und Mikey kann's nicht mehr erwarten.«

Verdammt. Heute Abend würde es nichts werden mit der Kirche. Er musste sich, so schnell es ging, auf die Suche nach Linnea machen und war bloß nach Hause gekommen, um sein Notizbuch zu holen – ein altmodisches Exemplar, in das er mit Tinte seine Eintragungen machte. Es war perfekt, weil es von niemandem gehackt werden konnte.

Aber er musste sich ein paar Minuten für seine kleine Prinzessin nehmen, die immer so schrecklich ernst war. »Nur Mikey?«, neckte er und wurde mit einem schüchternen Lächeln belohnt. »Du bist überhaupt nicht aufgeregt?«

»Na ja, vielleicht ein kleines bisschen«, gestand sie. »Du musst dich beeilen. Mama sagt, das Essen ist fertig.«

Mikey immer noch auf dem Arm, ging er in die Küche, aus der ein köstlicher Duft wehte. »Ich habe Bärenhunger«, erklärte er und setzte Mikey in seinen Hochstuhl. »Was gibt's zum Abendessen?«

Rita stand am Herd und wandte sich lächelnd um. »Du bist spät dran. Alles in Ordnung?«

Er drückte ihr einen Kuss auf die Nasenspitze. »Alles bestens.«

So schamlos er die ganze Welt belügen mochte, seine Frau hingegen nicht. Er wich der Wahrheit wie ein Boxer einem Haken aus, aber lügen kam nicht infrage. Auf diese Weise würde die Polizei – oder seine Feinde – niemals etwas aus ihr herausbekommen. Weil sie schlicht und einfach keine Ahnung hatte, was vor sich ging.

Also würde er dafür sorgen müssen, dass sein »Alles bestens« auch zutraf.

Er würde Linnea zum Schweigen bringen, bevor sie ihn verpfeifen konnte. Das bedeutete, dass er sie schleunigst aufstöbern musste. Er durfte keine Zeit verlieren. Deshalb würde er einfach den Spieß umdrehen und dafür sorgen, dass sie zu ihm kam.

Und er wusste auch ganz genau, wie er das anstellen musste, denn er hatte es sich zur Aufgabe gemacht, alles über jeden zu wissen, mit dem er Geschäfte machte, selbst über die Restaurants, in denen die Leute einen Tisch reservierten. Diesmal war der Plan allerdings in die Hose gegangen, und Fallon und ihre junge Begleiterin waren noch am Leben. Aber auch darum würde er sich kümmern – nachdem das Linnea-Problem gelöst war.

»Gut«, sagte Rita. »Setz dich und iss, bevor es kalt wird. Wir müssen schon früh in der Kirche sein. Du hast die Chorprobe heute Morgen verpasst, deshalb musst du heute Abend ein bisschen früher da sein, um dein Kostüm anzuprobieren.«

Verdammt. Das beschissene Weihnachtsmusical. Das hatte er fast vergessen. Eigentlich hatte er heute Abend die Messe schwänzen wollen, aber das würde jetzt wohl nicht gehen. Er würde nicht gut dastehen. Zu viele Leute würden wissen, dass er nicht da war, wo er eigentlich sein sollte.

Immer ein Alibi haben, lautete sein Motto. Und es hatte stets funktioniert, schon sein ganzes Leben lang. Also würde er hingehen und singen und danach dafür sorgen, dass Linnea von allein aus ihrem Versteck kam.

»Stimmt ja.« Er lächelte seine Familie an. »Ich habe nur ganz kurz etwas zu erledigen, bin aber sofort wieder da.« Er ging in sein Arbeitszimmer und schrieb Butch eine Nachricht.

Komme heute Abend nicht weg. Geht nicht anders. Such weiter nach dem Mädchen.
Mach ich. Alles klar mit dir?
Ja. Warte auf weitere Anweisungen. Er schob ein Porträt von Rita zur Seite, hinter dem sich ein Wandsafe befand, gab die Kombination ein und nahm sein Notizbuch heraus. Bevor er sich an seinen Schreibtisch setzte, schloss er erst den Safe. Er ließ ihn niemals offen stehen. Ein offener Safe war eine Einladung, in seinen verborgensten Geheimnissen zu kramen.
Das Notizbuch gab nur ihm allein Aufschluss. Sämtliche Einträge waren codiert, und den Schlüssel kannte nur er. Er schlug die Seite von Linnea Holmes auf: Zwanzig Jahre alt, aufgewachsen in diversen Pflegefamilien in Indiana, eng befreundet mit Andy Gold – dessen ursprünglicher Name Jason Coltrain lautete – und Shane Baird. Andy war das nützlichste Druckmittel gewesen, aber damit war es jetzt vorbei. Shane hingegen …
Shane Baird, schrieb er an Butch. *Lamarr Hall. Kiesler Univ., Chicago. Schaff ihn so schnell wie möglich her. Lebend.*
Nach dreißig Sekunden kam Butchs Antwort. *Das sind fünf Stunden mit dem Auto. Schnell genug?*
Nein, war es nicht. Nicht wenn Linnea bereits zu Shane Kontakt aufgenommen hatte. Shane flüchtete womöglich, und damit wäre er nutzlos für ihn. *Mike kennt einen Piloten, der innerhalb von 90 Minuten einen Abflug von Lunken aus organisieren kann. Ruf ihn an.* Der Typ hatte einen kleinen Jet. Er war ein paar Mal mit ihm geflogen und wusste, dass er diskret war.
Verstanden.
Anders ging es nicht. Wenn alles nach Plan lief, wäre Shane Baird bereits hier, wenn er von der Kirche zurückkam. Shane würde einen erstklassigen Köder abgeben, und Linnea würde sich opfern, so wie sie es für ihren tollen Andy getan hatte.

Gleichzeitig war ihm klar, dass die Suche nach Linnea lediglich einen Teil des Problems darstellte, der weitaus größere Teil war der vermasselte Anschlag im Restaurant. Er musste die Angelegenheit zu Ende bringen, und zwar schleunigst. Er wusch sich die Hände und kehrte an den Esstisch zurück, wo die Familie bereits geduldig auf ihn wartete. »Ariel, möchtest du heute Abend das Tischgebet sprechen?«
Sie faltete die Hände. »Ja, Daddy.«

Cincinnati, Ohio
Samstag, 19. Dezember, 18.25 Uhr

Meredith schüttelte den Kopf, als sie, dicht gefolgt von ihrem Großvater, das Haus betrat. Auf ihrem Couchtisch türmte sich ein Videospiel-System nebst diverser Kabel und Fernbedienungen. »Hattest du vor, hier einzuziehen, Papa?«, fragte sie leichthin.

»In tausend Jahren nicht. Hier ist es mir viel zu kalt.« Er deutete auf Diesel, der mit der Bedienungsanleitung auf dem Sofa saß. »Dein Bodyguard spielt bloß leidenschaftlich gern, und ich habe ihm mein Spiel gezeigt.«

Meredith lächelte matt. »Hey, Diesel, du hättest nicht herkommen müssen, um Händchen zu halten, aber ich bin trotzdem dankbar, dass du hier bist.«

»Keine Ursache«, gab Diesel zurück. »Ernsthaft. Ich musste die anderen überreden, mir die erste Schicht zu überlassen, und da wusste ich noch nicht mal, dass Clarke Fallon dein Großvater ist. Der Mann ist eine lebende Legende, verdammt noch mal!«

Das stimmte. Clarke Fallon war so etwas wie der Superstar unter den Videogame-Designern und hatte »damals, in den guten alten Zeiten«, wie er die Siebziger nannte, ein höchst erfolgreiches Videospiel erfunden und darauf seine Karriere aufgebaut. Und selbst jetzt, im Ruhestand, arbeitete er noch als Berater und stand jungen Spieleentwicklern zur Seite.

»Schmeichle lieber nicht seinem Ego«, meinte sie neckend und stellte sich auf die Zehenspitzen, um Clarke einen Kuss auf die Wange zu geben. »Ich mache Tee. Möchtet ihr auch eine Tasse?«

»Kommt darauf an. Wenn du einen Whiskey dazu hast, gerne«, meinte Clarke.

Diesel lachte. »Der Mann ist mir sympathisch, Merry.«

»Das glaube ich dir gern. Er ist ein Mittelschüler im XXL-Format, genau wie du.« Sie wandte sich wieder ihrem Großvater zu. »Natürlich habe ich Whiskey im Haus. Ich hatte dich schließlich erwartet, Papa, nur eben nicht schon heute.«

»Ich habe einen billigeren Flug gefunden«, meinte er. »Ich dachte, ich hätte dir gesagt, dass ich ein bisschen früher komme.«

»Falls ja, habe ich es nicht mitbekommen. Willst du auch einen Tee, Diesel?«

»Kann ich ihn hier trinken?« Er deutete auf den Fernseher.

»Clarke macht gerade den Betatest. Das Ding ist nagelneu. Bisher habe ich immer nur davon gelesen, und ich will ...« Er hielt inne und wurde rot.

»Spielen.« Sie lächelte. Seine Begeisterung für ein neues Spiel war hinreißend und ließ ihn unglaublich jung wirken. »Alles klar. Ich verstehe schon. Spielen ist gut für die Seele.« Dieses Prinzip wandte sie auch in ihrer Arbeit als Therapeutin an. Außerdem war es sogar ganz gut, wenn Diesel vorläufig im Wohnzimmer blieb. Sie brauchte etwas Zeit, um sich mit dem Gedanken anzufreunden, dass sie später versuchen würde, den Mann zu einer Straftat zu überreden.

»Kluges Mädchen«, bemerkte ihr Großvater leise und folgte

ihr in die Küche. »Ich glaube, der Junge hat es bitter nötig, mal eine anständige Runde zu zocken.«
Bei dem Wort »Junge« musste Meredith unweigerlich grinsen, doch dann wurde ihre Miene ernst. Sie wusste nichts über Diesels Kindheit, hatte allerdings den Verdacht, dass sie fürchterlich gewesen war. »Kann gut sein. Was für einen Tee –«
O *Scheiße*. Sie blieb stehen. Ihr gesamter Kühlschrank war mit sorgfältig aus Adams Malbüchern ausgeschnittenen Seiten vollgepflastert. Normalerweise nahm sie sie ab, wenn Gäste kamen, doch der heutige Besuch war unerwartet.
Sie trat zum Herd und setzte den Kessel auf. »Was für einen Tee möchtest du denn gern?«
»Das ist mir eigentlich egal. Er ist sowieso bloß ein Vorwand für den Whiskey.« Er setzte sich an den Küchentisch und schwieg, doch sie spürte seinen Blick auf ihrem Rücken. Jede einzelne Sekunde. Bis sie es nicht länger aushielt. Sie faltete die Hände auf der Arbeitsplatte und starrte auf den Wasserkessel, als könne sie ihn mittels Willenskraft zum Pfeifen bewegen, während sie spürte, wie die Anspannung in ihr wuchs. Sie stand kurz vor einer Panikattacke. Bereits im Hotel hatte sie eine Tablette gegen ihre Angststörung genommen – nachdem sie einen Blick in den Spiegel geworfen und die Hirnmasse in ihrem Haar entdeckt hatte. Bei dem Anblick hätte sie fast die Fassung verloren.
Und jetzt drohte ihr dasselbe. Mit zitternden Fingern nahm sie das Fläschchen aus dem Schrank und schob sich die Tablette in den Mund. Hoffentlich würde es reichen. Sie hatte ihr Tageslimit bereits erreicht. Sie verabscheute es, das Zeug überhaupt schlucken zu müssen, aber um diese Zeit des Jahres war es immer besonders schlimm. *Die Vorweihnachtszeit und die Tatsache, dass ich heute mit ansehen musste, wie ein junger Mann umgekommen ist*, dachte sie bitter.

Und das Wiedersehen mit Adam war auch nicht gerade hilfreich gewesen.
Sie spürte immer noch den Blick ihres Großvaters. »Was?«, fragte sie trotzig.
»Ich habe nichts gesagt, Merry«, erwiderte er betont ruhig.
»Das brauchst du auch nicht«, murmelte sie. »Genau wie bei Dad früher.« Ihr Vater hatte sie mit einem einzigen Blick dazu gebracht, ihre Missetaten zu gestehen – beispielsweise, dass ein Fenster zu Bruch gegangen war, als sie sich heimlich zur Schlafenszeit nach draußen schleichen wollte. *Du fehlst mir so, Dad.*
Sie hörte, wie Clarke sich hinter ihr seine Pfeife anzündete, und spürte, wie die Tablette und der Geruch des Pfeifentabaks Wirkung zeigten. Ihre Hände zitterten fast gar nicht mehr, als sie eine Tasse Tee und einen Whiskey für Clarke und dann für Diesel einschenkte.
Sie stellte ihre eigene Tasse auf den Tisch und seufzte leise. Sie konnte nicht so tun, als würden Adams Bilder nicht existieren. Sie waren nur für ihre Augen bestimmt, auch wenn er es nicht explizit gesagt hatte. Wortlos nahm sie sie ab, legte sie sorgfältig übereinander und verstaute sie in der Schublade mit den Rezepten und den Coupons für Sonderangebote.
Sie setzte sich. Clarke nippte an seinem Whiskey, während der Tee noch unberührt vor ihm stand. »Also, frag schon«, sagte sie. »Ich sehe es dir doch an.«
Clarke zuckte mit den Schultern. »Bemerkenswert schön gemalt für Hopes Verhältnisse.«
Hope war die neunjährige Tochter ihrer Cousine Bailey.
»Das liegt daran, dass sie nicht von ihr stammen.«
»Wer ist er?«
Sie sah ihn verblüfft an. »Wieso bist du so sicher, dass sie von einem Mann stammen?«
»War ich bis gerade eben gar nicht.« Er zog an seiner Pfeife. »Er bedeutet dir sehr viel.«

Merediths Herz zog sich vor Schmerz zusammen. Seit sie Adam das erste Mal vor über einem Jahr gesehen hatte, bekam sie ihn nicht mehr aus dem Kopf. »Ja«, sagte sie, den Blick auf ihre Teetasse gerichtet.
»Aber er empfindet nicht dasselbe?«
Ich muss dir ein paar Dinge erklären. »Ich denke nicht. Kannst du mich etwas anderes fragen?«
»Natürlich«, sagte er sanft. »Wer hat heute versucht, dich umzubringen?«
Sie hob verblüfft den Kopf. »Das weiß ich nicht.«
»Aber du hast einen Verdacht. Macht dir jemand Ärger, den du von der Arbeit kennst?«
Sie hatte ihm von den allzu unverbrämten Drohungen in der Vergangenheit erzählt und wusste, dass sie ihm mächtig an die Nieren gingen. Trotzdem hatte er nie von ihr verlangt, ihre Tätigkeit als Therapeutin von Kindern aufzugeben, die so dringend jemanden brauchten, der sich für sie einsetzte. Dafür liebte sie ihn umso mehr.
»Ein oder zwei«, gestand sie.
»Aber du hast der Polizei ihre Namen nicht genannt.« Er zog seine buschigen Brauen hoch. »Wendi hat ein bisschen lauter geflüstert, damit ich es auch ja mitbekomme.«
»Ich gebe die Namen nicht preis, weil diese Leute keine direkte Drohung gegen mich ausgesprochen haben.«
Clarke trank seinen Whiskey. Sein Schlucken war deutlich zu hören. »Aber mir kannst du sie doch verraten.«
Blanke Angst packte sie. Sie wollte nicht, dass er sich als menschlicher Schutzschild vor sie stellte, und schon gar nicht, dass er den Schützen zu finden versuchte. »Ich will, dass du dich da raushältst. Falls es einer von ihnen gewesen sein sollte, ist das die Angelegenheit der Polizei.«
Wut flackerte in Clarkes Augen auf. »Aber du hast dich doch geweigert, ihnen Hinweise auf deren Identität zu geben.«

»Das stimmt nicht. Ich habe Detective Kimble gesagt, dass es jemanden gibt, der mich verfolgt, und wo und wann er das genau tut. Alle diese Orte haben Videoüberwachung.«
»Gut gemacht.«
»Ich musste es ihm sogar zweimal sagen«, brummte sie. »Beim ersten Mal war es noch nicht deutlich genug.« Unter anderen Umständen hätte der Augenblick, als bei Adam der Groschen fiel, beinahe etwas Komisches gehabt. Meredith sah zum Wohnzimmer hinüber. »Und vielleicht helfe ich ihm ja sogar.«
»Wie denn?«
»Ich überlege, Diesel um Hilfe zu bitten.«
»Na endlich!«, rief Diesel, der in diesem Moment im Türrahmen erschien. In seinen Pranken wirkte der Teebecher wie aus der Puppenstube. Er hatte den Laptop unter dem Arm, und sein kindlicher Eifer war ihm noch deutlicher anzusehen als beim Anblick des neuen Computerspiels.
»Ich dachte, du bist mit dem Spiel beschäftigt«, meinte Meredith.
»War ich auch. Ich wollte dir ein bisschen Zeit geben, in Ruhe deinen Tee zu trinken, bevor ich meine Hilfe anbiete.«
Meredith lachte leise. »Setz dich doch zu uns, Diesel.«
Sein Blick fiel flüchtig auf den Kühlschrank, und Meredith spürte, wie ihre Wangen heiß wurden. Er hatte die Zeichnungen also auch bemerkt. »Ich fand sie gut«, sagte er nur. »Vor allem die mit dem Wasserfall. Wer hat sie ausgemalt?«
»Vielleicht malen wir ja mal gemeinsam«, erwiderte sie, ohne auf seine Frage einzugehen. »Mich beruhigt das immer so schön.«
»Hmm«, sagte er nur. »Am liebsten mag ich Löwen und Tiger. Wenn du die Buntstifte lieferst, kann ich bestimmt ein paar Zeichnungen herunterladen. Mich beruhigt so was auch sehr.« Er bog seine Pranken durch. »Kate hat mir sogar Stricken beigebracht.« Er klappte den Laptop auf und hob eine

Braue. »Ich bin jederzeit bereit, jemanden aufzustöbern, der dich belästigt. Namen, bitte.«
Meredith starrte ihn immer noch mit offenem Mund an. »Du strickst? Ernsthaft?«
Clarkes Mundwinkel zuckten. »Da zeigt sich, in welchen stereotypen Bahnen du denkst, Merry.«
Sie klappte den Mund zu. »Stimmt. Es tut mir leid, Diesel, das war falsch.« Ihr Blick fiel auf den Laptop. »Aber was ich dir sage, kann weder zu dir noch zu mir zurückverfolgt werden, oder?«
Diesel schnaubte. »Du solltest mich besser kennen, *Merry*. Ich stöbere schon seit Jahren für Marcus in anderer Leute Computern herum, und wir sind noch nie erwischt worden. Jedenfalls nicht wegen etwas, das auf mein Konto ging.«
»Diesel arbeitet für Marcus O'Bannion, dem Herausgeber des *Ledger*«, erklärte Meredith, als sie Clarkes neugierigen Blick bemerkte.
»Ah.« Clarke nickte. »Den habe ich abonniert und lese ihn jeden Tag online. Gutes Blatt. Aber Ihren Namen habe ich noch unter keinem Artikel gesehen, Diesel.«
»Ich halte mich lieber im Hintergrund«, erwiderte Diesel unbehaglich. »Ich bin für die IT zuständig.«
»Diesel ist viel zu bescheiden«, warf Meredith ein und tätschelte seine Pranke. »Der *Ledger* ... drücken wir es einfach so aus: Sie stöbern auf kreative Weise Leute auf, die längst bestraft werden sollten, aber aus irgendwelchen Gründen durch die Maschen des Rechtssystems geschlüpft sind, und stellen sie dann auf ihrer Titelseite an den Pranger. Diesel ist für die Recherche im Hintergrund zuständig und gräbt all den Schmutz aus. Und manchmal fängt er eben schon an, obwohl er offiziell noch keine Erlaubnis dafür hat.«
Clarkes Augen weiteten sich in aufrichtiger Bewunderung. »Sie sind Hacker?«

Diesels Wangen wurden rot. Richtig süß, fand Meredith.
»Ja, und zwar ein verdammt guter«, bestätigte sie. »Zumindest soweit ich gehört habe. Aber das Ganze muss sehr diskret ablaufen, Diesel. Und du musst sofort wieder vergessen, was du gesehen hast. Weder Marcus noch Scarlett brauchen etwas davon zu erfahren.«
»Wer ist Scarlett?«, wollte Clarke wissen.
»Detective Scarlett Bishop. Du hast sie kennengelernt, als du das letzte Mal hier warst. Groß, langes dunkles Haar. Die Partnerin von Deacon Novak vom FBI.«
Clarke nickte. »Ach ja. Der mit den irren Augen.«
»Genau der«, bestätigte Diesel. »Scarlett ist mit meinem Boss zusammen, daher sehe ich sie ziemlich oft. Und ich halte eine Menge Dinge vor ihr geheim. Schließlich ist sie trotz allem ein Cop, und ich habe keine Lust, in den Knast zu wandern. Und, nein, Merry, ich werde dir diese Geheimnisse nicht verraten und auch abstreiten, dass ich je so etwas gesagt habe, falls sie fragen sollte.«
Genau das hatte Meredith vorgehabt. »Mir erzählt nie einer etwas«, murrte sie, woraufhin Diesel lachte.
»Du willst das nicht wissen. Ich nehme nur Leute unter die Lupe, die es auch verdient haben, und du bist so ein hochanständiger Mensch, dass du Gewissensbisse hättest, weil du es der Polizei vorenthalten müsstest.«
»Was ist mit mir?«, schaltete sich Clarke ein. »Haben Sie denn keine Angst, ich könnte den Cops etwas verraten?«
Diesel schüttelte den Kopf. »Merediths Sicherheit steht an oberster Stelle für Sie. Sie werden mich ganz bestimmt nicht verpfeifen.«
Clarke nickte. »Das ist wohl wahr, das werde ich tatsächlich nicht tun. Stattdessen schenke ich Ihnen eine Flasche fünfundzwanzig Jahre alten Lagavulin«, fügte er hinzu, doch Diesel schüttelte den Kopf.

»Das ist nicht notwendig. Ich kann Typen nicht ausstehen, die andere terrorisieren. Und solche, die vor Mord nicht zurückschrecken, noch viel weniger.«

Meredith sah die beiden Männer an. »Mein Name darf unter keinen Umständen in einem Artikel des *Ledger* oder einem Polizeibericht auftauchen. Ich muss die Identität eines sechsjährigen Mädchens schützen.«

Diesel wurde ernst. »Alles klar. Ist das Mädchen in Sicherheit?«

Meredith nickte. »Ja, sie und ihre Mutter leben bei der Schwester der Mutter, und ihr Vater ist außer sich vor Wut. Dass ihn seine Frau verlassen hat, ist schon schlimm genug, aber dass er auch noch seine Tochter verloren hat, lässt ihn in seiner Firma ganz schlecht dastehen, und er ist einer von denen, die es gar nicht leiden können, wenn ihr Image angekratzt ist.«

»Den Typus kenne ich«, murmelte Diesel.

In seinem Tonfall lag eine Verletzlichkeit, die Merediths Psychologinnen-Alarmglocken schrillen ließ, doch er hatte nie Anstalten gemacht, sich ihr anzuvertrauen, daher ging sie nicht weiter darauf ein. »Bislang hat sich weder die Polizei noch das Jugendamt eingeschaltet, deshalb ist es kein offizieller Fall – weder für die Öffentlichkeit noch für die Polizei.«

»Sollte die Polizei denn eingreifen?«, hakte Diesel nach.

Meredith seufzte. »Mein Bauch sagt Ja. Aber das Mädchen hat nichts Greifbares verlauten lassen. Sie ist noch viel zu verängstigt, und ich arbeite erst seit ein paar Wochen mit ihr. Aber ich kenne Typen wie ihren Vater und nehme an, er wird sich vehement dagegen wehren, dass ich die Therapie mit ihr fortsetze. Auf die eine oder andere Art. Bislang hält er sich zurück, taucht bloß auf meiner Joggingstrecke oder beim Einkaufen auf. Oder in der Kirche. Er lächelt nur und tut überrascht, nach dem Motto – wow, was für ein Zufall, dass wir zur selben Zeit am selben Ort sind, *schon wieder*.«

Clarke schob seinen Stuhl so abrupt zurück, dass er fast umkippte, trat an die Spüle und klopfte seine Pfeife aus.
»Papa?«
Eine Hand fest um den Rand der Spüle geklammert, beugte er sich vor. »Ich bin nur ...«
»Fuchsteufelswild«, sagte Diesel knapp. »Wenn dieser Typ für das verantwortlich ist, was heute passiert ist, muss er ...« Er schüttelte den Kopf. »Dass er dich umbringen will, ist ja schon schlimm genug. Aber auch noch Dutzende anderer Leute mit in den Tod zu reißen? Ihn auszuweiden wäre noch zu gnädig.«
Clarkes Schultern hoben sich kurz, dann stieß er ein bitteres Lachen aus. »Allerdings. Er hätte ... ich hätte dich heute verlieren können«, flüsterte er.
Meredith schlang von hinten die Arme um ihn und schmiegte ihr Gesicht an seinen Rücken. »Aber du hast mich nicht verloren. Ich bin hier. Detective Kimble überprüft bestimmt die Aufnahmen der Überwachungskameras, so schnell es geht. Wir können ihm ein bisschen dabei helfen, besser gesagt, Diesel.«
Clarke nickte. »Dann sollte er mal loslegen.«
Sie kehrten zum Tisch zurück. »Der Kerl heißt Broderick Voss«, sagte Meredith.
»Wo habe ich den Namen schon mal gehört?« Diesel tippte ihn in die Suchmaschine ein und riss die Augen auf. »Heilige Scheiße, Meredith, er ist der Vorstandsvorsitzende von BuzzBoys. Die tauchen auf sämtlichen Wirtschaftsseiten auf. Vor ein paar Jahren haben sie öffentlich gemacht, wer sie sind. Voss ist vom armen Computerfuzzi zum Krösus aufgestiegen.«
Meredith seufzte. »Alle glauben immer, bloß Junkies oder Brutalos würden ihre Familien misshandeln. Keiner will hören, dass auch Männer in Führungspositionen zu so etwas fähig sind.«

»Was genau willst du wissen?«, fragte Diesel.
»Wo war er heute Nachmittag? Fährt er einen schwarzen SUV? Hatte er jemals mit Sprengstoff zu tun? Beim Militär oder sonst wo? Besitzt er eine Waffe? Genauer gesagt, ein Gewehr wie das, mit dem heute Nachmittag ...« Sie holte tief Luft. »Mit dem der junge Mann erschossen wurde.«
Sie sah, wie Clarkes Miene sich verdüsterte. *Du musst ihn auf andere Gedanken bringen. Jetzt sofort.* »Papa, ich habe ein bisschen Hunger«, log sie. »Könntest du mir eine Suppe machen? In der Vorratskammer stehen ein paar Beutel Nudelsuppe mit Huhn.«
»Klar.« Er stand auf und machte sich an die Arbeit.
»Du bist eine ziemlich versierte Lügnerin«, murmelte Diesel.
»Das habe ich nicht vergessen.«
»Er weiß, dass ich nicht die Wahrheit sage«, sagte sie leise.
»Was glaubst du wohl, woher ich das alles habe? Spiel lieber nie Poker mit ihm. Er wird dir erzählen, er hätte noch nie vorher gespielt, und ehe du dichs versiehst, hat er dir dein Lieblingsalbum von Billie Holiday abgeluchst.«
»Ich höre immer noch wie ein Luchs«, ertönte Clarkes Stimme aus der Vorratskammer. »Und ich habe ein tadelloses Gedächtnis. Du hast mir eine Raubkopie gegeben und das Original behalten.«
»Und du warst stolz auf mich, weil ich dich so geschickt übers Ohr gehauen habe«, rief sie.
»Allerdings, Merry. Wollen Sie auch eine Suppe, Diesel? Wenn ich schon eine mache, sollte sie auch jemand essen. Sie nimmt sowieso bloß ein paar Löffel.«
Um Diesels Mundwinkel spielte ein belustigtes Lächeln, wie sie es noch nie an ihm gesehen hatte. »Ja, Sir. Vielen Dank.«

Cincinnati, Ohio
Samstag, 19. Dezember, 18.55 Uhr

Adam, Deacon und Scarlett hatten die letzte Stunde damit zugebracht, die Aussagen aller Anwesenden aufzunehmen. Deacon war Adams Cousin, Scarlett und Adam hingegen kannten sich von ihrer jahrelangen Arbeit im Morddezernat.

Die drei gaben ein erstklassiges Team ab und befragten systematisch die Gäste, die Mitarbeiter und alle, die sich zum Zeitpunkt der Schießerei vor dem Restaurant aufgehalten hatten.

Die Gäste hatten alle dasselbe gesehen: den jungen Mann mit der Waffe. Meredith, die versuchte, ihm sein Vorhaben auszureden, ehe sie selbst ihre Waffe gezogen hatte, doch der Schuss war von außen gekommen. Die Hirnmasse, das zerbrochene Fenster, dann der zweite Schuss und der verletzte Gast.

Nur das Paar, das im Restaurant gewesen war, um seine Verlobung zu feiern, hatte sich als brauchbare Quelle entpuppt. Der beste Freund des künftigen Bräutigams hatte sich hinter einem Pfeiler verschanzt und alles mit dem Handy gefilmt – sein Freund war gerade auf die Knie gegangen, um seiner Geliebten den Antrag zu machen, als der Junge das Restaurant betreten hatte und vor Merediths Tisch stehen geblieben war.

Sie hatten einen ungehinderten Blick auf sein Gesicht. Mit ein bisschen Glück ließ sich mittels Fingerabdrücken die Identität ermitteln, doch zumindest wussten sie inzwischen, wie der Junge ausgesehen hatte. Sie hatten bereits ein Foto an die Medien weitergegeben, das jetzt in sämtlichen Nachrichten landesweit, online und im Fernsehen, gezeigt wurde. Bislang hatte sich allerdings noch niemand gemeldet, um den armen Teufel zu identifizieren.

Deacon und Scarlett betraten den Konferenzraum und ließen sich mit einem Seufzer auf ihre Stühle fallen.

»War's das?«, fragte Deacon.

»Eine Person haben wir noch«, meinte Scarlett.

Adam massierte sich die Schläfen. »Sie ist noch auf der Toilette.« Die Frau hatte sich in einer der Kabinen versteckt. Officer Kendra Cullen hatte sie bemerkt, als das Restaurant evakuiert wurde und die Gäste in das Hotel gegenüber gebracht worden waren. Wendis kleine Schwester war eine ausgezeichnete Polizistin.

»Stimmt.« Scarlett verdrehte die Augen. »Sie hat schon ein paar Mal kurz zur Tür rausgeschaut, ist aber sofort wieder zurückgewichen. Kenny ist reingegangen und hat sie aufgefordert, herauszukommen, aber sie hat sich in einer Kabine verschanzt und behauptet, ihr wäre schlecht.«

»Und stimmt das?«, hakte Adam nach.

Scarlett zuckte mit den Schultern. »Keine Ahnung. Sie weigert sich, einen Arzt reinzulassen. Kenny musste zurück auf Streife, und nun steht ein männlicher Kollege Wache, deshalb habe ich wohl die Aufgabe, reinzugehen und sie zu holen.«

»Wissen wir, wer sie ist?«, fragte Deacon.

Adam nickte. »Eine gewisse Colleen Martel. Sie arbeitet im Café und hat Meredith und Mallory zu ihrem Tisch geführt.«

»Dem Tisch, der praktischerweise direkt am Fenster stand«, bemerkte Deacon.

»Nachdem man ihr am Telefon erklärt hatte, er könne nicht im Vorfeld reserviert werden«, fügte Adam hinzu. »Ich hatte genauere Informationen über Colleen angefordert, bevor ich sie befrage. Die Ergebnisse kamen vor fünf Minuten rein. Sie ist sauber. Nicht mal ein Strafzettel.«

»Ich hoffe bloß, sie hat einen plausiblen Grund, weshalb sie sich in der Toilette verbarrikadiert.« Scarlett erhob sich. »Ich gehe jetzt. Tut nichts, was Spaß macht, solange ich weg bin.«

Adam stützte die Ellbogen auf den Tisch und grub die Daumen in seine schmerzenden Augenhöhlen, während er sich fragte, was die Kellnerin getan oder gesehen haben könnte … was mochte sie dazu getrieben haben, stundenlang auf der Toilette zu hocken, damit sie nicht mit ihnen reden musste? Doch ihm wollte nichts einfallen. Sein Mund war staubtrocken, und seine Haut schien förmlich über seinen Knochen zu spannen.

Verdammt. Er sehnte sich nach einem Drink. Ein Glück, dass er bereits Kontakt zu seinem Sponsor aufgenommen hatte, denn ab jetzt würde es nur noch bergab gehen. Um Mitternacht fand ein Treffen statt. John würde sich im Untergeschoss von St. Agnes mit ihm treffen, ganz egal, um welche Uhrzeit. Der Mann war ein unfassbar toller Sponsor. *Ich bin ein echter Glückspilz.*

Und ich wäre ein noch größerer, wenn ich Meredith dazu bringen könnte, heute Abend mit mir zu reden.

Und er wäre heilfroh, wenn er endlich einen brauchbaren Hinweis in diesem Fall hätte, um sich nicht länger Sorgen machen zu müssen, ob jemand sie abzuknallen versuchte, wenn sie das nächste Mal vor die Haustür trat.

»Alles klar?«, fragte Deacon leise.

»Jaja, nur üble Kopfschmerzen«, antwortete er – was immerhin keine völlige Lüge war.

Deacon zog einen Proteinriegel aus der Tasche seines Ledertrenchcoats und warf ihn Adam zu. »Iss was.«

»Danke. Das habe ich völlig vergessen.« Er verputzte den Riegel und spülte anschließend eine Schmerztablette mit einer Flasche Wasser hinunter. Augenblicklich fühlte er sich besser. Er scrollte durch die fünfundsiebzig Nachrichten, die in der vergangenen Stunde auf seinem Handy eingegangen waren.

»Irgendetwas Neues?«, wollte Deacon wissen.

Adam schüttelte den Kopf. »Hauptsächlich Anfragen von Reportern, aber die schicke ich gern an die oberen Herrschaften weiter.« Er verzog das Gesicht. »Verdammt.«
»Was ist?«
»Ich habe ein paar Nachrichten von meiner alten Einheit bekommen. Sie machen sich alle ›Sorgen um mich‹.« Er stieß den Atem aus. »Es gibt Tage, an denen ich mir wünsche, ich hätte mir die Auszeit nie gegönnt.« Die Pause war ein echtes Muss gewesen, doch er kassierte auch jetzt immer noch schiefe Blicke von Kollegen – Blicke voller Mitleid oder Hohn. Oder Verachtung. Die verächtlichen Blicke bekam er ziemlich oft zu sehen, vor allem von jenem Cop, dem er seine Existenz verdankte. *Herzlichen Dank auch, Dad.*
Deacon schnalzte mitfühlend mit der Zunge. »Das tut mir leid. Aber du bist ihnen eben wichtig.«
Er brummte. *Nicht allen.* Er scrollte weiter, übersah geflissentlich die sarkastischeren unter den Nachrichten, bis er auf eine stieß, die ihm so etwas wie ein Lächeln entlockte. »Ihm hier schon. Die ist von Wyatt.«
Wyatt Hanson war sein zweitältester Freund, nach Deacon. Sie waren gemeinsam auf die Highschool gegangen – Deacon war der Sonderling gewesen, Adam und Wyatt die Sportskanonen. Ihnen war es zu verdanken, dass Deacon nicht täglich aufs Neue Prügel bezogen hatte, denn schon damals hatte sein Cousin seine ganz eigene Meinung gehabt. Und war ein viel zu schlauer Kopf gewesen. Es war fast, als hätte er sich jeden Morgen vor der Schule eine Zielscheibe auf die Stirn gemalt.
Deacons Lächeln war voller Zuneigung. »Wie geht es ihm?«
»Gut«, antwortete Adam. Die Freundschaft zwischen ihm und Wyatt hatte sich endgültig gefestigt, als Deacon nach dem Schulabschluss aufs College gegangen war. Wyatt war der erste Partner gewesen, mit dem man ihn nach der Polizeischule zusammengespannt hatte, und dann wieder im ver-

gangenen Jahr beim Dezernat für Gewaltverbrechen. Er war derjenige, der Adam durch seinen letzten Höllenjob begleitet hatte. »Falls ich wieder kurz vor einem Zusammenbruch stehe, soll ich vorbeikommen, damit ich meine Wut an seiner Einfahrt auslassen kann, wo dringend der Schnee geschaufelt werden sollte, schreibt er.«

Deacon zog seine schlohweißen Brauen hoch. »Das ist ... ziemlich fies.«

Adam lachte. »Du kennst doch seinen Galgenhumor. Ist schon okay. Schließlich hatte ich ja wirklich schon mal einen Zusammenbruch.« Sein Lächeln verblasste. Die Details hatte er nur einem einzigen Menschen außerhalb seiner alten Einheit erzählt. Und Meredith hatte dichtgehalten. Nur ganz wenige kannten die ganze Story – Wyatt Hanson und Nash Currie, die beiden Detectives, die dabei gewesen waren. Und auch ihr direkter Vorgesetzter wusste Bescheid.

Und natürlich der Typ, der es getan hatte, logischerweise.

Er spürte die gewohnte Panik in sich aufsteigen. So viel Blut. In seinen Albträumen hörte er bis heute Paulas verzweifelte Versuche zu schreien. Er schloss die Augen und verdrängte die Erinnerung.

»Alles klar?«, fragte Deacon noch einmal leise.

»Ja. Alles bestens.« Adam scrollte weitere Anfragen von Journalisten durch und seufzte, als er eine Nummer sah, die er auf Anhieb erkannte. »Geradezu traumhaft.«

Er überflog gleich mehrere Nachrichten seiner Mutter, die wissen wollte, wie es ihm ging. Er hätte sie längst anrufen wollen. Natürlich machte sie sich Sorgen. Er schickte ihr eine kurze Antwort. *Alles bestens. Hab viel zu tun und melde mich später. Hab dich lieb.* Das würde sie vorerst beruhigen. Seine Mutter litt unter Herzproblemen, und er wollte ihr keinesfalls zu viel Stress verursachen. Das tat sein Vater schon mehr als genug, herzlichen Dank.

Die Antwort kam innerhalb von Sekunden, was ihm verriet, dass sie mit dem Telefon in der Hand gewartet hatte. *Dad und ich haben dich auch lieb.*
Er stieß ein bitteres Lachen aus. Sein Vater ... Sorge war für Jim Kimble ein Fremdwort. Er war ein Cop wie aus dem Bilderbuch. Groß, bullig, robust und gegen so ziemlich alles resistent. Nichts brachte ihn jemals aus der Ruhe, schon gar nichts, was mit dem Job zu tun hatte. Ganz anders als seinen Sohn, den »Feigling«. So hatte er ihn genannt.
Worte, die Adam zu oft gehört und auch zu oft geglaubt hatte, ganz egal wie oft er sich sagte, dass sie nicht zutrafen. Er hatte versagt. Hatte dichtgemacht, die Fakten missachtet, die den Mörder womöglich vor Gericht gebracht hätten. Er hatte die Ermittlungen den anderen Detectives im Team überlassen.
An manchen Tagen war er davon überzeugt, die Verachtung seines Vaters zu verdienen.
»Was ist jetzt wieder?«, wollte Deacon wissen. »Das war kein allzu erfreutes Lachen.«
»›Dad und ich haben dich auch lieb‹, schreibt Mom.«
Deacon schnaubte. »Das sagt sie, damit sie sich selbst ein bisschen besser fühlt.«
Das stimmte, und die Einschätzung aus Deacons Mund zu hören, machte es gleich viel erträglicher. Deacon hatte nur wenig Sympathien für Jim Kimble – Adams Eltern hatten ihn, seine Schwester Dani und ihren Bruder Greg nach dem Tod ihrer Eltern bei sich aufgenommen. Als Onkel hatte Jim noch mehr versagt denn als Vater.
Und seine Fähigkeiten als Vater waren schon ziemlich lausig gewesen.
Aber um seiner Mutter willen hielt Adam den Mund, ebenso wie seine Cousins und seine Cousine. »Ich weiß, aber meinetwegen kann sie sich alles vormachen, was sie will, solange

sie bloß nicht auf der kardiologischen Intensivstation landet.«

Deacon verdrehte die Augen. »Du bist einfach der nettere Mensch von uns beiden.«

Was nicht stimmte. Adam hatte einfach nie den Mumm gehabt, sich offen gegen seinen Vater zu stellen. Es war leichter, dem Problem einfach auszuweichen. Er und Jim hatten seit Monaten kein Wort mehr miteinander gewechselt. Problem gelöst.

Beim Anblick von Diesel Kennedys Nachricht löste sich die Spannung in seinen Schultern ein wenig. *Bin bei Dr. Fallon. Es geht ihr gut. Ihr Großvater ist hier. Der alte Mann ist ... echt spannend.*

Adam runzelte die Stirn. Was wollte er damit sagen? Er kannte Diesel gut genug, um zu wissen, dass das praktisch alles bedeuten konnte. Er sah Deacon an. »Kennst du Merediths Großvater?«, fragte er und sah erleichtert, wie Deacon lachte.

»Allerdings. Der Kerl ist ein echter Knaller. Wieso?«

»Diesel sagt, er sei hier.«

Auch Deacon entspannte sich sichtlich. »Wunderbar. Das wird ihr guttun.« Er legte den Kopf schief. »Sie war in letzter Zeit so niedergeschlagen.«

Adam unterdrückte ein Stöhnen. »Fang du nicht auch noch an. Bitte.«

»Ich stelle nur fest. Ohne Schuldzuweisung.« Deacon musterte ihn einen Moment lang, dann zuckte er die Achseln. »Ich kannte Merediths Großmutter nicht, aber sie trug immer eine Perlenkette um den Hals und eine Derringer in der Handtasche. Ihr Großvater ist ein Bikertyp wie aus dem Bilderbuch – ein Bär von einem Kerl, voller Tattoos.«

Das war eine ziemliche Überraschung. Meredith war stets wie aus dem Ei gepellt. Gleichzeitig schien ihr nichts und niemand Angst zu machen. Also war es vielleicht doch nicht so überraschend. Aber das würde er für sich behalten. »Kein Wunder, dass Diesel ihn spannend findet.«

»Clarke ist pensionierter Computerfachmann. Er war einer der ersten Spieleentwickler in einer Zeit, als zwei Freaks sich noch in der Garage ein Videogame ausdenken konnten.«

Adam lachte. »Das ist bestimmt der Beginn einer wunderbaren Freundschaft.« Adam beneidete Diesel um seine Fähigkeiten als Hacker.

Sein Telefon summte, als die nächste Nachricht einging. »Na endlich«, sagte er. »Trip schreibt, das Sprengkommando hat den Tatort freigegeben. Er ist schon auf dem Rückweg vom Labor.«

»Irgendetwas über die Bombe selbst?«, wollte Deacon wissen.

»Keine Ahnung. Bringen wir erst mal die letzte Zeugenbefragung hinter uns. Bis dahin ist er bestimmt hier und kann uns etwas sagen. Außerdem muss ich mir das Opfer ansehen, bevor die Rechtsmedizinerin ...«

Lautes Stimmengewirr drang vom Flur herein. Sekunden später stand Scarlett mit einer jungen Frau im Türrahmen, deren Kleider von braunem Schmutz bedeckt waren. Ihre Hände waren auf dem Rücken gefesselt.

Scarlett wirkte aufgebracht. »Detective Kimble, Special Agent Novak, das ist Colleen Martel. Sie arbeitet als Kellnerin im Buon Cibo und wollte das hier entweder im Heizungsrohr verstecken oder gerade herausholen, als ich hereinkam«, erklärte sie und schwenkte eine Beweismitteltüte mit einem Umschlag darin.

»Das gehört mir nicht!«, protestierte Colleen.

»Drogen?«, fragte Adam.

»Bargeld. Zweihundert Mäuse.« Scarlett bewegte ihren Kiefer hin und her. »Sie hat halb in dem Rohr gesteckt, als ich reinkam, und hat nach mir getreten. Sie wollte abhauen.«

»Ich habe nichts getan«, stieß Colleen zwischen zusammengebissenen Zähnen hervor.
»Wenn man mal davon absieht, dass Sie eine Polizeibeamtin getreten haben«, bemerkte Adam.
»Und heimlich eine Waffe tragen«, fügte Scarlett hinzu und zog eine weitere Beweismitteltüte heraus, die ein Springmesser, eine Dose Pfefferspray und ein Handy enthielt. »Als ich sie aus dem Lüftungsrohr ziehen wollte, ist sie mit dem Pfefferspray auf mich losgegangen.«
»Aber Pfefferspray bei sich zu haben, ist nicht verboten«, erklärte Colleen trotzig. »Und ein Messer auch nicht.«
»Messer können Sie so viele mit sich herumtragen, wie Sie wollen«, erklärte Adam. »Aber Springmesser gelten als tödliche Waffen, deshalb verstößt es sehr wohl gegen das Gesetz, eines bei sich zu tragen. Es sei denn, Sie haben eine Genehmigung dafür?«
Colleen wandte den Blick ab.
»Wohl eher nicht«, fuhr Adam fort. »Sorgen Sie bitte dafür, dass sie aufs Revier gebracht wird, Detective Bishop. Wir erledigen die Befragung von Ms Martel dann dort.« Wo sie das Gespräch auch aufzeichnen konnten.
»Aber natürlich.« Scarlett legte der Frau die Hand auf die Schulter und bugsierte sie hinaus in die Lobby. »Kommen Sie, Ms Martel.«
Hektisch versuchte sich die junge Frau aus Scarletts Griff zu befreien. »Nein. Das geht nicht.« Sie zerrte an den Handschellen. »Die Leute sehen mich doch.«
Die drei Polizisten wechselten einen Blick. »Aber wieso stört Sie das?«, fragte Adam.
Colleen schloss die Augen. »Nur so. Können Sie mich nicht hinten rausbringen?«
»Da müssen Sie uns schon eine bessere Erklärung liefern. ›Nur so‹ reicht nicht«, wandte Adam ein.

Colleen reckte das Kinn. »Ich habe Angst um mein Leben.«
Scarlett musterte sie unbeeindruckt. »Und vor wem haben Sie konkret Angst?«
Colleen schüttelte den Kopf. »Ich berufe mich auf den fünften Zusatzartikel.«
Scarlett stieß ein verärgertes Schnauben aus. »Na gut. Würden Sie mich bitte begleiten, Agent Novak, für den Fall, dass unsere geschätzte Fluchtkünstlerin in ernsthafte Gefahr gerät?«
»Natürlich.« Deacon erhob sich. »Wir treffen uns später dort, Detective Kimble?«
»Ich komme in ein paar Minuten nach.« Zuerst musste er einen Blick auf den Tatort werfen.

7. Kapitel

*Cincinnati, Ohio
Samstag, 19. Dezember, 19.20 Uhr*

Adam betrat das Buon Cibo, wo sein Blick als Erstes auf die Bar fiel. Er schloss die Augen. An den meisten Tagen konnte er problemlos ein Restaurant betreten, ohne die Flaschen zu beachten ...
Er erschauderte. Die Flaschen, nach deren Inhalt er sich so sehnte. Er schob die Hände in die Hosentaschen, als seine Finger zuckten. Kein Alkohol. *Es ist pure Einbildung. Du brauchst ihn nicht.*
Mit zusammengebissenen Zähnen wandte er sich ab und bemerkte Quincy Taylor, der ihn beobachtete ... mit diesem wissenden Blick, sodass Adam sich beherrschen musste, nicht vor Scham wegzusehen. Er tat es nicht. Denn er hatte der Versuchung widerstanden, die Hand nicht nach einer der Flaschen hinter dem Tresen ausgestreckt. Ein kleiner Sieg.
Winzige Schritte. Fast ein Jahr voll winziger Schritte. Er hatte es fast geschafft. Fast ein ganzes Jahr. Und dann ... dann würde er es Meredith sagen. Das war der Plan gewesen. Aber es sah ganz so aus, als würde das Gespräch schon früher stattfinden. Heute Abend. Dann würde er ihr alles erzählen.
Quincy machte Fotos von dem umgekippten Tisch, der sich am nächsten zu dem zerborstenen Fenster befand. Im Gastraum herrschte völliges Chaos. Tische waren umgeworfen worden, überall lagen Geschirr, Essen und Speisekarten herum, doch am auffälligsten war die von Blutflecken übersäte Tischdecke, die halb von einem der Tische herunterhing.
»Dort haben Meredith und Mallory gesessen?«, fragte Adam. Quincy ließ die Kamera sinken. »Ja.« Er blickte nach unten

und nickte, als er die Schutzhüllen über Adams Schuhen sah.
»Sie können herkommen, aber ganz vorsichtig. Direkt rechts neben dem Tisch klebt Erbrochenes auf dem Boden.« Er zog eine Braue hoch. »Meredith hatte Angst, dass sie den Tatort beschmutzt haben könnte. Sie hätte versucht, sich ein Stück neben die sterblichen Überreste zu übergeben, meinte sie.« Allein die Vorstellung, wie Meredith auf dem Boden gekauert hatte, über und über bedeckt mit ... »Sie ist ... ein sehr verantwortungsbewusster Mensch.«
Quincy schnaubte. »Von allen Adjektiven, die es gibt, fällt Ihnen kein besseres ein?«
Adam näherte sich vorsichtig. »Es tut mir leid, ich war völlig ...« Er hielt inne, unsicher, wofür er sich eigentlich entschuldigte.
»Weil Sie mich so wütend angesehen haben, als ich in Ihr *Revier* eingedrungen bin?« Quincy wirkte alles andere als amüsiert. »Ich hatte einige Male Gelegenheit, mich mit Dr. Fallon zu unterhalten, und kenne ihre Ansätze im Hinblick auf die Spieltherapie. Ich mag sie. Dr. Fallon ist eine sehr kluge Frau mit einem großen Herzen. Das ist alles. Sie *gehört* niemandem. Besitzdenken ist keine sonderlich sympathische Charaktereigenschaft.«
»Das stimmt«, bestätigte Adam schlicht. »Ist es nicht. Eifersucht auch nicht. Ich muss mich entschuldigen.«
Quincy musterte ihn scharf. »Entschuldigung angenommen.« Er machte sich wieder an die Arbeit. »Abgesehen davon, ist sie nicht mein Typ, falls Sie sich dadurch besser fühlen.«
Damit waren Quincys Absichten endgültig geklärt. Mit dem Ergebnis, dass Adam sich noch dämlicher vorkam. Gleichzeitig konnte er eine gewisse Erleichterung nicht leugnen.
»So?«
Quincy schnaubte. »Und Sie auch nicht, Detective.«

Adam lachte. »Ich glaube, damit haben Sie meine Gefühle verletzt.«
Quincy grinste ironisch. »Sie werden es überleben.«
Adams Miene wurde ernst. »Sie hätte es um ein Haar nicht geschafft. Wie nahe war der zweite Schuss?«
»Soweit ich es ohne eine computergesteuerte Berechnung der Flugbahn sagen kann, hätte die Situation ganz anders ausgesehen, wenn Mallory sie nicht unter den Tisch gezogen hätte.«
Adams Brust zog sich zusammen. Er zwang sich zu atmen, während er sich ein weiteres Mal vor Augen führte, dass sie am Leben war. Dass die Kugel sie nicht getroffen hatte. Er trat um den Tisch herum und starrte auf die Leiche des jungen Mannes.
Er räusperte sich. »Einer der Restaurantgäste hat alles gefilmt, daher kennen wir sein Gesicht.« Was ein extremer Glücksfall war, denn die Kugel hatte nicht allzu viel davon übrig gelassen. Das Opfer lag auf dem Rücken, die Arme waren an den Seiten ausgestreckt. »Das ist vermutlich nicht die Position, in der ihn die Sprengstoffeinheit gefunden hat, oder?«
»Nein. Sie haben einen Roboter zum Entschärfen eingesetzt. Man musste ihn umdrehen und in eine Position bringen, in der die Weste ohne Risiko abgenommen werden konnte, aber wir haben eine 3-D-Fotografie des Tatorts und von der Leiche, wie wir sie vorgefunden haben. Das Opfer war zusammengebrochen. Die Kugel kam von der anderen Straßenseite, direkt gegenüber. Sie ist in den Hinterkopf des Opfers eingedrungen, vermutlich quer durch den Schädel, und an der linken Schläfe wieder ausgetreten. Die Rechtsmedizinerin Dr. Washington wird es noch bestätigen. Sie ist bereits unterwegs.«
»Wo ist die Kugel?«
»Wir haben sie draußen sichergestellt. Sie ist durch das zerborstene Fenster geflogen und lag auf dem Asphalt.«

Adam sah aus dem Fenster und entdeckte die nummerierte Markierung im Schnee. »Also hatte Meredith auch hier Glück. Die Kugel hätte ohne Weiteres ...« *Ich hätte sie verloren, ohne Gelegenheit gehabt zu haben, ihr die Wahrheit zu gestehen.* Aber die Wahrheit war, dass er jede Menge Chancen gehabt hatte. Über Monate hinweg. Und er hatte sie alle vertan, nur wegen seines dämlichen Stolzes. *Ich bin ein Idiot.* »Scheiße.«

Quincy nickte. »Sie hatte enormes Glück.«

»Können wir davon ausgehen, dass die Leiche keine Gefahr mehr darstellt? Oder könnte derjenige, der den Jungen hereingeschickt hat, ihm auch noch einen verdeckten Sprengsatz verpasst haben?«

»Jedenfalls keinen sichtbaren. Das Team hat eine Röntgenaufnahme von der Leiche gemacht, nachdem die Weste weg war. Aber Dr. Washington wird auch noch ein CT machen, bevor sie mit der Autopsie anfängt.«

Adam raffte den Saum seines Mantels hoch und ging neben der Leiche in die Hocke. »War auf der Röntgenaufnahme ein Ausweis oder so etwas zu sehen?«

»Nein. Tut mir leid. Dr. Washington nimmt seine Fingerabdrücke, sobald er in die Pathologie überführt wurde. Hoffentlich ist er in der Datenbank registriert.«

»Hoffentlich ist er von hier, und jemand erkennt ihn.« Adam bemerkte die gelblichen Fingerspitzen des Jungen. »Er war Raucher.«

»Aber Zigaretten hatte er keine bei sich.«

Adam nahm die Leiche eingehend in Augenschein, hoffte inbrünstig, dass ihm irgendetwas auffiel, was ihm mehr über den jungen Mann verriet.

Aber es kam nichts. Noch nicht. Er erhob sich und trat vorsichtig zurück. »Ich muss jetzt noch eine Zeugin befragen. Sie geben Bescheid, falls Sie etwas finden?«

»Definitiv.« Quincy zögerte. »Sie haben doch Überwachung für Dr. Fallon angeordnet, oder?«
»Zwei Zivilfahrzeuge stehen in ihrer Straße. Im Augenblick passen Diesel Kennedy und ihr Großvater auf sie auf, der offenbar so was wie Diesels Zwillingsbruder ist.« Und auch auf die beiden war Adam eifersüchtig, weil er nichts lieber wollte, als sie selbst zu beschützen.
»Gut. Haben Sie schon einen Verdächtigen?«
»Sie wurde gestalkt, will aber nicht verraten, von wem, weil sie die Privatsphäre einer Patientin schützen will.«
»Verdammtes Berufsethos«, brummte Quincy.
Adam seufzte. »Ja, allerdings habe ich größten Respekt davor.« Das stimmte, vor allem, weil Meredith wehrlose Kinder beschützte, etwas, das ihn vom ersten Moment für sie eingenommen hatte. »Aber ich will natürlich auch nicht, dass ihre Moralvorstellungen sie das Leben kosten.«
Und genau aus diesem Grund würde er sie unter Druck setzen, falls er bis neun Uhr heute Abend ihren Stalker nicht identifiziert hatte. Und diesmal würde er mit mehr Nachdruck vorgehen.
Aber wann? Bevor du dich ihr erklärt hast und hoffst, dass sie dich trotzdem noch will, oder danach?
Er hatte keine Ahnung, sondern wusste nur eines: Er musste dafür sorgen, dass sie am Leben blieb, koste es, was es wolle.

Cincinnati, Ohio
Samstag, 19. Dezember, 20.15 Uhr

Adam stieg aus dem Aufzug des Polizeireviers und ging auf direktem Weg in Isenbergs Büro. Sie war am Telefon und hob die Hand, ehe sie auf den Stuhl vor ihrem Schreibtisch deutete.

»Ja«, sagte sie. »Wir haben ein paar Hinweise und werden ihnen mit der gebotenen Eile nachgehen. Ich habe meine besten Leute auf den Fall angesetzt ...« Sie verdrehte die Augen. »Das FBI ist ebenfalls involviert. Special Agent in Charge Zimmerman und ich stehen in engem Kontakt. Es scheint sich um einen zielgerichteten Anschlag auf eine Einzelperson zu handeln.« Sie lauschte und zuckte zusammen, als die schrille Stimme ihres Gesprächspartners durch die Leitung drang. »Ja, ich bin mir darüber bewusst, dass es sich um eine Bombe handelte, aber es gibt keinen Grund zur Annahme, dass der Stadt Gefahr droht. Ich verstehe ja, dass die Bevölkerung Angst hat.« Wieder zuckte sie zurück und hielt das Telefon ein Stück vom Ohr weg. »Ja, ich weiß, dass es kurz vor Weihnachten ist und ich in der Lage sein sollte, dem Einzelhandel in der Innenstadt ein weiterhin reibungsloses Weihnachtsgeschäft zu garantieren, indem wir den oder die Täter schleunigst schnappen. Aber dafür muss ich jetzt wieder an die Arbeit. Ich halte Sie auf dem Laufenden. Auf Wiederhören.« Sie legte auf, schloss die Augen und stieß einen tiefen Seufzer aus. »Heiliger Bimbam.«

»Der Bürgermeister, nehme ich an?«, fragte Adam.

»Ja.« Sie schob ihm einen Aktenhefter zu. »Die Leute haben Angst, in der Stadt ihre Einkäufe zu erledigen.«

»Das verstehe ich.« Er schlug den Hefter auf und erstarrte. Er enthielt eine Profilaufnahme von Meredith, wie sie inmitten einer Gruppe von Menschen mit dem Pfarrer ihrer Gemeinde sprach. Hinter dem Priester stand ein Typ, der sie anlächelte. Im Gegensatz zu dem Gottesdiener konnte sie ihn sehen. Adam bemerkte einen angespannten Zug um ihren Mund, die leicht zusammengekniffenen Augen. Sie war wütend. Und verängstigt.

Adam musste einen Moment lang die Augen schließen und seinen aufsteigenden Zorn niederkämpfen, ehe er die restlichen

Fotos ansehen konnte. Mindestens ein Dutzend aus den Überwachungsbändern vor der Kirche, im Supermarkt und auf der Aschenbahn der Highschool. Alle zeigten Meredith und den Mann, der sich auf sämtlichen Bildern in ihrer Nähe aufhielt, nur wenige Meter entfernt, gerade nahe genug, um sie wissen zu lassen, dass er da war. Und auf jedem einzelnen Foto war sie sich seiner Gegenwart bewusst.

Der Typ war Mitte vierzig, mittelgroß und von normaler Statur, gut aussehend mit einem arroganten Lächeln, das verriet, dass er sich seiner Attraktivität durchaus bewusst war und erwartete, dass auch andere sie zur Kenntnis nahmen. Er war gut gekleidet; der Anzug, den er in der Kirche trug, saß wie eine Maßanfertigung.

Das letzte Foto war etwas körniger und stammte aus der Überwachungskamera auf dem Parkplatz des Kroger-Supermarkts. Es zeigte denselben Mann, der in einen Lamborghini stieg. Einen beschissenen Lamborghini.

»Wissen wir schon, wer er ist?«, fragte Adam, als er sicher war, dass seine Stimme nicht brechen würde.

»Ja. Er heißt Broderick Voss.« Sie lehnte sich abwartend auf ihrem Schreibtischstuhl zurück.

»Und der Name sollte mir etwas sagen?«, fragte Adam.

»Vermutlich nur, wenn Sie regelmäßig die Wirtschaftsseiten lesen. Er ist der Kopf von BuzzBoys und hat vor ein paar Jahren den Börsengang der Firma eingefädelt. Daher auch der Lamborghini.«

»Aha.« Der Firmenname sagte ihm etwas. BuzzBoys war eine Firma, die mittels Befragungen Kundenpräferenzen ermittelte, was in einer Stadt voller Hersteller von Konsumgütern gewaltiges Potenzial bot. »Jemand aus Voss' Umfeld ist also Patient oder Patientin bei Meredith. Wissen Sie schon, wer es ist?«

»Nein. Ich habe die Fotos gerade erst bekommen, als ich mit

dem Bürgermeister sprach. Ich wollte Ihnen eine Nachricht schicken, aber Sie waren schneller. Jetzt liegt der Ball in Ihrem Feld, Adam.« Sie musterte ihn eingehend. »Nehmen Sie jemanden mit, wenn Sie ihn befragen. Er verfügt über eine Menge Einfluss in der Stadt und könnte Behauptungen gegen Sie in Umlauf bringen, die zwar jeder Grundlage entbehren, Ihrer Karriere aber trotzdem womöglich schaden.«
»Was für ein reizendes Kerlchen«, bemerkte Adam, heilfroh, seine Vorgesetzte hinter sich zu wissen. »Agent Triplett soll mich begleiten. Aber zuerst muss ich die Kellnerin aus dem Restaurant befragen. Scarlett hat sie in Raum 3 gebracht. Wollen Sie zusehen?«
Isenberg hob eine Braue. »Ist das die Frau, die sich mit ihrem Kampfstiefel auf Scarletts Kiefer verewigt hat? Die würde ich in der Tat gern sehen.«
»Gut. Könnten Sie mir noch die Adresse von Mr Voss geben? Ich will einen Wagen vor seinem Haus postieren. Nur für den Fall, dass er Wind von unserem anstehenden Besuch bekommt und versucht, die Stadt zu verlassen. Er könnte einen Privatjet mieten und abhauen.«
»Er müsste noch nicht mal einen mieten. Weil er nämlich einen besitzt«, korrigierte ihn Isenberg grimmig.
Adam seufzte. »Wieso überrascht mich das nicht?«

Cincinnati, Ohio
Samstag, 19. Dezember, 20.15 Uhr

»Ach, Mist!«
Meredith blickte von dem komplexen marokkanischen Muster auf, das sie gerade ausgemalt hatte, und sah Diesel an, der stirnrunzelnd auf seinen Laptop starrte. »Was ist denn?«
»Voss kann nicht derjenige gewesen sein, der vor dem Res-

taurant stand, weil er zu der Zeit in einem Saal voller Spender eine Rede gehalten hat, von denen jeder einen Tausender für den Platz hingeblättert hat.«

»Scheiße«, echote Meredith. »Und welchem guten Zweck hat die Veranstaltung gedient?«

»Lass mal sehen ...« Er scrollte die Seite hinunter und stieß einen angewiderten Laut aus. »Der Wahlkampagne für den Posten des Senators. Es geht das Gerücht um, Voss wolle kandidieren.«

»Das überrascht mich nicht. Er ist ein steinreicher, machtbesessener, narzisstischer Soziopath.«

»Eine blumige Umschreibung für Arschloch«, gab Diesel zurück.

Meredith legte das Muster beiseite und überprüfte ihre Liste. Wie angekündigt, hatte Wendi angerufen und Meredith so lange in den Ohren gelegen, bis sie eingewilligt hatte, eine Liste all jener anzufertigen, von denen sie sich bedroht fühlte. Zwei Seiten waren es geworden. Zwei ganze Seiten. Sie hätte nicht gedacht, dass es so viele waren. »Sollen wir ihn streichen und uns den Nächsten vornehmen?«

Diesel schüttelte seinen Kahlschädel. »Nein, noch nicht. Nur weil er nicht da war, bedeutet das nicht, dass er nichts damit zu tun hatte. Er könnte genauso gut jemanden beauftragt haben.« Er blickte sie über den Computer hinweg an. »Die Geschichte heute schreit nach Profikiller. Hast du dich in letzter Zeit mit der Mafia angelegt?«

»Psst«, warnte Meredith mit einem Blick auf die Kellertür, wo ihr Großvater sich zu einem Nickerchen ins Gästezimmer zurückgezogen hatte. Er sei ziemlich müde von der Reise, hatte er gesagt, Meredith jedoch nur allein gelassen, weil Diesel hoch und heilig versprach, sie keine Sekunde aus den Augen zu lassen. »Das ist das Letzte, worüber sich Papa jetzt noch Gedanken machen muss.«

»Ein klares Nein war es aber auch nicht«, meinte er scharfsinnig. »Gib mir die Liste.«
»Nein. Wir arbeiten uns systematisch vor. Die Hälfte der Leute ist sowieso tot oder sitzt im Gefängnis.«
»Was für ein beruhigender Gedanke«, bemerkte Diesel ohne jeden Sarkasmus.
»Was treibst du jetzt wieder?«, fragte sie, um das Thema zu wechseln.
»Ich checke Voss' Bankkonten.«
Meredith fiel die Kinnlade herunter. »So was kannst du?«
»Du willst mich wohl beleidigen.« Jetzt war er doch sarkastisch geworden, dabei sonnte er sich in ihrer Bewunderung.
»Ich will nicht wissen, wie viel drauf ist, wenn du es findest.«
»Gut.« Sein Telefon summte, als eine neue Nachricht einging. Er tippte kurz eine Antwort und sah auf. Meredith sah ein verschmitztes Funkeln in seinen Augen.
»Was hast du getan?«, fragte sie und schnappte nach Luft, als er ihr das Display hinhielt. *Geht es ihr gut?*, hatte Adam geschrieben.
Diesels Antwort brachte es mehr auf den Punkt, als ihm bewusst war. *Sogar sehr. Sitzen am Küchentisch, malen und trinken Tee.*
Genau das hatten sie und Adam getan, als er das letzte Mal hier gewesen war und nach einem schlimmen Arbeitstag Trost gesucht hatte. An jenem Abend, als Adam klargemacht hatte, dass sie keinesfalls wieder dort enden würden wie beim letzten Mal – in ihrem Bett.
»Diesel«, stöhnte sie. *Jetzt denkt er auch noch, dass Diesel und ich ...* »Du hast ihn angelogen.«
»Habe ich nicht. Wir trinken Tee, und du malst. Ich halte ihn nur etwas auf Trab. Er soll sich nicht ausruhen und glauben, es gäbe keinerlei Konkurrenz.«
Sie verdrehte die Augen. »Du bist jedenfalls keine. Jeder

weiß, dass du völlig hin und weg von Dani Novak bist und nicht mehr klar denken kannst.« Diesels Grinsen verschwand auf einen Schlag, und Meredith hätte sich am liebsten geohrfeigt. »Es tut mir leid, das war gedankenlos von mir. Es geht mich nichts an, sondern nur dich und Dani.«

Er blickte wieder auf die Tastatur. »Ist schon okay. Mal einfach weiter. Ich sage dir dann, wenn ich den nächsten Namen auf der Liste gefunden habe.«

Meredith massierte ihre Nasenwurzel. »Ich bin ein unsensibler Klotz. Und so was schimpft sich Therapeutin.« Sie gab einen kleinen Schluck Whiskey in ihre Tasse. »Willst du noch einen?«

Er schob ihr sein Glas hin. »Bitte.« Seine Stimme klang wie Sandpapier.

Sie goss ihm ein, dann schnappte sie sich ihr Handy. Bestimmt dachte Adam jetzt, dass sie sein Vertrauen missbrauchte. Sie musste ihm sagen, dass sie es nicht getan hatte. *Für seinen Seelenfrieden und meinen eigenen.*

Cincinnati, Ohio
Samstag, 19. Dezember, 20.30 Uhr

Adam und Isenberg gingen zu Deacon und Scarlett, die durch den Einwegspiegel Colleen Martel im Befragungsraum beobachteten. Die junge Frau war mit Handschellen an ihren Stuhl gefesselt und starrte mit grimmiger Resignation vor sich hin.

»Ihre Fingerabdrücke waren auf dem Umschlag und auf dem Geld«, erklärte Scarlett. »Zweihundert Dollar in nicht markierten, benutzten Scheinen.«

»Und hat sie verraten, woher sie das Geld hat?«, wollte Adam wissen.

Scarlett schüttelte den Kopf. »Außer ›Ich berufe mich auf den fünften Zusatzartikel‹ hat sie kein Wort gesagt.«
»Einen Anwalt hat sie auch nicht verlangt?«, fragte Isenberg.
»Nein«, antwortete Deacon. »Weder im Wagen noch jetzt im Befragungsraum.«
Interessant, dachte Adam. »Wurde sie schon erkennungsdienstlich behandelt?«
»Noch nicht vollständig«, antwortete Scarlett und reichte ihm einen Ordner. »Wir haben den Papierkram noch nicht in den Computer eingegeben, aber es ist alles vorbereitet. Ihre Rechte hat man ihr verlesen.«
»Das könnten wir vielleicht als Hebel benutzen. Sie wollte doch unbedingt durch den Hintereingang hinausgebracht werden«, meinte Adam. »Sie hat vor irgendetwas Angst. Oder vor jemandem. Und wenn sie erst mal erfasst ist, macht sie das sichtbar.«
Isenberg schien die Idee zu gefallen. »Sie wollen sie also glauben lassen, dass sie sich da irgendwie rausmogeln kann? Denken Sie, dass sie so leichtgläubig ist?«
»Sie hat versucht, durch einen Lüftungsschacht im Hotel zu flüchten«, bemerkte Adam trocken. »Ich persönlich glaube, sie sieht zu viel fern. Das Rohr wäre doch heruntergekommen, sobald sie sich mit dem gesamten Gewicht hineingeschoben hätte.« Er sah Scarlett an, auf deren Wange sich bereits das blutunterlaufene Muster von Colleens Stiefel abzeichnete. »Ich denke, deinen Einsatz hebe ich mir für später auf«, sagte er. Mit ihr an seiner Seite würde er für den Moment nichts aus dem Mädchen herausbekommen. Scarlett war nicht gerade zimperlich mit ihr umgesprungen, als sie sie aus dem Lüftungsschacht gezogen und ihr die Handschellen angelegt hatte. Durchaus möglich, dass sie sie auch jetzt ein wenig härter anfassen würde, auch wenn sie gar nicht die Absicht hatte. Nein, er würde sie vielleicht später als brutalen

Bad Cop einsetzen, falls er nichts aus Colleen herausbekam. »Hat sie schon deine Augen gesehen, Deacon?«
»Nein.« Deacon trug seine gewohnte Wraparound-Sonnenbrille gerade nicht. »Soll ich ihr ein bisschen Angst machen?«
»Das ist dein Spezialgebiet«, gab Adam leichthin zurück und sah Isenberg an. »Sonst noch brauchbare Ratschläge?«
»Vermasseln Sie's nicht«, sagte sie nur, woraufhin er ein schnaubendes Lachen ausstieß.
»Danke, Weise aller Weisen.«
Scarlett zeigte auf eine Schachtel auf einem der Stühle. »Das sind ihre Habseligkeiten, darunter auch ihr Handy. Am Donnerstag hat sie einen Anruf von einer nicht zurückverfolgbaren Nummer bekommen. Das Gespräch hat etwa drei Minuten gedauert. Heute Morgen hat sie eine Nachricht mit dem Wort ›Danke‹ an dieselbe Nummer geschickt.«
Adam zog die Schachtel heran. »Gut zu wissen. Danke.« Er verließ den Beobachtungsraum und betrat den Befragungsraum, dicht gefolgt von Deacon, der seine Sonnenbrille aufgesetzt hatte. Adam setzte sich gegenüber von Colleen und bedeutete Deacon, neben ihr Platz zu nehmen.
Innerhalb von dreißig Sekunden rutschte Colleen unruhig auf ihrem Stuhl herum. »Aber ich hab nichts getan.«
»Ich nehme an, das werden wir bald herausfinden«, gab Adam sanft zurück.
»Ich muss nicht mit Ihnen reden. Ich kenne meine Rechte.«
»Das ist richtig, trotzdem hoffe ich, dass Sie es tun werden.« Adam schlug die Akte auf und studierte mit übertriebener Sorgfalt Scarletts Bericht, ehe er einen verärgerten Seufzer ausstieß. »Bishop hat den Papierkram noch nicht ausgefüllt.«
»Sie war abgelenkt«, warf Deacon ein. »Musste ihren Kiefer kühlen.«
Colleen sah Deacon an, dann Adam. Sie sagte nichts, doch

ihre Mundwinkel hoben sich kaum merklich, und sie straffte die Schultern. Augenblicklich schien sie neue Hoffnung geschöpft zu haben. Genau das hatte Adam erreichen wollen.
»Ständig ist sie abgelenkt«, brummte er.
»Ich sage ihr, dass sie es gleich erledigen soll, wenn wir hier fertig sind«, versprach Deacon. »Wieder mal.«
Adam sah einen Anflug von Befriedigung in Colleens Augen aufblitzen. Gut. Indem sie Scarlett schlechtmachten, wurden sie zu Verbündeten der Frau. »Sie arbeiten also als Kellnerin im Buon Cibo.«
Der zufriedene Ausdruck verschwand. »Habe gearbeitet.«
Adam trat um den Tisch und lehnte sich neben Colleen gegen die Tischkante, ohne in die persönliche Distanzzone der jungen Frau einzudringen, jedoch nahe genug, um sie zurückweichen zu lassen. »Wieso Vergangenheitsform? Haben Sie gekündigt?«
»Nein«, antwortete sie mürrisch.
»Sie wurden gefeuert?«, hakte Adam nach. »Zu Weihnachten? Wie gemein.«
»Sie haben mich nicht gefeuert. Noch nicht.«
»Verstehe.« Adam verschränkte die Arme. »Ihr Job besteht darin, Gäste zu ihrem Tisch zu bringen, was Sie heute mit den beiden Frauen auch getan haben. Ist das korrekt?«
»Sie meinen die Rothaarige und das dürre Mädchen?« Colleen reckte herausfordernd das Kinn, doch ihre bebenden Lippen machten die rebellische Geste zunichte.
»Sie meinen die beiden *Gäste*, die heute beinahe *ermordet* worden wären?« Deacons Stimme war eisig. Inzwischen hatte er seine Brille abgenommen.
Colleen, die etwas erwidern wollte, fiel bei seinem Anblick die Kinnlade herunter, und ihre Augen weiteten sich. »Sie –«
»Wieso haben Sie die beiden Gäste am Fenstertisch platziert?«, unterbrach Adam, der sich Colleens Schock ange-

sichts von Deacons zweifarbigen Katzenaugen – halb blau, halb braun – zunutze machte.

»Er wollte es so!«, platzte Colleen heraus, ehe blanke Panik in ihrem Blick aufflackerte. Sie schloss die Augen. »Sie können mich mal. Alle beide. Das sind bestimmt Kontaktlinsen, jede Wette.«

»Wer wollte es so?«, fragte Adam und schnaubte ungeduldig, als Colleen den Kopf schüttelte. »Wenn Sie nicht mit der Sprache rausrücken, werde ich so tief in Ihrem Privatleben graben, dass Sie bis nach China sehen können, das schwöre ich.«

»Ich habe nichts Falsches getan!« Tränen strömten ihr über die Wangen.

Adam zuckte mit den Schultern. »Vielleicht ja, vielleicht nein. Im Augenblick ist mir das ziemlich egal. Ich will bloß wissen, wieso Sie Dr. Fallon und ihre Begleiterin ausgerechnet an diesen Tisch gesetzt haben. Jemand hat versucht, das Restaurant in die Luft zu sprengen, in dem Sie arbeiten. Dutzende Menschen hätten getötet werden können. Und Sie glauben ernsthaft, dass er es nicht noch einmal versuchen wird?« Noch immer machte sie keine Anstalten nachzugeben, daher beugte er sich noch näher. »Oder dass er versuchen wird, Sie zu erwischen?«

Colleen wich zurück. »Mich? Aber ich habe doch nichts getan. Weshalb sollte er es auf mich abgesehen haben?« Er fragte sich, ob sie sich ernsthaft einbildete, dass ihr Auftritt auch nur ansatzweise überzeugend war.

»Sie haben mit ihm in Kontakt gestanden, Ms Martel.« Adams Stimme war samtig weich. »Sie haben doch gerade gesagt, dass er von Ihnen verlangt hat, die beiden Frauen an genau den Tisch zu setzen. Sie sind ein Risiko.« Er hielt inne, wartete darauf, dass seine Worte Wirkung zeigten. »Sollten wir ihn schnappen, sind Sie in Sicherheit, deshalb wäre es das

Klügste, mir zu sagen, was Sie wissen. Was genau Sie getan haben. Wenn nicht, läuft er weiter frei herum, und Sie sind die Nächste auf seiner Liste. Das will keiner. Deshalb bitte ich Sie, uns dabei zu helfen, Ihnen zu helfen.«

Ihre Schultern sackten herab. »Er wollte, dass ich den beiden den Fenstertisch gebe. Weil er eine Überraschung geplant hätte. Er wolle sich vors Fenster stellen und ihr einen Antrag machen.«

»Wer?«, fragte Deacon, der immer noch den bösen Bullen mimte, mit eisiger Stimme.

»Ich w-weiß es nicht«, stammelte sie. »Er hat mir seinen Namen nicht gesagt. Ich habe ihn nie persönlich gesehen, sondern nur einmal mit ihm telefoniert.«

Deacon schnaubte abfällig. »Sie glauben ernsthaft, wir würden Ihnen abkaufen, dass Sie das alles aus reiner Herzensgüte getan haben?«

»Nein! Ich meine, ja. Ich meine ...« Sie schloss die Augen und schlug sie wieder auf. »Er hat gesagt, er hinterlegt einen Umschlag am Empfangspult. Mit einem Trinkgeld darin.«

»Zweihundert Dollar sind ein verdammt großzügiges Trinkgeld«, bemerkte Adam und hob die Hand, als sie protestieren wollte. »Sparen Sie sich die Mühe. Außerdem waren Ihre Fingerabdrücke überall auf dem Umschlag.«

»Sie haben zwei Frauen für zweihundert Mäuse verkauft«, knurrte Deacon wütend. »Wäre die Bombe hochgegangen, hätten locker hundert Leute verletzt oder gar getötet werden können. Und auch Sie, nur für den Fall, dass Sie das noch nicht begriffen haben.«

Colleen brach in Tränen aus, doch Adam kaufte ihr das Theater genauso wenig ab wie alles andere, was sie ihnen bislang aufgetischt hatte. »Ich wusste nicht, was er vorhatte. Er hat gesagt, er wolle ihr einen Antrag machen.«

»Selbst wenn das stimmen sollte, fanden Sie nicht, dass zwei-

hundert Dollar ziemlich viel Geld sind, bloß um seiner Herzensdame einen bestimmten Tisch zuzuweisen?«, fragte Deacon mit vor Verachtung triefender Stimme.
»Das ist gar nicht mein Geld. Ich hab's gefunden. Ich hatte bloß Angst, Sie könnten versuchen, mir was anzuhängen«, jammerte sie. »Ich weiß gar nicht, was Sie von mir wollen.«
»Dass Sie uns die Wahrheit sagen«, schnauzte Adam sie an, als ihn die blanke Wut packte. »Wann hat er Sie angerufen? Ich will das Datum und die Uhrzeit wissen.«
Sie zuckte zusammen, dann deutete sie auf den Aktendeckel. »Wenn ich es Ihnen sage, bleibe ich dann trotzdem noch unter Arrest?«
»Das kommt darauf an«, antwortete Adam. Die Lüge kam ihm wie von selbst über die Lippen. Denn fest stand, dass sie definitiv unter Arrest bleiben würde. »Also, Datum und Uhrzeit.«
»Donnerstagabend. Die genaue Uhrzeit weiß ich nicht mehr. Ich hatte an dem Tag Schicht am Pult.« Noch hatte sie keinen Anwalt verlangt.
»Wie hat er Kontakt zu Ihnen aufgenommen?«
»Über das Telefon des Restaurants natürlich.«
Deacon zog ihr Handy aus dem Karton mit den Beweismitteln. »Am Donnerstagabend um 20.30 Uhr haben Sie einen Anruf auf Ihrem Handy bekommen.«
»Das war aber nicht er«, gab Colleen zurück. »Ich habe Ihnen doch gesagt, dass er im Restaurant angerufen hat.«
»So wie auch ein Dutzend anderer Leute, die gern einen Tisch reservieren wollten.« Deacon musterte die Frau mit schief gelegtem Kopf. »Sehr schlau.«
Es würde schwirig werden, das Gegenteil zu beweisen. »Vielleicht sagt sie ja die Wahrheit«, ergriff Adam das Wort, wieder in der Rolle des netten Bullen. »Wer hat Sie auf Ihrem Handy angerufen?«

Colleen fuhr sich angespannt mit der Zunge über die Lippen. »Mein Freund.«

»Oh, gut.« Adam lächelte. »Dann haben Sie ja bestimmt nichts dagegen, wenn Agent Novak ihn gleich mal anruft. Wir würden ihn gern, so schnell es geht, als Täter ausschließen. Melden Sie sich aber unbedingt mit Ihrem Titel, Agent Novak, und erwähnen Sie auch, dass Sie einer Spezialeinheit von FBI und CPD angehören und derzeit in einem Mordfall ermitteln.«

Colleen starrte Adam finster an. »Na schön«, presste sie hervor. »Sie haben gewonnen. Alle beide. Rufen Sie nicht an.«

»Weil?« Adam spielte immer noch den Freundlichen.

»Weil ich nicht will, dass er versucht, sich an mir zu rächen«, rief Colleen und sank auf dem Stuhl zusammen. »Also gut. Er hat tatsächlich gesagt, er wolle ihr einen Antrag machen. Und ich fand ja auch, dass es ganz schön viel Geld ist, aber was er eigentlich vorhatte, wusste ich nicht, okay? Das ist die Wahrheit. Er klang auch nicht sonderlich freundlich, aber einem geschenkten Gaul schaut man nun mal nicht ins Maul, oder?«

»Wie klang er denn?«, hakte Deacon nach. »Bitte so genau wie möglich.«

»Seine Stimme war tief und irgendwie rau.« Sie zuckte die Achseln, dann sah sie Adam direkt in die Augen. »Ich wusste nicht, dass er die Rothaarige umbringen wollte. Und es tut mir leid, dass der Junge getötet wurde.«

»Sie haben den Jungen einfach reingehen lassen, ohne ihn zu fragen, ob Sie ihn zu seinem Tisch bringen sollen«, warf Deacon ein.

Sie sah ihn unbehaglich an. »Der Mann am Telefon wollte es so.«

»Er hat Ihnen also im Vorfeld gesagt, dass jemand ins Restaurant kommen und an den Tisch gehen würde?«, hakte Deacon nach.

»Ja. Aber ich dachte, das gehörte zum Heiratsantrag.«

»Hat er denn glücklich gewirkt, als er hereinkam?«, fragte Adam, obwohl der die Antwort längst kannte. Er hatte das Gesicht des Jungen auf dem Überwachungsband gesehen. Sie ließ den Kopf hängen. »Nein. Trotzdem dachte ich, dass er dazugehört. Vielleicht dass er ihr die Scheidungspapiere überbringt oder so was. Das habe ich durchaus schon mal erlebt. Das großzügige Trinkgeld passte dazu. Ich dachte, er will vielleicht ihre Reaktion auf etwas Schlimmes filmen ...« Sie hielt inne. Zum ersten Mal schien sie aufrichtig zu bedauern, was vorgefallen war. »Ich habe nicht damit gerechnet, dass so was passieren würde. Das müssen Sie mir glauben.«

Einen Teufel muss ich. »Danke«, sagte Adam förmlich. »Das wär's erst mal.«

Colleens Miene hellte sich auf. »Heißt das, Sie nehmen mich nicht fest?«

Vergiss es, Mädchen. In hundert Jahren nicht. »Nein, das heißt es nicht.«

Wieder fiel ihr die Kinnlade herunter. »Aber Sie haben doch gerade gesagt ... das ist unfair.«

Adam zuckte mit den Schultern. »Was soll ich sagen? Manchmal ist das Leben nun mal nicht fair.«

»Er wird mich umbringen«, erklärte sie im Brustton der Überzeugung.

Adam beugte sich vor. »Ich bin sicher, Sie glauben das ernstlich. Wenn Sie mir sagen, was Sie wissen, könnte es sein, dass ich es auch glaube.«

Sie wandte sich ab. »Ich bin ein Risiko, wie Sie gerade gesagt haben.«

»Er hatte Ihre private Handynummer«, fuhr Adam fort.

Ihr Blick suchte wieder Adams. Sie wirkte völlig verängstigt. »Keine Ahnung, woher er sie hatte.«

Obwohl ihr eine Nacht in der Arrestzelle bevorstand, hatte

sie immer noch keinen Anwalt verlangt. »Sie haben Anspruch auf Rechtshilfe, das wissen Sie, oder?«, fragte er.
Sie wurde blass. »Nein, ich will das nicht. Ich will keinen Anwalt.«
»Ohne Anwalt kommen Sie trotzdem nicht um eine Anklage herum«, bemerkte Deacon.
Mit einem Stöhnen ließ sie den Kopf sinken und wiegte sich auf ihrem Stuhl vor und zurück. »Ich bin tot, ich bin tot, ich bin tot.«
Adam löste sich von der Tischkante. »Ich bin gleich wieder da.« Er verließ das Zimmer, ging in den angrenzenden Beobachtungsraum und schloss die Tür hinter sich. »Das Einzige, was an ihrer Aussage der Wahrheit entspricht, ist ihre panische Angst, dass er sie umbringen wird.«
»Stimmt«, bestätigte Isenberg. »Sie fürchtet sich mehr vor *ihm* als vor uns. Und was machen wir jetzt? Vorschläge?«
»Wir lassen sie gehen und warten, bis sie uns zu ›ihm‹ führt«, erklärte Scarlett. »Wir benutzen sie als Köder.«
»Oder …«, milder Tadel lag in Adams Blick, als er Scarlett ansah, »wir stecken sie in eine Hochsicherheitszelle und warten ab, wer versucht, an sie heranzukommen. Auf diese Weise wäre sie wenigstens ein Köder, der halbwegs gut beschützt wird.«
Isenberg nickte. »So machen wir's. Scarlett und Deacon können sich um die Papiere kümmern.«
Adam sah auf sein Handy. »Danke. Ich muss mich noch mit Trip treffen und Broderick Voss einen Besuch abstatten, um herauszufinden, ob er eine tiefe, raue Stimme hat.« Er reichte Scarlett, die alles andere als glücklich wirkte, Colleens Akte.
»Meine Variante gefiel mir besser«, brummte sie und betastete vorsichtig ihren Kiefer. »Wieso musste dieses elende Miststück auch Kampfstiefel tragen?«
Adam tätschelte ihr beschwichtigend den Rücken. »Du kannst dir ja eine abenteuerliche Geschichte überlegen,

woher du den Bluterguss hast. Beim Kampf gegen eine Horde Ninjas oder so. Das klingt doch gleich viel besser, als zuzugeben, dass dir eine halbe Portion von einer Kellnerin den Stiefel ins Gesicht gerammt hat.«

Sie verzog das Gesicht zu einem freudlosen Grinsen, doch dann zuckte ein echtes Lächeln um ihre Mundwinkel. »Das mit den Ninjas klingt echt gut, aber nur, wenn du versprichst, mir Rückendeckung zu geben.«

»Gebongt.« Adam kehrte in den Befragungsraum zurück, wo Colleen sich immer noch wie ein Häuflein Elend auf ihrem Stuhl wiegte. Er fragte sich, ob ihre Panik echt oder bloß ein Versuch war, in die Psychiatrie zu kommen. Er tippte auf Letzteres.

»Wir nehmen Sie jetzt in Schutzhaft, Ms Martel«, sage er.

Sie erstarrte und sah ihn mit zusammengekniffenen Augen an. »Was heißt das?«

»Es heißt, dass Sie unter Arrest stehen, wir Sie aber nicht zu den anderen Insassen stecken. Stattdessen werden Sie in einem Sicherheitsbereich untergebracht. Als Gegenleistung erwarten wir, dass Sie kooperieren.«

»Inwiefern?«

»Indem Sie sich einen Stimmenvergleich anhören. Wir wollen, dass Sie die Stimme identifizieren, die Sie am Telefon gehört haben.«

Sie sah ihn argwöhnisch an. »Ich denke, das kann ich tun.«

»Gut.« Adam bedeutete Deacon, ihm auf den Korridor zu folgen. Sie schlossen die Tür hinter sich. »Scarlett übernimmt den Papierkram«, erklärte Adam. »Ihr beide bringt sie in eine Hochsicherheitszelle.«

»Und du?«, fragte Deacon.

»Ich fahre zu dem Typen.« Adam zeigte Deacon die Fotos von Broderick Voss aus der Überwachungskamera und erklärte ihm, wer der Kerl war.

»Soll ich nicht lieber mitkommen?«, fragte Deacon.
»Nein, aber danke, dass du fragst. Trip kommt gleich her, und ich gebe dir dann Bescheid, wie es gelaufen ist.«

Cincinnati, Ohio
Samstag, 19. Dezember, 20.50 Uhr

»Meredith!«, rief Kendra von der Haustür. »Ich habe etwas gefunden, das dir gehört.«
Meredith und Diesel eilten aus der Küche ins Wohnzimmer, wo Kendra und ihr Großvater einander finster beäugten. Clarke trug seinen dicken Wintermantel und Stiefel.
»Papa?«, fragte Meredith. »Ich dachte, du ruhst dich ein bisschen aus.«
»Der schlaue Fuchs hat sich durch die Hintertür rausgeschlichen«, bemerkte Diesel mit amüsierter Bewunderung.
»Was ein Kinderspiel war. Viel zu einfach«, sagte Clarke. »Hinter dem Haus gibt es eine Stelle, die niemand einsehen kann. Es könnte jeder durch die Kellertür ins Haus gelangen.«
Kendra zog die Brauen hoch. »Er ist also tatsächlich dein Großvater.«
»Natürlich. Was dachtest du denn?«
»Dass er irgendein Mistkerl ist, der dir auf die Pelle rücken will. Ich habe ihn erwischt, wie er sich hinter dem Haus herumgedrückt hat.«
Clarke musterte Kendra, die mit ein paar Take-away-Tüten in der Hand dastand. »Und sie behauptet, sie sei Polizistin.«
»Ist sie auch«, bestätigte Meredith.
»Hab ich doch gleich gesagt«, murrte Kendra.
»Woher soll ich wissen, dass sie die Wahrheit sagt?«, brummte Clarke verdrossen. »Sie hat auch behauptet, sie sei Wendis Schwester.«

»Auch das stimmt«, sagte Meredith und verpasste Diesel einen Klaps auf den Arm, als er zu kichern anfing. »Das ist nicht witzig.«

»Doch, ist es.« Diesel brach in schallendes Gelächter aus, während Meredith sich dabei ertappte, wie sich ein Lächeln auf ihre Züge schlich. Die Vorstellung entbehrte tatsächlich nicht einer gewissen Komik: Wendi war zierlich und von geradezu vampirhafter Blässe, Kendra maß auf Strümpfen fast einen Meter achtzig und war dunkelhäutig.

»Die beiden wurden von einer reizenden Dame als Pflegekinder aufgenommen und sind folglich Schwestern«, sagte Meredith. Besagte reizende Dame nahm bis zum heutigen Tag Kinder bei sich auf und gab ihnen ein wunderbares Zuhause.

Diesel schüttelte den Kopf. »Wobei sie schon eine verdammt patente Lady sein muss, wenn sie mit euch beiden fertiggeworden ist.« Er setzte eine gespielt furchtsame Miene auf, als Kendra ihn finster ansah. »Komm schon, Kenny, du weißt selbst, dass ich recht habe.«

»Stimmt«, räumte Kendra ein und schob Clarke vor sich her ins Haus. »Aber jetzt lasst mich endlich rein. Ich friere mir hier sonst noch den Hintern ab. Und könnte vielleicht jemand die Tüten nehmen? Meine Finger sind auch schon völlig vereist. Ich kann schließlich nicht riskieren, dass mein Schießfinger abfällt.«

»Wie eklig.« Meredith nahm die Tüten entgegen und spähte hinein. »Lecker. Meine Lieblingsgerichte.« Spaghetti mit Chili von Skyline und Graeter's-Eiscreme. »Danke, Kenny.«

»Außerdem habe ich genug Käse-Hotdogs für sechs oder sieben Leute mitgebracht«, fügte Kendra hinzu. »Das sollte für uns beide und die beiden Jungs hier reichen.« Sie trampelte sich den Schnee von den Stiefeln, zog sie aus und ging ins Wohnzimmer. »Ein Glück, dass ich das Eis mitgebracht habe. Das war das Einzige, womit ich deinen Opa überzeugen konnte, dass ich dich wirklich kenne.«

»Nur eine Verrückte würde bei diesen Temperaturen Eiscreme kaufen«, erklärte Clarke, der immer noch ein wenig mürrisch war.

»Nur ein Verrückter würde bei diesen Temperaturen einen Spaziergang machen«, gab Kendra zurück.

Meredith, die in die Küche gehen wollte, blieb stehen und drehte sich um. »Was hattest du da draußen eigentlich zu suchen, Papa?«

Clarke schnaubte abfällig. »Ich habe die Überwachungskameras gecheckt. Die kannst du komplett vergessen, Merry. Nur gut, dass zwei zivile Polizeiwagen draußen stehen und das Haus überwachen.«

»Was? Wusstest du davon, Kendra?«

Kendra nickte. »In einem davon sitzen zwei Leute vom CPD, im anderen zwei Feds. Vermutlich haben Zimmerman und Isenberg ihre personellen Ressourcen zusammengelegt. Aber nachdem ich jetzt weiß, dass hinter dem Haus eine nicht einsehbare Stelle ist, bitte ich einen von ihnen, sich in die angrenzende Straße zu stellen, falls jemand versuchen sollte, durch den Keller ins Haus zu gelangen. Kimble hat die Überwachung angeordnet. Hat er dir nichts davon gesagt?«

»Nein.« Das war noch ein Punkt auf der Liste der Dinge, die er ihr würde erklären müssen. »Sollten wir den Männern nicht wenigstens einen Kaffee anbieten? Die frieren doch bestimmt schrecklich.«

»Schon passiert«, sagte Clarke. »Sie haben Thermoskannen dabei, die sie aber später vielleicht auffüllen wollen.«

Kendra sah ihn fassungslos an. »Sie haben mit denen geredet? Im Ernst? Es hat doch einen Grund, weshalb es keine Streifenwagen, sondern zivile sind.«

»Was ich ja nicht wissen konnte, gerade *weil* es keine Streifenwagen sind«, gab Clarke mit einem warnenden Blick zurück. »Ich habe die beiden Autos mit den Männern entdeckt und dachte, ich sehe mir die Burschen besser mal an. Könnte doch sein, dass sie bloß darauf warten, bis Meredith herauskommt, um zu Ende zu bringen, was sie heute Nachmittag versucht haben.«
Kendra zeigte sich beharrlich. »In diesem Fall hätten die Sie auf der Stelle erledigt. Wer auch immer für den Anschlag verantwortlich sein mag, hat keinerlei Respekt vor dem Leben Unschuldiger.«
Die Erinnerung an den explodierenden Schädel des jungen Mannes ließ Meredith erschaudern. »Papa«, flüsterte sie.
Das Entsetzen musste ihr ins Gesicht geschrieben gewesen sein, denn Clarke seufzte und trat zu ihr, um sie in die Arme zu schließen. »Mir geht's gut, Merry. Es ist nichts passiert.«
»Aber es hätte auch anders ausgehen können. Du darfst so ein Risiko nicht eingehen. Bitte. Ich kann nicht … ich habe diesen Jungen heute sterben gesehen und kann nicht … du musst vorsichtiger sein.«
»Das werde ich.« Er tätschelte ihr den Rücken. »Ich werde keine Risiken mehr eingehen, das verspreche ich dir. Es tut mir leid, Schatz.«
Sie nickte und barg das Gesicht an seiner Brust. »Okay. Danke.«
»Aber natürlich. Außerdem war ich nicht der Erste, der mit den Cops geredet hat. Cosmo war schneller. Er hat ihnen die Thermoskannen mit dem Kaffee gebracht.«
»Wer ist Cosmo?«, fragte Kendra.
Meredith löste sich aus der Umarmung. »Er wohnt in dem blauen Haus gegenüber und behält immer ein bisschen die Straße im Auge. Er und Papa kennen sich schon seit Urzeiten.«

»Unsere Kinder haben schon zusammen gespielt«, sagte Papa traurig. »Seine Tochter ist erst kürzlich gestorben. Jetzt sind sie beide tot, unsere Kleinen. Eltern sollten ihre Kinder nicht überleben.«
Melancholie breitete sich aus. »Es tut mir leid, Papa«, sagte Meredith leise. »Bist du deshalb rausgegangen? Um Cosmo zu besuchen?«
»Auch. Er kommt nicht mehr so häufig aus dem Haus wie früher«, antwortete Clarke, während ein Lächeln auf seinen Zügen erschien, diesmal mit einem Anflug von Stolz. »Er hat erzählt, du würdest dafür sorgen, dass er immer genug zu essen hat und seine Mülltonne jede Woche am Straßenrand steht.«
Meredith zog verlegen die Schultern hoch. »Er ist doch ganz allein, außerdem macht es keine großen Umstände.«
»Trotzdem ist es eine nette Geste«, brummte Diesel. Meredith lächelte ihn an.
»Ich fülle meinem Nachbarn den Kühlschrank, du trainierst Kids beim Fußball, und Kenny hilft im Mariposa House. So tut eben jeder, was er kann.«
Diesel wurde rot. Er war so ein Charmeur. Meredith konnte beim besten Willen nicht nachvollziehen, wieso Dani ihn sich nicht längst unter den Nagel gerissen hatte.
Es war höchste Zeit, dass sich die Stimmung ein wenig hob.
»Ich habe Bärenhunger«, verkündete Kendra, die es als Erste zu spüren schien. »Ich hatte kein Mittagessen und musste die ganze Fahrt über das leckere Essen riechen. Wir sollten essen, bevor die Spaghetti kalt werden und das Eis schmilzt.«
»Gehen wir doch ins Esszimmer. Diesel braucht gerade den Küchentisch«, schlug Meredith vor.
Diesel deutete auf seinen Computer. »Ich bin gerade mitten in einer Recherche. Macht es euch etwas aus, wenn ich meinen Teller mitnehme und noch eine Weile weitermache?«

Meredith wandte sich ihm zu – sie sah ihm an, dass er mit den Gedanken längst wieder bei der Arbeit war. »Hast du schon etwas Brauchbares gefunden?«, fragte sie.
»Könnte sein. Ich sage Bescheid.«

8. Kapitel

*Cincinnati, Ohio
Samstag, 19. Dezember, 20.50 Uhr*

Adam trabte zu seinem Jeep. Er wünschte, er hätte noch genug Zeit für einen Abstecher zu Meredith, bevor er zu Voss fuhr. Aber Trip erwartete ihn bereits auf dem Parkplatz, um ihre Notizen zu vergleichen und sich eine Strategie für ihren Besuch bei ihrem derzeit einzigen Verdächtigen zurechtzulegen.

Auf dem Weg zum Parkplatz warf er einen Blick auf das Display seines Handys und sah, dass zwei Dutzend Sprachnachrichten und SMS eingegangen waren. Doch nur eine war von Bedeutung.

Sogar sehr. Sitzen am Küchentisch, malen und trinken Tee.

Das war Diesels Antwort auf seine Nachricht, ob es Meredith gut gehe.

Adam fiel beinahe über die eigenen Füße. Wie bitte? Die beiden saßen einträchtig an ihrem Küchentisch und malten? Und tranken Tee dabei? *Ich bin derjenige, der all das mit ihr tun darf.*

Er stieg ein und schnallte sich an. Diesel würde nie im Leben versuchen, bei Meredith zu landen, weil er völlig verrückt nach Adams Cousine Dani war. Deshalb machte er sich seinetwegen auch keine Gedanken …

Wohl aber wegen Meredith. Setzte sie sich mit jedem Mann, der zu Besuch kam, an den Tisch und malte? *Eigentlich sollte das doch etwas Besonderes sein. Was es auch war. Für mich zumindest.*

Die Erinnerung an die beiden Abende in Merediths Haus hatte ihn durchhalten lassen, wann immer er drauf und dran gewesen war, das Handtuch zu werfen. Doch er hatte vorhin

auch die Kränkung in ihren Augen gesehen. *Du kannst mir nicht geben, was ich brauche. Oder willst es nicht.* Hatte sie Diesel von ihm erzählt? Von seinen Problemen? Den Albträumen? Seinen Unzulänglichkeiten? *Davon, wie ich in ihren Armen zusammengebrochen bin?* Dieser Moment gehörte nicht zu den glorreichsten seines Lebens, so viel stand fest. Trotzdem hatte sie ihm nicht das Gefühl gegeben, minderwertig zu sein. Stattdessen hatte sie ihn festgehalten, während er wie ein Häuflein Elend in ihren Armen gelegen hatte.
Und dann, als seine Panik allmählich verflogen war, hatte sie ihn geküsst, zärtlich und sanft wie Schmetterlingsflügel. Das hatte ihm den Todesstoß versetzt. Er hatte sich verliebt. Bis über beide Ohren.
Ja, allein die Erinnerung an diese Nacht ließ ihn erschaudern, während er vergeblich versuchte, sie aus seinen Gedanken zu verbannen. Wieder und wieder durchlebte er im Geist diese Stunden – es war die schönste Nacht in seinem ganzen gottverdammten Leben gewesen. In ihren Armen hatte er losgelassen. Endlich. *Ich habe mir gestattet, ihr zu vertrauen.* Und sie hatte ihm versprochen, niemandem etwas zu sagen.
Und das hat sie auch nicht, sagte die Stimme in seinem Kopf. *Sie hat es versprochen.*
Dieses Versprechen hatte ihm seit fast einem Jahr geholfen, sich am Riemen zu reißen – und nüchtern zu bleiben. Nein, sie hatte niemandem davon erzählt. So ein Mensch war Meredith nicht. Sie verriet die Geheimnisse anderer Leute nicht. Das war einer der Gründe, weshalb sie überhaupt in diesen Schlamassel geraten war. *Hätte sie diesen verdammten Stalker angezeigt...*
Es ist nicht ihre Schuld, meldete sich die Stimme in seinem Kopf erneut zu Wort. *Du kannst dem Opfer nicht die Schuld geben.*

Ein scharfer Schmerz in seiner Hand riss ihn aus seinen Gedanken. Erst jetzt wurde ihm bewusst, dass er in dem eiskalten Jeep gesessen und das Steuer fest umklammert hatte. Minutenlang. Er ließ den Motor an, drehte das Gebläse voll auf und scrollte durch die Nachrichten, als sein Blick auf Merediths SMS fiel, nicht einmal fünf Minuten nach Diesels Nachricht. Mit klopfendem Herzen las er sie.
Ich habe D. nichts von dir erzählt. Er will dich bloß ärgern. Sorry.
Weiß ich doch, schrieb er zurück. *So was würdest du nicht tun. Bis später.*
Er fuhr zusammen, als jemand an die Fensterscheibe klopfte. Trip stand neben dem Wagen und trat frierend von einem Fuß auf den anderen. Adam ließ das Schloss auf der Beifahrerseite aufspringen.
»Ist das schön warm hier drinnen«, stöhnte Trip. »Ich kann die elende Kälte nicht ausstehen.«
»Wieso wohnst du dann hier?«, fragte Adam, weniger aus echtem Interesse, sondern um sich abzulenken.
»Meine Eltern leben hier«, antwortete Trip. »Ich bin das jüngste Kind und hatte das Glück, einen Posten in meiner Heimatstadt zu bekommen. Meine Eltern werden nicht jünger, deshalb bleibe ich. Zumindest so lange, wie ich kann.« Überrascht und ein wenig gerührt von Trips Offenheit, sah Adam ihn an. »Geht mir auch so. Meine Mom hat Probleme mit dem Herzen.« Er verzog das Gesicht. »Mein Dad auch, aber seines ist bloß versteinert, wie man es bei einem Arschloch erwarten würde.« Sobald die Worte über seine Lippen kamen, wünschte er, er hätte sie sich verkniffen. »Also. Was wissen wir inzwischen über die Bombe?«
»Drei mit Klebeband verbundene Rohrbomben mit TATP, einfachen Zündern mit Handy-Auslöser. Die Westentaschen waren voller Nägel und Stahlkugeln.«

»TATP. Genau dasselbe wie die Attentäter in Paris.«
Trip nickte. »Die Explosion an sich hätte den vorderen Teil des Restaurants sowie die Fahrzeuge direkt davor zerstört. Jeder in einem Umkreis von rund zwei Metern wäre unweigerlich getötet worden, vermutlich wäre sogar jeder in einem Umkreis von sieben oder acht Metern umgekommen oder hätte schwerste Verletzungen davongetragen.«
Adam holte zittrig Luft. Meredith und Mallory waren nicht einmal zwei Meter von dem Jungen entfernt gewesen, genau wie mindestens dreißig weitere Gäste, die sich in einem Radius von weniger als zehn Metern aufgehalten hatten.
»Lieber Gott.«
»Allerdings. Vielleicht haben wir einen Teilabdruck auf der Bombe selbst, aber es steht noch nicht fest, ob wir ihn auch verwenden können. Die Kollegen arbeiten gerade daran.«
Adam wusste, dass er sich lieber keine großen Hoffnungen machen sollte, aber trotzdem... »Gibst du mir dann Bescheid?«
Trip schien beinahe gekränkt zu sein. »Natürlich. Wir sind doch Partner. Die Verbindung zum Handy war ganz unkompliziert. Drei Drähte, keine Totmannsteuerung.«
»Gott sei Dank. Der Junge wäre schon auf der Straße tot gewesen, und der Schütze im SUV hätte trotzdem direkt auf Meredith schießen können. Was ist mit dem Handy?«
»Ein Prepaidhandy.«
»Logisch.« Plötzlich kam Adam ein Gedanke. »Wie lautete die Nummer?«
»Des Prepaidhandys?« Trip überprüfte seine Unterlagen. »Hier.« Er richtete die Taschenlampe seines Telefons auf das Blatt Papier. »Auf halber Höhe, links. Ich hoffe, du kannst meine Handschrift lesen. Wieso?«
Verdammt. »Ich hatte gehofft, es wäre dieselbe Nummer wie die, von der aus im Restaurant angerufen wurde, aber sie ist es nicht.« Er erzählte Trip von Colleen Martel.

»Zweihundert Dollar Trinkgeld«, meinte Trip. »Wer auch immer hierfür verantwortlich ist, hat darauf gesetzt, dass das Telefon den Anschlag nicht übersteht. Keine losen Enden. Obwohl die Kellnerin durchaus ein Risiko darstellt, ebenso die Anrufhistorie ihres Handys.«

»Vielleicht hatte er ja gehofft, dass auch sie bei der Detonation stirbt und folglich keiner ihr Handy in die Finger bekommt. Das Pult mit dem Reservierungsbuch stand gerade einmal fünf Meter von Merediths Tisch entfernt. Was ist mit dem TATP? Woher stammt es?«

»Vielleicht aus einem Kellerlabor?« Trip zuckte mit den Schultern. »Die Herstellung ist ein Kinderspiel. Aceton und Peroxid. Beides bekommt man überall problemlos. Allerdings wurde eine beachtliche Menge von dem Zeug verwendet. Ein paar Gramm davon reichen schon, um einen Finger zu verlieren, aber die Dinger enthielten fast ein ganzes Kilo. Es zersetzt sich sehr leicht, deshalb war es ein ziemliches Risiko, damit zu arbeiten. Aufgrund dessen gehe ich davon aus, dass wir es hier doch mit einem erfahrenen Bombenbauer zu tun haben.«

»Hat er einen speziellen Zünder oder sonst etwas Typisches verwendet, das einen Hinweis auf seine Identität gibt?«

»Nein. Allerdings zersetzt sich TATP, wie gesagt, so schnell, dass nur ein völliger Schwachkopf so große Mengen lagern würde. Wir könnten versuchen, wegen größerer Aceton- oder Peroxidkäufe nachzuforschen. Quincy findet gerade heraus, wie viel Rohmaterial der Täter wohl gebraucht haben muss.«

»War eine Nummer im Anrufprotokoll des Telefons?«, hakte Adam nach.

»Ja. Nicht zurückverfolgbar. Auch ein Prepaid-Handy.« Er deutete auf seine Notizen. »Das ist die Nummer.«

Adam nickte zufrieden. »Das ist die Nummer, von der aus die Kellnerin angerufen wurde.«

Trips Augen begannen zu leuchten. »Damit haben wir eine Verbindung. Laut Protokoll wurde die Nummer nur Sekunden, bevor unser Unbekannter umkam, gewählt. Offensichtlich hat der Schütze versucht, die Bombe zu zünden, und den Jungen getötet, als das nicht funktioniert hat.«

»Und als Nächstes hat er auf Meredith gezielt.«

»Diese Kellnerin kann heilfroh sein, dass der Kerl nicht auch noch auf sie geschossen hat, als er davongefahren ist.«

»Tja, im Augenblick ist sie gar nicht froh. Das nutzen wir aus, um herauszufinden, wer der Mann ist, der sie angerufen hat.«

»Dieser Voss?«

»Ich hoffe es. Er ist bislang unsere einzige Spur. Ich weiß bloß, dass er der Boss von BuzzBoys ist, ansonsten habe ich mir sagen lassen, er sei ein soziopathisches Arschloch, der andere Leute stalkt.«

»Das ist doch schon was. Du weißt auch, dass Meredith sein Kind behandelt.«

»Ja, das stimmt. Ich frage mich, was er angestellt haben mag, wovon Meredith unter keinen Umständen erfahren soll.«

»Falls es etwas Kriminelles ist, muss sie es doch preisgeben, oder? Die Sicherheit des Kindes steht über der Wahrung der Privatsphäre oder der ärztlichen Schweigepflicht.«

»Stimmt.« Er googelte *Broderick Voss* und *Kinder* und stieß einen Fluch aus. »Verdammte Scheiße. Der Kerl hat ein Alibi für die Tatzeit. Er hat bei einer politischen Veranstaltung vor einem ganzen Saal voll spendabler Leute eine Rede gehalten.« Adam betrachtete das Foto, das einen lächelnden Voss vor seinem Publikum zeigte. Der Anzug des Kerls hatte mindestens zweitausend Dollar gekostet. »Andererseits würde ich mir auch nicht die Finger schmutzig machen wollen, wenn ich so reich wäre wie er. Nur weil er ein Alibi hat …«

»Muss das noch lange nicht heißen, dass er unschuldig ist«, vollendete Trip seinen Satz.

»Genau. Die Mittel, jemanden zu engagieren, hat er jedenfalls.«

Inzwischen hatte Trip ebenfalls sein Handy herausgezogen und rief Google auf. »Die Veranstaltung diente dazu, Geld für die Wahlkampagne des künftigen Senators zu sammeln. Vielleicht hat er ja selbst politische Ambitionen.«

Adam nickte. »Heutzutage überstehen Politiker ja so ziemlich jeden Skandal, aber wenn Kinder involviert sind, ist Schluss mit lustig.« Er scrollte die Fotos durch. »Hier ist eine Aufnahme von seiner Familie vom letzten Weihnachtsfest.« Er drehte das Telefon so, dass Adam es erkennen konnte. »Hübsche Frau, niedliches kleines Mädchen. Das Foto ist ungefähr ein Jahr alt, und sie sieht wie vier oder fünf aus.«

Trip nickte. »Er und seine Herzensdame haben praktisch jedes Jahr solche Fotos machen lassen, nur dieses Jahr nicht.«

»Es wäre wirklich hilfreich zu wissen, was Meredith über das kleine Mädchen weiß, dann hätten wir wenigstens etwas für die Befragung in der Hand, andererseits können wir auf diese Weise immerhin wahrheitsgetreu sagen, dass nicht Meredith diejenige war, von der wir seinen Namen haben.«

»Wenn es nach mir geht, sind wir bereit für Runde eins mit Mr Voss.« Trip öffnete die Tür des Jeeps. »Ich habe die Adresse. Wir treffen uns dort.«

Adam zuckte zusammen, als sein Handy läutete. Und noch einmal, als er den Namen des Anrufers auf dem Display sah. Diesel. In dieser Sekunde kam eine Textnachricht, ebenfalls von Diesel. *Geh ran.*

Scheiße. Diesel hatte ihm doch gerade noch versichert, dass mit Meredith alles in Ordnung war. Adam bedeutete Trip, einen Moment zu warten, und ging ran. »Diesel. Was ist los?«

»Es geht ihr gut«, versicherte Diesel eilig, doch sein Tonfall verriet eine Mischung aus Aufregung und Besorgnis. »Wir müssen uns treffen. Gleich.«

»Was ist los? Nun sag schon, verdammt!«
»Nein«, widersprach Diesel. »Persönlich.«
»Okay, aber Trip ist bei mir.«
Adam hörte Diesels Zögern. »Gut«, sagte er dann. »Kommt her, und zwar schnell. Mit Blaulicht.«

Kiesler University, Chicago, Illinois
Samstag, 19. Dezember, 20.20 Uhr Central Standard Time
(21.20 Uhr Eastern Standard Time)

Shane Baird trat aus der Bibliothek und erschauderte, als ihm der eisige Wind vom Lake Michigan entgegenschlug. In diesem Moment summte sein Handy. Er wandte sich ab, um sich vor dem Wind zu schützen, und zog es heraus. Eine wahre Flut an Nachrichten war eingegangen, alle von seinem Freund Kyle.
Die letzte Nachricht sprang ihm als Erstes ins Auge.
He, Alter, ruf mich an. Mir geht echt die Düse hier.
Stirnrunzelnd lief Shane zurück zur Bibliothek und lehnte sich gegen die Ziegelmauer des Gebäudes, um etwas Schutz gegen den Wind zu haben. Eilig scrollte er durch die Nachrichten, bis er die allererste fand.
Hier war gerade ein Typ, der dich sucht. Ein Schrank, sah echt fies aus. Kein Bulle, hatte aber 'ne Waffe. Was ist los, scheiße noch mal? Was will der von dir? Ruf an!

Kyle hatte noch fünf weitere Nachrichten geschickt, alle voll wachsender Furcht, weil Shane nicht zurückgerufen hatte. Shane stockte der Atem, als die alten Erinnerungen hochkamen und wie ein beschissener Horrorfilm vor seinem geistigen Auge abliefen. Mit zitternden Fingern wählte er Kyles Nummer. »Ich hab gerade erst deine Nachricht gelesen.«

»Scheiße!«, stieß Kyle erleichtert hervor. »Ich dachte schon, du bist ... keine Ahnung. Tot oder so was. Wo zum Teufel hast du gesteckt?«
»Im Untergeschoss der Bibliothek. Lernen. Da unten gibt's kein Netz. Was ist denn passiert?«
»Ich kann dir sagen, was passiert ist. Der Typ hat mir eine Scheißangst eingejagt.«
»Wer war der Kerl überhaupt?« Panik stieg in Shane auf. *Ein Bulle? Das durfte nicht noch mal passieren.* Auf keinen Fall!
»Du sagst mir jetzt, was passiert ist, ganz genau.«
»Okay, okay, ist ja schon gut.« Kyle holte tief Luft und stieß sie wieder aus. »Okay«, sagte er noch einmal. »Ich hatte heute Abend Schicht am Empfang. Im Lamarr.« Das war das Wohnheim, in dem Shane bis zum Semesteranfang gewohnt hatte. Dort hatten er und Kyle sich kennengelernt und waren über ihre gemeinsame Leidenschaft für Videospiele, Nachos und Science-Fiction-Filme Freunde geworden. Kyle war sein erster Freund in Illinois gewesen, in einer Zeit, als er so verdammt allein gewesen war. »Vor zwanzig Minuten oder so kam plötzlich der Typ rein. Er hat einen auf jung gemacht, keine Ahnung, als würde er hierhergehören. Schon klar. Er war bestimmt dreißig oder so und sah aus, als wäre er gerade aus dem Boxring gestiegen. Jedenfalls war er kein College-Student. Er hat gegrinst, was ihn noch viel gefährlicher aussehen ließ, und meinte, er würde nach einem Freund suchen, ob ich ihm die Zimmernummer raussuchen könnte. Ich habe gesagt, dass das nicht geht, ich aber gern den Studenten anrufen und ihm sagen könnte, dass Besuch auf ihn wartet. Er sah echt angepisst aus, und einen Moment lang ... heilige Scheiße, Shane, ich dachte echt, der haut mir eine aufs Maul.«
Shane zwang sich durchzuatmen. »Und er hat nach mir gefragt? Explizit nach mir?«

»Ja. Ich hab ihm gesagt, dass du nicht mehr hier wohnst. Er wollte deine Adresse wissen, aber ich hab gesagt, dass ich sie nicht habe. Aber das hat er mir nicht abgekauft.« Kyle gab einen erstickten Laut von sich. »Er meinte, er wüsste ganz genau, dass ich lüge und dass wir Freunde wären. Er hätte uns zusammen auf Facebook gesehen. Alter, wer ist der Kerl, verdammt noch mal?«

»Ich habe keine Ahnung.« Shane schluckte schwer. »Ich schwöre bei Gott.«

»Aber er kennt dich. Ich hab gesagt, ich dürfte keine Informationen über andere Studenten herausgeben, und hab den Alarmknopf unter dem Schreibtisch gedrückt. Er hat es mitgekriegt und ist komplett ausgerastet. Ich dachte wirklich, ich bin tot, das war's. Ernsthaft. Ich hab gesagt, die Campuspolizei sei schon unterwegs. Da hat er mich angesehen und gemeint, ich solle bloß keinen Fehler machen. Das war alles.«

»Was wollte er damit sagen?« Shane hörte, wie die Panik neuerlich in Kyle aufwallte.

»Ich schätze, das war eine Warnung, den Polizisten nicht zu stecken, was wirklich vorgefallen ist.«

»Und? Hast du?«

»Na logo. Der Typ war glasklar auf der Überwachungskamera zu erkennen. Jeder halbwegs fähige Lippenleser könnte auf Anhieb sagen, dass er nach dir gefragt hat. Ich wollte dir nur einen Vorsprung geben und sagen, dass die Campus-Polizei schon nach dir sucht. Steckst du …« Kyle zögerte kurz. »Steckst du in Schwierigkeiten?«

»Nein! Ich habe keine Ahnung, wer der Typ ist oder was er von mir will. Ich hatte noch nie Ärger mit den Cops. Nie. Ich lerne, ich arbeite, ich gehe in meine Vorlesungen. Mein Privatleben besteht daraus, mit dir Dungeons & Dragons zu spielen. Verdammte Scheiße.«

Nun, einmal hatte er tatsächlich die Cops an den Hacken

gehabt, wenn auch nicht wegen ihm persönlich. Vielmehr war er ins Visier der Ermittler geraten, weil er mit einem Verdächtigen befreundet gewesen war. Er hatte für Jason gelogen und würde es jederzeit wieder tun ... obwohl Jason Coltrain seinen Namen geändert hatte und inzwischen Andy Gold hieß und seit über einem Jahr nicht auf seine SMS, E-Mails oder Anrufe reagierte.

So viel zum Thema Solidarität, dachte er traurig. Er konnte verstehen, dass Andy den Kontakt zu ihm abgebrochen hatte, auch wenn er wünschte, es wäre anders. Von ihnen dreien hatte Shane die besten Chancen auf das Leben, von dem sie während ihrer Zeit als Pflegekinder immer geträumt hatten. Andy wollte nicht, dass sich seine Vergangenheit negativ auf Shane auswirkte, was ihm damals völlig lächerlich erschienen war.

Und jetzt? Wenn ein Fremder, der nichts Gutes im Schilde zu führen schien, nach Shane suchte ... *Was hast du angestellt, Andy?*

»Shane?«, fragte Kyle. »Bist du noch da?«

»Ja«, krächzte Shane. »Moment, ich muss mal kurz was checken.« Er öffnete den Browser und tippte Cincinnati ein. Gerade als er beim zweiten »n« war, kamen bereits die Meldungen. *Schießerei in Cincinnati. Bombenanschlag in Cincinnati vereitelt.*

O Gott, Andy! Was zum Teufel hast du getan? Das Herz schlug ihm bis zum Hals, als er den ersten Link anklickte – ein Artikel des *Ledger*.

Beim Anblick des zerborstenen Fensters stockte ihm der Atem. Seine Knie wurden weich, als er das Foto vom Gesicht des Opfers sah. Er glitt an der Wand hinab zu Boden, registrierte kaum den eiskalten Beton unter seinem Hintern. »O nein!«, stöhnte er. »O Gott.«

»Shane?«, rief Kyle. »Was ist los?«

»In Cincinnati gab es eine Schießerei.«
»Weiß ich«, erwiderte Kyle langsam. »Ich dachte, das hättest du mitbekommen. Sie bringen es schon den ganzen Abend in den Nachrichten.«
»Ich habe gelernt. Hatte mein Telefon ausgestellt, außerdem gibt es da unten kein Netz, wie gesagt. Was ... ist da passiert?«
»Wieso?«
»Sag es mir einfach, okay?«
»Okay, okay, reg dich ab. Soweit ich es mitbekommen habe, ist irgendein Kerl in ein Restaurant gegangen und hat auf eine Frau gezielt, eine Psychologin oder so was. Arbeitet wohl mit Kindern. Sie hatte auch eine Waffe bei sich und hat sie wohl auch gezogen, hat ihn sogar dazu gebracht, seine Waffe fallen zu lassen, aber dann hat jemand aus einem Wagen auf der Straße ihn einfach abgeknallt. Hat ihm regelrecht den Schädel weggeblasen.«
Shanes Atem kam stoßweise, schwarze Punkte tanzten vor seinen Augen. Er versuchte, etwas zu sagen, doch die Worte wollten nicht aus seinem Mund kommen.
»Shane?«, fragte Kyle noch langsamer. »Kanntest du den Kerl etwa?«
»Ja. Ja.« Mehr konnte Shane nicht sagen. Stattdessen starrte er lediglich das Foto an, das wie das Standbild aus einem Video aussah. *Nicht identifiziertes Opfer*, lautete die Überschrift. Aber Shane kannte ihn. Es war Andy. »Und was ... was kam noch in den Nachrichten?«, fragte er, als die Worte vor seinen Augen verschwammen.
»Äh, Moment, lass mich mal sehen.« Sekundenlang herrschte Stille in der Leitung, dann räusperte Kyle sich. »Okay. Hier steht, Zeugen hätten ausgesagt, das Opfer hätte gemeint, es wolle gar nicht hier sein, und etwas wie ›Er wird sie umbringen‹.«

Galle stieg in Shanes Kehle auf. Er rollte herum, ging auf die Knie und übergab sich heftig, während er Kyle im Hintergrund »Shane? Shane?« rufen hörte.
Shane versuchte, sich zusammenzureißen, und spuckte aus, ehe er sich wieder herumrollte und die Augen schloss. »Ich muss nach Cincinnati. Jetzt gleich.«
»Aber ... die Prüfungen.«
Welche Rolle spielte das schon? »Ich ... ich muss nach Cincinnati. *Sofort.*«
»Okay, Alter. Beruhig dich erst mal ... okay? Lass mich überlegen.«
Shane versuchte aufzustehen, doch seine Beine fühlten sich wie Gummi an. Er rutschte wieder auf den Boden. »Ich brauche einen Wagen.«
»Weiß ich. Ich sag doch gerade, lass mich überlegen.« Shane hörte rasche Folge von *plings!* im Hintergrund. »Also gut. Folgendes. Du gehst jetzt in die Bibliothek zurück, aufs Klo und wäschst dir das Gesicht. Sieh zu, dass dich niemand bemerkt. In einer halben Stunde kommst du raus, ich warte am Straßenrand auf dich.«
»Aber ...« Shane wusste nicht, was er sagen sollte. »Du hast doch auch Prüfungen.«
»Erst am Dienstag wieder. Ich fahr dich einfach heute noch runter, dann bleibt mir immer noch massenhaft Zeit.«
»Aber dein Wagen ist die reinste Schrottkarre. Damit schaffen wir es nicht mal aus Illinois raus. Ich bin dir echt dankbar für das Angebot, aber ...«
»Ich borge mir Tiffanys Wagen. Ich habe ihr gerade eine Nachricht geschickt. Sie sagt, wenn du auf den Sitz kotzt, war es das letzte Mal, also sieh zu, dass du's hinter dich bringst, okay?«
Shane musste lachen. Das war eine typische Tiffany-Antwort. Er schüttelte den Kopf und versuchte, sich zu konzen-

trieren. »Aber der Typ, der mich sucht, weiß, dass wir Freunde sind, stimmt's? Damit bringe ich dich doch auch noch in Gefahr.«
»Ein Grund mehr, für ein paar Tage abzutauchen«, erwiderte Kyle ernst. »Also, jetzt schwing deinen Arsch außer Sichtweite. Ich treffe Tiff gleich bei Burger King und mache den Wagen klar.«
»Danke, Kyle. Ehrlich.«
»Halbe Stunde, Alter. Klar?«
Shane legte auf und zwang sich, aufzustehen. Dann tat er genau das, was Kyle ihm gesagt hatte.

Cincinnati, Ohio
Samstag, 19. Dezember, 21.20 Uhr

Adam musste seinen Jeep ein gutes Stück von Merediths Haus entfernt auf der anderen Straßenseite abstellen, da bereits fünf Fahrzeuge in ihrer Einfahrt und am Straßenrand vor ihrem Haus parkten. Er stieg aus und ließ den Blick über die Straße schweifen. Ein paar Meter weiter entdeckte er auf Anhieb eines der beiden zivilen Polizeiautos.
»Schmeißt Meredith eine Party, oder was?«, fragte Trip.
Adam zuckte mit den Schultern. »Es war ziemlich klar, dass alle ihre Freunde herkommen.« Meredith Fallon war ein Mensch, der in allen den Wunsch nach Loyalität auslöste. *Auch in mir.*
Trip ließ den Blick über die Fahrzeuge schweifen. Ein Lächeln umspielte seine Mundwinkel. »Kendra ist auch hier. Das ist ihr Toyota.«
»Und Diesels Pick-up und Baileys Minivan«, fügte Adam hinzu. Er war froh, dass auch Merediths Cousine hergekommen war. Er lächelte. »Und der hier gehört Delores.« Der

Wagen war die reinste Schrottkarre, doch Delores beharrte darauf, dass er immer noch für ein paar Meilen taugte. Delores' Geld floss zu hundert Prozent in ihr Tierheim. »Das bedeutet, dass Angel auch da ist.« Die riesige Mischlingshündin begleitete Delores auf Schritt und Tritt.

Trips Grinsen wurde noch eine Spur breiter. »Ich finde sie absolut toll. Ich habe sogar schon überlegt, mir selbst einen zuzulegen.«

»Du bist also auch schon mit dem Hunderettungsvirus infiziert«, bemerkte Adam kopfschüttelnd, denn inzwischen hatte praktisch jeder aus ihrem Freundeskreis einen Hund aus Delores' Heim adoptiert. Adam grinste, als er Trips erhobene Braue sah. »Ich auch, aber ich will keinen Welpen. Ich habe gesehen, wie viele Schuhe Deacon im Lauf der Zeit eingebüßt hat, während er seinem Hund Manieren beibringen wollte.«

»Weshalb wollte Diesel unbedingt, dass wir herkommen?«, fragte Trip.

»Keine Ahnung, er wollte es mir am Telefon nicht sagen. Ich habe ihn eben von unterwegs noch mal angerufen, aber er hat sich nicht erweichen lassen. Er kann manchmal ein bisschen paranoid sein«, räumte Adam ein. Diesel mochte sein Freund sein, aber das hieß noch lange nicht, dass er blind für seine Fehler und Unzulänglichkeiten war.

»Und ziemlich skrupellos«, fügte Trip stirnrunzelnd hinzu. »Er hat sich irgendwo eingehackt. Das weißt du genauso gut wie ich.«

»Ich nehme es an, ja. Und?«

»Das verstößt gegen das Gesetz. Und Bescheid zu wissen genauso.«

»Ich weiß, aber ich weiß auch, dass heute jemand versucht hat, Meredith umzubringen.«

»Und du bist bereit, gegen die Regeln zu verstoßen, nur um sie zu beschützen?«

Ich würde gegen jede einzelne Regel auf der ganzen verdammten Welt verstoßen, wenn ich dadurch ihre Sicherheit garantieren könnte. Er erwiderte Trips eindringlichen Blick. Der Mann musste offensichtlich nicht jede Nacht gegen seine Albträume kämpfen. Noch nicht. »Und ich weiß auch, dass es Momente gab, wenn es hart auf hart kam, in denen ich heilfroh für ein paar Insiderinformationen gewesen wäre, bevor ich mich kopfüber in eine Katastrophe gestürzt habe.«

»Wenn Diesel also Informationen hat, die er sich nicht auf legalem Weg beschaffen konnte, würdest du sie dir trotzdem ansehen«, blieb Trip beharrlich.

Adam stieß den Atem aus. Eine kleine Wolke schwebte für einen Moment zwischen ihnen. »Was, wenn ich jetzt Ja sage? Wirst du mich dann melden?«

Trip schwieg kurz. »Nein. Ich wollte nur wissen, wie die Lage ist.«

»Ich lasse nicht zu, dass du mit reingezogen wirst«, versprach Adam. »Das Ganze geht ausschließlich auf meine Kappe.«

Trips Züge verhärteten sich. »Wenn ich das Ganze mit dir durchziehe, trage ich auch die Konsequenzen. Ihr behandelt mich die ganze Zeit, als wäre ich ›der Kleine‹, aber das bin ich nicht. Kapiert?«

»Ja«, antwortete Adam, wohl wissend, dass Trip durchaus recht hatte. »Dir ist aber klar, dass alle hier gleich wissen werden, dass wir mit Diesel geredet haben. Auch Kendra.«

»Darauf bin ich schon selbst gekommen«, gab Trip zurück, als wäre Adam der Kleine hier. »Und das ändert rein gar nichts.«

Adam nickte. Sein Respekt gegenüber dem jungen Polizisten wuchs mit jeder Minute. »Alles klar.«

Trip deutete auf die Tür. »Dann los.«

Meredith öffnete die Tür und musterte sie mit erschöpftem

Blick. »Gentlemen, nur herein. Entschuldigt den Lärm, aber hier herrscht ziemlicher Trubel.«

Adam trat über die Schwelle, mitten hinein in das pralle Leben – köstliche Düfte zogen aus der Küche. Lebkuchen, überlegte er. Gesprächsfetzen übertönten den Fernseher, wo sich Ryan Beardsley, Baileys Ehemann, und ein älterer Mann mit Glatze und einem aus seinem Hemdkragen ragenden Tattoo eine erbitterte Videospielschlacht lieferten. Baileys Tochter Hope saß auf dem Schoß des Glatzkopfs, was seine Geschicklichkeit jedoch keineswegs minderte – es lag auf der Hand, dass er haushoch gewinnen würde.

Adam fiel wieder ein, was Deacon ihm gesagt hatte. »Ihr Großvater ist Videospielentwickler der ersten Stunde«, sagte er leise, worauf Trips Brauen in die Höhe schossen.

»Und Diesel ist nicht hier, um ihn herauszufordern? Dann muss er etwas wirklich Aufschlussreiches gefunden haben.«

»Papa«, rief Meredith über das Getöse hinweg. »Könntest du mal auf Pause drücken?« Augenblicklich wurde es still. Mit dem Fernseher schienen auch sämtliche Gespräche verstummt zu sein.

Ryan Beardsley winkte ihnen zu und zog seine Tochter am Pferdeschwanz. »Komm, Hope, setz dich doch zu mir, damit Clarke Tante Merediths Freunde kennenlernen kann.«

Hope glitt vom Schoß des alten Mannes, blieb jedoch stehen, um Adam und Trip mit zusammengekniffenen Augen zu mustern. »Haben Sie ihn schon geschnappt?«, fragte sie. »Den Mann, der Tante Meredith töten wollte?«

»Nein, noch nicht«, antwortete Adam mit angemessenem Ernst. »Aber wir tun unser Möglichstes.«

»Gut.« Hope runzelte die Stirn. »Das war ein schlimmer Tag.«

»Allerdings«, bestätigte Adam. »Aber es hätte alles viel schlimmer ausgehen können. Tante Meredith geht es doch gut, oder?«

»Ja«, sagte Meredith. »Es geht ihr gut, und sie steht direkt hinter dir. Hope, könntest du in die Küche gehen und nach den Plätzchen sehen? Sie sollten bald so weit sein, dass wir den Guss darauf geben können.«

»Jaja«, brummte Hope. »Du willst mich bloß loswerden.« Bailey erschien im Türrahmen. »Warum bloß? Komm, Schatz, wir schauen mal, ob wir die Lebkuchenmänner für Diesel und Papa mit ein paar Tattoos verzieren können.«

»Und die Lebkuchenmädchen auch.« Hope stellte sich auf die Zehenspitzen und drückte dem alten Mann einen Kuss auf die Wange. »Ich darf mir nämlich eines stechen lassen, sobald ich achtzehn werde.«

Der alte Mann erhob sich, als Hope in die Küche marschierte. »Das werden wir ja noch sehen, junge Dame«, sagte er und lachte, als Hope ihm eine Grimasse schnitt. »Sie sind also die Cops, die mit Merrys Fall betraut sind. Gut. Ich bin ihr Großvater, Clarke Fallon.«

Merry, ja, das passte perfekt. »Ich bin Detective Kimble.« Adam schüttelte dem alten Mann die Hand und zuckte ein wenig zusammen. Clarkes Handschlag enthielt eine nicht zu leugnende Warnung.

»Special Agent Triplett, Sir«, sagte Trip und schüttelte ihm ebenfalls die Hand. »Wann sind Sie angekommen, Sir?«

Der alte Mann zuckte mit keiner Wimper. »Ach ja, meine Flugverbindung.« Er zog ein Blatt Papier aus der Tasche. »Gut, dass Sie fragen.«

In seinem Tonfall lag keinerlei Sarkasmus. Stattdessen schien er die Frage sogar gutzuheißen. Trip überflog die Angaben und gab ihm das Blatt zurück. »Danke, Sir. Reine Routine. Dass Sie an dem Tag ankommen, an dem ein Anschlag auf Ihre Enkeltochter verübt wird, ist ein … Zufall.«

»Eine glückliche Fügung«, korrigierte Ryan. Adam fiel wieder ein, dass er früher als Kaplan tätig gewesen war.

Meredith lächelte ihren Großvater nachsichtig an. »Ein Geschenk.«

Adam löste widerstrebend den Blick von ihrem Gesicht. »Wo ...« Er musste sich räuspern. Wie sehr er sich danach sehnte, dass sie auch ihn so ansah. So sehr. »Wo ist Diesel?«

»Im Keller«, antwortete Meredith. »Es wurde ihm zu voll hier oben.«

»Durch die Küche«, sagte Clarke. »Ich zeige Ihnen den Weg.«

»Adam kennt sich aus«, sagte Meredith.

Unwillkürlich sah Adam sie an, während er daran zurückdachte, als er das letzte Mal hier gewesen war. An diesem Tag hatte es in Strömen gegossen, und er hatte draußen auf der Straße gestanden und war pitschnass geworden, während er mit sich gerungen hatte, ob er hineingehen sollte oder nicht. Sie hatte ihn gesehen und hereingewinkt. Und er hatte die Resignation in ihren Zügen bemerkt – als hätte sie gewusst, wie sehr er sie brauchte, zugleich jedoch fürchtete, dass er ihr wehtun würde.

Wie bei seinem allerersten Besuch, als er nach einer gemeinsamen Nacht einfach aufgestanden und gegangen war, während sie noch geschlafen hatte. Ohne eine Nachricht. Ohne ein Wort des Abschieds. Des Dankes. *Weil ich ein Feigling bin.* Höchste Zeit, das zu ändern.

»Ja, ich wurde von einem Gewitter überrascht«, erklärte er und registrierte den Blick des alten Mannes aus dem Augenwinkel. Clarke wusste Bescheid. Wie viel er wusste, konnte Adam nicht sagen, aber es musste genug sein, denn der alte Mann kniff die Augen zusammen. »Ich habe ihren Teppich unter Wasser gesetzt, deshalb habe ich mich unten umgezogen. Agent Triplett?«

Die Küche war proppenvoll – drei Frauen, ein kleines Mädchen, ein Kalb von einem Hund, mehrere Backbleche voller

Lebkuchenfiguren und ein Topf, in dem etwas himmlisch Duftendes brodelte. Adams Magen knurrte und erinnerte ihn daran, dass er seit Deacons Proteinriegel nichts mehr zu sich genommen hatte.

Er hörte, wie Trip hinter ihm stöhnte. »Verdammt, riecht das lecker. Ich könnte eine ganze Kuh am Stück verspeisen.«

Bailey nahm gerade ein weiteres Backblech aus dem Ofen, Delores schälte Kartoffeln über der Spüle, während Kendra am Küchentisch saß und zusah. Sie wirkte entspannter, als Adam sie je gesehen hatte. Er kannte dieses Gefühl nur allzu genau. Auch er hatte einmal diesen inneren Frieden hier gefunden.

»Nein, Angel«, tadelte Hope die Hündin, die versuchte, den Teller in ihrer Hand zu beschnüffeln. Adam konnte es dem Tier nicht verdenken – darauf lagen drei noch nicht verzierte Lebkuchenmänner. »Die sind für die Detectives.« Sie trat vor die Polizisten. »Sie sind noch warm.« Ihre Augen funkelten verschmitzt. »Aber leider nackt. Tut mir leid.«

Trip brach in prustendes Gelächter aus. »Nackte Lebkuchenmänner? Gib's zu, Ms Kendra wollte, dass du das sagst.«

Kendra grinste Trip an. »Ich will nicht lügen.«

Bailey schüttelte den Kopf. »Hope!«

Hope zog die Brauen hoch. »Das gibt Ärger, aber das war es wert. Einer ist für Mr Diesel, okay?«

Adam nahm ihr den Teller aus der Hand. »Ich sorge dafür, dass er ihn kriegt«, versprach er lächelnd. »Danke.«

Hope bedachte ihn mit einem langen, langen Blick, während ihr Lächeln verblasste. »Bitte, finden Sie den Schützen ganz schnell.«

»Ich tue, was ich kann«, versprach Adam ein weiteres Mal, diesmal noch eindringlicher, weil sie so besorgt zu sein schien. Und weil sie »den Schützen« gesagt hatte, ein Wort, das eine Neunjährige eigentlich noch gar nicht kennen sollte.

»Habt ihr schon etwas gegessen, Jungs?«, fragte Delores.
»Nein«, antwortete Trip, bevor Adam reagieren konnte.
»Wir können nicht lange bleiben«, sagte Adam und wünschte, es wäre anders.
»Ich mache euch etwas zurecht, das ihr später mitnehmen könnt«, sagte sie mit einer Geste in Richtung Treppe.
Sie bedankten sich und gingen nach unten in einen Raum, der ebenso wie das schmale Treppenhaus mit hellem Holz vertäfelt war. Ein behagliches Sofa und zwei Zweisitzer waren vor einem großen Flachbildfernseher arrangiert. Hier zelebrierten Meredith und ihre Freundinnen einmal im Monat ihren Filmabend. Es war sehr gemütlich. Und einladend. Eben typisch Meredith.
»Endlich«, sagte Diesel, der an einem Schreibtisch in der hinteren Ecke saß, und sah von seinem Laptop auf. »Das hat ja eine halbe Ewigkeit gedauert. Beeilt euch. Es riecht herrlich nach Essen.«
Adam durchquerte den Raum. »Und, was hast du herausgefunden?«
Diesel zog eine Braue hoch. »Hattest du schon die Gelegenheit gehabt, das Material der Überwachungskameras von der Aschenbahn, der Kirche und dem Supermarkt zu sichten?«
»Ja«, antwortete Adam. »Ich weiß inzwischen, nach wem wir suchen müssen. Und du offensichtlich auch.«
»Mir konnte sie es ja sagen«, gab Diesel zurück, eher als Reaktion auf Adams patzigen Tonfall als auf die eigentlichen Worte. »Ich bin schließlich kein Polizist.«
Adam seufzte. »Entschuldige. Du hast recht.«
»Nein, mir tut es leid. Ich hätte dir die Nachricht nicht schicken sollen. Das war echt arschig von mir.«
Beim Anblick von Trips verdatterter Miene musste Adam lachen. »Ja, war es. Also, erzähl, was du herausgefunden hast, bevor Trip alt wird und ich alt und grauhaarig.«

Diesels Miene wurde grimmig. »Voss wird erpresst.«
»Von wem?«, wollte Trip wissen.
»Keine Ahnung. Aber die Summe ist enorm. Der Dreckskerl kann es sich zwar leisten, aber trotzdem. Wir reden von fünfzig Riesen. Im Monat.«
Trip sog scharf den Atem ein. »Heilige Scheiße. Im Monat?«
»Wow. Ganz schön knackig«, meinte Adam. »Und wo geht das Geld hin?«
Diesel drehte den Laptop zu ihnen um. »Voss archiviert PDF-Dateien seiner Kontoauszüge. Das hier ist die Festplatte seines Computers, nicht sein Bankkonto, aber die Informationen sind dieselben.« Er deutete auf mehrere Überweisungen. »Monatlich geht eine Zahlung auf ein Auslandskonto auf den Turks- und Caicoinseln.«
»Logo«, bemerkte Adam und verkniff sich die Frage, wie Diesel sich Zugang zu Voss' Festplatte verschafft hatte. Er wollte es lieber gar nicht wissen. »Und wann haben die Zahlungen angefangen?«
»Vor einem halben Jahr«, antwortete Diesel.
»Seit wann ist seine Tochter bei Meredith in Behandlung?«, hakte Trip nach.
»Seit etwa drei Wochen«, meinte Diesel. »Ich musste Faith fragen, weil Meredith es mir nicht sagen wollte.«
»Faith hat es dir verraten?«, fragte Trip verblüfft. »Ist sie nicht auch Therapeutin? Ich dachte, sie unterliegt denselben Vorschriften.«
Adam zuckte die Achseln. Für ihn schien die Neuigkeit nicht annähernd so überraschend zu sein. »Faith wurde vor einem Jahr von einem Mörder gestalkt. Im Zuge der Ermittlungen hat sie Deacon kennengelernt. Ich schätze, nach dieser Erfahrung ist ihre Haltung zu Vorschriften ein bisschen pragmatischer.« Er runzelte nachdenklich die Stirn. »Ist Meredith die erste Therapeutin dieses Mädchens?«

»Verdammt, ihr Jungs seid echt clever«, bemerkte Diesel.
»Nein. Merry ist die dritte.«
»Merry?«, fragte Adam finster.
Diesel versuchte, eine Unschuldsmiene aufzusetzen, scheiterte jedoch kläglich. Dieser Mistkerl zog Adam schon wieder auf. »So nennt sie ihr Großvater.«
»Weiß ich«, sagte Adam. »Egal. Sie ist also schon die dritte Therapeutin. Und was für eine Rolle spielt Mrs Voss in dem Ganzen?«
»Keine Ahnung. Darum habe ich mich nicht gekümmert. Hey, ich meine, muss ich eigentlich eure ganze Arbeit erledigen, verdammt?«
Adam lachte. »Ich frage Faith selbst. Weiß, äh, Meredith von alldem?«
»Nein«, antwortete Diesel nur. »Sie hat mir ein Foto gezeigt, das sie mit dem Handy aufgenommen hat, als er in seinen Lamborghini gestiegen ist, nachdem er ihr durch den Supermarkt gefolgt war. Man sieht auch das Kennzeichen, natürlich eine Spezialanfertigung. Ich meine, die Kisten sieht man ja ohnehin nicht an jeder Ecke, aber es ist ein eindeutiger Beweis, dass es sein Wagen war.«
Sie ist clever, dachte Adam und hatte Mühe, sich ein stolzes Grinsen zu verkneifen. Andererseits hätte es gar nicht erst dazu kommen dürfen. Voss hätte sie nie so sehr einschüchtern dürfen, dass sie zu derartigen Maßnahmen griff. »Und es erfährt auch keiner, dass du dich auf seine Festplatte gehackt hast?«
»Nein. Nie.«
»Heilige Scheiße, erinnert mich dran, dass ich mich nie mit euch anlege«, murmelte Trip.
»Du wärst die Mühe nicht wert«, konterte Diesel. »Schließlich verstößt du ja nicht gegen das Gesetz.«
»Pff«, schnaubte Trip. »Zumindest wissen wir jetzt, welche Beweise wir auf legalem Weg beschaffen müssen.«

Ein Muskel in Diesels Wange zuckte. »Unschuldige Menschen müssen leiden, nur weil ein paar üble Burschen keine Skrupel haben, gegen das Gesetz zu verstoßen. Betrachtet mich doch einfach als Mittelsmann, als einen vertraulichen Informanten.«

»Einen Informanten, der rein zufällig ein fieses Genie ist«, bemerkte Trip, worauf Diesel sich zu entspannen schien.

»Wenigstens wissen wir jetzt, wo wir ansetzen müssen«, meinte Adam.

»Bei der Ehefrau?«, fragte Trip.

»Die bei ihrer Schwester wohnt«, fügte Diesel hinzu.

Adam deutete auf den Teller mit den Lebkuchenfiguren. »Die Jungs hast du dir verdient. Alle.«

»Vergiss es.« Trip schnappte sich einen der Lebkuchenmänner. »Du kannst ihm ja deinen geben, wenn du willst. Ich habe Bärenhunger.«

Adam brach den Kopf seines Lebkuchenmannes ab und schob ihn sich in den Mund. »Das schmeckt echt gut.« Er reichte den Teller an Diesel weiter. »Danke, Mann, ich bin dir was schuldig. Ehrlich.«

»Vergiss es. Ich bin ein Fan von Meredith. Sie tut so viel Gutes für diese armen Kinder.« Ein Schatten legte sich über seine Züge. »Ich wünschte, ich hätte jemanden wie sie gehabt, als ich noch klein war.« Er wies zur Treppe. »Und jetzt macht Voss fertig. Bitte.«

»Das werden wir, verlass dich drauf«, knurrte Adam.

9. Kapitel

Cincinnati, Ohio
Samstag, 19. Dezember, 21.20 Uhr

Der Anruf war bei der letzten Strophe von »O Holy Night«, seinem Solo in der Weihnachtskantate, eingegangen. Er hatte sein Handy auf stumm geschaltet, jedoch das Vibrieren in seiner Tasche gespürt und gegen den Drang ankämpfen müssen, mittendrin aufzuhören und ranzugehen. Er hatte Butch einen eigenen Klingelton und ein Vibrationsmuster zugewiesen, weil sie lediglich im äußersten Notfall miteinander kommunizierten.

Endlich war die Probe vorüber, und er gab sich alle Mühe, den anderen Gemeindemitgliedern ausgiebig die Hände zu schütteln und zu lächeln, ehe er, noch in seiner Robe, nach draußen eilte und zurückrief. »Und?«, fragte er.

»Ich konnte Shane Baird nicht finden.«

Shane war der Dritte in Linneas kleinem Trio. »Wo hast du nach ihm gesucht?«

»Zuerst bei der Adresse des Wohnheims, die du mir gegeben hattest. Der Typ am Eingang ist sein Freund. Aber der kleine Mistkerl wurde pampig und hat den Alarmknopf gedrückt.«

»Sag nicht, dass du irgendwo auf dem Überwachungsband zu sehen bist«, meinte er.

»Natürlich nicht. Und selbst falls der Junge mit den Cops reden sollte ... ich habe mein Gesicht getragen.«

Butch sprach von seiner Gesichtsprothese, ohne die er noch viel angsteinflößender aussah – sein Gesicht war bei einem Brand zerstört worden, der sie zueinander geführt hatte. Ein Meth-Labor war in Flammen aufgegangen. Pech für Butch.

»Und was ist dann passiert?«, hakte er nach.

»Ich bin wieder gegangen, aber trotzdem noch eine Weile auf dem Campus geblieben, weil ich dachte, dass Shanes Freund bestimmt bald rauskommt und abhaut. Und so war es auch. Er ist zu einem Burger King gefahren. Ich habe gewartet, bis er wieder rauskommt, aber stattdessen tauchte bloß ein Mädchen auf. Offensichtlich haben sie ihre Autoschlüssel getauscht, denn danach ist sie mit seiner Schrottkarre weggefahren. Ich bin ihr auf den Fersen. Was soll ich tun?«
»Herausfinden, wer sie ist«, schnauzte er ihn an. »Und dann sieh zu, dass du ihre verdammte Karre aufstöberst.«
Butch brummte. »Das ist mir auch klar. Ich wollte nur wissen, wie weit ich gehen kann.«
»Mach, was du willst. Sieh einfach zu, dass du es erledigt kriegst«, sagte er, denn Unerledigtes hatte er gerade weiß Gott genug am Hals, herzlichen Dank.
»Alles klar, Boss. Ich gebe Bescheid. Oh, Moment, bist du noch dran?«
»Ja.« Er zwang sich, geduldig zu sein. »Was ist denn noch?«
»Hast du mal das Internet gecheckt, seit du zur Kirche gefahren bist?«
»Nein. Wieso?«
»Die haben ein Foto von dem Jungen veröffentlicht. Jemand hat ihn auf Video gefilmt, direkt bevor du ihm die Rübe weggeblasen hast. Es ist überall in den Nachrichten.«
»Scheiße!« Damit war es eine reine Zeitfrage, bis Andy identifiziert wäre und sich irgendwelche Hinweise in seinem Apartment fanden, durch die sich eine Verbindung zu Linnea herstellen ließ. Das durfte nicht passieren. »Ich kümmere mich darum. Du bringst mir Shane Baird.«
Er beendete das Gespräch, holte tief Luft und setzte ein strahlendes Lächeln auf – diese Miene beherrschte er aus dem Effeff, weil er sie jeden Tag vor dem Spiegel übte.

Cincinnati, Ohio
Samstag, 19. Dezember, 21.35 Uhr

Schweigend gingen Adam und Trip die Treppe hinauf in die Küche, wo Kendra sie bereits mit einer braunen Papiertüte in jeder Hand erwartete. »Hier«, sagte sie zu Trip und reichte ihm lächelnd seine Tüte. »Roastbeef auf Baileys selbst gebackenem Brot. Außerdem Eintopf, ein paar Plätzchen und ein Stück Kürbiskuchen.« Sie tätschelte ihm liebevoll den Bauch. »Das sollte für die nächste Stunde genügen. Vielleicht auch für die nächsten beiden.«
Trip drückte ihr einen flüchtigen Kuss auf die Wange. »Danke. Ich rufe dich später an.«
»Tu das.« Sie wandte sich an Adam, wobei ihre Miene ernst wurde. Mit einem Mal war sie wieder ganz die Polizistin, streng, beinahe feindselig. »In Ihrer Tüte ist dasselbe. Ich war kurz in Versuchung, Brechwurz in Ihren Eintopf zu geben, aber Bailey hat mich daran erinnert, dass das strafbar wäre.«
Okay, Kendras Verhalten war nicht nur beinahe, sondern offen feindselig. Adams Blick fiel auf Bailey und Delores, die schweigend ihrer Tätigkeit nachgingen: Bailey knetete Teig, Delores verzierte mit einer Spritztüte die Lebkuchenfiguren. Bailey nickte ihm kurz zu, als wollte sie bestätigen, dass sie Kendras Vergiftungsversuch tatsächlich verhindert hatte.
»Danke?«, sagte Adam, bewusst als Frage getarnt, worauf Bailey lächelte.
»Ich hab's aus purem Eigennutz getan«, gab Bailey zurück. »Hope soll nicht Weihnachtslieder im Gefängnis singen müssen, bloß weil Kendra in U-Haft sitzt.«
»Das ist doch mal ein lauteres Motiv«, gab er trocken zurück, worauf sie lachte.
Kendra fand das gar nicht witzig. »Tun Sie Meredith gefäl-

ligst nicht weh«, zischte sie und drückte ihm die Tüte in die Hand. »Sie ist kurz vorm Zusammenbrechen, und das jagt uns allen eine Heidenangst ein.«

Obwohl die Warnung berechtigt war, spürte er tiefe Scham in sich aufsteigen. »Sie ist stärker, als ihr alle glaubt.« Meredith würde es gewiss überleben, wenn er einfach von der Bildfläche verschwände. *Aber das werde ich nicht tun.* »Aber es ist schlimm, dass sie so stark sein muss.«

Kendras Züge wurden weich. »Und was wollen Sie dagegen tun?«

»Kenny«, tadelte Bailey. »Das geht uns nichts an. Lass ihn gehen. Er muss zurück an die Arbeit.«

»Ich versuche, den Fall zu lösen und dafür zu sorgen, dass alles wieder gut wird«, sagte er trotzdem.

Kendra schien nicht überzeugt zu sein, machte aber auch nicht länger den Eindruck, als wollte sie ihm die Gurgel umdrehen. »Und wann genau?« Sie hob eine Hand, als Bailey erneut schimpfen wollte. »Ich will bloß wissen, wann ich vorbeikommen muss, um die Scherben einzusammeln, wenn er wieder mal Scheiße baut.«

Kopfschüttelnd stellte Delores die Spritztüte mit dem Zuckerguss weg und bracht Adam den Keks, den sie gerade verziert hatte. Der Lebkuchenmann hatte einen Stern auf der linken Brust, etwas an der Hüfte, das wie eine Waffe aussah, und ein Quadrat auf der Höhe seines Herzens. Der Stern und die Waffe leuchteten ihm ja noch ein, was das Quadrat sagen sollte, war ihm hingegen ein Rätsel. »Was ist denn das?«

»Das soll ein Schlüsselloch sein«, antwortete Delores.

»Wieso das?«, fragte er.

Sie lächelte freundlich. »Du hast ein großes Herz, Adam, hältst es aber die meiste Zeit sorgsam unter Verschluss. Nur ich habe es schon einmal gesehen«, fügte sie in halblautem Flüsterton hinzu.

»Wann denn?« Kendras aufrichtige Verblüffung war ein weiterer Schlag in Adams Magengrube.

»Oder glaubst du etwa, ich wüsste nicht, wer kommt und die Käfige im Heim sauber macht, wenn er denkt, ich würde noch schlafen?«, fuhr Delores, noch immer lächelnd, fort.

Wieder stieg Adam die Hitze in die Wangen, diesmal jedoch vor Verlegenheit. *Erwischt.* »Ich habe keine Ahnung, wovon du sprichst.«

Delores' Lachen klang glockenhell. »Ich habe Überwachungskameras anbringen lassen, sogar über den Welpenhütten. Stone hat sie installiert. Auf diese Weise kann er nachts ruhig schlafen und braucht nicht auf der Veranda zu stehen und Wache zu halten.« Sie drückte mit dem Zeigefinger Adams offen stehenden Mund zu.

Dabei sollte er eigentlich nicht überrascht sein. Stone O'Bannion war ganz verrückt nach Delores, und der Mann war keineswegs ein Dummkopf. Er und Diesel arbeiteten gemeinsam an Artikeln über skrupellose Kinderschänder – Diesel übernahm die Recherche und grub die schmutzigen Details aus, Stone übernahm das Schreiben. Und keiner von ihnen wurde jemals erwischt. Sie waren überaus vorsichtig.

Verdammt, ich hätte genauer hinsehen müssen.

Delores tätschelte ihm die Schulter. »Stone lässt dir übrigens ein herzliches Dankeschön ausrichten. Dadurch bleibt ihm die Arbeit erspart. Ehrlich gesagt, musste ich seit Monaten keinen einzigen Käfig ausmisten, weil entweder du, Diesel oder Stone das erledigt.« Ihr Blick glitt über seine Schulter. »Aber jetzt muss ich dringend nach nebenan und etwas erledigen. Kendra? Bailey? Ich brauche eure Hilfe.«

Er brauchte kein Detective zu sein, um zu wissen, dass Meredith hinter ihm stand. Bailey wischte sich grinsend die Teigreste von den Fingern, während Kendra, noch immer mit finsterer Miene, eine »Ich behalte dich im Auge«-Geste machte, ehe sie mit Delores' Riesenhündin im Schlepptau die Küche verließ.

Einen Moment lang stand er wie erstarrt da, schließlich wandte er sich um und sah sie an. Der Schock saß ihr immer noch in den Gliedern, daran bestand kein Zweifel. Von ihrer gelassenen Fassade war nichts übrig geblieben. Ihre grünen Augen waren weit aufgerissen, ihre Lippen hatten sich geteilt, und sie hielt die Hände so fest ineinander verkrallt, dass die Knöchel weiß hervortraten.

Er konnte sich immer noch nicht bewegen, kaum atmen. *Versau es nicht.*

»Ich ...« Sie stieß den Atem aus. »Du machst die Käfige bei Delores sauber?«

Die Kränkung in ihrer Stimme war unüberhörbar. »Ja, das habe ich getan. Davor. Ein paar–« Er hielt inne, bevor eine Lüge über seine Lippen kam. Es war mehr als ein paar Mal gewesen. Mindestens zweimal pro Woche. Jede Woche. »Ich wollte einfach helfen.«

Er sah, wie sie zu schlucken versuchte. »Und du hilfst im Mariposa House.« Mit einem Mal wurden ihre Augen glasig. »Immer wenn ich nicht da bin.«

Scheiße. *Keine Tränen.* Mit Tränen konnte er nicht umgehen. Er hatte jetzt nicht die Zeit dafür. Er trat einen Schritt vor. »Meredith.«

Sie schüttelte den Kopf und hob abwehrend die Hand. »Nein, ist schon okay. Ich verstehe es, Adam.« Sie hob den Kopf, blinzelte und wischte sich unwirsch die Tränen ab. »Du willst dazugehören. Zu uns. Aber ... eben nicht zu mir.«

Er sah, wie sich dieses gelassene Zen-Lächeln, das er allmählich zu verabscheuen begann, wieder auf ihrem Gesicht ausbreitete. »Das ist völlig okay. Es sind auch deine Freunde, deine Familie. Ich lege dir keine Steine in den Weg. Wenn es nach mir geht, kann es völlig entspannt sein.«

Die Worte erstarben in seinem Mund. Schon wieder hatte sie ihn grundlegend missverstanden. *Weil sie die Wahrheit nicht kennt. Sag ihr endlich die verdammte Wahrheit.*
Für den Bruchteil einer Sekunde schloss er die Augen. Als er sie wieder öffnete, verließ sie die Küche. Über ihre Schulter hinweg sah er Kendra wie ein Wachposten mit verschränkten Armen am Fenster stehen und mit dem Kopf in Richtung Tür deuten.
Tu doch was, verdammt noch mal! Los!
»Warte«, presste er hervor, packte sie am Arm und zog sie in die Küche zurück. Weg von den neugierigen Blicken der anderen.
»Adam«, protestierte sie, als er sie mit dem Rücken gegen den Kühlschrank drückte. »Was –«
Er brachte sie mit einem Kuss zum Schweigen, presste die Lippen mit einer verzweifelten Leidenschaft auf ihren Mund, die ihn erbeben ließ. So war das nicht geplant gewesen. Nicht auf diese Weise. Aber … *ganz oder gar nicht.*
Achtlos ließ er die Tüte fallen und vergrub die Finger in ihrem Haar. Sie schien wie erstarrt vor Verblüffung zu sein, reagierte nicht auf seinen Kuss. Anfangs. Dann löste sich ein Laut in den Tiefen ihrer Kehle, ein hungriges Stöhnen, und er war verloren.
Das war es, was er brauchte, wonach er sich sehnte. Mehr als nach dem Alkohol. Mehr als nach sonst etwas auf der Welt. Mit einem Mal schien alles andere bedeutungslos zu werden, und die Stimmen in seinem Kopf verstummten, während er sie küsste, ihre Lippen liebkoste, sie … in sich aufsog. Wie Luft zum Atmen. Er *brauchte* sie.
Sie hob die Hände, legte sie um sein Gesicht, so zärtlich, dass er am liebsten geweint hätte. Vor Erleichterung, dass sie ihm erlaubte, sie zu berühren. Vor Kummer, weil er ihr so wehgetan hatte. Und vor Reue wegen all der Zeit, die er vergeudet hatte. Seine Brust schmerzte.

Nein, nicht vergeudet, dachte er und löste sich von ihr, wenn auch nur lange genug, um Atem zu schöpfen. Die Zeit war nicht vergeudet. Vielmehr war es wichtig gewesen, sich die Zeit zu nehmen. Um stabil zu werden, sich wiederzufinden. Und um ihr nun erklären zu können, warum er ihr so lange aus dem Weg gegangen war. Er konnte nur hoffen, dass sie es verstehen würde.

Ihre Augen waren geschlossen, ihre rostroten Wimpern hoben sich dunkel von ihrer sahnig hellen Haut ab.

»Alles, was du gedacht hast ...«, begann er, ehe er innehielt, um nach den richtigen Worten zu suchen. »Du hast dich geirrt.«

Er spürte ihre Brüste an seinem Körper, als sie Luft holte.

»Inwiefern?«

»Ich habe dich nicht gemieden.« Sie öffnete die Augen und sah ihn ungläubig an. Er spürte, wie sie sich löste, sich zurückzog, doch er hinderte sie daran, indem er seine Hand aus ihrem Haar löste und sie an sich zog. »Warte. Ich meine ...« Er blickte zur Decke und stieß einen unterdrückten Fluch aus, ehe er sie wieder ansah. »Ich meine, ich habe dich gemieden, aber aus anderen Gründen, als du denkst.«

O Gott. Er wollte einen Drink. Brauchte einen. Er zitterte.

»Schh«, sagte sie beruhigend und lehnte sich gegen den Kühlschrank. »Und zwar aus welchen?«

Er warf einen Blick in Richtung der offenen Küchentür, die ins Wohnzimmer führte. »Das kann ich dir jetzt nicht erklären. Ich muss zu einer Befragung, außerdem sind viel zu viele Leute hier.« Er schloss die Augen, lehnte seine Stirn gegen die ihre und seufzte leise, als sie ihm mit den Fingern durchs Haar fuhr. Ihn streichelte. Liebkoste. »Aber ich komme wieder. Versprochen.«

»Gut«, sagte sie leise. »Ich warte schon so lange auf dich, dass es keinen großen Unterschied mehr macht.«

Erleichtert ließ er die Schultern sinken. »Kann sein, dass du mich dann vor die Tür setzt, aber ich wünsche mir, dass es wenigstens aus den richtigen Gründen passiert.«
Ihre Finger wurden reglos. »Soll ich mich jetzt besser fühlen?«, fragte sie. »Das tue ich nämlich nicht.«
Er vergrub die Hände in ihrem weichen Pullover und zwang sich, ihr in die Augen zu sehen. »Es fällt mir schwer, die richtigen Worte zu finden. Zumindest in deiner Nähe, Meredith. Ich …« Er stieß zittrig den Atem aus. »Ich will dich so sehr, dass ich kaum klar denken kann.«
Ihr stockte der Atem, und ihre Augen wurden neuerlich glasig … trotz des Lächelns, das sich auf ihrem Gesicht ausbreitete. »Dann werde ich Geduld haben.«
»Danke. Ich muss jetzt gehen.« Er stöhnte. »Aber vorher muss ich noch einen Spießrutenlauf hinter mich bringen.« Er war so aufgewühlt, dass ihn die Vorstellung, gleich all den neugierigen, mitleidigen oder argwöhnischen Blicken ausgesetzt zu sein, alles andere als in Begeisterung versetzte.
»Dann geh durch den Keller. Dort ist nur Diesel, der sich mit Worten genauso schwertut wie du.«
Er musste lachen. »Vielleicht verstehen wir uns ja deshalb so gut. Wenn wir im Mariposa House helfen, reden wir meistens nicht viel.« Widerstrebend löste er seine Finger aus ihrem Haar. »Ich komme wieder. Heute Abend noch, wenn ich kann, und falls nicht, eben morgen, ganz sicher.«
»Ich bin hier.«
Augenblicklich wurde seine Miene ernst. »Bitte. Ich kann meine Arbeit nicht in Ruhe erledigen, wenn ich mir ständig Sorgen machen muss, dass dir da draußen irgendetwas zustößt.«
Sie zog die Brauen hoch. »Du glaubst doch nicht ernsthaft, dass ich einen Fuß vor die Tür setzen werde. Die Meute da draußen ist hergekommen, um mir Gesellschaft zu leisten, aber auch, um dafür zu sorgen, dass ich schön hierbleibe.«

»Gut so.« Er trat zurück, ließ ihre Hand erst los, als ihm keine andere Wahl blieb, dann hastete er die Treppe hinunter – Feigling, der er war. Auf halber Höhe der Treppe hörte er sie seinen Namen rufen.

Sie stand mit der Tüte in der Hand im Türrahmen. »Dein Abendessen.«

Er lief noch einmal nach oben und konnte es sich nicht verkneifen, ihr einen letzten leidenschaftlichen Kuss zu geben. »Danke«, sagte er, wobei er um ein Haar ins Strauchein geriet, dann machte er kehrt und lief die Treppe hinunter, ohne sich noch einmal umzudrehen.

Diesel hob den Kopf, als er Adam bemerkte. »So schnell zurück?«

»Sei nicht so ein Arsch«, konterte Adam gutmütig. »Wo ist die Hintertür?«

Diesel deutete zum Ende des Flurs. »Da. Das Schloss ist der reinste Witz.«

»Ich kümmere mich darum.«

Diesel winkte ab. »Das erledigt ihr Großvater schon. Das wird ihn morgen eine ganze Weile beschäftigen, was gut ist, weil er in dieser Zeit nicht um sie herumglucken und sie in den Wahnsinn treiben kann.« Er legte seinen kahlen Schädel schief. »Und? Habt ihr euch ausgesprochen?«

»Noch nicht ganz, aber ich komme wieder. Sag ihrem Großvater, er soll mich bitte nicht erschießen. Es könnte ziemlich spät werden.«

»Schick mir eine Nachricht, ich bleibe wach und lasse dich rein, wenn oben alles noch voller Leute ist. Im Augenblick bist du Persona non grata bei den Damen.«

Adam nickte erleichtert. »Danke, Mann. Recherchierst du weiter?«

»Ja. Ich gebe Bescheid, wenn ich etwas finde.«

»Danke. Bis später.«

»Adam.«

Diesels verunsicherter Tonfall ließ ihn innehalten. »Ja?«

»Ich bin ... hier«, sagte er. »Wenn du jemanden brauchst, der eine Runde mit dir in den Ring steigt oder laufen geht, bis es aufhört.«

Adam starrte ihn verblüfft an. »Was?«

Diesel seufzte. »Du weißt, dass Stone einen Entzug hinter sich hat, oder?«

Adam nickte argwöhnisch. Er wusste von Stones Heroinabhängigkeit, aber nicht, welche Rolle Diesel bei seinem Entzug und seiner Genesung gespielt hatte. »Ja. Und?«

»Ich war ... na ja, ich war immer an seiner Seite. Wir haben zusammen trainiert oder sind Bahnen gelaufen. Damit er nicht rückfällig wird. So lange, bis er es allein hingekriegt hat.«

Adam sog scharf den Atem ein. »Hast du mich ausgekundschaftet?«, fragte er mit einer Geste auf den Laptop.

Diesel schüttelte entschieden den Kopf. »Nein, definitiv nicht. Aber manchmal sehe ich es einfach. Deine Augen werden glasig, wenn jemand in deiner Nähe ein Bier trinkt. Und außerdem ... all die Freiwilligenarbeit? Das ist ein klares Zeichen. Du leistest den lieben langen Tag Wiedergutmachung, aber du brauchst das alles nicht allein zu tun, das wollte ich nur sagen, mehr nicht.«

Angst und Dankbarkeit zerrten in Adam. »Hast du es jemandem gesagt?«

»Nein. Und ich glaube auch nicht, dass es bisher jemand gemerkt hat, aber falls ja, zerreißt sich jedenfalls keiner das Maul darüber. Eigentlich wollte ich dir nicht sagen, dass ich Bescheid weiß, aber der heutige Tag war ziemlich hart. An Tagen wie diesem kann man leicht rückfällig werden, und man könnte es demjenigen nicht verdenken. Aber du würdest es dir immer vorwerfen, und deshalb hältst du dich fern, hab ich recht? Von Meredith, meine ich.«

Adam nickte knapp. Eigentlich wollte er sich nicht dazu äußern, bevor er mit ihr darüber geredet hatte. »Danke.« Er hob die Faust, und Diesel stieß mit seiner eigenen Faust dagegen. »Ich mein's ernst, Diesel. Bis später.«

Cincinnati, Ohio
Samstag, 19. Dezember, 21.45 Uhr

Linneas Blick schweifte über die Häuser ringsum, als Dr. Dani in eine Seitenstraße bog. »Wo fahren wir eigentlich hin?«, fragte sie leise.
Dr. Dani warf ihr einen Blick zu und runzelte die Stirn. »Entschuldige, aber ich habe dich nicht verstanden. Das ist die Seite, auf der ich taub bin.«
Linnea runzelte ebenfalls die Stirn. »Sie sind auf einem Ohr taub?«
Dr. Dani lächelte. »Ja.« Sie tippte gegen ihr rechtes Ohr. »Ich habe ein Hörgerät, aber die Batterie funktioniert nicht mehr richtig. Machst du dir Sorgen wegen der Gegend hier?«
Linnea zuckte mit den Schultern. »Ein bisschen.«
»Abends kann es ein bisschen heikel werden, aber im Haus passiert dir nichts. Ich habe vorher angerufen und dafür gesorgt, dass sie dir etwas vom Abendessen aufheben.«
Linnea atmete auf. In der Klinik hatte man ihr zwar ein paar Energieriegel und einen Saft gegeben, doch das hatte nicht einmal annähernd gereicht. »Danke.«
Die Ärztin parkte den Wagen perfekt rückwärts ein. *Genau wie Andy es immer getan hat.* Ihre Augen brannten. *Nicht jetzt. Nicht hier. Erst wenn sie allein war.* Dann konnte sie weinen. Bis dahin sollte ihr lieber niemand Fragen stellen, weil sie nicht sicher war, ob sie tatsächlich dichthalten und ihre Geheimnisse nicht jedem anvertrauen würde, der nett

genug war, um ihr zuzuhören. Denn wenn sie es täte, wäre es mit der Freundlichkeit gleich wieder vorbei. Die würden sie in den Knast stecken und den Schlüssel zu ihrer Zelle wegwerfen.

»Da wären wir«, verkündete Dr. Dani. »Das hier ist eine Notunterkunft, die von St. Ambrose betrieben wird. Schwester Jeanette, die Leiterin, ist eine Freundin von mir. Inzwischen ist sie im Ruhestand, doch als ehemalige Krankenschwester hat sie eine Menge Erfahrung mit der Art von Verletzungen, wie du sie erlitten hast. Und mit deiner Erkrankung.«

Linnea wurde stocksteif. »Haben Sie ihr erzählt, dass ich positiv bin?«

Die Ärztin runzelte erneut die Stirn. »Nein, natürlich nicht. Dazu bin ich gar nicht befugt, aber ich weiß, dass viele der Frauen, die hier untergekommen sind, auch positiv waren.« Ihr Stirnrunzeln war wieder einem sanften Lächeln gewichen. »In ein paar Tagen sollte ich die Ergebnisse über deine Viruslast haben. Dann rufe ich Schwester Jeanette an, damit sie dich bittet, mich zurückzurufen. Ohne deine schriftliche Einwilligung werde ich ihr nichts sagen, ganz egal, worum es geht.«

»Danke.«

»Du brauchst mir nicht zu danken. Es steht dir gesetzlich zu, und ich tue nur, wozu ich verpflichtet bin. Und sobald wir deine genaue Viruslast kennen, können wir deine Medikamentendosis entsprechend einstellen.«

Linnea nickte, obwohl sie nicht die Absicht hatte, die Medikamente tatsächlich zu nehmen. Stattdessen würde sie sie verkaufen, sobald sie sie in Händen hielt. Sie nützten ohnehin nichts mehr. Obwohl sie noch atmete, war sie in Wahrheit längst tot. »Okay.«

»Gut. Also, das Ganze läuft folgendermaßen ab. Die Haustür ist abgeschlossen, deshalb muss dich jemand hereinlassen, aber das hier ist kein Gefängnis. Du bist freiwillig hier und kannst jederzeit gehen, ohne dass dich jemand nach den Gründen fragt. Allerdings kannst du in diesem Fall erst zurückkommen, wenn die Unterkunft wieder öffnet. Morgen Nachmittag um fünf. Wir dürfen nur deshalb so spät noch hinein, weil ich vorher angerufen und um Erlaubnis gebeten habe. Okay?«

Linnea nickte, obwohl ihr das Ganze nicht besonders gefiel. Das Gute war, dass er nicht reinkommen würde, wenn die Tür verschlossen war. »Und muss ich morgen wieder gehen?«

»Das weiß ich noch nicht genau. Normalerweise dürfen die Leute tagsüber nicht bleiben, aber für Verwundete und Kranke gibt es eine Ausnahme. Deshalb kannst du vermutlich morgen bleiben. Aber falls nicht, musst du das Haus verlassen und nachmittags wiederkommen. Was noch? Ach ja, du bekommst Kleider in deiner Größe. Schwester Jeanette weiß Bescheid. Und du bekommst auch eine Jacke, die du behalten kannst. Die, die du gerade anhast, nehme ich wieder mit.«

Linnea hatte sowieso nicht erwartet, dass sie sie würde behalten können. Das wäre definitiv zu schön gewesen, um wahr zu sein. »Ich verstehe. Sie wird für jemand anderen gebraucht.«

Dr. Danis Lächeln war so nett, dass es fast wehtat. »Na ja, eigentlich ist es meine eigene.«

Linnea schnappte nach Luft. »Was? Ich habe Ihre Jacke genommen?«

»Nein, ich habe sie dir geliehen. Und das ist in Ordnung. Die Heizung hier im Wagen funktioniert ziemlich gut, deshalb wäre mir ohnehin zu warm geworden, aber auf kurz oder lang brauche ich sie zurück.«

Tränen brannten in Linneas Augen. Erst jetzt fiel ihr auf, dass

die Ärztin bloß eine Strickjacke trug. »D-D-«, stammelte sie, unfähig, das Wort über die Lippen zu bekommen.
»Gern geschehen. Also, wegen der Jacke, die du getragen hast ...«
Linnea kniff die Augen zusammen und unterdrückte einen Schluchzer. Sie hatte heute Abend schon viel zu viele Tränen vergossen. Ihr Kopf schmerzte. Aber es war schwer, bei der Erinnerung daran, wie die Ärztin ihre Jacke wegen der Blutflecke in eine Sondermülltüte gestopft hatte, nicht in Tränen auszubrechen.
»Hat sie dir viel bedeutet?«, fragte Dr. Dani.
»Sie ... war ein Geschenk«, presste Linnea mit einem Nicken hervor. »Von jemandem, der mich g-geliebt hat.« Andy. Die Jacke war das Einzige, was ihr von ihm geblieben war, seit sie *ihm* das Springmesser in den Arm gerammt hatte. *Ich hoffe, er kriegt Wundbrand und verreckt. Aber erst nachdem ich Gelegenheit hatte, ihn eigenhändig umzubringen.*
Was völlig unlogisch war. *Ich bin so müde.*
Sobald sie die Notunterkunft verlassen hatte, würde sie sich ein neues Messer besorgen müssen. Vielleicht sogar eine Pistole. Jedenfalls eine tödliche Waffe, weil sie möglicherweise bloß eine einzige Chance bekam, ihn kaltzumachen. Sie musste sie nutzen. Aber darüber konnte sie sich später Gedanken machen.
Die Ärztin biss sich nachdenklich auf die Unterlippe. »Hör mal, ich werde deine Jacke der Polizei übergeben, gemeinsam mit dem Beweis-Set der Vergewaltigung, den Kleidern aus dem Hotel und deinen Sachen in der Plastiktüte.«
Die Sachen mit ihren Blutflecken. »Ich verstehe«, flüsterte sie.
»Aber falls sie die Jacke nicht als Beweismittel behalten wollen, sehe ich zu, ob ich sie für dich reinigen lassen kann.«
Tränen drangen aus Linneas Augen. »Wieso sollten Sie so etwas für mich tun?«

»Weil sie einen großen emotionalen Wert für dich hatte. Ich verstehe das. Mein Bruder hat heute noch einen Mantel, den ihm unser Stiefvater geschenkt hat, bevor er und unsere Mutter bei einem Autounfall ums Leben gekommen sind. Natürlich hat Deacon längst andere Jacken und Mäntel, aber dieser ist ihm besonders wichtig.« Sie seufzte. »Und ich tue es auch, weil doch irgendjemand nett zu dir sein muss, Denise.«

Denise. Linnea hatte sich immer noch nicht daran gewöhnt, dass dies ihr Name war. Zumindest solange sie am Leben war. »Ich ... mit so etwas hätte ich nie gerechnet. Ich wäre schon mit einer sicheren Unterkunft mehr als glücklich gewesen.«

»Du solltest mehr erwarten«, sagte Dr. Dani schlicht. »Also, auf geht's. Ich muss in die Klinik zurück. Meine Pause ist fast vorbei.«

Wie betäubt schüttelte Linnea den Kopf. Die Ärztin hatte auch ihre Pause sausen lassen. Für mich. Plötzlich verspürte sie den Drang, etwas ... Anständiges, etwas Ehrenhaftes zu tun. Um zu honorieren, was die Ärztin für sie getan hatte. *Ich brauche ein Telefon, um die Polizei anzurufen und ihnen von dem SUV zu erzählen.*

Sie stieg aus und folgte Dr. Dani zu einem alten Gebäude mit einer schweren Holztür, die mit einem leisen Quietschen aufging. Linnea trat ein und ...

O Gott. Eine Kirche. Sie wich zurück. Dr. Dani drehte sich zu ihr um und musterte sie fragend. »Der Eingang zur Unterkunft ist am Ende des Altarraums, eine Treppe hinunter«, sagte sie, zog Linnea zu sich und schloss die Tür, die mit einem lauten Knall ins Schloss fiel.

»Ich kann keine Kirche betreten«, sagte Linnea. Nicht nach allem, was sie getan hatte.

»Natürlich kannst du.« Auch jetzt war die Stimme der Ärztin viel zu nett.

»Nein.« Linnea spürte, wie sie zu hyperventilieren begann.
»Ich habe viel zu viele schlimme Dinge getan.«
»Du hast lediglich versucht, am Leben zu bleiben. Und jetzt komm. Nach einer anständigen Mütze voll Schlaf kannst du dir überlegen, wo du sonst noch unterschlüpfen kannst.«
Widerstrebend folgte Linnea ihr zu einer weiteren Tür. Die Ärztin klopfte an, trat einen Schritt nach hinten und deutete auf einen Spion. »Damit Jeanette sieht, dass wir es sind«, erklärte sie.
Sekunden später ertönte ein Piepsen, und die Tür schwang auf. Der Korridor vor ihnen war von Wandleuchten erhellt, die wie Kerzen flackerten, doch Linnea sah, dass sie in Wahrheit elektrisch waren. Eine ältere Frau in einem schwarzen Rock und einer weißen Bluse empfing sie mit einem warmherzigen Lächeln.
»Dr. Dani«, sagte sie, schloss die Tür hinter ihnen und umarmte die Ärztin. Linnea hörte das Sicherheitsschloss einrasten. Sie saß in der Falle. Hektisch sah sie sich um, spürte Panik in sich aufsteigen, bis Dr. Dani ihr flüchtig die Hand auf den Rücken legte.
»Denise«, sagte sie. »Hier bist du sicher, okay? Und vergiss nicht – du kannst jederzeit gehen.«
Denise. Sie wünschte, sie hätte wenigstens einen Namen mit »L« in ihrem falschen Ausweis. Irgendwann würde sie sich noch verraten, weil sie ihren eigenen Namen vergessen hatte. Sie nickte wortlos.
»Das ist Schwester Jeanette«, fuhr die Ärztin fort. »Sie hat ein Bett für dich, wo du heute Nacht schlafen kannst.«
»Und eine warme Winterjacke«, fügte die Schwester hinzu.
Linnea zog die Jacke der Ärztin aus und reichte sie ihr zurück. »Es ist kein Blut draufgekommen«, flüsterte sie, in der Hoffnung, dass das Gehör der alten Nonne nicht mehr ganz einwandfrei funktionierte.

Dr. Dani lächelte. »Weiß ich doch. Schließlich bin ich diejenige, die dich wieder zusammengeflickt und verbunden hat. Das ist meine Spezialität.« Sie kramte in ihren Taschen. »Ich habe etwas für dich. Ich habe es in deiner anderen Jacke gefunden, aber vergessen, dir zu sagen, dass ich es hier hineingesteckt habe. Ah, hier ist es ja.« Ein kleines, gefaltetes Stück Papier lag in ihrer Handfläche.

Das gehört mir?, dachte Linnea verwirrt, ehe es ihr wieder einfiel. *Ach ja, genau.* Sie hatte den Zettel im SUV gefunden, als sie nach Bargeld gesucht hatte. Sie nahm ihn an sich. »Danke.«

»Du kannst jetzt mit mir kommen«, schaltete sich die Nonne ein. »Ich mache dir dein Abendessen warm, dann kannst du duschen und schlafen gehen.«

Wieder strich Dr. Dani federleicht über Linneas Arm. »Du hast ja meine Nummer in der Klinik. Ruf an, wenn du Hilfe brauchst. Selbst wenn ich gerade nicht da bin, gibt man mir Bescheid.«

»Danke«, sagte Linnea ein weiteres Mal. »Ich werde Sie nie vergessen. Solange ich lebe.« *Sprich, ungefähr eine Woche. Maximal.*

Dr. Dani wandte sich an die Nonne. »Schwester Jeanette, es ist mir immer wieder ein Vergnügen«, sagte sie und trat hinaus, ehe die Tür zum Altarraum hinter ihr zuschlug.

»Komm mit«, sagte die Schwester. »Ich zeige dir, wo die Küche ist.« Sie wandte sich zum Gehen. »Father Bishop ist unser Pfarrer. Er ist sehr nett und ein erfahrener Seelsorger, falls du das Bedürfnis hast, mit jemandem zu reden.«

Linnea spürte, wie sich ein Lächeln auf ihrem Gesicht ausbreitete, zum ersten Mal seit Tagen. »Father *Bishop*?«

»Er zieht den Namen Father Trace vor ... das ist sein Vorname, aber ich ziehe ihn gern mit seinem Nachnamen auf«, gestand die Nonne. »Das ist so ziemlich das einzige Vergnügen, das mir geblieben ist.«

Sie öffnete eine weitere Tür, die in eine große, professionell wirkende Küche mit glänzenden Armaturen, Geräten und Arbeitsflächen aus Edelstahl führte. Der Tisch war alt, wirkte aber heimelig. »Setz dich, Kind. Ich hoffe, du magst Hühnchen.«

»Ich habe so großen Hunger, dass ich alles esse, Ma'am«, erklärte Linnea wahrheitsgetreu.

Die Nonne hielt inne. »Wann hast du das letzte Mal etwas Anständiges gegessen?«

Bevor sie sie am Donnerstagabend aus Jolees Apartment gezerrt hatten. Dorthin war sie geflohen, nachdem Andy sie mit *ihm* in diesem Motel gesehen und ihr vorgeworfen hatte, mit ihm geschlafen zu haben. Dass Andy in dem Glauben gestorben war, sie hätte freiwillig ihren Körper verkauft, war ihr ein schmerzender Dorn im Fleisch. »Vor zwei Tagen. Glaube ich. Die Ärztin hat mir zwei Powerriegel und einen Saft gegeben.«

»Das mag ja helfen, um nicht umzukippen, eine anständige Mahlzeit ist es aber nicht.« Die Schwester schnalzte mit der Zunge.

»Kann ... ich mal Ihre Toilette benutzen?«

Die Schwester deutete auf eine Tür am Ende der Küche. »Dahinten.«

»Danke.« Linnea schloss die Tür hinter sich und suchte die Wände und die Decke nach Überwachungskameras ab. Sie traute niemandem über den Weg. Nicht einmal Dr. Dani oder der Nonne mit dem freundlichen Gesicht. Aber es schien keine Kameras zu geben. Linnea setzte sich auf den geschlossenen Toilettendeckel, faltete den Zettel auseinander und starrte ihn grübelnd an.

Es handelte sich um die eine Hälfte eines in zwei Teile gerissenen Blattes Papier. Linnea nahm die Worte in Augenschein, die an manchen Stellen verschwommen waren, als wäre das Papier nass geworden.

Tränen? Vielleicht. Trotzdem konnte sie den Text teilweise entziffern.

esamt etwas besorgt wegen Ariels Verhalten
wird laut, stört die Klasse während
ächsten Elternabend, damit wir besprechen können
riel – gemeinsam mit der Mathematikaufgabe und
stehende Nachricht, trennen Sie ab und geben Sie

lichen Grüßen
iss Abernathy
rste Klasse
ruber Academy

Darunter befand sich eine gepunktete Linie, auf der jemand offensichtlich versucht hatte, eine Unterschrift zu setzen. Zumindest den Anfang, *Mrs.*
Allem Anschein nach hatte eine Erstklässlerin namens Ariel in der Schule ziemlichen Ärger. Und die Schule hieß irgendetwas mit r-u-b-e-r. Der Versuch einer Unterschrift trug eindeutig kindliche Züge. Hatte das arme Ding versucht, die Unterschrift der Eltern zu fälschen? Linnea hatte weiß Gott dasselbe getan. Linneas Mutter hatte sich nie darum geschert, wie sie im Unterricht zurechtkam, sondern sich lediglich gefreut, ihre Tochter für ein paar Stunden los zu sein.
Aber diese Unterschrift war gefälscht, so viel stand fest.
Doch die eigentliche Frage lautete: Wer war Ariel, und hatte sie den Zettel in die Sitztasche des Wagens geschoben oder jemand anderes? Falls es Ariel gewesen sein sollte – was zum Teufel hatte eine Erstklässlerin in *seinem* SUV zu suchen? Genau das musste sie unbedingt herausfinden, sobald sie hier raus war. Etwas sagte ihr, dass sie gerade einen wichtigen Hinweis in der Hand hielt. Sie faltete den Zettel wieder

zusammen und schob ihn in ihre Socke, dann drückte sie die Toilettenspülung, damit Schwester Jeanette sich nicht wunderte, was sie so lange hier trieb. Sie wusch sich die Hände und ging zurück in die Küche, wo ein Teller heißer, herrlich duftender Suppe und eine dicke Scheibe Schwarzbrot bereits auf sie warteten.
Gleich beim ersten Bissen schossen ihr neuerlich die Tränen in die Augen. Es war keine große Überraschung, als sie registrierte, dass die Nonne eine Schachtel Papiertaschentücher über den Tisch schob.
»Darf ich?«, fragte sie. Linnea nickte und begann zu schluchzen, als die Schwester ihr übers Haar strich.
Wie Andy es immer getan hatte.
Es tut mir so leid, Andy. So verdammt leid. Aber ich werde dich rächen, das verspreche ich.

10. Kapitel

*Cincinnati, Ohio
Samstag, 19. Dezember, 22.05 Uhr*

Adam hatte Merediths Duft noch in der Nase, als er Trip vor Candace Voss' Haus traf. Dankbar sog er die eisige Luft ein. Sie half ihm, sich auf seine Arbeit zu konzentrieren und endlich damit aufzuhören, den Kuss wieder und wieder im Geist zu durchleben.
Aber, nein, als Nächstes stand die Befragung von Candace Voss auf dem Programm. Weil ihr Ehemann der einzige Verdächtige war, den sie gerade hatten. *Also reiß dich zusammen.* Das Haus am Ende der Einfahrt gehörte Candace Voss' Schwester, die ihr und ihrer Nichte während der vergangenen Monate Unterschlupf gewährt hatte. Es war ein durchschnittlich großes Haus in einer durchschnittlichen Wohngegend. Nichts Besonderes. Und ganz bestimmt nicht so luxuriös wie ihr einstiges Zuhause mit Broderick.
»Hat Faith dir erzählt, wieso Mrs Voss ihren Ehemann verlassen hat?«, fragte Trip.
Adam hatte Deacons Verlobte während der Fahrt angerufen. »Sie hat lediglich von Untreue gesprochen, als sie sich wegen einer Therapie an Meredith gewandt hat. Das Mädchen heißt Penny.«
Trip zog die Brauen hoch. »Wie die Münze?«
»Als Abkürzung von Penelope. Candace' Schwester heißt Dianne Glenn, ist Single und lebt seit zehn Jahren in diesem Haus. Sie arbeitet in einer Anwaltskanzlei in der Innenstadt.«
»Und liegt irgendetwas gegen Mrs Voss oder ihre Schwester vor?«
»Nein. Ich wüsste gern, ob es noch andere Gründe gab, wes-

halb sie ihren Mann verlassen hat, aber ich gehe nicht davon aus, dass sie gleich bei der ersten Befragung einen Missbrauch zugeben würde, falls es überhaupt dazu kam.«

»Aber«, warf Trip stirnrunzelnd ein, »wenn sie ihn tatsächlich wegen seiner Untreue verlassen hat, bedeutet das, dass sie Bescheid weiß, deshalb ist es unwahrscheinlich, dass ein Zusammenhang zu der Erpressung besteht.«

»Kann sein. Wenn er jedoch ernsthaft eine politische Karriere in Erwägung zieht, könnte die Erpressung darauf abzielen, dass die Öffentlichkeit nichts davon erfährt. Oder es geht um etwas Schlimmeres als gewöhnliches Fremdgehen.«

»Trotzdem war es so gravierend, dass sie beschlossen hat, mit ihrer Tochter auszuziehen«, bemerkte Trip.

»Und so gravierend, dass der Ehemann noch nicht einmal das gemeinsame Sorgerecht beantragt hat. Aber Herumstehen bringt uns auch nicht weiter, also lass uns reingehen.«

Trip folgte ihm die Auffahrt hinauf, die so schmal war, dass sie hintereinander hergehen mussten. Adam klopfte an die Tür und wartete. Augenblicke später ging die Verandabeleuchtung an, und durch die Milchglasscheibe links und rechts der Haustür sah er einen Schatten. Er zog seine Dienstmarke heraus. Trip folgte seinem Beispiel.

Eine Frau öffnete die Tür einen Spaltbreit, ohne jedoch die Sicherheitskette zu lösen. »Ja?«

»Bitte entschuldigen Sie die späte Störung, Ma'am. Ich bin Detective Kimble vom Cincinnati Police Department. Das ist mein Partner, Special Agent Triplett vom FBI.«

»Ma'am«, sagte Trip höflich.

Die Augen der Frau weiteten sich. »Polizei? FBI? Was ist passiert?«

»Wir würden gern Mrs Voss sprechen. Sie wohnt hier bei Ihnen, soweit wir informiert sind?«

»Ich bin ihre Schwester. Was wollen Sie von ihr?«

Adam bemühte sich, eine möglichst wenig bedrohliche Körperhaltung einzunehmen. »Wir möchten ihr nur ein paar Fragen stellen. Ich gebe Ihnen gern unsere Dienstnummern, damit Sie sie überprüfen können, bevor Sie uns hereinlassen.«

Die Frau nickte, noch immer etwas argwöhnisch, doch sie wirkte ziemlich erleichtert. »Ja, bitte, haben Sie eine Visitenkarte dabei?«

Adam reichte sie ihr durch den Spalt, worauf die Frau sie schnappte und die Tür zuschlug. Adam sah Trip an. »Wir haben sie erschreckt«, sagte er und stellte überrascht fest, dass Trips Stirn sorgenvoll gerunzelt war.

»Wir oder ich?«, fragte Trip leise und spannte den Kiefer an. Es dauerte ein paar Sekunden, ehe Adam begriff. Er stieß den Atem aus. »Scheiße, Mann, so habe ich es doch nicht gemeint. Nicht weil du groß oder schwarz oder ein Bulle bist oder so. Ich habe von uns beiden gesprochen. Weil wir plötzlich vor ihrer Tür standen. Sie hat eindeutig jemand anderen erwartet, als sie aufgemacht hat. Sie wirkte beinahe erleichtert, dass wir Cops sind.«

Trip entspannte sich sichtlich. »Vielleicht hat Broderick ihnen ja jemanden auf den Hals gehetzt, der ihnen Angst einjagen sollte. Immerhin hat er Dr. Fallon gestalkt, deshalb wäre es ihm durchaus zuzutrauen.«

»Stimmt.« Er musterte Trip. »Alles klar zwischen uns?«, fragte er.

»Ja.« Eine beinahe bittere Note schwang in Trips Seufzer mit. »Aber ich weiß, dass ich anderen Leuten Angst einjage. Was ab und zu sogar ganz gelegen kommt, aber manchmal nervt es einfach.«

Sie verfielen in Schweigen und traten von einem Fuß auf den anderen, um sich warm zu halten. Endlich ging die Tür wieder auf, und Mrs Voss' Schwester bedeutete ihnen einzutreten.

»Tut mir leid, dass Sie so lange in der Kälte stehen mussten.«
»Ist schon gut. Wir wollen niemandem Angst einjagen.« Adam lächelte. »Laut unseren Informationen sind Sie Dianne Glenn. Ist das korrekt?«
Die Frau sah sie verblüfft an. »Aber gegen mich liegt nichts vor. Ich bin nicht aktenkundig.«
»Grundbuchamt«, erklärte Trip mit einem Lächeln, das sie zu beruhigen schien. »Also keine Sorge. Ist Ihre Schwester hier?«
»Sie zieht sich gerade an.« Dianne führte sie zwei Stufen hinunter in ein mit modernen, schlichten Möbeln – Synonym für unbequem, dachte Adam – ausgestattetes Wohnzimmer. »Setzen Sie sich doch. Darf ich Ihnen Kaffee anbieten?«
»Nur wenn es keine Umstände bereitet«, erwiderte Adam. Dianne verschwand in der Küche, während er und Trip zwei Stühle auswählten, die stabil genug wirkten, um ihr Gewicht tragen zu können. Trip zuckte zusammen, als der seine laut knarzte.
»Haben Sie ihn kaputt gemacht?«, fragte eine besorgte Stimme. Hinter ihnen stand ein kleines Mädchen, das sich unbemerkt die Treppe heruntergeschlichen hatte und sie durch die Streben des Treppengeländers beäugte.
»Ich denke nicht«, antwortete Trip ein wenig verlegen.
»Sind Sie Cops?«, fragte das Mädchen.
»Ja«, antwortete Adam. »Und du bist Penny?«
Die Kleine verzog das Gesicht. »Woher wissen Sie das?«
In diesem Moment kam eine Frau in einem Seidenkleid die Treppe herunter. Ihr Schmuck war schlicht und elegant, und sie trug ein dezentes Make-up. »Das wüsste ich auch gern. Geh zurück ins Bett, Schatz. Ich komme gleich und decke dich zu.«
»Muss ich mein Gebet noch mal aufsagen?«
Die Frau lächelte ihrer Tochter zu, doch das Lächeln wirkte

etwas angestrengt. »Nein, Süße. Ich glaube, Gott hat es beim ersten Mal schon gehört.« Sie wartete, bis sich die Tür im ersten Stock schloss, dann kam sie mit der Anmut eines Models vollends die Treppe herunter.
Adam und Trip erhoben sich, als sie die beiden Stufen herabschwebte, die ins Wohnzimmer führten. »Ich bin Detective Kimble, das ist Agent Triplett.«
»Ja, das habe ich bereits gehört. Bitte, setzen Sie sich doch wieder.«
Sie gehorchten, wobei Trips Stuhl erneut ein unheilvolles Ächzen von sich gab. Mrs Voss lächelte dünn. »Keine Angst, Agent Triplett, es ist bloß ein Stuhl. Falls er zusammenbricht, kaufe ich meiner Schwester einfach einen neuen, und wir haben eine tolle Anekdote zu erzählen.«
Trips Begeisterung hielt sich sichtlich in Grenzen, trotzdem nickte er.
Adam räusperte sich. »Wir sind hier, um mit Ihnen über Ihren Ehemann zu sprechen, Mrs Voss.«
Sie zog die Brauen hoch. »Was hat er getan?«
»Sie wirken gar nicht überrascht«, bemerkte Adam.
»Das bin ich auch nicht. Mein Mann hat … Vorlieben entwickelt, die mir bis vor drei Monaten völlig unbekannt waren. Wären Sie damals zu mir gekommen, hätte ich Ihnen kein Wort geglaubt.«
»Was für eine Art von Vorlieben, Mrs Voss?«, hakte Trip nach.
Sie wandte den Blick ab, während ihr die Röte ins Gesicht schoss. »Er hat mich betrogen.«
Das ist keine sexuelle Vorliebe, dachte Adam. Zumindest nicht in der Art, wie sie das Wort aussprach … so als wäre das, was er getan hatte, abscheulich und abstoßend. »Sind Sie deshalb mit Penny ausgezogen?«
Candace nickte knapp.

Adam beugte sich vor und senkte die Stimme, damit die Kleine sie oben nicht hören konnte. »Bei allem Respekt, Ma'am, aber seinen Partner zu betrügen, ist wohl kaum schwerwiegend genug, um sich nicht zu wundern, wenn die Polizei plötzlich vor der Tür steht. Könnten Sie vielleicht etwas konkreter erklären, was er getan hat?« Er sah, wie sie den Kiefer anspannte. Sein Magen verkrampfte sich. »Oder mit wem?«

O Gott. Bitte, lass es nicht das kleine Mädchen gewesen sein. Bitte.

Sie schnappte nach Luft. »*Nein!* Nicht ...« – sie beugte sich ebenfalls vor –, »nicht Penny. Zum Glück war das Mädchen ein bisschen älter als meine sechsjährige Tochter.«

Adam setzte sich auf. »Wie alt, Ma'am?«

»Achtzehn. Zumindest hat die, mit der ich geredet habe, es behauptet. Ich hatte meine Zweifel. Sie sah wie fünfundzwanzig aus, andere wiederum wie fünfzehn. Es waren alles College-Studentinnen, insofern ...« Sie zuckte mit den Schultern.

Wieder holte Adam tief Luft. Diesmal fühlte sich der Atemzug eindeutig leichter an. »Aha. Ihr Ehemann hatte also eine Affäre mit einer College-Studentin?«

Ein bitterer Zug erschien um ihren Mund. »Wenn Sie mit ›Affäre‹« – sie beschrieb Anführungszeichen in der Luft – »›Orgie‹ und mit ›College-Studentin‹ in Wahrheit ›Prostituierte‹ meinen, lautet die Antwort Ja.«

Okay. Das könnte die Erpressung erklären, aber einen Mordversuch in einem voll besetzten Restaurant? Nein, das passte nicht. Zudem fragte Adam sich nach wie vor, wie Penny in das alles hineinpasste. Die Kleine befand sich in Therapie. Vielleicht ja bloß, weil ihre Eltern sich trennten. Er hoffte es, konnte sich aber nicht vorstellen, dass dies der Grund dafür war, denn sonst würde Broderick Voss wohl kaum versuchen, Meredith so einzuschüchtern, dass sie Penny nicht weiter behandelte.

Es sei denn ... die Tochter wusste etwas, und Voss dachte, sie hätte es Meredith anvertraut. »Wie kommt Ihre Tochter mit der Trennung zurecht?«

»Nicht besonders gut.« Sie kniff die Augen zusammen. »Wieso? Warum stellen Sie mir all diese Fragen über meine Tochter?«

Adam zuckte mit den Schultern. »Sie ist ein hinreißendes kleines Mädchen. Ich hoffe nur, sie hat nicht mitbekommen, was ihr Vater getan hat.«

Candice' Augen verengten sich noch weiter. »Schwachsinn«, stieß sie tonlos hervor. Adam sah sie verblüfft an. Aus irgendeinem Grund hatte er nicht erwartet, dass dieses Wort Teil ihres Vokabulars sein könnte. »Was hat das mit meiner Tochter zu tun?«

Adam sah Trip an, der nickte.

Er konnte nur hoffen, dass er Merediths Karriere nicht gerade zerstörte. »Wir sagen Ihnen jetzt, was wir bislang herausgefunden haben, okay? Weil wir wissen müssen, wie es dazu kam, dass wir jetzt hier sind, soll heißen, sowohl mitten in den Ermittlungen als auch hier, in Ihrem Wohnzimmer.«

Candace lehnte sich auf ihrem Stuhl zurück. »Okay«, sagte sie langsam.

»Haben Sie heute die Nachrichten gesehen?«

Sie schüttelte den Kopf. »Nein. Ich sehe mir die Nachrichten bewusst nicht mehr an. Warum?«

»Heute Nachmittag gab es eine Schießerei am Fountain Square. Dabei wurde ein Mann erschossen, ein weiterer verletzt. Eine Bombe musste entschärft werden.«

»Was hat das alles mit meinem Mann zu tun?«, wollte Candace wissen. »Und mit meiner Tochter?«

Adam hob beschwichtigend die Hand. »Das werde ich Ihnen

gleich erklären, versprochen.« Mit Ausnahme der gehackten Bankkonten. »Auf die Zielperson wurde geschossen, doch der Schuss ging daneben. Ich gehe davon aus, dass Sie sie kennen. Dr. Meredith Fallon.«

Candace schlug sich die Hand vor den Mund. »Was? Aber ... Sie denken, Broderick ist dafür verantwortlich? Er mag ein perverses Schwein sein, aber gewalttätig ist er nicht.«

»Äh, das stimmt nicht ganz, Candy.« Die Schwester trat mit verschränkten Armen aus der Küche. »Er hat dich immerhin geschlagen.«

Candace zuckte zusammen. »Aber ... er würde doch auf niemanden schießen ...«

»Dr. Fallon hat Sie also hergeschickt? Sie hat uns Diskretion zugesichert«, platzte Dianne wütend heraus.

Wieder hob Adam die Hand. »Nein. Sie hat uns nicht hergeschickt. Sie wollte uns nicht sagen, wer sie bedroht hat. Genau das ist der Grund für all meine Fragen.«

»Sie hat sich geweigert, Namen preiszugeben«, schaltete sich Trip mit seinem sonoren Bass ein, der die beiden Frauen augenblicklich zu beruhigen schien. Verdammt, selbst Adam entspannte sich.

»Wieso sind Sie dann hier?«, wollte Dianne wissen.

»Moment mal«, unterbrach Candace, als Trip zu einer Antwort ansetzte. »Behaupten Sie etwa, Broderick hätte Dr. Fallon bedroht?«

Trip bedeutete ihnen, sich ein wenig zu gedulden. »Sie wollte uns keine Namen von Eltern nennen, die sie bedroht haben, weil sie damit gegen die Schweigepflicht verstoßen würde«, fuhr er fort, »aber sie hat uns zumindest erzählt, wo sie gewesen ist.«

»Dr. Fallon hat eine exakte Auflistung dessen erstellt, was sie während der letzten drei Wochen getan hat«, schaltete sich Adam ein. »Wir haben Material aus Überwachungskameras

sichergestellt und ihre Aktivitäten genau überprüft.« Er zog die Fotos heraus und reichte sie Candace.
Dianne trat hinter sie und beäugte sie über Candace' Schulter.
»O mein Gott«, flüsterte Candace. »Wie lange geht das schon so?«
»Seit etwa drei Wochen«, antwortete Adam. »Ihr Ehemann taucht auf und lächelt Dr. Fallon bloß an. Eine explizite Drohung spricht er nicht aus, weshalb sie bislang keine Anzeige erstattet hat.«
»Deshalb haben die beiden anderen ...«, murmelte Dianne, worauf Candace wie betäubt nickte.
»*Was* haben die beiden anderen?«, hakte Trip nach.
»Penny war bei zwei anderen Therapeuten, bevor sie zu Dr. Fallon kam«, sagte Candace leise. »Beide haben behauptet, sie wollten ihre Arbeitszeit reduzieren und könnten Penny nicht mehr in ihrem Terminkalender unterbringen. Hat er auch sie bedroht, was denken Sie?«
»Wenn Sie uns die Namen geben, fragen wir sie«, sagte Trip. Candace nickte, noch immer wie betäubt. »Natürlich. Wir helfen Ihnen, so gut wir können.«
»Damit wissen wir aber immer noch nicht, wieso Sie uns all die Fragen über Penny stellen«, fuhr Dianne fort.
Trip lächelte entschuldigend. »Wir dachten, weil Dr. Fallon ausschließlich Kinder und Jugendliche behandelt, dass ein Kind in den Fall involviert wäre. Es war ein Leichtes, Fotos von Ihnen, Mrs Voss, Ihrem Mann und Penny im Netz zu finden.«
»Weil Broderick eine verdammte Medienhure ist«, murmelte Dianne.
»Aber ...« Candace schüttelte hilflos den Kopf. »Es ergibt doch keinerlei Sinn, Dr. Fallon erschießen zu wollen. Oder unschuldige Restaurantgäste. Und was ist mit dieser Bombe?«

Adam musste, wenn auch nur insgeheim, zugeben, dass sie recht hatte. »Hat er vor, ein politisches Amt anzustreben?«
Candace nickte. »Deshalb ist er auch so ausgeflippt, als ich ihn verlassen habe.«
Wieder senkte Trip die Stimme. »Weiß er, dass Sie über seine Eskapaden mit den Prostituierten Bescheid wissen?«
»Nein.« Candace schüttelte entschlossen den Kopf. »Er denkt, ich würde glauben, er hätte bloß eine ›flüchtige Affäre‹ gehabt.« Wieder setzte sie ihre Worte in Anführungszeichen. »Ich wollte nicht mit ihm darüber diskutieren, weil er sowieso nur versuchen würde, sich herauszuwinden. Er ist ja nie an etwas schuld, sondern immer bloß die anderen. Deshalb habe ich beschlossen, Schadensbegrenzung zu betreiben und ihn zu verlassen, solange ich es kann.«
Adam musterte sie. »Könnte er gewalttätig geworden sein, um Sie daran zu hindern, was denken Sie?«
»Das hat er bereits getan«, warf Dianne ein, zog ihr Handy heraus und wehrte Candace ab, die es ihr aus der Hand zu reißen versuchte. »Ich zeige es Ihnen. Vor drei Monaten wollte ich diesen elenden Dreckskerl anzeigen. Ich habe Fotos gemacht, als Candace an dem Abend aufgetaucht ist.« Sie reichte Trip ihr Handy.
Trip warf einen Blick darauf und reichte es wortlos an Adam weiter, der zusammenzuckte. Candace Voss hatte ein Veilchen, das über ihr gesamtes Auge und den Großteil ihrer Wange verlief.
»Hatten Sie noch weitere Verletzungen?«, fragte Adam, um einen neutralen Tonfall bemüht.
»Nein.« Candace wandte den Blick ab. »Aber Penny hat mein Gesicht natürlich gesehen. Ich habe ihr erzählt, ich sei hingefallen, was sie mir aber nicht abgekauft hat. Sie wisse, dass Daddy das getan habe, sagte sie. Die Vorstellung, dass sie Bescheid wusste, war unerträglich. Dass sie sich ihrer

Sache so sicher war. Ich habe mich in Grund und Boden geschämt, weil ich zugelassen habe, dass er mich so behandelt. Und ich hatte fürchterliche Angst, er könnte es noch einmal tun. Oder Penny verletzen.«

»Ist sie deshalb in Therapie?«, fragte Trip sanft.

»Nein. Na ja, auch. Aber auch weil ich von der Party erfahren habe. Penny hat etwas gehört … und gesehen.«

Adam sah sie entsetzt an. »Ihr Ehemann hat Prostituierte ins Haus geholt, während Penny da war?«

Candace saß stocksteif da und nickte. »Er dachte, sie schläft.«

»Dieses dreckige Schwein«, stieß Dianne leise hervor.

Adam konnte ihr nur aus vollem Herzen zustimmen. Das arme Kind. »Was genau hat sie gesehen?«

»Das wissen wir nicht genau«, antwortete Dianne. »Sie will es nicht sagen, aber Candy hat sie erzählt, eine nackte Frau mit rosa Haaren sei im Badezimmer gewesen, als sie aufgestanden und zur Toilette gegangen sei.«

»Rosa Haare?«, wiederholte Adam.

»Rosa Haare und Zöpfe.« Dianne zuckte mit den Schultern. »Mehr haben wir nicht aus ihr herausbekommen.«

»Ich war an dem Abend nicht zu Hause.« Candace war deutlich anzusehen, wie sehr sie unter ihren Schuldgefühlen litt. »Ich war zu einem Junggesellinnenabschied eingeladen. Wir sind alle über Nacht geblieben, damit wir etwas trinken konnten. Als ich am nächsten Tag nach Hause kam, habe ich meinen Augen kaum getraut. Penny meinte, sie hätte ihren Daddy fragen wollen, wer die Frau gewesen sei, aber Broderick war nicht wach zu kriegen. Er lag völlig betrunken im Bett und schlief seinen Rausch aus.«

Allein die Vorstellung genügte, um jeden Anflug von Verlangen nach einem Drink in Adam zu verjagen. Zumindest für den Augenblick. *Ein Schritt nach dem anderen. Ein Tag nach dem anderen.*

Er zog sein Notizbuch heraus. »Wann war das?«

»Am 13. September«, antwortete Dianne wie aus der Pistole geschossen. »Den Tag werde ich wohl nie vergessen.«

Candace seufzte. »Ich auch nicht. Und Penny auch nicht. Ich habe sie geschnappt, bin aus dem Haus gelaufen und auf dem direkten Weg hergekommen, weil –« Ihre Stimme brach. »Ich wusste nicht, wo ich sonst hingehen soll.«

Dianne beugte sich vor und schloss ihre Schwester in die Arme. »Ist schon gut. Du bist hier immer willkommen. Das weißt du ganz genau. Auch wenn wir uns ab und zu über irgendwelchen Schwachsinn streiten, liebe ich dich. Wie eine Schwester«, fügte sie neckend hinzu, doch die beiden waren den Tränen nahe.

Trip räusperte sich. »Sie sagten vorhin, Sie hätten mit einer der Prostituierten geredet, die behauptet hätte, sie sei achtzehn«, meinte er. »Woher wussten Sie, mit wem Sie reden müssen und wo Sie sie finden?«

Candace verzog das Gesicht zu einem freudlosen Lächeln. »Nachdem ich Penny hergebracht hatte, bin ich noch mal nach Hause gefahren. Eigentlich wollte ich nur ein paar Sachen holen, aber als ich hinkam, fuhren mehrere Autos vor. Er feierte schon die nächste Party. Also habe ich den Wagen außerhalb der Reichweite der Überwachungskamera abgestellt und gewartet. Kurz vor Morgengrauen fuhren drei Autos aus der Einfahrt. Eine der Fahrerinnen hatte rosafarbenes Haar. Ich bin ihnen zum Campus gefolgt, konnte aber logischerweise nur an einer dranbleiben, als sie nach einem Parkplatz gesucht haben. Ich entschied mich für Ms Rosa Haare ... na ja, kann sein, dass ich vielleicht ein bisschen Dampf gemacht habe. Ich habe ihr gedroht, sie bei der Campuspolizei anzuzeigen, wenn sie mir nicht sagt, was ich wissen will.«

»Und was wollten Sie wissen?«, hakte Adam nach.

»Erstens: Wie alt sind die Mädchen überhaupt? Zweitens: Wie viel hat er ihnen bezahlt? Drittens: Haben sie Kondome benutzt? Viertens: Leiden sie an sexuell übertragbaren Krankheiten? Sie hat Stein und Bein geschworen, dass sie alle volljährig und Studentinnen seien. Er hätte eine Party für seine Freunde geschmissen, und sie seien zur ›Unterhaltung‹ engagiert worden.« Wieder kamen die Anführungszeichen zum Einsatz. »Sie haben Drogen konsumiert. In meinem Haus. Sie hat geschworen, am Abend zuvor hätten sie nichts genommen, aber das habe ich ihr nicht abgekauft. Und mein Kind war mittendrin.« Ihre Stimme wurde dünn und brach schließlich vollends, während ihr die Tränen über die Wangen strömten.

»Wie viel hat er ihnen bezahlt?«, fragte Adam leise.

»Einen Tausender, jeder von ihnen. Seit BuzzBoys an die Börse gegangen ist, spielt er sich gern als der große Zampano auf. Ein Arsch war er ja schon immer, aber seit er wirklich reich ist … war es die reinste Hölle mit ihm. Deshalb habe ich ihn verlassen.«

»Und haben Sie zufällig den Namen des Mädchens in Erfahrung gebracht?«, fragte Trip in beruhigendem Tonfall.

Candace lachte bitter auf. »Kandy. Kandy Kane … mit K.«

»Du lieber Gott«, murmelte Dianne.

Wieder konnte Adam nur zustimmen. »Wissen Sie zufällig noch, was für einen Wagen sie gefahren hat?«

Candace' Lippen verzogen sich zu einem – diesmal – befriedigten Lächeln. »Ich kann Ihnen sogar noch etwas Besseres geben. Ich habe Fotos der Kennzeichen der Autos von allen drei Schlampen auf Rädern, die ich Ihnen per E-Mail schicken kann, Fotos in mehr oder weniger guter Qualität.« Ihr Lächeln schwand. »Meine Hände haben ziemlich gezittert.«

»Und wann hat er Sie geschlagen?«, wollte Trip wissen.

»Später an dem Morgen. Als ich mit der Prostituierten fertig war, bin ich nach Hause gefahren, um unsere Sachen zu holen. Es war schon fast Tag, und auch die anderen Autos waren verschwunden, deshalb bin ich davon ausgegangen, dass die Party vorbei ist. Ich habe mich reingeschlichen. Er war sturzbetrunken. Schon wieder. Ich wollte bloß Pennys und meine Sachen holen, bevor er aufwacht, weil ich wusste, dass er im Suff ziemlich bösartig werden kann.«

Das kenne ich. Adams Vater war genauso gewesen. Adam würde alles tun, um niemals so zu werden wie er. »Aber dann ist er doch aufgewacht?«

Candace nickte. »Gerade als ich alles im Wagen verstaut habe, kam er heraus. Und hat mich so zugerichtet.« Sie deutete auf das Handy ihrer Schwester. »Er hat mich gepackt und wollte noch einmal zuschlagen, deshalb habe ich ihm mit einer Flasche eins über den Schädel gezogen. Er ist ins Straucheln geraten, gerade lange genug, dass ich mich losreißen und weglaufen konnte. Ich bin in den Wagen gestiegen, aber er war wieder direkt hinter mir.« Sie stieß schaudernd den Atem aus. »Ich habe es gerade noch geschafft, die Tür zuzuschlagen und loszufahren.«

»Nur gut, dass ich alles ausgeladen habe, sobald sie kam«, meinte Dianne, die vor Wut bebte. »Denn gleich am nächsten Tag hat er den Wagen abholen lassen. Mit dem Abschleppdienst, direkt aus der Einfahrt. Der Wagen sei sein Eigentum, und deshalb stünde er ihr nicht zu, meinte er.«

»Was kein Problem war. Dianne hat mir einen Mietwagen besorgt.« Candace massierte sich nervös die Stirn. »Ich muss einen neuen Therapeuten für Penny finden. Ich kann mir nicht vorstellen, dass Dr. Fallon uns nach diesem Vorfall noch behalten will.«

»Ich glaube nicht, dass sie Penny einfach fallen lässt«, warf Adam mit fester Stimme ein. »Das würde nicht zu ihr passen. Haben Sie in Erwägung gezogen, Ihren Ehemann anzuzeigen?«

Dianne warf ihrer Schwester einen »Hab ich dir doch gleich gesagt«-Blick zu, worauf Candace seufzte.

»Ungefähr eine Million Mal, aber ich habe Angst vor ihm«, gestand sie. »Und bevor Sie fragen: Ja, ich habe auch über eine einstweilige Verfügung mit Kontaktverbot nachgedacht, aber das würde nichts nützen. Er würde uns bloß einen seiner Handlanger auf den Hals hetzen, der die Drecksarbeit für ihn erledigt. Nein, ich war beim Anwalt. Und wir sind fast so weit, die Scheidung einzureichen.«

»Und dann?« Adam bemühte sich um einen gemäßigten Tonfall, da er spürte, wie Candace' Selbstbeherrschung mit jeder Minute zu bröckeln begann.

»So weit habe ich noch nicht gedacht«, gestand sie. »Zuerst muss ich einen Job finden, aber im Augenblick habe ich noch Angst, ohne Dianne das Haus zu verlassen. Ich habe Penny von zu Hause aus unterrichtet, weil ich sie nicht in die Schule gehen lassen will.« Sie sah Adam niedergeschlagen an. »Wir sitzen hier fest.«

Er beugte sich vor. »Eines nach dem anderen. Selbst wenn Sie das Gefühl haben, eine einstweilige Verfügung würde nichts bringen, sollten Sie ihn trotzdem anzeigen. Nur damit der Vorfall aktenkundig ist.« Ihr früheres Zuhause wurde überwacht, deshalb hätte ihr Ehemann unweigerlich einen Beamten auf den Fersen, sobald er aus der Tür trat. Doch das würde er ihr nicht verraten – für den Fall, dass sie doch nicht so unschuldig war, wie sie vorgab. Broderick Voss hatte inzwischen vermutlich spitzgekriegt, dass er observiert wurde, trotzdem wollte Adam es nicht an die große Glocke hängen. »Personenschutz rund um die Uhr können wir Ihnen nicht bieten, aber ich kann dafür sorgen, dass eine Streife regelmäßig hier vorbeifährt. Haben Sie eine Alarmanlage, falls er in der Zwischenzeit einen seiner Handlanger vorbeischickt?«

»Ja«, bestätigte Dianne.
Trip erhob sich mit einem erleichterten Blick in Richtung des knarzenden Stuhls. »Ich würde sie mir gern ansehen, bevor wir gehen.«
»Bitte, kommen Sie mit«, meinte Dianne.
Candace stieß einen erschöpften Seufzer aus, als Trip und ihre Schwester den Raum verließen. »Wir haben überlegt, einen Hund anzuschaffen. Penny ist natürlich restlos begeistert von der Idee, wie Sie sich sicher vorstellen können.«
»Das wäre mein nächster Rat an Sie gewesen. Und ich habe auch die perfekte Adresse, wo Sie einen bekommen könnten.« Adam schrieb Delores' Telefonnummer auf die Rückseite seiner Visitenkarte. »Diese Frau ist die reinste Hundeflüsterin. Viele meiner Freunde haben ein Tier aus ihrem Heim adoptiert. Rufen Sie sie an.«
Candace erwiderte sein Lächeln – es war das erste aufrichtige Lächeln, seit sie gekommen waren. »Das ist eine gute Idee.«
»Gut. Meine Handynummer steht auch auf der Karte. Und meine Mailadresse. Ich wäre Ihnen sehr dankbar, wenn Sie mir die Fotos mit den Kennzeichen schicken könnten.«
»Das werde ich. Bitte, sagen Sie Dr. Fallon, wie leid mir das alles tut, wenn Sie sie sehen.«
»Aber natürlich.« Er konnte nur hoffen, dass seine Miene die gebührende Professionalität zeigte, denn der Gedanke an die Minuten mit Meredith allein in ihrer Küche setzten ihm gewaltig zu. »Ich sorge dafür, dass sie es erfährt«, versprach er. Und er würde Wort halten, denn er hatte vor, Dr. Fallon sehr, sehr bald wiederzusehen.

Cincinnati, Ohio
Samstag, 19. Dezember, 22.15 Uhr

»Meredith? Ist alles in Ordnung mit dir?«
Mit einem Seufzer ließ Meredith sich tiefer in die Badewanne sinken. Sie hatte zwanzig Minuten für sich genossen, mehr als ihr den ganzen Tag über vergönnt gewesen war. Diesmal war es ihre Freundin, FBI Special Agent Kate Coppola, die vermutlich mit mehreren Pistolen und mindestens einem Paar Stricknadeln bewaffnet vor der Tür stand. »Mir geht's gut. Ehrlich.«
»Ich dachte, ich hätte dich reden gehört. Führst du Selbstgespräche?«
Meredith verdrehte die Augen. »Wenn du wissen willst, mit wem ich telefoniert habe, kannst du auch einfach fragen.«
»Entschuldige«, sagte Kate zerknirscht. »Ich wollte nicht neugierig sein.«
»Tja, leider zu spät.« So nett es auch sein mochte, dass andere sich um sie sorgten, so war es zuweilen auch anstrengend. »Ich habe mit meiner Cousine Alex in Atlanta gesprochen. Bailey hat sie angerufen und völlig verrückt gemacht. Sie und ihr Mann wollten alles stehen und liegen lassen und sofort herkommen, aber ich habe ihr gesagt, dass ich jede Menge Leibwächter habe und es völlig ausreicht, wenn sie erst Montag aufbrechen, so wie wir es geplant hatten.« Ebenso wie Papa ließ Alex nicht zu, dass Meredith zu Weihnachten allein war.
»Ja ... unten war es so voll. Ich kann auch gehen.«
»Unsinn«, widersprach Meredith gerührt. »Du weißt genau, dass ich das nicht will. Ich bin bloß überrascht. Ich dachte, du und Decker hättet Pläne, deshalb habe ich nicht mit dir gerechnet.«
»Eigentlich schon, aber ...« Meredith hörte Kate befangen

lachen. »Ich musste eben sichergehen, dass mit dir alles in Ordnung ist. Ich konnte nicht schlafen, deshalb ...«

Meredith musste lächeln. Hinter Kates knallharter Fassade verbarg sich eine weiche Seele mit einem Bemutterungsbedürfnis, der Merediths Instinkt in nichts nachstand. »Ich bin gleich fertig. Muss mir nur noch die Haare ausspülen.«

Sie hatte sich die Haare noch ein zweites Mal gewaschen. Ihr Haar hatte nach dem Shampoo aus dem Hotel gerochen, mit dem sie sich die Überreste der ... Sie verdrängte den Gedanken ganz schnell.

Bereits zwei Mal hatte sie schon an diesem Tag ihre Tabletten gegen die Angststörung eingenommen. Sie hatten zwar geholfen, aber eine weitere Dosis wollte sie lieber nicht einwerfen. Wenigstens würde ihr Haar gleich nach ihrem eigenen Shampoo riechen, nach etwas Vertrautem, Beruhigendem. Hoffte sie zumindest.

Wenige Minuten später fand Meredith Kate mit einem großen alten Hund zu ihren Füßen in dem Sessel in der Ecke ihres Schlafzimmers vor. Ihre Stricknadeln klapperten rhythmisch. »Hey, Cap.« Meredith beugte sich vor und tätschelte ihm die graue Schnauze. »Wie geht's ihm?«

»Gut.« Kate bedachte den Hund mit einem liebevollen Blick. »Letzte Woche gab es kurz eine ziemliche Aufregung um ihn, aber es war bloß ein kleiner Infekt. Ein Antibiotikum, und schon war er wieder fit wie ein Turnschuh. Laut Tierarzt hat er noch ein paar schöne Jahre vor sich, und Decker und ich wollen sie ihm so angenehm wie möglich gestalten.« Sie und ihr Verlobter hatten den ältesten Hund im Heim adoptiert, weil er so oft von einem Besitzer zum anderen weitergereicht worden war. »Er ist ein braver Junge, hat keinen einzigen Schuh angeknabbert.« Sie setzte eine gespielt finstere Miene auf. »Im Gegensatz zu Loki. Ich schwöre ...«

Lachend ließ Meredith sich auf den Boden sinken und kraulte Cap den Kopf, den er mit einem befriedigten Seufzer in ihren Schoß sinken ließ. »Welpen bedeuten nun mal besonders viel Arbeit, das hat Delores dir ja gleich gesagt.«

»Ich weiß. Decker übernimmt auch den Großteil der Ausbildung, und zwar mit Begeisterung. Komm bloß nicht auf die Idee, ihn nach der Hundeschule zu fragen. Man könnte denken, Loki hätte gerade ihren Abschluss in Harvard gemacht«, maulte Kate, lächelte jedoch dabei. Doch dann wurde sie mit einem Mal ernst. »Auf dem Weg hierher habe ich im Mariposa House vorbeigesehen.«

Meredith seufzte. »Wie geht es Mallory?«

Kate zuckte mit den Achseln. »Sitzt da und starrt vor sich hin. Ich wusste nicht, wie ich ihr helfen sollte.«

»Im Augenblick können wir ihr nur helfen, indem wir sie lieben.«

»Das weiß ich, aber noch nicht mal das hat wirklich funktioniert. Ich wollte eine Weile bleiben und auf sie aufpassen, aber Colby und Stone haben das unter sich ausgemacht. Niemand hatte Verwendung für mich. Mallory hat mich noch nicht einmal begrüßt.«

»Sie hat einen schweren Schock erlitten. Nimm es nicht persönlich. Sie mag dich sehr, das weißt du.« Kate und Meredith hatten Mallory mit einer Gehirnerschütterung und einem gebrochenen Bein ins Krankenhaus gebracht, als dem Mädchen im vergangenen Sommer nach sechsjähriger Gefangenschaft im Haus eines Monsters endlich die Flucht gelungen war. Der Dreckskerl hatte versucht, sie umzubringen, doch sie hatten ihr zur Seite gestanden, hatten sie beschützt und ihr geholfen, ins echte Leben zurückzukommen. »Vielleicht braucht sie lediglich ein bisschen Zeit für sich.«

»So wie du«, erwiderte Kate schuldbewusst. »Aber ich kann das ja wieder mal nicht respektieren. Decker hat sogar gesagt, ich solle nicht herkommen, weil hier im Haus der Teufel los sein würde.«

Meredith tätschelte ihr das Knie. »Das war auch so, aber ich glaube, inzwischen machen sich die meisten allmählich auf den Heimweg, mit Ausnahme von Kendra und vielleicht auch Diesel. Und meinem Großvater natürlich.«

»Ich habe ihn kennengelernt. Er ist ziemlich … na ja, völlig anders als jeder andere Großvater, dem ich je begegnet bin.«

Wieder lachte Meredith. »Das ist wohl wahr. Wie lange kannst du bleiben?«

»Kommt darauf an. Wie viel Eiscreme hast du im Tiefkühler?« Sie lächelte voller Stolz, als Meredith grinste. »Ernsthaft. Wie lange soll ich bleiben?«

»Kommt darauf an. Kannst du Kendra überreden, nach Hause zu gehen, was meinst du?«

Kate ließ ihr Strickzeug sinken. »Wieso? Was hat sie denn getan?«

»Bislang noch gar nichts.« Meredith konzentrierte sich darauf, Caps weiches Fell zu kraulen. »Adam kommt vielleicht später vorbei, und ich will nicht, dass die Stimmung wegen ihr kippt.«

»Oh. Ah.« Das Klackern der Stricknadeln ertönte wieder. »Und wieso kommt Adam vorbei?«

Meredith widerstand dem Drang, ihre Lippen zu berühren, die von seinem Kuss noch prickelten. Verdammt, ihr ganzer Körper fühlte sich an, als stünde er noch immer in Flammen.

»Er wollte mir ein paar Dinge erklären.«

Kate brummte. »Das klingt ja sehr geheimnisvoll.«

»Nein, eigentlich nicht.«

»So?« Ein süffisanter Unterton schlich sich in Kates Stimme. »Raus damit. Ich will alles hören.«

Wieder musste Meredith lachen. »Jetzt komme ich mir vor, als wären wir auf einer von Hopes Pyjamapartys.«

»Ich lackiere dir auch die Fußnägel, wenn du mir alles erzählst.«

Cap rollte sich auf den Rücken, und Meredith kraulte ihm den Bauch. »Später mal, okay?«

Wieder verstummte das Klackern, doch diesmal beugte Kate sich vor und hob behutsam Merediths Kinn an. »Ich ziehe dich doch bloß auf, okay? Du kannst mir alles erzählen, wenn du bereit dafür bist. Ich bin immer für dich da. Schließlich hörst du mir doch auch zu, wenn ich mich wieder mal bei dir ausheule. Du brauchst eine Vertraute, der du dein Herz ausschütten kannst.«

Tränen brannten in Merediths Augen. »Ich weiß nicht recht, was hier gerade passiert, aber ich habe ein bisschen Angst vor dem, was er mir sagen wird.« Sie schluckte. Noch wusste sie kaum etwas über Adams Probleme, trotzdem musste sie mit irgendjemandem reden. »Er hat mich monatelang gemieden.«

»Ich weiß.« Kate strich Meredith über die Wange. *Wie meine Mum*, dachte Meredith. »Wir wissen es alle, aber keiner weiß, warum.«

»Irgendetwas stimmt nicht.« Meredith holte tief Luft und setzte sich auf. »Wusstest du, dass er sich heimlich in Delores' Heim schleicht und die Käfige sauber macht?«

Kate blickte sie verblüfft an. »Ehrlich? Nein, das wusste ich nicht. Andererseits kenne ich ihn so gut wie gar nicht. Wir haben nur einige Male zusammengearbeitet. Ich weiß, dass er ein guter Polizist ist und ein paar Probleme hatte.«

»Außerdem verbringt er jede Woche mehrere Stunden im Mariposa House. Aber nie, wenn ich dort bin. Er geht mir aus dem Weg.«

Kate verzog das Gesicht. »Das … hört sich nicht besonders gut an, tut mir leid, wenn ich das so deutlich sage.«

»Kann schon sein. Genau dasselbe dachte ich auch, aber heute hat er gesagt, ich hätte einen falschen Eindruck bekommen. Also habe ich versucht, das Ganze aus einer anderen Perspektive zu betrachten. Ich habe ein bisschen herumtelefoniert und herausgefunden, dass er nicht nur im Mariposa House und bei Delores aushilft, sondern auch in Danis Klinik Freiwilligendienst leistet und in der Notunterkunft von Father Trace Sachen repariert. Faith hat erzählt, dass er sogar ein Baseball-Nachwuchsteam für taube Kinder aus dem ganzen Bundesstaat als Coach unterstützt. Adam verbringt jede freie Minute damit, anderen zu helfen. Zusätzlich zu seiner regulären Arbeit.«

»Hm«, meinte Kate, »das hört sich fast so an, als würde er Buße für etwas tun.«

»Genau das ist mir auch in den Sinn gekommen.«

»Konnte Dani nichts dazu sagen? Sie sind doch zusammen aufgewachsen, oder nicht?«

»Stimmt, aber sie meinte nur, dass er gegen irgendwelche Dämonen kämpfen würde. Anscheinend hat sie ihn nie dazu gebracht, sich ihr anzuvertrauen. Ich habe sogar mit Deacon geredet.«

»Er kennt ihn besser als jeder andere. Die beiden sind doch beste Kumpels, stimmt's?«

»Ja, aber falls Deacon etwas weiß, sagt er nichts. Was ich respektiere. Aber ich glaube nicht, dass er eine Ahnung hat.«

Meredith ahnte, dass sie womöglich die Einzige war, die von dem Albtraum wusste, der Adam quälte – von dem verheerenden Mord an einem Kind, den er nicht hatte verhindern können. Aber selbst sie kannte nicht alle Details, sondern wusste lediglich, dass viel Blut im Spiel gewesen war. Und dass er die Tat mit angesehen hatte.

So viel Blut. Das hatte er in jener Nacht, als er vor über einem Jahr in ihren Armen zusammengebrochen war, wieder und wieder gesagt. Sie hatte darauf gewartet, dass er in Tränen ausbrechen würde, doch er hatte keine einzige vergossen.

Sie fragte sich, ob er mittlerweile hatte weinen können.
Ihr Blick schweifte zu ihrem Bett, wo sie in jener Nacht gelandet waren. Seitdem war nichts mehr wie vorher. *Zumindest für mich nicht.*
Sie hatte geglaubt, sie würde ihm nichts bedeuten, aber jetzt ... diesmal gab sie dem Drang nach und presste die Fingerspitzen auf ihre Lippen. Dieser ... Kuss vorhin in der Küche, das war keine Mitleidsgeste gewesen, daran bestand kein Zweifel.
»Meredith?«, fragte Kate leise.
Meredith zuckte zusammen. »Oh ... entschuldige. Hast du etwas gesagt?«
»Nur deinen Namen. Habt ihr ... gibt es etwas, das du mir sagen willst?«
Meredith lächelte wehmütig. »Eigentlich nicht. Aber ...« Sie seufzte. »Ja. Einmal. Vor einem Jahr. Ich dachte, da wäre etwas zwischen uns, aber seitdem lässt er mich nicht mehr an sich heran.«
»Und heute Abend kommt er her, um genau das zu ändern?«
Kann sein, dass du mich dann vor die Tür setzt, hatte er gesagt. Was zum Teufel sollte das bedeuten?
»Vielleicht. Angehört hat es sich jedenfalls so.«
»Dann sorge ich dafür, dass Kendra anderweitig beschäftigt ist. Sie traut ihm nicht über den Weg.«
Allerdings. »Danke, Kate.«
»Gern.« Kate nahm ihr Strickzeug und verstaute es in der Tasche mit den aufgedruckten Katzenbabys. »Also, zurück zum Thema. Eiscreme.«
»Draußen liegt Schnee«, meinte Meredith. »Willst du ernsthaft ein Eis?«
»Kenny meinte, sie hätte welches mitgebracht. Versuchen Sie etwa, mich auszubooten, Dr. Fallon?«
»Nie im Leben.« Meredith gab dem Hund einen letzten

liebevollen Klaps, ehe sie sich erhob. »Lass uns ein Eis essen, und danach gibt's Lebkuchen. Außerdem müsste noch etwas von dem Kürbiskuchen übrig sein. Wir suchen uns einen Film aus und machen eine Flasche Rotwein auf.«
»Allmählich kommen wir der Sache näher. Los, komm, Cap.«

Cincinnati, Ohio
Samstag, 19. Dezember, 23.15 Uhr

Befriedigt registrierte er, dass die meisten Häuser in der Straße, in der Andy Gold ein Kellerapartment gemietet hatte, dunkel waren. Es war Samstagabend, aber entweder wohnten hier hauptsächlich ältere Leute oder Familien mit Kindern, die längst in den Betten lagen. Es war niemand auf der Straße, der ihn sah – und, was noch viel wichtiger war, sich später an ihn würde erinnern können.
Er war beinahe schockiert, dass bislang niemand Andy Gold identifiziert hatte. Das Foto des Jungen war seit Stunden im Netz, glasklar und eindeutig. Gold hatte einen Job und studierte, folglich musste ihn doch irgendwer wiedererkennen. Er hatte vorgehabt, Butch sämtliche Spuren von Andy beseitigen zu lassen, einschließlich Fotos, Unterlagen und alles andere, was die Cops zu Linnea Holmes führen könnte, aber bislang hatte nichts wie geplant funktioniert. Butch war immer noch in Chicago und suchte Shane Baird, aber das hier konnte nicht auf die lange Bank geschoben werden.
Deshalb muss ich mich wohl selber um Andy Golds Habseligkeiten kümmern.
Wenigstens war es dunkel. Bei Tag war ein solches Unterfangen ein Ding der Unmöglichkeit. Er stellte den Wagen in der Parallelstraße ab und überprüfte seinen Rucksack.

Glasschneider, eine lange Lunte, Streichhölzer sowie zwei Gläser mit einem Gelgemisch aus Benzin und Seifenpulver – einfach herzustellen und hochentzündlich. Er schnappte sich den Benzinkanister vom Rücksitz, rückte seine Skimaske zurecht, um sicherzugehen, dass sie sein gesamtes Gesicht bedeckte, und machte sich im Schutz der Dunkelheit auf den Weg von dem Haus, vor dem er seinen SUV abgestellt hatte, durch den Garten, über den ein Meter zwanzig hohen Maschendrahtzaun hinweg und auf das Grundstück von Andys Haus.

Mit dem Glasschneider entfernte er das Fenster von Andys Kellerapartment, schraubte die Gläser mit dem selbst gebastelten Napalm auf und schleuderte sie hinein. Dann warf er die Lunte hinterher, die in der klebrigen Masse landete, und schob sie hin und her, bis sie davon bedeckt war. Schließlich verteilte er den Inhalt des Benzinkanisters auf dem Boden, zündete die Lunte an und lief los.

Als er seinen Wagen erreichte, sah er bereits die Flammen aus dem Kellerraum schlagen.

Hoffentlich hatten die Mieter in den Wohnungen über Andys Apartment einen leichten Schlaf. Ihnen bliebe noch genug Zeit, die Feuerwehr zu alarmieren, und der Großteil des Hauses bliebe von den Flammen verschont. Es war nicht nötig, das ganze Haus abzufackeln, sondern es genügte vollkommen, wenn Andys Apartment zerstört wurde. Und wenn die Feuerwehr eintraf, wären die Räume im Keller nicht mehr zu retten.

Er setzte sich in seinen Wagen und fuhr los. Nach ein paar Minuten bog er in eine dunkle Seitengasse ein und tauschte ein weiteres Mal die Kennzeichen des SUV aus – nur für den Fall, dass einer der Nachbarn eine Überwachungskamera installiert hatte. Er zog sich die Skimaske herunter und stopfte sie gemeinsam mit seiner Jacke in eine Tüte.

Gerade als er in die Einfahrt seines Hauses bog, läutete sein Geschäfts-Handy. Auf dem Display erschien eine Nummer, die ihm vage bekannt vorkam. »Ja?«, blaffte er in einer tieferen Stimmlage, als üblich für ihn war.
»Sie elender Hurensohn«, knurrte eine Männerstimme.
Aha. Er aktivierte die Stimmverzerrungsapp, die er eigens installiert hatte, damit der Anrufer seine Stimme nicht erkennen konnte. »Wer ist da?«
»Hier spricht Voss, und Sie sind ein verdammtes Arschloch. Ich habe bezahlt, was Sie verlangt haben.«
Voss. Er musste einen Seufzer unterdrücken. Das Gejammer dieses arroganten Drecksacks war so ziemlich das Letzte, was er heute Abend noch brauchte. »Ja, das ist wahr. Und ich habe meinen Teil der Abmachung eingehalten.«
»Nein, haben Sie nicht, weil die Cops nämlich heute Abend bei meiner Schwägerin, dieser blöden Schlampe, aufgetaucht sind und versucht haben, meine Frau in die Mangel zu nehmen.«
Damit hatte er nicht gerechnet. »Wieso will die Polizei mit Ihrer Frau reden?«
»Das frage ich Sie! Und jetzt stehen zwei Zivilfahrzeuge auf der Straße vor dem Haus! Cops! Vor meiner Tür!«
»Beruhigen Sie sich. Wir haben niemandem ein Sterbenswörtchen verraten. Aber wir kriegen das schon wieder hin. Okay?«
»Wenn ich untergehe, gehen Sie mit. Das schwöre ich.«
»Beruhigen Sie sich. Erstens: Woher wissen Sie, dass die Cops mit Ihrer Frau geredet haben?«
»Weil ich jemanden engagiert habe, der das Haus dieser blöden Schlampe überwacht. Ich weiß, wann sie das Haus verlässt. Ich weiß, wann sie zurückkommt. Und ich weiß, wo mein Kind ist. Immer. Mein Kontaktmann hat sie gesehen. Der eine war schwarz und wie ein Schrank gebaut, locker

zwei Meter groß. Der andere war gut einen Meter sechsundachtzig, hatte schwarze Haare und trug einen schwarzen Wollmantel. Sie haben geklingelt und meiner Schwägerin ihre Marken vor die Nase gehalten. Die beiden sind über eine halbe Stunde geblieben.«

Voss' Frau hatte ihn verlassen. Rein finanziell würde das für ihn keinen Unterschied machen, weil es nicht seine Ehefrau war, vor der Voss Angst hatte. Stattdessen fürchtete er um seine potenzielle Wählerschaft. *Dass seine Frau ihn abserviert hat, lässt ihn nicht gerade gut dastehen.* Je nachdem, was der Grund dafür war. Aber eins nach dem anderen.

»Und was hat Ihre Frau den beiden Ihrer Meinung nach erzählt?« Einen Moment lang herrschte Stille. Er spürte, wie seine Verärgerung wuchs. »Voss? Was könnte Ihre Frau den beiden erzählt haben, das Ihnen schadet?«

»Dass meine Tochter eines der Mädchen gesehen hat«, antwortete Voss deutlich widerstrebend.

Dieses Detail hatte Voss bislang geflissentlich unterschlagen. *Du hattest Huren im Haus, während deine kleine Tochter da war?* Dieser Typ hatte keinen Funken Anstand im Leib.

»Ihre Frau hat Sie also verlassen?« *Und hat das Kind mitgenommen? Gut für sie.* Er würde niemals zulassen, dass seine Kinder etwas von den Schattenseiten seiner Geschäfte mitbekamen. Voss' Tochter war sechs Jahre alt, verdammt noch mal! »Wann?«

»Vor drei Monaten, aber sie kommt zurück«, erwiderte Voss im Tonfall eines trotzigen Kindes. »Wenn ihr erst mal das Geld ausgeht, wird sie mich anbetteln, sie zurückzunehmen.«

Möglich war es. Aber ebenso gut war es möglich, dass die Ehefrau versuchen würde, nicht mit leeren Händen aus dieser Ehe herauszugehen. Er musste herausfinden, was genau Mrs Voss wusste. »Wenn Ihre Frau über Ihre Machenschaften Bescheid wusste, wieso haben Sie dann weitergezahlt, damit ich Ihr Geheimnis wahre?«, fragte er.

»Sie weiß nichts von den Partys. Sie glaubt, ich hätte immer nur eine Nutte auf einmal dagehabt. Und *sie* hat auch keine Fotos.«

Das war ein Argument. Er hatte mehr als ein Foto von Voss mit Nutten, die definitiv noch nicht volljährig waren, außerdem ein Video und Fotos, von denen Voss noch nichts wusste – diese würde er ihm erst vorlegen, wenn Voss für den Senatssitz kandidierte, auf den er nicht erst seit gestern schielte. Dass diese Fotos nicht in die Medien gelangten, würde Voss wesentlich mehr kosten, als er für die vergleichsweise harmlosen Partyfotos hingeblättert hatte, damit sie hübsch unter Verschluss blieben.

»Mr Voss, ich habe mit niemandem über unsere Vereinbarung gesprochen. Aber erzählen Sie mir bitte Genaueres über die beiden Cops, die heute Abend Ihre Frau aufgesucht haben. Hatten sie irgendwelche besonderen Merkmale? Narben? Sonst etwas Auffälliges?«

»Der Schwarze hatte eine Glatze und fuhr einen Chevy SUV, der andere einen Jeep. Mein Kontaktmann hat die Kennzeichen notiert. Er hat einen Kumpel bei der Polizei, der sie für ihn überprüft hat. Der Jeep gehört einem Detective namens Kimble, Vorname Adam, der SUV gehört zur Flotte des FBI.«

Sein Magen verkrampfte sich. *Kimble? Gemeinsam mit einem Schrank von einem Schwarzen? Scheiße! Absolute ... Oberscheiße. Gottverdammt noch mal!* Er hatte Mühe, seinen sanften Tonfall zu wahren. »Ich glaube, ich kenne die beiden Herren.« Die Reporter hatten versucht, im Zuge der Berichterstattung am Tatort am Nachmittag von beiden ein Statement zu bekommen. Detective Adam Kimble und Special Agent Jefferson Triplett. *Verdammte Scheiße!* »Wenn ich mich nicht irre« – was er definitiv nicht tat –, »sind die beiden die leitenden Ermittler in Sachen Schießerei heute Nachmittag in der Innenstadt.«

»Aber ... was wollen sie dann von Candace?«, fragte Voss. Genau dasselbe hatte er sich auch gerade gefragt. »Bei der Schießerei ging es um einen Jungen, der versucht hat, eine Frau umzubringen. Geben Sie mir eine Minute.« Im Hintergrund klapperte eine Tastatur, dann herrschte Stille.

»Scheiße«, flüsterte Voss. »Das gibt's doch nicht. Dr. Fallon? Sie war die Zielperson?«

Sein Magen krampfte sich noch mehr zusammen. »Woher kennen Sie Meredith Fallon?«

»Sie ist die Therapeutin meiner Tochter. Denken die etwa, ich hätte etwas damit zu tun? Gelte ich als Verdächtiger?« Seine Stimme wurde schrill. »Ich hatte nichts damit zu tun!«

»Es sieht ganz danach aus. Standen Sie in Kontakt mit ihr?«

Wieder herrschte Stille. »Nein«, sagte er dann.

Voss log. *Mir macht keiner etwas vor.* »Wieso geht Ihre Tochter zu einer Therapeutin? Weil sie eine Nutte gesehen hat?«

»Ja.«

»Und?«, fragte er scharf. »Was genau hat sie noch gesehen?«

»Das weiß ich nicht.« Diesmal schien er die Wahrheit zu sagen. Wenn das Kind sich zum Zeitpunkt von Voss' Sexpartys im Haus aufgehalten hatte ... konnte niemand sagen, was die Kleine gesehen hatte.

»Voss, hören Sie auf, meine Geduld zu strapazieren. Hatten Sie Kontakt zu Meredith Fallon?«, fragte er noch einmal, diesmal noch eine Spur schärfer. »Ich finde es auch so heraus. Ich habe Kontakte beim CPD.«

»Sie haben Ihre Finger wohl überall drin«, stieß Voss angewidert hervor.

Ja, das habe ich, dachte er mit einem befriedigten Lächeln.

»Also? Fallon?«

»Ich habe sie immer mal wieder gesehen. Hier und da.«
»Sie meinen, Sie haben sie gestalkt«, sagte er tonlos.
»Nein. Ich bin nur dorthin gegangen, wo sie auch auftauchen würde. Ich wollte ihr ein bisschen Angst machen, damit sie aufhört, mein Kind unter Druck zu setzen.«
Und hat es funktioniert?, wollte er ihn fragen. »Ich habe niemandem von unserem Arrangement erzählt, aber wenn die Cops jetzt anfangen, ihre Nase in Ihre Angelegenheiten zu stecken, könnten Sie mächtig unter Druck geraten.« *Und ich auch, aber so weit lasse ich es nicht kommen.*
»Ich habe ein Alibi. Ich habe vor mehr als hundert Gästen bei einer Spendenveranstaltung eine Rede gehalten.«
»Klar. Dann haben Sie natürlich nichts zu befürchten. Es sei denn ...«
»Es sei denn, was?«
»Na ja, Sie sind reich und würden sich schließlich die Finger nicht selbst schmutzig machen.«
»O mein Gott«, flüsterte Voss. »Das ist ein Albtraum.«
Allerdings. »Und was wollen Sie jetzt tun?«
»Ich weiß es nicht.« Ein aufmüpfiger Tonfall schwang in Voss' Stimme mit, doch er wusste, dass das lediglich Fassade war. »Ich muss mir eben etwas einfallen lassen.«
Zu spät. Das habe ich bereits übernommen. Dass die Cops schon vor seinem Haus postiert waren, machte es ein klein wenig schwieriger und erheblich riskanter, aber falls die Polizei Voss unter Druck setzte und er ihnen erzählte, dass er erpresst wurde ...
Dazu darf es auf keinen Fall kommen. Vor allem nicht, da sowohl das CPD als auch das FBI mit den Ermittlungen betraut waren. Voss musste zum Schweigen gebracht werden.
»Übernehmen Sie das. Und wenn Ihnen etwas eingefallen ist, geben Sie mir Bescheid, damit wir uns absprechen können«, log er und beendete das Gespräch.

Er wählte die Nummer seines Onkels und verdrehte die Augen, als eine Flut an Flüchen durch die Leitung drang.
»Halt's Maul, Mike. Ich brauche deine Hilfe.«
Er hörte das Rascheln von Bettzeug. »Wobei?«, schnauzte Mike ihn an. »Ich habe geschlafen.«
»Du musst dich um Broderick Voss kümmern.«
»Wieso?« Mike gähnte. »Zahlt er nicht mehr? Das hätte doch auch bis morgen Zeit gehabt, oder?«
»Er ist ein Verdächtiger in der Schießerei von heute Nachmittag.«
Kurz herrschte Schweigen. »Aha? Wie das?«
Er erzählte Mike von Voss' Versuchen, Meredith Fallon Angst einzujagen, indem er sie stalkte. Mike schnaubte.
»Dieser kleine Drecksack. Schon bevor er all die Millionen gemacht hat, war er ein blöder Idiot. Und daran hat sich nichts geändert. Und wie soll das Ganze ablaufen?«
Er überlegte. »Ich denke an einen selbst verschuldeten Unfall. Vielleicht, weil er ein bisschen zu heftig gefeiert hat.«
»Okay, ich nehme einen Vorrat an hochklassigem Heroin mit. Null Problemo.«
»Ein kleines Problemo gibt es schon. Vor seiner Haustür stehen Cops. Sie überwachen ihn.«
Mike lachte. »Das macht es doch bloß spannender, Junge. Wann soll das Ganze über die Bühne gehen?«
»Du hast ein paar Stunden. Kimble und sein Fed-Partner sind mit einem bösen kleinen Hausbrand beschäftigt.«
»Moment mal. Kimble ermittelt in dem Fall?« Er lachte. »Na, dann kann uns ja nichts passieren. Der Typ ist etwa so stabil wie eine Schneeflocke. Mach ihm ein bisschen Dampf, und er ist weg vom Fenster.«
»Da wäre ich mir nicht so sicher. Sein Zusammenbruch liegt schon eine Weile zurück. Unterschätzen werde ich ihn jedenfalls nicht, so viel steht fest. Außerdem ist das hier kein Sonn-

tagsspaziergang. Sollte Kimble einknicken, steht eine ganze Batterie an Cops parat. Und die Feds gleich mit dazu.«
Einen Moment herrschte Stille. »Hast du etwa Schiss vor Kimble?«, fragte Mike höhnisch.
Er runzelte die Stirn. »Natürlich nicht. Falls er uns zu dicht auf die Pelle rückt, machen wir ihn kalt. Aber jetzt konzentrieren wir uns erst mal auf Voss.«
»Okay. Ich gebe Bescheid.«
»Danke.«

11. Kapitel

Cincinnati, Ohio
Samstag, 19. Dezember, 23.15 Uhr

So viel zum Thema, im Handumdrehen wieder bei Meredith zu sein, dachte Adam, als er vor dem Pies & Fries, einer kleinen Pizzabude in der Nähe des Colleges, anhielt. Isenberg hatte Adam angerufen, als sie gerade das Haus von Candace Voss' Schwester verlassen hatten, um ihm mitzuteilen, dass der Besitzer sich gemeldet und angegeben hatte, das Opfer der Schießerei zu kennen.
Laut seiner Aussage hieß der junge Mann Andy Gold, war zwanzig Jahre alt und hatte im Service gearbeitet. *Vielleicht hat er mir sogar mal meine Pizza gebracht*, dachte Adam, der den Laden durchaus kannte.
Seufzend stieg Adam aus seinem Jeep und gesellte sich zu Trip, der bereits auf ihn wartete.
»Lag gegen Andy Gold jemals etwas vor?«, fragte Trip.
»Nein, er hat noch nicht mal einen Strafzettel wegen Falschparkens kassiert. Dann lass uns mal sehen, ob wir herausfinden können, warum er sterben musste.«
Sie gingen hinein. »Kommst du regelmäßig hierher?«
»Ich habe hier meinen achten Geburtstag gefeiert und bin seitdem ein Fan. Ich empfehle die Pizza mit Hackfleisch.« Adam deutete auf den Mann, der durch die Küchentür am hinteren Ende des Gastraums trat. »Shorty Redman schmeißt den Laden, seit ich auf der Highschool war. Davor hat er seinem Vater gehört. Sie sind hochanständige Leute, beteiligen sich aktiv am Gemeindeleben. Er ist ein guter Chef.«
Trip sah ihn überrascht an. »Hast du hier mal gejobbt, Kimble?«

»Ja, habe ich.« Er lächelte Shorty freundlich zu. »Drei Sommerferien lang habe ich das Geschirr gespült, um mir das Geld für mein erstes Auto zu verdienen.« Shorty deutete auf eine weitere Tür, die zu seinem Büro führte. Der Raum sah noch genauso aus wie damals, als Adam zur Schule gegangen war, bis hin zu den XXL-Tomatendosen, die an der Wand gestapelt waren.

Er ergriff Shortys ausgestreckte Hand und schlug ihm kameradschaftlich auf den Rücken, während er ihn kurz umarmte.

»Mit dir hatte ich eigentlich nicht gerechnet. Aber ich bin froh, dass du zuständig bist«, sagte Shorty.

Adam deutete auf Trip. »Das ist Special Agent Jefferson Triplett, FBI.«

»Setzt euch, Jungs.« Shorty deutete auf ein paar Klappstühle und ließ sich auf einen von ihnen sinken, statt hinter seinem Schreibtisch Platz zu nehmen. »Ich kann es immer noch nicht fassen. Ich habe erst nach der Stoßzeit die Abendnachrichten gesehen. Und dann …« Er schloss die Augen, sein Kiefer mahlte. »Gott, der arme Junge.«

»Andy Gold«, sagte Adam. »Was kannst du uns über ihn sagen?«

»Er würde keiner Fliege etwas zuleide tun, so viel steht fest. Ein wirklich netter Junge, der sich mächtig ins Zeug gelegt hat, um das College zu schaffen. Er wollte etwas aus sich machen.« Shorty stiegen die Tränen in die Augen, und er wandte sich ab, um seine Fassung zurückzugewinnen. »Er war bloß eine halbe Portion, hat aber nie gefragt, ob er etwas zu essen bekommt. Einmal ist er vor Schwäche sogar umgekippt. Es stellte sich heraus, dass er seit zwei Tagen nichts in den Magen bekommen hatte. Verdammt, Adam. Ein Junge, der Hunger leiden muss? In meinem Restaurant? So was kann ich doch nicht zulassen.«

»Natürlich nicht, Shorty«, sagte Adam leise. »Du hast ihm etwas zu essen gegeben.« Das war keine Frage.

»Ja. Ich habe versucht, ihn ein bisschen zu mästen, damit er etwas auf die Rippen bekommt. Nach einer Weile sah er einigermaßen gesund aus. Ich habe ihn in dem Videoclip gesehen. Er war …«, ein ersticktes Schluchzen drang aus seinem Mund, »er hatte solche Angst, das habe ich genau gesehen«, flüsterte er. »Er wollte niemandem etwas tun. Niemals. Er war ein ganz feiner Junge.«

»Das glauben wir auch«, bestätigte Adam. »Wir versuchen gerade zu rekonstruieren, was zu den heutigen Ereignissen geführt hat. Jemand hat ihn getötet, und wir wollen den Täter finden.«

»Gut«, krächzte Shorty. »Ich hoffe, ihr schnappt den Mistkerl und lasst ihn in einer dunklen Zelle verrotten. Ich meine … eine Bombe? Gott. Er hat dem netten Jungen eine Bombe umgeschnallt und ihn losgeschickt, damit er für ihn die Drecksarbeit erledigt?«

»Woher wissen Sie das alles?«, fragte Trip.

Blanke Wut spiegelte sich auf Shortys Miene wider. »Weil der Junge überall sein wollte, bloß nicht in diesem Café. Jeder Dummkopf konnte das sehen.« Er sog tief den Atem ein und schürzte die Lippen. »Entschuldigen Sie bitte, Agent Triplett, damit will ich natürlich nicht sagen, dass Sie alle Dummköpfe sind. Aber Andy Gold hat schon ein ganzes Jahr für mich gearbeitet, war immer pünktlich, immer respektvoll, ehrlich und nett. Ein Angestellter wie aus dem Bilderbuch. Ich habe sein Bild in den Nachrichten gesehen – das während der Verlobungsfeier in dem Café aufgenommen worden war. Er war ganz blass und hat am ganzen Leib gezittert. Das war nicht der Andy, den ich kenne.«

»Ich verstehe schon«, brummte Trip, worauf Shortys Anspannung augenblicklich nachließ. »Aber vielleicht kennen

Sie ja jemanden, der ihn gezwungen haben könnte ... jemanden, der so viel Macht über ihn gehabt hat.«
»Nein.« Shorty schüttelte den Kopf. »Ich weiß eigentlich nur, dass er keine Familie hatte. Er hat in einem heruntergekommenen Apartment im Keller eines Hauses gewohnt. Die Adresse kann ich euch gern geben.«
»Er hat ein Mädchen erwähnt, um das er sich Sorgen machte«, meinte Adam. »Hast du eine Ahnung, wer das sein könnte?«
»Ah, vielleicht Linnie.« Shorty runzelte die Stirn. »Falls ich ihren Nachnamen jemals gehört haben sollte, kann ich mich leider nicht daran erinnern. Ich habe sie bloß ein paar Mal gesehen. Sie wirkte ein bisschen schüchtern. Oft hat Andy ihr etwas von seinem Verpflegungszuschuss abgegeben. Er hat sich um sie gekümmert.«
»Hat sie mit ihm zusammengewohnt?«, wollte Trip wissen.
»Nein, sie ging auf eine andere Uni und hatte ein Zimmer im Wohnheim.« Er gab ein trauriges Seufzen von sich. »Ich glaube ja, er war verliebter in sie als sie in ihn ... ihr wisst schon, was ich meine. Sie war ... empfindlich. Nein, das trifft es nicht richtig. Eher wie ein scheuendes Pferd, das sofort durchgeht, wenn man ihm zu nahe kommt.«
Trip presste die Lippen aufeinander. »Vielleicht weil ihr jemand wehgetan hatte?«
»Kann sein. Keine Ahnung. Wie gesagt, ich habe sie bloß ein paar Mal gesehen. Aber ... ja, ich denke, das trifft es.«
Trip zog sein Notizbuch heraus. »Könnten Sie sie beschreiben?«
»Dunkles Haar, dunkle Augen mit tiefen Ringen. Auf der einen Seite hatte sie ihr Haar abrasiert, auf der anderen ein bisschen schief geschnitten, als hätte sie es selbst gemacht. Einmal war sie ziemlich stark geschminkt. Sah ein bisschen ... hart aus. Sie hatte eine ganz leise Stimme, irgendwie

rauchig. Und sie sah sehr jung aus. Andy hat geschworen, sie seien gleich alt, aber ich fand, sie sah wie sechzehn aus.«

Trip notierte alles. »Größe? Gewicht? Kleidungsstil?«

»Hm … vielleicht einen Meter sechzig und spindeldürr, wie Andy, zumindest am Anfang. Sie hatte immer Jeans und diese Kampfstiefel an, wenn ich sie gesehen habe. Und in einem Ohr hatte sie jede Menge Ohrringe, von unten bis oben.«

»Wo haben sie und Andy sich kennengelernt?«, fragte Adam.

»Sie würden sich seit der Highschool kennen, hat Andy gesagt.«

»Und wo sind sie zur Schule gegangen?«, hakte Trip nach.

»Er hat mir nie erzählt, wo er aufgewachsen ist. Und wie gesagt, ich weiß nur, dass er keine Familie hatte. Andy hat nicht gern über seine Vergangenheit geredet.« Wieder schüttelte Shorty traurig den Kopf. »Ich hatte immer das Gefühl, als wäre seine Vergangenheit nicht sonderlich angenehm gewesen.«

»Wann haben Sie Andy zuletzt gesehen?«, fragte Trip.

»Am Freitag, so gegen neun? Er ist rausgegangen, um eine Zigarette zu rauchen.« Er sah Adam an. »Du weißt schon. Auf der Laderampe.«

Adam nickte wehmütig. »Ja.«

»Du hast auch mal geraucht?« Trip schien überrascht zu sein.

»Nur einmal. Ich dachte, ich ersticke gleich.« Allerdings hatte er im letzten Jahr unzählige Male versucht, wieder anzufangen – jeder bei den Anonymen Alkoholikern wusste, dass Rauchen half, den Drang nach einem Drink zu unterdrücken. Am Ende hatte er sich aufs Kaugummikauen verlagert. Im letzten Jahr hatte er eine ganze Wagenladung konsumiert. »Natürlich hat Shorty mich prompt erwischt.« Adam wandte sich ihm zu. »Aber du hast mich nicht bei meinem Vater verpetzt. Danke dafür, übrigens.«

»Nur weil er ein echtes A–« Shorty unterbrach sich und schüttelte den Kopf. »Egal.«

Adam wusste genau, was ihm auf der Zunge gelegen hatte. *Weil er ein echtes Arschloch ist.* Und Shorty hätte vollkommen recht damit. »Andy hat also eine Rauchpause gemacht. Und was war dann?«

»Er ist nicht zurückgekommen. Ich habe ihn auf dem Handy angerufen, aber er hat nicht abgehoben. Ich habe sogar jemanden zu ihm nach Hause geschickt, für den Fall, dass er plötzlich krank geworden ist, aber dort war er auch nicht.«

Adam verzog das Gesicht. »Das ist jetzt mehr als vierundzwanzig Stunden her. Wir müssen ein Team der Spurensicherung kommen lassen, aber ...« Nach der langen Zeit würden die Kollegen kaum noch brauchbare Spuren finden.

»Wie viele Lieferungen hatten Sie heute?«, fragte Trip.

Shorty sah ihn betrübt an. »Drei. Außerdem machen alle meine Angestellten dort Pause. Inzwischen werden Ihre Leute nichts Verwertbares mehr finden, stimmt's?«

»Unsere Leute sind wirklich gut«, meinte Adam. »Weißt du zufällig, welche Marke er geraucht hat? Das würde uns zumindest helfen, die Stummel der anderen auszusortieren.«

»Nein«, antwortete Shorty betrübt.

»Wir brauchen eine Liste von allen, die gestern Abend Schicht hatten«, fuhr Trip fort. »Namen und Adressen, bitte. Und die Namen derjenigen, mit denen sich Andy gut verstanden hat.«

»Andy hat sich mit allen gut verstanden, hatte aber keine wirklich engen Freunde. Für Freunde hätte er erst nach dem Abschluss wieder Zeit, hat er immer im Spaß gesagt.«

»Was hat er überhaupt studiert?«, fragte Adam.

Shorty verdrehte betrübt-liebevoll die Augen. »Englische Literatur. Er wollte entweder Lehrer oder Schriftsteller werden. Gedichte waren sein Steckenpferd.« Er stand auf und ging zur Tür. »Johnny! Kommst du mal?« Er blickte Adam und Trip über die Schulter hinweg an. »Johnny ist der zweite

Raucher hier. Manchmal haben er und Andy gemeinsam Pause gemacht. Ich suche die Adressen von Andy und den anderen Angestellten zusammen, die gestern Abend Schicht hatten. Sie sind in meinem Computer gespeichert.« Er deutete auf seinen Schreibtisch. »Soll ich rausgehen, während ihr Johnny befragt? Ich kann den Laptop auch mit ins Restaurant nehmen.«

»Ehrlich gesagt, kann ich mir dich nicht am Laptop vorstellen, Shorty«, meinte Adam.

Shorty schnaubte. »Ich habe nicht behauptet, dass ich das Ding beherrsche, aber meine Schwiegertochter hat alles idiotensicher eingerichtet und eine Sicherung eingebaut, damit ich keinen nicht wiedergutzumachenden Schaden anrichten kann.«

Er verließ das Büro mit dem Laptop unter dem Arm, als ein junger Mann hereinkam und sich nervös die Hände an einem Lappen abwischte, den er in seine Schürze geklemmt hatte.

»Sie haben gerufen, Boss?«

»Ja. Die beiden Detectives möchten dir ein paar Fragen wegen Andy stellen.«

Der Junge nickte sichtlich angespannt. »Das habe ich mir schon gedacht.«

Shorty drückte ihm ermutigend die Schulter. »Das ist Johnny. Er ist ein schlaues Bürschchen, redet bloß ein bisschen langsam. Lasst ihm Zeit, ja? Alles bestens, Junge, keine Sorge«, murmelte er. »Ich sag's bloß gleich, damit sie Bescheid wissen.«

»Danke.« Johnny deutete auf die Tür, als Shorty verschwunden war. »Soll ich zumachen?«

»Bitte«, sagte Adam. »Ich bin Detective Kimble, das ist Special Agent Triplett. Setzen Sie sich ruhig. Wir wollen Ihnen bloß ein paar Fragen stellen.«

Der Junge setzte sich. Er wirkte immer noch reichlich nervös.

»Ich weiß. Ich ... kann das nicht glauben. Andy war ein echt ... netter Kerl, ehrlich.«

Adam lächelte betrübt. »Das hat uns Shorty auch gerade erzählt.«

»Und der Mann lügt nicht«, bekräftigte Johnny.

»Weiß ich. Ich habe auch mal hier gearbeitet, vor hundert Jahren.« Zumindest fühlte es sich so an.

Johnny nickte. »Ich hab Sie hier schon mal gesehen. Zum Essen. Shorty hat gesagt, Sie hätten früher mal meinen Job gehabt, aber jetzt seien Sie Polizist.«

»Das stimmt«, bestätigte Adam. »Sie und Andy waren also Freunde?«

Johnny zuckte mit den Schultern. »Wir haben uns ganz gut verstanden, sind aber nie zusammen weggegangen oder so. Meine Kumpels und ich haben ihn ein paar Mal gefragt, aber er hat immer bloß gelernt. Er war echt schlau, trotzdem hat er nie so getan, als wäre er was Besseres oder so.«

Adam nickte. »Hatten Sie gestern Abend gemeinsam mit ihm Schicht?«

»Nein. Shorty hat mich früher gehen lassen, weil meine Freundin Geburtstag hatte.«

»Haben Sie jemals Andys Freundin kennengelernt?«, fragte Trip. »Linnie?«

»Ich hab sie zwei oder drei Mal gesehen. Sie war echt hübsch. Aber ... irgendwie schräg. Wie ...« Er runzelte die Stirn und suchte eine geschlagene Minute nach dem richtigen Wort. »Wie ein Stachelschwein. Sie wissen schon, die haben total niedliche Gesichter, aber anfassen will man sie lieber nicht. Sie hatte so was an sich ... nach dem Motto ›Rühr mich bloß nicht an‹. Einige der Jungs haben Andy wegen ihr geärgert. Nicht bösartig, nur so ein bisschen im Spaß. Andy hat behauptet, sie seien bloß Freunde, aber natürlich haben wir ihm kein Wort geglaubt. Den hatte es echt erwischt, ganz übel.«

Adam fühlte mit dem Jungen, dem er nie begegnet war. »Hat er jemals irgendjemanden außer Linnie erwähnt?«

Wieder verfiel Johnny in Schweigen und legte die Stirn in Falten. »Einmal. Einen Typen namens Shane. Er, Linnie und Shane seien davor mal Freunde gewesen.«

»Wovor?«

Johnny zuckte die Achseln. »Keine Ahnung, einfach davor. Ich habe gesagt, mein Vater würde mir die Hölle heißmachen, wenn er wüsste, dass ich rauche, und Andy hat gesagt, er hätte niemanden, der das täte. Aber dann meinte er ›Na ja, Shane vielleicht‹. Als ich nachgefragt habe, sagte er, sie seien zusammen auf die Highschool gegangen, aber dann hätte sein Kumpel ein Vollstipendium an einer Uni im Norden bekommen. Seitdem sei der Kontakt ziemlich eingeschlafen. Es hörte sich an, als würde es ihm ziemlich leidtun, deshalb habe ich nicht weiter nachgefragt. Entschuldigung. Ich hätte nachfragen sollen.«

»Kein Problem, ist nicht Ihre Schuld«, wiegelte Trip ab. »Hat Andy Shanes Nachnamen erwähnt?«

Johnny dachte einige Sekunden nach. »Nein, tut mir leid. Ich wünschte, ich hätte gefragt.«

Adam lächelte ihm ermutigend zu. »Das konnten Sie ja nicht wissen. Agent Triplett hat recht. Sie sollten die Schuld nicht bei sich suchen. Können Sie uns zufällig verraten, welche Zigarettenmarke Andy geraucht hat?«

Johnny entspannte sich ein wenig. »Camel.«

»Wunderbar, danke.« Adam und Trip reichten dem Jungen ihre Visitenkarten. »Sie waren uns eine große Hilfe. Sollte Ihnen noch etwas einfallen, melden Sie sich bitte, ja?«

In diesem Moment flog die Tür auf, und ein sichtlich erschütterter Shorty stand vor ihnen. »Kommt mal.« Er führte sie zu dem Fernseher über der Bar, wo gerade ein Nachrichtenbericht über einen Brand lief. »Das ist das Haus, in dem Andy

gewohnt hat.« Er drehte den Laptop so, dass sie Andy Golds Personalakte sehen konnten. »Das ist es.«
Verdammte Scheiße, hätte Adam am liebsten geschrien, beherrschte sich jedoch. »Danke, Shorty. Wir kümmern uns darum.« Er reichte auch ihm seine Visitenkarte. »Kannst du mir die Adressen der anderen Mitarbeiter von gestern mailen? Wir müssen uns beeilen.«
»Klar. Hey, Adam«, rief er, als Trip und er sich zum Gehen wandten. »Passt auf euch auf, okay? Seid … einfach vorsichtig.« Shortys Stimme bebte.
Adam wandte sich um, ging noch einmal zurück und drückte seinem ehemaligen Boss die Schulter. »Aber natürlich. Ich habe so vieles, wofür es sich zu leben lohnt, Shorty.«
Shorty erschauderte. »Schön, das zu hören. Lange Zeit hatte ich Angst, du … Wie auch immer. Jedenfalls bin ich froh, dass du das sagst.«
Wieder drückte Adam Shortys Schulter. »Danke. Bis bald.«
»Scheiße«, stieß Trip hervor, als sie aus dem Restaurant traten. »Zuerst ein versuchter Bombenanschlag und jetzt ein Brand? Hier will wohl jemand unbedingt sämtliche Spuren des Jungen vernichten.«
»Allerdings«, bestätigte Adam. »Aber das heißt auch, dass Voss entweder nichts damit zu tun hat oder jemand anderes den Brand gelegt haben muss.«
Trip nickte grimmig. »Weil er in seinem Haus festsitzt.«
»Genau.« Adam kämpfte gegen seinen Frust an. Voss war eindeutig derjenige, der Meredith auf die Pelle gerückt war, aber womöglich war er nicht derjenige, nach dem sie suchten. Er musste wachsam bleiben, alle Möglichkeiten in Betracht ziehen. »Wir treffen uns dort.«
Aber vorher … Er stieg in seinen Jeep und ließ den Motor an, um die Heizung aufdrehen zu können. Dann schrieb er Meredith eine Nachricht. *Es verzögert sich alles. Brauche*

noch eine Stunde, viell. zwei. Kann auch morgen kommen, wenn du zu müde bist.
Ihre Antwort kam Sekunden später. *Bin noch wach und warte auf dich.* Er atmete auf, doch beim Anblick ihrer zweiten Nachricht wurde seine Brust eng. *Sei vorsichtig. Pass auf dich auf. Ich warte.*
Am liebsten hätte er einen Freudenschrei ausgestoßen, obwohl seine Augen brannten. Sie wartete auf ihn. Das hatte er gar nicht verdient, trotzdem war er dankbar. Er blinzelte die Tränen weg, fuhr vom Parkplatz des Pies & Fries und machte sich auf den Weg zu dem brennenden Haus.

Chicago, Illinois
Sonntag, 20. Dezember, 00.35 Uhr,
CST (01.35 Uhr CET)

Tiffany Curtis blickte auf das Display ihres summenden Handys und atmete erleichtert auf. Eine Nachricht von Kyle. Endlich. Sie hatte keine Ruhe gehabt, seit sie ihm bei Burger King die Wagenschlüssel gegeben hatte.
Genauer gesagt, stammte die Nachricht von Shane – *K. fährt gerade. Alles klar hier. Noch etwa zwei Stunden bis Cincinnati. Er ruft dich an, wenn wir dort sind. Es schneit wie verrückt. Muss sich konzentrieren.* Ein Emoji mit verdrehten Augen. *Ernsthaft.*
Bei dem Wort *Ernsthaft* verdrehte auch Tiffany die Augen, weil Kyle ein lausiger Fahrer war. Sie hatte lange überlegt, ob sie ihm ihren Wagen leihen sollte, aber er hatte so verzweifelt und besorgt um Shane geklungen, deshalb hatte sie eingewilligt.
In diesem Moment kam die nächste Nachricht. *Danke. Ernsthaft. Du hast keine Ahnung, was mir das bedeutet – SB*

Shane Baird war immer so verdammt ernst. Inzwischen hatte Kyle es sich zur Aufgabe gemacht, seinen Freund ein bisschen aufzumuntern, und Tiffany hatte sich ihm angeschlossen. Sie nahm sich vor, ihre Mutter zu bitten, ihr eine Schachtel Weihnachtsplätzchen für ihn mitzugeben. Sein bester Freund von früher war gerade umgekommen – bei dieser Schießerei. Eine echte Katastrophe. Plätzchen würden ihn zwar auch nicht wieder lebendig machen, Shane aber immerhin zeigen, dass er nicht ganz allein war.

Denn in ihrem ganzen Leben war sie niemandem begegnet, der so allein war wie Shane Baird.

Kein Problem, schrieb sie zurück. *Mach ich doch gerne. Liebe Grüße.* Sie fügte ein Herz-Emoji dazu.

Eine knarzende Holzdiele war die einzige Warnung, dann schlangen sich plötzlich zwei kräftige Arme um sie. Ihr Handy landete polternd auf dem Boden.

Nein! Sie riss den Mund zu einem Schrei auf, doch der Angreifer schob einen Lappen hinein, dämpfte den Laut, der erstarb.

Kein Laut, den ihre Mutter hören würde, schon gar nicht, da sie ihre Atemmaske beim Schlafen trug.

Wehr dich! Tiffany begann, sich zu winden, trat dem Angreifer gegen das Schienbein, doch der gab nicht einmal ein Stöhnen von sich. Sie versuchte weiter, sich seinem Griff zu entwinden, unterdrückte ein Schluchzen, ihre aufsteigende Panik, doch er zerrte sie zum Bett und drückte ihr Gesicht in die Kissen, während er ihr das Knie in den Rücken rammte.

Atme. Sie konnte nicht atmen. Er versuchte, sie zu ersticken. Sie wehrte sich mit aller Kraft, riss einen Arm nach hinten, um ihn zu packen … irgendetwas zu fassen zu bekommen.

Schrei. Doch ihr Protest war kaum mehr als ein ersticktes Flüstern.

Er packte mit einer Hand ihre Handgelenke, vergrub die

andere in ihrem Haar und riss ihren Kopf nach hinten. »Los, kämpf«, raunte er. »Das gefällt mir.«
Er drehte sie auf den Rücken, löste die Hände um ihre Handgelenke und packte sie so, dass ihre Hände links und rechts neben ihrem Kopf lagen. Ein Schluchzen drang aus ihrer Kehle. Ihre Augen füllten sich mit Tränen, sodass sie die dunkle Gestalt über sich kaum ausmachen konnte.
Sie blinzelte. *Reiß dich zusammen.* Du musst dir merken, wie er aussieht, damit du ihn später identifizieren kannst. Er trug eine Skimaske, die sein Gesicht bis auf den Mund und die Augen verdeckte. Seine Augen ... selbst im Dunkeln jagten sie ihr eine Heidenangst ein.
»Ich werde dir jetzt ein paar Fragen stellen«, sagte er. Sie zuckte zurück. Sein Atem stank ekelhaft. »Je nachdem, welche Antworten du mir gibst, geht es weiter. Wenn du mir sagst, was ich wissen will, werde ich dir nicht wehtun. Zumindest nicht sehr. Blinzle, wenn du verstanden hast, was ich sage.«
Sie blinzelte völlig verängstigt. Wieder schossen ihr die Tränen in die Augen.
Eine Hand um ihre Handgelenke gelegt, zog er ihr den Lappen aus dem Mund. Sie hustete und keuchte. *Mama! Hör mich doch!*
Aber komm nicht!, hätte sie am liebsten geschrien. *Ruf die Polizei. Komm nicht rein, sonst tut er dir auch noch etwas an!*
»Wo ist dein Freund hingefahren?«
Sie blinzelte. Die Antwort lag ihr auf der Zungenspitze, doch etwas hinderte sie daran, sie laut auszusprechen. »Ich weiß es nicht«, stieß sie stattdessen laut hervor. *Bitte. Mom. Bitte.*
Sie schrie auf, als er ihr mit der Faust ins Gesicht drosch.
»Lüg mich nicht an, Miststück«, knurrte er, riss sie an den Haaren hoch und schüttelte sie, bis sie glaubte, sich übergeben zu müssen.

Kotzen. Ja. Genau. Das solltest du jetzt tun. Ihn vollkotzen, dann lässt er dich bestimmt zufrieden. Aber er hielt sie mit eisernem Griff fest, sodass sie ihre Finger nicht an den Mund heben konnte.
Hilfe. Helft mir doch. Irgendjemand. Sie holte Luft und stieß einen lauten Schrei aus, woraufhin er ihr die Hand auf den Mund presste. Latex. Er trug Handschuhe.
»Halt's Maul!«, zischte er und presste ihr erneut die Hand auf den Mund, bis sie ein Wimmern ausstieß. »Sonst sorge ich dafür, dass du es überhaupt nicht mehr aufbekommst!« Plötzlich sah sie ein Leuchten in seinen Augen, und ein grausamer Zug erschien um seinen Mund. »Deine Mama kann dich nicht hören.« Er beugte sich näher. »Weil sie tot ist.«
Ihr Atem wurde flach. Schneller. Bis alles um sie herum verschwamm. Er hatte ihre Mutter getötet.
Nein! Sie schüttelte den Kopf, wollte es nicht glauben. Er log. Es musste eine Lüge sein.
»Es ist wahr«, höhnte er. »Sie hat geschlafen, hatte diese Maske auf. Sie ist nicht mal aufgewacht, als ich ihr die Kehle durchgeschnitten habe. Sie hat nicht gelitten. Aber du wirst leiden, wenn du mir nicht endlich die Wahrheit sagst. Also, wo ist dein Freund hingefahren?«
Wut stieg in ihr auf, verlieh ihr neue Stärke. Sie bleckte die Zähne und vergrub sie in seiner Hand. Er stieß einen lauten Schrei auf und versuchte, sich loszureißen, aber sie biss noch fester zu. Schließlich zog er die Hand zurück und schüttelte sie, um den Schmerz loszuwerden.
»Du elende Fotze!«, stieß er hervor, während er seinen Griff lockerte und ausholte, um ihr einen weiteren Schlag zu verpassen.
Genau in diesem Moment gelang es ihr, sich ihm zu entwinden. Sie rollte herum, doch er packte sie mit der verletzten Hand am Hals und drückte zu. Sie krallte die Finger darum

und zog, spürte, wie ihr der Druck auf ihre Luftröhre den Atem raubte.

Es gelang ihr lediglich, den Handschuh zu zerreißen. Er schleuderte ihn weg.

Er lächelte. Sie wusste, was das bedeutete. Sie war so gut wie tot.

»Ja, genau«, raunte er. »Du wirst sterben. Und es wird sehr, sehr wehtun.«

In diesem Moment wurde er stocksteif und lauschte mit schief gelegtem Kopf.

Eine Polizeisirene. Sie wurde lauter. *Hilfe. Jemand kommt, um mir zu helfen.* Sein Griff um ihre Kehle verstärkte sich, schwarze Punkte tanzten vor ihren Augen, die immer größer wurden, bis alles in Schwärze getaucht war.

Beeilt euch, schrie sie stumm. *Bitte, beeilt euch.*

»Verdammt!« Er löste seine Hand von ihrer Kehle.

Er haut ab. Sie schnappte nach Luft. Die Luft schmerzte in ihrer Lunge. *Er haut ab.* Sie hörte ein Rascheln, spürte die Matratze unter ihr nachgeben, als er sich erhob. *Es wird alles gut. Ich schaffe es.*

Sie rollte sich zur Seite, wollte zu ihrer Mutter. *Mama.* Sie schlug die Augen auf, gerade noch rechtzeitig, um das Messer in seiner Hand zu erkennen.

Cincinnati, Ohio
Sonntag, 20. Dezember, 03.15 Uhr

Er kommt. Er kommt. Die Worte hallten im Rhythmus ihres Herzschlags wider. Adam hatte eine Nachricht geschickt, dass er unterwegs war. Sie blickte auf ihr Handy, überprüfte die Uhrzeit. Seit dem letzten Mal war nicht einmal eine Minute vergangen.

»Versuch, dich zu entspannen«, murmelte Kate, die ruhig und gelassen mit ihrem Strickzeug und dem alten Hund zu ihren Füßen im Wohnzimmer auf dem Sofa saß. Aber Meredith wusste genau, dass ihre Freundin jede Bewegung im Haus registrierte. Sie war bewaffnet und bereit, jederzeit zuzuschlagen. »Adam kommt, wenn er so weit ist. Beschäftige dich so lange. Fang an zu putzen, das hilft dir sonst auch immer, dich zu beruhigen.«
Meredith gehorchte, doch Bailey und Delores hatten schon ganze Arbeit geleistet, weshalb es nichts mehr zu tun gab. Seufzend setzte sie den Wasserkessel auf.
Wenigstens war das Haus halbwegs leer. Diesel schlief unten im Keller, und ihr Großvater hatte das Zimmer bezogen, das früher ihr Vater bewohnt hatte.
Kendra hatten sie zu Wendi geschickt – Mariposa House war größer und brauchte definitiv mehr Augen und Ohren als Merediths Zuhause. Das war Kates Idee gewesen, und Meredith hatte dem Vorschlag dankbar zugestimmt.
Kendra war wie eine Schwester für sie, aber sie konnte Adam Kimble nun mal nicht ausstehen. Kate hingegen schien etwas über Adam zu wissen, das ihre Missbilligung schmälerte, doch mehr als »er verarbeitet gerade ein paar üble Sachen« und »steht ziemlich unter Stress« war nicht aus ihr herauszuholen. Aber diese Diagnose traf so ziemlich auf jeden Polizisten zu, den Meredith kannte.
Die Belastungen ihrer Arbeit setzten den Männern und Frauen mehr zu, als sie meist einzugestehen bereit waren.
Sie sprang auf, als ihr Handy summte, und las die Nachricht mit einer Gelassenheit, die sie in Wahrheit nicht empfand.
Bin unten an der Tür. Bist du wach?
Ihre Finger zitterten, als sie antwortete. *Ja, ich komme runter.*
Sie schaltete den Herd aus und spähte ins Wohnzimmer, um

Kate Bescheid zu sagen, ehe sie, immer zwei Stufen auf einmal nehmend, die Treppe hinunterlief.

Um sich anzuhören, was er zu sagen hatte. Und um ihn hoffentlich ein weiteres Mal zu küssen.

Er stand mit dem Rücken an der Tür und blickte auf den Garten und die Häuser ringsum. *Immer wachsam und auf der Hut*, dachte sie.

Sie klopfte gegen das Fenster, woraufhin er sich umdrehte. Ihr stockte der Atem. Im silbrigen Mondschein war seine Attraktivität geradezu umwerfend – dieser markante Kiefer, der volle Mund und die dunklen Augen, die nur einen Wunsch in ihr heraufbeschworen … all seine Geheimnisse zu kennen. Den Zeigefinger auf die Lippen gelegt, öffnete sie leise die Hintertür.

»Diesel schläft«, flüsterte sie mit einer Geste auf die geschlossene Gästezimmertür und trat einen Schritt zurück, um ihn eintreten zu lassen, wobei ihr der Geruch seines Mantels entgegenschlug, als er die Tür hinter sich schloss.

»Ein Brand?«, fragte sie leise, packte ihn bei den Schultern und drehte ihn zu sich herum. Seine Miene war grimmig.

»Was ist passiert?«, fragte sie.

Er deutete in Richtung Fernsehzimmer am Ende des Korridors. »Lass uns dort reingehen.«

Er nahm sie beim Ellbogen, während sie versuchte, sich einen Reim auf den plötzlichen Sinneswandel zu machen. Keine Spur von Zärtlichkeit mehr, kein Verlangen. Sondern nur … knallhartes Business.

Sie trat ins Fernsehzimmer und schaltete das Licht ein. Schneeflocken glitzerten auf Adams schwarzem Mantel. Sie wischte sie fort, ehe sie die Hand nach dem obersten Knopf ausstreckte.

Doch dann hielt sie inne. »Bleibst du?«

Er nickte knapp. Schluckte. »Ja. Zumindest eine Weile.«

Stirnrunzelnd knöpfte sie seinen Mantel auf und schob ihn über seine Schultern, während er stocksteif wie eine Statue vor ihr stand. »Also, was ist passiert?«
Er löste seine Krawatte und öffnete den obersten Hemdknopf. Er wirkte völlig erschöpft.
Vorsichtig legte sie die Hände um sein Gesicht. »Adam?«
Mit einem erschaudernden Atemzug zog er sie an sich, schlang die Arme um sie, so fest, dass es fast wehtat. Doch ihre Erleichterung überwog. Genau das hatte sie sich gewünscht. *Hier, in seinen Armen zu sein.*
Wortlos stellte sie sich auf die Zehenspitzen, schlang die Arme um ihn und strich ihm durchs Haar. Er vergrub das Gesicht an ihrer Schulter. Sie spürte, wie er zitterte.
Genauso wie beim letzten Mal, als er zu ihr gekommen war.
Nach einer scheinbaren Ewigkeit löste er die Arme, sodass sie Atem schöpfen konnte, nur um ihn ihr sogleich wieder zu rauben, indem er sie mit derselben Leidenschaft küsste wie ein paar Stunden zuvor. Hart. Fordernd. Beinahe wie eine Strafe. Voller Wut? *Nein*, dachte sie. *Nicht Wut.*
Angst. *Was um alles in der Welt ist passiert, Adam?*
Abrupt löste er sich von ihr. »Verdammt, es tut mir leid. Ich wollte dir nicht wehtun.«
»Hast du nicht«, murmelte sie und strich mit den Fingerspitzen über seinen Mund. »Das würdest du niemals tun.«
»Ehe würde ich sterben«, sagte er leise und schloss die Augen.
»Adam.« Sie legte ihre Hände um seine Wangen, spürte seine Bartstoppeln an ihren Handflächen. »Was ist passiert? Rede mit mir, Baby.«
Er versteifte sich, dann ließ er neuerlich den Kopf gegen ihre Schulter sinken. »Das ist schön.«
Es dauerte einen Moment, ehe der Groschen fiel. »Wenn ich dich Baby nenne?«, fragte sie und lächelte, dann streichelte sie ihm weiter zärtlich das Haar.

»Alles außer egoistischer Dreckskerl ist einfach nur schön.« Sie küsste sein Ohr. »Setz dich, bevor du noch umkippst. Du bist ja völlig entkräftet.« Wie eine Marionette, deren Fäden durchgeschnitten worden waren, ließ er sich auf das Sofa fallen. Sie war heilfroh, dass sie sich für stabil gebautes Mobiliar entschieden hatte. »Möchtest du einen Tee?«
Er nahm ihre Hand und zog sie neben sich. »Nein. Ich muss dir ein paar Dinge sagen, bevor ich wieder losmuss. Zuerst das, was mit dem Fall zu tun hat. Es ist wichtig, dass du verstehst, was hier gerade passiert, und auf dich aufpasst. Wenn ich dann noch Zeit habe, reden wir über das, weshalb ich eigentlich herkommen wollte.«
»Gut.« Ohne seine Hand loszulassen, wandte sie sich ihm zu. »Ich höre.«
»Der Junge. Inzwischen kennen wir seinen Namen. Andy Gold.«
Bei der Erinnerung an die Tapferkeit des Jungen, der ihr das Leben zu retten versucht hatte, bevor er gestorben war, blutete ihr neuerlich das Herz. »Der arme Andy.«
»Er hat im Pies & Fries gearbeitet.«
»Eine meiner Lieblingspizzerien«, sagte sie. »Shorty ist ein guter Mensch. Bestimmt ist er am Boden zerstört.«
Adam runzelte die Stirn. »Du kennst Shorty?«
»Ich bin auch hier aufgewachsen, Adam. Mein Dad war ein Riesenfan von Shortys Pizza. Wir waren bei jeder sich bietenden Gelegenheit dort. Was hat Shorty denn über Andy Gold gesagt?«
»Dass er ein hochanständiger Junge war, engagiert, nicht arbeitsscheu. Aber das bestätigt nur, was wir uns ohnehin gedacht hatten. Ich meine, der Junge hat die Drähte aus der Bombe gezogen, bevor er in das Restaurant ging.«
Meredith sah ihn erstaunt an. »Was? Das wusste ich gar nicht. War das nicht sehr gefährlich?«

Adam nickte. »Er hätte sich ohne Weiteres dadurch in die Luft sprengen können. Aber ich nehme an, er wollte nicht, dass noch jemand verletzt wird. Wir haben einen Hinweis auf die Frau, die er erwähnt hat, aber deine Sicherheit steht im Augenblick ganz oben.« Er holte tief Luft. »Shorty hat uns Andys Adresse gegeben.«
Mit einem fast hörbaren Geräusch fiel ein weiteres Puzzleteilchen an seinen Platz. »Sein Haus wurde angezündet.« Sekundenlang starrte er sie an. »Ich vergesse immer wieder, wie schlau du bist, weil du so verdammt gut aussiehst.« Er schürzte die Lippen. »Verdammt. So sollte das eigentlich nicht rüberkommen.«
Sie lächelte. »Trotzdem freue ich mich über das Kompliment. Danke.« Sie drückte ihm einen sanften Kuss auf die Hand und legte sie auf ihr Knie. »Es war also Brandstiftung?«
Er nickte. »Andy hat ein Kellerapartment im Haus einer Familie bewohnt.« Er fuhr sich mit der freien Hand über die Augen. »Der Brand war verheerend. Die Feuerwehrmänner sind reingegangen, obwohl … die Typen sind …« Er zuckte die Achseln. »Völlig verrückt.«
»Ich weiß. Und ich bin froh, dass du dir einen anderen Beruf gesucht hast, obwohl Polizist auch ganz schön übel ist.«
Er schüttelte den Kopf. »Nein. Ich meine … O Gott, Meredith.«
Sie strich ihm über die Wange. »Lass dir Zeit, Adam. Ich bin es nur. Ich bin hier, und ich bleibe auch hier.« Sie lächelte. »Erstens wohne ich hier, und zweitens lasst ihr mich ja sowieso nicht vor die Tür.«
»Das ist allerdings wahr.« Erschöpft ließ er sich auf das Sofa zurücksinken. »Aber ich muss es dir genauer erklären.« Beim Anblick des Schmerzes in seinen Augen brach ihr das Herz. So viel Leid und Kummer. »Als Trip und ich hingekommen sind …« Wieder holte er tief Luft. »Sie haben gerade die Lei-

chen herausgetragen. Die ganze Familie ist umgekommen, Meredith. Alle. Mutter, Vater.« Er schluckte. »Zwei Kinder, eines davon noch ein Baby.«
Sie fühlte sich, als hätte sie ein Lastwagen überrollt. Sie presste sich die Hand aufs Brustbein, um den Druck zu lindern. »O Gott, Adam. Das tut mir so leid. Wie grauenhaft. Und dass du das alles auch noch mit ansehen musstest …« Noch mehr Gräuel, die er nie wieder würde vergessen können.
»Herrgott noch mal, Meredith.« Er blickte zur Decke, dann wieder in ihr Gesicht. Seine dunklen Augen schienen sich förmlich in sie zu bohren. »Er hat Andy Gold gezwungen, dich zu töten, und dann sollte Andy mit der Bombe in die Luft fliegen. Damit nichts übrig bleibt. Keine Beweise, nichts.«
Wieder erstarrte sie. »Und jetzt ist Andys Zuhause zerstört.«
»Nichts ist übrig geblieben. Das Haus ist im Nu niedergebrannt. Es liegt auf der Hand, dass jemand einen Brandbeschleuniger benutzt hat. Wer auch immer Andy heute getötet hat, will keine Spuren hinterlassen. Und du warst seine Zielperson. Inzwischen hat der Täter fünf Menschen auf dem Gewissen, Meredith. *Fünf!*«
Meredith starrte ihn entsetzt an. »Nur um mich zu kriegen?«
»Ja.« Adams Stimme wurde noch eine Spur rauer. »Ich habe eine Scheißangst. Wenn dir irgendetwas zustieße … ich … ich kann einfach nicht. Verstehst du jetzt?«
Sie schlug sich die Hand vor den Mund. »O mein Gott. Fünf Menschen. *Fünf Menschen!*«
»Es ist nicht deine Schuld.«
»Das weiß ich«, erwiderte sie barsch. »Aber das spielt keine Rolle. Sie sind trotzdem tot. Weil mich jemand so sehr hasst, dass er mich umbringen will.« *Fünf Menschen. Du lieber Gott.*

Mit dem Zeigefinger hob Adam ihr Kinn an. »Bitte nicht weinen«, flüsterte er. »Bitte.«

Tue ich doch gar nicht, wollte sie sagen, doch Adam wischte ihr die Tränen ab, die ihr über die Wangen strömten. Und dann zog er sie auf seinen Schoß, schlang die Arme um sie und wiegte sie sanft.

Sie legte die Hand um seinen Nacken, barg das Gesicht an seiner Brust und weinte.

Er hielt sie, flüsterte ihr beschwichtigende Worte ins Ohr, streichelte ihr Haar, während er sie immer noch wie ein Baby wiegte. »Oh, Süße, es ist nicht deine Schuld«, sagte er wieder und wieder.

»Was hast du mit ihr gemacht, Kimble?«, drang Diesels schlaftrunkene, doch zugleich verärgerte Stimme an ihr Ohr. Meredith schüttelte den Kopf, doch die Tränen flossen ihr weiter übers Gesicht. »Nichts.«

Sie lauschte Adam, der ihm alles von Andy Gold und dem Brand erzählte, und Diesels erbitterten Flüchen. »Und konntet ihr etwas über Voss herausfinden?«

»Ja, aber wir brauchen noch mehr über ihn, bevor wir ihn aufs Revier bestellen können. Wir haben ihn unter Überwachung gestellt, damit er nicht flüchten kann. Keine Sorge.«

»Elender Hurensohn«, hörte Meredith Kate sagen. Sie stand oben auf der Treppe und hatte offensichtlich alles mit angehört. Meredith hätte wissen müssen, dass Kate sie nie im Leben allein nach unten in den Keller gehen lassen würde. Sie hatte Cap angewiesen, oben im Wohnzimmer zu bleiben, und war weit genug die Treppe heruntergekommen, um sie und Adam sehen zu können. »Meredith muss irgendwohin, wo sie sicher ist.«

Panisch starrte Meredith Adam an. »Nein! Bitte sperrt mich nicht ein!« *Nicht jetzt. Ich kann das einfach nicht. Ich brauche euch. Euch alle.*

Er stieß einen gequälten Seufzer aus. »Deine Augen sind ganz rot und verquollen. Kate, kannst du ihr bitte einen Eisbeutel oder so was bringen?«
»Natürlich.«
»Ich kann nicht ...«, stieß Meredith hervor und registrierte, wie schrill ihre Stimme klang, doch sie konnte nicht anders. »Ich kann nirgendwo hingehen, wo ich eingesperrt bin. Das geht einfach nicht. Meine Arbeit!«
»Shh«, machte Adam besänftigend. »Im Moment treffen wir keinerlei Entscheidung.«
Meredith nickte und entspannte sich ein klein wenig. »Okay.«
Diesel ließ sich nicht so einfach überzeugen. »Schwachsinn, Adam. Woher sollen wir wissen, dass Voss oder wer auch immer hinter dem Ganzen steckt, nicht herkommt und das Haus anzündet?«
»Es wird überwacht«, erwiderte Adam scharf. »Das muss ihm doch bewusst sein.«
Diesels Atemzug hallte laut in der Stille wider. »Und wenn er sie in die Luft jagen will? Oder das Haus anzündet und nur darauf wartet, dass sie aus dem Haus gelaufen kommt, um sie dann abzuknallen?«
Adams Kiefer war fest angespannt. »Glaubst du, daran hätte ich nicht auch schon gedacht?«
Diesel seufzte. »Entschuldige. Ich weiß, dass du ein guter Cop bist.«
»Schon okay«, räumte Adam ein. »Ich weiß, dass du auch ein Profi bist. Und ich weiß deine Sorge zu schätzen, weil sie durchaus berechtigt ist. Ich denke an das Penthouse. Würdest du dort hingehen? Bis wir das Schwein aufgestöbert haben?«
Das Penthouse befand sich in einem sicheren Gebäude am Eden Park. Meredith hatte es noch nie betreten, wusste aber, dass Faith vor einem Jahr dort untergeschlüpft war, ebenso

Kates Verlobter Decker im vergangenen Sommer. Sie hatte keine Ahnung, wem das Apartment gehörte oder weshalb das CPD es als Safehouse nutzen durfte, doch es schien eine ideale Lösung zu sein. »Kann mein Großvater mitkommen?« Adam nickte bestimmt. »Natürlich.«
»Und … man kann mich dort auch besuchen?« Weihnachten stand vor der Tür, Alex hatte sich angekündigt, und Meredith wollte nicht allein sein.
Adam musterte sie nachdenklich. »Ja.«
Diesel lachte. »Du hast schon alles eingefädelt, stimmt's?«
Ein Lächeln umspielte Adams Mundwinkel. »Okay, ich geb's zu.« Er sah Meredith in die Augen. »Ist das okay für dich?« Sie atmete auf, spürte, wie sich Ruhe in ihr ausbreitete. »Was? Dass du eine Entscheidung getroffen hast, als du sagtest, wir bräuchten noch keine zu treffen, oder dass du immerhin so nett warst, mir eine Alternative zu bieten, meinen Großvater und mich an einem sicheren Ort unterzubringen, ohne dass ich die nächste Panikattacke bekomme?«
»Ich denke, beides. Aber ehrlich gesagt, bin ich viel zu müde, um das jetzt bis ins kleinste Detail zu verstehen.«
»Leg dich eine Weile hin. Du kannst mein Bett haben«, meinte Diesel. »Du siehst echt mies aus. Und riechen tust du auch nicht gerade wie ein Veilchenstrauß.«
Adam löste den Arm um Meredith und zeigte Diesel den Stinkefinger. »Aber trotzdem danke für das Angebot«, fügte er zuckersüß hinzu. »Ich gehe jetzt duschen. Hast du zufällig noch Kleider vom Ehemann deiner Cousine hier, Meredith?«
»Ja, aber ich habe auch noch den Anzug, den du letztes Mal anhattest, als du hier warst. Ich habe ihn reinigen lassen. Er hängt im Schrank in dem Zimmer, in dem Diesel geschlafen hat.«
Adams Züge wurden weich. »Danke.«

Sie strich ihm mit dem Daumen über die Unterlippe. »Keine Ursache.«

»Trotzdem«, sagte er leise.

Diesel räusperte sich. »Ich bin hier offensichtlich im Weg. Gebt mir eine Minute, meine Sachen zusammenzusuchen ... aber wo soll ich hin? Ich kann gern bleiben, bis du so weit bist, sie ins Penthouse zu bringen, Adam.«

Adam sah ihn an. »Ich wäre dir sehr dankbar dafür.«

»Ich auch«, schaltete sich Kate ein, die mit einem Eisbeutel in der Hand die Treppe herunterkam und beim Anblick von Merediths Gesicht zusammenzuckte. »Du liebe Zeit, Süße. Du siehst fürchterlich aus.«

Meredith lachte, doch es klang ein wenig hohl. »Da bin ich ja in bester Gesellschaft, was, Adam?«

Kate lächelte. »Aber immerhin hast du gelacht, also habe ich meine Sache gut gemacht. Ich bleibe bei dir, Diesel. Decker ist übers Wochenende weg, und ich habe keine Bereitschaft.«

»Wo ist er denn?«, wollte Diesel wissen. Er und Kates Verlobter waren über den Sommer enge Freunde geworden.

»In Florida. Bei einem Seminar«, antwortete Kate mit einer wegwerfenden Handbewegung.

Sie ging die Treppe hinauf, während Meredith hinter ihr hersah.

Adams Schultern entspannten sich. »Ich muss dir jetzt noch von Broderick Voss erzählen. Trip und ich haben heute Abend seine Frau befragt und dabei auch seine Tochter kurz kennengelernt.«

»Penny.«

»Ja. Wir wollten Voss auch befragen, brauchen aber erst noch mehr Informationen über ihn. Wir müssen wissen, was Penny gesehen hat. Das, was sie dir nicht verraten soll, wenn es nach ihrem Vater geht.«

»Du glaubst, Penny weiß etwas, das ihrem Vater so sehr schaden könnte, dass er mich lieber gleich umbringt? Das klingt so ... paranoid. Ist Candace einverstanden, dass Penny weiterhin zu mir kommt? Falls nicht, können wir jemand anderen für sie finden.«

»Sie hatte Angst, dass du die Behandlung vielleicht nicht fortsetzen willst, aber ich habe sie beruhigt, dass du so etwas nicht tun würdest.«

»Danke.« Eine Woge der Zärtlichkeit trieb ihr neuerlich die Tränen in die Augen.

»Es ist nur die Wahrheit.« Er beugte sich vor, bis sich ihre Nasenspitzen berührten. »Wenn du mit ihr reden würdest, bekämen wir vielleicht einen Hinweis, weshalb er sie unbedingt von einem Therapeuten fernhalten will. Du bist schon die Dritte. Die beiden anderen haben das Handtuch geworfen.«

Meredith nickte. »Ich weiß. Elende Sackgesichter.«

Adam lachte schnaubend. »Hast du gerade wirklich geflucht?«

Sie zuckte mit den Schultern. »Klar. Das tue ich oft. Ich passe nur auf, wann und in wessen Gegenwart.«

Er lächelte, wobei ein hinreißendes Grübchen in seiner Wange erschien. Erst jetzt wurde Meredith bewusst, dass sie ihn noch nie zuvor so lächeln gesehen hatte. »Das macht mich sehr glücklich«, sagte er, ehe seine Miene wieder ernst wurde. »Also, kannst du in einer Stunde abfahrbereit sein? Ich will eine Weile die Augen zumachen, aber dann bringe ich dich zum Penthouse.«

»Als Faith dort untergeschlüpft ist, war Deacon die ganze Zeit an ihrer Seite. Und als Decker dort war, ist Kate bei ihm geblieben. Wirst du dich auch mit mir dort verstecken?«

»Ja. Zumindest wann immer ich kann. Aber wenn ich nicht bei dir sein kann, sorge ich dafür, dass du in Sicherheit bist.«

12. Kapitel

Cincinnati, Ohio
Sonntag, 20. Dezember, 03.15 Uhr

Sein Handy summte. Leise rollte er sich herum, um Rita nicht zu wecken, und öffnete Butchs Nachricht.
Shane ist auf dem Weg nach Cincinnati.
Scheiße, hätte er am liebsten gebrüllt, riss sich jedoch zusammen. Er atmete tief durch und glitt vorsichtig aus dem Bett. Prompt regte sich Rita neben ihm.
»Was ist los? Ist etwas passiert?«, flüsterte sie. Das war ihre Standardfrage. Sie ging grundsätzlich davon aus, dass etwas passiert war – meistens völlig zu Recht, aber das verschwieg er ihr tunlichst. Sie war die beste Tarnung, die man sich nur wünschen konnte, der Inbegriff von Rechtschaffenheit und Normalität.
Und sie war eine ausgezeichnete Köchin. Alles in allem waren dies Fakten, die durchaus für eine Ehe sprachen.
»Nichts«, beruhigte er sie. »Ich muss nur pinkeln. Schlaf weiter.«
»Oh. Okay.« Sie ließ sich zurücksinken. Innerhalb weniger Augenblicke waren ihre Atemzüge wieder ruhig und gleichmäßig.
Er ging ins Badezimmer, schloss die Tür hinter sich und schrieb Butch zurück. *Was ist passiert?*
Mädchen ist erledigt.
Er sah auf die Uhr. *Wieso hat das so lange gedauert?* Stunden waren vergangen, seit Butch sich an ihre Fersen geheftet hatte.
Musste warten, bis das Haus leer war. Ihre Mutter hatte Gäste. Hab das Telefon des Mädchens. Schicke dir gleich die Fotos von ihren Nachrichten.

Hat dich jemand gesehen?
BITTE!
Er musste lächeln. Butch schaffte es sogar, in einer aus einem Wort bestehenden Nachricht beleidigt zu klingen.
Sein Handy summte mehrmals hintereinander, als die Fotos kamen. Der Kerl mochte so einige Probleme haben, seine Fähigkeit, jegliche Spuren zu vermeiden, war hingegen bemerkenswert. Mit seinem eigenen Handy hatte er die Nachrichten auf dem Handy des Mädchens abfotografiert, statt sie direkt an ihn weiterzuleiten. Dass diese neuen Handys mittels Fingerabdruck entsperrt werden konnten, machte ihnen das Leben deutlich leichter. Vermutlich hatte Butch dafür ihren Finger benutzt, was den Verdacht nahelegte, dass »erledigt« nichts anderes als »tot« bedeutete.
Er las die Unterhaltung zwischen Shanes Freund Kyle und Tiffany. Kyle hatte geschrieben, Shane sei wegen des Todes seines Freundes völlig fertig. Er müsse ihn nach Cincinnati fahren und wollte sich dafür Tiffanys Wagen ausborgen.
Sie hatte eingewilligt, das arme Ding. Hätte sie Nein gesagt, wäre sie womöglich noch am Leben. Laut der letzten Nachrichten müssten sie inzwischen hier sein.
Er fragte sich, wo sie hingefahren sein mochten. Vermutlich zu dem Haus, in dem Andy Gold gewohnt hatte und wo es nun vor Feuerwehrleuten und Brandstiftungsexperten nur so wimmelte. Mit dem Brandbeschleuniger, den er benutzt hatte, hätten sich locker drei Häuser abfackeln lassen.
Die Cops mussten mittlerweile ebenfalls eingetroffen sein, darunter vermutlich auch Agent Triplett und Detective Kimble. Dieser elende Mistkerl Kimble. Bislang war es ihm stets gelungen, ihm zu entwischen, auch wenn er gefährlich nahe gekommen war, aber ein paar Mal war es ziemlich knapp gewesen. *Ich muss ihn loswerden.*
Aber das würde erst einmal warten müssen.

Wo bist du?, schrieb er an Butch.
An einer Tankstelle in Indy. Schneit. Flüge eingestellt. Musste mit dem Auto fahren. Komme nur langsam voran.
Was für einen Wagen fahren sie? Modell? Warte in der Nähe von Golds Haus.
Zum Glück gab es nur eine Zufahrt zu Golds Straße. Dort konnte er sich postieren und unauffällig nach dem geborgten Wagen Ausschau halten.
Weißer Toyota Prius, 3-Türer mit Fließheck, 2014er-Baujahr. IL-Kennzeichen. Butch gab ihm das Kennzeichen durch. *Muss weiter. Ruf an, wenn du was brauchst, kann nicht schreiben wegen Schnee.*
Nein, einen Unfall durften sie nicht riskieren. Damit würden sie bloß die Cops auf den Plan rufen, und Butch gelang es seit zehn Jahren, nahezu unbemerkt zu bleiben. Daran würde sich auch jetzt nichts ändern.
Gute Fahrt, schrieb er zurück. Gute Leute waren schwer zu finden, vor allem solche, denen man hundertprozentig trauen konnte. Bislang hatte er erst zwei Mal Glück gehabt – mit Butch und mit seinem Onkel Mike.
Ansonsten war er schon immer ganz auf sich gestellt gewesen. Und das war auch gut so.

Cincinnati, Ohio
Sonntag, 20. Dezember, 03.55 Uhr

Adam drehte die Dusche im Kellerbad von Merediths Haus ab. Zum ersten Mal seit Stunden fühlte er sich wieder wie ein Mensch. Er ließ den Blick über die hübschen, in einem beruhigenden Muster schäumender Wellen angeordneten Fliesen schweifen – Meredith machte keine halben Sachen, so viel stand fest.

Auch alles andere wirkte sehr beruhigend, selbst die in säuberlich beschrifteten Spendern abgefüllten Shampoos und Seifen an der Duschwand – Sandelholz, Lavendel, Tannenduft, Bergquelle; Farben und Düfte, die ausnahmslos eine heimelige Erdigkeit und Ursprünglichkeit verströmten.
Alles sehr zen-mäßig. Typisch Meredith.
Er fragte sich, warum sie sich mit all diesen beruhigenden Mustern, Farben und Gerüchen umgab. Dass sie wiederum von Freunden umgeben war, zwischen denen ein engerer Zusammenhalt bestand als in so mancher Familie, hatte er schon früh erfahren.
Ein definitiv stärkerer Zusammenhalt als in seiner Familie – zumindest zwischen ihm und seinen Eltern. Zwischen ihm, Deacon und Dani bestand ein sehr festes Band, ebenso zu Greg, dem Jüngsten der Novaks.
Meredith hatte auch sie in ihren Kreis geholt. Diese Frau war wie eine Sonne, die die Planeten rings um sich scharte, die mal enger, mal weiter um sie kreisten und ihr Leben lebten, während sie selbst stets im Mittelpunkt blieb. Allein.
Meredith Fallon war der einsamste Mensch, den Adam je kennengelernt hatte, trotz all der Freundschaften, die sie so sorgsam und hingebungsvoll pflegte. *Und ich habe ihr nicht dabei geholfen, daran etwas zu ändern.* Stattdessen hatte er sie im Stich gelassen, in der Annahme, dass sie schon irgendwie zurechtkäme, während er den riesigen Haufen Scheiße in Angriff nahm, der sich vor ihm auftürmte.
Aber auch in ihrem Leben lief definitiv nicht alles so, wie es sollte. Weshalb hätte sie sich sonst diese Maske der Gelassenheit zugelegt, die jeden glauben machte, es sei alles in bester Ordnung? Aber er hatte hinter diese Maske geblickt und gesehen, wie unglücklich sie war.
Und er wusste, wie er ihr helfen konnte. Von einer ungekannten Zuversicht erfüllt, trat er aus der Dusche und griff

nach dem flauschigen Handtuch ... er vergrub das Gesicht in dem weichen Stoff und sog den Duft tief ein. Es roch nach ihr.

Schlagartig war er hart. Betonhart.

Es klopfte leise an der Tür. Sein Puls beschleunigte sich. Diesel würde nicht so behutsam anklopfen, also musste es Meredith sein. Er schlang sich das Handtuch um die Hüften und verknotete es. Dies war das erste Mal seit dieser Nacht vor einem Jahr, dass sie so viel Haut sehen würde. Zum ersten Mal war er dankbar für die viele körperliche Arbeit der letzten Monate, das Wuchten, Stemmen und Heben, die seine Muskeln definiert hatte wie seit Collegezeiten nicht mehr.

»Adam?«, rief sie durch die Tür. »Dein Telefon hat zweimal Darth Vader gespielt. Ich bin nicht rangegangen, aber jemand will mit dir reden. Ich lege es auf den Nachttisch. Ich wollte nur ...«

Er öffnete die Tür. Meredith stand mit seinem Handy in der Hand vor ihm und sah ihn unsicher an, doch innerhalb von Sekunden wich ihre schockierte Miene unverbrämter Lust. Sie betrachtete ihn von Kopf bis Fuß, und ihre Nasenlöcher blähten sich ein wenig, als sie tief Atem holte.

Er erschauderte. *Etwas Besseres fürs Ego gibt es nicht.* Er sehnte sich danach, die Hand nach ihr auszustrecken, doch seine Angst, sich nicht beherrschen zu können, war zu groß. Vorher musste er ihr die Wahrheit sagen. Verdammt. Also beschränkte er sich darauf, mit beiden Händen den Türrahmen über seinem Kopf zu umklammern, so fest, dass seine Fingerknöchel hervortraten.

»Oh«, seufzte sie und ließ die Hand langsam über seine Brust wandern, als würde sie von einem Magneten angezogen werden. Ganz zart und vorsichtig glitten ihre Fingerspitzen über die Wassertropfen, die in seinem Brusthaar glitzerten, während ihr Blick zu dem Handtuch um seine Hüften wanderte.

Er sah, wie sie die Zähne in ihrer Unterlippe vergrub, und kämpfte gegen den Drang an, hineinzubeißen.
Erst als das dumpfe Grollen an seine Ohren drang, wurde ihm bewusst, dass der Laut in seiner eigenen Kehle aufgestiegen war.
Sie hob den Kopf. Ihre Blicke begegneten sich, und sie löste ihre Hand von seiner Brust, doch er packte sie am Handgelenk, um sie daran zu hindern. Behutsam legte sie ihre Handfläche über sein Herz, dessen Schlag sie spüren *musste*, denn es schien wie ein Hammer gegen seine Rippen zu pochen.
Sie presste die Lippen auf seine nackte Haut und löste das Handtuch, während er die Finger vom Türrahmen nahm und in ihrem Haar vergrub, ihren Kopf nach hinten bog, sodass sie ihm das Gesicht entgegenreckte.
Und dann küsste er sie. Endlich. Endlich. Es war ... überwältigend. *Sie* war überwältigend. Er sog ihre Unterlippe zwischen die Zähne. Meredith stöhnte auf, teilte die Lippen, um ihm Zugang zu ihrem Mund zu gewähren, ihn erkunden zu lassen.
Es war mehr, als er sich jemals erhofft hatte.
Ein sinnliches Summen drang aus ihrer Kehle, während ihre Hand über seine Brust hinwegglitt und sich um seinen Nacken legte, um seinen Kuss zu erwidern. Sie schmeckte nach Lebkuchen. Nach Zuhause.
Eine Hand noch immer in ihrem Haar, ließ er die andere über ihre Schulter wandern und strich zögernd mit dem Handrücken über die sanfte Schwellung ihrer Brust.
Wieder stieß sie dieses Summen aus, diesmal in lustvoller Erwartung. Er löste sich von ihr, legte die Stirn gegen die ihre und umfasste mit zitternden Fingern ihre Brust. Mit einem fast lautlosen Wimmern schloss sie die Augen und sank gegen ihn, als wollte sie mit ihm verschmelzen.
»O Gott, ich habe dich so vermisst«, raunte er.

»Ich war hier«, flüsterte sie. »Habe auf dich gewartet.«
Er öffnete den Mund, um es ihr zu sagen, jetzt und hier. Doch in diesem Moment ertönte die Melodie von Darth Vader. Erschrocken blickte Meredith auf das Telefon in ihrer Hand, als sähe sie es zum allerersten Mal.
»Das ist Isenberg«, sagte er leise. »Ich muss rangehen.«
Sie reichte ihm das Telefon und trat einen Schritt nach hinten, doch wieder packte er ihre Hand und legte sie auf seine Brust.
»Entschuldigen Sie«, sagte er zu seiner Vorgesetzten. »Ich musste erst mal duschen, den Brandgestank loswerden. Konnten Sie Zimmerman überreden, ein paar zusätzliche Wachen für Meredith und ihren Großvater abzustellen?«
Danke, formte Meredith lautlos mit den Lippen.
»Ja, aber deshalb habe ich nicht angerufen«, blaffte sie ins Telefon. Mit zusammengebissenen Zähnen lauschte er, während sie mit barscher Stimme fortfuhr. »Wir brauchen Sie auf dem Revier. Dringend. Jemand ist hier. Er sagt, er heiße Shane Baird und sei Andy Golds bester Freund.«
Adam sog scharf den Atem ein. »Shane. Das ist der Junge, von dem Andy Johnny im Pies & Fries erzählt hat. Er geht irgendwo im Norden aufs College.«
»An die Kiesler University. Er und sein Freund sind den ganzen Weg hergefahren, nachdem sie es in den Nachrichten gesehen haben.«
»Ich bin in einer Viertelstunde da«, sagte Adam. Er zögerte. *Scheiß drauf.* »Ich nehme Meredith mit. Ich bin gerade bei ihr und wollte sie ins Penthouse bringen.«
Er hörte das Zögern in Isenbergs Stimme. »Und dort waren Sie unter der Dusche?«
»Sie packt gerade ihre Sachen. Multitasking war immer schon mein Ding.« Er deutete auf Meredith, dann auf die Treppe nach oben, ehe er fünf Finger in die Höhe hielt. Nickend wandte sie sich zum Gehen. »Ich musste unbedingt den

Gestank loswerden, Loo«, murmelte er eindringlich, nachdem Meredith gegangen war. »Es war nicht nur der Brand.« Sein Magen verkrampfte sich. »Sondern der Geruch der Opfer. Das verbrannte Fleisch.« Er konnte nicht weitersprechen, doch Isenberg schien zu verstehen.

Sie stieß einen leisen Seufzer aus. »Das ist ein Trigger.«

»Ja.« Mehr brauchte er nicht zu sagen.

»Okay, wer ist noch bei ihr im Haus?«, fragte Isenberg argwöhnisch.

Adam lag eine scharfe Erwiderung auf der Zunge, doch dann fiel ihm ihre Warnung wieder ein, als sie ihm den Fall übertragen hatte. Wenn sie den Verdacht hatte, er sei zu nahe dran – was der Wahrheit entsprach –, würde sie ihn knallhart abziehen und ihn jemand anderem zuteilen, der für Merediths Sicherheit sorgen sollte.

»Kate Coppola, Diesel Kennedy und Merediths Großvater. Aber sie muss mit diesem Shane reden. Wir wissen nicht, weshalb Voss – oder wer auch immer dahintersteckt – ausgerechnet Andy Gold als Attentäter ausgewählt hat. Wir müssen herausfinden, ob da eine Verbindung besteht.«

»Ja, das stimmt«, räumte Isenberg ein. »Aber weshalb muss sie mit Shane sprechen?«

»Keine Ahnung. Vielleicht besteht ja kein Zusammenhang, aber was, wenn doch? Vielleicht kennt sie ihn sogar. Oder er sie.«

»Das ist zwar ziemlich weit hergeholt, aber bringen Sie sie trotzdem mit«, brummte Isenberg. »Doch nur als Beobachterin.«

»Schon verstanden. Bei dem Fall kann sie nicht dem Psychologenteam angehören.«

»Gut. Und jetzt sehen Sie zu, dass Sie herkommen. Mir will der Junge nichts sagen. Ich will aber wissen, was er weiß.«

»Alles klar.« Er beendete das Gespräch und trocknete sich

vollends ab. Meredith hatte ihm verpackte Boxershorts hingelegt, dazu ein Paar schwarze Socken, sein frisch gereinigtes Hemd und den Anzug, sogar eine passende Krawatte lag daneben. Diese Frau hatte es drauf, ganz klar.

Er zog sich eilig an und suchte nach Schuhen. Auch sie standen vor dem Bett parat, allerdings waren es nicht seine eigenen. Was, verdammt noch mal ... Wie konnte sie ... Sie hatte Schuhe in seiner Größe besorgt, blitzsauber und auf Hochglanz poliert? Er schlüpfte in einen Schuh hinein und lachte ungläubig. Sie passten. Perfekt. Aber klar.

Er starrte immer noch auf seinen Fuß, als es leise an der Tür klopfte. »Komm rein«, rief er und wandte sich um. Sie stand zögernd und mit leicht geröteten Wangen an der Tür. »Woher hast du denn Schuhe, die mir perfekt passen?«, fragte er, obwohl er sie in Wahrheit am liebsten in die Arme genommen und geküsst hätte.

Aber er verkniff es sich, denn wenn er sie erst einmal hielte, würde er sie nicht mehr loslassen wollen. Und das Bett war so nahe, so verdammt nahe. Nein, es war zu verführerisch. *Sie* war zu verführerisch.

»Pures Glück«, antwortete sie achselzuckend. »Daniel hat genau dieselbe Größe wie du.«

»Daniel ist der Mann deiner Cousine.«

Sie nickte. »Er hat sie letztes Mal hier vergessen, als er und Alex zu Besuch waren. Deine sahen ziemlich eklig aus, deshalb sind sie hier.« Sie hielt eine weiße Mülltüte in die Höhe.

Er grinste. »Du hast sie nicht auch noch geputzt, oder?«, fragte er neckend, ehe er innehielt. Hoffentlich glaubte sie nicht, dass seine Bemerkung ernst gemeint war.

Sie zog ihre rotbraunen Augenbrauen hoch. »Nein«, gab sie frostig zurück, doch sie lächelte dabei. Dann wurde ihre Miene ernst. »Isenberg ... ist sie sauer, weil du hier bist?«

Kurz überlegte er, sie einfach zu belügen, besann sich jedoch eines Besseren. »Sie hat mich vor einer Romanze mit dir gewarnt, weil unser Mörder es auf dich abgesehen hat«, sagte er und beobachtete befriedigt, wie ihre Mundwinkel nach unten sackten.

»Oh.«

Dieses eine kurze Wort sagte mehr, als er zu hoffen gewagt hatte. Er trat zu ihr und legte die Finger um ihre Unterarme. Ihre Haut war so hell und empfindlich, dass sie schon beim geringsten Druck blaue Flecke bekäme. *So empfindlich wie ihr Herz.* Seine Brust wurde eng, als er die nackte Begierde in ihrem Blick sah. *Ich verdiene das gar nicht. Ich verdiene sie nicht.*

Diesmal küsste er sie behutsam. Zärtlich. Denn genau das war es, was sie verdiente. Zärtlichkeit und Hingabe. Er hob den Kopf und musste gegen den beinahe animalischen Drang ankämpfen, sie an sich zu reißen, mehr von ihr zu verlangen, als er sah, wie sie sich die Lippen leckte, sich an seinem Geschmack labte.

»Ich brauche dich«, flüsterte er und stöhnte leise auf, als sie einen kaum hörbaren Seufzer ausstieß – in seiner Fantasie flammten bereits Bilder auf, wie er ihr im Bett hinter sich ein Stöhnen nach dem anderen entlockte. »Ich brauche dich, so wie jetzt und hier. Ohne Maske. Ohne dieses gelassene Lächeln. Ich muss *dich* sehen.«

Das Wissen in ihrem Blick raubte ihm den Atem. »Und ich brauche dich, so wie hier und jetzt. Wie du mit mir redest. Ehrlich zu mir bist. Kein Versteckspiel mehr, Adam.«

»Okay«, presste er hervor, ehe er sich zwang, ins Hier und Jetzt zurückzukehren. Die Zeit drängte. »Aber jetzt musst du dich ein bisschen verstellen. Für Isenberg. Ich will, dass du dir den Jungen aus Chicago ansiehst, der behauptet, er sei Andy Golds bester Freund gewesen. Wir müssen herausfinden, ob es eine Verbindung zwischen dir und Andy Gold gibt.«

»Und wenn nicht?«

»Dann sorge ich zumindest so lange für deine Sicherheit, bis du ins Penthouse übersiedeln kannst. Aber du musst mir versprechen, mich nicht so anzusehen wie jetzt gerade. Wenn Isenberg spürt, dass ich ... emotional involviert bin, zieht sie mich eiskalt von dem Fall ab. Und ich will niemand anderem diese ...« Er suchte nach dem richtigen Wort.

»Verantwortung?«, fragte sie.

Er schüttelte den Kopf. »Nein, das Privileg. Niemand anderem soll dieses Privileg zuteilwerden.« Wieder überlegte er, doch es fiel ihm schwer, denn sie sah ihn aus diesen grünen Augen an, die bis in sein tiefstes Inneres zu blicken schienen. *Sag es ihr. Die Wahrheit.* »Und die Gelegenheit.« Er holte tief Luft. »Die Gelegenheit, Wiedergutmachung zu leisten.«

Sie runzelte die Stirn. Erschrocken sah er sie an – er hatte geglaubt, das Richtige gesagt zu haben. »Ich bin nicht deine Wiedergutmachung, Adam«, erwiderte sie scharf. »Ich bin kein Käfig, den man sauber macht, ein Haus, das renoviert werden muss, ein Team, das du coachen kannst, oder ein Obdachlosenasyl, das ...«, sie machte eine wegwerfende Handlung, »was auch immer du in St. Ambrose getan hast.«

»Ich habe ausgeholfen«, sagte er verblüfft. Sie wusste also auch darüber Bescheid. »Woher weißt du all das?«

»Weil ich nicht blöd bin?«, herrschte sie ihn an und löste sich aus seiner Umarmung. »Oder vielleicht doch.« Sie massierte sich die Stirn. »Lass uns jetzt gehen. Ich sehe mir den Jungen an, und dann gehe ich in dieses Penthouse, sodass du dir meinetwegen keine Gedanken mehr zu machen brauchst. Wie heißt er noch mal?«

Sein Gehirn versagte seinen Dienst. »Was? Wer?«

Sie verdrehte die Augen. »Der Junge aus Chicago.«

»Shane. Shane Baird.«

»Okay, dann lass uns gehen und mit Shane Baird reden.« Sie

wandte sich um und verschwand. Sekunden später kehrte sie mit ihrem Mantel und einer Tasche über der Schulter zurück. In der einen Hand hielt sie einen Parka, in der anderen eine weitere ausgebeulte Plastiktüte. *Mein Mantel*, dachte er. Und vermutlich auch sein Anzug, der, wie er erst jetzt bemerkte, nicht auf dem Haufen lag, wo er ihn zuvor hingelegt hatte.

»Der Parka gehört Papa«, sagte sie. »Du kannst ihn haben, weil er noch einen anderen dabeihat … zumindest bis du nach Hause kommst und dich umziehen kannst.« Sie drückte ihm die Jacke in die Hand. »In den Taschen findest du Handschuhe.«

Natürlich, dachte er und starrte wie betäubt den Parka an.

»Gehen wir nach oben«, fuhr sie fort. »Der Gehsteig ist freigeschaufelt, deshalb brauchen wir nicht durch den Schnee zu stapfen.« Sie machte auf dem Absatz kehrt und war verschwunden.

Plötzlich begriff er. *Ich bin nicht deine Wiedergutmachung.*

»Meredith, warte!« Er rannte ihr hinterher und holte sie im Fernsehzimmer ein, packte sie an der Schulter und riss sie herum. Sie starrte ihn finster an, trotzdem sah er die Tränen in ihren Augen. *Verdammt!* Er hatte es schon wieder getan … hatte sie zum Weinen gebracht, obwohl er doch nur das Richtige hatte tun wollen. »Du glaubst, das sei alles Teil einer Wiedergutmachungskampagne? Dass ich dich geküsst habe, weil du …« Er stammelte. »Gott. Ich weiß nicht mal, was ich sagen soll.« Sie schwieg, doch ihre Lippen bebten. »Verdammt, Meredith, du bist kein Wohltätigkeitsprojekt oder sonst etwas. Du bist …« Er schloss die Augen und zwang sich, seinen Herzschlag unter Kontrolle zu bekommen. »Deinetwegen habe ich während des letzten Jahres nicht aufgegeben. Du bist das Einzige, was mich angetrieben hat.«

Er öffnete die Augen und sah, wie sie ihn verwirrt anstarrte.

Ungläubig. »Ich weiß noch nicht mal, was das überhaupt bedeuten soll«, sagte sie knapp.

Frustriert ließ er sie los und fuhr sich mit zitternden Fingern durchs Haar, zog so fest daran, dass er zusammenzuckte. Doch der Schmerz half ihm, sich zu konzentrieren, seine wirren Gedanken zu sortieren, die richtigen Worte zu finden.

»Es bedeutet, dass ich Alkoholiker bin«, presste er zwischen zusammengebissenen Zähnen hervor – so hatte er sich sein Geständnis jedenfalls nicht vorgestellt.

Aber wenigstens waren die Worte ausgesprochen. Er ließ die Arme sinken. Erleichterung durchströmte ihn, vermischt mit Resignation. Aber wenigstens war er ehrlich gewesen. Endlich. Und nun stand er da und wartete.

Schockiert starrte sie ihn an. Eine einzelne Träne löste sich und lief ihr über die Wangen. »Was?«, flüsterte sie.

»Ja.« Er wollte den Blick abwenden. Weglaufen. So schnell und so weit, dass ihn niemand jemals finden würde.

Gott. Sein Mund fühlte sich staubtrocken an. Er sehnte sich so sehr nach einem Drink, dass er am ganzen Leib zitterte. Doch er zwang sich, stehen zu bleiben, zu atmen. *Ein. Aus. Ein. Aus.* Zwang sich, ihre Reaktion abzuwarten, ganz egal, wie sie ausfiele. Wenigstens kannte sie jetzt die Wahrheit.

»Aber ...« Noch immer geschockt, schüttelte sie den Kopf. »Wie lange schon?«

Er schluckte. »Was meinst du? Wie lange ich schon Alkoholiker bin? Oder wie lange ich nichts mehr trinke?«

»Wie lange bist du schon trocken?«, flüsterte sie.

»Elf Monate«, krächzte er. »Und vierzehn Tage.«

Sie öffnete den Mund, doch kein Laut drang hervor.

Aha? Er hätte nicht erwartet, sie jemals sprachlos zu erleben. Meredith hatte stets die richtige Erwiderung parat. Schweigend standen sie da, starrten einander an.

In diesem Moment ertönte erneut die Darth-Vader-Melodie.

Isenberg. Adam ging ran, ohne den Blick von Merediths geschocktem Gesicht zu lösen. »Ja, Loo?«
»Ich habe Mr Baird in Befragungsraum drei bringen lassen. Wann sind Sie hier?«
»Zehn Minuten.«
»Beeilen Sie sich, Adam. Der Junge sieht aus, als würde er jede Sekunde zusammenbrechen.«
Willkommen im Klub, verdammte Scheiße. »Bin schon unterwegs.« Er beendete das Gespräch, schob das Handy in die Tasche und nahm die Plastiktüten mit seinen Sachen. »Wir müssen später weiterreden. Warte hier. Ich hole nur eine kugelsichere Weste für dich aus dem Wagen, dann kann es losgehen.«

Cincinnati, Ohio
Sonntag, 20. Dezember, 04.15 Uhr

Er saß mit einem Kaffee in der Hand in seinem Wagen einen Häuserblock von dem abgebrannten Haus und versuchte, wach zu bleiben. Shane und sein Freund mussten diese Straße entlangfahren, wenn sie zu Andy Golds einstigem Zuhause wollten.
Er stieß den Atem aus und betrachtete die weiße Wolke, die in der kalten Luft zu schweben schien. Vier Leute waren umgekommen. Üble Sache, weil die Cops dadurch noch versessener darauf waren, den Brandstifter aufzuspüren.
Die Familie hätte genug Zeit haben sollen, aus dem Haus zu gelangen. Dass sie es nicht geschafft hatten … nun ja, dafür konnte man ihm nicht die Schuld geben. Jedenfalls war es nicht seine Absicht gewesen, dass sie alle sterben würden.
Wenigstens hatte der Brand alles in dem Apartment zerstört, das einen Hinweis auf Andys Herkunft geben könnte, ebenso

wie Fotos von Linnea oder andere Beweise. Und sobald er Shane in seine Gewalt gebracht hatte, würde er sich Linnea vorknöpfen. Er würde sie beide loswerden und damit sämtliche Spuren beseitigen.

Dann konnte er sein Augenmerk wieder auf sein ursprüngliches Ziel richten. *Wieso musste diese blöde Schlampe Meredith Fallon auch heimlich eine Waffe tragen? Und dann war da noch Mikes beschissene Bombe, die nicht hochgegangen ist, verdammt noch mal!*

Er runzelte die Stirn. Warum? Eigentlich hätte sie doch funktionieren sollen. Mikes Konstruktionen funktionierten immer. Er würde sämtliche Kontakte aktivieren müssen, um an den Bericht der Feds zu gelangen, die mit der Untersuchung betraut waren, nachdem sie die Bombe von Andys Körper entfernt hatten.

Wie auf ein Stichwort summte sein Handy. *Erledigt*, schrieb sein Onkel.

Es folgte ein Foto – Voss, zusammengesackt im Sessel, den Gummischlauch um den Oberarm, die Nadel noch in der Vene. *Zeitpunkt des Todes, 02.50 Uhr*, stand da.

Was ist mit den Cops vor dem Haus?, schrieb er.

Schlafen. Hab ihnen was in ihren Kaffee getan.

Es war ein ganz einfacher Trick, der fast immer funktionierte. Die Cops würden zwar beim Aufwachen wissen, dass ihnen ein Schlafmittel in den Kaffee gemischt worden war, aber Mike hatte bis dahin längst erledigt, was er erledigen wollte. Mike hatte ihm als Teenager beigebracht, wie er seinen Vater ins Land der Träume befördern konnte. Damals hatte er ihm regelmäßig etwas in seinen allabendlichen Whiskey gemixt und dafür gesorgt, dass er die ganze Nacht durchschlief. Dann hatte sein Onkel die Nachtstunden genutzt, um ihm alles beizubringen, was er wissen musste. Er hatte ihn in die Materie eingeführt, ihm gezeigt, sich zu nehmen, was er haben wollte, ohne

dabei jemals erwischt zu werden. Die Zeit war gut investiert gewesen. Und sein Dad hatte nichts davon mitbekommen.
Gut, schrieb er zurück. *Danke.*
Fahre jetzt heim und schlafe. Stör mich nicht mehr.
Er lachte leise. *Angenehme Träume, alter Mann*, schrieb er zurück und fügte ein grinsendes Schlaf-Emoji hinzu.
Ein Foto des ausgestreckten Mittelfingers erschien auf dem Display.
Grinsend nahm er noch einen Schluck von seinem Kaffee. Ein weiteres Problem war gelöst. Es wurden immer weniger.

Cincinnati, Ohio
Sonntag, 20. Dezember, 04.20 Uhr

O mein Gott, o mein Gott, dachte Meredith unablässig, als Adam quer durch die Stadt raste. Er hatte das Blaulicht eingeschaltet, um sich einen Weg durch den wenigen Verkehr zu bahnen, der um diese Uhrzeit auf den Straßen herrschte.
Wie konnte ich das übersehen? Was ist nur mit mir los? Wieso habe ich es nicht gemerkt?
All die Monate. All die vielen Bilder, die er ausgemalt hatte. Das allererste, ein Buntglasfenster, komplett in Rot. Alle weiteren, die er ihr im Verlauf der nächsten Wochen und Monate hatte zukommen lassen und die seine langsame Besserung gezeigt hatten.
Elf Monate und vierzehn Tage ohne Alkohol. Sie rechnete im Geist zurück, wenn auch nur, um den bohrenden Schmerz in ihrem Inneren einen Moment lang zu vergessen.
»Der 6. Januar«, murmelte sie und hörte, wie er neben ihr scharf den Atem einsog. »Was ist am 6. Januar passiert?« Es war nur wenige Tage nach ihrem Geburtstag. Ein wenig zu viel Zufall, fand sie.

Er schwieg. Sie wandte sich ihm zu. Sein Kiefer war angespannt, die Lippen zu einer harten, schmalen Linie zusammengepresst. Seine Hände umklammerten das Lenkrad so fest, dass seine Fingerknöchel weiß hervortraten. Den Parka ihres Großvaters hatte er ebenso wenig angezogen wie die Handschuhe.

Er drosselte das Tempo und fuhr in die Tiefgarage des Polizeireviers, wo er eine Parklücke fand, den Motor ausschaltete und die Augen schloss. »Ich kann jetzt nicht darüber reden«, sagte er schließlich. »Zuerst muss ich Shane Baird befragen, der laut meiner Vorgesetzten drauf und dran ist, vollends zusammenzuklappen.«

Doch er rührte sich nicht.

Deinetwegen habe ich während des letzten Jahres nicht aufgegeben. Du bist das Einzige, was mich angetrieben hat.

In Wahrheit hatte sie die ganze Zeit gewusst, was diese ausgemalten Bilder zu bedeuten hatten. Hatte gewusst, dass er sie um mehr Zeit bat, um Geduld. Sie hatte es die ganze Zeit gewusst.

Doch sie hatte sich von ihren Gefühlen leiten lassen. Einsamkeit, Reue und Niedergeschlagenheit waren keine angenehmen Bettgenossen. Sie hatte zugelassen, dass sich ihr Fokus verschoben hatte, und ... dabei seinen Schmerz übersehen. Gott. *Ich bin die schlechteste Therapeutin aller Zeiten.*

Sie schüttelte entschlossen den Kopf. *Nein, ich bin nicht seine Therapeutin, und hier geht es auch nicht um mich.*

Aus einem Impuls heraus zog sie ihren Handschuh aus, schloss die Hand über seinen immer noch über dem Lenkrad verkrallten Fingern, löste einen nach dem anderen und zog sie an ihre Lippen.

Er sah sie immer noch nicht an, doch sein Adamsapfel zuckte, als er versuchte zu schlucken. Sie küsste jeden einzelnen Finger, schmiegte seinen Handrücken gegen ihre Wange. Seine

versteiften Schultern entspannten sich kaum merklich, und er stieß mit einem Schauder den Atem aus. »Wann immer du bereit bist, es mir zu sagen, bin ich bereit, dir zuzuhören«, sagte sie leise. »Aber jetzt lass uns mit Mr Baird reden.«
Sie folgte ihm in die Büros des Polizeipräsidiums, die sie schon zu oft in ihrer Funktion als Therapeutin, jedoch noch nie als Opfer betreten hatte.
Eine potenzielle Zielperson. Das bin ich jetzt.
»Du hast Isenberg erzählt, Johnny aus dem Pies & Fries hätte einen Shane erwähnt«, sagte sie, als sie Adam in den Aufzug folgte und er den Knopf drückte. »In welchem Zusammenhang?«
Inzwischen hatte er wieder in den Polizistenmodus zurückgeschaltet – seine Bewegungen waren knapp und effizient, seine Augen kalt und ausdruckslos. »Andy hat Johnny erzählt, er und Shane seien gemeinsam auf die Highschool gegangen, doch dann hätte Shane ein Vollstipendium im Norden bekommen und sei weggezogen. Andy hat ab und zu ein Mädchen ins Pies & Fries mitgebracht. Linnie.«
»Oh.« Meredith stöhnte bei der Erinnerung an Andys verzweifeltes Gesicht, kurz bevor er gestorben war. »Er hat etwas gesagt, er hätte Angst, dass sie getötet werden würde. ›Es tut mir leid, Lin‹, das war es.«
Adam nickte knapp. »Das klingt einleuchtend, aber jetzt hören wir uns erst einmal an, was Mr Baird zu sagen hat.«
Adam ging auf dem direkten Weg in den Beobachtungsbereich neben dem Befragungsraum, wo Lieutenant Isenberg mit verschränkten Armen und sorgenvoll gerunzelter Stirn vor dem Einwegspiegel stand.
Als sie eintraten, nickte sie knapp, ehe sie den Blick wieder auf die beiden jungen Männer auf der anderen Seite des Spiegels richtete. »Der Blonde ist Shane Baird, der mit den rotblonden Haaren heißt Kyle Davis und ist sein bester Freund.

Beide sind im zweiten Studienjahr an der Kiesler University. Kyle hat sich den Wagen seiner Freundin ausgeborgt, um Shane herzubringen, weil der selbst keinen hat und anscheinend völlig erschüttert war, als er Andys Foto in den Online-Nachrichten gesehen hat. Kyle hat das Reden übernommen, während Baird gerade mal acht Worte herausgebracht hat. Kyle verlangt nach dem Detective, der die Ermittlungen leitet.«

»Und welches waren die acht Worte?«, wollte Meredith wissen.

Isenberg warf Meredith einen nachdenklichen Blick zu. »›Wer war die Frau, die Andy erschießen wollte?‹ Die Frage hat er ungefähr ein Dutzend Mal wiederholt. Haben Sie einen der beiden schon mal gesehen?«

»Also besteht doch eine Verbindung zwischen Andy Gold und Meredith«, folgerte Adam mit grimmiger Befriedigung.

Isenberg zuckte mit den Schultern. »Sieht ganz so aus.«

Meredith betrachtete die beiden Jungen am Tisch. Sie waren beide kreidebleich, ihre Sachen zerknautscht. Shanes Haar war zerzaust und wirr, hatte aber irgendwann einmal einen anständigen Schnitt verpasst bekommen. Kyle trug sein rötliches Haar schulterlang und schien es sich selbst geschnitten zu haben. Aber normalerweise bindet er es zum Zopf zusammen, dachte Meredith, als sie sah, dass er ruhelos an einem hellgrünen Gummiband an seinem Handgelenk zupfte und es wieder zurückschnellen ließ. Alle paar Sekunden spähte er auf sein Handy, das in einem exakt ausgerichteten Winkel vor ihm lag, und murmelte lautlos etwas vor sich hin. *Bitte, bitte, bitte*, las Meredith von seinen Lippen ab.

Shane wippte ununterbrochen mit dem Knie und hielt lediglich still, wenn Kyle seine Schulter drückte.

»Nein«, erklärte Meredith. »Ich habe keinen von ihnen zuvor gesehen. Natürlich war ich darauf gefasst, dass Mr Baird aufgebracht sein würde, aber es sieht tatsächlich so aus, als würden sie jeden Moment die Beherrschung verlieren. Sie haben beide panische Angst.«

»Und sie sind beide unglaublich angespannt«, bemerkte Adam. »Ich will ihnen keine Angst einjagen, obwohl Kyle den Eindruck macht, als hätte er sich ein wenig besser in der Gewalt.«

Isenberg nickte. »So geht das schon die ganze Zeit. Alle paar Minuten drückt Kyle Shanes Schulter, um ihn zu beruhigen.« Sie reichte Adam die Akte. »Kyle wird als Erstes fragen, ob wir etwas von Tiffany gehört haben. Sie ist seine Freundin und diejenige, die ihm den Wagen geborgt hat. Seit 01.35 Uhr unserer Zeit hat sie auf seine Nachrichten nicht mehr reagiert.«

Adam runzelte die Stirn. »Vielleicht schläft sie ja.«

»Das habe ich auch gesagt«, meinte Isenberg, »aber aus irgendeinem Grund glaubt er mir nicht. Er macht sich große Sorgen um sie und hat sich fürchterlich aufgeregt, weil er im Raum kein Handysignal hat, falls sie versucht, ihn zu erreichen. Ich habe ihm versprochen, das Chicagoer Revier in der Nähe des Hauses von Tiffanys Mutter anzurufen, wo das Mädchen das Wochenende verbringen wollte.« Sie schüttelte seufzend den Kopf. »Und es hat sich herausgestellt, dass Kyles Sorge berechtigt war. Um 01.37 Uhr ging ein Notruf von der Adresse ihrer Mutter ein. Man gibt den Detectives, die den Fall bearbeiten, Bescheid, dass sie uns anrufen sollen.«

»Verdammt!« Ein Muskel in Adams Wange zuckte.

Meredith musste sich beherrschen, um ihm nicht über die Wange zu streichen. Er hatte von ihr verlangt, dass sie sich professionell verhielt, ihre Zen-Maske trug. Wenigstens das konnte sie für ihn tun.

»Woher weiß Kyle, dass Anlass zur Sorge besteht?«, hakte Adam weiter nach.

Wieder zuckte Isenberg mit den Schultern. »Keine Ahnung. Das sollten Sie herausfinden.«

Meredith sah zu, wie sich die Lippen des jungen Mannes wieder bewegten. »Deshalb sieht er auch ständig auf sein Handy und flüstert *bitte, bitte, bitte*.«

Isenberg nickte. »Ja. Sagen Sie ihm erst mal, dass wir noch nichts wissen, Adam. Ich will nicht, dass sie sich weiter aufregen, solange wir nichts Konkretes haben. Dr. Fallon kann bei mir bleiben.«

»In Ordnung. Ich habe Trip gleich nach Ihrem Anruf eine Nachricht geschickt. Er wurde ins Labor gerufen, nachdem wir von dem Brand-Tatort weggefahren sind. Sie haben die Komponenten der Bombe isoliert und sind offenbar auf etwas gestoßen. Er kommt, sobald er fertig ist. Wir können die Nachbesprechung anschließend erledigen.«

Adam verließ den Beobachtungsbereich und betrat Augenblicke später den Befragungsraum, wo er sich an den Tisch gegenüber den beiden Jungen setzte und seine Krawatte glatt strich. »Hi, ich bin Detective Adam Kimble und bearbeite den Vorfall, der sich heute Nachmittag in dem Restaurant ereignet hat. Laut meiner Akte hier« – er tippte mit dem Finger darauf – »sind Sie Shane Baird und Kyle Davis.«

»Hat Lieutenant Isenberg inzwischen etwas von meiner Freundin gehört?«, wollte Kyle wissen.

»Sie hat auf dem Revier angerufen, aber wir warten noch auf die Rückmeldung. Sobald wir etwas wissen, geben wir Ihnen Bescheid«, versprach Adam. »Wieso machen Sie sich solche Sorgen um sie?«

Kyle warf Shane einen Blick zu, woraufhin Shane hörbar schluckte. »Wer ist die Frau, die Adam erschießen wollte?«

»Wieso ist das so wichtig für Sie?«, erwiderte Adam kühl. In diesem Moment verlor Shane die Beherrschung und trommelte in ungezügeltem Zorn mit den Fäusten auf den Tisch.

»Beantworten Sie meine Frage gefälligst nicht mit einer Gegenfrage!«, zeterte er. »Mein Freund ist tot. Die Frau, die er töten wollte, ist die Letzte, die mit ihm geredet hat. Ich will wissen, wer sie ist!« Er sackte auf seinem Stuhl zusammen, als hätte der Wutausbruch all seine Reserven aufgebraucht. »Es tut mir leid.« Erschöpft fuhr er sich mit der Hand übers Gesicht. »Aber ich sage erst etwas, wenn ich eine Antwort bekomme.«
Kyle reckte das Kinn, doch das Zittern strafte seine trotzige Fassade Lügen. »Wir stehen auch nicht unter Arrest und können folglich jederzeit gehen. Dann müssen wir uns die Antworten eben auf anderem Weg beschaffen.«
Auf der anderen Seite des Spiegels runzelte Meredith die Stirn. »Ich dachte, in der Berichterstattung der Medien sei mein Name überall genannt worden, Lieutenant Isenberg.«
»Das stimmt auch«, bekräftigte Isenberg. »Baird muss es mitbekommen haben. Es ist völlig unlogisch, dass er jetzt so darauf herumreitet.« Sie hielt inne. »Ich würde gerne sehen, wie er auf Sie reagiert. Sind Sie bereit, da reinzugehen? Kimble und ich wären natürlich dabei.«
»Selbstverständlich«, sagte Meredith. »Ich tue alles, was Ihnen weiterhilft.«

Cincinnati, Ohio
Sonntag, 20. Dezember, 04.30 Uhr

Shane Baird schien drauf und dran zu sein, endgültig die Fassung zu verlieren. Gerade als Adam überlegte, Isenberg zu bitten, ob Meredith hereingebracht werden könnte, klopfte es an der Tür, und seine Vorgesetzte sah herein. »Könnte ich Sie bitte kurz sprechen, Detective? Entschuldigen Sie bitte, Mr Davis«, sagte sie, als Kyle den Mund öffnete. »Ich warte immer noch auf den Rückruf, gebe aber Bescheid, sobald ich etwas weiß, versprochen.«

Sie wich einen Schritt zurück, um Adam auf den Korridor treten zu lassen, wo Meredith bereits außerhalb des Sichtfelds der beiden Jungen stand.

»Gute Idee«, murmelte Adam. »Ich wollte gerade fragen, ob Sie Meredith nicht reinschicken könnten.«

»Wir gehen alle rein«, erwiderte Isenberg. »Die Jungs sind zu zweit, wir zu dritt.« Sie bedachte Meredith mit einem strengen Blick. »Aber wenn ich Sie wieder hinausschicke, gehen Sie, und zwar ohne Widerrede.«

»In den letzten vierundzwanzig Stunden habe ich schon einmal in den Lauf einer Waffe gesehen. Ich habe nicht vor, das ein zweites Mal erleben zu müssen«, gab Meredith ernst zurück. »Ich werde gehen, versprochen.«

Adam vermutete, dass das Versprechen eher an ihn gerichtet gewesen war, und hätte Meredith am liebsten dafür geküsst, riss sich jedoch zusammen und nickte lediglich knapp. »Gut, dann los.«

Die beiden jungen Männer machten Anstalten, aufzustehen und sie mit Fragen zu bombardieren, doch Adam verwies sie mit einer Geste auf ihre Plätze. »Mr Baird, Sie haben nach der Frau gefragt, die Ihr Freund erschießen wollte. Hier ist sie.« Er ging beiseite, damit Meredith eintreten konnte, dicht gefolgt von Isenberg, die die Tür hinter ihnen schloss. »Das ist Dr. Fallon. Dr. Fallon, Shane Baird und Kyle Davis.«

»Mein aufrichtiges Beileid«, sagte Meredith sanft.

Shane erhob sich mühsam. Augenblicklich trat Adam zwischen ihn und Meredith. »Bitte setzen Sie sich wieder hin, Mr Baird.«

»Ich muss …« Shane schloss einen Moment lang erschöpft die Augen. »Ich muss ihr Gesicht sehen. Bitte.«

»Er musste seine Kontaktlinsen herausnehmen«, erklärte

Kyle. »Es war keine Zeit mehr, zu ihm nach Hause zu fahren und seine Brille zu holen.«

Meredith trat näher an den Tisch. Adam blieb direkt hinter ihr. Sie beugte sich vor.

»Ich kenne Sie nicht«, sagte sie leise zu Shane. »Kennen Sie mich?«

Sein Blick wanderte langsam über ihr Gesicht, Zentimeter um Zentimeter. »Nein. Sie sind es nicht.« Er ließ sich auf seinen Stuhl sinken und barg das Gesicht in den Händen. »O Gott.«

Meredith zog einen Stuhl heran und setzte sich. »Wen hatten Sie denn zu sehen gehofft, Mr Baird?«

Er schüttelte den Kopf, ohne die Hände wegzunehmen. »Nicht gehofft, sondern befürchtet. Wieso hat Andy versucht, Sie zu töten?«

»Das weiß ich nicht«, antwortete Meredith. »Ich habe ihn noch nie vorher gesehen.«

Kyle beäugte sie argwöhnisch. »Was für eine Ärztin sind Sie überhaupt?«

»Ich bin Psychologin und behandle Kinder und Jugendliche. Aber ich kannte Andy nicht. Ich hätte mich an ihn erinnert.« Sie seufzte kaum hörbar. »Ich erinnere mich an alle meine Patienten.«

»Wieso hat er dann eine Waffe auf Sie gerichtet?«, fragte Shane unverblümt. »Das ergibt doch gar keinen Sinn. Ich kann nicht mehr klar denken.«

»Sie sind müde«, murmelte Meredith beschwichtigend. »Genau wie ich. Ich werde Ihnen dasselbe sagen wie der Polizei. Ich glaube nicht, dass Ihr Freund mich verletzen wollte, sondern dass er gezwungen wurde. Er hat das alles nicht freiwillig getan.«

Shane ließ die Hände sinken und blickte sie niedergeschmettert an. »Das haben Sie der Polizei gesagt?«

»Natürlich.« Sie schob die Hände langsam nach vorn und legte den Kopf schief, als wollte sie ihn um Erlaubnis fragen, ihn zu berühren. Shane nickte. Meredith legte ihre Hände auf die seinen. »Ihr Freund hat gesagt, ich solle mich in Sicherheit bringen, solle weglaufen. Das waren seine letzten Worte. Ich bin sicher, dass er ein guter Mensch war und zu der Tat gezwungen wurde. Und jetzt sind Sie hier. Sie wissen bestimmt etwas, womit Sie Detective Kimble helfen können, den Täter zu finden. Sie haben keinerlei Veranlassung, mir zu glauben, aber ich hoffe, Sie vertrauen ihm und Lieutenant Isenberg an, was Sie wissen. Ich will, dass derjenige, der Andy das angetan hat, für seine Tat bezahlt.«

Langsam ließ Shane den Kopf sinken, bis seine Stirn Merediths Hände berührte. »Jemand war gestern Abend da und hat nach mir gefragt«, flüsterte er.

Adam setzte sich auf den Stuhl neben Meredith. »Wer?«, fragte er und sah, wie Isenberg hinter ihnen Posten bezog.

»Ich weiß es nicht«, antwortete Shane halblaut. »Kyle?«

Kyle fuhr sich mit dem Handrücken über den Mund. »Ich arbeite an der Rezeption des Wohnheims. Heute ... also gestern Abend kam plötzlich ein Mann rein und behauptete, er sei ein Freund von Shane. Er wollte seine Zimmernummer, aber ich habe ihm gesagt, dass Shane nicht mehr im Wohnheim wohnt – was auch stimmt. Im August ist er umgezogen, in ein Apartment. Der Typ wurde stinksauer, richtig fies. Ich habe den Alarmknopf gedrückt, über den die Campus-Polizei verständigt wird. Daraufhin ist er abgehauen, aber vorher hat er mich noch gewarnt, ich solle ›bloß keinen Fehler machen‹.«

»Haben Sie der Polizei erzählt, was vorgefallen ist?«, wollte Adam wissen.

»Ja. Die Überwachungskamera hat sowieso alles aufgezeichnet. Ich habe Shane angerufen, um ihn zu warnen.«

»Können Sie den Mann beschreiben?«, bat Isenberg.

»Er war riesig.« Kyle erschauderte. »Dunkles Haar. Sein Gesicht war … irgendwie komisch. Die Haut sah gespannt aus, so als hätte er eine Operation oder so was gehabt. Ich habe das alles auch der Campus-Polizei erzählt. Die Kamera ist nagelneu, deshalb sieht man sein Gesicht genau und erkennt auch, was er gesagt hat.«

»Und was ist passiert, nachdem Sie Shane angerufen hatten?«, hakte Adam nach.

»Er meinte, er müsse sofort nach Cincinnati. Dass der Junge, der umgekommen sei, sein Freund sei. Er hat es im Internet gesehen. Ich habe dann meine Freundin angerufen und gefragt, ob ich ihren Wagen ausborgen kann. Er ist neuer als meiner und hat die besseren Reifen.«

»Woher kannten Sie Andy, Shane?«, fragte Meredith.

»Wir waren bei derselben Pflegefamilie«, antwortete Shane mit gedämpfter Stimme.

Merediths Schultern versteiften sich kaum merklich. *Sie wappnet sich innerlich*, dachte Adam. »Verstehe«, sagte sie leise.

Shane hob den Kopf und blickte sie hilflos an. »Andy war ein anständiger Kerl.«

»Ich weiß«, erwiderte sie schlicht.

»Aber einmal hat er … etwas getan, was getan werden musste.«

Kyle hatte diese Geschichte ganz offensichtlich noch nie vorher gehört. Sein Blick war fest auf seinen Freund geheftet. »Was hat er getan, Shane?«, fragte er scharf.

Shane stieß den Atem aus. »Er hat jemanden getötet. Unseren Pflegevater.«

»Wieso?«, fragte Meredith so sanft, dass Adams Brust eng wurde.

»Andy hat Linnie beschützt. Der Dreckskerl hat versucht …« Er erschauderte. »Er hat Dinge getan. Mit Linnie. Immer wieder und wieder.«

»Er hat sie vergewaltigt.« Meredith gab dem Verbrechen, das Shane nicht benennen konnte, gnadenlos einen Namen.

Tränen stiegen Shane in die Augen, und er nickte. »Anfangs hat sie uns nichts davon gesagt, weil sie Angst hatte, dass Andy ... genau das tun würde, was er letztlich getan hat. Aber Andy hat die beiden gehört. Linnies Weinen. Und da hat er das Schwein kaltgemacht. Aber sie war so ...« Shanes Stimme brach. »Sie hat sich so geschämt. Es hat sie zerstört. Danach war sie nie wieder dieselbe.« Er blinzelte, woraufhin sich Tränen aus seinen Wimpern lösten und ihm übers Gesicht liefen. »Ich hätte sie nie allein lassen dürfen. Ich hätte bleiben müssen.«

Meredith drückte seine zur Faust geballte Hand. »Was passiert ist, war nicht Ihre Schuld, Shane. Genauso wenig wie meine. Aber wir müssen alles besprechen, damit wir dafür sorgen können, dass der Dreckskerl, der das getan hat, bestraft wird.«

Er blinzelte nickend. »Okay«, krächzte er. »Die Polizei kam und wollte ihn holen. Damals. Wir hatten gerade die Highschool abgeschlossen, alle drei.«

»Sie haben alle drei in derselben Pflegefamilie gelebt?«, fragte Meredith.

Shane nickte. »Wir hatten einen Pakt geschlossen und einander versprochen, immer füreinander da zu sein. Aber dann bin ich weggegangen.«

»Andy war sehr stolz auf Sie«, sagte Adam leise. »Er hat einem Kollegen erzählt, dass Sie Ihren Weg gehen werden. Darüber hat er sich sehr gefreut. Er hat Ihnen keine Vorwürfe gemacht.«

Shane unterdrückte ein Schluchzen. »Das macht es ja noch schlimmer.«

Kyle drückte Shanes Schulter. »Was ist damals weiter passiert, als die Polizei Andy holen wollte?«

»Damals hieß Andy noch Jason Coltrain. Er hat seinen Namen geändert, nachdem er mit Linnie nach Cincinnati abgehauen ist. Sie sind getrampt. Ich habe ihnen mein ganzes Geld gegeben, und Andy hat es benutzt, um sich einen neuen Ausweis zu beschaffen. Linnie hat mich angerufen und erzählt, ein Trucker hätte sie mitgekommen, und dass es ihnen gut gehe. Dass Jason jetzt Andy hieße und hier aufs College gehen würde.«
»Wurde er des Mordes an Ihrem Pflegevater angeklagt?«, fragte Adam.
»Nein. Er wurde verhaftet, aber zur Anklage kam es nicht. Weil ...« Er senkte den Blick und starrte auf Merediths Hand um seine Faust, dann schüttelte er schweigend den Kopf.
»Weil Sie für ihn gelogen haben?«, hakte Adam nach.
Shane hob den Kopf und wollte etwas erwidern, doch Kyle war schneller. »Sag nichts, Mann.« Er warf Adam einen finsteren Blick zu. »Ich studiere Jura und verlange einen Anwalt, wenn Sie weiterhin solche Fragen stellen.«
Jurastudent, dachte Adam. *Na klar.*
Aber sie brauchten Shanes Geständnis eigentlich gar nicht. Der Junge wirkte so niedergeschmettert und schuldbewusst, dass die Antwort auf der Hand lag. »Als Sie gehört haben, dass jemand nach Ihnen sucht, dachten Sie, Andy stecke wieder in Schwierigkeiten«, folgerte Meredith und tätschelte ihm die Hand.
Shane nickte. »Er hatte seit Monaten nicht mehr auf meine Anrufe reagiert. Und Linnie auch nicht.« Er runzelte die Stirn. »Ich muss sie unbedingt finden.«
»Genau das wollen wir auch«, sagte Adam und sah Merediths fragenden Blick. Sie bat ihn um die Erlaubnis, Shane zu erzählen, was Andy gesagt hatte. Er nickte.
Die Furchen auf Shanes Stirn vertieften sich, als er den stummen Dialog mitbekam. »Was ist? Was ist mit Linnie passiert?«

»Das wissen wir nicht«, antwortete Adam wahrheitsgetreu.
»Können Sie uns ihren Nachnamen nennen?«
»Holmes«, antwortete Shane wie aus der Pistole geschossen.
»Linnea Holmes. Was ist passiert?«
»Ich habe Ihnen doch gesagt, dass Andy mir nichts antun wollte«, erwiderte Meredith. »Ich habe ihn beruhigt und so weit gebracht, dass er die Waffe sinken ließ. ›Er wird sie umbringen‹, hat er dann gesagt.«
Shane schloss die Augen und sackte auf seinem Stuhl zusammen. »Er muss Linnie gemeint haben. Sie war sein Ein und Alles. Er wollte sie heiraten, hat sich aber nicht getraut, es ihr zu sagen. Und dann wurde sie … vergewaltigt.« Er spie das Wort förmlich aus. »Dabei waren wir alle mehr oder weniger durch die Hölle gegangen. Wir wollten nur durchhalten, bis wir achtzehn sind, und dann frei sein. Aber dann ist das passiert, und Linnie war so am Ende, dass Andy sich nicht getraut hat, ihr zu sagen, wie er für sie empfindet. Er hatte Angst, sie würde abhauen, wenn sie es wüsste. Was sie wahrscheinlich auch getan hätte.«
»Sein Boss sagt, er hätte sich um sie gekümmert«, warf Adam ein. »Er hat sein Verpflegungsgeld in der Pizzeria, wo er gearbeitet hat, für sie eingelöst.«
Shane konnte einen Schluchzer nicht unterdrücken. »So war er. Ich habe doch gesagt, er war ein anständiger Kerl, der alles für andere getan hätte. Er hätte gehungert, nur damit du etwas zu essen kriegst, hätte gefroren, weil er dir seine Jacke überlassen hat. Verdammte Scheiße!« Er ließ den Kopf wieder auf Merediths Hände sinken, worauf sie ihm neuerlich übers Haar strich. Unvermittelt packte er Merediths Finger der einen Hand und hielt sie fest, während sie ihm mit der anderen weiter über den Kopf strich. »Er war ein guter Kerl, und die haben ihn einfach umgebracht.«
»Ich weiß«, flüsterte sie. »Es tut mir so leid.«

Adam hob den Kopf und sah Isenberg an. »Wenigstens können wir jetzt anfangen, nach Linnie zu suchen.«
Isenberg nickte. »Ich setze Novak und Bishop darauf an.«
Shane sah auf. Sein Gesicht war gerötet und verquollen, und die Tränen liefen ihm immer noch übers Gesicht. »Wo ist sie?«
»Wir haben gehört, dass sie studiert. Mehr wissen wir nicht. Ehrlich«, fügte Adam hinzu, als weder Shane noch Kyle sonderlich überzeugt dreinsahen. »Andy hat nicht viel über sie erzählt, weder seinem Boss noch seinen Kollegen.«
Shane nickte. »Das sieht Andy ähnlich.«
Gut. Allmählich fasste der Junge Vertrauen. Adam fragte sich, ob sich Shane überhaupt darüber bewusst war, dass er immer noch Merediths Hand umklammert hielt. Falls es ihr wehtat, ließ sie sich zumindest nichts anmerken. »Wo war die Pflegefamilie, in der Sie untergebracht waren, und wann kam es zu den Vergewaltigungen, die letztlich zu dem Tötungsdelikt geführt haben?«, fragte er.
Unverbrämter Hass flackerte in Shanes feuchten Augen auf, während er reflexartig wieder die Finger um Merediths Hand schloss. »Am 20. Juni werden es drei Jahre. Das Schwein hieß Cody Walton.«
»Wenn nicht gegen Andy ermittelt wurde, haben die Behörden dann jemand anderen festgenommen?«, hakte Isenberg nach.
Shane nickte. »Die Frau von dem Scheißkerl«, stieß er mit grimmiger Befriedigung hervor. Meredith öffnete den Mund, schloss ihn jedoch wieder, doch Shane war es nicht entgangen. »Sie fragen sich, wieso es mir nicht leidtut, dass eine unschuldige Frau ins Gefängnis gewandert ist. Es tut mir tatsächlich nicht leid. An dem Tag, als die Cops Andy in Handschellen abgeführt haben, hat sie Linnie vorgeworfen, sie hätte ihren Ehemann verführt.« Ein bitterer Zug erschien um

seine Lippen. »Dabei hat sie es die ganze Zeit gewusst. Sie hat immer gewusst, was ihr Ehemann da getrieben hat. Wieder und wieder. Sie hat weggesehen. Wieder und wieder. Der Sozialarbeiterin hat sie erzählt, die Mädchen würden alle lügen und Unruhe stiften, und die Sozialarbeiterin hat ihr geglaubt. Kaum hatten die Cops Andy weggebracht, rief sie die Sozialarbeiterin an und erzählte Lügen über Linnie, aber damit nicht genug. Sie ist mit der Bratpfanne auf sie losgegangen und hat versucht, sie damit zu verprügeln. Ich habe Linnie schreien gehört und bin nach oben gelaufen, um nachzusehen, was los war. Eines der anderen Kinder war auch dabei. Wir haben gesehen, wie Linnie in der Ecke gekauert und versucht hat, ihren Kopf zu schützen, während das elende Miststück auf sie eingeprügelt hat. Ich habe dem Jungen an meiner Seite mein Handy gegeben und gesagt, er soll alles filmen, während ich hingelaufen bin und die Alte weggezogen habe. Andy –« Shane unterbrach sich und schüttelte den Kopf. »Ihr elender Drecksack von Ehemann war durch einen Schlag mit der Bratpfanne umgekommen, daher dachten die Cops, als sie die Aufnahmen später sahen, sie hätte ihren Mann aus Wut ermordet, weil er sie betrogen hat. Wir hatten ja das Video, auf dem sie Linnie bezichtigte, eine Hure zu sein und ihn verführt zu haben.« Er zuckte die Achseln, während sein ausdrucksvolles Gesicht versteinerte. »Da gab es ja nicht mehr viel zu überlegen.«

Adam konnte es dem Jungen nicht verdenken – und wollte es auch gar nicht –, dass er die Polizei belogen hatte, um seinen Freund zu retten. Natürlich konnte er es nicht lautstark befürworten, verurteilen würde er das Geschehen allerdings ebenso wenig. Ewig würde er das Verbrechen nicht decken können, doch jetzt standen erst einmal andere Dinge im Vordergrund. »Hat die Polizei von Indianapolis das Video noch?«

Wieder zuckte Shane die Achseln. »Ich denke schon. Die Frau hat fünfzehn Jahre bekommen, weil die Kids nach und nach erzählt haben, was sie bis dahin aus Angst nicht laut auszusprechen wagten. Linnie hatte einen gebrochenen Arm und eine Gehirnerschütterung.«

Shanes Miene war förmlich versteinert, als er zu erzählen begonnen hatte, und auch jetzt verlor sie nichts von ihrer Kälte. *Bemerkenswert, wie anders er plötzlich ist*, dachte Adam. Er ging davon aus, dass die Schilderungen des Jungen der Wahrheit entsprachen, und es lag auf der Hand, dass die Gräuel seiner Kindheit und Jugend nicht spurlos an ihm vorbeigegangen waren.

Ehrlich gesagt, fühlte er sich durch Shane ein klein wenig an sich selbst erinnert – eine ziemlich krasse Erkenntnis.

»Sonst noch was?« Shane blickte auf, und seine Augen verengten sich ein wenig, trotzdem klammerte er sich weiter an Merediths Hand fest, als wäre sie ein Rettungsring.

»Ich habe eine Frage«, sagte sie. »Was dachten Sie, wer ich bin?«

Seine kalte Wut schien zu verebben, und er sah wieder wie der junge Mann aus, den sie beim Hereinkommen am Tisch sitzen gesehen hatten. »Ich hatte Angst, Sie wären Bethany Row, die Sozialarbeiterin«, gestand Shane. »Ich habe Ihr Foto online gesehen, aber es war ziemlich körnig. Ihr Gesicht konnte ich nicht erkennen, aber sie hatte auch rotes Haar, so wie Sie. Es gab eine gewisse Ähnlichkeit. Wir konnten sie auf den Tod nicht ausstehen. Sie war der einzige Mensch, von Waltons Frau mal abgesehen, die Andy am liebsten umgebracht hätte, und Waltons Frau sitzt ja immer noch im Knast.« Angst flackerte in seinen Augen auf. »Denke ich zumindest. Könnten Sie das überprüfen?«

»Mache ich, versprochen«, gab Adam tonlos zurück. »Haben Sie zufällig ein Foto von Linnie? Das Jugendamt von Indianapolis kann uns bestimmt eines zur Verfügung stellen, aber wenn Sie eines hätten, könnten wir schneller mit der Suche anfangen.«

Erst jetzt ließ Shane Merediths Hand los und zog sein Handy aus der Tasche, um nach dem Foto zu suchen, während ihm neuerlich die Tränen kamen. »Wir drei«, krächzte er, und zeigte das Foto von drei Jugendlichen Arm in Arm, die in die Kamera lächelten. »Das war *davor*. Sie wissen schon. Ich muss sie finden. Vielleicht ist sie verletzt. Oder ihr ist kalt ...« Seine Stimme brach.

»Überlassen Sie die Suche der Polizei«, wandte Meredith leise ein. »Die kennen sich hier aus. Und sollten sie sie auf dem College-Gelände nicht finden, kennen sie eine Menge Verstecke, wo sie sein könnte. Sie müssen sich erst mal ausruhen.«

Kyle sah sie voller Sorge an. »Aber ich habe keine Ahnung, wo wir hinsollen. Wir kennen hier niemanden und haben praktisch unser ganzes Geld für den Sprit ausgegeben.« Er drehte sich auf dem Stuhl zu Isenberg um. »Haben Sie immer noch nichts von Tiffy gehört? Es passt gar nicht zu ihr, dass sie nicht auf meine Nachricht antwortet.«

»Ich rufe gleich noch einmal in Chicago an«, versprach Isenberg. »Und wir besorgen Ihnen eine sichere Unterkunft. Warten Sie bitte kurz hier. Wir sind gleich zurück. Detective? Dr. Fallon?«

Meredith erhob sich, strich jedoch Shane ein letztes Mal übers Haar. »Gibt es jemanden in Chicago, der Ihnen helfen kann?«

»Ich«, verkündete Kyle. Meredith lächelte ihn an.

»Sie sind ein toller Freund, aber ich meinte einen Therapeuten.«

»An der Uni gibt es so was. Er kann dort einen Therapeuten konsultieren«, erklärte Kyle mit einer Handbewegung.

»Aber jetzt bitte gehen Sie, und finden Sie heraus, was mit Tiffy ist. Bitte«, flehte er.
»Natürlich«, erwiderte Meredith. »Wir können später weiterreden.«
Shane packte erneut Merediths Hand. »Danke«, presste er hervor. »Dafür, dass Sie mir von Andy erzählt haben und auch glauben, dass er ein anständiger Mensch war.«
Sie drückte Shanes Hand ein letztes Mal, ehe sie Isenberg und Adam nach draußen folgte.
»Sie haben Neuigkeiten aus Chicago?«, fragte Meredith Isenberg.
Isenberg zog fragend die Brauen hoch. »Woher wissen Sie das?«
»Ich habe Ihren traurigen Blick gesehen, nachdem Sie Ihr Handy gecheckt hatten. Das Mädchen. Tiffany. Sie ist tot, stimmt's?«
Isenberg nickte grimmig. »Die Kollegen dort haben mich informiert. Der leitende Ermittler heißt Detective Reagan. Wir rufen ihn von meinem Büro aus an.«

13. Kapitel

Cincinnati, Ohio
Sonntag, 20. Dezember, 04.50 Uhr

Nicht anfassen, nicht ansehen, nicht anlehnen, betete sich Meredith wieder und wieder vor, als sie zwischen Isenberg und Adam den Korridor entlangging. Adam war so dicht neben ihr, dass ihr sogar der Duft der Seife, die er unter der Dusche benutzt hatte, in die Nase stieg.

Jener Duft, den sie auch wahrgenommen hatte, als sie direkt vor ihm gestanden und seine warme, wunderschöne, glatte Haut gespürt hatte. *Schluss jetzt damit.* Sie musste an etwas anderes denken. An etwas Ernstes, Sachliches.

Es bedeutet, dass ich Alkoholiker bin. Kurz stockte ihr der Atem. *Ja. Das war ernst*, dachte sie. Sie wandte sich erneut Isenberg zu, deren zusammengepresste Kiefer ihre Anspannung verrieten.

»Glauben Sie Shane?«, fragte sie. »Dass Andy Gold den Mord an dem Pflegevater begangen hat, meine ich.«

»Ja«, antwortete Isenberg. »Ich werde die Einzelheiten noch überprüfen, aber mein Instinkt sagt mir, dass der Junge die Wahrheit sagt.«

»Und Sie müssen die Behörden in Indianapolis darüber informieren«, meinte Meredith betrübt.

»Das stimmt«, bestätigte Isenberg und marschierte in ihrem gewohnten Stechschritt weiter, mit dem Meredith nur mühsam mithalten konnte. »Obwohl ich es lieber nicht tun würde«, fügte sie nach fast einer halben Minute hinzu.

Meredith spürte förmlich Isenbergs Wut und ihr Bedauern. Sie wusste sehr wohl, dass sich unter Lynda Isenbergs – körperlichem und emotionalem – Panzer ein großes, loyales

Herz verbarg. Zu sehen, wie sehr es ihr gegen den Strich ging, dass Shane für sein Fehlverhalten bestraft werden würde, bestätigte sie nur in ihrer Meinung. Was für ein Glück, dass sie Adams Vorgesetzte war.
Wusste Isenberg ebenfalls von seinem Alkoholproblem? Oder sonst irgendjemand? Falls einer ihrer Freunde Bescheid wusste, hatten sie es jedenfalls mit bemerkenswerter Diskretion behandelt.
»Muss Shane eine weitere Strafverfolgung fürchten?«, hakte Meredith nach.
»Ich weiß es nicht. Hoffen tue ich es nicht. Ich werde alles in meiner Macht Stehende tun, um das zu verhindern.« Isenberg schloss ihr Büro auf, vertrat Meredith jedoch den Weg. »Kimble und ich werden jetzt über Skype mit Chicago reden. Sie müssen leider hier draußen warten.«
Meredith blinzelte. »Oh, ja, verstehe«, murmelte sie und spürte, wie ihr die Hitze in die Wangen stieg. »Ich habe ganz vergessen, dass ich ja die Zielperson war.« *Und der Grund, weshalb Andy Gold tot ist.* »Ich bin daran gewöhnt, als Therapeutin hinzugezogen zu werden.«
»Danke.« Isenbergs Miene wurde eine Spur weicher.
»Setz dich einfach hierhin.« Adam deutete auf den Schreibtisch neben dem mit Jalousien versehenen Fenster, das Isenberg einen Blick auf das Großraumbüro des Dezernats gestattete. Im Augenblick waren die Jalousien jedoch geschlossen.
Seine Miene verriet keinerlei Wärme. Nichts erinnerte daran, dass er sie vor gerade einmal einer Stunde mit einer solchen Zärtlichkeit geküsst hatte, dass sie am liebsten in Tränen ausgebrochen wäre.
Er ist ein guter Schauspieler, dachte sie. Was er auch sein musste, wenn es ihm gelungen war, seinen Kampf um Nüchternheit so lange vor all ihren Freunden geheim zu halten. Das sollte sie künftig lieber niemals vergessen.

»Meredith?«

Sie sah Jeff Triplett auf sie zukommen. Er trug denselben Anzug wie am Vorabend. »Hey, Trip«, begrüßte sie ihn. »Sie hatten noch nicht mal Zeit, nach Hause zu gehen?«

»Leider nicht. Ich wurde ins Labor gerufen. Was machen Sie denn hier?«

Meredith sah sich um. Ein paar Detectives saßen an ihren Schreibtischen. Sie hatte keine Ahnung, ob sie in ihrer Gegenwart irgendetwas verlauten lassen durfte. »Am besten fragen Sie Adam und den Lieutenant.« Sie deutete auf Isenbergs Büro. »Die beiden telefonieren gerade.«

Er legte einen Finger unter ihr Kinn und zwang sie, ihn anzusehen. »Haben Sie überhaupt geschlafen?«

»Ein kleines bisschen«, log sie.

Mit einem Schnauben ließ er sie los. »Sie sind ja eine begnadete Lügnerin.«

»Das ist meine spezielle X-Man-Fähigkeit«, gab sie leichthin zurück. »Ich schlafe dann später. Ich soll in einen sicheren Unterschlupf gebracht werden, gemeinsam mit meinem Großvater.«

»Ich weiß. Zimmerman hat schon allen den Überwachungsplan geschickt.«

Meredith wusste nicht recht, ob sie gerührt sein oder Angst haben sollte. »Es gibt einen eigenen Überwachungsplan für mich?« Zwar hätte sie wissen müssen, dass das Penthouse streng überwacht werden würde, aber trotzdem. »Ernsthaft?«

»Natürlich. Bis wir herausgefunden haben, wie alles miteinander zusammenhängt, sind Sie unsere Schlüsselperson.« Er verzog das Gesicht zu einem Lächeln, das Frauenherzen garantiert reihenweise dahinschmelzen ließ. Vor allem Kendras. »Kate ist heute dran, Troy morgen. Sie wollten unbedingt die Ersten sein.«

Meredith lächelte erleichtert. »Das ist schön. Wenn sie auf mich aufpassen, kann ich bestimmt wie ein Baby schlafen.« In der kurzen Zeit, die sie sich kannten, war Kate zu einer ihrer engsten Freundinnen geworden, und ihr Partner, Agent Luther Troy, war ein überaus freundlicher Mensch. Er war ein gutes Stück älter als sie alle und ein nicht ganz so enges Mitglied ihres Freundeskreises. »Troy wirkt immer so einsam. Ich muss die Gelegenheit nutzen und ihn bearbeiten, damit er endlich anfängt, unsere Einladungen anzunehmen.« Beim Anblick von Trips Lächeln wurde auch ihr ganz weich ums Herz. *O Mann, Kenny, mit dem wirst du alle Hände voll zu tun haben.*

»Unbedingt. Er spielt immer den netten Onkel, wie eine Mischung aus Yoda und Professor X, aber er verbringt eindeutig zu viel Zeit allein.« Er blickte zum Fenster von Isenbergs Büro und sah, dass Adam sie durch die inzwischen geöffneten Jalousien beobachtete. »Ich muss da jetzt rein. Wir sprechen uns später.«

»Ich rühre mich nicht von der Stelle. Seine Hoheit hat es mir befohlen.« Sie erwartete, dass er lachen würde, stattdessen nickte er mit ernster Miene.

»Gut. Wir müssen Sie im Auge behalten.«

Er wandte sich zum Gehen. Meredith seufzte. Es passte ihr ganz und gar nicht, unter ständiger Beobachtung zu stehen, doch die Umstände waren alles andere als normal, deshalb würde sie genau das tun, was man von ihr verlangte: Sitzen bleiben und sich ruhig verhalten.

Sie zog ihr Handy heraus und spielte damit herum, während sie sich wünschte, sie könnte stricken so wie Kate. Oder sie hätte etwas zu lesen oder zu malen mitgebracht. Ihre Hände brauchten dringend eine Beschäftigung.

Die Ruhelosigkeit erfasste ihren ganzen Körper. *Ich bin müde.* Sie war erschöpft, zugleich aber viel zu überdreht, um

Schlaf zu finden. Eine ganz schlechte Kombination. *Vor allem, wenn man seine Medikamente nicht bei sich hat, du Idiotin.*

Sie hatte sich nach Kräften bemüht, in Adams Gegenwart ruhig und gelassen zu wirken, doch ... *O Gott.* Sie war völlig erschüttert gewesen. Vier Menschen waren bei dem Brand umgekommen. Eine Familie, darunter ein Baby. *Tot, nur weil jemand mich ermorden will.* Sie hatte wirklich geglaubt, sich beim Packen konzentrieren zu können, aber da hatte sie offenbar versagt. Normalerweise vergaß sie niemals ihre Medikamente, und ausgerechnet jetzt war es umso wichtiger, keine Dosis zu versäumen.

Vielleicht kann Adam mich später noch mal nach Hause fahren, damit ich sie holen kann ... Nein. Um diesen Gefallen würde sie ihn nicht bitten. Er war selbst am Ende seiner Kräfte und brauchte dringend Schlaf. Es war das Klügste, sich auf dem direkten Weg ins Penthouse bringen zu lassen. Sie wollte unbedingt vernünftig sein, obwohl die Welt um sie herum kopfstand. Sie schickte Kate eine Nachricht. *Bist du schon unterwegs?*

Die Antwort kam nur Sekunden später. *Ja. Bin gerade im Penthouse angekommen. Wieso?*

Meredith seufzte. *Ich habe etwas vergessen.* Sie überlegte, ob sie Kate bitten sollte, noch einmal zu ihr zu fahren, als ihr Telefon erneut summte.

Ich habe deinen Medizinschrank leer geräumt, allerdings hatte ich es ein bisschen eilig und habe einfach alles eingepackt. Okay?

Meredith atmete erleichtert auf. *Danke, ich komme hoffentlich bald nach. Mit Papa alles ok?*

Alles bestens. Er spielt Videospiele mit Diesel, der nicht gehen will. Ich schätze, du hast gerade einen Cousin dazubekommen, weil Clarke ihn adoptiert hat.

Zum ersten Mal seit Stunden konnte sie durchatmen. Diesel brauchte ihren Großvater. *Vielleicht genauso sehr wie ich*, dachte sie.

Wieder summte ihr Handy. *Und ... ich hab deine »Sachen« ... aus dem Safe genommen.*

Merediths Augen weiteten sich. Ihre Waffen. Verdammt. Sie konnte nur hoffen, dass Kate auch daran gedacht hatte, ihre Zahnbürste einzupacken. *Woher kennst du die Kombi?*

Von Clarke. Er sagt, du sollst sie so schnell wie möglich ändern.

Sie seufzte. Natürlich kannte Papa die Kombination – es war der Hochzeitstag ihrer Eltern. *Sag ihm, ich mache das. Danke für alles. Bis bald.*

Sie hörte, wie sich jemand neben ihr räusperte. Ein Mann von etwa Anfang vierzig blickte unablässig mit besorgter Miene zwischen ihr und Adam hin und her. Er trug einen dunkelblauen, leicht zerknitterten Anzug, hatte seine Krawatte gelöst und die obersten Hemdknöpfe geöffnet. Sein blondes Haar war von silbrigen Fäden durchzogen, und Fältchen um die Augen ließen vermuten, dass er oft und gern lachte.

Ein Anflug von Furcht beschlich sie, den sie jedoch eilig verdrängte. Sie befand sich in einem Polizeirevier, wo ihr wohl kaum etwas passieren würde, andererseits gab es auch in ihrem Beruf Fälle von Posttraumatischer Belastungsstörung, und sie gehörte nicht zu den Therapeuten, die die Symptome an sich selbst ignorierten. Sie war tagtäglich damit konfrontiert, neue Menschen kennenzulernen, und würde sich ganz bestimmt nicht davon ins Bockshorn jagen lassen.

»Ich arbeite hier nicht«, sagte sie mit einem höflichen Lächeln. »Aber bestimmt kann Ihnen jemand helfen.«

»Kein Problem. *Ich* arbeite hier. Na ja, nicht in Isenbergs Task Force oder für das Morddezernat.« Als er die Hand ausstreckte, bemerkte sie das Schulterholster mit seiner Dienstwaffe unter seinem Jackett. »Detective Hanson. Rauschgiftdezernat.«

Mit einem höflichen Lächeln schüttelte Meredith den Kopf. »Kenne ich Sie?« Etwas sagte ihr, dass es so sein könnte.

»Wir sind uns nie begegnet, nein. Ich bin ein Freund von Detective Kimble.« Er deutete in Richtung des Fensters, hinter dem sich Adam, Trip und Isenberg um den Laptop des Lieutenants versammelt hatten. In diesem Moment sah Adam hoch und begegnete Merediths Blick, ehe er Detective Hanson bemerkte und das Gesicht zu einem schmalen Lächeln verzog. Er hob die Hand, bog vier Finger in einer »Komm her«-Geste durch, ehe er den Zeigefinger wie einen Uhrzeiger bewegte.

Gebärdensprache, dachte Meredith und durchforstete ihr Gedächtnis nach den wenigen Zeichen, die sie beherrsche. Deacons und Danis jüngerer Bruder war taub, deshalb kommunizierten sie in Gebärdensprache mit ihm. Sie hatte sich große Mühe gegeben, wenn sie Greg beim Grillen oder einer Party begegnet war, hatte jedoch die Zeichen jedes Mal sofort wieder vergessen. Sprachen waren grundsätzlich nicht ihre große Stärke, und die Gebärdensprache schien keine Ausnahme zu bilden.

Adam jedoch beherrschte sie ebenso wie Dani und Deacon aus dem Effeff, und selbst Faith lernte sie bereits, da Greg Novak schon bald ihr Schwager werden würde.

»Fünfzehn Minuten«, erklärte Hanson und riss sie aus ihren Gedanken. »In fünfzehn Minuten ist er fertig.«

Meredith musterte ihn neugierig. »Sie beherrschen Gebärdensprache also auch?«

»Ein bisschen. Adam und ich sind alte Highschool-Freunde, und er hat mir ein paar Grundbegriffe beigebracht.« Er deutete auf den Stuhl am nächsten Schreibtisch. »Darf ich?«

Sie zuckte mit den Schultern. »Wie gesagt, ich arbeite nicht hier.«

Er ließ sich auf den Stuhl sinken. »Ich war auch Adams Partner, als er frisch von der Polizeiakademie kam. Ich hatte ein paar Jahre Erfahrung mehr, weil er zuerst noch auf dem College war. Er hat mir damals ein bisschen was beigebracht, und es war ganz praktisch, in Gebärdensprache kommunizieren zu können, wenn keiner etwas mitkriegen sollte. Ich habe das beibehalten.«

»Tatsächlich?« Meredith war gespannt, wie viel Privates der Mann wohl noch über Adam preisgeben würde, immerhin war sie praktisch eine Wildfremde.

Tiefe Fältchen gruben sich in die Haut um seine Augen, als er lächelte. »Ich weiß, wer Sie sind, Dr. Fallon.«

Aha, aufgeflogen, dachte sie. Ohne ausreichend Schlaf war auf ihr Pokerface offensichtlich bei Weitem nicht so viel Verlass, wie sie gedacht hatte. »Woher?«

»Zum einen ist Ihr Gesicht in sämtlichen Zeitungen. Außerdem habe ich früher mal bei Personal Crimes gearbeitet, und einige der Opfer wurden nach Abschluss der Ermittlungen an Sie verwiesen.«

»Oh, deswegen kam mir Ihr Name so bekannt vor.« Sie schnitt eine Grimasse. »Danke zu sagen, ist in diesem Fall wohl kaum angemessen. Es waren sehr schwierige Fälle. Wann haben Sie das Dezernat verlassen?«

»Vor ein paar Monaten erst. Es wurde mir einfach zu viel. Eine Weile war ich bei der ICAC, aber auch das nur eine Zeit lang. Es geht einem einfach zu sehr an die Nieren.«

Meredith hatte Mühe, ein Schaudern zu unterdrücken. Die Beamten der ICAC, einer Sondereinheit, die sich mit Internetverbrechen an Kindern befasste, mussten sich Fotos ansehen, bei deren Vorstellung allein sich ihr schon der Magen umdrehte. »Das glaube ich gern«, murmelte sie. Allein die Therapie der Opfer stellte eine enorme Belastung dar, dabei bekam sie die Fakten lediglich als zweite Instanz präsentiert.

»Ich habe mir gedacht, dass Sie es verstehen«, meinte Hanson und blickte wieder zu Adam hinüber. »Wie geht es ihm?«
Sie konnte ihre Verblüffung nicht verhehlen. »Bitte?«
»Adam. Ich weiß, dass Sie Freunde sind. Er hat Sie mehr als einmal erwähnt. Sie haben ihm geholfen, seine Mitte wiederzufinden.«
Sie schwieg. Er sah sie an. »Entschuldigung. Ich wollte nicht zu weit gehen. Ich mache mir bloß Sorgen um ihn, wenn er einen besonders ... schlimmen Fall zugeteilt bekommt.«
»Ich verstehe nicht, was Sie meinen«, sagte sie ruhig.
Er zuckte unbehaglich mit den Schultern. »Vor fünfzehn Monaten war ich noch einmal sein Partner. Direkt vor seiner krankheitsbedingten Auszeit. Ich habe ihn schon einmal zusammenbrechen gesehen und will es kein zweites Mal erleben müssen.« Er sah Meredith in die Augen. »Die Details interessieren mich nicht, sondern ich will nur sicher sein können, dass alles mit ihm in Ordnung ist. Unsere Väter sind gute Freunde. Ich kenne Adam schon seit Kindertagen. Er hat Menschen um sich, die sich Sorgen um ihn machen, auch wenn er das nicht will.«
Da hatte der Mann recht. »Nun, er kommt ja bald raus, dann können Sie ihn selbst fragen.«
In dem Blick, den der Detective ihr zuwarf, lag Nachdenklichkeit, fast so etwas wie Bewunderung. »Gut. Ich freue mich, dass er Sie an seiner Seite hat, Dr. Fallon. Jemand mit weniger Charakter hätte sich vielleicht verplappert. Danke, dass Sie seine Geheimnisse wahren.«
Sie setzte ein gelassenes Lächeln auf. Mit den raffinierten Befragungstechniken der Cops kannte sie sich aus, und sie würde unter keinen Umständen etwas preisgeben – zum einen, weil sie Adams Geheimnisse prinzipiell nicht ausplaudern würde, zum anderen, weil sie nicht einmal genau wusste, welches diese Geheimnisse waren.

Es bedeutet, dass ich Alkoholiker bin.
Sie unterdrückte einen Seufzer und legte den Kopf schief.
»Wie gesagt, sich bei Ihnen zu bedanken, ist wohl nicht angemessen, aber trotzdem ... Danke.«
Leise lachend zog er seine Brieftasche aus der Gesäßtasche seiner Hose und holte ein Plastikfotomäppchen hervor, das er so lange durchblätterte, bis er mit einem zufriedenen Brummen gefunden hatte, wonach er suchte. Er rollte den Stuhl ein Stückchen näher und hielt ihr das Foto hin. »Das sind wir. Ich bin der links«, erklärte er.
Meredith nahm das Foto und grinste unwillkürlich. Zwei Teenager in grasfleckiger Baseballkluft, der eine dunkelhaarig, der andere blond, standen Arm in Arm da und strahlten in die Kamera. Adam hatte schon damals dieses jungenhaft gute Aussehen gehabt. »Wie alt waren Sie da?«
»Er war sechzehn, ich fast achtzehn, aber ich war nur eine Klasse über ihm. Adam war eigentlich recht gut in der Schule, aber ich bin in der Mittelschule einmal sitzen geblieben, weswegen ich einen Hass auf die ganze Welt hatte, aber am Ende war es gut für mich. Ohne die Ehrenrunde hätte ich zwei Jahre vor ihm den Abschluss gemacht, und wir hätten nicht in derselben Mannschaft gespielt. Damals war unsere Welt noch in Ordnung.«
Sie betrachtete lächelnd das Foto. »Und haben Sie gewonnen?«
»Wir kamen sogar in die State-Play-offs, sind dann aber im Viertelfinale rausgeflogen. Adam hat noch ein Jahr weitergespielt, und die Mannschaft hat den Titel als Landesmeister geholt. Am Ende hat Adam ein Baseball-Stipendium bekommen, was bei seinen Noten dann schon ein echter Glücksfall war. Sagen wir mal so – es war nützlich, dass er einen Homerun laufen konnte wie kein Zweiter, denn in Mathe hat er kein Bein auf die Erde bekommen.«

»Hm.« Meredith war hin- und hergerissen zwischen der Verärgerung über seine Kritik an Adam und der Versuchung, ihn noch weiter auszuquetschen. Aber eigentlich wollte sie Adams Geschichte aus seinem eigenen Mund hören, deshalb gab sie Hanson das Foto zurück.

»Ich war Läuferin auf der Highschool. Bälle zu schlagen, war nicht so mein Ding«, gestand Meredith, auch wenn es nicht ganz der Wahrheit entsprach. »Leider war ich nicht gut genug, dass es für ein Stipendium gereicht hätte.«

»Ich auch nicht«, räumte Hanson betrübt ein, steckte das Foto wieder ein und sah zum Fenster hinüber. »Sie müssen mir nicht antworten, aber …« Er seufzte. »Wenn Sie das Gefühl kriegen, dass er … jemanden braucht, würden Sie mich dann anrufen?« Er klopfte seine Taschen ab und verdrehte die Augen. »Leider habe ich meine Visitenkarten nicht dabei. Haben Sie etwas zu schreiben?«

Ihr erster Impuls war, Nein zu sagen, doch Adam hatte den Mann angelächelt und sich offenbar gefreut, ihn zu sehen. Wenn Hanson Adam eine Stütze sein konnte, würde sie Adam diese Hilfestellung garantiert nicht verweigern. Sie kramte ein spiralgebundenes Notizbuch hervor, aus dem sie eine Seite herausriss, und einen Stift und reichte ihm beides.

Bei dem Stift handelte es sich um einen sogenannten Tactical Pen aus rostfreiem Stahl, mit dem man notfalls auch die Luftröhre eines Menschen durchstoßen konnte – das hatte sie bereits an Puppen ausprobiert. Er war rosafarben, mit eingravierten Herzen und als normales Schreibgerät getarnt. Und er war ihr Lieblingsstift, weil er jede Sicherheitsschleuse passierte, sei es am Flughafen, im Gerichtsgebäude oder auf einem Polizeirevier.

Hanson erkannte ihn jedoch auf Anhieb als das, was er war.

»So einen muss ich meiner Frau auch besorgen«, lachte er. »Woher haben Sie den?«

Meredith überlegte kurz, alles abzustreiten, doch dann zuckte sie mit den Schultern. »Von Amazon.«
»Aber klar. Also, hier ist meine Nummer.« Er notierte die Nummer und gab ihr Stift und Zettel zurück.
Sie faltete den Zettel und steckte ihn gemeinsam mit dem Tactical Pen und ihrem Notizbuch in ihre Tasche zurück. Doch dann besann sie sich eines Besseren. Sie nahm die Sachen wieder heraus, riss eine weitere Seite ab und zeichnete eine geometrische Form zum Ausmalen, in der Hoffnung, dass sie Hanson als Signal diente, ihr keine weiteren Fragen mehr zu stellen.

Cincinnati, Ohio
Sonntag, 20. Dezember, 05.15 Uhr

»Da sind sie wieder.« Isenberg nickte mit einer Selbstzufriedenheit in Richtung ihres Laptops, die Adam unter anderen Umständen beinahe süß gefunden hätte – auch wenn er dieses Wort niemals im Zusammenhang mit seiner Vorgesetzten in den Mund genommen hätte. Die Zunge dieser Frau war schärfer als jedes Messer, und nur gelegentlich blitzte ein Anflug von Menschlichkeit unter der schroffen Fassade hervor, die sie sorgsam wahrte.
So wie ihr Stolz, wenn sie etwas an ihrem Computer zuwege brachte, das jeder Fünfjährige blind hinbekommen hätte, wie zum Beispiel die Skype-Verbindung mit den Chicagoer Kollegen zu reaktivieren, die aus unerfindlichen Gründen abgebrochen war.
Oder als sie die Fotos und Videos vom dortigen Tatort angesehen hatte und ihr Blick sofort zu Adam geschweift war, um sicherzugehen, dass es ihm gut ging. Denn es war … schwierig, die Fotos anzusehen. Für jeden.

Aber für mich? Tiffany Curtis' aufgeschlitzte Kehle löste definitiv etwas in ihm aus. Ein Trigger. Und all das Blut ... in ihrem Zimmer und im Schlafzimmer ihrer Mutter. So viel Blut, überall auf dem Bett und dem Kopfteil, dem Nachttisch, dem Teppich. Das Telefon war der Frau entglitten und in einer riesigen Blutlache gelandet.

Er holte tief Luft. Nur unter Aufbietung seiner gesamten Willenskraft gelang es ihm, nicht an den Tag zurückzudenken, als Paulas Kehle aufgeschlitzt worden war. Tiffany und ihre Mutter hatten sterben müssen, nur weil der Täter an Shane Baird herankommen wollte, weil dieser Andy Gold gekannt hatte, der wiederum in irgendeiner – welcher? – Verbindung zu Meredith stand ...

»Kimble?« Trip berührte ihn leicht an der Schulter. »Die Leitung steht wieder.« Trip war hereingekommen, als Isenberg noch damit beschäftigt war, ihren Computer zu verfluchen. Adam richtete seine Aufmerksamkeit wieder auf den Bildschirm, auf dem lediglich ein übergroßer Krawattenknoten zu erkennen war. Das musste Detective Abe Reagan sein, seit neun Jahren bei der Mordkommission der Chicagoer Polizei. Adam hatte ihn überprüft, während Isenberg mit dem Verbindungsaufbau beschäftigt gewesen war. Reagan schien ein hochdekorierter Ermittler zu sein, der in den Artikeln zumeist mit vollem Namen genannt wurde, weil er einen ebenfalls hochdekorierten Bruder hatte, der ebenfalls im Morddezernat arbeitete und dessen Vorname ebenfalls mit A anfing.

Reagan trat von der Kamera weg und gab den Blick auf ein Paar auf den Schreibtisch gestützte Stiefel, den blonden Lockenschopf seiner Partnerin und die Ecke einer Aufnahme frei, bei der es sich allem Anschein nach um ein Tatortfoto handelte.

»Entschuldigung«, sagte Isenberg, »die Verbindung ist wohl

abgebrochen, aber jetzt sind wir wieder da.« Sie deutete auf Trip. »Das ist Special Agent Jefferson Triplett, der ebenfalls unserer Task Force angehört.«

»Ich bin Detective Reagan.« Er setzte sich und stieß seine Partnerin mit dem Ellbogen an, die daraufhin schwungvoll die Beine vom Schreibtisch nahm. »Das ist Detective Mitchell.«

Mitchell war klein, stämmig und, laut Adams Google-Recherche, ebenfalls mehrfach ausgezeichnet, darunter auch mit einer Ehrenmedaille, weil sie vor sieben Jahren einen Serienbrandstifter zur Strecke gebracht hatte. »Hey«, sagte sie. »Und was haben Sie herausgefunden, Triplett?«

»Im Hinblick auf Ihren Tatort? Nicht viel. Würde es Ihnen etwas ausmachen, das Wichtigste noch mal für mich zusammenzufassen?«

»Natürlich nicht«, gab sie mit einer Höflichkeit zurück, die keinen Zweifel an ihrer Verärgerung ließ. »Allerdings warten wir immer noch auf eine Erklärung, was Ihr Fall mit unserem zu tun hat.«

»Mia«, sagte Reagan leise.

Mitchell verdrehte die Augen. »Ich weiß, ich weiß, wir machen einen auf nett, damit die uns wichtige Informationen geben.«

Reagans Lippen zuckten, worauf Adam ebenfalls ein Grinsen unterdrücken musste. »So läuft es nun mal«, sagte Reagan in ernstem Tonfall, machte jedoch die Wirkung seiner Worte sofort zunichte, indem er ebenfalls die Augen verdrehte.

»Also gut«, schnaubte Mitchell und stieß einen tiefen Seufzer aus. »Okay. Die Opfer sind Tiffany Curtis, zwanzig, und ihre Mutter, Ailene Curtis, fünfundvierzig Jahre alt. Der Täter ist offensichtlich durchs Schlafzimmerfenster der Mutter eingedrungen.« Mitchells Gesicht verschwand vom Bildschirm, stattdessen erschien eine Aufnahme eines zerbrochenen

Fensters. »Die Scheibe wurde eingeschlagen und der Riegel aufgebrochen.« Als Nächstes folgte ein Foto der Leiche der Mutter in einer riesigen Blutlache.

Adam verspürte den Impuls, den Blick von der schlaff herabhängenden Hand und dem in der Blutlache liegenden Telefon abzuwenden, von der aufgeschlitzten Kehle, dem regelrecht ausgeweideten Rumpf, doch er zwang sich hinzusehen … nicht daran zu denken, wie es mit Paula gewesen war.

Paula, die doch noch ein Kind gewesen war. Das er nicht hatte retten können, weil er zu spät gekommen war. Er spürte, wie ihm allein der Gedanke an Paula den Boden unter den Füßen wegzog. *Dann hör auf damit!*

Trip seufzte. »Scheiße.«

»Genau«, erwiderte Mitchell im selben bedrückten Tonfall.

»Es war echt übel. Die Mutter trug eine Atemmaske.«

»Wahrscheinlich hat sie deshalb nicht gehört, wie der Täter die Scheibe eingeschlagen hat«, folgerte Adam. Er war so damit beschäftigt gewesen, nicht die Fassung zu verlieren, dass er diese Tatsache anfangs übersehen hatte. Er sah die Erleichterung in Isenbergs Blick. *Jaja, alles in Ordnung. Ich habe mich wieder im Griff.* »Die Dinger sind ziemlich laut.«

»So ist es«, bestätigte Reagan und ersetzte die Weitwinkelaufnahme des Betts durch eine Nahaufnahme der Leiche. Adam wappnete sich innerlich, zwang sich hinzusehen.

Es gelang ihm, bis er Trip neben sich scharf den Atem einsaugen hörte. »Scheiße«, sagte der Agent noch einmal, diesmal war es ein trauriges Flüstern.

Adam wandte sich ab und suchte Merediths Blick. Sie war in Sicherheit, es war ihr nichts passiert. Das sagte er sich wieder und wieder, bis die Panik allmählich verebbte. In diesem Moment registrierte er eine Bewegung, und sein Blick fiel auf eine Gestalt neben dem Schreibtisch, an dem sie sich niedergelassen hatte. Er lächelte. Wyatt Hanson.

Wyatt war sein ältester Freund, mit dem er nicht verwandt war, zumindest nicht im biologischen Sinne. Deacons und Danis Mutter und seine eigene Mutter waren Schwestern gewesen, doch seine und Wyatts Blutsverwandtschaft war durch die Polizei besiegelt. Ihre Väter waren einst Partner im Streifendienst gewesen, und er und Wyatt hatten diese Tradition einer Polizeikarriere fortgeführt.
Isenberg folgte Adams Blick und sah an dem Laptop vorbei in die Einsatzzentrale. »Ah, Detective Hanson ist da. Gut.«
»Er ist Ihretwegen hier?«, fragte Adam mit einem Anflug von Enttäuschung.
»Ich habe bei den Kollegen vom Rauschgiftdezernat jemanden angefordert, der Sie bei den Ermittlungen im Hinblick auf Mr Voss unterstützt. Ich rede gleich mit ihm, wenn ich hier fertig bin.«
»Oh.« Das war durchaus nachvollziehbar, zumal auch Prostitution in den Zuständigkeitsbereich des Rauschgiftdezernats fiel. Vielleicht waren sie ja bereits an dem mutmaßlichen Ring von College-Nutten dran. Er bedeutete Hanson, dass sie noch eine Viertelstunde brauchen würden und er auf ihn warten solle.
Adam richtete seine Aufmerksamkeit wieder auf den Bildschirm und bemerkte den interessierten Blick der beiden Chicagoer Kollegen. »Voss?«, fragte Reagan. »Wer ist das?«
»Broderick Voss«, antwortete Isenberg. »Das erklären wir Ihnen später. Bitte entschuldigen Sie die Unterbrechung.«
Mitchell tippte etwas in ihr Handy ein und riss die Augen auf. »Voss, ja?« Sie hielt ihrem Partner das Handy hin, woraufhin er einen leisen Pfiff ausstieß.
»Das wird ja immer interessanter«, bemerkte er.
Ihr habt keine Ahnung, wie interessant, dachte Adam grimmig.
»Also, lasst uns zuerst den Tatort zu Ende bringen«, schal-

tete sich Trip ein. »Was ist passiert, nachdem der Täter ihr die Kehle durchgeschnitten hat?«

»Wir vermuten, er dachte, sie sei tot, und deshalb ist er in das Zimmer der Tochter gegangen. Der Stecker von Tiffanys Ohrstöpseln war noch in ihrem Laptop, deshalb hat sie den Täter wohl ebenfalls nicht gehört. Sie hatte gerade ihrem Freund eine Nachricht aufs Handy geschickt, genauer gesagt, mit seinem Freund Shane Baird kommuniziert. Er hat ihr geschrieben, dass sie nur noch etwa eine Stunde von Cincinnati entfernt seien, und sich noch einmal für den Wagen bedankt. Sie hätte keine Ahnung, was ihm das bedeute, hat er geschrieben.«

»Wir haben bereits mit Shane Baird und Kyle Davis gesprochen«, sagte Isenberg.

Überraschung zeichnete sich auf den Mienen der beiden Kollegen ab. »Wann?«

»Wir haben die beiden gerade befragt, als Ihre Nachricht kam«, antwortete Adam. »Vielleicht wären Sie so nett, Trip kurz über den Mord an dem Mädchen zu informieren, dann sagen wir Ihnen gern, was wir herausgefunden haben.«

Mitchell schien sich über die neuerliche Verzögerung zu ärgern. »Wie es aussieht, hat er sie aufs Bett gestoßen und sich auf sie gesetzt. Er hat blutige Fußabdrücke auf der Bettdecke hinterlassen.«

»Blut von der Mutter?«, fragte Adam.

»Ja«, antwortete Reagan und nickte. »Anscheinend hat Tiffany sich gewehrt und ihn dabei in die Hand gebissen. Wir haben einen Latexhandschuh mit leichten Bissspuren gefunden, die darauf hindeuten, dass sie von ihren Zähnen stammen. Das Labor überprüft es gerade.«

Was sie da erzählten, war Adam völlig neu. »Er hat also ein Paar Handschuhe getragen, als er in das Haus eingedrungen ist, beim Verlassen aber nur noch einen angehabt? Haben Sie Fingerabdrücke gefunden?«

Mitchell warf Reagan einen Blick zu, worauf dieser mit den Schultern zuckte. »Bitte«, sagte er. »Vielleicht ist es aber auch nichts.«
Mitchell beugte sich vor, der Blick konzentriert. »Folgendes: Sie hat ihn beim Kampf offensichtlich in die Hand gebissen. Dabei ist der Handschuh kaputtgegangen und wurde ihm entweder zufällig von der Hand gerissen, oder aber er hat ihn ausgezogen. Jedenfalls lag er in der anderen Ecke des Zimmers. Er hat sie mit der bloßen Hand weiter stranguliert.«
Adam sog den Atem ein, Isenberg und Trip ebenfalls. »Und konnten Sie Fingerabdrücke sicherstellen?«, fragte Adam noch einmal.
Mitchell zuckte die Achseln. »Unsere Spurensicherung arbeitet daran. Jack Unger ist einer der Besten, wenn es also etwas sicherzustellen gibt, dann schafft er es. Wir halten Sie auf dem Laufenden.«
»Das wäre großartig«, sagte Trip.
Isenberg sah Trip an. »Wurden Fingerabdrücke auf der Bombe gefunden?«
»Ja, deshalb sollte ich ins Labor kommen. Sie haben einen Abdruck gefunden, der aber zu dem Opfer Andy Gold gehört.«
»Andy Gold«, warf Reagan ein. »Das ist der junge Mann, der gestern in dem Restaurant eine Waffe gezogen hat. Und er war mit Baird befreundet?«
»Ja«, antwortete Isenberg. »Woher wissen Sie das?«
»Tiffany hatte ihrem Freund Kyle eine Nachricht geschickt, weil er sich ihren Wagen ausborgen wollte, um Shane, dessen Freund umgekommen war, so schnell wie möglich nach Cincinnati zu fahren.«
Adam runzelte die Stirn, als ihm ein Detail in den Sinn kam. »Könnten Sie uns noch mal das Foto von Tiffanys Leiche zeigen?« Er betrachtete die aufgeschlitzte Kehle der jungen Frau, ehe sein Blick zu ihrer rechten Hand schweifte. Der

Zeigefinger fehlte. »Ihr Handy haben Sie vermutlich nicht gefunden«, sagte er. »Der Täter hat ihren Finger abgeschnitten und mitgenommen.«
Um das Handy des Mädchens zu knacken und sich all die Informationen zu beschaffen, die er brauchte. Beispielsweise wohin Shane und Kyle gefahren waren.
Reagan nickte. »Stimmt. Der Mörder hat ihr Handy mitgenommen, aber nicht ihr iPad auf dem Nachttisch, auf dem eine Nachricht nach der anderen einging. Wie es aussieht, hat sie ihre Geräte synchronisiert, auch ihren Laptop, der allerdings passwortgeschützt war. Kyle hat ihr pausenlos Nachrichten geschickt und sie gebeten, ihn dringend anzurufen. Und dann hat Ihr Revier angerufen und wollte, dass wir nach Tiffany Curtis sehen.«
»Ich hatte die Bestätigung, dass jemand heute Abend aus dem Haus der Curtis' einen Notruf abgesetzt hat«, erklärte Isenberg.
»Stimmt«, bestätigte Mitchell. »Um 01.37 Uhr, etwa zwei Minuten nach Tiffanys letzter Nachricht an Shane.«
Adam dachte an das Telefon in der Blutlache. »Die Mutter hat es also noch geschafft, die Polizei zu rufen?«
Die Chicagoer Detectives nickten traurig. »Ja, aber sie konnte nichts mehr sagen«, erklärte Mitchell. »Der Mitarbeiter in der Telefonzentrale hat allerdings ein Poltern und andere Geräusche im Hintergrund gehört. Der Mörder muss die Sirenen gehört haben, weil er Tiffany nicht weiter gewürgt, sondern ihr die Kehle durchgeschnitten, den Brustkorb aufgeschlitzt und den Finger abgeschnitten hat, bevor er durch das Schlafzimmerfenster der Mutter geflüchtet ist.«
»Nachdem er ihr zuerst noch sein Messer in den Leib gerammt hat«, warf Reagan ein. »Er muss eine unglaubliche Wut gehabt haben. Laut unserem Rechtsmediziner war die Mutter zu dem Zeitpunkt bereits tot.«

»Er hat sich also nicht unter Kontrolle«, bemerkte Adam.
»Das könnte sich als Vorteil für uns erweisen. Konnten Sie Tiffanys Handy mit einer Ortungs-App über ihren Laptop finden?«
Mitchell nickte grimmig. »Ja. Er hat es an einer Tankstelle in Indiana in den Müll geworfen. Wir haben die dortige Polizei schon gebeten, es sicherzustellen und uns die Überwachungsbänder zukommen zu lassen. Das Telefon haben wir noch nicht, aber immerhin die Aufzeichnungen der Überwachungskamera. Leider hatte der Täter die ganze Zeit den Kragen hochgeschlagen, außerdem trug er eine Baseballmütze. Er sieht sehr groß aus, aber eine genaue Personenbeschreibung können wir leider nicht geben.«
»Er ist unterwegs nach Cincinnati«, sagte Trip leise.
»Stimmt.« Adam sah Isenberg an, die eine Braue hochgezogen hatte. »Kyle?«, fragte er. Sie nickte. »Kyle arbeitet an der Rezeption in Lamarr Hall, einem Wohnheim der Kiesler University. Er hat uns erzählt, ein Mann sei gestern Abend aufgetaucht und hätte nach Shane gefragt. Er sei groß und ziemlich bedrohlich gewesen, deshalb habe Kyle den Alarmknopf unter dem Tisch gedrückt. Die Campus-Polizei hat ein Foto von dem Kerl aus der Überwachungskamera isoliert.«
»Ich rufe gleich dort an.« Mitchell rollte mit ihrem Stuhl aus dem Blickfeld der Kamera.
»Was haben Shane und Kyle noch gesagt?«, wollte Reagan wissen.
Isenberg schilderte in kurzen Sätzen, was Shane ihnen erzählt hatte, unterschlug jedoch Andys Tat. »Allem Anschein nach gibt es noch eine dritte Person, eine junge Frau, die zu ihnen gehört. Wir haben ihr Foto schon rausgegeben. Sie gilt als vermisst.«
In diesem Moment erschien Mitchell wieder im Bild. »Die

Campus-Polizei schickt uns das Material rüber. Ich habe den Teil mit dem vermissten Mädchen mitbekommen, also können wir gleich weitermachen. Was hat das alles mit Broderick Voss zu tun?«

»Voss hat die Zielperson des heutigen Bombenanschlags gestalkt«, sagte Isenberg.

»Und Voss hat Drogenprobleme?«, hakte Mitchell nach.

»Könnte sein«, antwortete Isenberg. »Seine Frau hat ihn bei einer Drogenparty mit vermutlich minderjährigen Prostituierten in ihrem Zuhause erwischt, während ihre sechsjährige Tochter dort war. Als sie ihn zur Rede stellen wollte, hat er sie geschlagen, deshalb hat sie ihr Kind genommen und ist zu ihrer Schwester gezogen.«

»Mrs Voss hat ihre Tochter psychologisch betreuen lassen«, fügte Trip hinzu, »aber wir gehen davon aus, dass Voss die beiden ersten Therapeuten vergrault hat und dasselbe jetzt mit Dr. Fallon, der Zielperson, versucht. Mrs Voss hat uns erzählt, ihre Tochter sei seit ein paar Wochen bei ihr in Behandlung.«

Die Mienen der beiden Chicagoer Cops verdüsterten sich.

»Wenn das stimmt, muss dieses Kind ein verdammt heikles Geheimnis bewahren, von dem Mr Voss auf keinen Fall will, dass es ans Licht kommt«, folgerte Mitchell und blickte mit zusammengekniffenen Augen finster in die Kamera. »Der Mann wäre sogar so weit gegangen, ein ganzes Restaurant voller Leute in die Luft zu jagen. Und er hat heute Nacht zwei unschuldige Menschen getötet.«

»Insgesamt sogar sieben, einschließlich Andy Gold«, sagte Adam und spürte, wie sich beim Gedanken an das abgebrannte Haus sein Magen zusammenzog. »Das Haus, in dem Andy Gold ein Apartment gemietet hatte, ist bis auf die Grundmauern abgebrannt, und eine vierköpfige Familie, darunter ein Baby, ist dabei umgekommen.« Er schluckte.

Trip stieß einen Seufzer aus. »Den Anblick werde ich mein Lebtag nicht vergessen.«

Adam drückte ihm die Schulter. »Ich würde mir Sorgen machen, wenn du es könntest. Aber ... sieh zu, dass du es schaffst, okay?«, fügte er tonlos hinzu. »Tu nicht, was ich getan habe.«

Trips Mundwinkel hob sich, und er nickte knapp. »Verstanden.«

Ein Muskel zuckte an Reagans Kiefer. »Dieser Voss muss unschädlich gemacht werden«, stieß er mit unverhohlener Wut hervor.

»Immer schön langsam.« Mitchell tätschelte mit unübersehbarer Zuneigung Reagans geballte Faust. »Papa Bär hat auch drei Töchter, eine davon ist noch ein Baby.« Ihr Tonfall war sanft, doch ihre Miene verriet ebenso unbändigen Zorn wie Reagans. »Mein Sohn Jeremy ist vierzehn, musste aber mit ansehen, wie seine leibliche Mutter vergewaltigt wurde, bevor sie getötet wurde. Er war jahrelang in Therapie, bevor er ... einigermaßen geheilt war. Ich hoffe, diese Dr. Fallon kann dem kleinen Voss-Mädchen helfen.«

»Dr. Fallon ist gut«, sagte Adam knapp. »Sie hat schon vielen Kindern geholfen.«

»Und in welcher Verbindung steht sie zu dem Opfer?«, wollte Reagan wissen. Er entspannte sich, doch der Zorn in seinen Augen blieb. »Zu Andy Gold, meine ich.«

Adam war froh, dass Reagans Wut nicht verraucht war, denn er empfand ganz genauso. »Das wissen wir noch nicht.« Er sah wieder in das Großraumbüro, wo Meredith immer noch am Schreibtisch saß und Hanson anlächelte, der sich zu ihr gesetzt hatte. Sie reichte ihm einen kleinen, quadratischen Gegenstand, den Hanson in seiner Brieftasche verstaute. Ein Foto. Adam wusste genau, welches. Er hatte auch einen Abzug in einem Album in seiner Wohnung. Er wandte sich wieder dem Bildschirm zu. »Aber ich denke, wir können davon ausgehen, dass eine Verbindung zwischen unseren beiden Fällen besteht. Wir halten Sie auf dem Laufenden.«

Mitchell rieb sich die Augen. »Ich habe mir Tiffanys Nachrichten auf dem iPad durchgelesen. Sie hat ihrer besten Freundin erzählt – zumindest nehmen wir an, dass sie das ist –, Kyle hätte gesagt, er habe ein ganz besonderes Weihnachtsgeschenk für sie gekauft. Und er müsse ihr eine wichtige Frage stellen. In ihr Notizbuch hat sie x-mal den Namen ›Tiffany Davis‹ geschrieben.«

»O nein«, stöhnte Adam. »Sie dachte, er macht ihr einen Antrag.«

»Das vermuten wir«, gab Mitchell traurig zurück. »Wir dachten, Sie sollten das wissen.«

Adam fuhr sich mit der Hand über seine vor Müdigkeit brennenden Augen. »Danke. Was für ein beschissener Tag!«

Isenberg verpasste ihm einen Klaps aufs Knie. »Vielleicht sollten wir Dr. Fallon schon mal vorbereiten. Nur für alle Fälle.«

»Ihre Zielperson?«, fragte Reagan erstaunt. »Wieso das?«

Isenberg, die ihren Lapsus bemerkte, zuckte kurz zusammen, fing sich jedoch sofort wieder. »Dr. Fallon ist eine unserer beratenden Psychologinnen und genießt höchstes Ansehen. Aus ersichtlichen Gründen können wir sie nicht in die Ermittlungen einbinden, aber Shane wollte unbedingt die Frau sehen, die sein Freund erschießen wollte. Sie hat sich bereit erklärt und sofort eine Verbindung zu ihm hergestellt. Ihr Spezialgebiet sind emotional traumatisierte Kinder und Jugendliche, und Shane hat sich ihr mehr geöffnet, als wir jemals zu hoffen gewagt hatten.«

Mitchell kniff die Augen zusammen. »Und was haben Sie uns unterschlagen?«

Isenberg seufzte. »Womöglich hat es gar nichts mit diesem

Fall zu tun. In der Pflegefamilie, in der die drei Kids aufgewachsen sind, wurde ein Verbrechen begangen, das maßgeblich dazu beigetragen hat, dass sich die drei gewissermaßen zu einer Familie zusammengeschlossen haben. Er war zu der Zeit noch minderjährig.« Sie blickte die Kollegen direkt an. »Ich kenne Sie nicht und will nicht, dass Sie die Zukunft dieses Jungen aufs Spiel setzen, obwohl der Vorfall womöglich gar nichts mit unserem Fall zu tun hat.«

Reagan und Mitchell tauschten einen langen Blick – eine der typischen Kommunikationsmethoden unter eingespielten Partnern. »Na gut«, sagte Reagan schließlich. »Wir kennen Sie ebenso wenig, daher … Ich will nicht behaupten, dass ich Ihnen vertraue, aber wir halten uns an den aktuellen Fall. Zumindest im Moment. Sie weihen uns ein, wenn die andere Geschichte relevant wird?«

»Unverzüglich«, versprach Isenberg nüchtern.

Trip räusperte sich. »Das ist jetzt wohl kein sehr günstiger Zeitpunkt, Sie zu bitten, uns Ihre Fotos vom Tatort rüberzuschicken, oder?«, meinte er mit einem schiefen Grinsen.

Reagan lachte. »Tja, das Timing ist tatsächlich nicht das allerbeste, aber ich sage Ihnen genau das, was ich auch sagen würde, wenn ich nicht wüsste, dass Sie uns Informationen vorenthalten.« Adam wollte glauben, dass Reagan und Mitchell so anständig waren, wie sie zu sein schienen. Sein Bauchgefühl sagte jedenfalls Ja.

»Und zwar?«

»Dass wir es zuerst mit unserem Vorgesetzten besprechen müssen«, antwortete Mitchell an seiner Stelle. »Wenn Lieutenant Murphy grünes Licht gibt, haben Sie die Fotos zwei Sekunden später.«

Das Lächeln, das sich auf Isenbergs Miene ausbreitete, schien ihr Gesicht vollkommen zu verändern. Sie sah um Jahre jünger aus. *Was die Frage aufwirft, wie alt sie eigentlich wirklich ist*, dachte Adam. Und was passiert sein musste, dass sie eigentlich immer so … alt aussah. »Klingt gut«, meinte sie. »Danke.«

Mitchell nickte. »Mein Mann ist in einer Pflegefamilie aufgewachsen, allerdings hat er es gut erwischt. Er kam zu sehr netten Leuten, die ihn später adoptiert haben. Shane hat wohl keine so positiven Erfahrungen gemacht.«

»Allerdings«, bestätigte Adam. »Danke. Wir melden uns.«

Isenberg beendete das Telefongespräch und wandte sich Trip zu. »Was hast du *wirklich* im Labor gefunden?«

»Andy Golds Fingerabdrücke waren im System gespeichert«, antwortete Trip. »Sein richtiger Name war Jason Coltrain, geboren in Indianapolis. Er wurde wegen Mordes an einem Mann namens Cody Walton verhaftet, allerdings wurde nie Anklage gegen ihn erhoben. Letztlich wurde die Frau des Opfers schuldig gesprochen und zu einer Gefängnisstrafe von fünfzehn Jahren verurteilt.«

»Das entspricht genau dem, was Shane uns erzählt hat«, murmelte Adam und schilderte Trip alles Weitere, was sie von dem Jungen erfahren hatten.

Trips Augen weiteten sich, und sein Blick schweifte zu Meredith, die sich konzentriert über ein Blatt Papier beugte. *Sie malt*, dachte Adam. Mit diesem rosa Stift.

Natürlich malt sie. Adam unterdrückte sein Lächeln, weil es zu liebevoll gewirkt und Isenberg auf der Stelle gewusst hätte, dass etwas im Busch war.

»Sie hat Shane dazu gebracht, Ihnen allen zu gestehen, dass er gelogen und einen Mörder gedeckt hat?«

»Ja, hat sie«, antwortete Isenberg. »Ich denke, Shane wollte es gestehen, aber sie hat es ihm definitiv einfacher gemacht. Was haben Sie sonst noch in Erfahrung gebracht, Trip? Das Labor hat Sie wohl kaum bloß wegen der Fingerabdrücke antanzen lassen, oder?«

»Wir haben die Bombe zerlegt.«
»Wann?«, fragte Adam verblüfft.
»Während du die Kellnerin befragt hast.«
»Das Team?«, hakte Adam nach. Er wollte immer noch wissen, wie gut der Mann tatsächlich war. »Oder du allein?«
Trip zuckte mit den Schultern. »Ich allein«, sagte er. »Aber ich habe dir ja gleich gesagt, dass es eine ganz einfache Konstruktion war«, fügte er eilig hinzu. »Jedenfalls haben wir einen Teilfingerabdruck gefunden, der eindeutig nicht Andy Gold gehört. Bislang hat die Suche im System aber noch nichts ergeben.«
»Aber wenn Chicago etwas an ihrem Tatort findet …«, meinte Isenberg.
Trip grinste. »Genau.«
Sie rieb sich die Hände. »Und was haben Sie sonst noch?«
»Endlich«, erwiderte Trip gedehnt. »Das Beste kommt bekanntermaßen zum Schluss. Wir haben eine ballistische Übereinstimmung für die Kugel, die Andy Gold getötet hat. Dasselbe Gewehr wurde 1988 schon einmal bei einem bewaffneten Raubüberfall verwendet.«
Isenbergs Miene wurde ernst. »Aber das ist fast dreißig Jahre her.«
»Trotzdem können wir vielleicht den Besitzer ermitteln«, meinte Adam. »Möglich wäre es.«
»Zimmerman hat schon jemanden darauf angesetzt«, sagte Trip. »Mehr habe ich im Moment nicht.«
Adam checkte die Uhrzeit auf seinem Handy und stöhnte leise. »Ich bringe jetzt Meredith in den Unterschlupf und sehe zu, dass ich ein paar Stunden Schlaf kriege.«
»Seien Sie gegen Mittag wieder hier«, meinte Isenberg. »Wir müssen überprüfen, was wir haben und wie wir weiter vorgehen wollen.«
»Ach du Scheiße.« Adam blieb abrupt stehen. »Kyle. Wir

müssen ihm von Tiffany erzählen und einen sicheren Unterschlupf für die beiden finden. Wer auch immer Tiffany und ihre Mutter getötet hat, ist schon auf dem Rückweg nach Cincinnati und wird vermutlich versuchen, sich auch noch die Jungs zu schnappen.«

Isenberg seufzte. »Ich finde etwas für sie.«

»Was ist mit dem Penthouse?«, meinte Trip. »Können sie nicht auch dort unterkommen? Zumindest für heute. Die Bewachung ist ohnehin organisiert, und wir können die Sicherheitsmaßnahmen vielleicht noch verstärken. Wir könnten eine zusätzliche Wache an der Tür postieren und sichergehen, dass Shane und Kyle nicht wissen, wo sie sind, damit sie nichts verraten können.«

Adam dachte darüber nach. »Die beiden sind nicht vorbestraft und scheinen nicht gefährlich zu sein, aber ich will kein Risiko eingehen. Kate hat heute Dienst in der Wohnung.« Und er wäre ebenfalls dort, sogar direkt vor Merediths Tür, doch es musste sichergestellt werden, dass jemand bei ihr war, für den Fall, dass er, Adam, noch einmal wegmusste und die beiden doch nicht so harmlos waren, wie sie wirkten. »Lynda, wenn Sie jemanden vor der Tür der Jungen postieren, könnte es klappen«, sagte er zu Isenberg.

Isenberg nickte. »Ich kümmere mich darum.« Sie sah auf ihre Uhr. »Da Sie sich noch um die beiden Jungs kümmern müssen –«

»– und etwas essen«, warf Trip ein.

Isenberg blickte ihn amüsiert an. »– möchte ich Sie … sagen wir, um drei Uhr heute Nachmittag wieder hier sehen.« Sie sah zu Meredith und Hanson hinüber, die immer noch an den beiden Schreibtischen saßen. Hanson spielte auf seinem Handy herum, während Meredith sich ihrer Malarbeit mit einer Konzentration widmete, um die Adam sie beneidete und die ihn zugleich wütend machte. Es war schrecklich, dass sie den Trost dieser Tätigkeit benötigte, wo er sich doch nur wünschte, sie könnte zu Hause in ihrem gemütlichen Bett liegen, sicher und glücklich. *Mit mir.*

»Adam?« Isenbergs Stimme durchbrach seine Gedanken. Er sah sie an, in der Hoffnung, dass seine Augen nicht seine wahren Gefühle verrieten.

»Ja, Boss?«

»Sagen Sie Detective Hanson bitte, dass ich noch ein paar Minuten brauche, um die zusätzliche Wache zu organisieren, bevor ich ihn zu Broderick Voss und den Prostituierten briefen kann.«

»Mache ich.«

»Und bitte sagen Sie Kyle, wie leid es mir tut.«

Er nickte knapp und schluckte gegen den Kloß an, der sich plötzlich in seiner Kehle gebildet hatte. »Ja, auch das werde ich tun.«

14. Kapitel

Cincinnati, Ohio
Sonntag, 20. Dezember, 06.00 Uhr

»Soll ich mit hineingehen?«, fragte Meredith, als sie zwischen Adam und Trip in Richtung Befragungsraum ging, wo Kyle und Shane immer noch auf sie warteten.

»Nicht sofort. Bleib zuerst im Beobachtungsraum, ich gebe dir ein Zeichen, wenn ich dich brauche.«

»Wie viel wollen wir ihnen über Tiffany und ihre Mutter sagen?« Trips tiefe Stimme hallte in dem verlassenen Korridor wider.

»Dass es ganz schnell ging und sie nicht leiden mussten«, antwortete Adam ernst.

Trip seufzte. »Also eine Lüge?«

»Ja«, stieß Adam hervor. »Wir lügen, dass sich die Balken biegen.«

»Zumindest für den Augenblick«, warf Meredith sanft ein. »Vielleicht wäre es gut, erst einmal nicht alle Details preiszugeben. Sie werden dann schon nachfragen, wenn sie bereit dafür sind.«

»Ob sie das wohl jemals sein werden«, erwiderte Trip, und Merediths Herz brach noch ein wenig mehr.

Sie tätschelte seine breite Schulter. »Manche sind es nie. Und das ist okay. Diese Jungen ... o Gott. Sie sind noch so jung.«

Etwas an seiner verkniffenen Miene ließ all ihre Alarmglocken schrillen. »Ist das etwa das erste Mal, dass Sie jemandem so eine Nachricht überbringen müssen?«

»Ja«, antwortete er und hielt den Blick eisern nach vorn gerichtet.

Adam seufzte. »O Gott, Trip, das tut mir leid. Es ist nie einfach, aber das hier ...« Wieder seufzte er. »Ich übernehme das Reden. Du bist einfach nur da, falls einer der beiden ausrastet.«

Sie erreichten den Befragungsraum, vor dem sich ein uniformierter Polizist postiert hatte. Ein einziger Blick genügte ihm, um zu wissen, was los war.

»Die haben schon gefragt«, sagte er. »Alle drei Minuten. Kyle hat sogar versucht, den Raum zu verlassen ... er bräuchte dringend endlich ein Handysignal.«

»Wie haben Sie ihn dazu gebracht, dass er drinnen bleibt?«

»Das war nicht ich, sondern Shane. Er hat ihn wieder reingezogen.«

Adam nickte und hielt Meredith die Tür zum Beobachtungsbereich auf. Auf der anderen Seite des Spiegels tigerte Kyle hektisch auf und ab. Shane saß mit dem Rücken an der Wand auf dem Fußboden. Er hatte die Knie angezogen und starrte trübselig vor sich hin.

»Großer Gott«, flüsterte Adam und ballte die Fäuste. Aus einem Impuls heraus lehnte Meredith sich gegen ihn, schmiegte die Schläfe gegen seinen Oberarm, der sich wie Beton anfühlte.

Er erschauderte kurz, ehe er den Kopf neigte, sodass seine Wange ihr Haar berührte. »Ich will das nicht tun.«

»Ich komme mit. Für dich.« Sie nahm seine Hand und drückte sie kurz. »Es ist in Ordnung, Hilfe von jemandem zu brauchen, Adam. Es ist in Ordnung, wenn du mich brauchst.«

Einen Moment lang versteifte er sich, dann holte er tief Luft. »Ich muss das jetzt durchziehen. Ich kann die Jungen nicht länger warten lassen.«

Sie wandte sich ab und folgte den beiden Männern in den Befragungsraum. Kyle blieb abrupt stehen und wirbelte herum, als sie eintraten. Er wusste auf der Stelle, was kommen würde.

Entsetzen zeichnete sich auf seiner Miene ab. »Nein.« Er taumelte ein paar Schritte rückwärts und schüttelte den Kopf. »Nein. *Nein.*«

Wie in Zeitlupe hob Shane den Kopf, suchte Merediths Blick und schloss in erschöpfter Resignation die Augen.

»Das ist mein Partner, Special Agent Triplett«, sagte Adam und holte tief Luft. »Es tut mir sehr leid. Tiffany ist tot.«

Kyle schüttelte noch immer ungläubig den Kopf. »Sie ist zu ihrer Mutter gefahren. Wo sie in Sicherheit war.«

Adam straffte die Schultern. »Ihre Mutter ist ebenfalls tot.«

»Nein.« Kyle wich zurück, bis er mit dem Rücken gegen die Wand stieß, dann schnellte er mit geballten Fäusten nach vorn und stürzte sich auf Adam. »*Nein!*«

Trip wollte eingreifen, doch Adam packte den Jungen und zog ihn in eine Umarmung, bis Kyles Knie nachgaben. Der Junge schlug mit den Fäusten kraftlos auf seinen Rücken ein. Bis auf seine gequälten Schluchzer war es still im Raum.

Adam hielt ihn fest umschlungen, strich ihm mit zitternden Fingern übers Haar, drückte seinen Kopf gegen seine Schulter, während er den Blick hob und an die Decke starrte. »Es tut mir so leid«, sagte er leise. »So unfassbar leid.«

»Sie sollte doch in Sicherheit sein«, schluchzte Kyle. »In Sicherheit.«

»Ich weiß«, murmelte Adam. »Ich weiß. Es ist nicht Ihre Schuld.«

Shane ließ den Kopf mit voller Wucht gegen die Wand hinter sich knallen. Das Knacken seines Schädelknochens widerhallte im Raum. »Nein, es ist *meine* Schuld.«

Trip trat zu ihm und ging vor ihm auf die Knie. »Nein«, sagte er mit fester Stimme. »Es ist auch nicht Ihre Schuld.«

»Warum?« Kyles Stimme klang gedämpft, weil sein Gesicht immer noch an Adams Schulter lag. »Sie war so süß. So klein und süß. Hat er ihr wehgetan?« Seine Stimme verebbte zu einem Wimmern. »Bitte sagen Sie mir, dass er ihr nichts angetan hat.«

»Es ging ganz schnell«, erwiderte Adam knapp. »Sie musste nicht leiden.«

Kyle stieß einen erneuten Schluchzer aus. Inzwischen zitterte er am ganzen Leib und hatte die Fäuste in Adams Jackett verkrallt. Adam hielt ihn weiter fest, ließ ihn weinen.

Shane schlug sich die Hände vors Gesicht. »Das war dieser Typ«, sagte er so leise, dass Meredith ihn kaum verstehen konnte.

»Welcher Typ, Shane?«, fragte Trip.

Shane ließ die Hände sinken und suchte ein weiteres Mal Merediths Blick. »Der, der gestern Abend nach mir gesucht hat. Er war's, hab ich recht?«

»Kann sein«, antwortete Trip an ihrer Stelle. »Wir arbeiten mit der Chicagoer Polizei zusammen.«

»Warum?«, flüsterte Shane heiser, noch immer an Meredith gerichtet.

Meredith setzte sich neben ihn. »Warum wir? Warum tötet dieser Mann … oder wer auch immer für all das verantwortlich ist … Menschen, nur um an uns heranzukommen? An Sie und an mich? Ich habe keine Ahnung. Aber ich kenne diese beiden Männer hier.« Sie deutete auf Trip und Adam. »Und ich vertraue darauf, dass sie es herausfinden. Ich würde ihnen mein Leben anvertrauen. Zumindest wissen wir, dass wir …« Sie zögerte.

»Ziele sind?«, fragte Shane bitter.

Meredith zuckte mit den Schultern. Sie verstand ihn so gut.

»Ja, wenn man es so ausdrücken will. Aber jetzt passt die Polizei auf uns auf, und alle, die uns am Herzen liegen, wissen, dass sie sehr vorsichtig sein müssen.« Weil allein die Vorstellung, dass einer der Menschen, die sie liebte, so enden könnte wie Tiffany und ihre Mutter …

Sie atmete mehrmals tief durch, um zu verhindern, dass die Panik Oberhand gewann. *Papa ist schon im Unterschlupf. Und wird bewacht.* Die Mehrzahl ihrer Freunde war entweder selbst bei der Polizei oder mit Polizisten verheiratet. Trotzdem würde sie sie alle warnen müssen. Im Moment war keiner von ihnen sicher.

»Wie Linnie.« Shane sah kurz zu Kyle hinüber, dessen Schluchzer allmählich verebbten. Trotzdem klammerte er sich immer noch an Adam fest, als wäre er sein Rettungsanker. Meredith wusste nur allzu genau, wie er empfand. Auch sie würde sich am liebsten an Adam klammern, seine Stärke in sich aufsaugen, um die Panik in Schach zu halten, die immer noch an den Rändern ihres Bewusstseins lauerte.

Shane biss sich auf die Lippe. »Haben die ...« Wieder sah er zu Kyle hinüber, dann blickte er Meredith an. *Wurde Tiff vergewaltigt?*, fragte er lautlos.

Meredith sah Trip an, der den Kopf schüttelte. »Es deutet nichts darauf hin.«

Shane ließ sich wieder gegen die Wand sinken. »Gott sei Dank«, flüsterte er sichtlich erleichtert.

Minutenlang sagte keiner etwas. Kyles Schluchzer verebbten zu einem leisen Wimmern. Wieder richtete Shane den Blick auf Meredith. »Was passiert jetzt?«, fragte er.

Kyle löste sich von Adam und ließ sich auf einen der Stühle fallen, das Gesicht verquollen. »Ich muss nach Hause. Ich muss bei ihr sein.«

»Wir werden die Chicagoer Polizei bitten, dies zu veranlassen. Aber erst, wenn keine Gefahr mehr für Sie besteht. Wir haben bereits eine Unterkunft für Sie gefunden und sollten uns auf den Weg machen. Es ist schon fast Morgen.« Adam setzte sich neben Kyle und legte ihm die Hand auf den Rücken. In seiner Geste lag eine solche Sanftheit, dass Meredith spürte, wie auch ihre Angst allmählich einem Gefühl der Ruhe wich.

»Gibt es jemanden, den wir für Sie anrufen sollen, Kyle?«, fragte Adam.
Kyle schüttelte den Kopf, doch Shane sagte: »Seine Eltern leben in Michigan. Ich habe ihre Nummer.«
»Kannten sie Tiffany?«, fragte Meredith.
»Ja. Wir wollten über Weihnachten hinfahren. Kyle und ich. Tiff sollte einen Tag später nachkommen. Tiff und Kyle ...« Er stieß einen tiefen Seufzer aus. »Ich sollte Trauzeuge sein.«
Tränen brannten in Merediths Augen. »Verdammt.«
Shane lachte bitter. »Allerdings.« Er kam auf die Knie, verharrte jedoch einen Moment. »Ich kann mich nicht erinnern, dass ich jemals so müde war.«
Trip streckte die Hand nach ihm aus. »Bald haben wir Sie sicher untergebracht, und Sie können schlafen. Vielleicht möchten Sie auch etwas essen.«
Shane ergriff Trips Hand und kam auf die Füße, ehe Trip Meredith aufhalf. Sie suchte Adams Blick. *Alles in Ordnung?*, hätte sie ihn am liebsten gefragt, doch sie tat es nicht. Er war wie ein Fels in der Brandung für den Jungen gewesen, doch sie sah ihm an, dass er völlig erledigt war. Gleichzeitig war ihr bewusst, wie wichtig es war, diese Fassade jetzt aufrechtzuerhalten, weiter stark zu sein. Sie tat dasselbe.
Adam nickte kaum merklich und erhob sich ebenfalls, ehe er Kyle, der mit gesenktem Kopf am Tisch saß, die Hand entgegenstreckte. »Kyle.«
Der Junge ergriff seine Hand und ließ sich auf die Füße ziehen. »Die hätten mich stattdessen nehmen sollen«, meinte er leise. »Mich hätte es erwischen sollen.«
»Nein«, widersprach Shane. »Mich hätte es treffen sollen. Ich hätte euch beide niemals da reinziehen dürfen.«
»Nein«, unterbrach Adam mit klarer, fester Stimme. »Es hätte gar niemanden erwischen dürfen. Und wir werden alles in unserer Macht Stehende tun, dass das hier bald ein Ende hat.«

Meredith schenkte ihm ein Lächeln, während ihr Herz vor Stolz in ihrer Brust schwoll. Er war wunderbar gewesen. Und das würde sie ihm bei der nächsten Gelegenheit auch sagen.

Cincinnati, Ohio
Sonntag, 20. Dezember, 07.15 Uhr

»Kyle und Shane sind erst einmal untergebracht«, erklärte Kate und setzte sich an den Küchentisch im Penthouse, wo Diesel und Adam mit ihren Kaffeebechern saßen.
Der Duft von frischem Kaffee hatte sie vor einer halben Stunde empfangen, als sie erschöpft im Penthouse angekommen waren. Wer auch immer ihn zubereitet haben mochte ... Adam war überaus dankbar dafür. Der Kaffee war stark – nicht so stark, um das noch immer übermächtige Bedürfnis nach »etwas Stärkerem« zu tilgen, aber für den Moment würde er genügen.
Die Hausbar war sorgsam von allem bereinigt worden, das auch nur ansatzweise nach Alkohol aussah. *Das muss Diesels Werk sein*, dachte Adam, ebenfalls voller Dankbarkeit, denn die Bar war das Allererste gewesen, worauf sich sein Blick beim Eintreten geheftet hatte.
Denn ... verdammte Scheiße, was für eine grauenvolle Nacht!
Kyle festzuhalten, während der Junge sich aus Kummer und Selbstvorwürfen die Seele aus dem Leib weinte ... Die Vorkommnisse der vergangenen Stunden hatten ihn bis ins Mark erschüttert. Ohne Merediths Lächeln vorhin wäre er womöglich zusammengebrochen. Adam hatte es förmlich aufgesogen, weil er endlich das Gefühl hatte, den Stolz in ihren Augen zu verdienen. Trotzdem ... er wollte seine Hand lieber nicht dafür ins Feuer legen, dass er dem Whiskey wider-

standen hätte, wenn er über eine Flasche in der Hausbar gestolpert wäre.

»Papa muss sehr müde gewesen sein«, sagte Meredith, während sie hinter Kate den Raum betrat. »Er hat alles verschlafen.« Doch statt sich zu ihnen zu setzen, schenkte sie eine Tasse Kaffee ein und brachte sie dem Officer, der vor der Zimmertür der beiden Jungen Wache stand.

Kleine Nettigkeiten, dachte Adam. Selbst jetzt noch, da sie vor Erschöpfung wie auf Autopilot funktionierte, verfügte Meredith über einen scheinbar unerschöpflichen Vorrat an freundlichen Gesten. *Ich will das auch. Ich will sie.*

Alle Beteiligten waren völlig erledigt gewesen, als sie eine halbe Stunde zuvor endlich das Penthouse erreicht hatten – er und Trip hatten Shane, Kyle und Meredith in einem fensterlosen Transporter des CPD hergebracht. Sie hatten den Trennvorhang zugezogen und mehrere Umwege gemacht, damit die Jungs die Orientierung verloren.

Kyle und Shane hatten keine Einwände erhoben, jedoch protestiert, als Adam ihre Handys an sich genommen hatte, damit sie auf dem Polizeirevier in Verwahrung blieben. Wieder war Meredith diejenige gewesen, die die Wogen geglättet und sie daran erinnert hatte, dass sie in großer Gefahr schwebten und über ihre Telefone geortet werden könnten. Sie hatte versprochen, ihnen so schnell wie möglich Einweghandys zu beschaffen.

Zum Glück war Diesel noch da gewesen. Und ein weiterer Glücksfall war, dass er stets Wegwerfhandys bei sich hatte, was Trip mit einem Seufzer und einem gemurmelten »Warum wundert mich das nicht« kommentierte, doch die Gewissheit, wieder mit der Welt verbunden zu sein, hatte genügt, um die Jungen ganz schnell zu beschwichtigen.

Doch Cap war definitiv der Faktor gewesen, der am meisten zur allgemeinen Beruhigung beigetragen hatte. Kates alter

Hund hatte sich auf die beiden Jungen gestürzt, die seinem Charme selbst in ihrem zombiehaften Zustand auf Anhieb erlegen waren.

»Wo steckt Cap?«, fragte Adam jetzt.

»Im Bett bei Kyle«, antwortete Kate mit einem betrübten Lächeln. »Er ist zwar sauber, aber ich muss die Laken später trotzdem waschen.«

»Keine Sorge«, wiegelte Adam ab. »Der Besitzer hat einen Wäscheservice.«

Meredith kehrte zurück und trat an den Herd, um sich einen Tee zu kochen. »Ist Trip gegangen?«

»Ja, er bringt den Transporter zurück«, antwortete Adam. Isenberg würde später einen Wagen schicken, den Adam dann benutzen konnte. »Er wollte nach Hause, aber ich habe mitbekommen, dass er Kendra angerufen hat. Vielleicht fährt er zu ihr.«

»Gut. Ich habe mir Sorgen um ihn gemacht.« Meredith griff nach dem kleinen blauen Wasserkessel, hielt jedoch inne. »Mein eigener?«, fragte sie leise.

Kate nickte. »Ich weiß, dass du gern deine Sachen um dich hast, deshalb habe ich den Kessel, deine Teetassen und Kannen mitgebracht. Die Sachen stehen im Schrank. Und deine losen Tees habe ich auch eingepackt. Der mit dem Schokoaroma riecht wirklich lecker.«

Meredith räusperte sich. Die Geste schien sie zutiefst zu rühren.

Interessant, dachte Adam. Sie sorgte stets für das Wohl anderer Menschen, war dann aber erstaunt, wenn sie selbst einmal in den Genuss einer netten Geste kam. *Das muss sich ändern.*

»Und er schmeckt auch so.« Meredith setzte den Kessel auf und nahm eine Teetasse und eine kleine Kanne heraus. Beide sahen sehr fragil aus.

Bestimmt mache ich sie kaputt, dachte Adam, denn er neigte

zur Ungeschicklichkeit, sowohl im Umgang mit Menschen als auch mit zerbrechlichen Gegenständen.
Diesel stand auf, um sich Kaffee nachzuschenken, und drückte Meredith in einer fließenden Bewegung auf seinen frei gewordenen Stuhl, sodass sie es kaum mitbekam. Adam stieg der blumige Duft ihres Haars in die Nase.
Meredith umgab stets dieser Duft nach zarten Blumen, gleichzeitig besaß sie eine sehr starke Persönlichkeit, was sie ihm bei so vielen Gelegenheiten bewiesen hatte.
Er konnte nur hoffen, dass sie auch stark genug wäre, um mit dem umzugehen, was er ihr noch zu sagen hatte.
»Adam?«
Er blinzelte und sah, dass Kate mit den Fingern vor seinem Gesicht schnippte.
»Was?«
»Diesel hat dich etwas gefragt«, sagte sie. »Du warst mit den Gedanken ganz woanders.«
»Bitte entschuldige. Was wolltest du wissen, Diesel?«
»Schon gut.« Adam sah zu, wie Diesel den Tee in die hauchzarte Tasse goss, und fragte sich, wie lange er in Gedanken versunken gewesen sein mochte. »Ich habe bloß gefragt, wessen Wohnung das hier ist und wieso ihr sie benutzen könnt, wann immer ihr jemanden in Sicherheit bringen müsst.« Diesel trug die Tasse zum Tisch, stellte sie mit bemerkenswerter Vorsicht vor Meredith ab und winkte errötend ab, als sie ihm dankte. »Aber das kannst du uns ein andermal erzählen. Du bist wahnsinnig müde.«
»Kein Problem«, erwiderte Adam. »Die Geschichte ist kurz, aber gut. Und eine Erfolgsgeschichte noch dazu.«
»So was können wir jetzt gut gebrauchen«, meinte Kate und bedeutete ihm fortzufahren.
Meredith lächelte ihn an. »Eine Geschichte mit Happy End wäre schön.«

Er konnte nur hoffen, dass er nicht so rot geworden war wie Diesel, doch ein Lächeln von ihr versetzte ihn jedes Mal wieder in Verzückung. »Der Besitzer des Penthouse lebte früher in einer exklusiven Wohnsiedlung mit Wachleuten und allem Drum und Dran. Trotzdem wurde eines Nachts seine Tochter entführt – aus dem Bett, während alle anderen schliefen. Der Entführer hat den Wachhund betäubt, die Alarmanlage lahmgelegt und das Fenster ihres Zimmers eingeschlagen.«
»Ich erinnere mich an den Fall«, meinte Meredith nachdenklich. »Das ist mindestens zehn Jahre her. Sie hieß Skye, richtig? Ihr Foto war in sämtlichen Nachrichten und offiziellen Aushängen in der ganzen Stadt. Ich stand damals kurz vor dem Studienabschluss, und unsere Profs haben den Fall aufgegriffen, um mit uns zu diskutieren, welche Therapie ein Kind nach einem solchen Vorfall bräuchte, nachdem es heil und gesund in den Schoß der Familie zurückgekehrt war.« Sie riss die Augen auf, schlug sich die Hand vor den Mund und presste zwischen den Fingern hervor: »O Gott, jetzt habe ich das Ende verraten. Entschuldigt.« Doch ein verschmitztes Glitzern funkelte in ihren grünen Augen.
»Ich sagte ja schon, dass es eine Erfolgsgeschichte war«, meinte Adam grinsend, »deshalb ist es okay.«
»Gut. Eigentlich hasse ich Leute, die das Ende verraten. Aber erzähl weiter«, forderte sie ihn auf und schnippte gebieterisch mit den Fingern. »Sie wurde aus ihrem Bett heraus entführt und …«
»Genau«, warf Kate ein. »Erzähl weiter. Warst du damals der zuständige Ermittler?«
Adam schüttelte den Kopf. »Nein. Zu der Zeit war ich noch im Streifendienst, gemeinsam mit Hanson – du hast ihn ja heute kennengelernt, Meredith. Zwei Tage nach der Entführung hatten die zuständigen Detectives immer noch nichts in der Hand, außer der Marke eines Wagens, den ein neugieri-

ger Nachbar in der Gegend hatte stehen sehen und bei der Polizei gemeldet hatte. Genau diesen Wagen haben Hanson und ich entdeckt und sofort die Verfolgung aufgenommen. Am Ende haben die Entführer ihn stehen lassen und sind zu Fuß weiter geflüchtet. Sie waren zu zweit. Ich habe den eingeholt, der Skye auf dem Arm hatte, und es geschafft, sie ihm zu entreißen. Sie hatten sie unter Drogen gesetzt. Das Mädchen war bewusstlos und atmete kaum noch.«

»Elende Dreckschweine«, murmelte Kate.

»Ja, aber offensichtlich hatten sie immerhin so etwas wie ein Gewissen. Sie waren gerade auf dem Weg ins Krankenhaus, weil sie sie nicht mehr wach bekamen und ihre Atmung zu unregelmäßig war. Ich nehme an, sie wollten sie einfach absetzen und dann verschwinden. Vermutlich ging es ihnen hauptsächlich um das Lösegeld. Sie wollten sie nicht töten, was unser großes Glück war.«

»Und hat sie es geschafft?«, wollte Diesel wissen.

»Ja, aber eine Weile stand es Spitz auf Knopf. Wir haben sie sofort in die Notaufnahme gebracht, wo man ihr den Magen ausgepumpt hat. Sie konnte sich kaum an etwas erinnern, weil die Typen sie praktisch die ganze Zeit unter Drogen gesetzt hatten.«

»Was war mit den Entführern?«, wollte Kate wissen.

»Sie haben sich auf der Flucht getrennt. Der eine, dem Hanson auf den Fersen war, hat eine Waffe gezogen, deshalb hat er ihn erschossen. Der Zweite hat auch eine Waffe gezogen und mich am Bein erwischt.«

Meredith stellte abrupt ihre Teetasse ab. »Du wurdest angeschossen?«

»Nur das eine Mal, und es war auch nichts Ernstes. Ich wollte gerade das Feuer erwidern, als er umfiel wie ein Mehlsack. Hanson hatte ihn erledigt. Er hat mir das Leben gerettet, denn er meinte, der Typ hätte direkt auf meinen Kopf gezielt.

Ich habe Skye zum Streifenwagen getragen, und Hanson hat uns ins Krankenhaus gebracht, das zum Glück nur zwei Minuten entfernt war. Raymond, ihr Vater, war unendlich dankbar und froh, gleichzeitig aber auch geradezu paranoid, was die Sicherheit seines Zuhauses anging.«
»Verständlich«, meinte Diesel.
Adam nickte. »Jedenfalls hat er dieses Penthouse gekauft und es in eine Festung verwandelt. Es ist das einzige Apartment hier oben auf der Etage. Und es ist nur über einen Aufzug und eine Treppe erreichbar, außerdem hat er allerlei Sicherheitsvorrichtungen installieren lassen, um sicherzugehen, dass die Familie nachts ruhig schlafen kann. Ich bin mit ihnen in Kontakt geblieben und habe sie zu Skyes Geburtstagen und Jahrestagen der Entführung besucht, um zu sehen, wie es ihr geht. Wie es ihnen allen geht.«
»Und wie ging es ihnen?«, fragte Meredith mit sanfter Stimme, die sich wie eine warme Decke um ihn zu legen schien.
Adam musste einen Schauder unterdrücken. »Eigentlich ganz gut. Skye litt noch eine Weile unter Albträumen, was verständlich ist, aber sie hatte eine gute Therapeutin und kam allmählich wieder auf die Beine. Dieses Jahr ist sie auf die Highschool gekommen.« Er lachte. »Raymond hat mir erzählt, sie will unbedingt Polizistin werden. Er ist nicht gerade begeistert, aber klug genug, gar nicht erst zu versuchen, sie umzustimmen.«
»Und wo wohnen sie jetzt?«, hakte Kate nach. »Hier ja offensichtlich nicht.«
»In Japan. Seine Firma hat ihn mit einem Vierjahresvertrag dorthin versetzt. Er hat mir die Schlüssel überlassen und gemeint, ich solle sie benutzen, wann immer ich sie brauche.«
»Um hier zu wohnen?«, fragte Diesel. »Also, wenn ich ehrlich sein soll, könnte ich mich dran gewöhnen, hier zu leben.«

»*Ich* aber nicht.« Adam lachte … und erstarrte. Es war eine halbe Ewigkeit her, seit er das letzte Mal so unbeschwert gelacht hatte. »Ich meine, sieh dir die Bude mal an. Es ist alles viel zu perfekt. Ich würde bloß Dreck reinschleppen, etwas kaputt machen oder Spaghettisoße auf den Teppich kleckern.« Er schüttelte den Kopf. »Außerdem könnte ich es nicht, selbst wenn ich wollte. Es würde gegen meine Prinzipien verstoßen. Aber als Faith letztes Jahr ein sicheres Versteck brauchte, habe ich um Erlaubnis gefragt, und Raymond hat es mir mit Freuden als Unterschlupf überlassen.«
Bei der Erwähnung der Ereignisse im vergangenen Jahr erstarrte Meredith, und Adam spürte, wie sein Lachen erstarb. Er wusste genau, was ihr im Kopf herumging. Er war ein Häuflein Elend gewesen, als er Deacon und Faith hier zurückgelassen hatte und auf dem direkten Weg zu ihr gefahren war, um sich in ihre tröstliche Umarmung zu flüchten. Sie war wie ein Leuchtturm gewesen, dessen Lichtkegel die alles verschlingende Dunkelheit durchschnitten hatte.
Und daran hatte sich nichts geändert.
Doch nachdem er sich getröstet hatte, war er am nächsten Morgen einfach verschwunden, hatte sich wie ein Dieb aus ihrem Bett, aus ihrem Haus geschlichen. Ohne ein einziges Wort der Erklärung. *O Gott, ich war so ein Arschloch.* Aber hatte er sich tatsächlich geändert, tief im Inneren?
Mit einem Mal überkam ihn abgrundtiefe Erschöpfung. Er stand auf, goss den restlichen Kaffee weg und spülte den Becher aus, ehe er sich noch einmal zum Tisch umdrehte. »Ich bin völlig erledigt. Kate, du bleibst wach?«
Kate musterte ihn so mitfühlend, dass seine Augen zu brennen begannen. »Ja«, meinte sie. »Gönn dir ein paar Stunden Schlaf.«
Diesel sah auf die Uhr an der Wand. »Ich muss los, sonst komme ich zu spät zur Arbeit.«

»Heute ist Sonntag.« Kate runzelte die Stirn.
»Zeitungen kennen keinen Sonntag, außerdem habe ich mir gestern freigenommen. Aber ich kann später gern wiederkommen, wenn du willst«, fügte er mit einem fragenden Blick auf Adam hinzu.
Adam dachte an die Flaschen, die Diesel aus der Hausbar entfernt hatte, um ihn nicht in Versuchung zu führen. »Du bist jederzeit gern willkommen, egal wo, aber das weißt du natürlich längst.«
Ein erleichtertes Lächeln breitete sich auf Diesels Gesicht aus. »Gut. Ich wollte nur nicht zu forsch sein.«
Ja, sie redeten eindeutig über den Alkohol. »Bist du nicht. Danke, Mann.«
Meredith stellte vorsichtig die Tasse ab und beäugte die beiden Männer stirnrunzelnd. »Du warst doch auch fast die ganze Nacht wach, Diesel. Ich bin sicher, hier gibt es ein Bett für dich. Das Apartment ist riesig.«
»Nein, nein«, wiegelte er ab und zog die Schlüssel heraus. »Ich brauche sowieso nicht viel Schlaf. Sag deinem Großvater, ich komme nach der Arbeit wieder. Ich will eine Revanche.«
»Ich werde es ihm ausrichten.« Meredith erhob sich lächelnd und trat neben ihn. »Danke«, sagte sie und berührte seinen Arm. »Für alles. Du warst heute das reinste Geschenk des Himmels. Und ein wirklich guter Freund.« Sie stellte sich auf die Zehenspitzen und drückte ihm einen Kuss auf die Wange. Wieder lief er tiefrot an.
»Das ist eindeutig mein Stichwort«, sagte er. »Bevor ich noch Mist baue und alles versaue, was ich heute Gutes getan habe. Man sieht sich.« Er wandte sich zum Gehen.
»Ich habe deine Sachen in eines der Schlafzimmer gebracht, Meredith«, sagte Kate mit einer Geste in die entsprechende Richtung.

»Danke. Ich glaube, ich kippe vor Müdigkeit gleich um. Die Hausbesichtigung muss ich wohl erst mal verschieben.« Sie wollte ihre Tasse ausspülen, doch Kate nahm sie ihr aus der Hand.

»Ich übernehme das. Du legst dich jetzt schlafen.« Gemeinsam mit Adam sah sie zu, wie Meredith in ihrem Zimmer verschwand, ehe sie sich mit hochgezogener Braue an ihn wandte. »Das Zimmer nebenan gehört dir.«

Adam wiederum zog beide Brauen hoch. Er wusste nur zu gut, dass die beiden Zimmer eine Tür zu einem gemeinsamen Badezimmer besaßen – oder einen Geheimzugang, je nachdem, wie man es sehen wollte. »Danke?«

»Den Dank habe ich mir weiß Gott verdient. Das ist die einzige Möglichkeit, euch beiden etwas Privatsphäre in dem ganzen Chaos zu geben.« Sie sah sich um. »Decker und ich haben schöne Erinnerungen an das Apartment hier, und ich freue mich, dass du auch endlich in den Genuss kommst … Auch wenn ich natürlich nicht glücklich darüber bin, dass all das hier passiert ist«, fügte sie eilig hinzu und tätschelte ihm den Arm. »Aber es ist nun mal geschehen, und man muss an den schönen Momenten festhalten, um die schlimmen zu überstehen, stimmt's?«

Adam lächelte sie an. »Das klingt sehr nach Dr. Lane.«

Kates Grinsen bestätigte seinen Verdacht. Sie suchten beide dieselbe auf Posttraumatische Belastungsstörungen spezialisierte Therapeutin auf. »Sie strickt jetzt auch«, erklärte Kate verschwörerisch.

Adam hatte Mühe, nicht laut aufzulachen. »Nicht dein Ernst!«

Kate sah ihn befriedigt an. »Ich kann es dir und Meredith auch gern beibringen, dann hättet ihr ein gemeinsames Hobby.«

»Klingt gut.« Obwohl er eine Menge Ideen hatte, was er und

Meredith sonst noch anstellen könnten. Und Kates Blick verriet, dass sie seine Gedanken gelesen hatte. »Wenn Kyle oder Shane aufwachen sollten, weck mich bitte und lass Meredith schlafen, okay?«, sagte er.
»Ja.« Sie musterte ihn forschend. »Ich werde dich nicht fragen, ob du okay bist, weil ich dir ansehe, dass es nicht so ist. Aber solltest du jemanden zum Reden brauchen oder so … ich bin hier, okay?«
»Ja«, erwiderte er.
»Und erzähl Meredith alles. Du weißt schon … davon, dass du nüchtern geblieben bist. Sie glaubt, es sei dir alles egal.«
Er seufzte. »Du weißt also auch Bescheid?«
»Diesel hat den gesamten Alkoholvorrat weggeschafft. Er hat kein Wort gesagt, aber ich bin schließlich nicht blöd.«
»Das weiß ich.« Und das machte es ihm seltsamerweise einfacher, weil Kate ebenso unter den Folgen der Gräuel litt, die sie bei der Arbeit gesehen und erlebt hatte. Es gab ihm das Gefühl, kein Idiot zu sein, genauso wenig wie sie. »Es ist … hart. Jeden Tag. Aber heute war es … o Gott.«
»Es gab durchaus Gründe, weshalb ich Cap adoptiert habe.« Der abrupte Themenwechsel überraschte ihn.
»Abgesehen davon, dass du in Wahrheit ein butterweiches Herz hast?«, neckte er.
Kate grinste. »Solltest du das irgendjemandem verraten, wirst du erfahren, was für böse Verletzungen eine Stricknadel verursachen kann. Als Welpe war Cap in der Ausbildung zum Therapiehund. Er sollte einem Veteranen, der unter PTBS leidet, zur Verfügung gestellt werden. Leider wurde er zur Prüfung nicht zugelassen, weil man feststellte, dass er gesundheitliche Probleme hat, aber einer der Veteranen hat ihn trotzdem genommen. Ein älterer Soldat. Hat in Vietnam gekämpft. Er ist letztes Jahr gestorben, und Cap kam von einem Besitzer zum nächsten, bis er in Delores' Tierheim gelandet ist, ohne

Halsband, ohne Namen oder sonst etwas. Sie hat seinen Chip überprüft und seine Geschichte rekonstruiert, während er in seinem Zwinger gesessen hat. Niemand wollte ihn mitnehmen, weil er schon alt und nicht mehr ganz gesund war. Als sie herausfand, dass er einem ehemaligen Soldaten geholfen hat, rief sie mich sofort an. Decker und ich haben uns auf den ersten Blick in ihn verliebt, aber Decker wollte auch immer schon einen Hund haben, den er ausbilden kann. Cap hatte sich mit einem der jüngeren Hunde angefreundet, deshalb haben wir beide genommen. Loki ist noch nicht erzogen, deshalb habe ich ihn beim Nachbarsjungen gelassen, bis Decker morgen aus Florida zurückkommt. Und Cap ist immer bei mir, es sei denn, ich habe Dienst.«

Adam war überzeugt, dass ihre Geschichte eine Pointe hatte, fürchtete jedoch, dass er sie verpasst hatte. »Und?«

»Und … du solltest darüber nachdenken, dir auch einen Hund zuzulegen.«

»Ich bin aber kein Kriegsveteran.«

Sie verdrehte die Augen. »Als könnten Polizisten nicht auch an PTBS erkranken. Ich hätte dich für schlauer gehalten. Denk einfach drüber nach, okay? Ein Hund könnte dir … keine Ahnung … Halt geben … die ganze Scheiße eben …«

Sie wirkte verlegen, als hätte sie viel zu viel von ihrer verletzlichen Seite gezeigt.

»Die ganze Scheiße eben«, wiederholte er grinsend.

Sie stieß ihm den Finger in die Brust. »Glaub bloß nicht, ich würde das mit den Stricknadeln nicht ernst meinen.«

»Das würde ich niemals wagen.« Er packte ihre Hand und drückte sie kurz. »Danke. Ich denke darüber nach. Du hattest übrigens recht mit der Therapeutin.« Kate hatte ihn motiviert, seine Feigheit zu überwinden und Dr. Lane anzurufen.

Kate nickte in Richtung von Merediths Zimmer. »Sie war diejenige, die sie mir empfohlen hat.«

Adam seufzte. »Das glaube ich gern.« Am Ende war stets Meredith die treibende Kraft. Sie war wie eine Sonne, und er war nur einer der Planeten, die in ihrem Orbit kreisten. Er konnte sich ihr nicht entziehen, selbst wenn er es noch so sehr versuchte. Und eigentlich wollte er es gar nicht. »Die Gespräche haben geholfen. Und vielleicht auch das Origami.«
Kate grinste wieder. »Und Stricken?«
»Übertreib's nicht, Coppola. Meine Finger sind nicht so flink wie Diesels.«
»Hey, Diesel ist inzwischen sogar zu Spitzengarn übergegangen.«
Adam lachte. »Wir sehen uns.«
»Träum was Schönes, Kimble«, sagte sie, plötzlich wieder ernst, als er auf sein Zimmer zutrat.
»Das hoffe ich.« Es war lange her, seit er zuletzt etwas Schönes geträumt hatte.

Cincinnati, Ohio
Sonntag, 20. Dezember, 08.00 Uhr

Meredith saß auf der Bettkante und lauschte dem Rauschen des Wassers. Sie hatte ihren Lieblingsschlafanzug aus lila Seide angezogen, den Kate ihr eingepackt hatte, als sie hörte, wie Adam das angrenzende Badezimmer betrat.
Eine clevere Sache, dieses gemeinsame Bad.
Und ein cleverer Schachzug von Kate, ihnen genau diese beiden Zimmer zuzuweisen. Es lag ziemlich klar auf der Hand, was ihre Freundin vorhatte. Meredith würde sich später bei ihr bedanken müssen. Dass Deacon und Faith einander in diesen Zimmern nähergekommen waren, ebenso wie Kate selbst und Decker … nun ja, es war wohl nur natürlich, sich ein Happy End für die eigene Geschichte zu wünschen. Sie

und Adam könnten alle möglichen Dinge hier tun, und keiner würde je davon erfahren.
Doch im Augenblick tat Meredith gar nichts, sondern saß auf dem Bett und hörte zu, wie Adam ein weiteres Mal duschte. Hin- und hergerissen zwischen Lust und Unentschlossenheit, lauschte sie auf das Klicken, das ihr verraten würde, dass er die Tür von seiner Seite her abgeschlossen hatte, doch es kam nicht.
Ob er es schlicht vergessen hatte oder ob es eine Einladung sein sollte, konnte sie nicht sagen.
Sie könnte die Tür aufmachen und ihm zusehen. Oder sich zu ihm gesellen.
Doch am Ende entschied sie sich, lieber zu warten und ihm nicht auf die Pelle zu rücken. Vielleicht hatte er ja tatsächlich bloß vergessen, die Tür abzuschließen. Sie saß da, hoffte auf ein Klopfen und die Frage, ob er hereinkommen dürfe, und sei es nur, um ihr Gute Nacht zu sagen. Oder Guten Morgen. Es war gar nicht notwendig, ihr ausgerechnet jetzt sein Herz auszuschütten.
Sie hatte ihm angesehen, dass er völlig am Ende gewesen war, trotzdem hatte er sich zusammengerissen und Kyle die starke Schulter gegeben, die er gebraucht hatte. Sie würde ihm gern sagen, dass sie stolz auf ihn war, und vielleicht bekämen sie so schnell keine Gelegenheit mehr, allein zu sein.
Das Wasser wurde abgedreht, und es herrschte Stille. Kein Klopfen. Er würde nicht kommen. Enttäuschung stieg in ihr auf, schlug wie eine riesige Welle über ihr zusammen.
Aber die Türen gehen von zwei Seiten auf.
Stimmt. Sie war stets diejenige, die auf ihn wartete. All die Monate hatte sie gewusst, wo er wohnte. *Ich hätte auch in den Wagen steigen, zu ihm fahren, klingeln und eine Erklärung von ihm verlangen können, weshalb er einfach abgehauen war.*

Wieso hatte sie es nicht getan? *Das war eine verdammt gute Frage.* Und jetzt brauchte sie noch nicht einmal in den Wagen zu steigen, sondern bloß durch das Badezimmer zu gehen und anzuklopfen.

Bevor sie es sich anders überlegen konnte, erhob sie sich und öffnete die Tür. Beim Anblick der mit fast militärischer Präzision aufgehängten nassen Handtücher musste sie grinsen. Die Fliesen waren trocken gerieben, die Armaturen auf Hochglanz poliert. Lediglich der beschlagene Spiegel verriet, dass er hier gewesen war.

Sie holte tief Luft und klopfte vorsichtig an. »Adam?«

Einen Moment lang herrschte Stille, gefolgt von einem resigniert klingenden Seufzer. »Es ist nicht abgeschlossen.«

Trotz des wenig einladenden Lauts öffnete sie die Tür gerade weit genug, um ihn in der gleichen Position auf dem Bett sitzen zu sehen, wie sie bis vor wenigen Minuten, nur dass sie im Gegensatz zu ihm damenhaft die Knie geschlossen hatte. *Ich bin es ein wenig leid, immer eine Dame zu sein*, dachte sie und reckte trotzig das Kinn.

Sein Haar war zerzaust und stand in sämtliche Richtungen ab. Sie sah ihn förmlich vor sich, wie er es trocken gerubbelt hatte, ohne sich darum zu scheren, wie er aussah – eine zutiefst rührende Vorstellung. Er trug lediglich eine dünne graue Jogginghose und kein T-Shirt. Sexy. Beinahe unerträglich verführerisch. Doch er saß mit gesenktem Kopf und hängenden Schultern da, wie ein Mann, der darauf wartete, zum Schafott geführt zu werden.

Okay ... wilde Leidenschaft stand also nicht auf dem Programm. Sie unterdrückte ihre Enttäuschung und straffte die Schultern. Dann eben Trost. »Darf ich reinkommen?«, flüsterte sie.

Er nickte. Sie trat näher, so nahe, bis sie zwischen seinen Knien stand. Er hob den Kopf. Seine Atemzüge beschleunigten sich, als sein Blick auf dem tiefen V-Ausschnitt ihres Schlafanzugoberteils hängen blieb, das zwar nicht aufreizend war, aber dennoch ... Intimität verströmte.

Sein Atem strich warm über ihre Haut und sandte Schauder über ihren gesamten Körper. Zögernd hob sie die Hand, strich ihm das zerzauste Haar aus dem Gesicht und legte die Hand um seinen Nacken, während er sich nach vorn sinken ließ und seine Wange gegen ihre Brüste legte.

»Darf ich das?«, fragte sie, worauf er die Arme um ihre Taille schlang und sie an sich zog. Sie küsste sein Haar. »Das ist eine gute Antwort.«

Er lachte auf. »Ich wollte dich schlafen lassen.«

»Ich bin ... völlig überdreht. Das passiert manchmal, wenn mein Schlafrhythmus aus dem Takt gerät. Ich wollte dir nur Gute Nacht sagen. Und Danke, weil du so wunderbar mit Kyle umgegangen bist.«

Seine Schultern entspannten sich ein klein wenig, doch er schüttelte den Kopf. »Nicht gut genug.«

»Das wird es wohl niemals sein. Aber wenn all das erst einmal hinter ihm liegt und seine Wunden zu heilen beginnen, wird er sich an den Detective erinnern, der diesen grauenvollen Moment ein klein wenig erträglicher für ihn gemacht hat.« Sie streichelte sein Haar, so wie sie es zuvor bei Shane getan hatte, doch bei ihm hatte die Geste etwas zutiefst Intimes. »Und das muss dir genug sein, Adam. Das und die Tatsache, dass du versuchst, den Mann zu finden, der sie getötet hat.«

Er holte bebend Luft. »Es tut mir leid«, flüsterte er. »Ich hätte es dir sagen müssen.«

Sie wartete, strich ihm weiter übers Haar.

»Ich konnte nicht zulassen, dass du der Grund bist«, sagte er schließlich.

»Dafür, dass du nüchtern geblieben bist?«

»Ja. Und nicht den Verstand verloren habe.«

Bei der Vorstellung, dass er all das ganz allein durchgestanden hatte, blutete ihr das Herz. »Hattest du jemanden?«

»Ja, meinen Sponsor. Und meine Therapeutin.« Er lachte selbstironisch. »Und meine Malstifte.«

»Ich habe sie alle aufbewahrt. Alle deine Zeichnungen, die du mir in den Briefkasten geworfen hast. Jede Einzelne.« Sie hauchte ihm einen Kuss aufs Ohr. »Ich bin jeden Tag zum Briefkasten gelaufen und habe gehofft, dass etwas drin liegt. Meine Lieblingszeichnungen hänge ich an den Kühlschrank, wenn keiner da ist, und nehme sie nur ab, wenn ich Besuch bekomme.«

»Verstehe.«

»Tatsächlich?« Sein resignierter Tonfall beschwor Zweifel in ihr herauf. »Ich habe mich nicht dafür geschämt, Adam, sondern ich … sie gehören mir. Mir ganz allein. Ich wollte nicht, dass jemand anders sie sieht, weil sie die einzige Verbindung waren, die ich zu dir hatte.«

Sie spürte, wie er schluckte. »Ich wollte nicht, dass du mich vergisst.«

»Ich weiß. Ich glaube, in letzter Zeit habe ich nur ein bisschen die Spur verloren und wahrscheinlich überreagiert, weil du nicht mehr aufgetaucht bist. Es liegt an der Jahreszeit. Um die Weihnachtszeit bin ich immer …« Sie hielt inne, suchte nach dem richtigen Wort. *Deprimiert* traf es zwar ansatzweise, aber nicht zu hundert Prozent. *Verletzlich* beschrieb ihren Zustand ebenfalls, aber auch dies war nicht ganz das richtige Wort dafür. »Empfindlich.« Ja, das passte. »Und ich fühle mich einsam. Ich verstehe, weshalb ich nicht der Grund sein durfte, dass du nüchtern bleibst. Doch was deinen Verstand angeht, bin ich nicht sicher, ob ich es nachvollziehen kann, aber darum ging es hier auch nicht.«

»Ich wollte … bei klarem Verstand und bei Sinnen sein, wenn ich zu dir komme.«

»Das verstehe ich wiederum.«
»Und ich wollte nicht, dass du es weißt. Das mit dem Trinken.«
Sie seufzte. »Glaubst du etwa, ich hätte deshalb eine weniger hohe Meinung von dir?«
»Keine Ahnung. Es hat mich nicht interessiert. Und das war egoistisch, weil du die Gründe nicht kanntest, weshalb ich mich nicht mehr bei dir gemeldet habe. Dabei würde ich mir eher die Hand abhacken, bevor ich zulasse, dass dir wehgetan wird.«
»Wir sollten vielleicht nicht ganz so dramatisch werden«, erwiderte sie trocken, worauf er lachte. »Außerdem bin ich bei Weitem nicht so perfekt, wie du glaubst.«
Er hob abrupt den Kopf. »Das glaube ich nicht«, sagte er.
»Du weißt ja bereits, dass ich eine … wie hast du es genannt? Meine Zen-Maske habe?«
»Ja«, antwortete er langsam … vorsichtig. »Wieso?«
»Hm. Ich denke, es ist an der Zeit, alle Karten auf den Tisch zu legen, oder?«
Er zog die Brauen hoch. »Ja. Ich habe dir meine gezeigt, also kannst du mir auch deine zeigen.«
Sie musste lächeln, schüttelte jedoch den Kopf. »Das glaube ich nicht. Ich glaube, da ist noch mehr.«
»Im Moment jedenfalls.« Er legte den Kopf schief und musterte sie nachdenklich. »Was verbirgst du hinter deiner Zen-Maske, Meredith?«
»Depressionen«, antwortete sie schlicht und stellte fest, dass es bei Weitem nicht so schlimm gewesen war, es auszusprechen, wie sie befürchtet hatte. »Es gab Zeiten, in denen es wirklich übel war.«
Eine Mischung aus Sorge, Verständnis und Mitgefühl zeichnete sich auf seinem Gesicht ab. »Wie übel?«
Sie wandte den Blick ab. »Sehr übel.«

Er räusperte sich. »Hast du jemals versucht …«
»Mir etwas anzutun? Ja.« Sie zögerte. »Mir das Leben zu nehmen? Ja, auch das habe ich versucht.«
Er lehnte sich nach hinten, nahm ihre Arme von seinen Schultern und schob zuerst den einen, dann den anderen Ärmel ihres Schlafanzugoberteils zurück. Sie schloss die Augen und stand ganz still da, wartete … worauf? Verblüffung? Ekel? Mitleid? Sie konnte es ihm nicht verdenken. Dieselben Empfindungen hatte sie so oft gehabt, dass sie sie kaum mehr zählen konnte.
Sie unterdrückte ein Schluchzen, als seine Lippen die erste Narbe berührten. Ihre Armreifen verbargen die Narben der tiefsten Schnitte, alle anderen waren längst verblasst und kaum noch zu erkennen, es sei denn, man sah genauer hin. Was praktisch nie jemand tat.
Sie presste die Lippen aufeinander und ließ die Tränen ungehindert über ihre Wangen strömen, während er jede einzelne Narbe küsste, lange, kurze, tiefe, flache. Als er sie alle gefunden hatte, küsste er ihre Handgelenke, dann legte er ihre Hände wieder auf seine Schultern, wischte ihr mit den Daumen die Tränen ab und legte die Hände um ihr Gesicht.
»Nicht perfekt«, flüsterte er, »sondern viel besser. Wie gehärteter Stahl.«
Sie musste lachen. »Was?«
Er grinste. »Du weißt doch bestimmt, dass man Metall zuerst erhitzt und dann vergütet, aber dadurch wird es nur gehärtet. Spröde. Aber bei dir nicht. Bei dir ist das Härten einfach nur die zweite Entwicklungsstufe.«
»Und mit welchem Ergebnis?«
Sein Lächeln wurde sanfter, von erstaunlicher Süße. »Du bist taff, aber nicht spröde.«
Wieder musste Meredith ganz fest die Lippen aufeinanderpressen, weil dieser Klumpen in ihrer Brust einfach nicht

verschwinden wollte. Ihr Blick schweifte zur Tür, während die Panik wie eine Flutwelle in ihr aufstieg und sich mit den anderen Gefühlen vermischte, die die sorgsam um ihr Herz errichtete Mauer niederzureißen drohten.

Wie auf ein Stichwort stand er auf, zog sie an sich und schob sie in das Badezimmer, wo er sich auf den Rand der luxuriösen Badewanne setzte und beide Wasserhähne voll aufdrehte. Er zog sie auf seinen Schoß, schlang die Arme um sie und flüsterte ihr ins Ohr: »Niemand kann uns hören. Lass einfach los, mein Schatz.«

Sie vermochte nicht zu sagen, was den Ausschlag gab, seine Stimme, seine Arme um ihren Körper oder die Worte selbst, und eigentlich war es auch nicht wichtig. Sie barg das Gesicht an seiner Brust, während die Mauer ringsum zu bröckeln begann, und ließ, getröstet von seiner Gegenwart, ihren Tränen freien Lauf.

15. Kapitel

*Cincinnati, Ohio
Sonntag, 20. Dezember, 08.40 Uhr*

Adam hatte nicht gewusst, dass ein Mensch so viele Tränen vergießen konnte, dennoch hielt er Meredith in seinen Armen und flüsterte ihr alle beruhigenden Worte ins Ohr, die ihm in den Sinn kamen, während sie sich die Seele aus dem Leib weinte. Sie klammerte sich an ihn, schlang die Arme fest um seinen Hals. Ihre Tränen benetzten seine Brust. Irgendwann verebbten ihre Schluchzer, und er drehte das Wasser ab.

Dass er seinen Teil zu dem Schmerz beigetragen hatte, den sie so unübersehbar in sich aufgestaut hatte, war beschämend. Er presste die Lippen auf ihre Schläfe. »Es tut mir leid, so unendlich leid.«

Ihr Seufzer hallte von den gefliesten Wänden wider. »Es ist nicht nur wegen dir. Das hatte sich schon eine ganze Weile aufgestaut.« Sie löste ihren Griff um seinen Hals, ließ die Hände über seine Brust wandern und begann, die dichten dunklen Härchen zu streicheln, wie sie es bereits am Abend zuvor getan hatte. Die Erinnerung, wie er, lediglich mit einem Handtuch um die Hüften, vor ihr gestanden hatte, gepaart mit ihrer sanften Berührung, beschwor den Wunsch nach mehr in ihm herauf. Nach viel mehr. Dabei waren ihre Tränen gerade erst versiegt.

Ein gutes Timing sah anders aus. Und was für ein Mann war er, dass er sie ausgerechnet jetzt und hier so sehr wollte? Er schob sie ein Stück von sich, weg von seinem Unterleib, weil er spürte, wie er hart wurde. Beängstigend schnell. *Ich bin das erbärmlichste Schwein, das man sich vorstellen kann.*

Sie war völlig am Ende. *Und ich habe ihr immer noch nicht*

gesagt, was sie unbedingt über mich wissen muss. Doch so klar ihm sein Verstand all das sagen mochte, sprach sein Schwanz eine völlig andere Sprache.

»Mir tut es auch leid«, sagte sie zu seiner Verblüffung. »Ich hätte doch auch zu dir kommen können. Nein, genau das hätte ich sogar tun *sollen*.« Sie löste sich von ihm und blickte ihn aus verquollenen Augen an. Ihre Nase war gerötet, und trotzdem hatte er noch nie in ein so hübsches Gesicht geblickt. »Denn auch dir ging es katastrophal schlecht.«

»Es gab Zeiten, in denen ich es mir gewünscht hätte«, gestand er. »Dann hätte ich dir sagen können, dass es nicht meine Schuld war, dass ich mein Versprechen gebrochen habe.«

Ihre Augen wurden groß. »Aber du hast mir nie etwas versprochen.«

»Ich habe es dir nicht erzählt, aber ich habe mir selbst das Versprechen gegeben, ein Jahr nüchtern zu bleiben. Dann wäre ich zu dir gegangen.«

»Du wolltest zurückkommen?«, fragte sie mit derselben leisen Stimme wie zuvor, als sie Kate nach dem Wasserkessel gefragt hatte. Seine Brust wurde eng.

Denn nun verstand er. All die feinen Narben auf ihren Armen waren immer noch deutlich zu erkennen, ebenso wie die beiden größeren an ihren Handgelenken, und er fragte sich, wie er sie die ganze Zeit hatte übersehen können. Er fragte sich, ob ihre Freunde davon wussten.

Er hatte stets den Verdacht gehabt, dass ihre heitere Gelassenheit bloß eine Maske war, wäre aber nie im Leben darauf gekommen, was sich dahinter verbergen konnte. Die Wahrheit war beinahe unerträglich, deshalb beschloss er, jetzt nicht darüber nachzudenken, sondern stattdessen ihre Frage zu beantworten.

»Ja«, erklärte er fest. »Ich habe mir geschworen, dass ich ein Jahr lang nüchtern bleiben muss. Erst dann hätte ich mir das

Recht verdient, zu dir zurückzukehren.« Er zögerte. »Und dich nie wieder zu verlassen, wenn du mich haben wolltest.«

Lange Zeit sah sie ihn nur an. Er hatte keine Ahnung, was sie dachte, was sie fühlte, was sie gleich erwidern würde. Dann erhellte ein Lächeln – das wahre, nicht das Zen-Lächeln – ihre Züge, und ein entschlossener Ausdruck erschien in ihren grünen Augen. Und Lust.

Er kannte diesen Blick, hatte ihn schon einmal gesehen und ihn sich Hunderte Male ausgemalt, nachts, wenn er allein in seinem Bett gelegen und sich nach ihr gesehnt hatte. Und auch jetzt wollte er sie. Sofort. Er wollte sie hochheben, zum Bett tragen und sie ... ihr alles geben, was er ihnen beiden im letzten Jahr versagt hatte.

Stattdessen blieb er reglos sitzen, denn sie blickte ihn so eindringlich an. Ihr Selbstvertrauen war mit aller Macht zurückgekehrt. Ein lustvoller Schauder überlief ihn. Sie legte beide Hände um sein Gesicht und strich mit den Daumen über seine Wangen.

»Ich will dich, Adam«, sagte sie leise und blickte ihm tief in die Augen. Eine wohlige Wärme durchströmte ihn – Glück und Erleichterung und Triumph und ... all die anderen Gefühle, die er kaum benennen konnte. Er konnte sich nicht erinnern, wann er sich das letzte Mal so wertgeschätzt gefühlt hatte ... vielleicht noch nie in seinem Leben.

Das war das Warten wert, dachte er, jeden einzelnen verdammten Tag, an dem er dem Verlangen widerstanden und Nein gesagt hatte. Weil er nun Ja zu alldem hier, zu *ihr* sagen konnte. Ein Nein würde es nie wieder geben.

Sie vergrub die Hände in seinem Haar. Ein Lächeln spielte um ihre Lippen, süß und verführerisch zugleich, als wüsste sie genau, was sie ihm antat. Dass ihm der Atem stockte. Dass sie sich der Macht über ihn sehr wohl bewusst war, sie

jedoch niemals einsetzen würde, um ihm wehzutun.« »Für den Rest meines Lebens.«
Ein heftiger Schmerz brannte in seiner Brust. Doch es war ein schöner Schmerz, der schönste, den man sich vorstellen konnte.
Sie beugte sich vor und strich mit den Lippen behutsam über seinen Mund ... o Gott. Er war bereits hart gewesen, doch jetzt ... großer Gott. Er musste sich beherrschen, ihr nicht die Hüften entgegenzurecken. Stattdessen balancierte er auf dem Wannenrand, wagte kaum, sich zu bewegen, denn wenn er das täte, würde er sich nicht länger beherrschen können.
»Du wirst für immer in meinem Herzen sein«, flüsterte sie dicht an seinem Mund.
»Meredith«, presste er hervor. Fieberhaft. Wie ein Gebet. Und das war es auch. »Ich ...«
Sie legte ihm den Finger auf die Lippen, was eine Erleichterung war, denn er war drauf und dran gewesen, sie um Dinge anzuflehen, auf die er immer noch kein Recht hatte. Doch dann fuhr sie mit der Zunge über seine Unterlippe, und seine Selbstbeherrschung war auf einen Schlag verflogen. »In meinem Bett«, wisperte sie. »Bitte.«
Er hätte sich nicht länger beherrschen können, selbst wenn er es noch so sehr versucht hätte. Gierig grub er die Finger in das weiche Fleisch ihres geschwungenen Hinterteils, hielt sie fest, damit sie nicht von seinem Schoß glitt, während er die andere Hand in ihrem Haar vergrub und die Lippen auf ihren Mund presste. *Mein. Mein. Sie gehört mir.*
Mit einem leisen Stöhnen schwang sie ein Bein über seinen Schoß, sodass sie rittlings auf ihm saß, und schlang ihm die Arme um den Hals. »Bitte«, flüsterte sie an seinem Mund. Er wusste, dass er Nein sagen sollte, dass es so vieles gab, worüber sie sprechen mussten, über Dinge, die sie erfahren musste, doch er war vollkommen wehrlos gegen den süßen

Klang ihrer Stimme, ihre sanften Küsse, mit denen sie sein Gesicht bedeckte. »Bitte«, flüsterte sie.

Schwer atmend hob er sie hoch, sodass sie die Beine fester um ihn schlingen konnte und sich seine Erektion zwischen ihre Schenkel schmiegte. Sie kam ihm entgegen, ließ den Kopf in den Nacken sinken, sog die Unterlippe zwischen die Zähne. »Bitte.«

»Bitte, was?«, fragte er mit rauer Stimme, während er sich ausmalte, wie er sie mit dem Rücken gegen die Tür presste und sich in ihr versenkte. »Was willst du?«

»Dich. Bitte. Es ist so lange her, und du hast mir so gefehlt. Ich brauche dich.« Wieder wölbte sie sich ihm entgegen, und der letzte Blutstropfen schoss aus seinem Kopf in seinen Unterleib. »Bitte.«

Sie küsste ihn noch einmal, spülte all seine Hemmungen fort, während pure Lust Besitz von ihm ergriff. Er hob sie hoch, trug sie taumelnd ins Schlafzimmer und zwang sich, die Lippen von ihrem Mund zu lösen. »Ich muss in dir sein«, stieß er mit einer Stimme hervor, die selbst in seinen eigenen Ohren fremd klang – rau, grob und verletzlich zugleich. Doch er wusste, dass sie ihm niemals wehtun würde. »Wenn du es dir anders überlegt hast, sag es mir.«

Sie blickte ihn im Halbdunkel an. »Ja. Du. In mir. Das ist es, was ich will.«

Ich danke dir, lieber Gott!

Aber sie muss es wissen! Sie muss alles erfahren! Noch war ein Rest Vernunft in ihm, der den Nebel seines Verlangens durchdrang, ihm die Worte entgegenschrie. Er schüttelte den Kopf. »Ich muss dir zuerst ein paar Dinge sagen.«

Sie griff in sein Haar und küsste ihn voller Leidenschaft. »Ich weiß. Später. Danach. Ich brauche dich. Jetzt.«

Ich brauche dich auch. Ihr seine Geheimnisse anzuvertrauen, würde schmerzhaft werden. Er würde sich diesen Moment

des Aufschubs gönnen, würde ihn tief in seinem Innern verschließen und Stärke aus ihm ziehen, um dafür gewappnet zu sein, wenn er schließlich sein Gewissen erleichterte. Er trug sie zum Bett, zog die Decke zur Seite, legte sie behutsam auf die Matratze und breitete ihr Haar auf dem Kissen aus.
»Wie oft habe ich hiervon geträumt«, flüsterte er. »Von dir.«
Ihr Lächeln war wie die Sonne, erfüllte ihn mit ihrem Licht und verjagte die Schatten. Zumindest die meisten, nur ein paar einzelne, besonders tiefe blieben beharrlich. Doch um sie würde er sich später kümmern. Danach.
»Ich habe auch von dir geträumt.« Sie legte ihre Hand auf seine Brust, spreizte langsam die Finger, zog sie wieder zusammen, wobei sie sie mit jeder Bewegung tiefer wandern ließ. »Hiervon.« Ihr Blick folgte dem Pfad ihrer Hand, richtete sich auf die Ausbeulung, die sich unter dem Stoff seiner Jogginghose abzeichnete. »Und hiervon.« Behutsam strich sie darüber. Sie griff nach dem Zugband. »Darf ich?«
»Bitte«, krächzte er.
Sie zog an der Schnur und löste die sorgfältig gebundene Schleife, dann schob sie einen Finger in den Bund und befreite seinen betonharten Schwanz. Bei seinem Anblick sog sie scharf den Atem ein, während ihr gieriger Blick für den Bruchteil einer Sekunde den seinen suchte, ehe er sich wieder auf seine Erektion heftete, die sich ihr entgegenreckte, als wäre sie der wahre Nordpol.
Sein Körper wusste, was er wollte. Meredith. Sein Herz wollte sie noch viel mehr. Aber dass sie auch ihn wollte – war fast zu schön, um wahr zu sein.
Sie legte die Finger um ihn, bewegte ihre Hand einmal nach oben und nach unten. Er schnappte nach Luft.
»Hör auf zu denken«, befahl sie und drückte zu, woraufhin er die Augen schloss und den Kopf in den Nacken fallen ließ. »Komm. Bitte.«

Er musste ein Lachen unterdrücken. Sie war so ungeduldig. Eilig trat er die Jogginghose beiseite und ließ sich neben sie sinken. »Ja, Ma'am«, sagte er und stöhnte ein weiteres Mal auf, als sie erneut ihre Hand um ihn schloss.
»Wir müssen leise sein«, flüsterte sie. »Letztes Mal warst du es nicht.«
Er lächelte, denn die Bittersüße der Erinnerung war einer einfachen, hinreißenden Süße gewichen. Und sie machte ihn an. Sie hatte sich ihm völlig ungeniert hingegeben, und er hatte jeden einzelnen Moment in vollen Zügen genossen.
»Du warst noch viel lauter.«
»Aber ich kann auch ganz leise sein.« Sie zog eine Braue hoch. »Vor allem, wenn du mich endlich küssen würdest.«
Er gehorchte und küsste sie, liebevoll und zärtlich, trotzdem musste er das Richtige getan haben, denn sie gab ein leises Summen von sich und erwiderte seinen Kuss, behutsam, tastend, als müsste sie ihre Beziehung erneuern.
Er öffnete die Knöpfe ihres Seidenoberteils, einen nach dem anderen, löste sich von ihrem Mund, um die Lippen über ihre Schulter wandern zu lassen und ihre herrlichen Brüste zu betrachten. »Du bist perfekt«, sagte er, ehe er ehrfurchtsvoll die Hand über eine Brust legte.
Wieder gab sie dieses Summen von sich, nur dass es nun eher wie ein Knurren klang, während sie sich ihm entgegenwölbte.
»Ich bin nicht aus Porzellan, Adam.«
»Ich weiß. Genau deshalb bist du ja so perfekt.«
Sie schenkte ihm einen weiteren lustvollen Blick, schlang ihren Arm um seinen Nacken und zog ihn zu sich herab, um ihn mit all der Leidenschaft zu küssen, an die er sich so gut erinnern konnte … eine Leidenschaft, die ihn von innen heraus zu verbrennen drohte. Doch heute würde er sich mit Freuden in die Flammen stürzen.
»Ich will dich«, raunte er und zog an ihrer Schlafanzughose.

»Gut«, gab sie zurück und schlüpfte mit einer eleganten Bewegung heraus.

Er wollte sich einen Moment Zeit lassen, sie betrachten, doch ihre Hüften bogen sich ihm einladend entgegen. *So wunderschön. Und sie gehört mir.* Er schob eine Hand zwischen ihre Beine, lauschte ihrem unterdrückten Schrei, während sie sich ihm gierig entgegendrängte. »Verdammt noch mal, Adam. Bitte!«

Er schob einen Finger in sie und musste das Gesicht an ihrer Schulter bergen, um ein Stöhnen zu unterdrücken. »O Gott. Du bist so feucht. Ich kann es kaum erwarten, in dir zu sein.«

»Dann tu es!«, knurrte sie, und er lachte leise.

Er erstarrte. »Ich habe nichts dabei. Verdammt!«

Blindlings tastete sie auf dem Nachttisch nach der Schublade. »Hier drin.«

Er spähte über sie hinweg in die Schublade. Die voller Kondome war. *Was zum …? Egal. Das spielt jetzt keine Rolle.* Er verdrängte die Frage, nahm eines der Päckchen heraus und riss es auf.

Sie nahm es ihm aus der Hand. »Welchen Teil von *Ich brauche dich jetzt* verstehst du nicht, Adam?« Sie schob das Kondom über seinen Schwanz und schloss einmal kurz die Finger. Er hatte Mühe, nicht auf der Stelle zu kommen.

»Fuck«, stieß er hervor. Sie lachte atemlos.

»Ja. *Bitte.* Genau das!«

Sie lächelten einander an, als er sich in sie schob.

Gott. O Gott. Es war perfekt. Sie war heiß und eng und absolut perfekt.

Er stützte sich auf die Ellbogen und verharrte einen Moment lang mit gesenktem Kopf in dieser Position. Ein Schauder überlief ihn. »Ich habe das hier so vermisst. Ich habe *dich* vermisst.« *Ich liebe dich*, lag ihm auf der Zunge, doch er

sprach die Worte nicht aus. Er wusste, dass es die Wahrheit war, doch es schien noch zu früh dafür zu sein.
Sie packte ihn bei den Schultern, grub die Nägel tief in seine Haut, doch er hieß den brennenden Schmerz willkommen. Sie bewegte die Hüften, anmutig und verführerisch zugleich.
»Das fühlt sich gut an, so gut. Mehr. Beweg dich.«
Er gehorchte, suchte ihren Blick im Halbdunkel, während er sich zu bewegen begann. Er tastete nach ihren Fingern, verschränkte sie mit den seinen. Das hatte er beim ersten Mal nicht getan. Damals war er so überwältigt von ihr gewesen, von ihrem Körper, ihrer Seele, und zugleich so tief in seinem eigenen Unglück verhaftet, dass er nicht daran gedacht hatte. Dieser Fehler würde ihm nicht noch einmal unterlaufen.
Er begann, sich zu bewegen, ganz langsam und stetig. Sie stemmte die Fersen in die Rückseite seiner Schenkel und hob sich ihm entgegen, presste den Kopf ins Kissen. Schloss die Augen. Ihre Kehle wölbte sich ihm entgegen. Sang stumm seinen Namen.
Er blickte auf sie hinab, spürte, wie seine Entschlossenheit, niemals wieder aufzuhören, ins Wanken geriet. Ein leiser Fluch kam über seine Lippen, als er ein Ziehen spürte, das ihm verriet, dass er geradewegs auf den Höhepunkt zusteuerte.
»Meredith. Sieh mich an. Bitte.« Mühsam schlug sie die Augen auf, doch er sah es auf den ersten Blick ... alles, was er zu wissen brauchte. Sie war bei ihm. Mit Körper, Seele und Herz. Er beschleunigte den Rhythmus seiner Stöße, verschlang ihren Mund mit einem tiefen Kuss, einem wilden Tanz aus Zungen und Zähnen, während ihre anfängliche Zärtlichkeit ungestümer Leidenschaft wich.
Ihre Arme schlangen sich fester um seinen Hals. »Adam.« Ein leises Stöhnen.
Er ließ ihre Hände los, packte sie bei den Hüften und hob sie

an, um sich noch tiefer in ihr versenken zu können, während sie sich die Hand auf den Mund schlug, um ihren Schrei zu ersticken.

Ja. Daran konnte er sich noch gut erinnern. Daran, wie sie seinen Namen gerufen hatte. »Zeig mir, wie du kommst«, befahl er. »Jetzt.«

Und sie gehorchte, gab sich ihm hin, so wie sie es auch in ihrer ersten Nacht getan hatte. Und in den künftigen Nächten tun würde, wenn es nach ihm ginge. Die Augen fest zusammengekniffen, vergrub sie die Zähne in ihrem Handrücken und ergab sich leise stöhnend dem Pulsieren ihres Körpers.

Sie zu hören, zu sehen, zu fühlen ... o Gott. Wieder durchlief ein Schauder seinen Körper, während er zuließ, dass der Orgasmus ihn mit sich riss. Er warf den Kopf in den Nacken, wobei er sich nur vage bewusst war, dass ihre Hand fest auf seinem Mund lag und jedes Geräusch erstickte.

Er ließ den Kopf sinken, vergrub das Gesicht an ihrer Schulter. Er zitterte. Am ganzen Leib. Ebenso wie sie. Sie hatte die Arme fest um ihn geschlungen und beschrieb mit den Händen beruhigende Kreise auf seinem Rücken. Brachte ihn ins Hier und Jetzt zurück.

Und nicht nur in dieser einen Hinsicht.

Tiefe Dankbarkeit wallte ihn ihm auf. *Danke. Danke.*

Sie küsste seine Schulter, ließ ihre Zunge über seine warme Haut gleiten. »Mmm«, stöhnte sie und ließ sich mit einem zufriedenen Grinsen in die Kissen zurückfallen. »Und?«

Er lachte. »Was, und?«

Ihr Lächeln verblasste. »War es so, wie du es in Erinnerung hattest?«, fragte sie. Zu seiner Verblüffung registrierte er einen Anflug von Verletzlichkeit in ihrer Stimme.

»Nein. Besser«, antwortete er und sah, wie der Ausdruck verschwand. »Sogar besser als besser.«

»Für mich auch«, flüsterte sie, während sich zwei einzelne Tränen aus ihren Augenwinkeln lösten und ihr über die Wangen kullerten. »Ich hatte ein bisschen Angst, es könnte nicht so sein, und jetzt bin ich unendlich froh.«
Er bedeckte ihre Stirn, ihre Augen, ihre Wangen mit Küssen. Ihren herrlich vollen Mund. »Besser als besser, Meredith. Du bist perfekt.«
»Das bin ich nicht, aber es freut mich, dass du es glaubst.«
»Perfekt für mich.« Er schloss die Augen, spürte Furcht in sich aufkommen. »Es gibt immer noch so vieles, das ich dir sagen muss.«
»Dann waschen wir uns, und danach kannst du mir alles erzählen.« Zärtlich strich sie mit dem Daumen über seine Lippen. »Aber ich bezweifle, dass sich meine Gefühle für dich ändern, ganz egal, was du mir erzählst.«
Er schlug die Augen nicht auf. Er konnte sich nicht überwinden. »Und zwar?«
»Dass auch du perfekt bist. Perfekt für mich.«

Cincinnati, Ohio
Sonntag, 20. Dezember, 09.25 Uhr

Meredith war völlig durcheinander – einerseits herrlich befriedigt, zugleich voller Anspannung und Furcht. Sie hatten sich gewaschen und sich wieder hingelegt – in jenes Bett, in dem sie sich gerade geliebt hatten. Und genau das war das Gefühl gewesen, das sie getragen hatte. *Liebe.*
Kein Wort war über seine Lippen gekommen, als er wieder in seine Jogginghose geschlüpft war, und so tat sie es ihm nach und zog sich an. Instinktiv hatte sie gespürt, dass Kleidung wie eine Rüstung für ihn war, die er anlegen musste, um ihr die Geschichte jenseits der Intimität erzählen zu können, die

sie soeben geschaffen hatten. Nun war der Zeitpunkt gekommen, an dem er seine Seele entblößen würde, und sie konnte nur hoffen, dass sie stark genug dafür war. Trotzdem hatte sich an ihrer Meinung nichts geändert – nichts, was er ihr erzählte, würde etwas daran ändern, wie sie ihn sah, für ihn empfand, doch für ihn war es von entscheidender Bedeutung, wie sie auf das reagierte, was er ihr gestehen würde.
Bitte lass mich das Richtige sagen.
Stocksteif lag er neben ihr. Sie schmiegte sich an ihn und legte den Kopf an seine Schulter, spürte, wie er sich ein klein wenig entspannte und den Arm um sie legte, um sie etwas näher heranzuziehen. Sie legte die Hand auf seine Brust, direkt über seinem Herzen.
Es hämmerte. Sie drückte einen Kuss auf sein Schlüsselbein.
»Also. Wir wollten über deinen Schwur reden, dass du nach einem Jahr zu mir zurückkommst.«
Seine Brust hob sich unter einem tiefen Atemzug und senkte sich wieder. »Ja. Am 6. Januar.«
»Du wärst gewissermaßen mein Geburtstagsgeschenk gewesen, wenn auch ein bisschen verspätet, aber das macht ja nichts.«
»Was?«, fragte er, trotzdem hatte sie das Gefühl, als wisse er ganz genau, was sie meinte.
»Ich habe am Vierten.« Sie zögerte. »Und was hat dich bewogen, zwei Tage später mit dem Trinken aufzuhören?«
Er ließ den Kopf wieder auf das Kissen sinken und blickte zur Decke. »Eigentlich würde ich am liebsten gar nicht darüber reden, aber zumindest das bin ich dir schuldig.«
Sie berührte seine Lippen mit den Fingerspitzen. »Du bist mir überhaupt nichts schuldig, Adam.«
Er schloss die Finger um ihre Hand und küsste sie. »Doch. Also.« Er holte tief Luft. »Ich habe mit dem Trinken angefangen, als ich ungefähr zwölf war.«

Sie fuhr hoch und starrte ihn fassungslos an. »Mit zwölf? Wieso?«

»Mein Dad trinkt. Immer schon. Meine Freunde wussten, dass wir eine gut bestückte Hausbar hatten und seine Freunde regelmäßig zu Besuch zu uns kamen. Wenn wir ein bisschen aufpassten und nicht zu viel nahmen, fiel es nicht auf. In der Highschool habe ich aufgehört. Zumindest während der Baseball-Saison. Ich habe mir eingeredet, ich hätte kein Problem, weil ich ja jederzeit aufhören konnte.«

Sie nahm seine Hand. »Dein Freund hat mir schon erzählt, du wärst ein echtes Baseball-Ass gewesen.«

»Hat Hanson dir das Foto von uns gezeigt?«

»Ja. Du warst echt süß.«

Er lachte leise. »Danke.«

»Und jetzt bist du der attraktivste Mann, den ich je gesehen habe«, fügte sie leise hinzu. »Das wollte ich dir nur mal sagen.«

Eine charmante Röte breitete sich auf seinen Wangen aus.

»Als ich dich das erste Mal gesehen habe, dachte ich, du müsstest eigentlich ein Gemälde sein.« Sie schmolz noch ein wenig mehr dahin.

»Als du mich das erste Mal gesehen hast, habe ich dich zusammengestaucht.«

»Weil ich Faith auf die Intensivstation gebracht habe, während das Blut des Opfers an ihr klebte.« Das Opfer war ein FBI-Agent gewesen, der versucht hatte, sie vor einem Serienkiller zu beschützen. »Du warst stocksauer, weil ich ihr nicht mal Zeit gegeben habe, sich umzuziehen. Und du hattest natürlich vollkommen recht. An diesem Tag war ich ... es ging mir nicht gut.« Er hielt kurz inne. »›Ich war nicht ich selbst‹ wollte ich eigentlich sagen, aber das stimmt nicht. Ich war das sehr wohl – ein Arschloch, der jeden anschnauzt, der ihm zufällig über den Weg läuft.«

»Das stimmt«, bestätigte sie, weil sie viel zu großen Respekt vor ihm hatte, um ihn anzulügen. »Hattest du an dem Tag auch getrunken?«
»Nein.« Er lachte bitter. »Genau deshalb habe ich mich ja wie ein Arschloch benommen. Ich konnte nichts trinken, weil ich zusammen mit Deacon Dienst hatte. Er sollte es nicht merken, aber ich brauchte so dringend einen Drink. Ich habe mir eingeredet, er würde mich bestimmt ›verpfeifen‹ oder sonst etwas tun ... unreifer Schwachsinn ... in Wahrheit wollte ich bloß nicht, dass er enttäuscht von mir ist. Und das hat mich noch mehr geärgert. Direkt nach Dienstschluss bin ich in die nächste Bar gegangen.«
»Es ging dir schrecklich.«
»Wegen Paula.« Tiefer Schmerz schwang in seiner Stimme mit. »Ich kenne bis heute ihren Nachnamen nicht.« Und das schmerzte noch viel mehr, weil Paula selbst ihn womöglich auch nicht gekannt hatte. »Was für ein Mensch sagt seinem Kind den eigenen Nachnamen nicht?«
»Jemand, der eine Elfjährige wie ein Tier im Käfig hält«, antwortete Meredith.
Er zuckte zusammen. »Habe ich dir das gesagt?«
»Ja. Als du das allererste Mal zu mir gekommen bist. Erinnerst du dich nicht mehr?«, fragte sie vorsichtig.
»Nein«, gestand er. »Ich war drauf und dran, völlig die Kontrolle zu verlieren. Ich wusste nicht mal mehr, wie ich zu dir gekommen bin.« Und später in ihr Bett. »Ich hatte mitbekommen, wie du mit einem deiner Patienten geredet hast, dem Opfer, auf das wir aufgepasst haben, und konnte nur daran denken, dass ich unbedingt deine Stimme hören wollte. Ich weiß nicht einmal mehr, woher ich deine Adresse hatte.«
»Wir hatten früher an dem Tag wegen des Opfers telefoniert, deshalb hattest du meine Nummer. An diesem Abend hast du mich dann angerufen. Du hast so traurig geklungen, und ich

habe gesagt, dass ich dir gern zuhören möchte. Ich war es, die dir meine Adresse gegeben hat, deshalb ist deine Sorge, du könntest mich gestalkt haben, unbegründet.«

»Ich hatte tatsächlich Angst, dass ich das getan haben könnte.« Er schmiegte die Wange an ihr Haar. »Danke.«

»Und woran erinnerst du dich noch von dem Abend?«, fragte sie noch ein wenig vorsichtiger.

»Dass ich dich berührt habe. Wie du dich mir hingegeben hast. Und dass ich danach in deinen Armen eingeschlafen bin.«

»Alles sehr gute Antworten«, meinte sie leichthin. »Und woran noch?«

»Daran, dass ich hier war, in diesem Penthouse. Scarlett und ich haben auf Deacon und Faith gewartet. Deacon und ich hatten einen schlimmen Streit, und er war stocksauer auf mich. Berechtigterweise. Es war meine Schuld. Alles.«

»Was war denn passiert? Ich meine, wieso seid ihr aneinandergeraten?«

»Ich habe mich wie der letzte Idiot benommen. Und ich war eifersüchtig. Ich hatte ihm geholfen, dass er den Job bekommt, als Isenberg die gemeinsame Task Force mit dem FBI aufgestellt hat. Ich hatte vom Morddezernat zu Personal Crimes gewechselt, und es gab eine freie Stelle. Er hatte in Baltimore bereits einer abteilungsübergreifenden Task Force angehört, musste aber zurück nach Hause kommen, weil Greg in der Schule Mist gebaut hat und ihn brauchte. Es war die perfekte Lösung. Deacon hatte gerade einen hochkarätigen Fall gelöst – ein Serienkiller, der seine Opfer in West Virginia verscharrt hat. Er war der perfekte Kandidat für den Job. Ich habe ihn Isenberg ans Herz gelegt, und sie hat sofort zugesagt. Ich habe mich für ihn gefreut. Ehrlich. Bis alles den Bach runtergegangen ist.«

»Paula«, murmelte sie.

»Genau. Ich war erst seit drei Monaten bei Personal Crimes. Und das war's«, fügte er bitter hinzu.
»Sei nicht so streng zu dir selbst«, meinte sie. »Das ist ein knallharter Job. Viele Cops lassen sich versetzen. Selbst dein früherer Partner hat das getan. Das hat er mir selbst erzählt.«
»Das stimmt. Hanson hat sich auch versetzen lassen, aber hauptsächlich wegen mir. Er hat gesehen, wie ich nach der Sache mit Paula den Halt verloren habe, und musste mir helfen, wieder auf die Beine zu kommen. Ich glaube, danach fiel es ihm deutlich schwerer, sich abzuschotten. Ich gebe mir die Schuld daran, denn er hat seine Sache immer sehr gut gemacht. Jedenfalls hat er verdammt viel länger durchgehalten als ich, so viel steht fest. Aber jetzt ist er wieder im Rauschgiftdezernat, und ich bin bei der Mordkommission, sprich, wir sind beide wieder dort, wo wir uns am wohlsten fühlen.«
»Das ist nichts, wofür man sich schämen müsste.«
»Kann sein.« Sein Achselzucken verriet ihr, dass er ihr kein Wort glaubte. »Jedenfalls hat Hanson mich wieder zusammengesetzt, nachdem ich mit ansehen musste, wie Paula starb, aber leider hat der Klebstoff nicht sonderlich lange gehalten. Ich bin zurück zum Morddezernat ... aber ich war nicht mehr derselbe. Und inzwischen war Deacon da und hat den Laden geschmissen.«
»Du hattest einen Hass auf ihn«, meinte sie. Er zögerte.
»Nicht auf Deacon selbst. Aber seinen Erfolg? Auf den Respekt, den man ihm entgegengebracht hat? Ja. Ich habe es gehasst.«
»Auf den Respekt von wem? Von Isenberg? Wohl kaum. Ihren Respekt hast du. Und Deacons und Scarletts genauso. Und Faiths auch, obwohl du ihr am Anfang das Leben ziemlich schwer gemacht hast.«
»Ich weiß.« Er war überzeugt gewesen, dass Faith mit einem Mörder unter einer Decke steckte, dabei hatte der Kerl es in

Wahrheit auf sie abgesehen, ähnlich wie Meredith, deren Leben wieder und wieder in Gefahr war. »Das bereue ich mehr als alles andere. Auch deswegen war ich eifersüchtig auf Deacon. Zu dieser Zeit hatte es den Anschein, als bekäme er alles – den Job, den Respekt meiner Vorgesetzten und dann auch noch das Mädchen.«
Sie sah ihn erstaunt an. »Du warst scharf auf Faith?«
»Nein!« Er schüttelte den Kopf. »Sie ist absolut nicht mein Typ.«
»Sie ist rothaarig, ziemlich voreingenommen, trägt eine Waffe und ist Kinderpsychologin«, meinte Meredith nur halb im Scherz.
Er hob ihr Kinn an und zwang sie, ihm in die Augen zu sehen. »Aber sie ist nicht du.«
Meredith musste grinsen. »Noch eine gute Antwort.« Sie schmiegte sich wieder an seine Schulter. »Und was ist an dem Abend passiert, als du zu mir gekommen bist? Das erste Mal?«
»Deacon dachte, ich hätte Faith in Gefahr gebracht. Sie war in Sicherheit. Jede Menge Polizisten haben auf sie aufgepasst, darunter auch ich, trotzdem war Deacon geladen. Er kam gerade von einem besonders schlimmen Tatort zurück und war völlig durch den Wind. Und mir ging alles zu langsam. Damals dachte ich, er sei so damit beschäftigt, auf Faith aufzupassen, dass es ihm egal wäre, wenn ein Killer eine Elfjährige als Geisel festhält.«
»Roza«, murmelte Meredith. Sie kannte das Mädchen, hatte die Kleine nach ihrer Befreiung behandelt. »Oh. Oh, Adam. Roza war auch elf, als das letzte Jahr passiert ist. Genauso wie Paula.«
»Stimmt«, meinte er. »Und keiner hat diese Verbindung hergestellt.«
Sie küsste seine Brust. »Fairerweise muss man wohl sagen,

dass du niemandem von Paula erzählt hattest. Allenfalls deinem Vorgesetzten.«

»Das stimmt. Ich konnte es einfach nicht. Hanson wusste es, und Nash Currie auch, aber nur weil die beiden damals direkt neben mir standen, als es passiert ist.«

»Wer ist Nash Currie?«

»Einer der IT-Jungs bei Personal Crime. Er hat versucht, die IP-Adresse ihres Computers zurückzuverfolgen. Aber ansonsten konnte ich niemandem davon erzählen. Ich habe es versucht, aber es war jedes Mal, als würden mir die Worte … im Hals stecken bleiben, wenn ich nur an sie gedacht habe. Als hätte ich mit einem Mal keine Stimme mehr.«

PTBS, dachte sie traurig. Und er hatte all das ganz allein durchstehen müssen. »Aber kannst du jetzt über sie sprechen?«

»Ein bisschen. Meine Therapeutin hat mir geholfen. Ich … reagiere immer noch, wenn ich an sie denke, aber diese lähmende Panik, die mich komplett handlungsunfähig macht, ist verschwunden. Stattdessen ist es allenfalls noch eine normale Wald-und-Wiesen-Panik.«

»Das geht mir genauso. Jeder hat eine Maske, die er in der Öffentlichkeit trägt. Die meisten sehen nie dahinter. Nicht einmal meine Freunde.«

»Weil du sie so versiert trägst. Ich konnte das nicht. Ich war völlig fertig, ein Häuflein Elend. Ich habe Deacon vorgeworfen, er hätte einfach ignoriert, was mit Roza passiert ist, dass sie sterben müsste, nur weil er zu langsam gewesen sei. Er meinte, er wisse ganz genau, was mit ihr passieren würde. Er war oft genug in der Pathologie, hat die Opfer gesehen.«

»Aber du hast mit eigenen Augen gesehen, wie Paula umgekommen ist. Das ist etwas anderes, als es hinterher mitzubekommen.«

Er runzelte die Stirn. »Das habe ich dir auch erzählt?«

»Ja. Du bist nicht allzu sehr ins Detail gegangen, sondern hast immer nur ›so viel Blut‹ gesagt.«
»Stimmt. So war es auch.«
»Wer war Paula? Ich meine, was hat sie dir bedeutet?«
Er schluckte. »Sie war ein kleines Mädchen, das mich um Hilfe gebeten hat, aber ich konnte sie ihr nicht zuteilwerden lassen.«
Sie hob seine Hand an ihre Lippen und küsste sie. »Du brauchst mir nicht mehr zu erzählen, wenn du nicht willst.«
»Doch. Obwohl ich schon als Junge mit dem Trinken angefangen habe, konnte ich immer aufhören. Nach dem, was mit Paula passiert ist, ging das nicht mehr. Und ich wollte es auch gar nicht. Ich habe meine Familie und meine Freunde wie Dreck behandelt, habe Hanson vergrault, und auch seinen Dad, obwohl er immer für mich da gewesen war. Sein Dad war immer der gute Vater, den ich nie hatte.«
Erleichterung durchströmte sie. »Ich bin froh, dass du jemanden hattest, der sich um dich gekümmert hat.«
»Dale Hanson. Er hat mich in der Little League trainiert, hat mir immer Mut gemacht. Er hat mich zu allem begleitet, wo ein Vater gefragt war, wenn mein eigener Vater mal wieder zu beschäftigt oder zu betrunken dafür war. Dale hat sich immer um mich bemüht, auch dann noch, als ich auf Distanz gegangen bin. Und ich habe sie alle weggestoßen – Isenberg, Deacon, Dani … sogar meine Mutter, weil sie mich immer nur gemeinsam mit meinem Vater besuchen wollte, aber er hat mich als erbärmlichen Feigling bezeichnet.« Sie versteifte sich. Er hob ihr Kinn an und küsste sie zärtlich auf den Mund. »Eigentlich hätte ich ihn gar nicht erwähnen sollen, weil er nicht mal ansatzweise der wichtigste Mensch ist, den ich weggestoßen habe.«
»Am liebsten würde ich ihm einen gehörigen Tritt verpassen«, stieß sie aufgebracht hervor.

»Das hilft definitiv. Der wichtigste Mensch, den ich meinte, warst übrigens du.«

Sie lächelte ihn an. »Das hatte ich gehofft.«

»Aber zurück zum Thema. Ich habe mich wie ein Arschloch benommen. Es ist ein Wunder, dass überhaupt noch jemand mit mir redet.«

»Detective Hanson meinte, ich solle dir klarmachen, dass es immer noch Leute gibt, denen du eine Menge bedeutest, auch wenn du es nicht wahrhaben willst.«

»Das weiß ich auch, aber wenn man bis zum Hals in der Scheiße steckt, ist es schwierig, das zu erkennen.«

»Ich weiß«, meinte sie beruhigend, legte den Kopf an seine Schulter und strich mit den Fingerspitzen behutsam durch das Haar auf seiner Brust. »Wie ist Paula gestorben, Adam?« Sie spürte, wie er erstarrte. »Ihr wurde die Kehle durchgeschnitten. Auf Skype.«

Sie sog scharf den Atem ein. »Oh«, stieß sie schließlich betrübt hervor. »Und du hast es mit angesehen?«

»Ja. Man hatte sie in einem Käfig gefangen gehalten, na ja, eigentlich war es eher eine Zelle.«

»Wer?«

»Sie kannte seinen Namen nicht. Er hat sie nur abends eingesperrt. Oder wenn sie ›böse‹ war. So hat sie es genannt. Manchmal durfte sie sich auch frei im Haus bewegen, aber die Türen blieben immer abgeschlossen, und die Fenster waren aus Sicherheitsglas. Sie hat versucht zu fliehen, aber es gelang ihr nicht. Eines Tages schrieb sie mir aus heiterem Himmel eine E-Mail. Sie hätte einen Bericht im Fernsehen über die Nachwuchsbaseball-Spieler gesehen, die ich trainiert habe. Das Team bestand aus tauben Kindern und solchen, die hören konnten. In dem Bericht sah man mich, wie ich in Gebärdensprache mit ihnen geredet habe, und es wurde meine Mailadresse eingeblendet, für den Fall, dass ein taubes

Kind mit mir in Verbindung treten und Mitglied werden wollte. Sie wusste, dass ich sie verstehen würde.«

»Oh«, sagte Meredith, als der Groschen fiel. »Sie war taub?«

»Ja. Sie hatte gesehen, wie ihr Peiniger E-Mails geschrieben hat, doch der Computer war immer passwortgeschützt gewesen. Aber eines Tages war er es eben nicht, und sie hat die Gelegenheit genutzt.«

»Und von welchem Account hat sie dir geschrieben?«

»Von dem des Kerls, der sie gefangen hielt. Allerdings konnten wir den Besitzer nie aufstöbern, obwohl wir sehr genau gesucht haben.«

»Und was hat sie geschrieben?«

»Dass sie Angst hätte. Sie hat mich um Hilfe gebeten. Aber sie wisse nicht, wo sie sei, nur dass es irgendwo mitten auf dem Land sein müsse, weil weit und breit niemand sei, wenn sie aus dem Fenster blickte.«

»Und ihr konntet die Mail nicht zu einer IP-Adresse rückverfolgen?«

»Nein, obwohl wir alles versucht haben. Absolut alles. Aber die Mail war durch so viele Proxy-Server gegangen, bis sie bei mir landete, dass Nash sie nicht mehr zuordnen konnte.«

»Und unter welchen Umständen lebte Paula dort?«

»Er hatte sie weggesperrt und isoliert, aber sie hatte Zugang zu einem Fernseher und zu einem Computer. Natürlich wurde der Computer überwacht, das wurde uns später klar. Dass er ausgerechnet nicht passwortgeschützt war, nachdem sie mich im Fernsehen gesehen hatte, war ein viel zu großer Zufall.«

»Natürlich.« Sie seufzte. »Was hast du über sie erfahren?«

»Sie konnte sich erinnern, dass sie Familie hatte. Eine sehr nette, meinte sie, aber ich war nicht sicher, ob sie sich tatsächlich erinnern konnte oder ihr nur ihre Fantasie einen Streich spielte. Jedenfalls habe ich ihr erklärt, wie man Skype benutzt,

damit ich mit ihr in Gebärdensprache kommunizieren konnte, außerdem habe ich da bereits geahnt, dass er den Computer überwacht. Wir mussten sie unbedingt finden, bevor er zurückkam und sie bestrafen konnte.«
»Obwohl er ihr vielleicht die Falle gestellt hatte.«
»Genau. Wir haben dreimal mit ihr über Skype kommuniziert, immer eine kleine Weile. Nash Currie hat versucht, das Signal zu orten, aber es ging nicht. Ich habe so lange nach Hinweisen Ausschau gehalten und die ICAC dazugeholt, damit sie die Aufnahmen auswerten. Aber trotz ihrer Erfahrung wussten auch sie nicht weiter. Es gab keinerlei Hinweis darauf, wo sie sich aufhalten könnte.«
Meredith küsste sein Kinn. »Und was ist beim vierten Anruf passiert?«
»Am Anfang war es genau wie bei den letzten Malen. Dann hörte ich plötzlich, wie eine Tür zugeschlagen wurde. Natürlich hat sie das nicht mitbekommen, also habe ich ihr signalisiert, sie solle das Gespräch sofort beenden, aber es war zu spät.« Er vergrub das Gesicht in ihrem Haar. »Er trug eine Maske, durch die man lediglich seine Augen und seinen Mund erkennen konnte. Er war riesig, und sie so klein. So zerbrechlich. Mangelernährt. Sie hatte keinerlei Chance.«
»Sie war nur ein kleines Mädchen«, murmelte Meredith.
Er schluckte. »Ich wollte ihr helfen. Unbedingt. Sie war so allein. Und dann ...« Seine Stimme brach. »Er hat ein Messer herausgezogen und mit der Haut angefangen. Sie hat geschrien, aber es kam ... nur ein Krächzen heraus.« Seine Atemzüge wurden schnell und flach. »Und die ganze Zeit hat er in die Kamera gegrinst. Als wüsste er, wer ihm zusieht. Und dann hat er weitergeschnitten.«
»Und du musstest hilflos zusehen.«
»Ich habe nur dagestanden. Und zugesehen. Und dann habe ich gehofft, dass er ... es zu Ende bringt, damit sie nicht län-

ger leiden muss. Gleichzeitig kam ich mir wie ein Ungeheuer vor«, gestand er. »Weil ich mir den Tod eines Kindes gewünscht habe, damit ich nicht länger zusehen musste, wie es leidet.«

Meredith seufzte. »Adam ... Du solltest deswegen keine Schuldgefühle haben. Sie hat gelitten. Und der Täter wollte auch dir wehtun. Vielleicht nicht dir im Speziellen, sondern einfach dem Polizisten, der rein zufällig zu ihrem Rettungsanker geworden war. Er hätte sie vom Computer wegziehen oder die Verbindung unterbrechen können. Aber das hat er nicht getan. Er hat mit dir gespielt, wie eine Katze mit der Maus.«

»Aber warum? Weshalb sollte jemand so etwas tun?«

»Das ist eine verdammt gute Frage, findest du nicht auch? Wer auch immer getötet hat, wollte sie dafür bezahlen lassen, dass sie Hilfe gesucht hat. Aber er wollte dem CPD auch eine Nachricht zukommen lassen.«

»Unsinn«, meinte er. »Vor dem CPD brauchte er sich ja nicht zu fürchten. Wir werden niemals herausfinden, wo sie gefangen gehalten wurde ... wo sie gestorben ist.«

»Ihr habt die Leiche nie gefunden?«

Ein Lachen drang aus seinem Mund, kalt und bitter. »Doch. Ich habe sie gefunden.«

Wieder sah sie ihm ins Gesicht. »Wo?« Am liebsten hätte sie den Blick abgewandt, um die Qual in seinen Augen nicht ertragen zu müssen, doch sie brachte es nicht über sich.

»In meinem Kofferraum.«

Entsetzt richtete sie sich auf. »Er hat sie dort hineingelegt, damit du sie findest?«

Er nickte. »Wir hatten einen Tipp bekommen, dass möglicherweise jemand gegen seinen Willen in einem Haus auf dem Land festgehalten wird. Auf einer Farm.«

»Und du dachtest, es sei Paula.«

»Genau, aber es war nicht dasselbe Haus. Wir haben es von

oben bis unten durchsucht, aber es hat sich als falsche Spur herausgestellt. Als wir zurückkamen, hatte jemand den Kofferraum aufgestemmt.«

»Und sie lag drin.«

Er nickte, räusperte sich, doch kein Wort drang aus seinem Mund.

»Und?«, drängte Meredith behutsam. »Das ist noch nicht alles, oder?«

Er schüttelte den Kopf, schloss die Augen und schlug sie wieder auf, blickte sie flehend an. »Er ... er hatte sie verbrannt«, flüsterte er.

»Was meinst du damit?«, fragte sie, ebenfalls im Flüsterton. Er sah weg. »Mit Benzin. Sie war ... bis zur Unkenntlichkeit.«

»Aber woher wusstest du, dass sie es ist?«

»Sie hatte einen Plüschhasen. Er war ihr einziges Spielzeug. Er hatte den Hasen auf sie gelegt. Auf das, was noch von ihr übrig war.«

»O mein Gott. Du siehst sie immer noch vor dir, stimmt's? Natürlich tust du das.«

»Ja«, erwiderte er grimmig. »Ich musste den Wagen loswerden. Als Ersatz habe ich den Jeep besorgt. Aber ich sehe sie immer noch jedes Mal, wenn ich einschlafe. Ich wache oft schreiend auf. Es sei denn, ich bin zu betrunken dafür. Das war die einzige Möglichkeit, überhaupt schlafen zu können.«

Sie legte ihre Hand auf seine Wange. »Ich verstehe das. Wirklich.«

Er nickte seufzend. »Das wünsche ich mir so sehr. Aber jetzt muss ich dir alles andere erzählen.«

Das ist es also, dachte sie. Endlich kamen sie zu dem Teil, für den er die ganze Zeit Buße tat. Wieder schmiegte sie sich an ihn und betete ein weiteres Mal, dass sie das Richtige sagen würde.

16. Kapitel

Cincinnati, Ohio
Sonntag, 20. Dezember, 09.25 Uhr

Linnea aß die Haferflocken und Eier auf, die Schwester Angela ihr hingestellt hatte. Im Gegensatz zu Schwester Jeanette schien diese Nonne nur einen Gesichtsausdruck zu kennen – mürrisch.
»Noch einen Toast?«, fragte sie Linnea.
»Nein, Ma'am.« So satt war sie schon lange nicht mehr gewesen. Sie hatte Andy immer angelogen, wenn er aus dem Pies & Fries etwas mitgebracht hatte, und behauptet, sie sei eigentlich gar nicht so hungrig, weil sie genau wusste, dass er auf seinen Anteil verzichtete, nur damit sie mehr bekam. »Aber trotzdem danke.«
Sie und die Schwester waren ganz allein in der Notunterkunft. In der Kirche über ihnen fand gerade die Sonntagsmesse statt. Linnea hatte sich mit dem Argument, sie sehe viel zu schlimm aus, um sich in der Öffentlichkeit zu zeigen, um die Teilnahme am Gottesdienst herumgemogelt. Ihre Blutergüsse hatten sich seit Freitagnacht definitiv verschlimmert und bedeckten inzwischen die ganze Gesichtshälfte, so dunkelviolett, dass selbst das dickste Make-up sie nicht würde abdecken können.
Schwester Angela setzte sich zu ihr an den Tisch. »Und was haben Sie heute vor, Denise?«
Denise. »Ich muss dringend telefonieren. Aber nicht von hier aus.«
Schwester Angela nickte ernst. »Sie wollen nicht, dass man den Anruf zurückverfolgen kann. Aber ich weiß, wo Sie telefonieren können. Soll ich Sie hinbringen?«

Linnea blieb der Mund offen stehen. »Das würden Sie für mich tun?«

Der Anflug eines Lächelns umspielte die Mundwinkel der Nonne. »Wieso nicht?«

Linnea blickte auf das Schälchen, das sie förmlich sauber geleckt hatte. »Weil ich kein besonders guter Mensch bin.«

Die Nonne legte ihre arthritische Hand auf Linneas. »Zweite Chancen sind gewissermaßen unser Spezialgebiet«, meinte sie. »Wären Sie denn gern ein guter Mensch, Denise?«

Linnea nickte. Dazu würde es niemals kommen. Sie würde nie das Ansehen bekommen, nach dem sie sich so sehnte, aber da sie ohnehin bald sterben würde – was definitiv der Fall war –, wollte sie vorher wenigstens noch etwas Gutes tun. »Genau deswegen muss ich telefonieren.«

»Gut. Ich weiß, wo das nächste öffentliche Telefon ist.« Die Nonne kramte zwei Vierteldollarmünzen aus ihrer Tasche. »Ich glaube allerdings, der Notruf ist kostenlos«, meinte sie. »Wollen Sie, dass ich mitkomme?«

Ja. Bitte. Trotzdem schüttelte Linnea den Kopf. »Ich bin ... Ihnen sehr dankbar. Wirklich. Aber jeder, der bei mir ist, könnte in Gefahr geraten. Und ich will nicht, dass Ihnen etwas zustößt, Ma'am.«

Schwester Angelas Blick wurde weich. »So etwas sagt nur jemand, der ein gutes Herz hat, Denise.«

Ah. »Vielleicht haben Sie ja recht. Wenn ich etwas mehr Zeit hätte ...« Sie unterbrach sich. *Verdammt!*

Die Nonne runzelte die Stirn. »Was meinen Sie damit? Mehr Zeit? Sie sind doch noch jung und haben Ihr ganzes Leben vor sich.«

Genau deswegen. Aber Linnea rang sich ein Lächeln ab. »Das ist wohl wahr.« Sie nahm die Münzen und schob sie in ihre Tasche, zu dem Zettel. »Gibt es hier irgendwo eine Bibliothek in der Nähe? Ich brauche einen Computer.« Sie

musste diese »-ruber Academy« und Ms Abernathy, die Lehrerin der kleinen Ariel, finden.
Es war durchaus möglich, dass der Zettel von einem anderen Kind stammte, nicht von seinem oder dem seines Handlangers. Aber genauso gut könnte dieses Kind Linnea helfen, *seine* wahre Identität und *seine* Adresse herauszufinden.
»Es gibt eine Bibliothek gleich um die Ecke. Sie müssen allerdings Ihren Ausweis vorzeigen, wenn Sie einen Computer benutzen wollen.«
»Das ist okay.«
»Weil Denise nicht Ihr richtiger Name ist«, stellte die Nonne sanft und ohne jeden Vorwurf in der Stimme fest.
Linnea nickte traurig. So viel Ehrlichkeit konnte sie der Frau immerhin entgegenbringen. »Ja, Ma'am.«
»Möchten Sie mir verraten, wie Sie wirklich heißen?«
»Ja. Wenn ich das, was ich tun muss, erledigt habe.« Jemand musste ihren wahren Namen erfahren, sollte sich an sie erinnern. Vielleicht könnte dieser Jemand auch Shane informieren.
Sie wollte aufstehen, doch Schwester Angela packte ihr Handgelenk. »Kommen Sie zurück?«
»Ja, Ma'am. Ich versuche es zumindest.«
Stirnrunzelnd zog die Nonne ihr Handy heraus, nahm einen Stift und hämmerte auf die Displaytastatur ein. »Heute ist Sonntag, da öffnet die Bibliothek erst um ein Uhr.«
»Wenn ich jetzt telefonieren gehe, kann ich dann wiederkommen und so lange hier warten?«
»Ja«, antwortete Schwester Angela. »Und ich *werde* Sie begleiten. Natürlich lasse ich Sie ungestört telefonieren, aber Sie müssen nicht allein losgehen.«
Linnea öffnete den Mund, um ihr zu danken, doch die Worte wollten ihr nicht über die Lippen kommen.
Die Nonne tätschelte ihr nur die Hand. »Gern geschehen.«

Cincinnati, Ohio
Sonntag, 20. Dezember, 09.35 Uhr

Zitternd vor Schock, Entsetzen und Kummer, lag Meredith in Adams Armen. Er zog sie enger an sich, während er sich wünschte, er hätte ihr niemals all die Hässlichkeit gezeigt, die in seinem Innern schwärte. Schlimm genug, dass er immer wieder an Paula denken musste – an den grausamen Mord an ihr und daran, wie er ihren verkohlten Leichnam gefunden hatte. Jetzt hatte Meredith dieselben Bilder vor Augen.
Er seufzte. »Ein paar Wochen, nachdem ich ihre Leiche gefunden hatte, habe ich Isenberg gebeten, mich wieder im Morddezernat aufzunehmen, was sie auch getan hat. Danach wurde es richtig schlimm mit der Trinkerei.«
Meredith legte ihre flache Hand über sein immer noch wie verrückt hämmerndes Herz.
Ihre Stimme klang beherrscht und ruhig, doch sie zitterte immer noch wie Espenlaub.
»Wenn wir ein Trauma durchleben, fallen wir häufig in vertraute Verhaltensmuster zurück, meistens solche, die wir uns bereits in der Kindheit angeeignet haben. Bei dir war es das Trinken. Ein Teil des Prozesses, mit einem Problem umzugehen – und das Trauma zu verarbeiten –, besteht darin, neue Verhaltensweisen zu erlernen und sie so lange zu üben, bis sie so verankert sind, dass wir im Notfall auf sie zurückgreifen können.«
»Das sagt mein Seelenklempner auch.«
Sie nickte, wirkte jedoch zittrig. »Dann ist er ein kluger Mann.«
»Eine kluge Frau. Ich gehe zu derselben Therapeutin wie Kate.«
Er spürte ihr Lächeln an seiner Brust, was ihm weitaus lieber

war als die Tränen, die auch jetzt noch nicht vollständig versiegt waren. »Dr. Lane? Sie tut dir bestimmt gut.« Sie zögerte kurz. »Und warum hast du am 6. Januar beschlossen, mit dem Trinken aufzuhören?«

»Du bist ziemlich hartnäckig«, meinte er, küsste sie jedoch auf die Stirn, um zu verhindern, dass sie seine Worte in den falschen Hals bekam. »Willst du nicht allmählich schlafen?«

Sie löste sich von ihm und blickte ihn durch einen Tränenschleier hindurch an. »Ja. Mein Kopf fühlt sich an, als würde er gleich platzen, aber ich will das jetzt hinter mich bringen, Adam.«

»Stimmt.« Er zog sie wieder an sich, um ihr nicht länger in die Augen sehen zu müssen. Sie schlang die Arme fest um ihn. »Am Morgen nach dieser ersten Nacht, als wir ... du weißt schon.«

»Als wir miteinander geschlafen haben? Ja. Ich erinnere mich. Ich war da«, bemerkte sie trocken.

Ja, das war sie gewesen. Sie war da gewesen. *Für mich.* »Ich bin aufgewacht, als du noch geschlafen hast. Du sahst so hübsch aus. Ich habe dir beim Schlafen zugesehen, und ich wollte dich. Dich, meine ich. Ich rede nicht von Sex ... na ja, das auch, weil es unglaublich mit dir gewesen war, aber ...« Er hielt inne und wurde rot.

Sie tätschelte seine Brust. »Du wolltest mehr als das.«

»Ich wollte alles – deine Stimme hören, wenn du mir sagst, dass alles wieder gut wird, und glauben dürfen, dass es stimmt. Ich wollte es verdienen, weil ich so am Ende war, dass ich nicht mehr allein aus dem Schlamassel herausgefunden habe. Trotz allem wusste ich, dass ich dir nicht die Verantwortung für meinen Geisteszustand übertragen konnte. Das wäre nicht fair gewesen. Und auch keine tragfähige Basis.«

»Gut ausgedrückt.«

»Das sind Dr. Lanes Worte«, bemerkte er. »Ich musste zusehen, dass ich endlich wieder auf die Reihe komme, also bin ich aufgestanden, zu Isenberg gegangen und habe sie um eine krankheitsbedingte Auszeit gebeten. Was bei meiner Familie mächtig gut ankam.«
»Deacon und Dani?«, fragte sie ungläubig.
»Nein, nein. Die beiden waren großartig. Sie waren immer für mich da. Ich meinte meinen Vater. Er … hat mich nicht gerade unterstützt.«
»Verstehe«, brummte sie.
Er war nicht sicher, ob sie tatsächlich verstand, aber das spielte jetzt keine Rolle. *Spuck's einfach aus.* Dann konnten sie hoffentlich all das hinter sich lassen und sich auf die Zukunft konzentrieren. »Ich habe versucht, mich am Riemen zu reißen, aber ich habe ständig Paula vor mir gesehen, ihre Stimme gehört.«
»Kein Wunder«, sagte sie leise.
Er zuckte mit den Schultern. »Sie war ständig da. Wenn ich geschlafen habe, wenn ich wach war. Ich war zu nichts zu gebrauchen. Ich habe zu Hause herumgehangen und …« Er hielt inne.
»Und getrunken«, sagte sie, noch immer sanft.
»Genau. Ich habe sogar die Feiertage verpasst und war nicht einmal zu Weihnachten bei meinen Eltern, weil ich zu betrunken war. Und ich weiß, dass meine Mutter deswegen halb verrückt vor Sorge war, und sie ist herzkrank, was meine Gewissensbisse noch schlimmer gemacht hat. Also habe ich noch mehr getrunken. Und habe dich dadurch noch weniger verdient. Es war schlimm. Ein Teufelskreis. Ich war beim Polizeipsychologen, aber er konnte mir auch nicht helfen. Dich hätte ich nicht noch einmal bitten können. Du kannst nicht meine Therapeutin oder meine Stütze sein.«
»Nein, das geht tatsächlich nicht«, stimmte sie zu. »Aber ich

kann dich trotzdem unterstützen. Und ich kann Gefühle für dich haben.«

Das hoffte er. »Dani und Deacon haben mich zu deiner Geburtstagsparty eingeladen, aber ich konnte ihnen nicht unter die Augen treten. Ich hatte Deacon so mies behandelt und ...« Er holte tief Luft. »Ich habe dafür gesorgt, dass Faith ihren Job bei der Bank verliert. Ich habe ihren Boss angerufen und mich als Detective der Mordkommission vorgestellt und angedeutet, dass sie als Verdächtige gilt. Ich glaube nicht, dass sie mir das jemals verzeihen wird.«

»Aber das hat sie längst getan. Sie hat es mir sogar selbst erzählt.«

Er starrte sie verblüfft an. »Tatsächlich?«

»Ja. Du hattest sie unter Verdacht, dass sie in mehrere Mordfälle verwickelt war, und ihren Boss bei der Bank angerufen, um zu überprüfen, ob sie tatsächlich dort angestellt war. Das ist doch das Standardvorgehen, oder nicht?«

»Ja, schon, aber ich dachte, du wärst jetzt wütend wegen der Art, wie ich vorgegangen bin.«

»Kann sein, aber ich bin nicht wütend, weil wir alle wussten, dass es dir zu der Zeit schlecht ging. Warum, wussten wir nicht, aber es war unübersehbar. Außerdem hatte Faith am Ende der darauffolgenden Woche zwei Jobangebote. Ich bin froh, dass sie sich für mich entschieden hat. Sie ist eine erstklassige Therapeutin.«

»Ich dachte, du hättest ihr einen Job angeboten, weil ...« Er runzelte die Stirn. »Bitte versteh das jetzt nicht falsch, aber ich dachte, du hättest es aus Mitleid getan.«

Meredith lachte. »Als ich sie gefragt habe, ob sie bei mir arbeiten will, wusste ich nicht, dass sie ihren Job verloren hatte. Aber ich wollte sie unbedingt haben. Ich brauchte ja nur zuzusehen, wie sie mit den Opfern umgeht. Und dann ist da noch der Rothaarigen-Bonus. Solidarität unter Minder-

heiten, du weißt schon.« Ihre Miene wurde ernst. »Und gibt es sonst noch etwas, wovon du glaubst, es sei ein Grund, warum ich wütend wäre auf dich?«
Er sah sie an. *Nächster Schritt.* »Ich bin betrunken Auto gefahren.«
Sie sah ihm in die Augen. »Okay, das ist echt übel. War das an dem Abend, als wir miteinander geschlafen haben?«
»Nein, es war an deinem Geburtstag. Ich fuhr zu dir, und die ganze Straße war wegen deiner Party vollgeparkt. Ich hätte beinahe angehalten und wäre ausgestiegen, aber nur beinahe. Doch allein die Vorstellung, alle zu sehen, die von meiner Psycho-Auszeit wussten, hat mich völlig aus der Bahn geworfen. Ich habe mir ein bisschen Mut angetrunken. Nur ein bisschen, damit ich es schaffe. Ich bin ein paar Mal um den Block gefahren, als mein Handy geläutet hat. Wäre es meine Mutter gewesen, wäre ich nicht rangegangen. Sie hatte mir an dem Tag ein paar Nachrichten geschickt und angerufen, aber ich habe sie ignoriert.«
»Weil sie sofort gemerkt hätte, dass du betrunken warst.«
»Ja. Sie ist schließlich seit Jahrzehnten mit meinem Vater verheiratet. Aber es war nicht ihre Nummer, und ich habe vermutlich bloß eine Ausrede gebraucht, um nicht auf deiner Party zu erscheinen, also bin ich rangegangen.«
Ihre Miene war ernst geworden. »Und wer war dran?«
»Das Krankenhaus. Mom hatte angerufen und mir Nachrichten geschickt, weil ich rüberkommen sollte, um eine kaputte Glühbirne zu wechseln. Aber ich dachte, das könnte auch mein Vater machen, deshalb habe ich nicht zurückgerufen. Aber mein Vater war zur Entenjagd gefahren, deshalb ist sie auf einen Stuhl geklettert und ...« Er unterbrach sich.
»Sie ist gestürzt. Wie schlimm war es?«
Er räusperte sich. »Sie hatte sich den Arm verstaucht und eine Platzwunde am Kopf, die genäht werden musste. Aber

das eigentlich Schlimme war der Herzinfarkt, den sie bei dem Sturz erlitten hat. Ich bin sofort hingefahren, aber das Krankenhaus hatte natürlich meinen Vater bereits informiert. Er hat mich aus ihrem Zimmer gejagt und mir all die Dinge an den Kopf geworfen, die ich schon auswendig kannte, aber dieses Mal ... Er hatte völlig recht. Ich war ein Loser und ein durchgeknallter Irrer. Schlimmer noch – ich war ein schlechter Sohn. Ich wollte meine Mutter nicht noch mehr aufregen, indem ich mich mit meinem Vater auf dem Flur anschreie, deshalb bin ich gegangen.« Er seufzte. »Ich bin auf dem direkten Weg in die nächste Bar gefahren und habe mich volllaufen lassen. Und dann bin ich nach Hause gefahren.«

Sie runzelte die Stirn. »Aber hat dir der Barkeeper denn nicht den Schlüssel abgenommen?«

»Nein, offensichtlich sieht man es mir nicht an, wenn ich voll bin. Er wusste ja auch nicht, wie viel ich vorher getrunken hatte. Ich bin ein ziemlich talentierter Lügner. Er hat nichts gemerkt. Jedenfalls habe ich auf dem Heimweg ...« Er schloss die Augen, verdrängte die Panik. *Nächster Sprung ins kalte Wasser. Spuck's einfach aus.* »Ich habe einen Jungen auf seinem Fahrrad angefahren. Einen Teenager.«

»O mein Gott«, stieß sie hervor. »Ist ihm etwas passiert?«

»Nein. Offensichtlich bin ich der größte Glückspilz, den man sich nur vorstellen kann. Als ich ihn gestreift habe, kam er von der Straße ab und fiel die Böschung hinunter. Er hat sich den Arm gebrochen.« Er ließ langsam den Atem entweichen. »Er hätte tot sein können, Meredith.«

Sie packte sein Kinn und schüttelte ihn, bis er sie ansah. »Aber er ist es nicht, stimmt's?«

»Nein.« Gott sei Dank. Bei der Vorstellung, was hätte passieren können, war ihm immer noch ganz elend. »Ich kannte den Jungen. Er wohnt in meiner Gegend. Ironischerweise war er genauso blau wie ich. Er hat sein Rad geschnappt und mich angefleht, bloß seiner Mutter nichts zu sagen. Ich war wie vor den Kopf geschlagen. Vor Schock und vom Alkohol. Ich habe es versprochen, dann haben wir sein Rad in meinen Wagen geladen, und ich habe ihn nach Hause gebracht. Er meinte, er würde seiner Mutter bloß erzählen, er sei mit dem Rad gestürzt. Ich ging nach Hause, fiel aufs Bett und schlief fast vierundzwanzig Stunden am Stück.« Adam war ein Wrack gewesen. Am Ende war er von seinem eigenen Gestank aufgewacht. Aber dieses Detail behielt er tunlichst für sich. »Ich war stocknüchtern. Das allererste Mal, seit das mit Paula passiert war. Ich habe in den Spiegel gesehen und erkannt, was aus mir geworden war. Meine Mutter hätte bei dem Sturz ums Leben kommen können. Und dieser Junge … Du lieber Gott. Ich habe alle Flaschen eingesammelt und den Inhalt in den Ausguss gekippt. Dann habe ich mich auf die Suche nach einem Meeting bei den Anonymen Alkoholikern gemacht.«

»Ich bin sehr froh darüber. Shh. Es ist alles in Ordnung.«
Er hatte gar nicht gemerkt, dass er am ganzen Leib zitterte.
»Du solltest mich nicht so ansehen.« So sanft. So mitfühlend. Ein trauriges Lächeln erschien auf ihrem Gesicht. »Wie denn dann?«
»Verächtlich.« *So wie ich mich selbst sehe.*
Sie schüttelte den Kopf. »Du hast etwas Entsetzliches erlebt, Adam, und versucht, dein Trauma selbst zu behandeln. Das ist keineswegs ungewöhnlich. Aber es hat dir nicht gutgetan. Das hast du letztlich erkannt und dem einen Riegel vorgeschoben. Du solltest dich nicht schämen, sondern stolz sein. Du weißt selbst, wie wenigen Leuten es gelingt, den Absprung zu schaffen und wieder gesund zu werden.«
»Und wenn ich rückfällig werde?«
»Dann fängst du eben noch mal von vorn an. Hast du denn vor, rückfällig zu werden?«

»Nein.« Allein bei dem Gedanken daran, wie seine Mutter ganz allein auf dem Fußboden hätte sterben können, wie der Junge am Straßenrand sein Leben aushauchte, während sich die Räder seines Fahrrads noch drehten, wurde ihm ganz anders. Aber dazu war es nicht gekommen. Der Junge lebte.
Seine Mutter dagegen … Ihr Arm und die Platzwunde am Kopf waren längst verheilt, doch ihr Herz war noch schwächer geworden. Der nächste Herzanfall könnte ihr letzter sein. Und wenn das passierte, würde er mit der Tatsache leben müssen, dass er es vorangetrieben hatte.
»Ich kann nicht mehr dieser Mensch sein«, krächzte er. »Ich bin nicht so.«
Vielleicht würde er das eines Tages sogar glauben. Vielleicht. Sie strich mit dem Daumen über seine Unterlippe. »Gut. Ich bin sehr froh darüber.«
Das war's, dachte er erstaunt – er hatte ihr seine schlimmsten Geheimnisse erzählt, und sie war immer noch hier, ihre Stimme, ihre Berührungen waren sanft und zärtlich. »Weißt du noch, als ich letzten Sommer bei dir war? Wie wir gemalt haben?«
»Ja.«
Er erinnerte sich ebenfalls, an jede einzelne Sekunde, denn an diesem Tag war er stocknüchtern gewesen. Sie an jenem Abend zurückzulassen, war ihm schwerer gefallen als alles andere, was er jemals tun musste, auch, den Alkohol aufzugeben. »Kaum war ich im Wagen, habe ich sofort meinen Sponsor angerufen und bin zum nächsten Mitternachtsmeeting gefahren, obwohl ich erst am Morgen bei einem gewesen war. Ich habe dort gesessen und mir geschworen, dass ich erst wieder in deine Nähe komme, wenn ich meine Münze zum ersten Jahrestag bekomme.«
Sie strich ihm über die Wange. Genüsslich schmiegte er sie in

ihre Handfläche. »Und hattest du vor, mir all das irgendwann einmal zu erzählen?«

»Ja.« Er zuckte zusammen. »Vielleicht. Keine Ahnung. Es tut mir leid.«

»Muss es nicht. Ich hätte dir das Ja vermutlich sowieso nicht abgekauft.« Eine Weile schwieg sie. »Wenn du mich erst wiedersehen könntest, wenn du die Münze hast, würde ich es verstehen.«

»Ich weiß nicht, ob ich das schaffe«, flüsterte er. »Ich brauche dich zu sehr.«

Sie schmiegte sich an ihn. »Gut. Ich brauche dich nämlich auch. Doch wenn es sein muss, komme ich auch ein paar Wochen lang ohne dich aus. Papa ist hier, und Alex kommt über die Feiertage mit ihrer Familie. Bailey, Hope und Ryan sind auch da. Ich wäre also nicht ganz allein.«

Weshalb ihre Familie so eng um sie zusammenrückte, war eine Frage, die er gern beantwortet hätte. Aber das konnte warten, bis sie etwas geschlafen hatten.

Sie schmiegte ihre Wange an seine Brust. »Aber dich bei mir zu haben, ist natürlich viel schöner.«

Und plötzlich war alles ganz einfach. Er würde die nächsten beiden Wochen auch ohne sie zurechtkommen. Er hatte es elf Monate und vierzehn Tage ohne sie geschafft und würde das Jahr voll machen, wenn es sein musste. Aber während der nächsten Stunden würde er sie nicht allein lassen.

Denn sie brauchte ihn ebenso, wie er sie brauchte.

Cincinnati, Ohio
Sonntag, 20. Dezember, 09.45 Uhr

Mit klopfendem Herzen zupfte Linnea an dem Schal, den Schwester Angela ihr so um Kopf und Gesicht geschlungen hatte, dass sie sich unerkannt auf die Straße trauen konnte. Das öffentliche Münztelefon befand sich vor einem altmodischen Gemischtwarenladen an der Ecke mit vergitterten Fenstern, ansonsten war die Gegend nicht allzu übel. Linnea hatte schon weitaus Schlimmeres gesehen. Und eine Nonne an ihrer Seite zu haben, konnte definitiv auch nicht schaden. Sie nahm den Hörer ab und lauschte. »Kein Freizeichen«, sagte sie.
»Stecken Sie erst die Münze rein. Sie sollte wieder herausfallen, sobald Sie aufgelegt haben.«
Linnea gehorchte, wischte das Geldstück jedoch vorher ab. Nach dem Telefonat würde sie das ganze Telefon sauber machen müssen. Zu ihrer Erleichterung ertönte das Freizeichen. Mit zitternden Fingern wählte sie 911.
»Notrufzentrale. Was kann ich für Sie tun?«, meldete sich die Telefonistin.
Linnea brachte keinen Ton heraus.
»Hallo? Sind Sie noch dran?«, fragte sie.
Linnea stieß pfeifend den Atem aus, als sie eine Hand auf dem Rücken spürte. Schwester Angela war hinter sie getreten und tätschelte sie ermutigend. »Soll ich lieber mit ihnen reden, Kind?«
»Nein«, presste Linnea hervor. »Ich kann es. Ich muss es selbst tun.« Ich muss ein guter Mensch sein. Sie wartete, bis die Nonne ein Stück zurückgetreten war, ehe sie zu flüstern begann: »Ich ... kann ich mit jemandem über die Schießerei gestern reden? Die in der Innenstadt. Ich ... ich habe Informationen.«

»Verstehe«, sagte die Telefonistin sanft. »Ich verbinde Sie.«
»Nein«, rief Linnea. Das würde viel zu lange dauern, und wenn jemand sie hier stehen sah, könnte es schlimm enden. Gleichzeitig wusste sie, dass ihre Angst irrational war. Er konnte nicht überall sein ... obwohl er genau das zu sein schien. Sie senkte die Stimme wieder. »Sagen Sie denen einfach, dass der schwarze SUV vor Clyde's Place steht, an der Interstate 275 und Beechmont Avenue. Sagen Sie ihnen ... sie müssen vorsichtig sein. Die Person, die das Auto zurückgelassen hat ... hat geblutet und ist positiv. HIV. Sagen Sie den Cops, sie sollen Handschuhe tragen. Das ist alles.«
»Warten Sie!«, rief die Telefonistin, doch Linnea legte den Hörer auf. Augenblicke später fiel der Vierteldollar klimpernd durch den Schacht.
Mit dem Ärmel wischte sie die Teile des Hörers sauber, die sie berührt hatte, ehe sie sich umdrehte und Schwester Angela das Geldstück hinhielt. »Hier. Danke.«
»Gern geschehen, Kind.« Das Lächeln der Nonne war ... lieb. Das hatte sie anfangs gar nicht bemerkt.
Ich habe mich geirrt. In vielerlei Hinsicht. Ich muss das wiedergutmachen. »Könnten wir jetzt zurückgehen?« Sie hatte schreckliche Krämpfe und nur einen Wunsch – sich hinzulegen und wie ein Baby zusammenzurollen.
»Natürlich.« Schwester Angela hob den Arm, als wollte sie Linnea auffordern, sich bei ihr unterzuhaken. Was sie auch tat. Es fühlte sich schön an, Arm in Arm mit der alten Nonne die Straße entlangzugehen. Und als sie sich der Kirche näherte, war die Panik nicht mehr ganz so lähmend wie am Abend zuvor, sondern war etwas gewichen, das sich verdächtig nach einem Hoffnungsschimmer anfühlte. Vielleicht, ganz vielleicht konnte sie ja eines Tages in einer dieser Kirchenbänke sitzen. Vielleicht.
Jedenfalls war das eine schöne Vorstellung.

Cincinnati, Ohio
Sonntag, 20. Dezember, 09.45 Uhr

Butch fuhr sich mit seinen Pranken über das Gesicht. »Sag mir noch mal, wieso wir das tun.« Er ließ sich auf einen der schäbigen Hotelstühle sinken. »Die Mädchen bringen uns ganze Wagenladungen Geld ein, und keine von ihnen hat je dein Gesicht gesehen. Zumindest keine von denen, die noch leben.«
Das stimmte, bis auf Linnea. Die Tatsache, dass sie immer noch da draußen herumlief, ging ihm mächtig an die Nieren. Sie war wie vom Erdboden verschluckt.
Und selbst wenn sie inzwischen tot sein sollte, stellte sie immer noch ein echtes Problem dar.
»Weil ihr Gesicht in sämtlichen Nachrichten zu sehen ist«, schnauzte er Butch an. Zum Glück war es ihr früheres Gesicht aus der Zeit, bevor sie nach Cincinnati gekommen war. Ein Teenie-Gesicht, rund und sehr jung. Sie war etwa fünfzehn auf dem Foto, das die Cops ins Internet gestellt hatten, um die Öffentlichkeit zu informieren, dass die Polizei nach ihr suchte.
Ein neueres Foto aus Andys Wohnung hatten sie natürlich nicht bekommen, weil das ganze Haus in Flammen aufgegangen war. Folglich hatte offensichtlich Shane Baird eine Aufnahme zur Verfügung gestellt, der laut seiner Quellen beim CPD vernommen und dann in einen geheimen Unterschlupf gebracht worden war. Womit klar war, dass er ihn nicht in die Finger bekäme, solange er nicht wusste, wo sich dieser Unterschlupf befand, oder Shane anderswo hingebracht wurde. Und damit hatte er auch nichts in der Hand, um Linnea aus ihrem Versteck zu locken.
Butch zuckte mit den Achseln. »Sie sieht doch gar nicht mehr so aus wie auf dem Foto. Die ist total fertig. Verbraucht.

Abgestumpft.« Er verzog das Gesicht. »Ausgezehrt. Kein Vergleich zu früher.«

»Deshalb habe ich Andy ja für den Job gestern ausgesucht. Sie war ihm wichtig genug, dass er sie retten wollte, aber niemand anderes wollte sie mehr haben.« Selbst wenn er die Preise für sie noch so gesenkt hatte. Damit war Linnea endgültig zur Last geworden, derer er sich schleunigst entledigen musste. »Aber das ist jetzt nicht wichtig. Auf kurz oder lang wird irgendjemand sie erkennen und die Cops informieren.« Butch seufzte. »Und wenn derjenige sich erinnert, dass er sie schon mal mit einem der Mädchen gesehen hat, werden die Cops sie sich vornehmen, weil sie glauben, dass es eine Verbindung gibt. Alles klar. Aber müssen wir denn alle kaltmachen? Können wir nicht wenigstens eine oder zwei behalten?«

Butch hatte Probleme, Frauen zu finden, weil er ein grausamer, brutaler Mistkerl war – das war er bereits gewesen, bevor ihm der Brand im Drogenlabor ein Gesicht beschert hatte, mit dem einen nur eine Mutter lieben konnte. Doch nicht einmal Butchs Mutter hatte ihn geliebt, daher blieb gar niemand mehr. Die Mädchen hatten zwangsläufig gespurt, denn wenn sie es nicht taten, bekamen sie Butchs Grausamkeit zu spüren. So wie Linnea vorgestern.

Er holte tief Luft und zwang sich, nicht die Geduld zu verlieren, denn wenn Butch sich gekränkt fühlte, schmollte er gern einmal, was weder zu seiner Attraktivität beitrug noch sonderlich hilfreich war. Er musste dafür sorgen, dass die Aufgabe erledigt wurde. »Wir besorgen dir ein paar neue, Butch. Keine Sorge.«

Trotzdem schien Butch alles andere als glücklich zu sein. »Kann ich es wenigstens noch mal mit ihnen … machen, bevor ich es … mache?«

Er unterdrückte ein Lachen, das in einem Schnauben endete.

»Nein. Es muss schnell gehen. Drei von ihnen sollten ...«, er sah auf seine Uhr, »gleich hier sein.«
»Und dann?«
»Dann fahren wir zum nächsten Hotel und machen dort genau dasselbe.«
Butch verdrehte die Augen. »Was für eine Verschwendung ... ich meine ja nur.«
»Wir behalten sie ja nie besonders lange, das weißt du ganz genau.« Das halbe Dutzend Mädchen im Einzugsbereich der Uni blieb nie länger als ein Jahr. Einige von ihnen studierten tatsächlich, die meisten waren jedoch gewöhnliche Nutten, die zu Beginn ihrer Laufbahn noch einigermaßen hübsch aussahen.
Die Mehrzahl hörte aus eigenem Antrieb auf, um die anderen, die alt und ausgezehrt waren, aber nicht freiwillig gehen wollten, kümmerte sich Jolee, seine Geschäftsführerin. Die meisten von ihnen waren allein unterwegs, aber das war ihm egal. Keine von ihnen hatte ihn je zu Gesicht bekommen, und falls sie Jolee jemals drohten, sie auffliegen zu lassen, griff Butch ein und erledigte das Problem.
Doch dass Linneas Gesicht nun in sämtlichen Nachrichten zu sehen war, änderte alles. Früher oder später würde jemand sie erkennen.
Und wenn Kimble und Triplett sich im Zuge ihrer Ermittlungen erst einmal Voss' Geschäftsbücher vornahmen, war es nur eine Frage der Zeit, bis sie auf die Zahlungen an ihn stießen und seine Erpressung aufflog. Voss hätte ein Verhör niemals durchgehalten. Er verprügelte gern Weiber, aber im gleißenden Licht eines Befragungsraums zu sitzen? Der Typ hätte gesungen wie ein Vögelchen, wozu es allerdings dank Onkel Mike nicht mehr kommen konnte.
Trotzdem würde es heikel werden, sechs Frauen auf einmal verschwinden zu lassen.

Er zog drei Spritzen aus der Tasche. »Bist du so weit, Butch?«
Butch machte ein finsteres Gesicht. »Ja. Tun wir's ... obwohl ich immer noch finde, dass es eine echte Verschwendung ist.«
Ihm riss der Geduldsfaden. »Ja«, schnauzte er ihn an. »Aber trotzdem geht es nicht anders. Los, beeil dich, ich muss um elf in der Kirche sein.«
Butch machte ein Gesicht, als hätte er gerade eine Portion Rosenkohl vorgesetzt bekommen. »Wieso denn? Du warst doch erst gestern Abend dort ... wegen diesem Kantinen-Ding.«
Er schnaubte. Butch schaffte es immer wieder, ihn zum Lachen zu bringen. Seine Ungeduld verflog. »Kantate, nicht Kantine. Eine Kantine ist ein Betriebsrestaurant, wo Mitarbeiter ihr Mittagessen bekommen. Heute ist eine ganz normale Chorprobe.« Und das war sein Alibi. »Los, geh in den Schrank.«
Butch gehorchte, gerade als es an der Tür klopfte.
Er öffnete die Tür und lächelte den drei Frauen zu. Ihre Namen kannte er nicht, aber sie sahen genauso aus wie auf den Fotos, die Jolee ihm geschickt hatte.
Jolee war für die neuen Mitarbeiterinnen zuständig, sorgte dafür, dass sie ihr Handwerk beherrschten und zum vereinbarten Zeitpunkt am vereinbarten Ort erschienen. Sie koordinierte die Buchungen, die über die Homepage hereinkamen, sah zu, dass die Bezahlung funktionierte, und zahlte den Mädchen ihre Gage aus.
Er bezahlte Jolee sehr gut für ihre Dienste, und sie schien nie ein Problem damit gehabt zu haben, ihren eigenen Körper oder die ihrer Kommilitoninnen zu verkaufen. Inzwischen war sie älter als die meisten und schaffte selbst nicht mehr ganz so oft an, trotzdem fügte sie sich im Zweifelsfall immer noch gut in ein Team ein. Sie würde zu der Gruppe stoßen, die sie im zweiten Hotel treffen würden, und die Lücke füllen, die durch Linneas Fehlen entstanden war.

Er würde Jolee vermissen. Sie hatte ihre Sache verdammt gut gemacht.

»Hat Jolee euch geschickt?«, fragte er, woraufhin die drei nickten. Eine lächelte sogar zurück, während die beiden anderen eher gelangweilt dreinsahen. Tja, diese beiden würden definitiv den morgigen Tag nicht mehr erleben – mit gelangweilten Nutten ließ sich kein Geschäft machen.

»Kommt doch herein.«

Sie gehorchten und setzten sich auf die Bettkante. Das lächelnde Mädchen übernahm das Reden. »Wir sollten für eine Party erscheinen«, meinte sie und sah sich zweifelnd um. »Sind wir zu früh dran?«

»Nein, gar nicht.« Mit einem knappen Nicken über ihre Köpfe hinweg schob er die Hand in die Tasche und zog die Plastikkappe der Spritze ab, während Butch, in jeder Hand eine Spritze, aus dem Wandschrank trat. Beidhändigkeit war eine weitere von Butchs weniger bekannten Fähigkeiten, davon abgesehen, bewegte er sich erstaunlich geräuschlos für einen Kerl seiner Größe.

Butch rammte den beiden gelangweilten Schlampen die Spritzen in den Hals, während er selbst sich die Lächelnde vornahm. Sie knebelten sie, doch es erwies sich als nicht allzu schwierig, sie ruhig zu halten, bis die sedative Wirkung des Medikaments einsetzte.

Sie durchsuchten sie, checkten ihre Handys, um sicherzugehen, dass sie niemandem verraten hatten, wohin sie unterwegs waren. Bei dem Hotel handelte es sich um eine billige Absteige, wo sich keiner darum scherte, wer was herein- oder hinaustrug. Trotzdem würde er das Risiko nicht eingehen, von der Überwachungskamera eines der angrenzenden Geschäfte erfasst zu werden.

»Schaffen wir sie hier weg«, sagte er, woraufhin Butch die Reißverschlüsse der drei Koffer öffnete, die sie mitgebracht hatten. Sie wuchteten die Frauen in die Koffer, wobei Butch sie so lange hin und her schob, bis die Leichen hineinpassten. Seit Butch vor einigen Jahren auf YouTube gesehen hatte, wie ein ein Meter sechsundachtzig großer College-Student sich selbst in einen Koffer manövriert hatte, war dies einer seiner Lieblingstricks.

»Das wird nie langweilig«, bemerkte Butch und zog den Reißverschluss des letzten Koffers zu. »Ist wie'n Puzzle.«

»Freut mich, dass ich dich bei Laune halten konnte«, gab er trocken zurück. »Mike kommt später vorbei und holt die Autos ab.«

»Braucht er mich als Beifahrer?«

»Wahrscheinlich. Komm, hilf mir mal.« Er packte den größten Koffer mit der Linken, weil sein rechter Arm immer noch von Linneas Stichwunde schmerzte. Er würde dafür sorgen, dass sie ordentlich litt, bevor er sie erledigte. »Der hier ist schwer«, warnte er, als Butch die Koffer zu ihrem SUV schleppte.

»Jolee hat sie regelrecht gemästet.« Mit einem Grunzen wuchtete Butch die Koffer auf die Ladefläche. Sobald sie die anderen drei erledigt hatten, würde Butch sich um ihre Entsorgung kümmern.

Und er würde in seiner Chor-Robe auf der Empore stehen und Händels *Messias* singen – das perfekte Alibi. *Halleluja!*

17. Kapitel

Cincinnati, Ohio
Sonntag, 20. Dezember, 12.30 Uhr

»Danke«, sagte er zum hundertsten Mal, wobei er dem hundertsten Gemeindemitglied die Hand schüttelte. »Freut mich, dass es Ihnen gefallen hat.«
Zu Weihnachten waren die Leute stets in Plauderlaune. Es dauerte eine halbe Ewigkeit, endlich aus dieser verdammten Kirche und zum Wagen zu gelangen. Aber heute war er ganz besonders gut gewesen, das musste er selbst zugeben, und der Chor hinter ihm hatte sich auch ganz wacker geschlagen. Einige hatten die Töne nicht ganz getroffen, aber alles in allem hatte es gut funktioniert.
»Sieh mal, Daddy!« Ariel zupfte ihn am Jackett.
»Was ist denn, Prinzessin?« Er schob die Linke in die Tasche und nahm seine Tochter auf den Arm. Das würde weitere Gemeindemitglieder hoffentlich davon abhalten, ihm die Hand schütteln zu wollen, und sie könnten endlich aufbrechen.
»Das hier habe ich in der Kindergruppe für dich gemacht. Ganz allein.«
»Toll.« Das glockenförmige Kunstwerk aus rotem Buntpapier war mit zahlreichen Schnörkeln und Kringeln verziert und mit Klebstoffsprenkeln bekleckert.
»Riech mal!«, befahl sie.
Er gehorchte. »Riecht nach Weihnachten.« Ariel hatte Zimt und Muskatnuss in den Klebstoff gegeben.
Wenn man den Klebergestank ausblendete, roch es eigentlich ganz lecker, nur leider war es eine Riesenschweinerei, denn schon jetzt hatte er überall Zimt auf seinem Anzug. »Danke, es ist toll.«

Ariel drückte ihm strahlend einen Kuss auf die Wange.
»Gut.«

»Los, holen wir den Wagen und drehen die Heizung auf, damit Mommy und Mikey es schön warm haben.« Er trug sie zum Wagen, setzte sie in den Kindersitz, weil sie für ihr Alter recht zart und klein war, und glitt hinters Steuer. Während er das Gebläse aufdrehte, checkte er sein Handy, um zu sehen, ob es etwas Neues gab.

Zum Beispiel, dass eine ausgemergelte Nutte tot am Straßenrand lag. Erfroren. *Schön wär's*, dachte er. Allerdings gab es keine Meldung, dass Linnea tot aufgefunden worden war ... lebend aber ebenso wenig. Er scrollte durch ein paar weitere Nachrichten und ...

»O mein Gott«, stieß er hervor, während ihm das Blut in den Adern gefror – und zwar nicht wegen der eisigen Temperaturen draußen.

»Was ist denn, Daddy?«, fragte Ariel besorgt.

»Ach, gar nichts, Schatz«, presste er hervor. »Ein Spieler der Bengals hat sich verletzt, das ist alles.«

»Gottverdammt noch mal!«, stieß sie voller Inbrunst hervor, doch er war viel zu abgelenkt, um zu schimpfen.

Butchs Gesicht war klar und deutlich auf dem Display zu erkennen – ausgerechnet Butch, der sich jahrelang erfolgreich im Verborgenen gehalten hatte. Das Foto, ein wenig körnig, stammte von einer Überwachungskamera und war Bestandteil eines Fahndungsaufrufs der Chicagoer Polizei, die nach einem Mann suchte, der in der Nacht zuvor zwei Frauen in Chicago ermordet haben sollte.

Gottverdammt noch mal, Butch, dachte er. Denn damit hatte auch sein Handlanger sein Haltbarkeitsdatum überschritten. Butch hatte sein Todesurteil in dem Moment unterschrieben, als er zugelassen hatte, dass sein Gesicht von der Kamera erfasst wurde, Gesichtsprothese hin oder her, denn auch

ohne sie konnte er sich nicht mehr vor die Haustür trauen. Jeder, der Butch ohne die Prothese sah, würde seine Visage seinen Lebtag nicht mehr vergessen.
Er öffnete die Nachrichten-App und schrieb Mike eilig eine Nachricht. *Du musst was für mich erledigen.*
Die Antwort kam sofort. *OK. Was?*
Ich geb dir Bescheid. Halt dich bereit.
Mike schickte ein Daumen-hoch-Emoji. Gerade noch rechtzeitig, denn die hintere Tür ging auf, und ein Schwall eisiger Luft drang herein. Rita schnallte Mikey in seinem Kindersitz an und setzte sich dann neben ihn.
»Du liebe Zeit, ist das kalt«, meinte sie erschaudernd. »Oh, du hast ja schon die Heizung aufgedreht. Danke, Schatz.«
»Gern, Liebling.« Er rang sich ein Lächeln ab. »Fahren wir nach Hause.«

Cincinnati, Ohio
Sonntag, 20. Dezember, 13.45 Uhr

Was für Glückspilze, dachte Linnea und scrollte auf dem Bibliothekscomputer durch die Facebook-Seite der Gruber Academy. Sämtliche Klassenlehrer hatten Fotos von ihren Schülern bei einer kreativen Freizeitaktivität gepostet.
Keines der Kinder wirkte, als litte es unter Angst oder Hunger. Bestimmt hatte auch keines einen Junkie als Mutter, und ihre Väter behandelten sie wie kleine Prinzessinnen.
Aber eines der kleinen Mädchen – Ariel – hatte einen Killer als Vater. Und das war nicht seine einzige Sünde. Ariel war auf mehreren Fotos zu sehen, und es bestand kein Zweifel, dass es sich um seine Tochter handelte. Sie hatte dieselben blauen Augen – bei deren Anblick Linnea ein eisiger Schauder überlief.

Sie fragte sich, wie die Frau wohl sein mochte, die ihn geheiratet und ihm Kinder geschenkt hatte.
Wusste Ariels Mutter, was er trieb? Falls ja, wie konnte sie damit leben? Leider waren die Nachnamen der Kinder nirgendwo erwähnt, deshalb war Linnea ihrem Ziel nicht wesentlich näher gekommen.
Aber morgen war ein ganz besonderer Tag an der Gruber Academy – am frühen Nachmittag stand die Weihnachtsfeier auf dem Programm. Ariels Klasse würde die Rentiere darstellen. Es gab Fotos von den Kindern, die mit konzentrierten Gesichtern ihre Kostüme mit Geweihen und roten Nasen nähten und bastelten.
Eines von Ariels Elternteilen würde ganz bestimmt kommen, um sie auf der Bühne zu sehen. Und wenn Ariels Daddy sie morgens zur Schule brachte? Konnte sie einen Mann vor den Augen seiner kleinen Tochter töten? *Er hat Andy vor meinen Augen getötet.*
Aber Linnea war nicht wie er. Sie konnte das Kind nicht dafür büßen lassen, was der Vater verbrochen hatte. Töten würde sie ihn aber trotzdem. Sie hatte Andy Vergeltung geschworen. Das war sie ihm schuldig. Sich selbst. *Der ganzen beschissenen Welt, verdammt!*
Sie sah die Adresse der Schule auf dem Stadtplan nach, schloss den Browser und verließ die Bibliothek.
Sie brauchte eine Waffe – diesmal eine Schusswaffe, denn sie würde nicht nahe genug an ihn herankommen, um ihn mit dem Messer ernsthaft zu verletzen. Und sie glaubte auch zu wissen, wo sie eine herbekommen würde … die Arbeit auf der Straße lehrte einen so manches.

Cincinnati, Ohio
Sonntag, 20. Dezember, 14.45 Uhr

»Meredith. Wach auf, Süße.«
Meredith stieg der herrlichste Duft in die Nase, den sie sich vorstellen konnte. *Adam.* Er saß neben ihr auf dem Bett und roch besser, als ein Mann eigentlich riechen durfte. Und er nannte sie »Süße«. Das gefiel ihr. Genauso wie ihr alles gefiel, was er sonst noch getan hatte. Für sie. Mit ihr.
Und er hatte ihr seine Geheimnisse anvertraut – eine ziemlich große Sache, wenn man bedachte, welchem Schmerz er sich dadurch ausgesetzt hatte.
»Warum?«, fragte sie, ohne die Augen zu öffnen.
»Weil ich zur Arbeit muss.«
Sie blinzelte und kniff die Augen zusammen. Er hatte die Nachttischlampe angeknipst, doch die Vorhänge waren immer noch zugezogen. Er trug den Anzug, den er aus ihrem Haus mitgenommen hatte. Wie viele Stunden war das her?
»Wie spät ist es?«, murmelte sie.
»Viertel vor drei.«
»Morgens oder nachmittags?«
Er lachte. »Nachmittags. Ich muss los.« Er strich über ihren Arm und streichelte ihre Wange. »Ich hätte dich ja schlafen lassen, aber ich wollte nicht, dass du aufwachst, und ich bin weg.«
… wieder weg. Das Wort hing unausgesprochen zwischen ihnen. Sie lächelte zurückhaltend. »Das ist sehr nett von dir.«
Ihr Lächeln verflog, als die Erinnerung mit voller Wucht zurückkam – die Schießerei, der arme Andy, die arme Tiffany, beide tot. Kyle und Shane, in tiefer Trauer. Und Adam. *Mein Gott. Adam.* Die Dinge, die er gesehen hatte. Es grenzte an ein Wunder, dass er nicht komplett den Verstand verloren hatte. »Gibt es etwas Neues?«
»Ich weiß es nicht genau. Ich fahre jetzt zum Briefing und

bringe dann Kyle zu seinen Eltern. Sie sollten in der nächsten Stunde aus Michigan eintreffen. Shane wollte auch mitkommen.«

Mit einem unterdrückten Gähnen setzte sie sich auf. Was sich als echter Fehler entpuppte, denn ein hämmernder Schmerz zuckte durch ihren Kopf, wie immer, wenn sie aus ihrem gewohnten Schlafrhythmus gerissen wurde. Sie zwang sich zu einem Lächeln. »Ich muss einen Termin mit Penny Voss vereinbaren, um herauszufinden, was sie gesehen hat. Soll ich sie aufs Revier bestellen oder lieber hierher?«

»Nicht hier. Sag Mrs Voss, wir schicken jemanden vorbei, der sie und Penny in die Stadt bringt. Agent Troy kann dich später abholen.«

»Kate ist weg?«

»Ja, sie ist nach Hause gefahren.« Stirnrunzelnd sah er ihr in die Augen. »Du hast Kopfschmerzen. Ich sehe es an deinen Augen.«

»Halb so wild«, wiegelte sie ab, trotzdem konnte sie ihre Freude nicht verhehlen – Adam schien Dinge an ihr wahrzunehmen, die sie vor dem Rest der Welt so sorgsam verbarg. »Nichts, was sich mit ein paar Ibuprofen und einem doppelten Espresso nicht wieder in Griff bekommen lässt.«

Er sah sie verblüfft an. »Ein doppelter Espresso? Ich dachte, du trinkst nur Tee.«

»Abends. Morgens brauche ich definitiv Koffein, vor allem wenn der Morgen eigentlich eher ein Nachmittag ist.« Sie legte die Stirn an seine Schulter und registrierte zufrieden, dass er, ohne zu zögern, die Arme um sie schlang. Sie stöhnte leise, als er die Finger in ihrem Haar vergrub und behutsam ihre Kopfhaut zu massieren begann.

»Besser?«

»Ich weiß nicht. Vielleicht wenn du noch eine Weile weitermachst.«

Er lachte, leise. »Noch ein, zwei Minuten, aber dann muss ich gehen.«

Mit einem weiteren Seufzer ließ sie sich nach hinten sinken. Sie könnte sich durchaus daran gewöhnen. Allerdings gab es ein Problem: Sie sehnte sich danach, seine Hände auf ihrer nackten Haut zu spüren. »Wenn du zwanzig Minuten warten kannst, komme ich mit dir. Dann müsstest du Agent Troy nicht hierlassen, damit er Babysitter spielt, sondern er könnte dich, Kyle und Shane begleiten.« Sie schlug die Decke zur Seite, hielt jedoch kurz inne. »Wenn Papa allerdings bleiben will, kann dann der Officer, der vor der Tür der Jungs Wache gehalten hat, auf ihn aufpassen?«

Adams Blick fiel auf ihr Schlafanzugoberteil. Erst jetzt merkte Meredith, dass mehrere Knöpfe aufgegangen und ihre Brüste nahezu völlig entblößt waren. Er holte tief Luft, und seine Wangen liefen rot an. Ebenfalls errötend, schloss sie eilig die Knöpfe, während sie sich fragte, wie sie hatten aufgehen können. Das war bisher noch nie passiert.

Vielleicht hat ja jemand nachgeholfen. Und ich habe alles verschlafen? Verdammt!

»Meinetwegen kannst du dir die Mühe sparen«, murmelte er. Sie hielt inne und musste ein Stöhnen unterdrücken, als sie seinen hungrigen Blick sah. »Du« – sie schluckte – »hast es doch eilig, oder nicht?«

Er löste den Blick. »Ja. Verdammt.«

Befriedigt registrierte sie, wie sich seine Miene verfinsterte, als sie den letzten Knopf schloss. »Adam?«, sagte sie leise. »Kann der Officer hier bei Papa bleiben?«

Blanke Begierde flackerte in seinen Augen. »Nein«, antwortete er. »Erstens ist seine Schicht inzwischen zu Ende, und wir haben noch keinen Ersatz für ihn. Zweitens will dein Großvater mit Kyle und Shane in die Stadt kommen.«

»Warum?«

»Er und Shane haben sich offensichtlich beim Videospielen angefreundet, während wir anderen geschlafen haben. Inzwischen hat er schon eine ganze Familie adoptiert. Nur mir zeigte er die kalte Schulter, als ich mir einen Kaffee holen ging«, meinte er düster.
»Das liegt an mir. Er ist ...« Sie musste den Blick abwenden. »Er will mich eben beschützen.«
»Warum?«, fragte Adam sanft.
Sie öffnete den Mund, doch kein Laut drang hervor – wie immer, wenn jemand sie aufforderte, ihre Geschichte zu erzählen. Das Läuten seines Handys – eine gruselige Flötenmelodie, die ihr seltsam bekannt vorkam – bewahrte sie davor, Farbe bekennen zu müssen.
»Das ist Deacon.« Er hauchte ihr einen Kuss auf die Stirn. »Ich muss rangehen, aber lieber draußen. Der Empfang hier drinnen ist lausig.« Er zögerte, dann drückte er ihr einen beherzten Kuss auf die Lippen, der ihr den Atem stocken ließ, ehe er rückwärts zur Tür ging. »Es wäre wirklich besser, wenn du auch gleich mitkämst, also zieh dich an. Ich warte so lange.«
Sie hörte, wie er Deacon begrüßte, während sie ins Badezimmer ging. Vorsichtig berührte sie ihre Lippen und stieß den Atem aus, den sie die ganze Zeit angehalten hatte. »Wow!« Sie lachte, als ihr einfiel, woher sie Deacons Rufton kannte. Es war der Titelsong eines alten Spaghetti-Westerns mit Clint Eastwood – perfekt für Deacon, der dafür bekannt war, dass er beinhart sein Ding durchzog ... Typ Einsamer-Wolf-Schrägstrich-Superheld. Zumindest sah Faith ihn so.
Meredith fragte sich, ob Adam ihr wohl ebenfalls einen eigenen Klingelton zugeordnet hatte, und falls ja, welchen.
Okay, Beeilung. Sie ging in ihr eigenes Zimmer, um saubere Sachen zu holen. Auf dem Nachttisch stand eine Tasse heiße Schokolade.

Sie griff danach. Kalt. Die Tasse stand bestimmt seit einer Stunde hier, inklusive Zuckerstange auf der Untertasse. Clarke musste sie ihr hingestellt haben – seit sie ein kleines Mädchen war, gab es jedes Jahr in der Adventszeit heiße Schokolade und eine Zuckerstange dazu.

Dass er die Tasse in dem leeren Zimmer hatte stehen lassen, war eine klare Botschaft. *Erwischt*. Kein Wunder, dass Clarke Adam hatte abblitzen lassen. Aber das war es wert gewesen. Und ihr Großvater würde sich schon wieder einkriegen. Er musste nur sehen, was sie sah – Adams Herz.

Sie nahm saubere Sachen aus der Tasche, die Kate für sie gepackt hatte, und wünschte, sie hätte ihr Handy parat, doch sie hatte es heute früh Adam und Trip überlassen, genauso wie Kyle und Shane es getan hatten. Auf dem Nachttisch stand ein Telefon, aber niemand hatte ihr die Erlaubnis gegeben, es zu benutzen.

Wenn sie mit Penny arbeiten wollte, brauchte sie ihre Malutensilien. Sie öffnete die Tür. »Agent Troy?«

»Dr. Fallon«, begrüßte Agent Troy sie freundlich. »Wie geht es Ihnen?«

»Gut. Und Ihnen?« Troy sah gut aus. Gesünder. Als sie ihm im Sommer das erste Mal begegnet war, hatte er ausgemergelt, traurig und erschöpft gewirkt, doch nun lag etwas Federndes in seinen Schritten, und seine Augen leuchteten. Sie runzelte die Stirn. »Sie sehen so anders aus. Was haben Sie angestellt?«

Verlegen strich er sich mit der Hand über seinen glatt rasierten Kopf. Sein einst dünnes Haar war einer Glatze gewichen. »Ich bin Trips Beispiel gefolgt.«

Meredith lächelte. »Es gefällt mir. Sie sehen wie Captain Jean-Luc Picard aus.«

Troy verdrehte die Augen. »Wenn ich einen Dollar von jedem bekäme, der mir das sagt, könnte ich morgen in Rente gehen.«

»Sie sollten sich freuen. Patrick Stewart ist immer noch ... echt heiß. Ich persönlich glaube ja, er hat ein Porträt auf dem Dachboden, das an seiner Stelle altert.«
Troy lachte. »Schon möglich. Aber danke. Was kann ich für Sie tun?«
»Ich müsste ein paar Anrufe erledigen. Kann ich das Telefon hier im Zimmer benutzen?«
»Darf ich fragen, wen Sie anrufen wollen?«
»Erstens Broderick Voss' Frau, genauer gesagt, baldige Exfrau, wenn es nach mir geht. Adam wollte, dass ich mit der Tochter spreche und herausfinde, ob sie uns etwas dazu sagen kann, was ihr Vater so getrieben hat. Wenn sie mit ihr aufs Revier kommt, brauche ich meine Malsachen, deshalb wollte ich meine Assistentin anrufen. Eigentlich muss ich sie sogar noch vorher anrufen, weil ich Mrs Voss' Nummer nicht hier habe. Sie steht in der Akte in der Praxis.«
»Vorschlag«, meinte Agent Troy. »Ich erledige die Anrufe für Sie, während Sie sich fertig machen. Adam sagt, wir warten auf Sie. Und mein Handy ist sicher. Sollte ich Probleme mit Mrs Voss oder Ihrer Assistentin haben, rufe ich Sie, okay?«
»Okay. Meine Assistentin heißt Corinne Longstreet. Ihre Nummer ist ...« Meredith stöhnte. »Ich habe keine Ahnung. Sie steht in meinem Handy. Aber Faith kann sie Ihnen geben. Könnten Sie sie zuerst anrufen?«
»Natürlich. Möchten Sie etwas, das Sie auf dem Weg in die Stadt essen können?«
Meredith schnupperte. »Gern. Was haben denn die anderen bekommen? Riechen tut es jedenfalls köstlich.«
»Gegrillten Käse und Tomatensuppe.« Er lächelte traurig. »Etwas Warmes für die Jungs.«
Meredith lächelte ebenso traurig. »Sie sind so ein netter Mann, Agent Troy. Ja, gegrillter Käse wäre prima, die Suppe lasse ich aus. Ich bin in zehn Minuten fertig.«

Cincinnati, Ohio
Sonntag, 20. Dezember, 15.00 Uhr

»Okay, Deacon«, sagte Adam, trat auf den Balkon und schloss die Schiebetür hinter sich. Er erschauderte in seinem Jackett. Wenigstens bot das gläserne Balkongeländer einen gewissen Schutz vor dem eisigen Wind. »Was hast du für mich?«
»Mehrere Dinge. Wann kommst du?«
»Sobald Meredith fertig ist. Wir haben auch Kyle Davis dabei, damit seine Eltern ihn mit nach Hause nehmen können.«
»Wissen die Kollegen in Chicago schon Bescheid?«
»Ja. Ich habe vor einer halben Stunde mit ihnen geredet. Warum? Was ist los?«
»Wir haben heute Morgen um 09.47 Uhr einen anonymen Anruf von einer jungen Frau bekommen, die uns verraten hat, wo wir den SUV finden, der bei der Schießerei benutzt wurde.«
Adam hielt inne. »Wo? War er noch dort?«
»Nein, aber wir haben die Bänder der Überwachungskamera des Restaurants, vor dem er stand. In der Nähe der Interstate 275 und Beechmont Avenue. Wir haben eine junge Frau aussteigen sehen. Sie hat offenbar nach etwas gesucht, dann hat sie den SUV abgeschlossen und ist weggegangen. Nicht einmal zehn Minuten danach kam ein großer Mann und hat ihn mitgenommen. Er hatte eine Frau dabei, allerdings eine andere als die, die wir zuerst gesehen haben. Sie ist nicht in den Wagen gestiegen, sondern wieder gegangen. Der Mann hat zuerst den Sitz sauber gemacht, was zu dem passt, was die anonyme Anruferin gesagt hat. Dass die Beamten Handschuhe tragen sollten, weil die Person, die den SUV abgestellt hat, HIV-positiv sei und Blutflecke auf dem Sitz hinterlassen habe.«

»Linnie«, stieß Adam hervor. »Wenigstens wissen wir jetzt, dass sie noch lebt. Zumindest um Viertel vor zehn heute Morgen.« Aber sie hatte Blut verloren. Und sie war HIV-positiv. Erst jetzt merkte er, dass Deacon schwieg. »Was ist?«
»Du hast gar nicht gefragt, wieso wir nicht schon früher angerufen haben.«
»Du hast mich schlafen lassen. Dafür bin ich dir sehr dankbar. Aber hättest du mich gebraucht, hättest du dich gemeldet.«
Wieder herrschte Stille. »Okay«, sagte Deacon argwöhnisch. »Gut zu wissen.«
Adam seufzte. Deacons geschocktes Schweigen angesichts von Adams Dank sprach Bände – es war ein klarer Beweis dafür, wie tief Adam das Verhältnis zwischen ihnen zerrüttet hatte. Er hätte nicht so lange warten dürfen.
»Ich muss mit dir reden. Aber nicht am Telefon. Es tut mir leid, Deacon. Ich habe mich wie der letzte Idiot benommen. Es tut mir leid, dass ich dich verletzt habe, und ich will, dass du das weißt.«
»Ist schon okay.« Adam hörte die Wärme in der Stimme seines Cousins. Und Sorge. »Bist du wieder da, Adam?«, fragte er, ehe seine Stimme brach. »Wir haben dich nämlich verdammt vermisst.«
Adam räusperte sich. »Ja. Endlich.« Er wechselte das Thema, bevor sie beide auch noch zu heulen anfingen. »Konntest du den Notruf zurückverfolgen?«
»Ja«, antwortete Deacon, der ebenfalls wieder sachlich wurde – er hatte Adam keinerlei Fragen gestellt, sondern schien sein Verhalten einfach hingenommen zu haben. Ohne etwas von Adams Trinkerei und seinem Entschluss zu ahnen, trocken zu werden.
Ich bin ein verdammter Glückspilz, der einen Freund wie ihn gar nicht verdient.

»Der Anruf kam von einem öffentlichen Münzfernsprecher in der Innenstadt«, fuhr Deacon fort. »Wir haben ihn inzwischen gefunden und untersucht, die eingeworfenen Münzen herausgenommen. Wir sind noch dabei, die Fingerabdrücke auszuwerten. Das Telefon wurde abgewischt, deshalb konnten wir bislang nichts Brauchbares finden.«

»Habt ihr schon ein Foto des Mädchens? Entweder von dem, das den SUV abgestellt hat, oder von der Frau, die mit dem Typen kam, um ihn abzuholen?«

»Von dem Mädchen, das den SUV abgestellt hat ja. Zumindest teilweise.«

»Und ist es Linnie?«

»Vielleicht. Falls ja, ist sie deutlich dünner als auf dem Foto, das Shane dir gegeben hat. Ich habe das Material aus der Überwachungskamera ins Labor gegeben. Vielleicht können die Kollegen ja noch etwas herausholen. Außerdem fahren ein paar Streifen die Beechmont Avenue entlang, um zu sehen, wo sie hingegangen sein könnte, nachdem sie den SUV abgestellt hat.«

»Was ist mit dem Kerl, der ihn abgeholt hat, und der Frau, die dabei war? War das Linnie?«

»Nein. Die Frau war mindestens zehn Zentimeter größer. Wir haben ihre Gesichter nicht, weil sie sich Schals umgewickelt hatten. Nur ihre Augen sind zu erkennen. Aber der Typ hat dieselbe Statur wie der, der gestern Abend im Wohnheim in Chicago nach Shane gefragt hat. Deine Freunde, die Kollegen in Chicago, haben uns das Video der Campus-Polizei und Fotos vom Tatort geschickt. Er hat die passende Größe und Statur, und der Gang passt auch.«

Adam lauschte mit wachsender Aufregung. Endlich schien sich die Verbindung zu bestätigen. »Shane soll sich später den Anruf anhören. Vielleicht erkennt er ja Linnies Stimme wieder.«

»Gute Idee. Ich lasse alles vorbereiten.«
»Danke. Wie sieht es mit Voss aus?«
»Bislang gibt es noch nichts. Du weißt, dass Isenberg Hanson vom Rauschgiftdezernat angefordert hat?«
»Ja. Er ist aufgetaucht, als wir gerade mit den Kollegen in Chicago geredet haben. Er soll sich um die College-Nutten und um Voss' Drogendealer kümmern.«
»Tja, Hanson war schon dort, aber Voss hat nicht aufgemacht. Wir beantragen einen Haussuchungsbefehl, aber dafür brauchen wir mehr Informationen. Sosehr es mir gegen den Strich geht, Meredith herbringen zu lassen, aber wir brauchen sie.« Deacon stieß ein angewidertes Schnauben aus. »Es ist fürchterlich, dass wir einer Sechsjährigen so etwas zumuten, aber wenn sie nicht irgendetwas aus Penny Voss herauskitzelt, stehen wir mit leeren Händen da.«
Adam seufzte. »Meine geheime Quelle hat etwas gefunden.«
»So?« Die Silbe war bedeutungsschwanger. »Und zwar?«
»Es könnte sein, dass Voss erpresst wurde. Fünfzigtausend im Monat. Mehr weiß ich noch nicht.«
»Dann sag Diesel, er soll tiefer graben«, bemerkte Deacon trocken.
Adam lachte. »Mache ich. Okay, ich muss noch ein paar Telefonate führen, bevor wir aufbrechen. Ich schicke dir eine Nachricht, sobald Troy und ich in die Garage des Reviers fahren. Wir umgehen die Lobby und kommen mit dem Fahrstuhl direkt nach oben.«
»Dann hole ich euch unten in der Garage ab.«
»Danke.« Es war immer gut, noch ein Augenpaar und eine zusätzliche Waffe in der Nähe zu haben. Er legte auf, rief Trip an und brachte ihn auf den neuesten Stand der Dinge.
»Ich bin im Mariposa House«, sagte Trip, »und frage die Mädchen, ob sie wussten, dass Meredith und Mallory ins Buon Cibo wollten.«

»Danke. Zeig ihnen bitte auch Andys Foto. Und das von Linnea. Und von dem Typen, der Tiffany und ihre Mutter getötet hat. Die Kollegen in Chicago haben ihn bereits zur Fahndung ausgeschrieben. Vielleicht erkennt ihn ja eines der Mädchen.«

Nach dem Gespräch mit Trip checkte er seine Nachrichten. Und seufzte. Sein Sponsor hatte ihm fünfzehn Nachrichten geschickt. Eigentlich hätte Adam ihn gestern Abend noch anrufen sollen. Er wählte seine Nummer und wappnete sich innerlich gegen eine Tirade – Johns Tonfall war zunehmend besorgter geworden. Er war sogar bei Adam vorbeigefahren, um nach ihm zu sehen. Der arme Kerl hatte die ganze Nacht kein Auge zugetan.

»Du lebst also noch, ja?«, blaffte John ohne Begrüßung.

»Ja. Es tut mir leid, John. Aber ich war beschäftigt.«

»Du hättest wenigstens eine Nachricht schicken können, verdammt. Ich bin vor Sorge beinahe verrückt geworden, du Arschloch.«

»Tut mir leid.«

»Was ist denn passiert, zum Teufel?«

»Der Fall. Es wurde alles ziemlich kompliziert.«

John stieß einen genervten Seufzer aus. »Ich weiß. Ich habe die ... ähm ... Updates gelesen.«

»Und dir die Fahndungen über den Polizeifunk angehört?«

»Möglich«, antwortete John widerstrebend. Natürlich hatte er das getan. John war ein engagierter Polizist gewesen. Jemand wie er ging nicht in den Ruhestand, um seine Tage mit Angeln zu verbringen. »Mir ist klar, dass es bei dem Fall gleich mehrere Trigger für dich gibt.« Wieder seufzte er, diesmal vor Müdigkeit. »Ist immer noch alles okay mit dir?«

»Ja. Immer noch trocken und auf dem besten Weg, die Münze zu kassieren.«

»Ah. Ich habe gesehen, dass Meredith Fallon in die Schießerei

in dem Café verwickelt ist. Sie ist der wichtigste Trigger überhaupt, Junge.«
Ja, aber nicht so, wie du denkst. »Ich weiß. Ich … ich habe es ihr gesagt. Alles.«
Schockierte Stille. »Was? Wann?«
Adam runzelte die Stirn. John klang bei Weitem nicht so hilfsbereit, wie Adam erwartet hatte. »Heute Morgen, als wir Pause machen konnten.«
»Du bist bei ihr? Jetzt gerade?«
»Ja«, antwortete Adam barsch und spähte durch die kugelsichere Fensterscheibe ins Innere des Apartments, doch Meredith war noch nicht aus ihrem Zimmer gekommen. »Ich weiß, was du jetzt gleich sagen wirst, John. Ich … Lass es einfach. Ich kann jetzt nicht.«
»Genau deshalb tut es dir nicht gut, in ihrer Nähe zu sein. Verdammt, Adam. Du bist an einem sehr heiklen Punkt angelangt. Zu viele Trigger …«
In diesem Moment sah er Meredith aus dem Raum treten. *Sie gehört mir.* »Okay, ich muss jetzt Schluss machen. Es geht gleich los, aufs Revier. Ich versuche, mich zwischendurch zu melden. Und ich verspreche, dass ich zu einem Meeting gehe.«
»Wann?«
»Sobald ich eine Pause kriege. Oder morgen früh … je nachdem, was als Erstes kommt.«
»Gut. Gib mir Bescheid, dann treffen wir uns dort.«
Zum zweiten Mal innerhalb von zehn Minuten wusste Adam vor Rührung nicht, was er sagen sollte. »Danke, John.«
»Gern geschehen, Junge. Konzentrier dich einfach drauf, nüchtern zu bleiben, okay? Selbst wenn das bedeutet, dass du den Fall an jemand anderen übergeben musst. Was du durchmachst, ist wirklich starker Tobak.«
»Wem sagst du das.« Adam beendete das Gespräch, atmete tief durch – und erstarrte. Denn in der Luft hing ein Geruch,

der dreißig Sekunden zuvor noch nicht da gewesen war. Pfeifentabak. Langsam drehte er sich um und ging den L-förmigen Balkon entlang. Clarke Fallon saß in dicker Jacke und mit Mütze, Schal und Handschuhen auf einem Liegestuhl und schmauchte in aller Seelenruhe seine Pfeife. *Elender Mistkerl.* Der alte Mann hatte schamlos gelauscht und wollte nun, dass Adam es mitbekam.

Adam ließ die Telefonate noch einmal Revue passieren und stöhnte lautlos. Er hatte jede Menge Privates preisgegeben. Trocken, Münze, Meetings. *Scheiße.* »Sie hätten mir sagen müssen, dass Sie hier sind. Was ich am Telefon gesagt habe, ging Sie nichts an.«

Fallon erwiderte gelassen seinen Blick. »Darüber habe ich auch nachgedacht, aber dann fiel mir ein, dass Merry vorhin nicht in ihrem Bett geschlafen hat. Deshalb habe ich entschieden, dass sie mich sehr wohl etwas angehen.«

Trotz der beißenden Kälte lief Adam rot an. »Sie ist eine erwachsene Frau, Sir.«

Clarke zuckte mit den Schultern. »Und ich bin ihr Großvater. Es steht mir zu. Okay … Münzen und Meetings also. Trocken bleiben. Haben Sie ihr von den AA erzählt?«

»Das geht Sie nichts an, Sir«, wiederholte Adam mit zusammengepressten Zähnen.

»Aber Sie haben es getan.«

Adam schloss die Augen. *Verdammt noch mal!* »Ja.«

»Gut. Dann sind Sie derjenige, der all die Bilder ausgemalt hat?«

Adam riss die Augen auf. »Ja. Woher wissen Sie davon?«

»Weil ich sie gesehen habe. Sie hat sie alle aufbewahrt.«

»Sie haben geschnüffelt?«

»Nein. Ein halbes Dutzend von den Dingern hing am Kühlschrank. Sie hat sie zu den anderen in die Schublade gelegt, als sie Gesellschaft bekam.«

»Diesel hat sie auch gesehen.« *Deshalb wusste er gestern so genau, was er zu tun hatte.*

»Ja. Wir fanden sie beide gut.« Wieder zog Clarke an seiner Pfeife und schmauchte in aller Ruhe. »Sie glaubt, Sie seien es wert, dass sie auf Sie wartet, Adam. Ich bin gern bereit, im Zweifelsfall auf Ihrer Seite zu stehen, vor allem jetzt, wo ich Ihre Geschichte kenne. Oder zumindest einen Teil davon.«

»Wie überaus großmütig«, gab Adam sarkastisch zurück.

Der alte Mann lachte. »Stimmt.« Er stand auf und klopfte seine Pfeife an einer kleinen Holzschatulle aus, die er in seiner Jackentasche verschwinden ließ. »War das Ihr Sponsor? Der, mit dem Sie zuletzt telefoniert haben?«

Adam biss die Zähne zusammen. »Ja. Er ist ein anständiger Kerl. Cop im Ruhestand.«

»Gut. Er kann vermutlich am besten nachvollziehen, was Sie durchgemacht haben.« Er verschränkte die Arme vor seiner breiten Brust. »Ich will ganz ehrlich zu Ihnen sein. Ein Alkoholiker, der gerade versucht, seine Sucht in den Griff zu bekommen, ist nicht gerade das, was ich mir für Merry wünschen würde. Aber das muss sie selbst wissen. Tun Sie ihr einfach nur nicht weh … nicht mehr, als Sie es ohnehin schon getan haben.«

Adam zuckte zusammen. Der Seitenhieb des alten Mannes war durchaus gerechtfertigt. »Ich bemühe mich. Mir ist klar, dass sie bei Weitem nicht so unerschütterlich ist, wie alle glauben. Sie führt die anderen an der Nase herum.«

»Aber nicht Sie.«

»Tja, ich wusste, dass irgendetwas nicht stimmt, aber auf das, was sie mir erzählt hat, war ich definitiv nicht gefasst. Mehr sage ich nicht dazu.«

Fallon nickte. »Okay. Dann reden wir später weiter. Ich will Sie kennenlernen.« Adam musste das Entsetzen ins Gesicht geschrieben gewesen sein, denn Fallon lachte erneut. »Keine

Angst, so schlimm bin ich gar nicht. Ich liebe Merry bloß sehr, das ist alles. Und wenn Sie dasselbe tun oder es im Lauf der Zeit lernen und sie gut behandeln, werden wir beide die dicksten Kumpels.«

»Okay.« Adam wandte sich um und sah, wie Meredith ein eingewickeltes Sandwich von Agent Troy entgegennahm. Bei dem Anblick musste er unwillkürlich grinsen.

»Wenn dieses Grinsen echt ist, sehe ich da kein allzu großes Problem«, bemerkte Fallon.

Adam nickte nur. »Auf geht's.«

Cincinnati, Ohio
Sonntag, 20. Dezember, 15.40 Uhr

Der fensterlose Transporter war wie ein militärisches Transportflugzeug mit Klappsitzen auf beiden Seiten ausgestattet. In ihren kugelsicheren Westen, die Agent Troy ihnen ausgehändigt hatte, sahen Meredith, ihr Großvater, Shane und Kyle wie eine Fallschirmspringereinheit auf dem Weg zum Einsatz aus.

Bis zum CPD waren es allenfalls noch fünf Minuten, wenn Agent Troy den direkten Weg nahm. Allerdings hatte Adam den Trennvorhang zwischen Fahrerhaus und Passagierraum vorgezogen, sodass niemand hinaus- und, was noch viel wichtiger war, hereinsehen konnte.

Doch Meredith wünschte, dass es wenigstens ein Autofenster gab, aus dem sie hinausblicken könnte. Oder wütend starren, das traf es wohl besser. Doch in Ermangelung einer solchen Ablenkung richtete Meredith ihren Frust auf ihren Großvater und starrte ihn durchdringend an. Man brauchte kein Seelenklempner zu sein, um zu merken, dass zwischen ihm und Adam etwas vorgefallen war: Adam war angespannt gewesen, ihr Großvater hatte sich ungewöhnlich grüblerisch gezeigt.

»Du kannst mich anstarren, solange du willst, junge Dame«, sagte er und durchbrach die bedrückende Stille. »Das ändert rein gar nichts.«

Shane, der neben Meredith saß und weitgehend geschwiegen hatte, hob den Kopf und sah zwischen den beiden hin und her. »Was ist denn?«

Clarke wollte antworten, doch Meredith warf ihm einen warnenden Blick zu. »Manchmal«, sagte sie zu Shane, »können einem diejenigen, die einem sehr am Herzen liegen, gewaltig auf die Nerven fallen. Manchmal vergessen sie, dass man längst erwachsen und keine fünf Jahre mehr alt ist.«

Shane zuckte mit den Schultern. »Er ist vierundachtzig. Und behauptet, das gäbe ihm das Recht, anderen unaufgefordert Ratschläge zu erteilen. Zu Videospielen und zum Leben allgemein.«

Clarke stieß ein schnaubendes Lachen aus. »Der Junge ist echt clever, Merry.«

»Ja, das ist er, er hat nämlich *behauptet* gesagt.« Sie warf Shane einen Blick zu. »Und was für einen Ratschlag hat er dir erteilt?«

Shanes Miene wurde weich. »Dass ich kein schlechtes Gewissen haben soll, weil ich über seine Scherze gelacht habe, obwohl ich doch eigentlich trauern sollte. Dass mein Herz nur eine kleine Pause macht, wenn ich lachen muss.«

Merediths Herz zog sich zusammen. Clarke hatte genau dasselbe auch zu ihr gesagt, als ihre Eltern umgekommen waren und ihr Leben, wie sie es bis dahin gekannt hatte, zu implodieren schien. »Da hat er völlig recht«, murmelte sie seufzend und sah Clarke an. »Lass es … einfach gut sein, okay, Papa?«

»Okay.« Er verdrehte die Augen. »Ich versuche es zumindest.«

»Danke schön«, gab Meredith trocken zurück, ehe sie sich an Shane wandte. »Wie geht es dir, Shane?«

Er zuckte mit den Schultern. »Detective Kimble hat mich gefragt, ob ich mir einen Notruf anhören könnte.«

»Ich habe es mitbekommen.« Sie ging davon aus, dass Adam es darauf angelegt hatte, weil sie fast direkt neben Shane gestanden hatte, als sie in ihre kugelsicheren Westen geschlüpft waren. »Und schaffst du das?«

Shane biss sich auf die Unterlippe. »Er denkt, es könnte Linnie gewesen sein. Aber was, wenn sie es nicht war?«

»Na ja, falls sie es war, wissen wir immerhin, dass sie noch lebt.«

»Zumindest heute Morgen noch.«

»Wovor hast du Angst, Shane?«

»Dass es Linnie ist.« Er ließ die Schultern sacken und starrte zu Boden. »Und dass sie etwas mit Andys Tod zu tun hatte. Denn wenn nicht, wieso ist sie dann nicht zur Polizei gegangen? Wieso hat sie anonym angerufen? Ich dachte immer, ich würde sie kennen … dass sie alles für Andy tun würde, weil er alles für sie getan hätte.« Er hob den Kopf. Seine Augen waren rot und verquollen vom Weinen und vom Schlafmangel. Und voller Angst. »Er ist gestorben, weil er sie beschützen wollte.«

»Das sind alles plausible Fragen«, räumte Meredith ein. »Ich wünschte, ich könnte dir eine Antwort darauf geben. Ich kann gern Detective Kimble fragen, ob ich neben dir sitzen kann. Als Unterstützung.«

Seine Lippen bebten. Er presste sie aufeinander. »Ich glaube, das wäre gut.«

Der Vorhang wurde zurückgezogen, und Adams Gesicht erschien. Doch statt wie erwartet zu bestätigen, dass sie Shane begleiten durfte, war sein Gesicht angespannt, und er hielt ein Gewehr in der Hand.

»Runter!«, rief er. »Alle auf den Boden.« Dann war er verschwunden, der Transporter machte eine scharfe Kurve. Reifen quietschten.

Ohne zu zögern, löste Meredith ihren Sicherheitsgurt, während Shane mit seinem kämpfte. Sie schlug seine Hände weg, löste den Verschluss und zog ihn am Hemd auf den Boden, gerade als der Transporter erneut scharf abbog und sie beide von ihren Sitzen gerissen wurden. Merediths Kopf schlug hart auf dem Boden auf, sodass sie einen Moment lang Sterne sah. Ihr Großvater und Kyle lagen neben ihr.

In diesem Moment zerbarst eine Seitenscheibe, und Kugeln flogen durch den Transporter, schlugen in das Blech hinter den Sitzen ein, auf denen Meredith und Shane gerade noch gesessen hatten.

Cincinnati, Ohio
Sonntag, 20. Dezember, 15.43 Uhr

Adam duckte sich und griff nach dem Funkgerät. »Detective Kimble«, bellte er, als sich die Zentrale meldete. »Schüsse während des Zeugentransports. Wir wurden getroffen, haben das Feuer aber nicht erwidert.«

»Verletzte?«

Troys rechter Arm blutete, doch es schien keine tiefe Wunde zu sein. Der Agent war auf seinem Sitz nach unten gerutscht, um durch den schmalen, noch intakten Teil der Windschutzscheibe blicken zu können. »Special Agent Troy hat einen Schuss in den Arm abbekommen. Moment.« Adam spähte über eine Schulter. Bei Merediths Anblick auf dem Boden des Transporters stockte ihm kurz der Atem. Er sah ihr in die Augen. *Gott sei Dank.* »Ist jemand verletzt?«

»Nein«, rief sie. »Nur ein bisschen durchgeschüttelt.«

Troy bog in einen kleinen Park ein und hielt hinter einer dichten Hecke an. »Hier sind wir außer Sichtweite.« Er zuckte zusammen, als er mit der Linken seine Dienstwaffe zog. »Die Bäume geben uns Deckung, falls der Scharfschütze es noch einmal versuchen sollte.«

»Außer Agent Troy gibt es keine Verletzten«, meldete Adam. »Brauchen Verstärkung. Wir sind einen Block nördlich von der Linn Street und dem Ezzard Charles Drive und gehen gerade in Deckung.«

»Verstärkung ist schon unterwegs«, sagte die Telefonistin.

»Schicken Sie Beamte zu der Schule an der Ecke Linn und Ezzard Charles. Die Schüsse kamen vom Dach. Dann schicken Sie einen weiteren Transporter oder mehrere Wagen her. Fünf von uns fahren weiter zum Revier. Agent Troy braucht einen Krankenwagen.«

»Ich kann in einem der Streifenwagen mitfahren«, meinte Troy durch zusammengebissene Zähne.

Adam widersprach nicht. Vermutlich konnte Troy seine Verwundung am besten einschätzen. Außerdem würde der Notarzt ohnehin erst herkommen, wenn das Gebiet freigegeben war. »Haben Sie das verstanden?«, fragte er die Zentrale.

»Ja, Detective. Die Kollegen sind schon unterwegs.«

»Gut.« Adam nahm den Schaden in Augenschein: Die Windschutzscheibe wies etliche Risse auf, hatte jedoch gehalten, im Gegensatz zum Seitenfenster der Beifahrerseite, die in einem Scherbenregen zerborsten war. »Köpfe unten lassen«, befahl Adam Meredith und den anderen. »Ich steige aus«, sagte er leise zu Troy, »falls er uns zu Fuß folgt.«

Denn in diesem Fall sah er ihn womöglich erst, wenn es zu spät war. Höchstwahrscheinlich würde er Adam und Troy zuerst töten, und dann wären die Insassen des SUV ihm völlig ausgeliefert.

Adam stieg aus und blickte sich, das Gewehr fest gegen seine

Brust gepresst, um. Weit und breit war niemand zu sehen – es war viel zu kalt für einen Parkspaziergang. Die friedliche Stille ließ die Schießerei nur wenige Augenblicke zuvor umso unwirklicher erscheinen. Um die Umgebung nicht aus den Augen zu lassen, wählte er mit der Sprachsteuerung Isenbergs Nummer.

»Detective Kimble? Wir warten schon auf Sie.«

»Es gab einen Zwischenfall.« Den Blick fest auf die Bäume ringsum gerichtet, trat Adam um den Van herum. Erst jetzt fiel sein Blick auf die von Kugeln durchsiebte Beifahrertür. Großer Gott! Er hatte zwar den Kugelhagel gehört, aber keine Ahnung gehabt ... *Wir hatten Riesenglück.* Er sah wieder zu den Bäumen hinüber. »Jemand hat auf uns geschossen.«

»Was?«

»Den Jungs geht es gut, Meredith und ihrem Großvater auch. Sie sind alle ein bisschen erschrocken, aber unverletzt.«

»Moment.« Er hörte, wie Isenberg das Ehepaar Davis informierte. Leises Schluchzen ertönte im Hintergrund. Als Nächstes hörte er, wie Deacon Isenbergs Sekretärin bat, Kyles Eltern in einen Konferenzraum zu bringen, wo sie warten konnten. »Deacon ist hier«, sagte Isenberg. »Ich stelle Sie auf Lautsprecher.«

»Geht es dir und Troy gut?«, fragte Deacon.

»Troy hat es am Arm erwischt. Nicht schlimm, trotzdem verliert er Blut. Wir waren gerade vom Highway heruntergefahren. Troy ist gefahren, ich saß auf dem Beifahrersitz.«

»Haben Sie das Feuer erwidert?«, fragte Isenberg.

»Nein. Ich habe eine Waffe auf dem Dach einer Schule glitzern sehen und Troy noch gewarnt. Er hat auf die Tube gedrückt, aber der Schütze hat uns trotzdem getroffen. Vier Kugeln in die Windschutzscheibe, soweit ich es sehen kann. Das Beifahrerfenster ist herausgeflogen, und fünf Kugeln gingen in die Tür, alle ziemlich weit oben.« Stirnrunzelnd nahm er die Einschusslöcher in Augenschein. »Alle n. paar Zentimeter unterhalb des Dachs. Es wäre niemand getroffen worden, es sei denn von einem Querschläger.«

In der Ferne heulten Sirenen. »Der Schütze ist bestimmt längst über alle Berge, trotzdem habe ich ein paar Leute auf das Dach der Schule schicken lassen, und die Spurensicherung soll nach Hülsen suchen. Wir verfrachten die Zeugen gleich in Streifenwagen und fahren weiter. Troy wird sich unterdessen ins Krankenhaus bringen lassen.«

»Gut«, sagte Isenberg. »Woher wusste der Schütze, wo Sie sind und welche Route Sie nehmen?«

»Keine Ahnung«, gestand Adam. »Genau das habe ich mich auch gefragt. Wer wusste, dass wir unterwegs sind?«

»Meine Sekretärin, die Kyles Eltern angerufen hat.« Wieder seufzte sie. »Und jeder in der Lobby, als sie kamen und nach mir gefragt haben. Mindestens ein Dutzend Leute.«

»Trotzdem bleibt die Frage, woher der Schütze wusste, wo genau wir wann vorbeifahren würden.«

»Derjenige muss zumindest eine Ahnung gehabt haben, welche Route Sie nehmen. Kommen Sie jetzt her, dann reden wir weiter. Und seien Sie vorsichtig.«

»Ja.« Adam beendete das Gespräch und betrachtete die Einschusslöcher genauer, ehe er Fotos davon machte. Entweder hatte der Schütze nicht genau genug gezielt, oder aber er hatte nicht vorgehabt, einen der vier Passagiere zu töten.

Wieder runzelte er die Stirn. Der Einzige, auf den im Grunde geschossen wurde ... *war ich*. Er trat um den Van herum und hielt nach einer Bewegung zwischen den Bäumen Ausschau, während er darauf wartete, dass die Verstärkung eintraf.

Dann schickte er zwei Beamte los, um Troy zu helfen, ehe er die hintere Tür öffnete. Meredith hockte auf dem Boden und hatte den Arm um Shane gelegt, der kreidebleich und mit geschlossenen Augen neben ihr kauerte.

Kyle, der bereits zuvor nicht gut ausgesehen hatte, war ... wie erstarrt.

Merediths Blick heftete sich auf Adam. Tränen stiegen ihr in die Augen, und sie stieß einen Laut aus, der wie ein Schluchzen klang, während sie zur Tür rutschte. »Bist du verletzt?«

»Nein«, sagte er und taumelte rückwärts, als sie die Arme um ihn warf. Sie zitterte am ganzen Leib. Zum Teufel mit Isenberg und ihrem »Nicht verbandelt«-Schwachsinn. Meredith brauchte ihn, und er würde sie ganz bestimmt nicht im Stich lassen.

Er strich ihr über den Rücken und wurde stocksteif, als er etwas Hartes an seiner Brust spürte. »Meredith? Hast du etwa deine Waffe dabei?«, fragte er leise.

»Ja«, flüsterte sie. »Ich trage sie immer, wenn ich aufs Revier komme, gebe sie aber am Eingang ab.«

»Gut«, erwiderte er und konnte sich ein leises Lachen nicht verbeißen.

»Bist du sicher, dass alles in Ordnung ist? Ich habe das Beifahrerfenster gesehen. Es ist komplett rausgeflogen.«

»Ja, ich habe nur ein paar Glasscherben im Haar, sonst nichts. Ist es okay, wenn ich dich jetzt loslasse?«

Für den Bruchteil einer Sekunde schloss sie die Arme noch ein wenig fester um ihn, ehe sie nickte und sie löste. »Ja.«

»Gut. Wir müssen euch so schnell wie möglich aufs Revier schaffen. Ich habe zwar niemanden gesehen, und wäre der Schütze noch hier, hätte er es vermutlich längst ein zweites Mal probiert. Aber wir wollen auf keinen Fall ein Risiko eingehen.« Er wandte sich um und blickte geradewegs in Clarke Fallons ernstes Gesicht. »Sollen wir Sie zur Sicherheit ebenfalls ins Krankenhaus bringen und untersuchen lassen, Mr Fallon?«

Der alte Mann sah ihn gekränkt an. »Sie meinen, ob ich einen Herzanfall erlitten habe? Nein, Junge, habe ich nicht.«

Meredith wandte sich kopfschüttelnd ihrem Großvater zu. »Papa, du hast es versprochen.«
»Er will andeuten, dass ich ein Schwächling bin«, schnaubte er.
»Du bist vierundachtzig«, erklärte Meredith liebevoll. »Er kennt dich nicht gut genug, um zu wissen, dass du ein knallharter Brocken bist. Adam verhält sich nur professionell. Sei also bitte nicht so streng mit ihm.«
»Hatten die es auf mich abgesehen, Detective Kimble?«, fragte Shane.
»Oder auf mich?«, wollte Meredith wissen.
Oder auf mich? »Ich weiß es nicht, aber das werden wir bald herausfinden«, erwiderte Adam wahrheitsgetreu.

18. Kapitel

Cincinnati, Ohio
Sonntag, 20. Dezember, 15.49 Uhr

Er fuhr zusammen, als sein Telefon läutete. Mike. Hoffentlich mit guten Nachrichten. Er sah sich um und ging auf Nummer sicher, dass niemand ihn beobachtete, ehe er den Anruf annahm. »Und?«
Zögern. »Ich habe sie verfehlt.«
Wut kochte in ihm hoch. »Du bist Scharfschütze, verdammt. Wie konntest du danebenschießen, Herrgott noch mal?«
»Die müssen etwas mitbekommen haben. Offenbar haben sie mich gesehen. Und aufs Gas gedrückt.«
»Hast du wenigstens irgendeinen von ihnen getroffen?«
»Nur den Fahrer. Den Fed. Ich glaube, er heißt Troy.«
Wenigstens war damit eines der Arschlöcher für den Moment kaltgestellt. »Und was ist mit den anderen?«
»Sind alle unverletzt geblieben. Ich habe nach oben gezielt, direkt auf das Dach, damit keiner etwas abbekommt.«
»Wieso zum Teufel?«
»Weil du gesagt hast, du willst den Jungen lebend, du Schwachkopf. Ich folge ihnen und versuche es noch mal.«
Er war stocksauer. Nein, er musste Mike zeigen, wer der Boss war. »Nein, du musst vorher noch etwas anderes erledigen.«
»Was denn?«
Er verdrehte die Augen. »Ich schicke dir eine Nachricht. Sobald du sie bekommst, legst du los.«
»Hört sich nicht gut an. Das wird mir nicht gefallen, stimmt's?«
»Vermutlich nicht.«

Mike schnaubte. »Verdammt. Das wird ja immer schlimmer.«
»Kimble und Troy auszuschalten, wäre ein enormer Schritt in die richtige Richtung gewesen«, erwiderte er sarkastisch. »Du hättest Shane schnappen können, der immer noch unser Garant ist, an Linnie heranzukommen. Vielleicht solltest du mal eine Runde auf den Schießstand gehen, während du wartest.«
»Leck mich«, blaffte Mike. »Alles, was du draufhast, habe ich dir beigebracht. Wenn ich Kimble in dem Van nicht getroffen habe, hättest du es schon gleich zweimal nicht geschafft.«
Das stimmte zwar nicht, aber egal. »Von mir aus. Warte einfach, bis ich mich melde.«
Er beendete das Gespräch. Er hatte jetzt andere Dinge zu erledigen.

Cincinnati, Ohio
Sonntag, 20. Dezember, 16.25 Uhr

Wir sind schon ein jämmerlicher Haufen, dachte Meredith, als sie aus dem Aufzug stiegen und ihre kugelsicheren Westen abnahmen.
Ein Paar mittleren Alters kam herbeigeeilt, blieb jedoch bei Kyles Anblick abrupt stehen. »Was ist passiert?«, fragte Mr Davis, wandte sich um und starrte Isenberg finster an. »Sie haben doch gesagt, es geht ihm gut! Der Junge ist ja ein wandelnder Zombie!«
»Rein körperlich ist er unversehrt«, erwiderte Meredith ruhig. Verdammt, nun, da das Adrenalin allmählich nachließ, platzte ihr fast der Schädel. Der Aufprall war doch heftiger gewesen, als sie zunächst angenommen hatte. Sie knöpfte ihre Jacke auf und trat auf die Davis' zu, die völlig verängstigt

waren. Und müde und erschöpft. *Willkommen im Klub.*
»Kyle trauert sehr, und er hat gerade einen weiteren Schock erlitten. Er hat sich in sich zurückgezogen, was in Situationen wie diesen durchaus vorkommen kann. Er braucht Ruhe und vermutlich jemanden, der ihm bei der Verarbeitung seiner Trauer hilft. Wenn Sie ihn mit nach Hause nehmen, sollten Sie einen Therapeuten suchen oder mit ihm zu einer Selbsthilfegruppe gehen.«
Mrs Davis legte den Arm um ihren Sohn. »Natürlich werden wir das tun.«
Ihr Mann ließ die Schultern sacken. »Und wer sind Sie genau, Miss?«
»Das ist Dr. Fallon«, erklärte Shane. »Sie war in dem Restaurant, als Andy gestern …« Er hielt inne. »Sie ist nett, Mr Davis, und hat sich sehr um Kyle und mich gekümmert.«
Mr Davis nahm seinen Sohn ebenfalls in den Arm und blickte Meredith an. »Danke. Bitte entschuldigen Sie, aber das alles ist …« Die Situation schien ihn hoffnungslos zu überfordern.
»Ich weiß«, meinte Meredith. »Ich bin auch nicht daran gewöhnt, auf der Opferseite zu stehen. Es ist grauenvoll.«
»Ich bin Detective Kimble«, sagte Adam hinter ihnen. »Ich leite die Ermittlungen, aber wir arbeiten bei diesem Fall mit den Kollegen aus Chicago zusammen. Wie sehen Ihre Pläne aus? Hatten Sie vor, Kyle zurück an die Uni zu bringen, oder nehmen Sie ihn mit nach Michigan?«
»Wir fahren nach Hause. Wenn es geht, innerhalb der nächsten Stunde«, antwortete Mr Davis. »Warum?«
»Angesichts dessen, was sich hier abgespielt hat«, schaltete sich Isenberg ein, »wäre es uns lieber, wenn Sie warten würden, bis die Lage vollständig unter Kontrolle ist.«
Mr und Mrs Davis rissen die Augen auf. »Schwebt Kyle etwa in Gefahr?« Panik schwang in Mrs Davis' Stimme mit. »Selbst wenn wir nach Hause statt nach Chicago fahren?«

»Wir wissen es nicht«, räumte Adam ein. »Aber nach allem, was Tiffany und ihrer Mutter passiert ist – und angesichts dessen, was sich gerade auf der Fahrt hierher ereignet hat –, können wir es nicht ganz ausschließen. Wer auch immer an Shane herankommen will, schreckt nicht davor zurück, dabei andere zu verletzen. Wir wollen nur sichergehen, dass niemandem etwas zustößt.«

Shane ließ den Kopf hängen. »Es tut mir so leid.«

Adam packte ihn bei der Schulter. »Es ist nicht Ihre Schuld.«

Mr Davis zog nun auch Shane an sich und legte den Arm um ihn. »Wir finden eine Lösung, Shane, versprochen.« Er warf seinem Sohn einen traurigen Blick zu, ehe er sich wieder an Adam wandte. »Wir sind Ihnen sehr dankbar für alles, was Sie getan haben. Sie und Ihr Kollege ... wie war sein Name noch?«

»Special Agent Troy«, antwortete Adam.

Mr Davis nickte. »Ja, genau. Uns wurde gesagt, hätten Sie das Gewehr nicht aufblitzen sehen, hätte er niemals so schnell reagieren können, und das Ganze wäre viel schlimmer ausgegangen.«

Adam blinzelte. »Wie hat Troy ...«

»Er hat sich auf dem Weg in die Notaufnahme kurz bei mir gemeldet«, antwortete Isenberg. »Mr und Mrs. Davis, Shane soll sich bitte eine Tonaufzeichnung anhören. Meine Sekretärin wird Sie in einen Raum führen und Ihnen Kaffee bringen, während Sie warten. Okay?« Sie wartete, bis die Davis' mit Kyle verschwunden waren, ehe sie sich an Shane wandte. »Kriegen Sie das hin?«

Shane nickte. »Ja, Ma'am, aber können wir es bitte schnell hinter uns bringen? Bitte?«

Isenberg nickte. »Natürlich. Agent Novak hat alles vorbereitet.«

Shane zupfte Meredith am Ärmel. »Bitte?«

Meredith wandte sich an Adam. »Er möchte gern, dass ich bei ihm bleibe.«

»Kein Problem.«

Deacon, Scarlett, Detective Hanson und ein Mann in den Fünfzigern, den Meredith noch nie zuvor gesehen hatte, saßen bereits in Isenbergs Büro, als sie hereinkamen.

Adams Miene erhellte sich. »Nash«, sagte er zu dem Mann. »Ist eine ganze Weile her.«

Der Mann erhob sich lächelnd und schüttelte Adam kräftig die Hand. »Viel zu lange. Ich bin vorübergehend im Team und arbeite mit Hanson. Ich bin seit ein paar Monaten auch wieder beim Rauschgiftdezernat.«

»Dann ist ja alles beim Alten. Freut mich, dass du mit an Bord bist«, sagte Adam und wandte sich an Meredith. »Das ist Detective Nash Currie, einer der Experten für Internetkriminalität. Du erinnerst dich vielleicht. Er, Hanson und ich waren gemeinsam bei Personal Crimes. Nash, das ist Dr. Fallon.«

Meredith erinnerte sich tatsächlich an den Namen von Adams Ex-Kollegen, der ebenfalls hatte mit ansehen müssen, wie die kleine Paula vor ihren Augen getötet worden war.

»Freut mich, Sie kennenzulernen, Detective Currie. Bitte entschuldigen Sie, dass wir alle ein bisschen mitgenommen sind, aber der Nachmittag war ziemlich ereignisreich.«

Currie nickte mitfühlend. »Ich habe es schon gehört. Gut, dass niemandem etwas passiert ist.«

Adam zeigte auf Shane. »Das ist Shane Baird, unser Zeuge.«

Shane nickte nur.

»Es ist alles vorbereitet«, sagte Deacon und wandte sich direkt an Shane. »Ich bin Agent Novak, und das ist Detective Bishop. Wir gehören zu Lieutenant Isenbergs Team, gemeinsam mit Detective Kimble, und versuchen gerade, Ihre Freundin Linnie zu finden. Setzen Sie sich, bitte.«

Shane und Meredith nahmen Platz, während Adam hinter sie trat – nahe genug, als dass sie die Wärme seines Körpers spüren konnte, aber nicht nahe genug, um ihn berühren zu können, was gut war, denn während der nächsten paar Minuten würde sie sich voll und ganz auf die Aufzeichnung konzentrieren.

»Sie haben sie aber nicht gefunden.« Shane musterte Deacon und Scarlett fragend. »Was haben Sie bisher eigentlich überhaupt? Außer dem Notruf, meine ich?«

»Sie ist auf keinem der hiesigen Colleges als Studentin gemeldet«, sagte Scarlett, deren klare, professionelle Art Shane gutzutun schien, denn er nickte. »Andy hatte seinen Kollegen in dem Imbiss erzählt, sie würde hier studieren.«

»Sie wollte Lehrerin werden, aber das ist schon ziemlich lange her.« Shane blickte kurz auf die Tischplatte, ehe er den Kopf wieder hob. »Was noch?«

Scarlett hielt seinem Blick stand. »Wir haben ein paar Leute ausfindig gemacht, die sie zu kennen glauben, aber sie haben sie erst anhand jüngerer Aufnahmen erkannt.«

Shane versteifte sich sichtlich. »Was für Aufnahmen?«

Deacon schob ihm das Foto vom Parkplatz vor dem Restaurant zu. »O mein Gott. Das ist Linnie?« Er erschauderte, schien den Tränen nahe zu sein.

Meredith legte ihm beruhigend die Hand auf den Rücken, spürte sein Zittern. »Ist sie das, Shane?«

»Ich …« Er brach ab und sah Meredith an. Die blanke Verzweiflung stand in seinem Blick. »Ja. Das ist sie. Ich erkenne ihre Augen. Aber … mein Gott, sie ist ja nur noch Haut und Knochen.«

Deacon schob das ältere Foto, das Shane ihnen überlassen hatte, über den Tisch. »Ihre Augen sehen anders aus«, sagte er behutsam. »Sind Sie sich ganz sicher?«

Shane nickte knapp. »Das liegt daran, dass dieses Foto aufgenommen wurde« – aufgebracht deutete er auf die Aufnahme der glücklich lachenden Linnie –, »bevor das Schwein sie vergewaltigt hat. Diese Augen?« Er nahm das Foto und wedelte grob damit herum. »Ja. So sah sie *danach* aus. Gott. Es hat Andy fast umgebracht, sie so zu sehen.«

»Okay«, murmelte Meredith und verstärkte den Druck auf seinen Rücken. »Aber sie ist am Leben, das sollten wir nicht vergessen, okay?«

Er nickte und legte das Foto mit einer behutsamen Präzision zurück, die Meredith das Herz brach. »Was ist jetzt mit der …« Wieder hielt er inne, und sein Blick schweifte zurück zu Scarlett. »Moment mal. Wer hat sie so wiedererkannt, wie sie hier aussieht?«, fragte er. »Woher wussten diese Leute, dass sie keine Studentin ist?«

Scarlett hielt seinem Blick auch jetzt stand. »Noch ist nichts bewiesen, aber wir haben die Aussage von vier Männern, sie hätten ›Freunde‹, die diese Frau für sexuelle Gefälligkeiten engagiert hätten.«

Shane blieb der Mund offen stehen. »Prostitution? Sie wollen damit sagen, dass Linnie als Prostituierte arbeitet?«

Einen Moment lang herrschte völlige Stille im Raum, dann ergriff Detective Hanson das Wort. »Deshalb sind wir hier, Mr Baird. Wir haben den Tipp bekommen, dass auf dem Campus ein Prostitutionsring etabliert wurde, und gehen gerade den Hinweisen nach. Darunter befindet sich auch diese junge Frau hier.«

Shane presste sich die Hand auf den Mund und schüttelte den Kopf. »Sie hat es versprochen. Wir haben einen Pakt geschlossen, sie, Andy und ich. Keine Drogen und … keiner verkauft seinen Körper. Wir haben es uns gegenseitig versprochen.« Tränen strömten ihm übers Gesicht. »Deshalb hat sie anonym angerufen. Damit sie nicht festgenommen wird.«

Vermutlich hatte er recht. »Shane«, sagte Meredith leise, aber

bestimmt. »Sie lebt. Das ist das Allerwichtigste. Andy hatte panische Angst vor demjenigen, der ihn gestern gezwungen hat, auf mich zu schießen. Er hatte Angst, dass er sie töten würde, aber sie lebt. Das ist doch ein Anfang, oder nicht?«
Er nickte und straffte die Schultern. »Könnten wir uns jetzt den Notruf anhören?«
Deacon tippte auf die Tastatur, worauf ein raues Flüstern aus den Lautsprechern drang. »*Sagen Sie denen einfach, dass der schwarze SUV vor Clyde's Place steht, an der Interstate 275 und Beechmont.*« Die Aufnahme endete abrupt.
»Und?«, fragte Deacon.
Shane ließ den Kopf hängen. »Ja, das ist sie.«
»Sie scheinen sich Ihrer Sache ziemlich sicher zu sein«, meinte Adam.
Shane drehte sich zu ihm um. »Das bin ich auch. Sie hatte Albträume, nachdem … damals, als wir in der Pflegefamilie waren. Sie hat oft geschrien. So klang sie danach, ein bisschen heiser, fast als hätte das Schwein auch noch ihre Stimme zerstört.« Er sank auf seinem Stuhl zusammen. »Wirkt sich denn die Tatsache, dass sie angerufen und Ihnen einen Tipp gegeben hat, positiv aus, wenn Sie sie finden?«
»Das wissen wir nicht«, antwortete Scarlett, »aber schaden tut es bestimmt nicht.«
»Aber suchen Sie denn weiter nach ihr?« Shane klang so jung, so verloren.
»Natürlich«, beteuerte Adam. »Wenn sie in dem SUV saß, kann sie uns wahrscheinlich sagen, wer Andy erschossen hat. Außerdem wurde sie womöglich verletzt und braucht ärztliche Hilfe.«
Shane kniff die Augen zusammen und drehte sich erneut zu Adam um. »Wie kommen Sie darauf?«, fragte er und fuhr zu Deacon und Scarlett herum. »Was verschweigen Sie mir?«, fragte er. »Los, sagen Sie es mir!«

»Es ist Blut in dem SUV«, sagte Deacon nur. Shane runzelte die Stirn.

»Und? Sie können doch gar nicht wissen, ob es von ihr stammt. Selbst wenn Sie die DNS so schnell hätten untersuchen lassen, könnten Sie nicht sicher sagen, dass es von ihr stammt, weil Sie nichts zum Abgleich vorliegen haben. Oder?«

Scarlett zog die Brauen hoch, und Deacon legte den Kopf schief, wie immer, wenn er über etwas nachdachte. Shane schnaubte ungeduldig. »Kyle studiert Jura. Wir schauen uns jede Menge Krimis an. Und jetzt beantworten Sie bitte meine Frage.«

Meredith warf Deacon und Scarlett einen flehenden Blick zu. »Wenn ihr schon nicht antworten könnt, müsst ihr ihm wenigstens erklären, warum. Das seid ihr ihm schuldig.«

Deacon seufzte. »Wir haben weder das Blut noch den SUV gefunden. Aber bei dem Anruf hat sie auch gesagt, dass sie geblutet hat. Sie hat uns gewarnt, vorsichtig zu sein.« Er beugte sich vor. »Sie sei HIV-positiv, was bei Weitem nicht mehr das Todesurteil ist so wie früher«, fügte er hinzu, als er sah, dass Shane kreidebleich geworden war. Meredith musterte ihn besorgt, aus Angst, er könnte gleich ohnmächtig werden.

»Schwachsinn!«, brüllte Shane und zeigte auf das jüngere der Fotos. »Sehen Sie sie doch an. Sie ist krank. O mein Gott.« Er schluchzte erstickt. »Was ist mit ihnen passiert? Andy und Linnie – ich hätte sie nie allein lassen dürfen. Das hätte ich nicht tun dürfen.«

»Sie wissen weder, wie es ihr gesundheitlich geht, noch, weshalb sie so dünn ist«, meinte Deacon ruhig. »Ich schlage vor, wir finden sie, und dann sehen wir weiter.«

Shane nickte unsicher. »Okay. War's das?«

»Ja«, sagte Isenberg. »Danke, Mr Baird. Sie können jetzt zu

Kyle und seinen Eltern gehen.« Sie wandte sich an Meredith. »Dr. Fallon«, fügte sie hinzu, nicht unhöflich, doch mit der eindeutigen Botschaft, dass auch Meredith den Raum verlassen sollte.

Meredith hatte nichts dagegen, im Gegenteil, am liebsten hätte sie sich irgendwohin zurückgezogen und einem mittelschweren Zusammenbruch hingegeben. *Doch jetzt sollte ich erst einmal ein paar Ibuprofen gegen den Kopfschmerz einwerfen. Vielleicht hat hier ja irgendjemand sogar einen Eisbeutel für mich.*

Meredith erhob sich und folgte dem immer noch bleichen Shane zur Tür, wo sie jedoch stehen blieb, als ihr wieder einfiel, weshalb Adam sie gebeten hatte, sie aufs Revier zu begleiten. »Wissen Sie schon, wann Mrs Voss herkommt? Agent Troy wollte mit ihr reden und alles vorbereiten.«

»Sie ist vor ein paar Minuten eingetroffen«, antwortete Isenberg. »Ich habe sie und ihre Tochter in einen der Befragungsräume bringen lassen. Wenn Sie so freundlich wären und vor meinem Büro auf mich warten würden?«

»Natürlich. Komm, Shane, gehen wir zu Kyle und seinen Eltern.«

Sie fand die Familie in einem der kleineren Konferenzräume und ließ Shane bei ihnen, ehe sie sich auf die Suche nach ihrem Großvater machte. Er stand an einem der Fenster des Einsatzraums und starrte mit nachdenklicher, trauriger Miene nach draußen. Sie kannte diesen Ausdruck – er schlich sich immer dann auf sein Gesicht, wenn er sich unbeobachtet glaubte. Und meistens um diese Jahreszeit.

Trotz seiner lauten, polternden Art klafften auch in Clarke Fallons Seele tiefe Wunden, aber er setzte alles daran, dass es niemand mitbekam. Es sei denn, man ertappte ihn, so wie es Meredith nun tat.

Ich habe von einem wahren Meister gelernt, meine Gefühle

hinter einer Maske zu verbergen, dachte sie und trat auf ihn zu. In diesem Moment gab der Lift hinter ihr ein Geräusch von sich. Sie fuhr herum und sah, wie die Türen aufglitten.
»Meredith!« Dani Novak trat mit einer kleinen Schachtel in der einen und einer grünen Mülltüte in der anderen Hand heraus.
Meredith ging auf sie zu. »Dani? Was ist denn?«
Etwas war nicht in Ordnung. Eindeutig nicht. »Ich brauche Deacon oder Adam. Jetzt gleich.«
»Ich bringe dich zu ihnen. Ist alles okay?«
»Mir geht's gut, aber ich habe hier etwas, das mit dem Fall zu tun hat.« Dani blieb unvermittelt stehen und sah Meredith an. »Genauer gesagt, mit deinem Fall. Was machst du überhaupt hier? Du solltest doch im Unterschlupf sein.«
»Tja, hier geht es gerade ziemlich drunter und drüber«, meinte Meredith trocken. »Ich erkläre es dir später. Was hast du da?«
»Beweismittel«, seufzte Dani.
Inzwischen standen sie vor dem Raum. »Sie sind alle da drin. Ich darf nicht reingehen, warte aber auf dich.«

Cincinnati, Ohio
Sonntag, 20. Dezember, 16.50 Uhr

Adam trat zurück und starrte auf die Tafel, an der die Fotos aller Opfer und Beinahe-Opfer – sein Magen verkrampfte sich, als er Merediths Gesicht sah – ebenso wie der derzeitigen Verdächtigen hingen, darunter auch Linnie Holmes, solange ihre Unschuld nicht bewiesen war.
Die Campus-Polizei der Kiesler University hatte sowohl ein Standbild als auch das Band der Überwachungskamera geschickt, auf denen der riesige Kerl zu sehen war, der ges-

tern Abend nach Shane gefragt hatte. Sein Foto hing auf der Seite der Verdächtigen.

»Sein Gesicht ... Er sieht irgendwie seltsam aus.« Nachdenklich betrachtete Adam das Foto. »Es ist nicht bloß die gebrochene Nase. Er versucht zu lächeln, damit Kyle ihm verrät, wo er Shane findet, aber sein Gesicht bewegt sich überhaupt nicht.«

»Seine Wangen«, meinte Isenberg. »Sie sind ganz starr, und sie passen auch nicht zu seinem Gesicht. Seine Nase ist rot vor Kälte, seine Wangen aber nicht.«

»Eine Prothese«, folgerte Nash. »Das erschwert es, wenn wir versuchen wollen, ihn anhand einer Gesichtserkennungssoftware zu identifizieren.« Und wenn jemand sich damit auskannte, dann war es Nash Currie – er war gewissermaßen der Diesel Kennedy des CPD.

»Versuchst du es trotzdem?«, fragte Hanson, woraufhin Nash nickte.

»Klar. Mit dem Mädchen wird es genauso schwierig werden, es sei denn, sie sieht schon lange so krank aus. Allerdings kann ich mir nicht vorstellen, wie jemand, der so krank aussieht, so lange überlebt hätte.«

»Was ist mit den Kennzeichen, die Candace Voss am Abend der Party fotografiert hat?«, fragte Adam und befestigte die drei Fotos an der Tafel.

»Ich habe sie überprüft«, meinte Hanson. »Die Autos sind auf eine Jolee Cusack, eine Sylvia Hyland und eine Theresa Romer angemeldet. Die beiden zuletzt genannten Frauen sind bereits verstorben, aber jemand hat regelmäßig die laufenden Kosten der Fahrzeuge bezahlt, damit sie nicht abgemeldet werden.«

Isenberg schnaubte. »Klar. Das war zu erwarten.«

»Welcher Wagen gehörte dem Mädchen mit den rosa Haaren, dem Candace Voss auf den Uni-Parkplatz gefolgt ist?«, wollte Adam wissen.

»Der Wagen ist auf Jolee Cusack angemeldet.« Hanson hielt ein Blatt Papier mit einem Facebook-Profil in die Höhe. »Laut ihrer Facebook-Seite ist Jolee springlebendig. Sie ist Studentin im Abschlussjahr und hat in der Nähe des Campus ein Apartment gemietet. Laut Facebook und Instagram hat sie gerade ihre Abschlussarbeit eingereicht und ist im Skiurlaub in Vermont. Ich habe eine Anfrage an die dortige Polizeidienststelle geschickt und gebeten, dass die Kollegen die Hotels dort überprüfen. Ihre Nachbarin hat ausgesagt, dass sie ziemlich für sich bleibt und man sie kaum je zu Gesicht bekommt. In den letzten drei Tagen hat sie dort niemand gesehen.«

Adam betrachtete das Foto eingehend. »Sie hat keine rosafarbenen Haare. Auch wenn sie Jolees Wagen in der Nacht gefahren ist, als Candace ihr folgte, könnte es eine andere Frau gewesen sein, die Penny Voss gesehen oder mit Candace gesprochen hat.«

»Könnte eine auswaschbare Tönung gewesen sein«, meinte Scarlett. »Oder eine Perücke, die sie vielleicht nur aufsetzt, wenn sie als Nutte arbeitet. Sie könnte es also doch gewesen sein.«

Deacon betrachtete das Foto mit zusammengekniffenen Augen. »Lass mal sehen.« Er legte das Facebook-Foto direkt neben die Aufnahme von dem Restaurant, vor dem der Mann in Begleitung einer jungen Frau den SUV abgeholt hatte. »Seht euch mal die Augen an.«

Die Frau hatte ihren Schal hochgezogen, sodass lediglich die Augen zu erkennen waren. Und sie sahen verdammt ähnlich aus.

»Sie könnte es sein«, meinte Adam.

»In diesem Fall kann sie nicht gestern in Vermont beim Skifahren gewesen sein«, folgerte Scarlett und stieß Deacon mit der Schulter an. »Echtes Adlerauge, was, Deacon?«

Deacon ging nicht näher auf das Lob ein. »Jetzt müssen wir sie bloß noch finden.«

»Ich habe den Wagen schon zur Fahndung ausgeschrieben«, sagte Hanson. »In ihrem Apartment war niemand, und ihre Sachen waren weg.« Er schüttelte genervt den Kopf. »Auf Facebook stand, dass sie in Vermont ist. Nicht zu fassen, dass ich auf so einen billigen Trick hereingefallen bin.«

»Sie will eindeutig nicht gefunden werden«, meinte Adam. »Aber ich frage mich, ob es eine Verbindung zwischen ihr und Linnie gibt.« Er tippte auf das Foto des riesigen Kerls. »Der Typ hat Jolee mitgenommen, um den SUV abzuholen. Linnie wusste nicht, dass der Wagen schon weg war, als sie uns angerufen hat.«

»Wie hat Linnie den SUV zum Parkplatz vor dem Clyde's gebracht?« fragte Deacon. »Sie war ganz allein. Andy hatte doch Angst, dass Linnie etwas angetan wird, deshalb wird unser großer Unbekannter ihr wohl kaum die Schlüssel in die Hand gedrückt und zugesehen haben, wie sie davonfährt.«

»Trotzdem hat sie es irgendwie geschafft, gut für sie«, meinte Scarlett. »Unser Gorilla und Jolee sind nicht mit dem Wagen vor dem Restaurant aufgetaucht, sondern kamen zu Fuß. Der Gorilla macht den Fahrersitz sauber, während Jolee wieder geht. Wir müssen weitere Überwachungskameras der Gegend überprüfen. Ich gehe davon aus, dass sie ein Stück entfernt geparkt haben und Jolee mit dem Wagen zurückgefahren ist. Ihr Wagen steht wahrscheinlich nicht mehr auf dem Campus-Parkplatz, oder?«

»Nein«, antwortete Hanson. »Und vor ihrem Wohnhaus auch nicht. Er könnte irgendwo auf dem Campus stehen. Ich habe bereits Kollegen für die Suche angefordert, aber wir sollten noch weitere Beamte abstellen. Die Campus-Polizei kann uns ebenfalls helfen.«

Scarlett wandte sich an Nash. »Haben Sie schon die Daten von den Kennzeichenscannern gecheckt?«
Die Aufgabe dieser kleinen Kameras bestand darin, die Kennzeichen vorbeifahrender Fahrzeuge abzulichten und in eine Datenbank zu überführen, was ein echter Vorteil für die Polizeibehörden war, trotzdem war Adam als Privatperson nie so ganz wohl bei der Sache.
»Haben wir«, antwortete Nash, »aber nicht rund um die Beechmont Avenue. Aber genau das wollen Sie, stimmt's? Wir sollen überprüfen, ob Jolee den Gorilla gestern in ihrem eigenen Auto hergefahren hat.«
Scarlett nickte. »Und wenn sie gestern dort war und heute in Vermont Ski fährt, muss sie entweder die ganze Nacht durchgefahren sein oder heute Morgen die allererste Maschine genommen haben.«
»Wir überprüfen also die Beechmont, die Interstate 71 in Richtung Norden und die Gegend rund um den Flughafen.« Nash machte sich eine Notiz. »Das kriegen wir hin.«
»Danke«, sagte Adam und betrachtete erneut die Fotos an der Tafel. »Laut Aussage einiger Männer auf dem Campus hat Linnie angeschafft, und laut Mrs Voss stand zumindest Jolees Wagen vor dem Haus der Voss', selbst wenn Jolee selbst nicht unbedingt dort gewesen sein muss. Der Gorilla hatte offenbar genug Vertrauen zu Jolee, dass sie ihn begleiten durfte, um einen SUV abzuholen, der erst Stunden zuvor bei einem Mord benutzt worden war. Gehen wir also davon aus, dass Jolee und Linnie in derselben Branche tätig sind. Und dass der Gorilla auch dazugehört ... vielleicht sogar der Typ, der Andy erschossen hat.«
»Das klingt logisch«, meinte Hanson. »Aber welcher Zusammenhang besteht zwischen Andy Gold und Meredith Fallon? Oder war er lediglich ein Bauernopfer, weil er zufällig mit Linnie befreundet war?«

»Ich denke, das ist der Fall. Immerhin hat der Gorilla erst nach Shane gesucht, als er Linnie aus den Augen verloren hatte«, meinte Scarlett traurig. »Und Tiffany musste sterben, weil sie mit Shane in Verbindung stand. Und alle Wege führen zu Linnie, die immer noch ganz allein irgendwo dort draußen ist.«

»Der Gorilla dachte entweder, Linnie würde geradewegs zu Shane laufen, oder aber Shane wüsste, wo sie untergeschlüpft ist«, sagte Hanson.

»Klingt einleuchtend«, stimmte Adam zu, trotzdem stimmte irgendetwas nicht. Er sah sich die Zeitleiste noch einmal genauer an, und plötzlich entdeckte er den Logikfehler. »Als Andy Golds Haus niedergebrannt wurde, war unser Gorilla in Chicago. Wir haben es hier mit mehr als einem Täter zu tun.«

»Sie haben recht«, meinte Isenberg. »Gestern Abend um 20.30 Uhr war unser Verdächtiger in Chicago und hat nach Shane gefragt, und er hat die Stadt frühestens um 01.45 Uhr früh verlassen, nachdem er Tiffany und ihre Mutter getötet hatte. Wer also ist die andere Person? Voss?«

»Könnte sein«, meinte Hanson. »Das wissen wir, wenn wir einen Durchsuchungsbefehl für sein Haus erwirkt haben.«

Adam, der immer noch auf die Zeitleiste starrte, verzog das Gesicht. Die Kellnerin im Restaurant. Colleen Martel. *Ich kann nicht glauben, dass ich sie vergessen habe.* »Wer auch immer Andy getötet hat – ob der Gorilla, Voss oder jemand anderes –, muss gewusst haben, dass Meredith Mallory gestern ins Buon Cibo ausführen wollte. Wir wissen, dass ein Mann die Kellnerin auf ihrem Handy angerufen und ihr gesagt hat, sie solle Meredith den Tisch am Fenster geben, aber es ist nach wie vor unklar, wer dieser Jemand war.«

»Wusste eines der Mädchen im Mariposa House, wohin Meredith und Mallory wollten?«, fragte Scarlett.

Adam schüttelte den Kopf. »Ich habe vorhin noch mit Trip telefoniert. Er war den ganzen Nachmittag dort und hat mit den Mädchen geredet, aber keine wusste etwas. Mallory kannte noch nicht einmal den Namen des Cafés, also läuft es einzig und allein auf Meredith hinaus.«

»Und auf Voss«, warf Hanson ein. »Vielleicht erkennt die Kellnerin ja seine Stimme, wenn wir ihn zur Befragung herbringen. Wir brauchen dringend diesen Durchsuchungsbefehl, Lieutenant.«

Gerade als Isenberg etwas erwidern wollte, wurde die Tür aufgerissen, und Dani stand vor ihnen. Sie wirkte ungewöhnlich aufgebracht. Adam drückte langsam den Deckel auf seinen Textmarker und trat auf sie zu. »Dani? Was ist denn?«

Isenberg starrte sie mit gerunzelter Stirn an. »Dr. Novak, so geht das nicht. Sie können nicht einfach ...«

»Ich habe das Mädchen gesehen, nach dem ihr sucht«, unterbrach Dani.

Sämtliche Anwesende sprangen von ihren Stühlen auf, und Isenbergs Verärgerung verflog. »Dann kommen Sie bitte herein«, sagte sie, »und machen Sie die Tür hinter sich zu.«

Dani gehorchte, setzte sich auf einen Stuhl und stellte die kleine Schachtel vor sich auf den Tisch.

Es war ein Test-Set, mit dem man eine Vergewaltigung nachweisen konnte. Adam erkannte es auf den ersten Blick. »Ist das ihres?«, fragte er. »Von Linnie Holmes?«

»Sie nannte sich Denise Johnson. So stand es auch in ihrem Ausweis.«

Adam kam zu ihr und lehnte sich gegen den Tisch. »Ganz ruhig«, meinte er, »du bist ja völlig durcheinander.« Was reichlich untypisch für sie war. »Was ist passiert?«

Dani holte tief Luft. »Erst möchte ich wissen, wieso ihr nach ihr sucht.«

»Sie ist für bestimmte Ermittlungen von Interesse«, antwortete Isenberg, woraufhin Dani ihr einen finsteren Blick zuwarf.

»Ich bin nicht blöd, Lieutenant. Sie ist ein Opfer, aber Sie haben ihr Foto überall im Internet verbreitet. Ich habe es gesehen, sobald ich heute Nachmittag meinen Laptop hochgefahren habe. Ich habe gestern Abend wegen ihres Test-Sets hier angerufen, aber es kam keiner vorbei, um es abzuholen, deshalb habe ich beschlossen, es persönlich herzubringen. Ich bin diejenige, die die Untersuchung durchgeführt, sie wieder zusammengeflickt und einen sicheren Unterschlupf für sie gefunden hat. Daher bin ich in die Angelegenheit involviert und muss sicher sein können, dass sie gut versorgt wird, wenn man sie findet.«

»Moment mal.« Hansons Augen begannen zu leuchten. »Du weißt, wo sie ist?«

Adam verspürte dieselbe Erregung. Endlich kamen sie einen Schritt vorwärts.

Dani blinzelte, als hätte sie ihn erst jetzt bemerkt. »Oh, hi, Wyatt.« Sie kannten sich schon von Kindesbeinen an, hatten unzählige Baseballspiele zusammen gesehen und waren sogar ein paar Mal miteinander ausgegangen, ehe sie zu dem Schluss gelangt waren, dass eine Freundschaft die bessere Lösung für sie war. Sie lächelte flüchtig. »Entschuldige, ich habe dich gar nicht gesehen. Und wer ist das?«

»Ich bin Detective Currie«, stellte Nash sich lächelnd vor. Menschen schienen sich in Nashs Gegenwart stets sofort wohlzufühlen – eine Gabe, um die Adam ihn immer beneidet hatte. »Ich arbeite mit Hanson zusammen.«

»Freut mich.« Sie wandte sich wieder Adam zu. »Wieso fahndet ihr nach dem Mädchen?«

»Dani«, seufzte Adam.

»Adam«, beharrte sie. »Ich meine es ernst. Weshalb fahndet ihr nach ihr?«

Adam schüttelte den Kopf. »Noch liegt nichts gegen sie vor. Sie saß jedoch gestern bei der Schießerei mit dem Täter in einem SUV. Heute Morgen hat sie anonym hier angerufen und uns verraten, wo sich das Fluchtfahrzeug befindet, aber jemand hatte es schon von dort abgeholt.«

Dani schloss die Augen. »Genau so etwas hatte ich befürchtet.« Sie öffnete die Augen wieder und sah zuerst Adam, dann Deacon an, dann schüttelte sie den Kopf. »Sie kam gestern Abend in die Klinik.«

»Weil sie vergewaltigt worden war«, sagte Adam.

»Ja, und zwar brutal. Und …« Sie schürzte die Lippen. »Es war nicht das erste Mal.«

»Es könnte sein, dass sie Teil eines Prostitutionsrings am College ist«, warf Hanson ein.

Dani zuckte zusammen. »O Gott, ich hoffe nicht.«

»Weil sie HIV-positiv ist?«, hakte Isenberg nach.

Dani blinzelte. »Ich kann nicht …«

»Linnie hat es uns selbst gesagt«, warf Adam ein. »Wir sollten vorsichtig sein, wenn wir den SUV abholen.«

»Wo ist sie, Dani?«, fragte Hanson, dieses Mal behutsamer.

Dani seufzte. »Ich habe sie gestern Abend an einen sicheren Ort gebracht. Hört mal, wenn sie in Schwierigkeiten steckt, hat sie es bestimmt nicht mit Absicht getan. Ich denke, jemand hat sie gezwungen.«

»Dani.« Adam beugte sich vor und sah ihr in die unterschiedlich gefärbten Augen. »Sie kann denjenigen identifizieren, der innerhalb von vierundzwanzig Stunden sieben Menschen getötet und heute auf der Fahrt hierher auf unseren Transporter geschossen hat. Meredith, ihr Großvater und zwei unschuldige junge Männer saßen darin. Und Agent Troy wurde angeschossen. Er ist gerade in der Notaufnahme.«

Danis Augen weiteten sich. »Aber er wird doch wieder, oder?«

»Ja, aber wir hatten Riesenglück. Dani, Schatz, du kennst mich. Kennst uns. Wir gehen mit größter Vorsicht vor und tun alles in unserer Macht Stehende, um sie unversehrt herzubringen. Das weißt du, oder?«

Dani nickte. »Ich weiß. Sie hat nur so große Angst vor dem Mann, der sie vergewaltigt hat. Wenn ihr losgeht, soll Scarlett als Erstes mit ihr reden. Ihr Jungs macht ihr zu große Angst. Außerdem lassen die euch dort sowieso nicht rein. Der Unterschlupf sollte geheim sein und *bleiben*.«

»Wir werden diskret vorgehen«, versprach Adam und bemühte sich, geduldig zu sein. »Also, bitte, Dani?«

Sie stieß den Atem aus. »Also gut. Ich habe sie in die Notunterkunft von St. Ambrose gebracht.«

»Unter der Kirche von meinem Onkel Trace?«, fragte Scarlett verblüfft. »Du hast sie bei einer Handvoll siebzigjähriger Nonnen zurückgelassen?«

Dani runzelte die Stirn. »Sie ist nicht gewalttätig, Scarlett. Sie war nicht bewaffnet und so schwach nach dem Blutverlust, vor Hunger und Müdigkeit, dass sie keinerlei Gefahr darstellt. Außerdem ist Schwester Angela erst sechzig, und Schwester Jeanette macht Kickboxen«, fügte sie todernst hinzu.

Adam hörte, wie Nash tat, als hustete er, um nicht in schallendes Gelächter auszubrechen.

Scarletts Lippen zuckten verdächtig. »Stimmt. Die alten Damen sind hart im Nehmen.«

Isenberg räusperte sich. »Also, wie sehen die nächsten Schritte aus, Adam?«

»Scarlett und ich fahren hin und holen Linnie«, sagte er. »Wir gehen mit größter Umsicht vor«, versprach er, als Dani den Mund öffnete. »Wir holen sie her, und Hanson und Nash können sie während der Befragung beobachten.« Auch Hanson und Nash machten Anstalten, Einwände zu erheben,

doch Adam fuhr ungerührt fort: »Wir werden nicht mit einem ganzen Team anrücken, aber Verstärkung nehmen wir mit. Wie viele Ausgänge hat die Unterkunft?«
»Mindestens fünf«, antwortete Scarlett. »Du brauchst ein ganzes Team, um sie zu sichern.«
»Gut«, murmelte Adam. »Hanson und Deacon übernehmen die Hinterausgänge, aber nur Scarlett und ich gehen rein. Nash, kannst du hierbleiben und versuchen, Jolees Wagen zu finden?«
Nash blickte von seinem Laptop auf. »Bin schon dabei.«
Dani erhob sich. »Ich komme mit.«
»Glauben Sie, dass sie Ihnen vertraut?«, fragte Isenberg zweifelnd.
»Garantiert nicht, wenn ich mit Ihren Leuten anrücke. Aber sie ist meine Patientin, deshalb muss ich mitkommen.«
Isenberg schien alles andere als begeistert zu sein. »Ich kann Sie nicht daran hindern, aber seien Sie vorsichtig, und stehen Sie meinen Leuten nicht im Weg herum.«
Dani nickte. »Alles klar.«
Adam zögerte. »Was ist mit Mrs Voss? Penny ist erst sechs und hält die Therapiestunde vermutlich nicht viel länger durch.«
»Ich kümmere mich darum«, sagte Isenberg, eine silbergraue Augenbraue erhoben. »Noch gehöre ich nicht zum alten Eisen.«
»Okay, Boss. Zeichnen Sie das Gespräch für mich auf?«
»Natürlich. Und jetzt gehen Sie, und holen Sie Linnie her.«
Adam ging zur Tür. »Bevor ich gehe ... Die Spurensicherung hat die Kugeln von dem Angriff auf unseren Transporter eingesammelt. Falls ich noch nicht zurück sein sollte, wenn die Auswertung fertig ist, lassen Sie sie bitte mit der Kugel abgleichen, mit der Andy Gold getötet wurde.«
»Das werde ich«, versprach Isenberg. »Gehen Sie jetzt.«

19. Kapitel

Cincinnati, Ohio
Sonntag, 20. Dezember, 16.50 Uhr

»Es tut mir leid.« Meredith legte ihre Hand auf die ihres Großvaters, der immer noch am Fenster stand und mit bedrückter Miene aus dem Fenster starrte, als sie aus dem Konferenzraum zurückkehrte. Mit einem Mal war ihm sein Alter allzu deutlich anzusehen.
Nächste Woche war es sieben Jahre her, seit er seinen einzigen Sohn und Meredith ihre Eltern verloren hatte. Doch sie sprachen nie über diesen Vorfall. Ihre Trauer war so übermächtig gewesen, und er und Gran hatten sich schreckliche Sorgen um sie gemacht.
Und sie hatte ihnen allen Grund dazu gegeben. Wenigstens jetzt konnte sie dafür sorgen, dass er nicht länger Angst um sie zu haben brauchte. Das war sie ihm schuldig.
Sie führte ihn zu dem Stuhl, auf dem Hanson in den frühen Morgenstunden gesessen hatte, zog einen für sich heran und lehnte den Kopf an seine Schulter.
»Es tut mir so leid«, flüsterte sie.
Er rieb seine stopplige Wange an ihrem Kopf. »Wieso?«
»Weil du so traurig bist. Und weil du das ganze Wochenende den Tapferen spielen musstest, damit keiner merkt, wie schlecht es dir in Wahrheit geht.«
Er drückte ihr einen Kuss auf die Schläfe. »Ich will gar nicht leugnen, dass es ein wenig leichter gewesen wäre, wenn all das erst in einem Monat passiert wäre, aber ... hey, Scheiße wie diese hält sich nun mal nicht an den Terminkalender.«
Sie lachte. »Das ist allerdings wahr.« Sie seufzte. »Ich vermisse sie auch.«

»Ich weiß, Schatz. Deine Eltern wären so stolz auf dich gewesen. Ich bin's jedenfalls. Du warst die ganze Zeit so mutig und tapfer und konzentriert. Die meisten hätten sich wahrscheinlich ins Bett gelegt, sich die Decke über den Kopf gezogen und Rotz und Wasser geheult.«
»Ich hätte das vielleicht auch getan, aber leider hatte ich keine Zeit dafür«, bemerkte sie trocken, worauf er leise lachte.
»Es war eine Menge los, das ist wohl wahr. Aber vielleicht hat es auch ein bisschen geholfen. So schlimm es sein mag, doch als du gerade in diesem Meeting warst, hatte ich zum ersten Mal seit meiner Ankunft einen Moment für mich allein. Und da kam es plötzlich über mich, mit voller Wucht.«
Sie nickte. »Deshalb sehe ich zu, dass ich immer in Bewegung bleibe.«
»Aber du musst auch in der Lage sein, mit den Zeiten zurechtzukommen, in denen nichts passiert.«
Ja, er machte sich immer noch Sorgen um sie. Er hatte Angst vor dem, was sie tun könnte. Was sie sich selbst antun könnte. Und das war nicht nur beschämend, sondern auch traurig.
»Das bin ich. Es geht mir besser. Wirklich«, fügte sie hinzu, als sie seine verunsicherte Miene sah. »Deshalb ist es wichtig für mich, dass du dir alles in Ruhe ansiehst. Und daran glaubst.«
»Wegen Kimble?«
Sie lächelte. »Er heißt Adam. Und ... nein, mir ging es schon viel besser, bevor ich ihm begegnet bin. Und falls er auch weiterhin Teil meines Lebens bleibt, wird es mir noch besser gehen, das will ich gar nicht abstreiten.«
»Also gut«, brummte er.
Sie lachte. »Und versuch bitte, vor Freude nicht auszuflippen.«
Er schüttelte ernst den Kopf. »Es tut mir leid. Ich ... ich habe ihn vorhin nur am Telefon gehört. Draußen auf dem Balkon. Er hat mit seinem ...«, Clarke senkte die Stimme, »er hat mit seinem Sponsor gesprochen.«

Merediths Lächeln verflog. »Wie unhöflich von dir, Papa. Das war ein privates Gespräch.«
»Ich weiß, aber er hat dich in der Vergangenheit verletzt, und ich musste verstehen, warum. Seit Chris gab es keinen Mann mehr in deinem Leben.«
»Das stimmt nicht«, protestierte Meredith. »Ich habe dir nur keinen mehr vorgestellt.«
Er sah sie verblüfft an. »Und wen gab es da?«
»Das geht dich überhaupt nichts an. Fest steht, dass ich nicht gerade wie eine Nonne gelebt habe, alles andere braucht dich nicht zu interessieren.«
»Merry!«
»Das hast du dir selbst zuzuschreiben, alter Mann! Es ist nicht meine Schuld, wenn du Dinge erfährst, die du lieber nicht erfahren wolltest.«
»Auch wieder wahr. Aber dieser Kimble hat dir trotzdem wehgetan«, brummte er.
»Und inzwischen weiß ich auch, warum, und komme damit klar. Das muss dir als Erklärung reichen.«
»Tut es aber nicht. Nicht, wenn ich am Ende wieder die Scherben einsammeln darf.«
»Das ist unfair«, sagte sie.
Er wandte den Blick ab. »Stimmt. Aber genauso empfinde ich nun mal. Und meine Therapeutin meint, ich darf dir sagen, wie ich empfinde.«
»Du hast eine Therapeutin?«, platzte Meredith heraus.
Er sah sich entnervt um. »Kannst du vielleicht noch lauter reden?«
»Entschuldige.« Sie senkte eilig die Stimme. »Also noch mal – du hast eine Therapeutin?«
Er lachte. »Na ja, sozusagen.« Er wurde rot. »Sie ist im Ruhestand.«
»Papa.« Meredith war entzückt. »Du hast eine Freundin?«

Er zuckte die Achseln, dann warf er sich in die Brust. »Ja. Ich möchte gern, dass du sie kennenlernst, wenn all das hier vorbei ist.«

Sie hakte sich bei ihm unter und drückte seinen Arm. »Erzähl mir von ihr. Ich will alles wissen. Wo habt ihr euch kennengelernt? Wie heißt sie? Was macht ihr so? Strandspaziergänge im Mondschein?«

Er verdrehte die Augen. »Sie heißt Sharon und ist, wie gesagt, Psychologin im Ruhestand. Wir haben uns in einer Trauergruppe kennengelernt. Deine Großmutter war gestorben, und ich war … irgendwie verloren.«

Merediths Lächeln verflog. »Sie hat die Gruppe geleitet?« Die Vorstellung behagte ihr ganz und gar nicht.

»Nein, sie war Teilnehmerin. Sie hatte gerade ihren Mann verloren. Das ist schon ein paar Jahre her. Wir sind … du weißt schon. Miteinander ausgegangen. Vor etwa einem Jahr.«

Meredith grinste verschmitzt. »*Ihr seid miteinander ausgegangen?* So nennt ihr alten Menschen das immer noch?«

Er lief rot an. »Das geht dich nichts an, Merry.«

Sie lachte. »Wieso denn nicht? Du bist in …« Sie räusperte sich. »Du bist offiziell in einer Beziehung.«

Er schüttelte den Kopf, doch um seine Mundwinkel spielte ein Grinsen. »Ja, ich denke, das trifft es. Ich möchte, dass du sie kennenlernst. Sie ist dir sehr ähnlich, genauso furchtlos wie du.«

Mit einem Mal brannten Merediths Augen. »Papa.«

»Das ist mein voller Ernst. Sie hat mir sehr geholfen. Wir müssten über alles in Ruhe reden, hat sie gemeint. Ich könnte nicht jedes Jahr zu Weihnachten herkommen und so tun, als würde ich dich nicht mit Adleraugen beobachten, damit dir bloß nichts passiert.«

Es war wie ein Stich ins Herz, wenn auch einer, den sie sich

selbst eingehandelt hatte. Oder er. »Du hast ihr von mir erzählt?«, fragte sie und registrierte erstaunt, wie kleinlaut sie auf einmal klang.
»Ja. Es tut mir leid, aber ... eines Abends ist alles aus mir herausgebrochen und ...« Er seufzte. »Entschuldige.«
»Natürlich. Du musstest jemandem davon erzählen, und Gran ist nicht mehr da, deshalb ... ich verstehe das.«
»Danke.« Er atmete auf. »Ich habe ihr eine Nachricht geschrieben, während du in dem Meeting warst, und erzählt, was ich über Kimble erfahren habe. Ich habe ihr auch erzählt, was er gesagt hat – dass du bei Weitem nicht so unerschütterlich bist, wie du alle glauben lässt. Und dass er sich bemühen würde, dir nicht mehr wehzutun. Aber ich habe Angst, Merry, ganz ehrlich. Der Mann hat Probleme, die sogar noch schwerer wiegen könnten als deine.«
Sie wünschte, sie könnte ihm böse sein, ihn anschnauzen, weshalb er ungefragt Adams Geheimnisse jemandem anvertraute, den Adam noch nie gesehen hatte, aber er wirkte so offen, so verletzlich, wie sie ihn seit Jahren nicht mehr erlebt hatte. Deshalb holte sie tief Luft und verkniff sich eine scharfe Erwiderung. »Und was hat sie gesagt?«
»Dass ich mich nicht zu Spekulationen hinreißen lassen, sondern dir einfach sagen soll, wie ich mich fühle. Und ...« Er stieß einen tiefen Seufzer aus. »Dass ich dir vertrauen soll. Dass du jemand zu sein scheinst, der sein Leben hervorragend im Griff hat.«
Wie freundlich von ihr, dachte Meredith verdrossen, verdrängte ihre Verärgerung jedoch. Diese Frau konnte ihm offenbar geben, was er brauchte. »Papa, hör mir zu, denn ich sage das nur ein einziges Mal. Stell dir vor, ich hätte all das, was damals passiert ist, ganz allein durchstehen müssen. Stell dir vor, ich hätte dich, Gran und Alex nicht an meiner Seite gehabt.«

Er erschauderte. »Das will ich mir lieber nicht ausmalen.«
»Ich weiß. Aber überleg dir, dass Adam etwas ähnlich Schlimmes durchmacht, nur ist er ganz allein dabei.«
Clarke runzelte die Stirn. »Aber er hat doch Familie.«
»Das stimmt, und ein Teil davon hat ihn ebenso unterstützt wie du mich. Aber eben nicht alle. Und die Stimmen derjenigen, die ihn im Stich gelassen haben, waren diejenigen, die er am lautesten gehört hat. Er hat versucht, ein sehr schlimmes Erlebnis zu verarbeiten, und tut es immer noch, und ich habe kein Problem mit der Art und Weise, wie er damit umgeht. Deshalb solltest du auch keines haben.«
Clarke schloss die Augen. »Okay«, sagte er, und es hörte sich so an, als würde er es auch so meinen.
»Papa?« Sie wartete, bis er die Augen wieder aufschlug. »Es geht mir gut. Wirklich. Und ich gehe ebenfalls zu einer Therapeutin.«
Er riss die Augen auf. »Ehrlich?«
Sie lächelte. »Ja, es gibt jemanden, mit dem ich reden kann, wenn es zu schlimm wird.«
»Deine Freundin Faith?«
»Nein, nicht Faith. Sie ist meine Freundin. Meine Ärztin ist ausgebildete Psychotherapeutin. Ich mag sie auch, aber wir haben keinen privaten Kontakt. Ich gehe schon seit ein paar Jahren zu ihr, und sie überwacht auch meine Medikamentendosis. Sie ist sehr gut. Das wollte ich dir schon länger sagen.«
Er lächelte. »Das beruhigt mich mehr als alles andere.«
Wieder drückte sie seinen Arm. »Gib Adam eine Chance. Auch er trägt eine Maske. Aber dahinter verbirgt sich ein Mann ... mit einem sehr großen Herzen.«
Er drückte ihr einen Kuss auf die Schläfe. »Na gut. Ich tue es für dich. Weil ich für dich fast alles tun würde.«
»Darauf komme ich gern zurück. Ich habe Videos von Mum und Dad, die ich mir all die Jahre nicht ansehen konnte.

Würdest du das zusammen mit mir tun? Nächste Woche? Am Jahrestag?«
An jenem Tag, nach dem ihr Leben nie wieder so gewesen war wie zuvor.
Sie spürte, wie sich sein Brustkorb hob. Und wieder senkte.
»Ja. Aber ... vielleicht lieber nicht, wenn Kimble in der Nähe ist. Ich glaube nicht, dass ich das ohne einen anständigen Drink schaffe, und ich will nicht vor seinen Augen Alkohol trinken.«
»Okay«, flüsterte sie.
Ein Räuspern ertönte direkt hinter ihnen. Sie fuhren herum und sahen den Mann hinter ihnen stehen, über den sie gerade gesprochen hatten.
»Entschuldigung«, sagte Adam sichtlich verlegen, »aber ich muss jetzt los. Wir wissen, wo Linnie ist. Ich wollte nur sichergehen, dass mit dir alles in Ordnung ist.«
Meredith erhob sich und sah ihn unsicher an. Dass er etwas mitbekommen hatte, lag auf der Hand, allerdings wusste sie nicht, wie viel. »Kann ich dich kurz sprechen?«
»Ja, aber nur ganz kurz. Wir müssen sie so schnell wie möglich von ihrem Unterschlupf wegholen.«
Sie traten vor Isenbergs Büro. »Alles okay?«, fragte sie. »Ich weiß nicht, wie viel du von unserer Unterhaltung mitbekommen hast, aber Papa meint es wirklich nur gut.«
»Es ist mir egal, dass ihr über mich geredet habt. Ich will nur sichergehen, dass es dir gut geht.«
Sie sah ihn verblüfft an. »Ja. Wieso?«
»Deine Eltern sind umgekommen, richtig?«
Sie schluckte. »Ja. Nächste Woche sind es sieben Jahre.«
»Kommen deshalb all deine Freunde und Verwandten her? Um die Feiertage gemeinsam mit dir zu verbringen?«
»Teilweise, ja, aber diese Unterhaltung würde ich lieber nicht jetzt und hier führen, wenn es dir recht ist. Also später?«

»Ja.« Er trat näher. »Ich wünschte, es wäre schon so weit. Ich möchte dich so gern umarmen und festhalten.«
»Das wäre schön. Aber es ist alles in Ordnung. Und du?«
»Mir geht's gut. Isenberg wollte sich dein Gespräch mit Penny Voss anhören. Außerdem hat sie ein paar Fotos, die Penny sich ansehen sollte. Vielleicht erkennt sie ja jemanden wieder.«
»Natürlich.«
»Okay. Ich muss los, aber ich bin bald zurück.« Er machte kehrt und ging in Richtung Aufzug davon. »Kate und Trip sind gerade auf dem Weg vom Mariposa House hierher und sorgen dafür, dass ihr alle sicher ins Penthouse zurückkommt.«
»Danke, Adam«, rief sie. »Und pass auf dich auf.«
Ein strahlendes Lächeln breitete sich auf seinem Gesicht aus.
»Das werde ich. Wegen ... du weißt schon. Später.«
Er trat in den Aufzug, und nicht einmal der vielsagende Blick ihres Großvaters ließ ihr eigenes Lächeln verblassen.

Cincinnati, Ohio
Sonntag, 20. Dezember, 17.45 Uhr

Linnea hatte nicht damit gerechnet, dass es so lange dauern würde. Eine Waffe zu besorgen, hatte sich als weitaus schwieriger entpuppt als vermutet. Andy hatte ihr das Messer gegeben, mit dem sie später auf das Schwein losgegangen war. *Ich hätte es ihm ins Herz rammen sollen.*
Bei Andy hatte es so einfach ausgesehen. Sie hingegen hatte Stunden gebraucht, um jemanden aufzustöbern, der ihr auf der Straße eine Pistole verkaufte, nur um dann auch noch beinahe einen Herzinfarkt zu erleiden, als der Dealer damit auf sie gezielt hatte.
Eigentlich keine ganz schlechte Methode, um abzutreten.

Einfach tot umfallen, und das war's. Keine Hektik, kein Geschrei, kein Theater. Denn genau davon würde sie bald mehr als genug haben, falls sie es schaffte, die nächsten Tage zu überstehen.

Dabei war sie ohnehin viel zu schwach, um noch lange zu leiden. Sie war völlig ausgekühlt und erschöpft. Hoffentlich ließen die Nonnen sie überhaupt noch herein. Sie hatte keine Ahnung, wie spät es war, aber es musste fast sechs sein, denn inzwischen war es dunkel.

Sie bog um die Ecke und blieb abrupt stehen. Was zum Teufel war das? Vier Streifenwagen standen auf der Straße vor der Kirche, und es wimmelte nur so von Cops. *Ich bin aufgeflogen. Aber wie konnte das sein?* Sie war doch so vorsichtig gewesen. Doch dann sah sie ein vertrautes Gesicht.

Dr. Dani stand mit verschränkten Armen am Straßenrand. Eine Frau und ein Mann, beide in schwarzen Wollmänteln, redeten auf Schwester Jeanette ein, die ebenfalls die Arme vor der Brust verschränkt hatte und vehement den Kopf schüttelte.

Dr. Dani hatte sie verpfiffen, aber Schwester Jeanette weigerte sich, die Cops hereinzulassen. *Danke, Schwester. Und scheiß auf Sie, Dr. Dani. Wie dumm von mir, Ihnen zu vertrauen.*

Linnea wich einen Schritt zurück. Sie musste sich einen anderen Schlafplatz suchen. Hoffentlich fand sie etwas, wo es warm war, denn die Temperaturen würden heute Nacht im einstelligen Bereich liegen. Es wäre gut, wenn sie lange genug am Leben bliebe, um *ihn* vorher noch umzubringen.

Sie wirbelte herum und wollte loslaufen, als sie geradewegs gegen eine Wand lief – eine Wand aus betonharten Muskeln. Ihr blieb das Herz stehen. Sie sah auf.

Plötzlich konnte sie nicht mehr atmen. Es ging einfach nicht. Wie von selbst glitt ihre Hand in ihre Jackentasche.

Beim Anblick von Butchs lächelndem Gesicht gefror ihr das Blut in den Adern. »Na, hallo«, sagte er. »Ich habe dich schon überall gesucht. Der Boss wird sich freuen, dass du wohlauf bist.« Sein Grinsen wurde noch breiter und entblößte seine schiefen Zähne. Und mit einem Mal war es wieder Freitagnacht. Sie spürte förmlich die Schmerzen, als sie ihm hilflos ausgeliefert war.

Aber jetzt konnte sie sich wehren. Ohne den Blickkontakt zu lösen, zog sie die Waffe heraus und drückte ab. Wieder. Und wieder. Und wieder. Und noch einmal, weil er immer noch vor ihr stand, *verdammte Scheiße.*

Er streckte die Hand nach ihr aus, doch sie stieß ihn weg, woraufhin er ins Straucheln geriet und auf die Knie fiel, während sie ein paar Schritte zurücktrat. Ihre Ohren klingelten von den Schüssen.

Leute schrien, doch sie nahm die Stimmen nur gedämpft wahr. Sie wich noch einen Schritt zurück, starrte Butch an, der … stocksauer dreinsah. Und der einfach nicht liegen blieb, der sich jetzt sogar wieder *aufrappelte.*

Die Waffe in ihren Händen zitterte, ihr ganzer Körper schlotterte. Entsetzt sah sie, wie er die Zähne bleckte und versuchte, auf die Beine zu kommen, als ihr benebeltes Gehirn mit einem Mal ein scharfes Krachen registrierte. Sekunden später explodierte Butchs Kopf vor ihren Augen.

Genauso wie bei Andy.

Noch mehr Schreie. Leute kamen angelaufen.

Lauf. Die Cops! Sie nehmen dich mit! Lauf!

Sie steckte die Waffe ein, machte kehrt und rannte los.

Cincinnati, Ohio
Sonntag, 20. Dezember, 17.48 Uhr

Sein Handy vibrierte, als Mikes Nachricht einging. Hoffentlich gute Nachrichten. Verstohlen blickte er auf die Nachricht. *Butch kaltgemacht, wie du es wolltest. Mädchen entwischt.*

»Scheiße, scheiße, scheiße!«, murmelte er. Er hatte Butch gesagt, wo er nach Linnea suchen sollte, und dann Mike informiert, wo er Butch finden würde. Butch hätte Linnea töten und Mike Butch mit dem Gewehr vom Dach aus erledigen sollen.

Immerhin war Butch beseitigt, aber Linnea lief immer noch frei herum. Verdammt.

Mike schickte die nächste Nachricht. *Sie war bewaffnet und hat auf ihn geschossen, bevor ich dazu kam. Hatte sie schon im Visier, aber Butch musste den Helden spielen und wollte sie packen. Habe zuerst ihn erschossen, und dann ist sie abgehauen.*

Finde sie, hämmerte er zornig auf die Displaytastatur ein.

Mikes Antwort kam unverzüglich. *Bin schon dabei.*

Cincinnati, Ohio
Sonntag, 20. Dezember, 17.48 Uhr

Scheiße, scheiße, scheiße. Gerade hatten Adam und Scarlett noch mit Schwester Jeanette herumdiskutiert, und jetzt folgten sie im Laufschritt den Schüssen an der nächsten Straßenecke.

Was sie vorfanden, war alles andere als ein schöner Anblick. Ein Mann lag auf dem Bürgersteig, auf dem Rücken, die Beine in einem unnatürlichen Winkel abgeknickt, inmitten einer dunklen Blutlache, während die leuchtend roten Spritzer den schmutzigen Schnee am Straßenrand färbten.

»Scheiße«, stieß Adam halblaut hervor. »Genau wie bei Andy Gold.« Die Kugel hatte den Hinterkopf des Opfers praktisch komplett weggeschossen. »Bis auf das hier.« Er deutete auf den roten Fleck auf Brust und Bauch des Mannes. »Das hatte Andy nicht.«

Er ging in die Hocke und richtete den Lichtkegel seiner Taschenlampe auf das, was von seinem Gesicht noch übrig war. »Verdammt noch mal, das ist der Gorilla.«

»Stimmt.« Mit einem frustrierten Seufzer ging Scarlett auf der anderen Seite des Mannes in die Hocke.

Zum Glück bestand das Einsatzkommando aus vier weiteren Streifenwagen, daher waren ausreichend Beamte vor Ort, um den Tatort im Handumdrehen abzuriegeln. Zwar versuchten die Schaulustigen weiterhin, Fotos von dem Toten zu machen, doch sie wären viel zu unscharf, um sie an die Medien zu verhökern.

Scarlett richtete den Lichtkegel von Adams Taschenlampe so aus, dass er direkt auf die Brust des Opfers zeigte. »Vier Schüsse in Brust und Bauch, alle von vorn abgefeuert, aber nur ein einziger Schuss in den Kopf, der von hinten abgefeuert wurde.«

»Also haben wir es mit zwei verschiedenen Schützen zu tun. Die Kugel im Kopf stammt aus einem Gewehr.«

»Großkalibrig. Die Löcher in seinem T-Shirt sind wesentlich kleiner. Von wo aus wurde das Gewehr abgefeuert?«

Zum zweiten Mal an diesem Tag drehte Adam sich ganz langsam im Kreis und versuchte, das Schimmern einer Waffe auszumachen, was allerdings nahezu unmöglich war, da die Dunkelheit längst hereingebrochen war. Außerdem war der Schütze höchstwahrscheinlich längst über alle Berge.

»Den Blutspritzern nach zu urteilen, stand er mit dem

Gesicht nach Osten.« Adam ließ den Blick über die Fenster und Dächer in westlicher Richtung schweifen und deutete auf eines von ihnen. »Da oben.«

»Wir brauchen die Spurensicherung. Die müssen die Flugbahn bestimmen.« Scarlett stieß einen leisen Fluch aus. »Falls das überhaupt noch geht. Er wurde bewegt. Jemand hat ihn auf den Rücken gerollt.«

Sie hatte recht – die rechte Wange des Gorillas war von Blut bedeckt, das nur davon herrühren konnte, dass er in der Lache zu seiner Linken gelegen hatte. »Verdammt. Wir haben doch nicht einmal eine Minute gebraucht, um herzukommen.«

Die meisten Schaulustigen, die sich um sie geschart hatten, verfolgten das Szenario sichtlich schockiert, einige jedoch schienen sich regelrecht daran aufzugeilen. Einige trugen Wintermäntel, andere schlotterten hemdsärmelig in der Kälte. Sie waren vermutlich aus den Geschäften gelaufen, die auf dieser Straße noch geöffnet hatten.

»Wer hat den Mann herumgerollt?«, fragte Adam, mühsam um Selbstbeherrschung ringend. Keiner antwortete. »Hat irgendjemand etwas gesehen?«

»Ja, ich.« Eine ältere Frau trat aus der Menge und streckte ihm ihr Telefon hin. »Ich habe ein Foto gemacht, als er zusammengebrochen ist.« Sie warf den Schaulustigen hinter ihr einen vernichtenden Blick zu. »Jemand hat ihn tatsächlich umgedreht, aber die Burschen sind abgehauen, nachdem sie sein Gesicht fotografiert hatten. Ich bin hiergeblieben, weil ich dachte, dass Sie bestimmt ein Foto von dem Moment brauchen, als er zu Boden gefallen ist.«

Manchmal war Reality-TV doch zu etwas nütze. »Das war sehr weitsichtig von Ihnen, Ma'am. Ich bin Detective Kimble, das ist meine Kollegin, Detective Bishop. Und Sie sind …«

»Erinn Brinton … Erinn mit zwei n«, sagte die Frau. »Ich

arbeite in dem Café da drüben.« Sie wies mit dem Kinn in Richtung des Gebäudes. »Ich habe gerade eine Zigarettenpause gemacht und alles gesehen. Das Mädchen hat ihn erschossen. Sie war so mager, dass ich sie am liebsten hereingeholt und ihr etwas zu essen gegeben hätte. Aber er hat sie gepackt, obwohl sie überhaupt nichts getan hat. Ich wollte schon die Polizei rufen, weil sie völlig verängstigt wirkte und er so gemein aussah. Aber dann hat sie plötzlich die Waffe aus ihrer Tasche gezogen und auf ihn gefeuert. Tut mir leid, dass ich in dem Moment nicht dran gedacht habe, ein Video zu machen, aber es ging alles so schnell.«
»Ist schon okay.« Adam nickte ermutigend, während ihm auffiel, dass sie erschreckend bleich war und am ganzen Leib zitterte. »Was ist dann passiert?«
Erinn schüttelte ungläubig den Kopf. »Er hat versucht aufzustehen, was völlig verrückt war. Er hat aus einer Wunde am Bauch geblutet, aber trotzdem … er sah wie ein Roboter aus oder ein Monster oder so was.« Adam packte sie beim Ellbogen, als sie ins Schwanken geriet.
»Könnte bitte jemand einen Stuhl bringen?«, rief er einem der Uniformierten zu. Mrs Brinton sah gar nicht gut aus. Ein Mann löste sich aus der Menschentraube und reichte Adam eine Wasserflasche.
»Hier. Sie ist noch zu.«
»Danke.« Adam schraubte sie auf und drückte sie Erinn in die Hand, während er sie stützte. »Hier, trinken Sie das, Ma'am. Und versuchen Sie, ganz ruhig zu atmen.«
Sie nickte und schien sich ein wenig zu fangen. »Es geht mir gut«, sagte sie, auch wenn es eher klang, als wolle sie sich selbst überzeugen. »Jedenfalls sah das Mädchen völlig verängstigt aus, und einen Moment lang dachte ich, sie schießt noch mal. Aber dann ist er aufgestanden, und bumm …«
»Der letzte Schuss«, sagte Adam.

»Genau. Er fiel nach vorn.« Sie zeigte Adam das Foto – ein Mann lag ausgestreckt und mit der rechten Wange auf dem Boden.

»Haben Sie gesehen, in welche Richtung das Mädchen gelaufen ist?«, fragte Adam.

»Zur nächsten Straßenecke«, antwortete Erinn. »Für mich sah es so aus, als hätte sie ihn gekannt. Vielleicht waren sie ja ein Paar, und er ist gewalttätig geworden, worauf sie eine einstweilige Verfügung erwirkt hat, die er aber missachtet hat. Ich hab so was schon mal gesehen.« Ihre Augen füllten sich mit Tränen. »Wieso hören die Typen denn nicht zu, wenn eine Frau Nein sagt?«

»Das kann ich leider nicht beantworten, Ma'am«, erwiderte Adam wahrheitsgetreu, während ein Streifenbeamter mit einem Klappstuhl herankam.

»Ich habe einen Krankenwagen gerufen«, sagte er leise zu Adam. KHAN stand auf dem Namensschild auf seiner Brust.

»Der Besitzer des Cafés sagt, sie hätte Herzprobleme.«

»Danke.« Adam half der älteren Frau auf den Stuhl. »Ich muss weg, Mrs Brinton, aber Sie bleiben bitte ganz ruhig hier sitzen, ja?«

»Okay.« Sie hielt die Wasserflasche umklammert.

»Officer Khan bleibt in der Nähe. Sollte es Ihnen plötzlich schlechter gehen, sagen Sie ihm bitte Bescheid. Ich komme bald wieder, aber sollte zwischenzeitlich der Krankenwagen kommen, fahren Sie bitte mit.«

Dass sie nicht protestierte, sprach Bände. »Was, wenn Sie noch Fragen an mich haben?«

»Officer Khan kann mir sagen, wo ich Sie finde. Aber jetzt soll er Ihnen erst mal helfen, Ihre Familie oder Freunde anzurufen. Und später hätte ich dann gern das Foto.« Er gab ihr seine Visitenkarte. »Meine Mailadresse und meine Telefonnummer stehen hier. Rufen Sie mich an, wenn Ihnen noch etwas einfällt.« Er tätschelte ihr die Hand, dann trat er zu Scarlett, die mit einem der Streifenbeamten redete.

Deacon und Hanson kamen angelaufen. »Was ist passiert?« Stirnrunzelnd ließ Deacon den Blick über den Tatort schweifen. »Scheiße, der Kerl sieht ja wie unser Gorilla aus.«

»Er ist es.« Adam gab wieder, was Mrs Brinton ihm erzählt hatte. »Und das Mädchen scheint Linnie zu sein.«

Scarlett seufzte. »Offensichtlich war sie auf dem Rückweg zur Unterkunft, aber wir waren schon da.«

»Und haben sie verjagt. Jetzt wird es noch schwieriger, sie zu finden«, warf Hanson grimmig ein.

»Heute ist es eiskalt«, meinte Scarlett. »Sie muss sich irgendeinen Unterschlupf suchen. Wir sollten die üblichen Anlaufstellen überprüfen.«

Deacon sah Adam mitleidig an. »Wir müssen Isenberg informieren, dass wir sie verloren haben.«

Die Aussicht auf das Telefonat war alles andere als erfreulich. »Und Trip auch«, meinte Adam. »Er wollte Shane und die Davis' an einen sicheren Ort bringen und muss informiert werden, dass unser Schütze immer noch da draußen herumläuft.«

»Bringt er Shane und die Davis' ins Penthouse?«, fragte Deacon.

»Für die Eltern wäre nicht genug Platz, wenn Meredith und ihr Großvater wieder dort sind. Wir wollen aber, dass Shane bei Kyle und seinen Eltern bleibt. Ich informiere Isenberg und Trip. Wir riegeln das ganze Gebiet ab und überprüfen sämtliche Anwohner.«

»Ich kümmere mich darum«, erbot sich Hanson.

»Ich informiere Quincy. Schließlich hat er die Spurensuche am Gold-Tatort geleitet«, meinte Scarlett.

»Danke.« Adam trat ein paar Schritte beiseite und wählte Trips Nummer.

»Was gibt's? Habt ihr sie?«, fragte Trip.
»Nein.« Adam schilderte, was vorgefallen war.
»Sobald ich Shane und die Davis' in Sicherheit gebracht habe, sehen wir uns auf dem Revier. Hoffentlich habe ich bis dahin einen Durchsuchungsbefehl für Voss' Haus. Vielleicht bringt uns das ja weiter.«
Adam legte auf, holte tief Luft und wählte die Nummer seiner Vorgesetzten. *Das wird nicht lustig.*

Cincinnati, Ohio
Sonntag, 20. Dezember, 18.05 Uhr

»Tut mir leid, dass es so lange gedauert hat«, sagte Corinne, als sie aus dem Aufzug stieg. »Ich habe von allem etwas mitgebracht.«
»Kein Problem.« Meredith nahm ihrer Assistentin eine der Schachteln mit Malutensilien ab. »Hätte ich gewusst, dass du schon so lange vor der Praxis sitzt, hätte ich Isenberg früher Bescheid gesagt.«
»Ich bin bloß froh, dass es dir gut geht.« Corinnes Züge erhellten sich, als sie Merediths Großvater an einem der leeren Schreibtische sitzen sah. »Mr Fallon! Schön, Sie zu sehen!«
Clarke lächelte sie an. »Corinne! Wie geht es Ihnen?«
»Besser, nachdem ich jetzt weiß, dass es Ihnen beiden gut geht. Agent Troy hat mich vor einiger Zeit angerufen, damit ich die Sachen zusammensuche, und wollte, dass wir uns in der Praxis treffen. Aber er kam nicht, deshalb habe ich Lieutenant Isenberg angerufen, die jemanden geschickt hat, der mich abholt.« Sie lächelte. »Trip, Kate und Mallory. Und Cap. Sie waren gerade auf dem Weg vom Mariposa House hierher.« Corinne arbeitete ebenfalls ehrenamtlich dort. »Sie

sind noch unten in der Lobby und reden mit Lieutenant Isenberg, sollten aber jeden Moment hier sein.«
In dieser Sekunde glitten die Aufzugtüren auf, und Lynda Isenberg trat mit einem Stück in Zellophan verpacktem Kuchen aus der Cafeteria heraus, dicht gefolgt von Trip, Kate, Mallory, die alle sichtlich finster dreinsahen, sowie dem bestens gelaunten Cap.
Meredith konnte kaum fragen, was vorgefallen war, als Mallory schon auf sie zurannte und die Arme so fest um sie schlang, dass sie kaum Luft bekam.
»Hey, was ist denn?« Sie blickte die anderen über Mallorys Schulter hinweg an.
Mallory weinte.
»Ich glaube, sie musste einfach nur sehen, dass es dir auch wirklich gut geht«, meinte Kate. »Ich bringe sie später zurück.«
»Es geht mir gut. Wirklich. Aber, Mallory, wenn du mich weiter so festhältst, brichst du mir noch die Rippen.«
Schniefend ließ Mallory von ihr ab. »Wieso versucht jemand, dich zu töten? Wieso?« Allein die Vorstellung, jemand könnte es auf Meredith abgesehen haben, schien ihr unbegreiflich zu sein. Was wirklich hinreißend war.
»Ich weiß es nicht, aber Detective Kimble und seine Leute werden es bestimmt herausfinden.«
Isenberg räusperte sich betont. »Die Voss-Damen warten, Dr. Fallon.«
»Ich weiß. Jetzt habe ich ja meine Sachen hier.« Meredith strich Mallory liebevoll über die Wange. »Setz dich doch einfach und warte, bis ich fertig bin. An meinen Großvater erinnerst du dich noch von gestern, oder?«
Clarke lächelte sie freundlich an. »Komm, Mallory, holen wir uns Kaffee und Kuchen aus der Cafeteria. Wollen Sie mitkommen, Kate?«

»Kuchen ist immer gut. Aber vorher will ich nach Shane, Kyle und seinen Eltern sehen. Wir haben eine sichere Unterkunft für sie gefunden. Agent Triplett fährt sie hin.«
Trip nickte. »Und diesmal habe ich ausreichend Verstärkung dabei.«
»Gott sei Dank«, meinte Meredith.
Kate tätschelte Caps Kopf. »Du kommst mit mir, Cap. Sie können auch mitkommen, Clarke, wenn Sie sich von Kyle und Shane verabschieden wollen.«
Meredith sah ihnen hinterher, ehe sie sich an Isenberg wandte. »Kann jemand Corinne nach Hause bringen?«
»Aber natürlich. Ich kümmere mich darum, sobald Sie mit der Befragung angefangen haben.« Isenberg drückte ihr drei Fotos in die Hand, ehe sie sich einen Karton mit Malsachen griff und zum Gehen wandte.
Meredith sah sich die Fotos an. Eines von ihnen zeigte einen riesigen Kerl mit toten Augen – wahrscheinlich dieses Ungeheuer, das nach Shane gesucht hat. Bei dem zweiten Foto handelte es sich um eine körnige Aufnahme von Linnie, das letzte zeigte eine lachende junge Frau von einem Facebook-Profil, deren Name nicht zu sehen war.
Meredith sah auf und bemerkte, dass Isenberg bereits ein gutes Stück den Gang hinuntergegangen war. Sie schnappte sich den zweiten Karton und folgte ihr eilig.

Cincinnati, Ohio
Sonntag, 20. Dezember, 18.10 Uhr

Adam wartete gerade darauf, dass die Spurensicherung mit der Untersuchung des Tatorts anfing, als sein Telefon läutete. Die Nummer des Chicagoer Polizeireviers leuchtete auf dem Display auf. Er nahm den Anruf an.

»Abe Reagan. Ich habe das Gespräch auf Lautsprecher gestellt, und Detective Mitchell ist hier. Unser Kollege von der Spurensicherung konnte blutige Fingerabdrücke an Tiffany Curtis' Kleidung sicherstellen. Offenbar hat der Mörder sie am Schlafanzugoberteil gepackt, als er ... als er ihr das Messer in den Leib gerammt hat. Wir schicken Ihnen eine Kopie rüber.« Das Bild von Tiffanys blutiger Leiche flammte vor Adams geistigem Auge auf. Er war heilfroh, dass sein Magen leer war. »Hat die Datenbank etwas ausgespuckt?«
»Rein gar nichts«, antwortete Mitchell verärgert. »Aber das war nicht sein erster Mord, nie im Leben.«
Adam seufzte frustriert. Das wäre auch zu einfach gewesen. »Ihr Verdächtiger ist tot.«
Einen Moment lang herrschte Schweigen in der Leitung.
»Tja, ich kann nicht behaupten, dass ich traurig darüber bin«, meinte Mitchell trocken.
»Sicher?«, fragte Reagan.
»Ich stehe praktisch vor seiner Leiche. Er wurde von einem Scharfschützen erschossen, vielleicht sogar demselben wie jenem, der auf den Transporter gefeuert hat, in dem wir heute Nachmittag Shane Baird, seinen Freund Kyle und die ursprüngliche Zielperson, unsere Kinderpsychologin, aufs Revier bringen wollten.«
»Also wurde er von einem seiner eigenen Leute kaltgemacht?«, hakte Mitchell nach. »Scheint ja ein gnadenloser Haufen zu sein.«
»Sieht ganz so aus. Ein Kollege vonseiten der Feds wurde verletzt, aber er kommt wieder auf die Beine. Ein paar Stunden später hat der Gorilla hier versucht, unsere einzige Zeugin zu erledigen, die den Restaurant-Schützen vielleicht beschreiben kann. Sie hat ihn angeschossen, und der Scharfschütze hat ihm den Rest gegeben. Ich dachte, das interessiert Sie bestimmt.«

»Haben Sie auch einen anderen Namen als *Gorilla* für ihn?«, fragte Mitchell patzig.

»Noch nicht, aber sobald wir seinen richtigen Namen kennen, sagen wir Bescheid. In der Zwischenzeit schicken wir Ihnen die Fotos vom Tatort.« Er sah Quincy aus dem Transporter der Spurensicherung steigen. »Was bald der Fall sein sollte. Unser Leiter der Spurensicherung ist gerade gekommen. Ich muss Schluss machen.«

Er beendete das Gespräch, gerade als Quincy seinen Koffer neben der Leiche abstellte. »Wo Kimble ist, da ist auch Ärger«, bemerkte er.

»Das können Sie laut sagen«, gab Scarlett gedehnt zurück. Adam wollte die Augen verdrehen, doch etwas an Quincys Tonfall ließ ihn innehalten. »Was genau wollen Sie damit sagen?«

»Ich habe gerade den Transporter untersucht. Ganz offensichtlich hat der Schütze nur auf die Beifahrertür und das -fenster gezielt.« Quincy kniff die Augen zusammen. »Das überrascht Sie wahrscheinlich nicht.«

Adam schüttelte den Kopf. »Eigentlich nicht, nein.«

Scarlett erstarrte. »Davon hast du uns nichts gesagt, Adam.«

»Weil ich nicht dazu gekommen bin. Dani kam herein, um uns zu sagen, wo wir Linnie finden.«

»Schwachsinn. Du hast das verdammte Meeting geleitet und hättest es uns gleich als Allererstes sagen müssen.«

»Sie wollten erst hören, was ich herausfinde, stimmt's?«, meinte Quincy.

»Stimmt«, gestand Adam. »Doch genau das ist mir auch aufgefallen. Dass ich der Einzige bin, der bei diesem Angriff hätte umkommen sollen. Aber das ist doch völlig unlogisch.«

»Verdammt«, stieß Scarlett hervor. »Weshalb solltest du plötzlich die Zielperson sein?«

»Keine Ahnung. Schließlich wurde doch Troy getroffen.«

»Er sagt, das liegt nur daran, dass Sie sich gerade nach hinten gebeugt hatten, um die anderen zu warnen«, sagte Quincy.
Adam massierte sich den Nasenrücken. »Wie geht es Troy?«
»Er musste stationär aufgenommen werden«, antwortete Quincy knapp. Sein Tonfall verriet beinahe so etwas wie Wut.
Adam starrte ihn ungläubig an. »Was? Aber er hat doch gesagt, es sei bloß eine Fleischwunde.«
»Und das haben Sie ihm geglaubt?«, blaffte Quincy.
»Äh, ja«, erwiderte Adam. »Ich habe keine weiteren Wunden gesehen.«
Quincy musterte ihn mit zusammengekniffenen Augen. »Mag sein. Aber hat er Ihnen die Wunde *gezeigt*?«
Adam durchforstete sein Gedächtnis. »Nein, soweit ich mich erinnern kann, nicht. Weshalb genau wurde er stationär aufgenommen? Die Wunde sollte doch nur mit ein paar Stichen genäht werden.«
»Er hat zwei Kugeln abbekommen. Eine in den Arm, die zweite in die Seite. Er kommt wieder auf die Beine, aber es war schlimmer, als er zugegeben hat.« Quincy schnaubte. »Entschuldigung. Es war nicht Ihre Schuld. Sie sollten dem Wort eines Bundesbeamten glauben können.«
»Aber wieso hat er gelogen?«
Quincy verdrehte die Augen. »Er steht nicht auf Krankenhäuser und Notärzte.«
»Hätte er das nicht einfach sagen können, verdammt noch mal?«, brummte Adam.
Quincy warf ihm einen wissenden Blick zu. »Würden Sie jedem auf die Nase binden, dass Sie eine Schwäche haben?«
Adam erinnerte sich, dass Quincy ihm vor dem Buon Cibo gestern genau denselben seltsamen Blick zugeworfen hatte. *Er weiß es. Oder zumindest vermutet er es.* Aber jetzt war nicht der richtige Zeitpunkt, sich darüber Gedanken zu machen. »Nein.«

»Eben. Troy hat es mir nur gesagt, weil ich die Kugel im Fahrersitz gefunden und ihre Flugbahn anhand des ersten Einschusslochs in der Windschutzscheibe bestimmt habe.«

»Das sich auf meiner Seite befand«, folgerte Adam.

Quincy nickte. »Der Schütze hat auf Sie gezielt. Die Kugel hat Sie nur nicht getroffen, weil Troy das Steuer herumgerissen hat.«

»Weil ich ihn gewarnt hatte«, sagte Adam.

»Was gut war«, erklärte Quincy. »Dank Troys Manöver hat die Kugel die Windschutzscheibe schräg statt gerade durchschlagen. Mit dem Ergebnis einer nicht ganz so schlimmen Fleischwunde für ihn statt einer tödlichen Verletzung für Sie. Troy scheint zu glauben, dass es das wert war.«

Adam schüttelte den Kopf. »Sobald er wieder auf dem Damm ist, verpasse ich ihm einen anständigen Tritt in den Hintern. Was für ein Idiot.«

»In dem Punkt sind wir uns einig. Ich hätte wertvolle Zeit für komplizierte Blutuntersuchungen verschwendet, nur um dann festzustellen, dass es seines ist.« Quincy hielt inne. »Aber noch etwas ist seltsam.«

Adam massierte seinen steifen Nacken. »Natürlich. Bitte sagen Sie es mir.«

»Sie hatten einen harten Tag, und es tut mir leid, dass ich Sie damit belasten muss, aber der Schütze hat ganz offensichtlich auf den oberen Teil des Transporters gezielt. Und Sie hatten auch recht mit Ihrer Einschätzung, wo er sich befunden hat. Ich habe herausgefunden, wo genau er Ihnen aufgelauert hat. Wir haben keine Zigarettenstummel oder sonst etwas Verwertbares gefunden, aber er hatte den Schnee an einer Stelle beiseitegeschoben. Es sieht so aus, als hätte er ein Stativ gehabt. Zuerst kamen die Schüsse tief und gerade, und als Sie an ihm vorbeikamen, hat Troy aufs Gas gedrückt. Die Schüsse auf den Laderaum hätten auch eher unten einschlagen sollen.«

»Stattdessen haben sie alle weiter oben eingeschlagen«, bemerkte Adam. »Darüber habe ich auch schon nachgedacht. Es hatte den Anschein, als wollte er niemanden im Laderaum treffen.«

Quincy nickte. »Genau mein Gedanke.«

»Also hat der Täter – wer auch immer er sein mag – versucht, Meredith im Buon Cibo zu töten, aber als er heute noch einmal die Gelegenheit dazu bekommt, schießt er daneben. Heute war Shane dabei. Das ist der große Unterschied.«

Scarlett wies auf die Leiche. »Und wir glauben, dass der Gorilla Shane in Chicago gesucht hat, weil er an Linnie herankommen wollte. Aber wenn Shane tot ist, kann er ihm nicht mehr sagen, wo er Linnie findet.«

Adam brummte zustimmend. »Und dann schießt Linnie ihn nieder. Was für eine Ironie.«

»Den Gorilla?« Quincy zuckte mit den Schultern. »Aber weshalb sollten ihn seine Komplizen kaltmachen?«

»Ich kann es mir nur damit erklären, dass sein Foto mittlerweile überall im Internet ist«, sagte Adam. »Die Chicagoer Polizei fahndet nach ihm. Wer auch immer den Gorilla auf dem Gewissen hat, versucht, ein paar Dinge zu Ende zu bringen.«

»Aber was hat das mit dir zu tun?«, wollte Scarlett wissen. »Mir leuchtet ein, weshalb auf Troy geschossen wird – damit der Wagen zum Stehen kommt und sie sich Shane schnappen können. Aber weshalb sollte jemand auf dich feuern?«

»Hätten die Täter Troy ausgeschaltet, wäre Adam immer noch bewaffnet und gefährlich.« Quincys Stimme war sehr leise. »Vielleicht dachten sie ja, Troy würde anhalten, wenn Adam angeschossen wäre.«

»Troy war ebenfalls bewaffnet und gefährlich«, hielt Scarlett dagegen.

»Troy ist aber kein Scharfschütze«, gab Quincy zurück und

grinste kurz, als er Adams Verblüffung sah. »Ich achte sehr genau darauf, mit wem ich zusammenarbeite ... auf Fähigkeiten und Schwächen. Adam hätte den Scharfschützen kaltmachen können, noch bevor er nahe genug herangekommen wäre, um Shane zu entführen.«

»Und wenn sie Troy erschossen hätten, wäre es vielleicht zu einem Unfall gekommen«, fügte Adam hinzu. »Und Shane hätte ebenfalls tot sein können.«

»Woher wussten die überhaupt, dass ihr die Strecke nehmt?«, fragte Scarlett. »Das war eine geplante Attacke.«

Adam zuckte mit den Schultern. »Kyles Eltern waren hier auf dem Revier. Wer auch immer das getan hat, wusste vielleicht nicht, wo wir Shane tagsüber versteckt gehalten hatten, aber sehr wohl, dass wir mit ihm unterwegs aufs Revier waren.«

Scarlett schien nicht überzeugt zu sein. »Aber ihr hättet doch auch eine andere Route nehmen können.«

»Vielleicht haben sie ja mehr als einen Schützen postiert«, wandte Adam ein. »An mehreren zentralen Stellen.«

Quincy seufzte. »Und wer weiß – vielleicht war der Typ, der auf Troy gezielt hat, ja einfach bloß ein lausiger Schütze.«

»Das glaube ich eher nicht«, meinte Adam.

Quincy schüttelte den Kopf. »Ich auch nicht.«

20. Kapitel

Cincinnati, Ohio
Sonntag, 20. Dezember, 18.10 Uhr

Candace Voss und Penny blickten von dem Film auf, den sie sich auf Candace' Smartphone angesehen hatten, als Meredith und Isenberg mit den Malutensilien hereinkamen.
Penny ignorierte Lieutenant Isenberg, stattdessen starrte sie Meredith mit weit aufgerissenen Augen an. »Jemand hat auf Sie geschossen.«
Meredith sah sie verblüfft an. »Du hast davon gehört?«
»Ich habe gehört, wie meine Mama und Tante Dianne darüber gesprochen haben. Was ist in den Schachteln?«
Der abrupte Themenwechsel kam nicht überraschend für Meredith. »Buntstifte, Malhefte und ...« – sie öffnete eine der Schachteln – »Knete! Das Fun Factory Superset mit zwanzig Teilen. Was willst du lieber? Malen oder mit Knete spielen?«
Penny beäugte sie argwöhnisch. »Wieso?«
Meredith setzte sich an den Tisch. »Verständliche Frage. Wieso was genau?«
»Wieso bin ich hier? Mama will es mir nicht sagen. Aber ich bin ja kein Baby mehr.«
»Du bist sechs«, erklärte Candace.
»Sechseinhalb«, gab Penny zurück. »Na und?«
Meredith stellte die Behälter mit der Knete auf den Tisch. »Die wichtigste Frage zuerst. Welche Farbe?«
»Rot.« Penny nahm einen dicken Klumpen Knete heraus und roch eingehend daran.
»Das habe ich früher auch immer getan«, sagte Meredith. »Aber schmecken tut sie überhaupt nicht.«
»Weiß ich«, erwiderte Penny. »Aber da steht, dass die Knete

nicht giftig ist. Das bedeutet, dass man nicht daran sterben kann.«

»Richtig.« Meredith nahm die cremefarbene Knete. »Also, um deine Frage zu beantworten: Wir möchten gern über den Abend reden, an dem dein Vater bei euch zu Hause eine Party gegeben hat.«

Penny riss ein Stück Knete ab und rollte es zu einer Schlange. »Ich will aber nicht darüber reden«, sagte sie mürrisch. »Und Sie können mich nicht zwingen. Das haben die anderen Ladys auch schon versucht.«

»Stimmt, das kann ich nicht. Ich glaube, ich habe hier irgendwo ein Nudelholz und Ausstechförmchen gesehen.« Meredith kippte die Schachtel aus. »Aha, da sind sie ja. Wusste ich es doch!«

»Sie denken, Sie könnten mich mit einem Trick dazu bringen, mit Ihnen zu reden«, brummte Penny.

»Dafür bist du viel zu clever«, gab Meredith zurück und rollte ihre Knete aus.

»Stimmt.« Penny nickte knapp.

Pennys Klugheit war der Grund, weshalb es bislang niemandem gelungen war, sie dazu zu bringen, sich zu öffnen. Und dass sie bereits mit zwei Therapeutinnen gesprochen hatte, war auch nicht gerade hilfreich. Penny wusste längst, wie der Hase lief.

»Diese Dinge müssen mit allergrößter Geschicklichkeit angefasst werden«, murmelte Meredith, schnitt Scheibchen von ihrer Knetrolle ab und formte ein Gesicht daraus, während sie verstohlen zu Penny hinübersah, die stirnrunzelnd mit dem Finger in ihrem Klumpen herumbohrte.

»Das hat die Hexe gesagt. In dem Film«, sagte Penny. »*Der Räuberer von Oz.*«

»Zauberer, Penny«, korrigierte Candace, die am anderen Ende des Tischs saß.

Penny zuckte mit den Schultern. »Mir gefällt Räuberer aber besser.«

Meredith grinste. »Finde ich auch. Kann ich bitte etwas von dem Rot haben?«

»Wieso?«, fragte Penny.

»Für ihr Haar.«

Widerstrebend reichte Penny ihr ein kleines Stück rote Knete. »Ihr Haar ist auch rot.«

»Allerdings.«

»Ich finde *rote* Haare schön«, erklärte Penny und bohrte wieder in der Knete herum.

»Das freut mich. Es gab Zeiten, in denen ich mein Haar nicht so schön fand und es sogar färben wollte. Das war allerdings keine gute Idee.«

Penny sah auf. »In welcher Farbe?«

»In welcher Farbe ich es gefärbt habe, meinst du? Einmal Violett, ein andermal sogar Rosa. Das war besser.« Sie drehte die rote Knete durch die Kurbelmaschine und verwendete die Fäden als Haare. »Und? Wie findest du es?«

Penny musterte Meredith eingehend. »Nicht schlecht. Aber sie braucht noch Augen.«

»Stimmt.« Meredith drückte zwei grüne Kreise in die Mitte. »Und ich denke, sie sollte etwas Schmuck bekommen.« Meredith klebte zwei weiße Punkte auf die Ohrläppchen. »Perlen.«

»Das sind ja Sie«, bemerkte Penny und ließ von ihrem Klumpen Knete ab.

Meredith lächelte erfreut. »Genau! Wollen wir es mal mit deinem Gesicht versuchen?«

»Ja.«

Meredith rollte die Knete für zwei weitere Figuren aus und gab Penny die eine Hälfte. Schweigend formte sie ein Knetgesicht mit rosafarbenen Haaren, während Penny ihr eigenes erschuf, brünett mit schwarzen Augen. »Keine Ohrringe«, sagte sie verdrossen mit einem Seitenblick auf ihre Mutter.

»Ich habe mir mit achtzehn Jahren Ohrlöcher stechen lassen«, gestand Meredith.

»Siehst du?«, sagte Candace.

»Blöd«, maulte Penny. »Entschuldigung, Mama. Ich weiß, dass du das Wort nicht leiden kannst.«

Meredith nahm etwas rosafarbene Knete aus der Dose und drehte sie durch die Maschine, um die Fäden in langen Locken um das Gesicht ihres Knetmädchens zu arrangieren. »Und? Was denkst du?«

Penny presste die Lippen aufeinander. »Die müssen kürzer sein. Sie machen das nicht richtig.«

Aber immerhin redest du mit mir. Meredith schüttelte kaum merklich den Kopf, als Candace Anstalten machte, ihre Tochter zu tadeln.

»Okay«, meinte Meredith. »Kannst du mir zeigen, wie es richtig sein sollte?«

Mit zusammengebissenen Zähnen säbelte Penny die rosa Haare ab und formte das verbleibende Haar zu Zöpfen. Mit einem finsteren Blick in Merediths Richtung fügte sie dunkle Augen und rote Punkte als Ohrringe hinzu, ehe sie sich zurücklehnte, um ihr Werk zu begutachten. Sie schüttelte den Kopf, nahm die roten Punkte weg, drückte sie zu zwei flachen Scheiben und legte sie wieder auf. Diesmal überragten sie die gesamten Ohren.

Ohrlehren. Meredith hatte diese Art Ohrringe erst kürzlich gesehen. Sie zog das Facebook-Foto heraus, das Isenberg ihr gegeben hatte. Kein rosa Haar, aber Ohrlehren. Rote.

Wortlos sah Meredith zu, wie Penny einen kleinen weißen Punkt auf den Nasenflügel des Knetgesichts drückte. »Eigentlich sollte das silbern sein«, sagte sie leise.

Meredith blickte erneut auf das Facebook-Foto. Ein silbernes Piercing. *Alles klar.*
Meredith lehnte sich zurück und beobachtete Penny, die nun aus cremefarbener Knete dicke zigarrenförmige Rollen formte und sie ihrer Figur unter das Kinn drückte. *Zwei Arme. So weit, so gut.* Meredith hob den Kopf und nickte Candace ein weiteres Mal unmerklich zu.
Penny war völlig in ihre Arbeit vertieft, rollte die weiße Knete zu einem dünnen Stäbchen aus und drückte es in einen Arm, dann formte sie ein zigarettenförmiges Röllchen und legte es daneben.
Eine Nadel.
Penny starrte Meredith trotzig an. »Sie hat gesagt, ich darf es niemandem verraten.«
»Verstehe«, erwiderte Meredith ruhig, obwohl sie innerlich vor Wut schäumte. »Und was hat sie noch gesagt?«
»Dass ich süß bin«, antwortete Penny und wandte den Blick ab. »Und ob ich auch was will.«
Candace sog scharf den Atem ein und schlug sich die Hand vor den Mund.
Penny blickte ihre Mutter mit einer Ernsthaftigkeit an, die kein Kind an den Tag legen sollte. »Aber ich habe Nein gesagt, Mama. Dann bin ich in mein Zimmer gelaufen und habe die Tür abgeschlossen.«
»Was hat die Frau mit den rosafarbenen Haaren dann getan?«, fragte Meredith, die Mühe hatte, ihre Stimme neutral und ruhig klingen zu lassen.
»Sie hat gelacht. Ich habe sie die ganze Zeit gehört, als ich in mein Zimmer gerannt bin.« Mit einem Mal flackerte blanke Angst in Pennys Augen auf. »Sie hat an die Tür geklopft. Und gelacht. Die ganze Zeit. Da habe ich mich unter dem Bett versteckt.« Penny starrte auf die Tischplatte. »Ich musste mal aufs Klo, aber die Frau war immer noch da draußen.

Deshalb hatte ich … einen kleinen Unfall. Auf dem Boden.« Die Schamesröte stieg ihr ins Gesicht. »Ich hab's sauber gemacht. Zumindest versucht.«
Meredith strich ihr übers Haar. »Ist schon gut. Du warst sehr tapfer. Niemand ist dir böse, Penny.«
»Daddy schon«, flüsterte sie. Candace wurde leichenblass.
»Was ist passiert, Penny?«, fragte Meredith sanft.
»Er hat die Frau mit den rosafarbenen Haaren angeschrien.« Sie schlug mit der flachen Hand auf das Knetgesicht, grub ihre Handfläche tief in die weiche Masse und machte das Gesicht kaputt.
»Das hat er getan?«, fragte Meredith.
Penny nickte, dann schüttelte sie den Kopf. »Aber nicht mit der Frau, sondern mit der anderen.«
»Wollen wir sie auch mit Knete basteln?«
»Nein. Ich … ich …«
»Schon gut«, beschwichtigte Meredith. »Du musst das nicht tun, Süße.«
Penny blickte sie panisch an. »Ich weiß nicht, wie. Sie war … krank. Ganz dünn und krank. Ich weiß nicht, wie ich ihr Gesicht machen soll.«
Meredith hörte Candace tief und langsam durch die Nase ein- und wieder ausatmen und lächelte ihr ermutigend zu, ehe sie sich erneut an Penny wandte. »Ist schon gut. Du machst das ganz toll. Du und deine Mama.« Wieder strich sie Penny über das Haar. »Hat die dünne, kranke Frau etwas gesagt?«
Penny nickte. »*Nein* hat sie gesagt. Aber …« Sie schloss die Augen. »Sie haben sie gezwungen zu beten.«
O Gott, dachte Meredith. Candace gab einen erstickten Laut von sich, rührte sich jedoch nicht vom Fleck. »Sie haben sie gezwungen, ein Gebet zu sprechen?«, hakte Meredith vorsichtig nach. »Wie in der Kirche?«

»Auf die Knie. Das haben sie ständig gesagt.«
Meredith sog den Atem ein, hielt ihn einen Moment lang an und ließ ihn dann langsam entweichen. »›Sie‹?«, fragte sie mit kaum merklicher Neugier, während sie wünschte, Broderick Voss möge geradewegs zur Hölle fahren.
»Die Männer. Daddys Freunde. Ich mochte sie nicht. Sie haben ganz gemeine Sachen gesagt.«
»Du hast sie also gehört, ja? Und hast du sie auch gesehen?«
Sie schüttelte langsam den Kopf. »Nein«, antwortete sie. »Ich habe mich unter dem Bett versteckt. Ich hatte solche Angst. Erst als alle weg waren, bin ich wieder herausgekommen.«
Meredith lächelte, um ihre Erleichterung zu kaschieren. »Und was ist dann passiert?«
»Ich hatte Hunger, und Mama war weg. Nur für eine Nacht«, fügte sie eilig hinzu. »Davor hat sie das noch nie getan. Und seither auch nicht mehr.«
»Ich verstehe«, beruhigte Meredith sie. »Und was ist mit deinem Daddy? Hat er dich auch allein gelassen?«
»Oft«, sagte Penny und zuckte in einer Art die Achseln, als wollte sie Meredith glauben lassen, dass es ihr nicht wichtig war. Aber das stimmte nicht. »Er mag mich nicht.«
Candace' Augen füllten sich mit Tränen, doch sie sagte nichts.
»Wie kommst du darauf, Penny?«, fragte Meredith.
»Ich glaube es eben. Er war so beschäftigt. Immer. Er wollte nie mit mir spielen, noch nicht mal Fernsehen oder eine DVD gucken. Er hat den Männern gesagt, dass sie ganz leise sein müssen, weil ich ihn sonst verpetzen würde und er dann nie wieder eine Party feiern könnte, weil ich den Mund nicht halten kann. Er hat gesagt, ich sei eine kleine ... na ja, ein Schimpfwort. Aber ich darf das nicht sagen.« Ihr Kinn bebte, und ihre Augen füllten sich ebenfalls mit Tränen. »Deshalb wollte ich es nicht sagen. Weil es dann ...« Sie hielt inne.

»Weil es dann wahr wäre?«, hakte Meredith nach, worauf Penny kläglich nickte. »Wenn ich dir jetzt etwas sage, glaubst du mir dann, Penny?«
Penny schniefte. »Kommt darauf an.«
»Siehst du? Diese Antwort beweist, dass du ein kluges Mädchen bist. Und du hast alles richtig gemacht. Darf ich dich umarmen?«
Penny nickte wortlos, während ihr immer noch die Tränen über das Gesicht strömten. »Ich wünsche mir so, dass er mich mag.« Ein Schluchzen drang aus ihrer Kehle. »Wieso mag er mich nicht?«
Diesen Teil ihres Jobs hasste Meredith – wenn kleine Kinder so verdammt schnell erwachsen wurden. Sie schlang die Arme um das schluchzende Mädchen. »Ich weiß es nicht.«
»Mein Daddy ist abscheulich!«, schrie Penny. »Und ich hasse ihn!«
Dieses Thema würden sie an einem anderen Tag angehen. Meredith zog Penny auf ihren Schoß und wiegte sie, bis ihre Schluchzer allmählich verebbten.
»Ich hasse ihn«, flüsterte sie.
»Das ist okay.«
Penny musterte sie argwöhnisch. »Aber ich darf niemanden hassen. Das hat die andere Lady gesagt.«
»Die andere Therapeutin?«
Penny nickte. »Sie war überhaupt nicht nett. Und Knete gab's dort auch nicht.«
»Also, ich finde es wichtig, Knete zu haben.« Meredith zog ein Papiertaschentuch heraus und wischte Penny die Tränen ab. »Natürlich kannst du jemanden hassen, Penny. Das ist völlig in Ordnung. Zumindest eine Zeit lang. Nicht für immer.«
»Weil es nicht nett ist«, gab Penny düster zurück. »Ich weiß.«
»Das wollte ich nicht sagen«, tadelte Meredith sanft, »sondern

an, wie viel Kraft es sie kostete, ruhig und beherrscht zu bleiben. Sie konnte nur hoffen, dass die arme Frau nicht zusammenbrach. »Ich bin so stolz, dass du meine Tochter bist, und es tut mir leid, dass du all das sehen musstest, während ich nicht zu Hause war.«

»Ist schon okay, Mama.« Penny stieß einen tiefen Seufzer aus. »Aber ich träume schlimme Sachen.«

»Ich weiß«, sagte Candace. »Deshalb gehen wir zu Dr. Fallon, und vielleicht hören die Träume ja bald auf.«

Penny sah nicht gerade überzeugt aus. »Vielleicht.«

Meredith legte das Facebook-Foto auf den Tisch. »Hast du diese Frau schon mal gesehen?«

Penny fuhr mit dem Finger über Nase und Ohren der Frau. »Kann ich das Bild anmalen?«

»Natürlich. Ich muss nur die Stifte holen. Aber dafür musst du von meinem Schoß aufstehen.« Penny glitt herunter, und Meredith zog ihren bewährten 64er-Pack mit den Buntstiften heraus, die die Kinder so liebten. *Kinder aller Altersklassen*, dachte sie. »Hier, bitte schön.«

Wenig überraschend, zückte Penny als Erstes einen pinkfarbenen Stift und malte das Haar der Frau an. Dann nickte sie. »Ja. Das ist die Frau mit den rosafarbenen Haaren.«

»Hier sind noch zwei weitere.« Sie zeigte Penny das körnige Foto von Linnie.

Pennys Miene wurde traurig. »Das ist die kranke Frau, die gebetet hat. Hat es geholfen?«

»Ich hoffe, es geht ihr bald besser«, gab Meredith ernst zurück. »Und noch ein letztes.« Sie zeigte Penny das Foto des großen Mannes mit den toten Augen.

Penny schüttelte den Kopf, erschauderte jedoch. »Der sieht aber nicht nett aus.«

Allerdings. »Aber du hast ihn noch nie gesehen?«

»Nein.« Sie sah auf. »Darf ich jetzt gehen?«

dass Hass die Seele auffrisst. Die Seele ist das, was dich von anderen unterscheidet. Sie macht dich zu Penny. Mit der Seele ist es ähnlich wie mit den Stofftieren. Es passt nur eine bestimmte Anzahl aufs Bett, okay?«
»Okay«, erwiderte Penny vorsichtig.
»Du möchtest den Platz lieber nicht mit Tieren vollstopfen, die du eigentlich nicht magst, oder?«
Penny dachte darüber nach. »Nein«, antwortete sie. »Das wäre dumm. Die Tiere, die ich nicht mag, lege ich in meinen Kleiderschrank, so wie den Plüschbären, den Daddy mir aus Deutschland mitgebracht hat. Er war ganz hart. Deshalb habe ich ihn in den Schrank gesperrt. Meine Seele hat also einen Schrank, wo ich all den Hass und die gemeinen Dinge einsperren kann?«
Meredith lächelte und zog sie ein weiteres Mal an sich. »Du bist ein wirklich kluges Mädchen, Penny Voss. Ganz genau so ist es.«
»Aber was passiert, wenn der Schrank voll ist?«
»Das ist auch eine sehr kluge Frage. Was tust du, wenn dein richtiger Schrank voll ist?«
»Wir schenken die Plüschtiere armen Kindern. Aber ich glaube nicht, dass die anderen Kinder meinen Hass haben wollen.«
»Vielleicht könntest du ihn auch einfach wegwerfen?«
Sie sah Meredith furchtsam an. »Aber ich weiß nicht, wie.«
»Genau deshalb bin ich hier. Ich werde es dir zeigen. Aber nicht heute, weil ich finde, dass wir schon genug getan haben. Jetzt habe ich noch ein paar Fragen an dich, und dann wird es Zeit, dass du mit deiner Mama nach Hause fährst, okay?«
Ein Schatten legte sich über Pennys Miene. »Es tut mir leid, Mama. Bitte sei nicht traurig.«
»Es gibt nichts, was dir leidtun müsste, Schatz«, gab Candace mit einem gezwungenen Lächeln zurück. Meredith sah ihr

»Ja, Penny, das darfst du.«
Sie lief zu ihrer Mutter, die sie in die Arme schloss. »Können wir für eine heiße Schokolade anhalten?«
»Wir müssen gleich nach Hause, aber du bekommst die leckerste heiße Schokolade, die du je getrunken hast.«
»Und Kekse auch?«
Candace stieß einen Laut irgendwo zwischen Schluchzen und Lachen aus. »Ja, Kekse auch. Sonst noch Wünsche?«
Penny schmiegte sich in ihre Arme. »Nein, Mama. Das ist alles. Erst mal.«

Cincinnati, Ohio
Sonntag, 20. Dezember, 19.10 Uhr

Meredith verabschiedete sich von Penny und Candace, schrieb ihren Bericht für die Polizeiakte und schluckte eine Tablette gegen ihre Kopfschmerzen, dann kehrte sie in die Einsatzzentrale zurück, wo ihr Großvater und Mallory gemeinsam mit Kate saßen und strickten.
Natürlich. »Du bringst wohl jeden dazu, deinem seltsamen Strickkult zu verfallen«, bemerkte Meredith und bemühte sich um ein Lächeln, obwohl ihr Kopf immer noch fürchterlich schmerzte. Offenbar hatte sie sich den Kopf doch ziemlich heftig angeschlagen. Wenn die Tablette nicht wirkte, würde sie einen Arzt aufsuchen müssen – ein Gedanke, der ihr ganz und gar nicht gefiel.
Kate grinste. »Du bist jederzeit herzlich willkommen, unserem Kult beizuwohnen.«
»Sieh mal.« Voller Stolz hielt Clarke das Anfangsstück eines Schals in die Höhe – erwartungsgemäß war es perfekt, aber Meredith kam nicht dazu, ihn zu loben, weil die Aufzugtüren in diesem Moment aufglitten.

Isenberg hatte ihr von dem ermordeten »Gorilla« und Quincys Mutmaßung erzählt, dass die Schüsse auf den Transporter eigentlich für Adam gedacht waren. Seither hatte sie keine ruhige Minute mehr gehabt. Aber jetzt war Adam vom Tatort zurück, heil und unversehrt.

Gemeinsam mit Trip, Scarlett und Deacon trat er aus dem Aufzug und kam direkt auf sie zu. Ihre Mienen verhießen nichts Gutes. Isenberg trat aus ihrem Büro. »Und?«

»Wir können Linnie nicht finden«, sagte Adam tonlos. »Hanson hat das ganze Areal absperren lassen und überprüft sämtliche Häuser und Hinterhöfe, aber sie ist untergetaucht.«

»O nein«, stöhnte Meredith. »Hoffentlich erfriert sie nicht. Das arme Mädchen muss völlig verängstigt sein.«

»Aber sie ist bewaffnet«, wandte Isenberg ein.

»Laut Augenzeugen hat sie aus Notwehr auf den Gorilla geschossen«, meinte Scarlett. Erst jetzt bemerkte sie Mallory. »Oh, hallo, Mallory. Alles in Ordnung?«

Mallory nickte. »Auf *mich* wurde ja nicht geschossen.«

Meredith zerzauste ihr liebevoll das Haar. »Gut. So sollte es auch sein.«

Isenberg wandte sich an die vier Detectives. »In den Briefingraum, bitte.« Nun richtete sie das Wort an Meredith. »Und Sie durften sich überzeugen, dass es ihm gut geht, also können Sie jetzt gehen. Das gilt auch für Sie, Agent Coppola, und erst recht für Ihren Hund. Er haart das ganze Büro voll.« Ohne ein weiteres Wort wandte sie sich um und marschierte davon. Mit einem reumütigen Lächeln folgten ihr Deacon und Scarlett.

Trip schüttelte den Kopf. »Ich verstehe die Frau einfach nicht«, meinte er.

»Sie war heute wirklich wunderbar«, meinte Meredith. »Schätzungsweise hat sie ihr Nettigkeitspensum damit aufgebraucht.«

»Außerdem muss sie auf ihren Ruf achten«, fügte Kate hinzu. »Wenn man einmal offiziell als knallharte Nummer gilt, muss man dranbleiben.«

»Keine Ahnung«, murmelte Trip. »Wieso hat sie Sie nicht auch zum Briefing beordert?«, fragte er Kate. »Ich dachte, Zimmerman hätte uns beide für den Fall zugeteilt.«

»Weil ich offiziell Urlaub habe. Ich bin nur zum Stricken hier.« Kate nickte in Merediths Richtung. »Und wegen ihr. Ich will ihre Sicherheit nicht in die Hände von jemand anderem legen.«

»Ah. Alles klar.« Er wandte sich Meredith zu. »Ich wollte nur sagen, dass Shane, Kyle und seine Eltern sicher untergebracht sind. Die Agents, die auf sie aufpassen, hat Zimmerman selbst ausgesucht.«

»Danke«, sagte Meredith. »Jetzt schlafe ich gleich viel besser.«

Trip nickte ihr zu und folgte Deacon und Scarlett in den Briefingraum.

»Ich komme gleich nach«, rief Adam ihm hinterher, nahm Meredith beim Ellbogen, führte sie in einen kleinen Konferenzraum und schloss die Tür.

»Was ist?«, fragte sie.

Statt einer Antwort legte er die Hände um ihr Gesicht und küsste sie. Leidenschaftlich. Zumindest anfangs, doch dann wurde sein Kuss sanft und so zärtlich, dass sie leise seufzte. Mit einem Mal waren ihre Kopfschmerzen fast vergessen.

»Gar nichts«, murmelte er an ihrem Hals. »Ich musste dich nur küssen. Wie lief es mit Penny?«

»Gut«, antwortete Meredith. »Es steht alles in der Akte. Aber was ist mit Linnie?«

»Das wissen wir nicht. Ich wünschte, sie wäre nicht geflüchtet, sondern hätte sich gestellt, aber die Chance, dass sie uns vertraut, haben wir heute Abend vertan.«

»Wenigstens kann Kyle mit der Tragödie abschließen. Der Mann, der Tiffany getötet hat, wird niemandem mehr etwas tun.«

Er küsste sie auf die Stirn. »So habe ich das noch gar nicht gesehen.«

»Wie auch? Du warst schließlich ziemlich beschäftigt.«

»Stimmt. Und ich kann dich noch nicht einmal ins Penthouse zurückbringen. Wie kommst du hin?«

»Kate bringt Papa und mich hin, dann fährt sie Mallory nach Hause. Das mit dem Urlaub kannst du vergessen. Sie hat praktisch kaum geschlafen, sondern ist im Grunde im Dienst. Sie heuert noch jemanden als Unterstützung an, und das war's dann. Für mich ist gesorgt.« Sie sah ihn besorgt an. »Ich mache mir deinetwegen viel größere Sorgen. Der Schütze heute Nachmittag hatte es auf dich abgesehen, und du kannst dich nicht in einem Penthouse verstecken.«

»Du weißt es also?«, fragte er und seufzte, als sie nickte. »Ich wünschte, ich hätte es nie erfahren, aber du musst wissen, dass ich sehr vorsichtig sein werde, versprochen.«

»Aber warum? Warum sollten die auf dich schießen? Sie sind doch hinter Shane und mir her, oder?«

»Wir glauben, die wollen Shane lebend, weil sie denken, dass er sie zu Linnie führt. Wahrscheinlich wollten sie mich erschießen, damit Troy anhält und sie Shane herausholen und alle anderen …« Er schloss die Augen.

»Töten«, beendete sie den Satz für ihn. »Alles klar. Das heißt, wir sind alle im Visier des Killers. Na prima.«

Er sah ihr in die Augen. »Wir müssen alle sehr vorsichtig sein. Heute hatten wir einfach nur Glück. Bis auf Troy. Er wurde inzwischen stationär aufgenommen, weil er das Ausmaß seiner Verletzungen heruntergespielt hat.«

Sie riss die Augen auf. »Er hat gelogen?«

»Und wie, dieses Arschloch«, stieß Adam hervor, doch in

seinem Tonfall lag keine Wut, sondern eher so etwas wie Zuneigung. Meredith musste lächeln. »Sag Kate bitte Bescheid, okay? Ich glaube, ihr hat er es auch nicht erzählt.« Noch einmal küsste er sie hart auf den Mund. »Ruh dich aus. Ich rufe dich an, sobald ich kann.«

Doch statt sie loszulassen, sah er sie an. In seinem Blick lag ein solches Verlangen, dass sie instinktiv die Arme um ihn schlang und ihn festhielt, während er den Kopf auf ihre Schulter legte. Sie spürte seine Erektion an ihrem Bauch, doch er machte keine Anstalten, sich gegen sie zu pressen, sich zu bewegen. Hier ging es nicht um Sex. Sondern um Trost und Zuwendung.

Und genau das gab sie ihm. Sie streichelte sein Haar, hielt ihn fest. Einen Moment lang schienen nur sie beide zu existieren, sonst nichts. Keine Arbeit, keine Vorgesetzte, kein Mordfall. Schließlich löste er sich von ihr. Er wirkte viel ruhiger. »Danke. Genau das habe ich gebraucht.«

Sie lächelte ihn an. »Ich auch.«

Er legte die Hand um ihr Kinn und strich mit dem Daumen über ihre Unterlippe. »Du siehst völlig erschöpft aus. Sieh zu, dass du ein bisschen Schlaf bekommst. Ich komme so schnell zu dir, wie ich kann.«

»Weck mich, falls ich schlafen sollte.«

Er grinste, und ein Funke glomm in seinen Augen auf. »Verlass dich drauf.« Er küsste sie ein letztes Mal, rückte seine Krawatte gerade und zwinkerte ihr mit einer Verspieltheit zu, die sie laut auflachen ließ, ehe er davontrabte. Sie folgte ihm aus dem Raum, wenngleich etwas langsamer. Ihre Kopfschmerzen hatten sich zurückgemeldet, und ihr war ein klein wenig übel.

Kate empfing sie grinsend und mit Knutschgeräuschen, als sie sich zu ihr, Mallory und Clarke gesellte, verstummte jedoch abrupt, als Meredith ihr von Troy erzählte.

»Ich denke, ich sollte dringend meinen *Partner* im Krankenhaus besuchen und ihm sagen, dass er mich, seine *Partnerin*, eigentlich über seine Verletzung hätte informieren sollen. Ich meine, so was tun *Partner* doch, wenn etwas passiert, sollte man annehmen.« Cap winselte betrübt, woraufhin Kate ihm den Kopf tätschelte. »Schon gut, alter Knabe. Aber ich kann Cap nicht mit ins Krankenhaus nehmen, außerdem muss ich euch zuerst ins Penthouse und Mallory anschließend ins Mariposa House bringen, deshalb werde ich die kleine Abreibung wohl auf morgen verschieben.« Sie hielt inne und sah Meredith an. »Was ist los? Du siehst so … seltsam aus.«
»Ich habe Kopfschmerzen«, gestand Meredith.
Ihr Großvater stand auf und musterte sie ernst. »Seit wann?«
»Seit heute Nachmittag. Offensichtlich habe ich mir den Kopf ziemlich heftig angeschlagen, als ich auf den Boden des Transporters gefallen bin. Ich dachte, es hört auf, aber das tut es nicht.« Sie berührte ihren Hinterkopf.
»Meredith!«, schimpfte Clarke und hob vorsichtig ihr Haar an. »Du hast eine Beule. Verdammt, Mädchen, ich dachte wirklich, du hättest ein bisschen mehr Grips. Wir hätten einen Eisbeutel darauf legen sollen, und du hättest dich gleich hinlegen und ausruhen müssen.«
»Clarke«, sagte Kate leise. »Das hilft jetzt auch nicht weiter.«
»Stimmt.« Er holte tief Luft und strich Merediths Haar glatt. »Wahrscheinlich ist alles in Ordnung, aber wir wollen auf keinen Fall ein Risiko eingehen. Wir sollten ins Krankenhaus fahren, damit sich das jemand ansehen kann.«
Sie wollte protestieren, doch Clarkes Miene verriet, dass er nicht nachgeben würde. Sie kannte den Blick. »Na gut, Papa«, sagte sie.
»Ich sage Adam Bescheid«, meinte Kate, schüttelte jedoch den Kopf. »Nein, lieber nicht, sonst macht er sich nur Sor-

gen. Ich schicke Isenberg eine SMS, dann soll sie entscheiden, ob sie es ihm sagt oder nicht.«

»Kann ich mich auch dazu äußern?«, fragte Meredith, wohl wissend, dass sie wie ein trotziges Kind klang.

»Nein«, erwiderte Kate knapp. »Er macht sich bloß Sorgen und kann sich nicht mehr richtig konzentrieren. Willst du das?«

»Nein«, murmelte Meredith.

»Eben«, brummte Kate und schickte eine Nachricht, dann noch eine weitere. »Ich habe auch unserer FBI-Eskorte gesagt, dass wir gleich runterkommen, es aber eine kleine Planänderung gibt. Mallory, du musst wohl oder übel mitkommen, ich fahre dich dann später zurück, nur weiß ich jetzt noch nicht, wann das sein wird.«

Mallory biss sich auf die Lippe. »Es tut mir leid, Kate, ich hätte zu Hause bleiben sollen. Jetzt musst du meinetwegen die ganze Strecke fahren.«

»Unsinn«, wiegelte Kate brüsk ab. »Gestern musstest du zusehen, wie Meredith beinahe umgekommen ist, deshalb musstest du dich heute davon überzeugen, dass es ihr gut geht. Und das tut es ja auch … na ja, einigermaßen. Du hattest dich völlig in dein Schneckenhaus zurückgezogen, aber jetzt bist du wieder da, und das ist gut so.« Sie hielt ihre Stofftasche hoch und zog drei Perücken heraus.

»Vergiss es, ich werde mir ganz bestimmt nicht so ein Ding aufsetzen«, sagte Meredith.

»Sag niemals nie«, konterte Kate. »Unser Haar ist viel zu auffällig, deshalb machen wir es den Bösen ein bisschen schwerer. Sie sollen nicht gleich merken, dass du nicht mehr hier bist.«

Meredith zuckte zusammen. »Du glaubst, sie beobachten mich die ganze Zeit?«

Kate sah sie nur an. »Ich glaube, du bist schlimmer auf dem

Kopf gelandet, als ich dachte. Hast du vergessen, dass es jemand auf dich abgesehen hat?«

Meredith verzog das Gesicht. »Nein.«

»Dann halt den Mund und setz das Ding auf. Welche willst du? Blond oder brünett?«

Meredith seufzte. »Blonde haben mehr Spaß im Leben, stimmt's? Also blond.«

Eigentlich war die Perücke gar nicht so übel. Sie fühlte sich echt an, nicht wie diese billigen Halloween-Dinger. Sie wandte sich Clarke zu, doch die Frage, wie sie aussehe, erstarb auf ihren Lippen. Clarke starrte sie wie vom Donner gerührt an, und seine Augen glitzerten verdächtig. »Was ist los, Papa?«

»Du siehst genauso aus wie deine Großmutter«, murmelte er.

»Darauf war ich nicht gefasst.« Er holte Luft, schüttelte den Kopf und wandte sich Mallory zu. »Du siehst reizend aus, und Sie auch, Kate.«

Kate hatte sich für brünett entschieden, Mallory hatte die andere blonde Perücke aufgesetzt und betrachtete sich in Kates Taschenspiegel. »Hinter mir ist keiner her, trotzdem behalte ich sie auf. Ich will meinen Look schon lange verändern. Sieht doch gut aus, oder?«

Meredith verstand nur zu genau, was sie meinte: Mallory war das Opfer von Kinderpornografie der schlimmsten Art gewesen. Die Aufnahmen ihres Missbrauchs waren jahrelang im Internet zum Download angeboten worden, und das Internet vergaß nicht, daher war das Material auch jetzt noch zu finden.

Mallory lebte in der ständigen Sorge, jemand könnte sie auf der Straße wiedererkennen, vor allem, weil es ihr bereits passiert war, deshalb könnte ihr eine äußerliche Veränderung in der Tat zu einem besseren Selbstbewusstsein verhelfen.

Kates Miene wurde ebenfalls weich. »Ich finde, wir sehen alle fantastisch aus. Clarke, Sie müssen wohl oder übel bleiben, wie Sie sind, tut mir leid. Also, Meredith, dann wollen wir dich mal ins Krankenhaus bringen.«

Cincinnati, Ohio
Sonntag, 20. Dezember, 19.20 Uhr

Adam ignorierte Isenbergs vernichtenden Blick, als er den Briefingraum betrat. Fünf Minuten. Fünf Minuten Auszeit, die er dringend gebraucht hatte – wie sehr, war ihm nicht bewusst gewesen. Trip, Deacon und Scarlett hatten sich bereits am Tisch eingefunden, direkt neben Nash Currie, der immer noch auf demselben Platz saß, wo sie ihn Stunden zuvor zurückgelassen hatten, und fieberhaft auf seine Laptop-Tastatur einhämmerte.
»Wie schön, dass Sie die Zeit gefunden haben, sich uns anzuschließen, Detective Kimble«, bemerkte Isenberg sarkastisch. Ohne ein Wort der Entschuldigung setzte sich Adam neben Trip und strich seine Krawatte glatt. Er nickte in Nashs Richtung, und Trip bestätigte ebenfalls, dass er Nash bereits kennengelernt hatte. »Haben wir schon einen Durchsuchungsbefehl?«, fragte er Isenberg.
Stirnrunzelnd warf sie einen Blick auf ihr Handy. »Noch nicht, aber es sollte nicht mehr lange dauern.«
»Haben wir Zeit, uns Merediths Gespräch mit Penny Voss anzusehen?«, fragte Adam.
Isenberg starrte immer noch finster auf ihr Handy. »Wo steckt Hanson? Er sollte doch Broderick Voss herschaffen. Deshalb ist er Teil des Teams.«
»Bestimmt ist er noch mit der Suche nach Linnie beschäftigt«, meinte Deacon. »Wir haben ihm gesagt, dass wir zurückfahren. Ich dachte, er sei mitgekommen.«

Isenberg wählte eine Nummer. »Detective Hanson, hier ist Lieutenant Isenberg«, sagte sie eisig. »Wir planen die Voss-Operation. Kommen Sie umgehend her.« Ihre Lippen wurden schmal. »Ich habe bereits einen meiner Detectives losgeschickt, damit er sich um die Suche kümmert. Er sollte inzwischen vor Ort sein. Ich wiederhole, kommen Sie aufs Revier zurück. Umgehend.«

Adam zuckte zusammen und registrierte, dass Deacon und Scarlett einen Blick tauschten. Niemand widersprach Isenberg, wenn sie in dieser Stimmung war. Das war kein besonders schlauer Schachzug von Hanson.

Isenberg beendete das Gespräch und richtete die Fernbedienung auf den Fernseher an der Wand. »Scheint so, als hätten wir Zeit. Ich habe schon zum eigentlich wichtigen Teil vorgespult.« Sie drückte die Abspieltaste, und Adam verfolgte beeindruckt, wie mühelos es Meredith gelang, der Kleinen das Gefühl von Sicherheit zu vermitteln, sodass sie zu reden begann, während sie ihr ihre innersten Geheimnisse entlockte. Schmerzliche Geheimnisse. Das arme Mädchen.

Adam schluckte, als Penny auf dem Bildschirm zu weinen begann, und schreckte hoch. Isenberg hatte erneut die Vorspultaste gedrückt.

»Sie hat ziemlich viel geweint«, bemerkte sie sachlich, doch Adam kannte sie lange genug, um zu wissen, dass sich hinter ihrer Bissigkeit ein wundes Herz verbarg. Ein Blick in Trips Richtung verriet ihm, dass sein junger Kollege zum selben Schluss gelangt war. Isenberg drückte wieder die Abspieltaste – gerade noch rechtzeitig, um zu sehen, wie Penny sowohl Jolee als auch Linnie identifizierte und bestätigte, sie bei sich zu Hause gesehen zu haben.

Schließlich schaltete Isenberg den Videorekorder ab. »Die Akte liegt schon beim Staatsanwalt, der sich gerade auf den Weg zum Richter macht, damit der sie unterzeichnet.«

»Gut.« Adam schob seinen Stuhl zurück, trat zur Tafel und schob das Foto des Gorillas auf die Seite der Opfer. »Dass Penny ihn nicht gesehen hat, heißt noch lange nicht, dass er nicht mit Voss unter einer Decke gesteckt hat.«

»Haben wir schon einen Namen?«, wollte Isenberg wissen.

»Nein«, antwortete Adam. »Aber wir wissen, dass seine Fingerabdrücke zu jenen passen, die die Kollegen in Chicago auf Tiffany Curtis' Kleidung gefunden haben. Ansonsten gibt die Datenbank nichts her.«

»Was verdammt schwer vorstellbar ist«, warf Scarlett ein. »Wie kann ein so brutaler Typ es schaffen, kein einziges Mal erwischt zu werden?«

Adams Telefon summte. »Quincy hat eine Nachricht geschickt. Die Kugel, die den Gorilla getötet hat, hat dasselbe Kaliber wie jene, mit der Andy Gold getötet wurde und die im Transporter heute Nachmittag sichergestellt wurde.«

»Und passt damit zu der Kugel am Tatort eines Raubüberfalls von vor fast dreißig Jahren«, sagte Isenberg. »Haben Sie schon Fortschritte bei der Suche nach dem Besitzer gemacht, Agent Triplett?«

»Nein, Ma'am. Die elektronische Datenerfassung reicht nicht so lange zurück, aber Zimmerman hat schon ein paar Leute mit der Suche beauftragt.«

»Halten Sie mich auf dem Laufenden«, bat Isenberg und ließ den Blick über die Tafel schweifen. »Was noch?«

»Ich habe etwas«, schaltete Nash sich ein.

Alle Anwesenden wandten sich ihm zu, als hätten sie vergessen, dass er überhaupt da war.

»Da könnte man ja glatt Komplexe kriegen«, bemerkte Nash. »Mich fragt noch nicht mal einer.«

»Raus damit«, befahl Adam lachend. In ihrer Zeit bei Personal Crimes war es Nash stets mühelos gelungen, ihn zum Lachen zu bringen. Bis zu Paulas Tod.

»Ich habe Jolee Cusacks Wagen gefunden«, sagte Nash. »Sie ist gestern damit in Richtung Beechmont gefahren, offensichtlich damit der Gorilla den SUV abholen konnte, der bei der Schießerei im Buon Cibo verwendet wurde. Sie hat ihn auf dem Parkplatz einer Reinigung etwa einen Block von Clyde's Place abgestellt, anschließend ist sie nach Hause zurückgefahren und hat vor dem Haus geparkt. Ich habe ihren Wagen auf den Überwachungsbändern der Campus-Polizei gefunden. Heute Morgen um zehn Uhr ist sie weggefahren und seitdem nicht mehr gesehen worden.«

»Wissen Sie, wohin sie gefahren ist?«, fragte Trip.

»Nein, aber ich weiß, wo der Wagen jetzt ist.« Nash drehte seinen Laptop so hin, dass alle die Karte auf dem Bildschirm sehen konnten. »Er steht bei einem Gebrauchtwagenhändler in der Nähe der Route 4, oben in Fairfield.«

»Also definitiv nicht in der Nähe der Uni oder der Beechmont Avenue«, folgerte Deacon.

»Und auch nicht im Skigebiet in Vermont.« Isenberg zog ihr Telefon heraus und tippte eine Nachricht ein. »Ich lasse ihn von der Spurensicherung herbringen. Danke, Detective Currie.«

»Da werden Sie einen größeren Transporter brauchen«, gab Nash trocken zurück, »das ist nämlich noch nicht alles. Die beiden anderen Kennzeichen, die Mrs Voss in der Nacht der Party fotografiert hat … na ja, die beiden Wagen stehen auch da. Allerdings mit anderen Kennzeichen. Offenbar wurden sie ausgetauscht. Aber alle drei Fahrzeuge stehen auf diesem Parkplatz.«

»Aber wie haben Sie sie gefunden, wenn die Kennzeichen ausgetauscht wurden?«, fragte Isenberg mit unübersehbarer, wenngleich widerstrebender Bewunderung.

»Ich habe die Fahrgestellnummern abgefragt. Es sind alles Neuwagen und folglich über den Hersteller zurückverfolgbar.«

»Wahnsinn«, stieß Scarlett hervor. »Ich finde deinen Freund echt sensationell, Adam.«

Nash lachte leise. »Mehr habe ich allerdings nicht. Ich würde gern zu Broderick Voss mitkommen, schließlich bin ich genauso wie Hanson deswegen Teil des Teams.«

Isenbergs Handy summte. Sie checkte das Display. »Alles klar, Leute, hier ist er, der Durchsuchungsbefehl.« Sie zog einen Schlüsselbund aus der Tasche. »Mrs Voss hat mir die hier gegeben. Der silberne ist für die Eingangstür. Sechs Kollegen stehen bereits als Verstärkung parat. Los, schnappen Sie diesen elenden Hurensohn.«

Gemeinsam – wenn auch ohne Hanson, der allmählich wirklich zurück sein sollte, dachte Adam leicht verärgert – verließen sie den Briefingraum. Isenberg zögerte kurz, dann bedeutete sie Adam, noch einmal zurückzukommen. »Was ist?«, fragte er, während ihn ein mulmiges Gefühl beschlich.

»Erinnern Sie sich an meine Warnung, Sie von dem Fall abzuziehen, falls ein Interessenkonflikt besteht?«

Er biss die Zähne zusammen. Sie würde ihn bluten lassen, weil er sich eine fünfminütige Auszeit genommen hatte? Andererseits hatte er gewusst, was er aufs Spiel setzte. »Ja, Ma'am.«

Sie seufzte. »Offensichtlich hat Meredith sich schwerer am Kopf verletzt, als sie dachte.«

Sein Herzschlag setzte kurz aus. »Aber sie hat gesagt, es gehe ihr gut.«

»Vielleicht dachte sie das. Und womöglich ist es auch nicht so schlimm. Kate hat geschrieben, dass sie eine Beule am Hinterkopf hat und sie sie ins Krankenhaus bringt. Rein vorsichtshalber.« Isenberg sah ihm direkt in die Augen. »Schaffen Sie es, Ihren Job zu erledigen, Detective?«

Er schloss die Augen, nickte kurz und schlug sie wieder auf und sah Isenberg an. »Geben Sie mir Bescheid, sobald Sie etwas wissen?«

»Natürlich«, gab sie wohlwollend zurück.
»Gut. Ich schreibe Hanson eine Nachricht, dass er gleich zum Haus der Voss' kommen soll. Wenn Sie ihn sehen, schicken Sie ihn hin, okay?«
»Das werde ich, verlassen Sie sich drauf«, erwiderte Isenberg.
Adam verdrängte seine Sorge um Meredith – nicht vollständig, denn das würde er ohnehin nicht schaffen, aber zumindest so weit, dass er seine Arbeit erledigen konnte.
»In Hansons Haut will ich lieber nicht stecken«, murmelte Nash, als sie in den Aufzug stiegen.
»Allerdings«, bestätigte Adam. »Ich hoffe, es ist alles in Ordnung. Es ist ungewöhnlich, dass er so lange auf sich warten lässt.«
»Wenn er sich nicht da draußen eine blutige Nase geholt hat«, bemerkte Nash trocken, »holt er sich eine, sobald Isenberg ihn in die Finger bekommt, das steht fest. Und ich kann ihr noch nicht mal einen Vorwurf machen.«
Adam öffnete den Mund, um seine Chefin in Schutz zu nehmen, als er den bewundernden Ausdruck in Nashs Augen sah. »Ich auch nicht.«

21. Kapitel

*Cincinnati, Ohio
Sonntag, 20. Dezember, 20.15 Uhr*

»Scheiße«, murmelte Adam. Voss reagierte nicht auf ihr Läuten, und beide Tore waren verschlossen.

Adam konnte nur hoffen, dass Voss sich tatsächlich im Haus aufhielt. Die vier Cops, die das Anwesen überwachten, schworen, dass seit ihrem Eintreffen am Vorabend niemand das Haus betreten oder verlassen hatte, aber Voss war ein gerissener Bursche. Anders hätte er nicht so erfolgreich werden können. Außerdem war er ein krankes, perverses Arschloch, und Adams sehnlichster Wunsch war es, ihn bis aufs Blut gedemütigt und voller Angst am Boden zu sehen, so wie Voss es mit einigen seiner Opfer gemacht hatte.

»Da ist ein Tastenfeld«, sagte Trip. »Ich kann ja Mrs Voss anrufen und sie bitten, uns den Code zu geben.«

Adam stieß den Atem aus. Candace Voss anzurufen, war eindeutig die vernünftigere Lösung, statt sich auszumalen, wie er, Adam, in einem Streifenwagen durch das Tor bretterte, um Voss zu packen und seinen Schädel gegen die Wand zu rammen – dieser elende Dreckskerl hatte Meredith gestalkt, ganz abgesehen davon, dass er womöglich gestern versucht hatte, sie zu töten, *und* hinter dem Anschlag auf sie alle stecken könnte. Und nun war Meredith verletzt, und Adam sehnte sich danach, ihm noch viel schlimmere Schmerzen zuzufügen.

Verdammt, ich verliere die Kontrolle. Das kann ich mir nicht erlauben. Er brauchte ein paar Minuten Zeit, um sich abzukühlen. Und vielleicht etwas zu essen. Das half normalerweise. »Klingt gut«, meinte er mit einer Gelassenheit, die er keineswegs empfand. »Ich muss kurz etwas aus dem Wagen holen.«

Trip und Nash nickten nur. »Alles klar«, sagte Trip. »Ich gebe Bescheid, wenn wir den Code haben.«

Dankbar ging Adam zu seinem derzeitigen Wagen, der aus der Einsatzflotte stammte. Bei dem Gedanken an die Attacke auf den Transporter hatte er sich in seinem eigenen Wagen etwas verwundbar gefühlt. Sollte es wirklich jemand aus unerfindlichen Gründen auf ihn abgesehen haben, dann bot ein neutraler Einsatzwagen wenigstens einen Hauch von Anonymität.

Er setzte sich hinters Steuer und zog einen der Eiweißriegel heraus, den Deacon ihm mit den Worten, dass Faith niemals ohne einen davon das Haus verließ, in die Hand gedrückt hatte. Das Zeug war kompakt und klebte am Gaumen, doch gleichzeitig spürte Adam, wie der Riegel ihm neue Energie verlieh – genau das, was er jetzt brauchte.

Verdammt, ich bin so hundemüde. Der unglaubliche Sex mit Meredith hatte ihm neue Kraft gegeben, doch die wenigen Stunden Schlaf hatten definitiv nicht ausgereicht, vor allem nicht nach den durchwachten Nächten zuvor. Unter dem Einfluss von Alkohol einzuschlafen, war deutlich leichter gewesen. Mit einem Mal war das Verlangen nach einem Drink schier übermächtig, und sein Mund fühlte sich staubtrocken an. *Ich will doch nur wieder schlafen können.*

Was eine erbärmliche Lüge war. Eine, an die er sich in diesen Monaten des Entzugs verzweifelt geklammert hatte. *Nur so viel, um schlafen zu können.* Aber der Schlaf war niemals wirklich erholsam gewesen, stattdessen hatte er sich beim Aufwachen wie gerädert gefühlt, unausgeruht und voller Übelkeit. Es war nicht der Alkohol, den er brauchte. Sondern Ruhe und Frieden.

Genau das, was er in Merediths Armen fand. Bald, dachte er.

Bald würde er in ihren Armen einschlafen und auch wieder aufwachen. Bis dahin musste er seine Arbeit erledigen – einen elenden Dreckskerl zur Strecke bringen.

Einen Dreckskerl, der bedroht hat, was mir gehört. Eine Mischung aus Wut und Angst schnürte ihm den Atem ab. Meredith ging es schlecht. Sie war im Krankenhaus. *Und ich kann nicht bei ihr sein.* Weil jemand – Voss oder sonst irgendjemand – ihren Tod wollte.

Ruhig Blut, Kimble.

Immerhin ging es Meredith gut genug, dass sie ihm eine Nachricht schicken konnte. *Isenberg hat gesagt, du weißt Bescheid. Wollte dich nicht beunruhigen. Es geht mir gut. Gerade machen sie alles für ein CT fertig. Nur zur Sicherheit,* hatte sie geschrieben, gefolgt von drei Emojis – einem Herz, einem Smiley und einem Kuss.

Du lieber Gott. Nur zur Sicherheit. Nur zur Sicherheit. Er zwang sich, ruhig durchzuatmen.

Sein Puls hatte sich fast wieder normalisiert, als Hansons Wagen mit quietschenden Reifen hinter ihm zum Stehen kam. Hanson sprang heraus, und Adam sah förmlich den Dampf aus seinen Ohren quellen.

»Deine Chefin ist ein elendes Miststück«, stieß Hanson aufgebracht hervor, während er auf ihn zustapfte. »Mich am Telefon zusammenzustauchen, als wäre ich ein Zwölfjähriger, der sich im Büro der Rektorin eine Standpauke abholen darf.«

Adam hatte weder die Zeit noch die Geduld, sich mit Hansons Wutanfall auseinanderzusetzen. »Sie kann manchmal ein bisschen schroff sein, aber sie ist eine verdammt gute Polizistin und eine noch bessere Vorgesetzte. Und, was noch viel wichtiger ist – sie hat völlig recht. Also, reiß dich zusammen, Wyatt«, schnauzte Adam ihn an. »Wir sind hier, um unsere Arbeit zu erledigen, verdammt noch mal!« Und je schneller sie hier fertig waren, umso früher konnte er bei Meredith sein.

Hanson starrte ihn verblüfft an. »Welche Laus ist dir denn über die Leber gelaufen?«

Adam zwang sich, seine Wut zu unterdrücken. In Wahrheit war er nicht auf Hanson wütend, sondern auf Voss. »Okay, Wyatt, es tut mir leid. Ich mache mir Sorgen und …« Er schüttelte den Kopf. *Konzentrier dich auf deine Arbeit.* »Ich brauche deine Hilfe. Wir müssen sehr vorsichtig sein, denn Voss ist ein gerissenes Schwein mit noch gerisseneren Anwälten. Das Ganze muss blitzsauber ablaufen, wie aus dem Lehrbuch. Keiner von uns darf sich von seinen Gefühlen leiten lassen oder einen Fehler begehen.«

Hansons Miene wurde eine Spur freundlicher. »Was ist los? Geht es um deine Mutter?«

»Nein. Um Meredith.« Er erzählte Hanson von Kates Entscheidung, Meredith ins Krankenhaus zu bringen.

»Ich verstehe. Mir würde es an deiner Stelle genauso gehen. Sie ist aber nicht allein hingefahren, oder?«

»Nein, Kate ist bei ihr. Und ihr Großvater mit Mallory.« Adam grinste schief. »Meredith hat immer Leute um sich. Ich wäre vermutlich nur im Weg.«

Hansons Augen glitzerten amüsiert. »Das wage ich aber stark zu bezweifeln«, erwiderte er freundlich. Mit einem Mal war die Anspannung zwischen ihnen verflogen.

»Was war denn los?«, fragte Adam. »Wo hast du gesteckt?«

Hanson stieß ein Schnauben aus. »Ich dachte, ich hätte sie gesehen. Das Mädchen, meine ich. Aber genau im entscheidenden Moment hat deine Chefin angerufen und mich zur Schnecke gemacht. Ich habe sie verloren. Wissen wir schon, wer das Opfer ist? Der Gorilla?«

»Nein, noch nicht«, antwortete Adam. »Wo genau hast du Linnie gesehen?«

»Vor der Music Hall. Dort ging gerade eine Aufführung des *Nussknacker* zu Ende, und überall waren plötzlich Leute.« Er schüttelte den Kopf. »Die Menge strömte in Richtung Washington Park, und da habe ich sie eben aus den Augen verloren. Ich habe nur kurz aufs Display gesehen, und weg war sie. Natürlich habe ich einen Suchtrupp hingeschickt, aber sie war längst über alle Berge.«
Adam seufzte. »Um die Weihnachtszeit herrscht in dem ganzen Viertel ein Heidentrubel«, meinte er. Im Zuge der Gentrifizierung des Over-the-Rhine-Viertels waren dort Restaurants und Bars wie Pilze aus dem Boden geschossen, in denen vor allem in der Vorweihnachtszeit eifrig gefeiert wurde.
»Hey, Adam«, rief Trip. »Ich habe die Codes.«
»Für das Tor«, erklärte Adam. »Trip musste Mrs Voss anrufen, weil Mr Voss nicht reagiert. Los, lass uns reingehen.«
»Wofür gilt der Durchsuchungsbefehl?«, wollte Hanson wissen.
»Für alles«, antwortete Adam befriedigt. »Voss' kleine Tochter hat uns genug Informationen geliefert. Wir können alles durchsuchen – das Haus, das Büro, den Wagen, seine Bankkonten, das volle Programm.«
»Ich stehe ganz hinter dir«, sagte Hanson. »Gute Arbeit, Adam.«
»Das ist nicht mein Verdienst, sondern Merediths.«
»Hoffentlich hat er den Code nicht geändert«, sagte Trip, als Adam und Hanson näher kamen.
Trip funkte Deacon an, der mit Scarlett am hinteren Eingang stand. »Der Zugangscode lautet 0915.«
»Alles klar«, sagte Deacon. »Los geht's.«
»Der Zugangscode für vorne ist 0713.« Trip drückte die Tasten und atmete auf, als das Tor aufschwang. Es hätte unnötig Zeit gekostet, einen Panzerwagen zu ordern.
»Wir haben's geschafft«, verkündete Adam über Funk.

»Wir auch«, gab Deacon zurück. »Wir sind schon auf dem Weg.«

Adam stieg in den Zivilwagen und folgte dem Team durch das Tor die breite geschwungene Einfahrt entlang bis zum Haus, wo er ausstieg. »Wir gehen jetzt rein«, sagte er und klopfte energisch an die Haustür. Nichts. Er klopfte noch einmal, fester. »Mr Voss! Hier ist die Polizei! Wir müssen mit Ihnen reden!«

Nichts.

»Was jetzt?«, fragte Hanson.

Adam zog die Schlüssel heraus.

Hanson blinzelte verwundert. »Wo hast du die Schlüssel her?«

»Von der Ehefrau, sie hat sie Isenberg gegeben.«

»Wir gehen rein.« Er schloss die Tür auf. Brüllende Hitze schlug ihm entgegen. Und dann …

»O Gott!« Adam bereute es, den Proteinriegel gegessen zu haben. Der Gestank … »Scheiße!«

Stöhnend löste Trip seine Krawatte. »Da wird einem ja übel.«

»Adam?« Deacons Stimme drang aus dem Funkgerät.

»Jemand oder etwas hier drinnen ist tot, und zwar sehr«, antwortete Adam. Dann presste er sich ein Taschentuch auf den Mund, trat ein und warf einen Blick auf den Thermostat. »Die Heizung ist auf über dreißig Grad eingestellt.« Er blickte um die Ecke ins Wohnzimmer. »Und hier ist auch schon der Hausherr.«

Broderick Voss lag in einem Ledersessel, den Stauschlauch noch um den Oberarm gebunden, die Spritze in der Vene. »Verdammte Scheiße«, stieß Adam hervor. »Voss ist tot«, verkündete er über Funk. »Kommt rein. Wir müssen nachsehen, ob noch jemand hier ist, tot oder lebendig.«

»Wir kommen vorne herum«, gab Deacon zurück. Das Funkgerät verstummte.

Trip war unterdessen neben Voss' Leiche in die Hocke gegangen und betrachtete seine zur Faust geballte Hand, die über die Sessellehne hing. »Die Totenstarre ist voll ausgebildet, das heißt, der Tod ist mindestens vor zwölf Stunden eingetreten. Wir wissen, dass er gestern Nachmittag noch am Leben war, weil er in einem Saal voller Wahlkampfspender eine Rede gehalten hat.« Er wandte sich zu dem Gaskamin um, dessen Flamme orangefarben loderte. »Aber wegen der voll aufgedrehten Heizung und dem Kaminfeuer wird es schwierig werden, den genauen Todeszeitpunkt zu bestimmen.«
Adam nickte. »Ich weiß. Ich hoffe, Dr. Washington kann uns wenigstens eine halbwegs genaue Einschätzung geben.« Wenn es jemand schaffte, dann war es Carrie Washington. »Nach all den Partys, die er in letzter Zeit hier gefeiert hat, könnten sich außer ihm vielleicht noch weitere Leichen im Haus befinden. Trip und Nash, ihr geht nach oben. Hanson, wir beide suchen das Erdgeschoss ab, Deacon und Scarlett nehmen sich den Keller vor. Ich bin gleich wieder hier, muss aber noch ein paar Anrufe erledigen.«
Adam trat hinaus, zog die Haustür hinter sich zu und winkte die beiden wartenden Officer heran. »Sie beide behalten die Eingänge im Auge. Keiner kommt ohne meine Erlaubnis rein, verstanden? Danke.« Die beiden Cops nickten und trabten davon.
Als Erstes rief Adam Carrie Washington an. Zu seiner Überraschung hob die Rechtsmedizinerin höchstpersönlich ab und versprach, sich sofort auf den Weg zu machen.
»Halten Sie sämtliche Türen und Fenster geschlossen, okay?«
Er blickte zu der geschlossenen Haustür und schnitt eine Grimasse. »Bitte beeilen Sie sich. Wir würden wirklich gern die Fenster aufmachen. Der Gestank ist fürchterlich.«
»Das verstehe ich«, sagte sie. »Ich beeile mich.«
Als Nächstes rief er Quincy an, der sich atemlos meldete.

»Ich brauche Sie im Haus von Broderick Voss«, sagte Adam. »Voss ist tot.«

»Verdammt«, stieß Quincy hervor. »Wie? Und wie lange schon?«

»Sieht nach einer Überdosis aus. Den Todeszeitpunkt kann ich noch nicht sagen. Der Gestank ist jedenfalls katastrophal. Die Heizung war bis zum Anschlag aufgedreht, und der Kamin brannte. Wie schnell können Sie hier sein?«

»Verdammt«, wiederholte Quincy. »Ich habe mir gerade etwas zu essen geholt. Ihr haltet mich heute mächtig auf Trab.«

»Bitte vielmals um Entschuldigung«, konterte Adam sarkastisch, ehe er einen Seufzer ausstieß. »Okay, es tut mir ehrlich leid, aber ich wäre Ihnen wirklich dankbar, wenn Sie so schnell wie möglich herkommen könnten.«

»Na gut«, erwiderte Quincy resigniert. »Ich beeile mich.«

»Das ...«, begann Adam, doch Quincy hatte bereits aufgelegt. Als Nächstes wählte Adam Isenbergs Nummer.

»Und?«, fragte sie.

»Voss ist tot«, sagte er und schilderte ihr die Lage.

Sie seufzte. »Ich hatte gehofft, er sei nicht zu Hause.«

»Ich auch. Wir hatten kein Wort mehr von ihm gehört, deshalb dachte ich, er zieht eben im Hintergrund die Strippen. Aber Fehlanzeige. Er ist tot, mindestens schon seit heute Morgen.«

»Das heißt, er kann nicht auf Sie geschossen haben.«

»Und der Gorilla geht auch nicht auf sein Konto. Aber er hängt da irgendwie mit drinnen. Jolee und Linnie waren hier im Haus. Und es besteht irgendeine Verbindung zu Meredith.« Voss hatte Meredith unter Druck gesetzt, seine Frau angegriffen und seine Tochter bedroht. »Und ... allmählich habe ich den Verdacht, dass er irgendetwas Großes am Laufen hatte. Hoffentlich bringen seine Bankkonten ein bisschen mehr Licht ins Dunkel.«

Wieder herrschte bedeutungsschwangere Stille. »Gibt es irgendetwas, das Sie mir sagen wollen, Adam?«
Dass Voss erpresst wurde, zum Beispiel? »Wollen? Nein.«
»Werden«, knurrte sie.
»Das spielt jetzt keine Rolle. Das Einzige, was uns wirklich weiterhilft, sind seine Finanzen.«
»Deshalb wollten Sie also seine Bankkonten und dergleichen im Durchsuchungsbefehl haben, ja? Weil Sie wussten, dass wir etwas finden würden?«
»Ich hatte so eine Ahnung.«
Wieder stieß sie dieses Knurren aus. »Ich habe Kopfschmerzen.« Sie klang ziemlich übellaunig.
Adam ließ den Blick umherschweifen, um sicherzugehen, dass niemand ihn hören konnte. »Lynda«, sagte er, »ich habe einen Tipp bekommen. Aber damit hat sich nur bestätigt, was wir ohnehin wussten – dass Voss irgendetwas verbirgt, etwas so Großes, dass er versucht hat, seine Tochter von Meredith fernzuhalten, damit sie es nicht aus ihr herauskitzeln kann.«
»Verstehe. Aber ...« Wieder seufzte sie. »Inzwischen haben Sie sich wieder so gut im Griff, und ich will nicht erleben müssen, dass Sie Ihre Karriere torpedieren, weil Sie Mist gebaut und Informationen bekommen haben, die Sie eigentlich gar nicht haben dürften.«
Sie stand hinter ihm, wie immer. »Nein, ich habe keinen Mist gebaut, und ich werde es auch weiterhin nicht tun«, versprach er. »Ich gebe Ihnen mein Wort. Das würde ich Ihnen nicht antun, von mir selbst mal ganz abgesehen.«
Schweigen. Dann ein weiterer Seufzer. »Okay. Dann lasse ich es gut sein. Im Moment.«
»Danke.«
»Sehen Sie zu, dass Sie an die Bankunterlagen herankommen, Adam.«

»Ja, Ma'am. Ich muss jetzt Schluss machen.«
Er legte auf und holte tief Luft. Zurück zu Voss.

Cincinnati, Ohio
Sonntag, 20. Dezember, 20.20 Uhr

Er schrieb Mike rasch eine Nachricht. *Wo bist du?*
In der Stadt. Suche nach deiner Nutte, die abgehauen ist.
Nach *deiner* Nutte. Er war stocksauer. Er und Mike mussten sich dringend darüber unterhalten, wer hier der Boss war. Und Mike war es definitiv nicht. *Ich habe einen Job für dich.* Die Antwort kam prompt. Und war schnippisch. *Stets zu Diensten.*
Er verdrehte die Augen. Für einen Kerl, der heute bereits zweimal Scheiße auf der ganzen Linie gebaut hatte, zeigte er sich ziemlich arrogant. *Nimm ein Gewehr. Und ein Nachtsichtgerät. Bleib auf Abstand. Beschreibung der Zielpersonen folgt.* Hektisch tippte er weiter, dann schickte er die Nachricht ab.
Kurz herrschte Schweigen. *Ich dachte, du traust mir hierbei nicht.*
Das tat er auch nicht, aber er hatte keine andere Wahl. *Bin beschäftigt. Versau es nicht. Hier ist die Karte.* Er schickte ihm den Link mit dem Stadtplan und wartete.
Diesmal dauerte es fast eine ganze Minute. *Wieso ein Gewehr? Wird ein schwieriger Schuss.*
Er feixte. *Du bist doch der Beste. Hast du selbst gesagt. Zu schwierig?*
Leck mich. Wieso ein Gewehr?
Er dachte kurz nach. *Weil jemand dabei ist, der besser schießt als du und ich zusammen*, schrieb er dann. *Halt dich bedeckt und sei bereit zur Flucht.*

Ok, meinetwegen. Er spürte förmlich Mikes Wut in den beiden Worten.
Er schüttelte den Kopf. Hoffentlich bekam Mike es wenigstens diesmal geregelt.

Cincinnati, Ohio
Sonntag, 20. Dezember, 20.20 Uhr

»Ich habe dir doch gleich gesagt, dass mir nichts fehlt«, sagte Meredith, als Kate sie im Rollstuhl den Krankenhausflur entlangschob, dicht gefolgt von Mallory. Da sie ohnehin schon im Krankenhaus waren, hatten sie spontan beschlossen, Agent Troy einen Besuch abzustatten. »Ich habe keine Gehirnerschütterung, sondern bloß eine blöde Beule, und kann problemlos selbst gehen.« Sie trug wieder ihre Perücke.
»Still jetzt«, befahl Kate. »Du kannst froh sein, dass sie dich nicht über Nacht zur Beobachtung hierbehalten.« Sie blickte über ihre Schulter. »Alles klar, Mallory? Du siehst ein bisschen blass aus.«
Meredith sah die Panik in Mallorys Augen, als Kate vor Agent Troys Zimmertür stehen blieb. »Macht dir das Krankenhaus Angst, Süße?«, fragte sie.
Mallory schluckte. »Ich dachte, es würde mir nichts ausmachen, aber ich muss zugeben, dass gerade viele schlimme Erinnerungen hochkommen.« Das Monster, das Mallory sechs lange Jahre gefangen gehalten und zur Internetpornografie gezwungen hatte, war losgezogen, um sie zu töten, als ihr endlich die Flucht gelungen war. Deshalb hatte sie im vergangenen Sommer mehrere Tage in genau diesem Krankenhaus zugebracht, um sich von den Folgen der Flucht zu erholen.
Kate biss sich auf die Lippe. »Es tut mir leid, Süße, ich hätte dich mit Clarke rausschicken sollen.«

Nachdem festgestanden hatte, dass Meredith nichts weiter fehlte, hatte sich Clarke mit der Erklärung, er drehe mit Cap eine kleine Runde und rauche seine Pfeife, abgesetzt. Er konnte Krankenhäuser ebenso wenig ausstehen wie Mallory. Meredith war bewusst, dass sich Mallory nur ungern von Kate und Meredith entfernt hätte, obwohl sie Clarke offensichtlich mochte – es war einfach noch zu früh für sie, sich allein in der Gegenwart von Fremden aufzuhalten, aber das würde sich mit der Zeit gewiss geben.

Meredith drückte ihr die Hand. »Papa und Cap erfrieren noch da draußen, deshalb schlage ich vor, wir sagen nur kurz Hallo zu Agent Troy und gehen dann wieder.«

Kate klopfte vorsichtig an die Tür, öffnete sie und – »Oh. Entschuldigung.«

Quincy Taylor stand neben Troys Bett und starrte sie wütend an, ebenso Agent Troy.

»Kann ich Ihnen helfen?«, fragte Troy schließlich.

»Sie sind im falschen Zimmer«, blaffte Quincy im selben Moment.

Meredith sah von einem zum anderen. Man brauchte kein Genie zu sein, um zu sehen, dass die beiden sich gestritten hatten. »Ich bin's, Meredith.« Sie zeigte auf ihr blondes Haar. »Das ist eine Perücke.«

Kate lugte über Merediths Schulter. »Und Kate und Mallory. Wir wollten nur kurz Hallo sagen, können aber gern später noch mal vorbeikommen.«

»Wir wollten nicht stören«, fügte Meredith verlegen hinzu.

»Kein Problem«, erwiderte Troy mit einem gezwungenen Lächeln. »Immer hereinspaziert. Wieso sitzen Sie im Rollstuhl, Meredith?«

»Ich habe mir heute Nachmittag den Kopf gestoßen«, antwortete Meredith. »Aber es ist nicht so schlimm«, fügte sie mit einem vernichtenden Blick auf Kate hinzu.

Quincy schnappte seinen Rucksack und schwang ihn sich über die Schulter. »Das ist schön zu hören. Wenn Sie mich bitte entschuldigen würden, ich muss wieder an die Arbeit.« Kate zog den Rollstuhl ein Stück zurück, um Quincy durchzulassen, ehe sie ihn in den Raum schob und ans Bett trat, um Troy eine anständige Gardinenpredigt zu halten. Mallory blieb kurz hinter der Tür stehen und ließ sich mit geschlossenen Augen gegen die Wand sinken. Sie zitterte am ganzen Leib.

»Hey«, flüsterte Meredith. »Du machst das ganz großartig.«
»Ich bin so ein Feigling«, stieß Mallory mit zusammengebissenen Zähnen hervor.

»Du bist das absolute Gegenteil von einem Feigling«, erklärte Meredith.

»Ich kann noch nicht einmal das Bett ansehen.«
»Na ja, niemand steht wohl wirklich auf Krankenhäuser«, erwiderte Meredith trocken und bemerkte erleichtert, dass Mallorys Mundwinkel belustigt zuckten. »Aber woran hast du gerade gedacht?«

Mallory wandte verlegen den Blick ab. »Ich habe an Cap gedacht. Manchmal stelle ich mir in solchen Momenten vor, ich würde ihn streicheln. Ziemlich bescheuert, oder?«

»Nein, überhaupt nicht. Es ist sogar ziemlich clever. Sieh mich an, Mallory.« Meredith wartete, bis das Mädchen sie aus seinen dunklen Augen ansah. »Du erinnerst dich doch, was PTBS ist, oder?« Sie hatten das Thema unzählige Male in der Therapie durchgesprochen, trotzdem musste Meredith es ihr immer wieder vor Augen führen.

»Ja, aber trotzdem bin ich immer wieder *dort*«, sagte Mallory kläglich. »Immer wieder. Ich sage mir immer, dass ich nie wieder *dorthin* zurückmuss, sondern dass ich stark bin … dass ich überlebt habe.«

»Genau das hast du auch.«

»Trotzdem kehre ich in Gedanken immer wieder *dorthin* zurück.« Mallorys Stimme war schrill geworden.
»Das ist das erste Mal, dass du es offen zugibst, ist dir das bewusst?«
Mallory verzog das Gesicht. »Weil ich ein Feigling bin.«
»Nein, weil du klug bist.«
Mallory riss ihre dunklen Augen auf. »Wie bitte?«
»Wenn du weißt, dass die Herdplatte heiß ist, fasst du dann mit der Hand darauf?«
»Na ja, einmal vielleicht«, antwortete Mallory.
»Also?« Meredith lächelte. »Auf diese Herdplatte zu fassen, tut weh. Und welcher schlaue Kopf will schon Schmerzen leiden? Dich selbst als Opfer zu sehen, tut dir weh, weil du dem, was dir passiert ist, einen Namen geben musst. Das macht es realer.«
»Es spielt doch keine Rolle, ob ich ihm einen Namen gebe oder nicht. Ich kann es trotzdem nicht ungeschehen machen.«
»Das stimmt. Aber wie wäre es, wenn du dich an einen Ort zurückziehen könntest, wo es dir nicht wehtut, daran zu denken? Wenn du die Geschichte erzählen könntest, als wäre sie nicht dir, sondern jemand anderem passiert?«
»Aber das tue ich doch!«
»Nein, eigentlich nicht, Süße. Denn wenn du es tätest, würde es dich nicht so sehr quälen.« Sie legte die Hand auf Mallorys Wange. »Aber wenn es dich so glücklich macht, Cap zu streicheln, wieso hast du nicht gefragt, ob du einen eigenen Hund bekommst?«
Mallory blinzelte ungläubig. »Ginge das denn?«
»Natürlich müsstest du zuerst Wendi fragen, aber … wieso nicht?«
»Ich habe doch gar kein Geld, um für einen Hund zu sorgen. Ich kann ja noch nicht mal für mich selbst sorgen.« Wieder schlich sich der schrille Unterton in ihre Stimme. Die junge

Frau presste die Lippen zusammen und begann, hektisch zu atmen.
»Ich bin sicher, wir finden eine Möglichkeit.«
»Ich kann aber nichts mehr annehmen«, stieß Mallory mühsam hervor. »Schon gar nicht von dir. Ich nehme immer nur von dir. Alle nehmen immer nur von dir. Und du gibst immer nur.«
Du lieber Gott, dachte Meredith. *Ich muss tatsächlich jemand anderen für sie finden. Ich bin viel zu nahe an ihr dran.* Sie hatte nichts von Mallorys heimlichen Gedanken geahnt.
»Okay. Wow.«
»Und jetzt habe ich dich auch noch gekränkt«, fügte Mallory kläglich hinzu. »Es tut mir leid.«
»Nein, gar nicht. Ich bin einfach nur überrascht. Ich schlage vor, wir besprechen später alles in Ruhe.« »Könntest du bitte herkommen, Mallory?«, bat Agent Troy in diesem Moment. Langsam trat Mallory vor das Krankenbett und umfasste die Reling. »Ich habe alles mitgehört, aber das ist nicht schlimm. Dafür braucht man sich nicht zu schämen. Jeder, der etwas so Schlimmes durchgemacht hat wie du, würde so empfinden. Du denkst, keiner von uns hat Probleme, muss mit seiner Vergangenheit, seinen Ängsten, seiner Panik kämpfen? Nur weil wir Polizisten sind, heißt das noch lange nicht, dass wir nicht auch leiden.«
Mallory reckte das Kinn. »Aber das ist nicht dasselbe.«
»Das stimmt, aber das ist es nie. Die Verbrechen sind auch nie dieselben, ebenso wenig wie die Art, wie wir damit umgehen und sie verarbeiten.«
Mallory wollte protestieren, hielt jedoch inne und musterte ihn mit zusammengekniffenen Augen. »Wir?«
»Hältst du mich für einen Feigling, Mallory?«, fragte er und sah ihr in die Augen.
»Nein«, antwortete Mallory wie aus der Pistole geschossen.

Der Anflug eines Lächelns erschien auf Troys Gesicht. »Bestimmt denkst du jetzt, ja, klar, keiner von denen kapiert, was Sache ist, weil sie nie das Opfer eines echten Verbrechens geworden sind. Ist das fair?«
»Ja. Na ja, mit Ausnahme von Faith. Sie hat eine Narbe.« Sie deutete auf ihre Kehle. »Hier.«
Faith war in der Tat Opfer eines Verbrechens geworden. Meredith kannte die Details und wusste, dass sie bis heute von Albträumen heimgesucht wurde, die sie manchmal sogar Deacon vorenthielt, weil sie ihn nicht damit belasten wollte. Und Faith war nicht das einzige Opfer eines Verbrechens – Troys Miene verriet, dass auch er nicht unbeschadet davongekommen war.
»Nicht bei jedem sind die Narben äußerlich zu erkennen, Mallory. Sagt dir der Begriff Gewalt gegen Homosexuelle etwas?«
Mallory nickte. Ihre Augen weiteten sich, als er schwieg. »Das ist Ihnen passiert?«
O nein. Der arme Troy, dachte Meredith. Die Vorstellung war unerträglich. Kate schien ebenfalls nichts davon gewusst zu haben, denn sie war in schockiertes Schweigen verfallen.
Troys Blick war immer noch auf Mallory geheftet. »Es passierte, als ich fünfzehn war. Damals gab es den Begriff natürlich noch nicht. Ich lag einen Monat im Krankenhaus. Meine Verletzungen waren … ziemlich schwer. Und als ich entlassen wurde, wollte ich all das am liebsten vergessen. Ich wollte mein Leben einfach weiterführen und nicht mehr daran denken, aber das ging nicht, weil ich ständig zum Arzt und zur Physiotherapie musste. Und weil die ganze Stadt Bescheid wusste. Die Lokalzeitung hatte darüber berichtet, und alle wussten, was mir passiert war. Viele haben mich ausgelacht. Es war unglaublich … demütigend, gelinde gesagt.«

»Wie sind Sie damit klargekommen?«, fragte Mallory, inzwischen sichtlich betroffen.
»Gar nicht. Es hat Jahre gedauert. Damals waren Therapien noch nicht so gängig wie heute, zumindest nicht für Stahlarbeiterkinder. Und jedes Mal, wenn ich einen der Typen gesehen habe, die mich zusammengeschlagen hatten, wurde ich regelrecht krank. Ich musste mich übergeben, wenn ich an der Stelle vorbeikam, wo es passiert war. Also habe ich beschlossen, dass mir nie wieder jemand wehtun würde. Ich habe angefangen, Sport zu treiben, habe mir Muskeln antrainiert. Ich habe mich in der Schule angestrengt und bin aufs College gegangen, danach zum FBI. Ich dachte, ich hätte es geschafft, hätte alles im Griff. Aber selbst heute passiert es noch manchmal. Ich sehe oder höre etwas, und dann kommt auf einmal alles wieder zurück. So wie bei dir gerade.«
»Und wie gehen Sie dann damit um?«
Er lächelte. »Ich habe eine Therapie angefangen. Zwar zwanzig Jahre zu spät, aber immerhin. Und ich habe gelernt, was man tun muss, damit es sich anfühlt, als würde man die Geschichte von jemand anderem erzählen.« Beim Anblick ihrer Miene lachte er leise. »Du glaubst mir kein Wort, stimmt's? Sieh auf den Blutdruckmesser. Der Wert ist ganz normal, schon die ganze Zeit. Ob ich gerne darüber rede? Nein. Kate habe ich zum Beispiel nie davon erzählt, und das schmiert sie mir bestimmt gleich noch aufs Brot ... abgesehen von der Gardinenpredigt, die mir ohnehin blüht.« Er hielt inne. »Na also«, sagte er befriedigt, als er Mallory lächeln sah. »Genau darauf habe ich gewartet. Es ist keine Schande, ein Opfer zu sein, Mallory. Du hast nichts falsch gemacht. Das Einzige, was du jetzt tun kannst, ist, irgendwie damit klarzukommen. Du hast das Glück, dass du von vielen tollen Leuten unterstützt wirst. Nutze es. Wir wollen, dass du deinen Weg gehst und glücklich wirst.«

»Okay.« Mallory beugte sich vor und küsste ihn auf die Wange. »Danke, dass Sie es mir erzählt haben.«

»Genau«, warf Meredith ein. »Vielen Dank, eigentlich sollten Sie als Therapeut arbeiten.«

Troy schnaubte. »So nett bin ich nun auch wieder nicht.« Er sah Kate an. »Es tut mir leid, dass ich nichts erzählt habe. Ich wollte auf keinen Fall ins Krankenhaus, weil ich Krankenhäuser hasse. Andere zu besuchen, schaffe ich inzwischen, weil ich jederzeit wieder gehen kann, aber Krankenwagen, Notaufnahmen, diese verdammten Betten? Das macht mich alles fertig.«

»Das verstehe ich, aber ich habe mir eben Sorgen gemacht«, gab Kate zurück.

»Es geht mir gut. Und die Besuchszeit ist vorbei. Seht zu, dass ihr die Kurve kratzt und irgendwo hingeht, wo euch nichts passieren kann.«

Meredith stand auf und schob Kate zur Seite, um Troy ebenfalls einen Kuss auf die Wange geben zu können. »Ich wollte nur Danke sagen. Sie haben uns allen heute das Leben gerettet. Sie sind ein echter Held.«

Seine Wangen färbten sich hinreißend rosa, und er wandte den Blick ab. »Danke, aber ich mache ja bloß meine Arbeit.« Merediths Lippenstift hatte eine Spur auf seiner Wange hinterlassen. Sie beugte sich vor und drückte noch einen Kuss, diesmal mitten auf seinen neuerdings kahl rasierten Kopf. »So.«

Troy schnitt eine Grimasse. »Haben Sie gerade ernsthaft einen Kussmund auf meiner Glatze hinterlassen?«

»Ja. Und was wollen Sie jetzt dagegen tun?«, fragte Meredith keck.

Er verdrehte die Augen. »Raus jetzt, alle miteinander.«

Sie gehorchten. Vor dem Aufzug zog Kate ihr Handy heraus und gab eine Nachricht ein. »Der Transporter wartet schon«, erklärte sie, als sie in den glücklicherweise leeren Aufzug stiegen. Merediths Bedarf an der Gesellschaft weiterer Menschen war ausreichend gedeckt.

Ich bin so müde, dachte sie, als sie im Erdgeschoss ankamen und in Richtung Glastüren gingen. Ihr Kopf schmerzte immer noch. Sie hatte nur einen Wunsch: ins Penthouse fahren, sich in das Bett legen, das hoffentlich immer noch nach Adam roch, und darauf warten, dass er von der Arbeit kam, damit sie –

Kate blieb abrupt stehen. »Der Transporter sollte doch hier sein. Ich habe den Kollegen gerade geschrieben, dass wir runterkommen, und sie haben geantwortet, dass alles bereit ist.« Sie riss Meredith aus dem Rollstuhl und schob sie auf die Glastüren zu. »Los, alle wieder rein! Sofort!«

Meredith war wie erstarrt. Ihre Beine versagten ihren Dienst. Papa.

»Meredith«, schrie Kate. »Sofort rein!«

Meredith wandte sich um, wollte Mallory bei der Hand nehmen, aber ... »Wo ist Mallory? Sie war doch gerade noch hinter uns.«

»Du sollst sofort wieder reingehen!«, brüllte Kate und erstarrte. »Wo ist sie?«

Sie sahen einander entsetzt an. »Mallory!«, schrie Meredith.

»*Rein!*« Kate fuhr herum und rannte in Richtung des vorderen Parkplatzes. »Ich suche sie.«

Nein! Meredith würde sich nicht verstecken. »Mallory!« Sie stürmte in die entgegengesetzte Richtung, rannte über den Rasenstreifen und die Schneehaufen hinweg bis zur nächsten Ecke. Ihr Herzschlag setzte aus.

Ein Mann mit einer Skimaske über dem Gesicht hatte die leichenblasse Mallory gepackt und zerrte sie mit sich, in der Hand eine Pistole, die er ihr an die Schläfe hielt.

Meredith spürte, wie ihr Verstand aussetzte und sich ihre Beine wie von selbst zu bewegen begannen.

Cincinnati, Ohio
Sonntag, 20. Dezember, 20.45 Uhr

»Nein!«, schrie Meredith. »Sofort loslassen!«
Sie lief weiter, ignorierte das Hämmern ihres Schädels und das noch heftigere Hämmern ihres Herzens. Wo waren denn alle? Weit und breit war niemand zu sehen, und auf den meisten Autos lag eine dicke Schneehaube, als wären sie seit Wochen nicht bewegt worden.

Das ist ein zusätzlicher Parkplatz. Er befand sich ein gutes Stück vom Haupteingang entfernt und war deshalb nicht sonderlich beliebt, vor allem nicht bei diesen Temperaturen. Genau aus diesem Grund hatte der Mann seinen SUV hier abgestellt.

Der SUV war schwarz. *Genau wie der gestern vor dem Restaurant.*

»Warten Sie!« Sie verlangsamte ihre Schritte und hob die Hände. Zwischen ihr und dem Maskierten befanden sich etwa drei oder vier Meter. »Sie wollen doch nicht das Mädchen. Sondern mich. Nehmen Sie mich an ihrer Stelle. *Bitte.*«
Lachend griff der Mann nach der hinteren Beifahrertür. »Dich will ich nicht.« Er schleuderte Mallory in den Fußraum, wo sie sich zusammenrollte. Meredith trat ein paar Schritte vorwärts und erstarrte, als sich der Mann umdrehte und mit der Waffe auf sie zielte. »Oder vielleicht ja doch«, meinte er mit einem wollüstigen Grinsen. »Halt die Hände so, dass ich sie sehen kann.«

Meredith zwang sich, zu schlucken. Nachzudenken. Denn mit einem Mal verstand sie.

Wir dachten alle, er hätte es auf mich abgesehen, dabei wollte er Mallory. Ich bin so blöd.

Sie war tatsächlich blöd gewesen, aber damit war jetzt Schluss. Sie hatte immer noch ihre Waffe. Adam hatte sie ihr nicht abgenommen, und das CPD hatten sie über einen Aufzug betreten, der sie dank eines Spezialschlüssels direkt in die richtige Etage gebracht hatte, vorbei am Sicherheits-Check im Eingangsbereich. Im Krankenhaus hatte sie sich entschuldigt und war auf die Toilette gegangen, wo sie sie aus ihrem BH-Holster gezogen und in ihre Jackentasche gesteckt hatte, bevor sie in den Untersuchungsraum gegangen war. Aber er würde sie erschießen, bevor sie sie ziehen konnte.

»Hände hoch«, grollte er. »Sonst knalle ich dich auf der Stelle ab.«

Erst jetzt merkte Meredith, dass sie die Hände unwillkürlich hatte sinken lassen. *Kate, wo bist du, verdammt noch mal?* Sie blickte zum SUV, wo Mallory immer noch reglos im Fußraum lag. »Lassen Sie sie gehen. Sie hat schon genug durchgemacht.«

Statt einer Antwort kam der Mann auf Meredith zu und packte sie am Revers ihres Mantels.

»Stehen bleiben, FBI. Waffe runter. Sofort!«

Gott sei Dank. Merediths Knie gaben nach, und sie fiel mit voller Wucht auf den Asphalt. *Endlich.* Kate trat um den SUV herum und drückte ihm ihre Waffe in den Rücken.

»Ich sagte, runter mit der verdammten Waffe«, befahl Kate.

Unfähig, den Blick abzuwenden, obwohl sie am liebsten die Augen geschlossen hätte, verfolgte Meredith, wie der Mann seine behandschuhten Finger öffnete und die Waffe klappernd zu Boden fiel.

Kate trat sie mit dem Fuß unter den Wagen. »Sehr gut, und jetzt auf die Knie. Alles in Ordnung, Meredith?«, fragte sie, während der Mann gehorchte.

»Ja«, krächzte Meredith und versuchte, sich über die Lippen zu lecken, doch ihr Mund war wie ausgedörrt. »Alles in Ordnung.«

»Gut. Hol Mallory aus dem Wagen, und dann weg mit euch.«

Meredith gehorchte und stieß Mallory vorsichtig an, als diese nicht sofort reagierte. »Komm, Süße.«
Mallory drehte sich um, machte jedoch keine Anstalten, aus dem Wagen zu steigen. Meredith beugte sich vor, schlang sich Mallorys Arm um den Hals, zog sie hoch und schleppte sie mit sich über den Parkplatz zu ein paar nebeneinanderstehenden Fahrzeugen. *Aus der Schusslinie.*
Besorgt sah sie sich um. Vielleicht war der Kerl ja nicht allein gekommen. Sie zog ihre Waffe aus der Tasche. »Mallory, Schatz, du musst allein gehen. Ich kann dich nicht den ganzen Weg tragen. Hilf mir.«
Mallory richtete sich ein wenig auf und setzte schlurfend einen Fuß vor den anderen – als gehen konnte man es wohl nicht bezeichnen, trotzdem kamen sie immerhin vorwärts.
»Bist du verletzt? Hat er dich angeschossen?« Meredith versuchte zu erkennen, ob Blut an Mallorys Kleidern klebte, doch es war zu dunkel. Schließlich erreichten sie die Fahrzeuge. Meredith zog Mallory hinter einen Minivan und drückte sie behutsam zu Boden.
In diesem Moment ertönte ein Schuss, gefolgt von einem grauenvoll dumpfen Poltern.
Kate. Meredith kroch ans Heck des Minivans und spähte um den Wagen herum. *O Gott! Nein!* Kate lag neben dem SUV auf dem Asphalt.
Und der Mann kam geradewegs auf Meredith und Mallory zugestürmt. Instinktiv zog Meredith ihre Waffe heraus und brachte sich in Schussposition, wie sie es unzählige Male geübt hatte. Und drückte ab.
Der Mann taumelte ein paar Schritte rückwärts und starrte ungläubig auf seine Brust, doch er blutete nicht. *Eine kugelsichere Weste*, dachte sie. *Verdammt!*
Er hob den Kopf, fixierte sie wütend und kam weiter auf sie zugerannt wie ein wütender Stier. Erneut hob sie die Waffe,

zielte, diesmal auf seinen Oberschenkel, und drückte abermals ab. Wieder geriet er ins Straucheln und riss den Mund zu einem Schrei auf, doch Meredith konnte ihn nicht hören, weil ihre Ohren klingelten. Aber sie hatte ihn getroffen! Befriedigt sah sie zu, wie er zwischen zwei Fahrzeugen verschwand.

Scheiße! Mallory! Sie eilte zurück zu dem Mädchen und ging neben ihr in die Hocke, als der Mann auch schon vornübergebeugt hinter einem kompakten Toyota Scion erschien, der direkt hinter dem Minivan parkte. Er hielt sich so, dass er so wenig Angriffsfläche wie möglich bot, sein Oberkörper war zudem durch die Weste geschützt.

»Du kriegst sie nicht!«, schrie Meredith und zielte auf seinen Kopf, doch ihre Hand zitterte so heftig, dass der Schuss weit danebenging. Sie änderte unverzüglich ihr Ziel und feuerte ein weiteres Mal auf seine Brust, dann noch einmal auf seine Beine. Irgendwo musste sie doch treffen. *Nur ein einziges Mal! Bitte, Gott!*

Doch nichts geschah. *Klick, klick* – Meredith drückte ab, wieder und wieder ... nichts. Sie hatte das gesamte Magazin leer geschossen. Inzwischen hatte er sich aufgerichtet und beschleunigte seine Schritte.

»Das wirst du bereuen«, stieß er hervor, was kaum zu verstehen war, da die Schüsse ihr immer noch in den Ohren klingelten. »Mit dir werde ich erst noch eine Weile spielen, bevor ich dich umbringe. Aber zuerst wirst du zusehen, wie ich mich mit ihr vergnüge.«

Meredith wollte fliehen, einfach wegrennen. Doch das war ausgeschlossen, weil Mallory immer noch reglos am Boden lag.

»Dann musst du mich zuerst töten«, schrie sie, »denn das werde ich nicht zulassen.«

Sie warf sich über das Mädchen und machte sich schwer, und

als er sie am Mantel packte und wegschleudern wollte, rollte sie lediglich zur Seite.

»Nein!«, schrie sie und kroch zu Mallory zurück, während der Kerl die Hand erneut nach ihr ausstreckte.

Plötzlich bewegte sich Mallory und hob die Hand, in der etwas Silbriges glänzte. *Ein Messer!* Mallory hatte ein Messer!

Die Klinge fuhr durch die Skimaske des Mannes, und trotz des Klingelns in ihren Ohren hörte Meredith seinen Schrei, ehe er hochfuhr und rückwärtstaumelte.

Ein weiterer Schuss ertönte, der den Mann zur Seite riss, während er mit der Rechten seinen linken Oberarm packte.

Zwei weitere Schüsse hallten kurz hintereinander durch die Stille. »Weg von den Frauen! Los!«

Meredith erkannte die Stimme auf Anhieb. *Kate. Sie ist nicht tot. O Gott, sie ist nicht tot.* Meredith, die auf allen vieren gekauert hatte, sackte zusammen, als ihre Arme ihr Gewicht nicht länger trugen. Sie spürte, wie ihre Wange über den Asphalt schrappte, doch es kümmerte sie nicht. *Kate!*

Der Mann rannte los, floh über den Parkplatz, wobei er sein verwundetes Bein hinter sich herzog.

Sirenengeheul ertönte durch den Lärm in ihren Ohren, und Meredith brach in Tränen aus. *Hilfe. Hilfe ist unterwegs.*

Sie spürte, wie sich zitternde Arme um sie legten und aufrichteten. Als sie hochblickte, sah sie in Mallorys dunkle Augen.

Sie hielt sie fest, doch Meredith konnte nicht aufhören zu weinen. In diesem Moment spürte sie ein weiteres Paar Arme, das sich um sie schloss, während ihr Kates Parfum in die Nase stieg. Sie weinte noch heftiger.

Die drei Frauen hielten einander fest umschlungen, als Meredith ein Gedanke kam. »Papa!« Sie löste sich und sah sich hektisch um. »Wo ist Papa?«

»Es geht ihm gut. Er hat einen Schlag auf den Kopf bekommen, aber ansonsten ist alles in Ordnung mit ihm. Ehrlich.« Kate streckte beschwichtigend eine Hand aus, als hätte sie ein verängstigtes Tier vor sich – ehrlich gesagt, fühlte Meredith sich auch so.
In diesem Moment fiel ihr der Riss in Kates Jackenärmel und der dunkle, glänzende Fleck auf. »Du bist verletzt«, sagte sie.
»Ich hab schon Schlimmeres erlebt.« Kate lehnte sich gegen den Minivan und schloss die Augen, als mehrere Leute angelaufen kamen. »Die Verstärkung ist hier.«

Cincinnati, Ohio
Sonntag, 20. Dezember, 21.25 Uhr

The Gruber Academy. Mit grimmiger Entschlossenheit blickte Linnea zu dem Schild hinauf. Fast drei Stunden hatte sie für die zwei Meilen aus der Innenstadt hierher, zu der hübschen Schule in dem noblen Viertel, gebraucht, weil sie immer wieder stehen bleiben musste, um sich etwas auszuruhen. Irgendwo auf dem Weg hatte sie einen Gartenschlauch an der Laderampe hinter einer Bar entdeckt und sich Butchs Blut und Hirnmasse aus dem Gesicht und den Haaren gewaschen – das Wasser mochte eiskalt gewesen sein, trotzdem war es den Aufwand wert gewesen. Außerdem fiel sie auf diese Weise nicht länger auf. Blutverschmierte Menschen hatten die Tendenz, neugierige Blicke auf sich zu ziehen.
Und nun brauchte sie dringend einen Unterschlupf. Die Schule war von einem hohen Maschendrahtzaun umgeben, doch die Kette an dem Tor war ein gutes Stück zu lang, weshalb eine Lücke zwischen den Flügeln klaffte. Ausnahmsweise erwies sich ihr mangelnder Appetit als Vorteil. Eilig schlüpfte sie hindurch. Sie würde sich ein Versteck suchen,

wo sie warten konnte, bis *er* seine Tochter zur Schule brachte oder abholte. Warm brauchte es nicht zu sein, nur ein wenig geschützt.

Hinter dem Schulgebäude stand ein zu einem Minibus umgebauter Transporter, der zwar schon etwas älter, aber frisch lackiert war. In diesem Fall war es sogar gut, dass es sich nicht um ein ganz neues Modell handelte – mit ein bisschen Glück hatte der Wagen keine Alarmanlage. Die Tür aufzubekommen, stellte kein Problem dar. Sie hatte einige Zeit auf der Straße gelebt, bevor sie sich in den Maschen des Fürsorgesystems verfangen hatte, und kannte sich aus. Sie war nicht stolz darauf, dennoch hoffte sie, dass sie es immer noch draufhatte. Sie packte die Antenne und stellte erleichtert fest, dass sie sich herausschrauben ließ. Es war nicht ihre Absicht, sie abzubrechen. Wenn sie in den Jahren mit Andy eines gelernt hatte, dann war es, dass sie nur respektiert wurde, wenn sie andere respektierte.

Andy. Eine Woge der Trauer stieg in ihr auf und spülte über sie hinweg, so heftig, dass sie sie von den Füßen zu reißen drohte. *Du fehlst mir, Andy.* So sehr. Sie würde den Mann rächen, der sie so bedingungslos geliebt hatte, und wenn es das Letzte war, was sie tat. Der Schwur verlieh ihr neue Energie. Mit der Antenne in der Hand ging sie um den Bus herum und überprüfte die Schlösser.

Sie lachte auf. Der Bus war nicht abgeschlossen. *So was gibt's auch nur in reichen Gegenden*, dachte sie. Die Leute bildeten sich ein, Zäune und Tore würden ihnen Sicherheit bieten. Sie hatten Glück, dass sie bloß einen Schlafplatz suchte. Sie machte kehrt, um die Antenne wieder anzuschrauben, hielt jedoch inne – das Ding würde eine nützliche Waffe abgeben, falls ihr jemand zu nahe käme.

Immerhin war sie vor Butch sicher. Sie stieg ein und zog die Tür hinter sich zu. Hoffentlich gab es hier keine Kameras.

Beim Anblick der Gegenstände auf dem hinteren Sitz wäre sie am liebsten in Tränen ausgebrochen.
Decken. Stapelweise. Und Wasserflaschen. Und Proteinriegel.
Es mochte kein richtiges Bett in einer Notunterkunft sein, aber definitiv gut genug. Sie machte sich ein Bett aus den Decken, zog ihre Waffe aus der Tasche und schob sie unter ihr behelfsmäßiges Kopfkissen. Nur für alle Fälle. Und dann legte sie sich hin, um zu schlafen.

22. Kapitel

*Cincinnati, Ohio
Sonntag, 20. Dezember, 21.30 Uhr*

»Entschuldigung«, murmelte Adam und schob sich durch die Menge, was ihm zwar böse Blicke einbrachte, doch das kümmerte ihn nicht. Er stürmte durch die automatischen Türen auf direktem Weg in die Notaufnahme, wo er seine Dienstmarke zückte, als eine der Schwestern ihn aufhalten wollte.
Meredith lebt. Es geht ihr gut. Sie ist nicht verletzt. Mallory war die ganze Zeit über die Zielperson, aber auch ihr ist nichts passiert. Und ich werde Kate umbringen. Obwohl sie verwundet ist.
Die Worte schwirrten ihm im Kopf herum, seit er den Funkspruch gehört hatte. *Schüsse auf Krankenhausparkplatz. Mögliche Geiselnahme, vielleicht Verletzte.* Er und Deacon hatten alles stehen und liegen lassen, in dem Wissen, dass der Voss-Tatort bei Trip und Scarlett in den besten Händen war. Natürlich war Adam bewusst, dass Isenberg vollkommen recht hatte – er *konnte* diesen Fall nicht bearbeiten. Nicht, wenn er so für Meredith empfand. Doch diese Schlacht würde er später ausfechten. Jetzt musste er erst einmal zu ihr, sie sehen, sie berühren.
Immerhin war Deacon bei der Sache. Adam hatte seinen Cousin am Parkplatz zurückgelassen, damit er an ihrem neuesten Tatort mit den Ermittlungen beginnen konnte. Er selbst hatte kaum etwas von dem mitbekommen, was die uniformierten Kollegen bei ihrem Eintreffen gesagt hatten.
Ich muss sie sehen. Er blickte durch jedes Fenster in den Behandlungsraumtüren, bis er Meredith gefunden hatte. Sie lag im Bett. Ihr leuchtend rotes Haar bildete einen scharfen

Kontrast zum Weiß des Kissens. Bei ihrem Anblick gaben seine Knie nach, doch er riss sich zusammen. Jetzt war nicht der Zeitpunkt einzuknicken. Erst wenn er sie in Sicherheit gebracht hatte und allein war.
Dann konnte er zusammenbrechen.
Er blickte durch das Fenster. Merediths Augen waren geschlossen. Sie trug ein ausgewaschenes blaues Krankenhausnachthemd. Mallory, ebenfalls in Krankenhauskluft, saß an ihrem Bett und hielt ihre Hand. Beide waren leichenblass. Auf Merediths Wange klaffte eine Schürfwunde, die sich bereits zu verfärben begann.
Dieses elende Schwein hatte sie verletzt. Wieder.
Aber sie lebt. Das sagte er sich unaufhörlich. Sie lebt.
Die beiden zu ihrem Schutz abgestellten Feds waren nicht ganz so glimpflich davongekommen – der Täter hatte mit einer schallgedämpften Waffe auf sie geschossen. Der eine war schwer verletzt, der andere schwebte sogar in Lebensgefahr. Sie waren gefesselt gewesen, von ihren Funkgeräten, Handys und Dienstwaffen fehlte nach wie vor jede Spur.
Der Schütze war in einem gestohlenen Wagen geflüchtet und befand sich nach wie vor auf freiem Fuß, doch diesmal hatte er einiges zurückgelassen – seinen SUV, den Kate fahruntüchtig gemacht hatte, sein Gewehr, das Kate an sich genommen hatte, und, was am allerwichtigsten war, seine DNS. Überall auf dem Asphalt klebte Blut, der Großteil davon seines. Ein kleinerer Teil stammte von Kate. Mallory und Meredith hatten keines verloren.
Adam lehnte die Stirn gegen den Türrahmen und rang um Fassung. *Drei Mal. Drei Mal hätte ich sie um ein Haar verloren.*
»Adam?«
Er sah Dani aus dem angrenzenden Raum kommen. »Was machst du denn hier?«

»Ich bin Kates zweiter Notfallkontakt«, sagte sie. »Decker habe ich schon informiert.«
»Wie hat er es aufgenommen?« Adam war wie betäubt.
Dani streichelte seinen Rücken, so sanft und beruhigend, dass ihm die Tränen in die Augen stiegen. »Wie man es vermuten würde. Er ist völlig außer sich, weiß aber, dass es ihr zumindest körperlich so weit gut geht. Na ja, halbwegs. Ihr Arm sieht ziemlich schlimm aus. Die Wunde musste mit achtzehn Stichen genäht werden, aber wie es aussieht, hat sie keinen bleibenden Schaden davongetragen.«
Adam blinzelte. Sein Kopf schien plötzlich zentnerschwer zu sein, zu schwer, um ihn oben zu halten. »Körperlich?«
»Emotional ist sie völlig am Ende«, sagte Dani leise. »Das Ganze ist unter ihrer Aufsicht passiert ... so habe ich sie noch nie erlebt.«
»Was ist überhaupt genau passiert?«, fragte er.
»Das musst du sie schon selbst fragen. Ich bin nur zur moralischen Unterstützung hier.« Sie drückte ihm einen Kuss auf die Wange. »Überzeug dich ruhig zuerst davon, dass es Meredith gut geht, dann kannst du mit Kate reden. Und fasse sie nicht zu hart an.«
»Es tut mir leid, Dani«, sagte er, als ihn ein Riesenschuldgefühl überkam. »Wirklich sehr leid.«
Sie lächelte. »Was denn?«
»Dass ich im letzten Jahr so ein Arschloch war. So ein schlimmes, dass du denkst, du musst mir so etwas sagen.«
Sie rieb ihre Wange an seinem Oberarm, wie eine Katze, die ihren Menschen beschmust. »Entschuldigung angenommen. Es ging dir nicht gut. Ich hoffe nur, du sagst mir eines Tages, warum.«
»Das werde ich. Aber nicht jetzt.«
»Ich weiß, mein Lieber. Und jetzt geh rein zu Meredith, dann geht es euch beiden gleich viel besser.«

»Okay.« Er wandte sich zur Tür. »Moment mal ... Wo ist eigentlich Clarke?«, fragte er.

»Zwei Zimmer weiter. Die Ärzte wollten ihn kurz durchchecken, bevor er entlassen werden kann. Könnte sein, dass er eine Gehirnerschütterung erlitten hat. In seinem Alter muss man besonders vorsichtig sein.« Unvermittelt lief sie rot an. »Diesel ist bei ihm. Er ist also nicht allein.«

»Aber Diesel hasst Krankenhäuser.«

»Weiß ich. Der Ärmste. Aber er schafft das schon.«

Weil er gebraucht wird. Das verstand Adam nur allzu gut.

»Mallory ist bei Meredith, deshalb gehe ich davon aus, dass sie unverletzt ist.«

»Für sie gilt dasselbe wie für Kate – sie ist körperlich unversehrt. Schlussendlich hat Mallory Meredith das Leben gerettet, weil sie dem Typen mit einem Messer das Gesicht aufgeschlitzt hat, aber sie ist noch nicht ganz bei sich. Sie war praktisch katatonisch. Meredith hat sich zwischen sie und den Schützen geworfen, der sie von ihr heruntergerissen hat. Daher hat sie die Schürfwunde. Offensichtlich hat das Mallory aus ihrer Erstarrung gerissen.« Dani seufzte. »Aber inzwischen hat sie sich wieder völlig in sich zurückgezogen und kein Wort mehr gesprochen.«

»Verdammt.« Er blinzelte. Mallory ist also die Zielperson. Er war stocksauer auf sich selbst, weil er nicht darauf gekommen war; er hatte keinen Gedanken darauf verschwendet, nicht einmal nach der Schießerei im Restaurant. Aber Andy hatte die Waffe auf Meredith gerichtet, und auch der zweite Schuss hatte ihr gegolten. Und Voss war ebenfalls in die Sache verstrickt gewesen. Und er hatte Meredith gestalkt.

Trotzdem hätte ich es zumindest in Erwägung ziehen müssen. Verdammte Scheiße!

Dani tätschelte ihm die Schulter. »Wieso stehst du immer noch hier herum?«

Er wollte etwas sagen, doch die Worte kamen nicht über seine Lippen. Dani hatte recht. Er war wie der Teufel hergerast, um sie zu sehen, bei ihr zu sein, und jetzt? Stand er herum und brachte es nicht über sich, die verdammte Tür aufzumachen.

Er schloss die Augen und holte zittrig Luft. »Ich hätte sie beinahe verloren. Schon wieder. Und ... ich weiß nicht, was ich ihr sagen soll.«

»Gar nichts. Nimm sie einfach nur in die Arme und halt sie fest. Lass sie spüren, dass du hier bist.«

Er schüttelte kläglich den Kopf. »Für alle anderen ist sie immer da. Aber schaffe ich es auch, für sie da zu sein?« Er schlug die Augen auf und blickte in Danis lächelndes Gesicht. »Ich weiß nicht, ob ich das wirklich kann.«

»Weißt du nicht, ob du es kannst, oder weißt du nicht, ob du es kannst, ohne dabei zusammenzubrechen?«

»Letzteres«, gestand er. »Sie hat heute Abend schon genug durchgemacht ... auch ohne mit ansehen zu müssen, wie ich in Tränen ausbreche wie ein ...« Er hielt inne. »Wie ein Mädchen«, fügte er dann hinzu.

»Wie ein Mensch, dem ein anderer Mensch sehr am Herzen liegt?«, sagte sie im selben Moment. »Dein Vater irrt sich, Adam. Es ist völlig in Ordnung, Gefühle zu haben. Und auch zu weinen, ist in Ordnung. Und wenn du gleich da reingehst und in Tränen ausbrichst, ist das völlig in Ordnung, selbst wenn du wahre Niagara-Fälle vergießt. Die Welt dreht sich trotzdem weiter. Und jetzt schaff deinen Hintern da rein. Und zwing mich nicht, dir das noch einmal zu sagen«, fügte sie mit gespieltem Tadel hinzu.

Er nickte und straffte die Schultern. Er konnte es schaffen, konnte die starke Schulter sein, die Meredith heute Abend brauchte. Nur das mit den Niagara-Fällen ... das würde er nicht hinbekommen. Er konnte nicht weinen. Es ging einfach nicht.

Er holte tief Luft, öffnete die Tür und betrat das winzige Krankenzimmer. Einen Moment lang stand er wortlos da.
»Hey«, brachte er schließlich leise hervor.
Abrupt riss Meredith die Augen auf. »Adam.« Tränen schossen ihr in die Augen, und ihre Stimme brach. »Es tut mir leid. Es tut mir so leid.«
Sekunden später saß er an ihrem Bett – er hatte noch nicht einmal mitbekommen, wie seine Beine sich in Bewegung gesetzt hatten –, zog sie in die Arme und vergrub das Gesicht in ihrem Haar, flüsterte besänftigende Worte, ohne sie zu hören, weil sie im Rauschen des Herzschlags in seinen Ohren untergingen. »Es ist nicht deine Schuld, Baby. Nicht deine Schuld. Was tut dir leid?«
Sie schüttelte den Kopf, zitterte am ganzen Leib. Er zog sie enger an sich. »Ich hätte nicht herkommen dürfen. Ich wusste doch, dass ich nur ein bisschen Kopfschmerzen hatte. Wir hätten nie herkommen dürfen.«
»Süße.« Er wiegte sie in seinen Armen. »Du bist verletzt, und du hast Angst, deshalb verzichte ich darauf, dich für den Unsinn zu schimpfen, den du hier gerade erzählst. Natürlich war es richtig herzukommen. Es war eine reine Sicherheitsmaßnahme. Du konntest nicht wissen, dass so etwas passieren würde. Schließlich bist du keine Hellseherin. Also hör auf, dir selbst die Schuld zu geben, und hör lieber auf mich.«
Er löste sich von ihr und hob ihr Kinn an. Reue und erst allmählich abebbende Angst flackerten in ihren Augen. »Es geht dir gut, Mallory geht es gut, und Kate und dein Großvater sind zwar ein bisschen angeschlagen, aber auch sie sind bald wieder auf dem Posten.«
»Und die beiden Feds?«, fragte Meredith. »Sie könnten sterben.«
Kurz fragte sich Adam, wie es dem Täter gelungen sein konnte, die beiden Bundesbeamten zu überwältigen, ver-

drängte den Gedanken jedoch wieder. »Aber noch leben sie.« Behutsam strich er ihre Tränen mit den Daumen weg und küsste sie zärtlich auf den Mund. »Du hast genauso wenig einen Soziopathen dazu aufgefordert, Mallory in seine Gewalt zu bringen, wie du gestern Andy Gold eingeladen hast, auf euch beide zu schießen. Okay?«
Er wartete, bis sie nickte, ehe er sie ein weiteres Mal küsste.
»Gut«, sagte er und sah Mallory an, die ihn mit derselben irritierenden Intensität anstarrte wie die Kids aus *Kinder des Zorns*. »Wir haben heute Abend etwas extrem Wichtiges in Erfahrung gebracht: Nicht auf dich hatte der Täter es gestern im Buon Cibo abgesehen, Meredith, sondern auf Mallory.«
Meredith nickte schniefend. »Ich weiß. Ich habe ihn angefleht, mich an Mallorys Stelle zu nehmen, aber er meinte, er wolle nicht mich.«
Adam gefror das Blut in den Adern. Er sah sie förmlich vor sich. »Erzähl von Anfang an. Alles, was passiert ist.«

Cincinnati, Ohio
Sonntag, 20. Dezember, 21.40 Uhr

Meredith schilderte Adam in aller Ausführlichkeit, was vorgefallen war – nur auf den Teil, in dem sie dem Täter angeboten hatte, sie anstelle von Mallory zu nehmen, ging sie nicht weiter ein, um Adam nicht noch mehr damit zu belasten. Schlimm genug, dass sie es überhaupt erwähnt hatte.
»Ich habe wieder und wieder gefeuert«, sagte sie. »Ich wusste, dass ich ihn mindestens zweimal in die Brust getroffen habe, aber er trug vermutlich eine Schutzweste, sodass ich auf andere Körperteile zielen musste. Am Ende haben meine Hände so stark gezittert, dass ich wahrscheinlich danebengeschossen habe«, meinte sie. »Er kam immer näher, wollte ein-

fach nicht stehen bleiben.« Sie hielt inne, weil ihre Stimme zu heftig zitterte. »Entweder habe ich ihn komplett verfehlt, oder er wollte sich durch nichts und niemanden aufhalten lassen. Vielleicht auch beides.«

»Und was ist dann passiert?«, fragte er. Sein Tonfall war brüsk, trotzdem nahm er ihre Hand und hielt sie fest.

Das half. Sehr. Sie holte tief Luft. »Und dann war das Magazin auf einmal leer, deshalb habe ich nur dagestanden und ... abgewartet.« Er erschauderte, wandte jedoch nicht den Blick von ihr ab. »Er hat mich zur Seite gestoßen. In diesem Moment hat Mallory ihn mit dem Messer erwischt. Er war ... wie von Sinnen. Hat geschrien.«

»Aber die Maske hatte er trotzdem noch auf?«, fragte er.

»Ja. Sein Gesicht habe ich nicht gesehen. Nur seine Augen, aber es war ja dunkel, deshalb konnte nicht erkennen, welche Farbe sie hatten. Na ja« – sie hielt inne und legte nachdenklich die Stirn in Falten –, »seinen Kiefer habe ich gesehen, weil der Schnitt durch die Skimaske gegangen war. Aber mir fiel nichts Besonderes an ihm auf – kein Bart, keine Narben oder sonst etwas.«

»Konntest du seine Hautfarbe erkennen?«

»Ja. Er hatte sehr helle Haut. Definitiv ein Weißer. Er hat mich losgelassen und geschrien, und dann war auf einmal Kate da und hat ihn in den Arm geschossen. Ich ...« Sie schloss die Augen, als ihre Gefühle sie zu übermannen drohten. »Ich dachte, Kate sei tot. Sie lag auf dem Boden, und ich dachte, ich hätte einen Schuss gehört, und dann dieses dumpfe Poltern. Ich dachte, er hätte sie gegen den SUV geschleudert. Ich weiß nicht, was passiert ist.«

»Ich rede später mit ihr«, sagte er nur. »Aber sie wird wieder gesund. Dani meinte, die Wunde hätte mit achtzehn Stichen genäht werden müssen, aber sie hätte keine bleibenden Schäden davongetragen.«

»O Gott«, stöhnte Meredith. »Ich bin so froh. Kommt Decker her?«
»Dani hat ihn angerufen. Bestimmt ist er schon unterwegs.« Er drückte ihre Hand. »Dann hat Kate den Angreifer also angeschossen?«
»Ja. Sein Arm hing ganz schlaff herunter, und dann ist er abgehauen. Dann habe ich plötzlich Sirenen gehört, und ... es war ... ich habe völlig die Fassung verloren.« Sie sah Mallory an. »Und dann war Mallory auf einmal da und hat mich festgehalten, deshalb wusste ich, dass ihr nichts passiert ist, und plötzlich war auch Kate da, und wir ... das war's.«
Seine Nasenflügel bebten, als er den Atem einsog, und sein Kiefer war fest angespannt. Er blinzelte mehrere Male und sammelte sich, dann wandte er sich Mallory zu. »Noch irgendetwas, Liebes?« Sein Tonfall war so liebevoll, dass Meredith ein Schluchzen unterdrücken musste.
Zu ihrem Erstaunen nickte Mallory, die die ganze Zeit wie erstarrt auf ihrem Stuhl gesessen hatte.
»Die beiden haben mir das Leben gerettet«, flüsterte sie.
»Meredith und Kate. Meredith wollte nicht zulassen, dass er mich schnappt. Sie hat ihn angefleht, sie stattdessen zu nehmen, und ich hatte solche Angst, ihr zu sagen, sie soll es nicht tun. Stattdessen habe ich bloß dagelegen, hilflos und schwach.« Obwohl sie ganz leise sprach, war ihr Selbstekel unüberhörbar.
»Mallory ...«, sagte Meredith, doch Mallory hob die Hand.
»Jetzt bin ich mit dem Reden dran«, sagte sie.
Verblüfft ließ Meredith sich in die Kissen zurücksinken. »Okay.«
»Sie ist mir nachgelaufen und hat dem Kerl angeboten, sie an meiner Stelle zu nehmen. Und als Kate plötzlich auftauchte und ihm ihre Waffe an den Kopf hielt, hat Meredith mich aus dem SUV gezogen und über diesen Parkplatz gezerrt, keine

Ahnung, wie weit. *Hilf ihr! Beweg dich endlich*, habe ich mir die ganze Zeit gesagt, aber ich war wie erstarrt.«

»Aber genau das hast du doch getan«, wandte Meredith leise ein.

»Aber nicht genug.« Mallory drehte sich mit dem Gesicht zur Wand. »Sie hat nicht erwähnt, dass sie dem Mann gesagt hat, er müsse zuerst sie umbringen, wenn er mich haben wolle. Und ich dachte, dass er genau das tun würde.«

Blanke Qual stand in Adams Augen. Er holte tief Luft, und mit einem Mal erschien so etwas wie Stolz in seinem Blick, während er den Druck um ihre Hand verstärkte, bis es beinahe schmerzte.

»Jeder von uns hätte dasselbe getan«, sagte er leise.

O Gott. Das ist der Mann, den ich vor einem Jahr kannte. Das ist der Mann, auf den ich die ganze Zeit gewartet habe. Wieder füllten sich Merediths Augen mit Tränen, gegen die sie eilig anblinzelte.

Mallorys Lippen zitterten. »Warum?«

Sein Lächeln war so süß, dass es ihr regelrecht das Herz brach. »Weil du jetzt zu uns gehörst«, antwortete er. »Und wir kümmern uns umeinander.«

Genauso ist es, dachte Meredith. Ihr Herz, das er um ein Haar gebrochen hatte, gehörte nun ihm … inklusive aller Verletzungen und Narben. Er hatte es erobert und würde es behalten. In Wahrheit hatte sie nie eine Wahl gehabt.

Mallory senkte den Kopf und schlang die Arme um ihren Oberkörper, während sie von leisen Schluchzern geschüttelt wurde. »Ich dachte, er bringt dich um.«

Meredith strich ihr übers Haar. »Aber das hat er nicht. Weil du mich gerettet hast.«

»Das war unglaublich mutig«, fügte Adam hinzu. »Und wir sind dir alle sehr dankbar dafür.« Er räusperte sich. »*Ich* bin dir sehr dankbar dafür.«

Ohne den Blickkontakt zu lösen, hob Meredith ihre ineinander verschlungenen Hände an ihre Wange. Sein Blick war nicht länger distanziert oder ausdruckslos, und statt der Qual und dem Anflug von Stolz loderte etwas ganz anderes in seinen Augen. Mit dem Daumen strich er über ihre Lippen, und für einen Moment fühlte es sich an, als wären sie ganz allein auf der Welt, allein in einer Blase des Glücks.

Dann hob Mallory den Kopf. Ihre Augen waren rot und verquollen. »Ich kenne ihn.«

Cincinnati, Ohio
Sonntag, 20. Dezember, 21.50 Uhr

Ich kenne ihn. Schockiert blickte Adam Meredith an, aber offensichtlich hatte auch sie keine Ahnung gehabt.

»Du kanntest den Mann, der dich heute Abend entführen wollte?«

Mallory nickte. Sie schien am Ende ihrer Kräfte zu sein und wirkte um Jahre gealtert. Mit hängendem Kopf saß sie auf ihrem Stuhl ... mehr vor Müdigkeit als vor Scham, vermutete Adam.

»Ich habe euch doch schon mal erzählt, dass ich eine fremde Frau gefragt habe, ob ich ihr Handy benutzen dürfte«, flüsterte sie. »Während *er* mich gefangen gehalten hat. Ich habe die Polizei angerufen und ihnen erzählt, was er mir antut. Daraufhin ist die Polizei bei ihm aufgetaucht, zwei Cops. Einer von ihnen hat mich aus dem Internet wiedererkannt und ihm gedroht, dass er ihn verraten würde, es sei denn, er würde zulassen, dass er mich ... ihr wisst schon.«

»Es sei denn, er würde zulassen, dass er dich vergewaltigt?«, sagte Meredith leise.

Adam hasste diese Geschichte, hasste es, dass sie der Wahrheit entsprach, dass all das tatsächlich passiert war. Dass es Mallory widerfahren war. Er hasste es, dass sich keine Beweise für ihren Anruf bei der Polizei hatten finden lassen, und auch nicht darauf, dass jemals ein Cop darauf angesetzt worden war, dem Hinweis nachzugehen. Er hasste die Vorstellung, dass irgendein dahergelaufenes Schwein sie hatte vergewaltigen dürfen – noch dazu ein Cop, der sie doch eigentlich beschützen sollte.

O Gott. Sein Magen verkrampfte sich. Sie hatte den Angreifer wiedererkannt. Das bedeutete, dass es derselbe Kerl war. Ein Cop. *Ein Cop begeht all die Morde, damit seine schmutzigen Geheimnisse nicht ans Licht kommen.* Sein Blick suchte Merediths, und er sah, dass sie zum selben Schluss gelangt war.

Er stand auf und hockte sich neben Mallory. »Der Typ heute Abend war also der Cop?«

»Nein. Sein Freund.«

Er bemühte sich um einen ruhigen Tonfall, dankbar, dass Mallorys Vertrauen zu ihm mittlerweile groß genug war, um diese Dinge überhaupt laut auszusprechen. Er konnte sich kaum vorstellen, wie schwer ihr all das fallen musste. »Der Cop hatte damals also einen Freund mitgebracht?«

»Ja. Mehrere.«

Er schluckte. »Ich bin nicht mit allen Details deines Falls vertraut, Mallory, weil ich nicht ermittelt habe. Könntest du mir trotzdem von diesen Freunden erzählen, die er mitgebracht hat? Waren sie auch Cops?«

»Das weiß ich nicht. Einige vielleicht.«

»Und der Kerl, der dich heute Abend entführen wollte? War er Polizist?«

»Ich weiß es nicht«, antwortete sie verzweifelt. »Aber ich habe seine Stimme wiedererkannt.« Mallory zitterte. »Er hat mir wehgetan.« Sie verkrallte die Hände so fest ineinander, dass die Knöchel weiß hervortraten.

»Okay«, sagte er beruhigend. »Kannst du sie beschreiben? Oder wenigstens einen von ihnen?«

»Sie trugen alle Masken. Aber der Cop hatte ein Geburtsmal. Oder vielleicht war es auch eine Narbe. Auf der Brust. In der Herzgegend. Sein Freund ... ihn kenne ich nicht, aber seine Stimme habe ich wiedererkannt.«

»Danke«, sagte er leise. »Ich ertrage es kaum, dir all die Fragen zu stellen.«

»Ich verstehe schon«, krächzte sie.

»Kannst du das Geburtsmal vielleicht beschreiben?

»Es war rot. Wie eine Verbrennung oder so. Vielleicht war es eine Verbrennung.«

»Dunkelrot? Oder rosa?«

»Rot, aber nicht dunkelrot.«

»Okay. Und wie war die Form?«

»Viereckig, aber schräg. Fast wie ein Diamant.« Ihre Stimme war kaum noch hörbar, und sie zitterte so heftig, dass er fürchtete, sie würde gleich zusammenbrechen. Trotz ihres eisernen Willens war sie so zerbrechlich. Spröde. Wenn er sie zu hart anfasste, könnte er sie für immer verlieren.

»In Ordnung.« Er beschloss, es erst einmal gut sein zu lassen.

»Danke.«

»Und was jetzt?« Das Ganze hatte Mallory sichtlich mitgenommen.

»Wir setzen uns noch mal zusammen und nehmen uns die Beweise vor, legen eine neue Strategie fest, denn was du mir gerade erzählt hast, ändert alles.« Vor allem, wenn sie nach einem Cop suchten, verdammt noch mal!

Cincinnati, Ohio
Sonntag, 20. Dezember, 22.20 Uhr

Adam kam Deacon entgegen, sobald dieser durch die Türen der Notaufnahme trat. »Du wolltest mich sprechen?«, fragte Deacon.
Adam wies auf einen leeren Untersuchungsraum. »Hier.« Er schloss die Tür.
»Alles in Ordnung?«, fragte Deacon besorgt.
»Ja. Ich … ich denke bloß, dass wir es womöglich mit einem Polizisten als Täter zu tun haben.«
Deacons außergewöhnliche Augen weiteten sich. »Damit habe ich nun wirklich nicht gerechnet. Wie das?«
Adam schilderte ihm, was er soeben von Mallory erfahren hatte, während Deacon sich langsam auf einen Stuhl sinken ließ und sich mit der Hand durch sein kurz geschnittenes weißes Haar fuhr. »Heilige Scheiße. Wissen Meredith und Kate schon Bescheid?«
»Meredith ja, sie war dabei, mit Kate konnte ich noch nicht reden. Ich habe mir überlegt, ob wir zusammen zu ihr gehen sollten. Dani sagt, sie macht sich schreckliche Vorwürfe.«
»Natürlich, das würden wir alle tun, wenn uns dergleichen passiert wäre«, gab Deacon zurück.
»Auch wieder wahr. Was gibt es Neues? Irgendeinen Hinweis auf den Schützen?« Die ersten Beamten vor Ort hatten die Fahndung nach dem Täter herausgegeben, nachdem er zuerst zu Fuß vom Parkplatz geflüchtet war und später einen Wagen gestohlen hatte – der Besitzer hatte ihn mit laufendem Motor vor einem Gemischtwarenladen stehen lassen, weil er »nur ganz kurz« etwas hatte besorgen wollen. »Er hat auch diesen Wagen schon wieder stehen lassen. Meldungen über weitere gestohlene Fahrzeuge gibt es nicht, deshalb ist er entweder zu Fuß unterwegs oder hat einen anderen Wagen

geknackt, dessen Besitzer den Diebstahl noch nicht bemerkt hat. Die Spurensicherung ist gerade mit dem Tatort beschäftigt. Es gibt eine Menge Blut, das hast du ja bereits gesehen. Quincy ist schon da. Er hat sofort das Regiment übernommen und scheucht jetzt alle herum. Ich mag ihn, und er weiß, was er tut, auch wenn er ein bisschen schroff sein kann. Jedenfalls hat er das Gewehr, das Kate im SUV gefunden hat, gleich ins Labor geschickt. Die Seriennummer wurde natürlich abgefeilt, trotzdem geht er davon aus, dass sie sie noch eruieren können.«

»Hervorragend. Was ist mit dem SUV?«

»Den lässt er in die Laborwerkstatt bringen, wo er mit der Lupe untersucht wird.« Wieder fuhr Deacon sich aufgebracht mit der Hand durchs Haar – diese Angewohnheit hatte er bereits seit Kindertagen. »Ein Cop, verdammt noch mal!« Er holte scharf Luft. »Womöglich der, der sie vor ein paar Jahren vergewaltigt hat? Der, von dem wir dachten, dass er sich nur als Polizist ausgibt?«

»Mallory meinte, er sei der Freund des Cops gewesen. Logisch, dass die beiden sie beseitigen wollen, wenn sie glauben, sie könnte einen von ihnen oder sogar beide identifizieren. Sie stand auf der Abschussliste, sobald sie Mariposa House zum ersten Mal überhaupt verlassen würde. Bis dahin war sie in Sicherheit.«

»Weil entweder Parrish Colby oder Kendra Cullen praktisch die ganze Zeit dort waren.«

Adam nickte. »Ein Fed und ein Cop als Bodyguard waren Abschreckung genug. Außerdem war ständig einer von uns Freiwilligen im Haus. Und Diesel hat ein erstklassiges Überwachungssystem installiert. In dieses Haus kommt so schnell keiner hinein.«

»Deshalb hat er einfach gewartet, bis sie rauskommt.«

Wieder nickte Adam. »Ich habe mir das Hirn darüber zermartert, woher die Täter wissen konnten, dass Mallory ausgerechnet an diesem Tag in dieses Restaurant gehen würde. Trip hat alle Mädchen im Haus befragt, und sie alle schwören Stein und Bein, dass sie nicht gewusst hätten, wohin Meredith Mallory ausführen würde, und schon gar nicht einem Außenstehenden davon erzählt hätten. Wendi hat Trip die Einzelverbindungsnachweise des Festnetzanschlusses gegeben, aber auch hier fand sich nichts Ungewöhnliches. Einige Mädchen haben ein Handy, die wir natürlich noch überprüfen könnten.«

»Ungern«, meinte Deacon. »Die Mädchen haben so viel durchgemacht. Jeder Einzelnen von ihnen wurde die Privatsphäre genommen. Die Vorstellung, dass ich in genau diese Privatsphäre eindringe wie die Schweine, die sie missbraucht haben, ist mir zutiefst zuwider, aber ich fürchte, es geht nicht anders. Hat Meredith irgendjemandem gesagt, wohin sie mit Mallory wollte?«

»Ihren Freundinnen. Wendi wusste Bescheid, und ich habe mitbekommen, wie Wendi es Kendra erzählt hat, als ich gerade dort war, um ein paar Sachen zu reparieren. Jemand könnte mitbekommen haben, wie sie den Tisch reserviert hat, oder hat Zugriff auf ihren Kalender. Vielleicht erinnert sie sich ja heute an etwas, das ihr gestern nicht in den Sinn kam, weil sie so durcheinander war.«

Deacon stieß ein freudloses Lachen aus. »Und heute ist sie es nicht?«

Adam dachte an den kurzen Moment zwischen ihnen … bevor Mallory die Bombe hatte platzen lassen. Sie waren wie in einem Kokon gewesen, ganz für sich, ihre Blicke miteinander verschmolzen, ihre Hände eng verschlungen. Sie hatte … in sich geruht.

»Jetzt, wo sie weiß, dass sie nicht das Ziel der Schüsse war, kann sie wesentlich klarer denken«, meinte er leise.

Selbstgefällige Befriedigung lag in Deacons Blick. »Ich hätte nicht gedacht, dass ich das noch erleben darf.«
Adam zog die Brauen hoch. »Wovon redest du?«
»Ihr beide tanzt jetzt seit einem Jahr umeinander herum, länger sogar. Du lieber Gott, ich hätte dir am liebsten eine Kopfnuss verpasst und dir gesagt, du solltest endlich mal Gas geben. Aber Faith meinte, es ginge mich nichts an, was absolut lächerlich ist.«
Adam starrte ihn fassungslos an. *Offensichtlich war ich doch nicht so diskret, wie ich dachte.* »Äh ... tut mir aufrichtig leid?«
Deacon schnaubte, dann wurde seine Miene ernst. »Dann fragen wir Meredith einfach noch mal. Vielleicht haben wir ja Glück.«
»Dead Man's Party« ertönte aus Adams Handy – der Klingelton, den er Dr. Carrie Washington, der Rechtsmedizinerin, zugeordnet hatte. Er nahm das Gespräch an. »Deacon steht direkt neben mir. Kann ich Sie auf Lautsprecher stellen?«, fragte er und legte das Telefon auf den Tisch, als sie bejahte. »Was können Sie uns über Voss sagen?«
»Die Todesursache ist eine Heroinüberdosis. Die Reste in der Spritze weisen auf eine hohe Dosierung hin. Er hat das Zeug über einen langen Zeitraum konsumiert. Könnte sein, dass er schlicht und einfach eine gewisse Toleranz gegenüber der bisherigen Dosis entwickelt und deutlich mehr gespritzt hat, um wieder genauso high zu werden. Der Todeszeitpunkt ist Sonntag gegen drei Uhr früh, plus/minus vier Stunden. Das Problem bei der Eingrenzung ist die hohe Temperatur im Raum.«
Adam rechnete im Geist nach. »Er ist also gestorben, *nachdem* die Cops vor seiner Tür postiert wurden.«
»Sieht ganz danach aus«, gab sie zurück. »Morgen früh kann ich vielleicht schon mehr sagen. Bis dahin müssten die Ergeb-

nisse der kompletten toxikologischen Untersuchung vorliegen, außerdem habe ich lediglich eine oberflächliche Überprüfung durchgeführt.«

»Danke, Carrie.« Adam legte auf und massierte sich die Schläfen. »Ich muss mit Quincy reden und herausfinden, was er in Voss' Haus feststellen konnte.«

»Das habe ich schon getan. Auf der Fahrt hierher. Bisher hat er praktisch nichts – ehrlich gesagt, sogar so wenig, dass es schon wieder etwas sein könnte. Auf den ersten Blick sind Voss' Computer komplett leer. Auf Werkseinstellung zurückgesetzt.«

»Verdammt«, stieß Adam hervor. Wann war Diesel in Voss' System eingebrochen? Denn zu diesem Zeitpunkt waren noch Daten gespeichert gewesen. »Ich weiß sicher, dass gestern Abend um neun noch Daten auf den Festplatten vorhanden waren.«

Deacon zog die Brauen hoch. »Von wem? Von deinem geheimen Informanten?«

»Genau. Die Festplatten müssen also später gelöscht worden sein. Vielleicht wurde Voss ja ermordet.«

Deacon nickte. »Könnte sein. Das Problem ist nur, dass der Täter in Voss' Haus eingedrungen sein und ihn getötet haben muss, während die Kollegen vor und hinter dem Haus Wache gehalten haben. Wie ist das möglich?«

»Keine Ahnung«, erwiderte Adam, »aber wir werden es verdammt noch mal herausfinden.«

Cincinnati, Ohio
Sonntag, 20. Dezember, 22.40 Uhr

Meredith blickte von ihrem Platz an Kates Bettkante auf, als es an der Tür klopfte. »Soll ich nachsehen, wer das ist, Kate?« Kate zuckte die Achseln. »Mir egal.«
Meredith seufzte. Kate machte sich schreckliche Vorwürfe, wollte keinem von ihnen ins Gesicht sehen. Normalerweise wäre Meredith geduldig und mitfühlend mit ihr umgegangen, aber sie war viel zu müde dafür, und ihr Kopf schmerzte höllisch. »Hör auf damit«, herrschte sie sie leise an. »Niemand macht dir einen Vorwurf. Der einzig Schuldige ist der Scheißkerl, der versucht hat, Mallory zu entführen.« Sie stand auf und ging zur Tür, heilfroh, dass die quälende Stille durchbrochen wurde.
Adam und Deacon standen vor ihr. »Kommt rein. Hast du meine Nachricht gekriegt?«, fragte sie Adam.
Er lächelte, und sie spürte, wie ihr das Herz aufging. »Dass Wendi und Colby Mallory abholen kommen?«, fragte er. »Ja. Sie warten gerade mit ihr in einem der Untersuchungsräume, bis feststeht, wie und wo wir sie am sichersten unterbringen können.«
Meredith sah ihn einen Moment lang an, während sich ihre Wangen vor Verlegenheit röteten. »Das war blöd von mir. Ich dachte, sie nehmen sie mit nach Hause, aber damit würden sie die anderen Mädchen im Mariposa House nur in Gefahr bringen.«
Adam hob ihr Kinn an. »Das ist nicht der Grund. Das alte Haus war durchaus sicher genug. Aber wir müssen erst herausfinden, woher der Schütze wusste, wohin ihr beide wolltet.«
Auch darauf hätte sie eigentlich von selbst kommen sollen. »Stimmt, er muss gewusst haben, wo wir hingehen. Ich erin-

nere mich nicht, außer meinen Freundinnen jemandem davon erzählt zu haben. Ich habe mir das Hirn darüber zermartert.«
Er drückte ihr einen Kuss auf den Scheitel. »Ganz egal, wo wir Mallory unterbringen, will ich, dass du im Penthouse bleibst, bis diese Sache hier erledigt ist. Okay? Wir wissen zwar inzwischen, dass der Täter es nicht auf dich abgesehen hat, trotzdem will ich, dass du in Sicherheit bist. Und bei dir zu Hause ist das nicht der Fall.«
Kurz überlegte sie, ihn zu fragen, ob er bei ihr bleiben würde, doch Deacon stand direkt neben ihm. »Ich habe nicht vor, dir zu widersprechen. Außerdem sind meine Sachen dort.«
Deacon blickte Meredith und Adam angesichts ihrer eng umschlungenen Haltung mit spöttisch erhobener Augenbraue an. Doch dann wurde er wieder ernst. »Wie geht es ihr?«, fragte Deacon mit einem Nicken in Richtung seiner ehemaligen Partnerin, die mit geschlossenen Augen und einem Arm in der Schlinge im Bett lag und sich bislang nicht gerührt hatte.
»Sie ist wach«, antwortete Meredith spitz. »Obwohl sie so tut, als würde sie schlafen. Sie ist stur wie ein Esel und hat ein schlechtes Gewissen. Vielleicht schafft ihr beide es ja, sie buchstäblich wachzurütteln ... auf mich will sie jedenfalls nicht hören.«
Adam bedeutete Deacon, den Anfang zu machen – die beiden waren seit Jahren befreundet und hatten lange Zeit als Partner zusammengearbeitet. Keiner von ihnen kannte Kate so gut wie er.
Stirnrunzelnd trat Deacon ans Bett. »Achtzehn Stiche? Das ist alles? Und du liegst hier wie ein Mehlsack herum?«
»Hau ab, Deacon«, sagte Kate leise.
»Ich wäre auch lieber zu Hause bei Faith und würde etwas Schönes mit ihr machen, aber leider klappt das heute nicht«, sagte er und setzte sich auf den nächstbesten Stuhl. »Hör auf

mit dem Blödsinn. Du hast jemanden ins Krankenhaus gebracht, der untersucht werden musste, und dachtest, du hättest die Verstärkung im Rücken. Und soll ich dir etwas sagen? Ohne dich würden wir immer noch davon ausgehen, dass der Täter es auf Meredith abgesehen hat, und Mallory praktisch ohne Schutz herumlaufen lassen. Aber jetzt wissen wir, womit wir es zu tun haben, und dass wir nach einem verdammten Cop suchen müssen. Und dafür brauchen wir jetzt deine Hilfe.«

Kate blinzelte. »Was?«

Adam sah Meredith an. »Hast du ihr nichts erzählt?«

Meredith zuckte mit den Schultern. »Ich habe es versucht, aber sie meinte nur, wenn ich nicht die Klappe halte, strickt sie einen Knebel, mit dem sie mich mundtot macht.«

Adam musste sich beherrschen, um nicht laut aufzulachen. »Ah. Verstehe.«

»Stimmt doch gar nicht«, blaffte Kate, ehe sie erneut in Schweigen verfiel. »Na gut. Vielleicht. Aber ich stehe unter Medikamenteneinfluss.«

»So viele waren es nun auch wieder nicht«, erwiderte Meredith. »Zumindest nicht genug.«

Kate warf ihr einen Blick zu, dann sah sie wieder Adam und Deacon an. »Und was ist das mit dem Cop?«, fragte sie, ehe es ihr zu dämmern schien. »O Gott. Der Cop, vor dem sie solche Angst hatte. Der, der sie vergewaltigt hat.« Sie versuchte, sich aufzusetzen, ließ sich jedoch mit schmerzverzerrtem Gesicht wieder in die Kissen sinken. »Wir hätten ihn suchen müssen.«

»Das haben wir getan«, sagte Deacon mit fester Stimme.

»Aber nicht gründlich genug«, presste Kate immer noch mit zusammengepressten Lippen hervor.

»Wir haben ermittelt, Kate«, beharrte Deacon geduldig. »Sie konnte ihn nicht genau beschreiben … sondern wusste nur,

dass er ein Geburtsmal hatte. Und es gab keinerlei Meldung darüber, dass jemand angerufen hatte und ein Beamter zu dem Haus gefahren war, in dem sie gefangen gehalten wurde. Wir hatten keinerlei Anhaltspunkte, Kate. Aber jetzt schon.«
»Ein Cop«, flüsterte Kate. »All das geht auf das Konto eines Cops?«
Deacon griff nach ihrer gesunden Hand. »Oder zumindest auf das Konto von einem Cop-Freund. Ich weiß, dass du einen verdammt beschissenen Abend hattest, aber wir brauchen dringend Informationen. Wir wissen, dass du Mallory auf dem Parkplatz gesucht hast. Und dass wir drei verletzte Feds haben – dich und die Agents Helder und Carroll draußen im Transporter. Wir wissen, dass du seine Waffe, sein Gewehr, sein Messer und den SUV in deine Gewalt gebracht hast. Wir wissen von den achtzehn Stichen und …« – er beugte sich vor und musterte sie –, »und wir wissen, dass du eine echt fiese Beule auf der Stirn hast. Aber in der Mitte fehlt uns einiges.«
Kate seufzte. »Ich habe gehört, wie Meredith den Schützen angebrüllt hat, und bin zu ihr hingelaufen. Mallory hockte im Fußraum des SUV, der Schütze stand vor ihnen und hielt seine Waffe auf Meredith gerichtet. Und Meredith war dabei, sich ihm als Austausch anzubieten.« Sie warf Meredith einen finsteren Blick zu. »Du bist eine verdammte Idiotin«, sagte sie ruhig.
»Das wissen wir bereits«, entgegnete Meredith trocken. »Erzähl uns einfach, was wir noch nicht wissen.«
»Ich bin hinter ihn getreten, habe mich als FBI-Agentin zu erkennen gegeben und ihn angewiesen, auf die Knie zu gehen und die Waffe fallen zu lassen, die ich dann zur Seite getreten habe. Meredith hat Mallory aus dem Wagen geholt und sie weggeschleppt. Ich habe unterdessen Verstärkung angefordert und gehofft, dass sie gleich da sind. Was mit Helder und

Carroll passiert war, wusste ich natürlich nicht. Wie sieht es mit ihnen aus?«

»Einer ist schwer verletzt, der andere schwebt in Lebensgefahr«, sagte Deacon. »Aber noch ist nicht alle Hoffnung verloren. Wie konnte er die Oberhand gewinnen, wenn er auf Knien war und die Waffe fallen gelassen hatte?«

»Ich habe mich vorgebeugt und wollte ihm Handschellen anlegen, aber er hat sich nach hinten geworfen und mir einen kräftigen Kopfstoß verpasst. Ehrlich gesagt, war ich einen Moment lang nicht ganz bei der Sache, weil ich Mallory und Meredith noch im Auge behalten wollte. Ich wusste ja nicht, ob er vielleicht einen Komplizen hat. Aber er war allein. Er hatte ein Messer im Ärmel, mit dem er mich erwischt hat.« Sie zeigte auf ihren Arm. »Ich habe es ihm aus der Hand geschlagen, aber da griff er schon nach meiner Waffe. Bei der Rangelei darum schoss ich ihm in die Brust, allerdings trug er eine kugelsichere Weste. Wehgetan hat es ihm vermutlich trotzdem, weil der Schuss direkt von vorn kam. Er hat mich an der Kehle gepackt und in den SUV gestoßen, zuerst rückwärts, dann mit dem Gesicht voran. Ich ... mir war ein bisschen schwindlig.«

»Du hast auf dem Boden gelegen«, rief Meredith dazwischen. »Ich dachte ... du bist ...« Tränen traten ihr in die Augen. »Gott, Kate, ich dachte, du wärst tot.«

Kate zuckte mit den Schultern. »Ohne diese Perücke wäre ich es vielleicht auch gewesen. Er hat noch mal versucht, mir die Waffe aus der Hand zu reißen, aber als er mich gepackt hat, um mich unten zu halten, hatte er auf einmal die Perücke in der Hand. Damit hatte er natürlich nicht gerechnet. Er taumelte ein paar Schritte rückwärts, was mir Gelegenheit gab, ihm einen Stoß zu verpassen ... aber mir war immer noch so schwindlig, deshalb habe ich mich hingesetzt.«

»Besser gesagt, du bist gefallen«, korrigierte Meredith und wischte sich die Tränen ab.

Kate warf ihr einen vernichtenden Blick zu. »Jedenfalls war ich nicht sicher, ob ich es verhindern konnte, dass er die Waffe in die Finger bekam. Aufstehen konnte ich nicht, deshalb habe ich die Munition herausgenommen und so weit weggeschleudert wie möglich und die Waffe dann unter den Wagen geworfen, zu der anderen, die ich ihm schon abgeknöpft hatte. Er hat versucht, sie zu fassen zu bekommen, hat mich noch ein paar Mal geschlagen und fürchterlich geflucht, ehe er aufgestanden und losgerannt ist, um sich Meredith zu schnappen, die inzwischen Mallory in Sicherheit gebracht hatte. Aber auch sie hatte eine Waffe und hat ihm damit in die Brust geschossen. Der Typ muss irgendetwas genommen haben, denn er ging einfach weiter. Ja, natürlich trug er eine kugelsichere Weste, aber zwei Schüsse direkt von vorn, und er taumelt nicht einmal? Erst als sie ihn ins Bein schoss, hat er reagiert. Ich selbst hatte es mittlerweile geschafft, wenigstens auf die Knie zu kommen, konnte aber weder an seine noch an meine eigene Waffe herankommen. Aber dann fiel mir auf, dass ich ja direkt neben einem schwarzen SUV hockte, genau wie der, den wir bei dem Angriff auf das Restaurant gesehen hatten. Deshalb dachte ich, er hätte vielleicht ein Gewehr dabei, schließlich hatte er erst vor wenigen Stunden auf Adam und Troy geschossen.«
»Gute Arbeit, Kate«, sagte Deacon. »Wo hast du das Gewehr schließlich gefunden?«
»Unter dem Fahrersitz.«
»Aber wieso hast du ihn in den Arm und nicht in den Kopf geschossen?«, fragte Meredith leise.
»Genau. Du bist die beste Schützin von uns, Kate«, warf Adam leise ein. »Was ist passiert?«
Kate verzog das Gesicht. »Ich habe auf seinen Kopf gezielt, konnte aber nicht richtig sehen, deshalb habe ich danebengeschossen.«

Merediths Herzschlag setzte aus. Jetzt verstand sie – Kate hatte nicht nur ein schlechtes Gewissen. Sondern auch Angst. Kate hatte sich den Kopf schlimmer angeschlagen, als sie zugeben wollte, und das machte ihr Angst. Sie ergriff Kates Hand und spürte, wie ihre Freundin den Druck erwiderte, was ihre Befürchtungen noch bestätigte.

»Und siehst du jetzt immer noch verschwommen?«, hakte Adam behutsam nach.

»Nicht mehr ganz so schlimm. Aber ich soll heute Nacht zur Beobachtung hierbleiben.« Kate rang sich ein Lächeln ab. »Wie Clarke auch. Was für eine Ironie – wir beide, die Meredith hergeschleppt haben, weil wir wollten, dass sie ihre Kopfverletzung untersuchen lässt, müssen jetzt eine Nacht im Krankenhaus verbringen. Vielleicht dürfen wir uns wenigstens ein paar Filme ansehen. Oder zumindest anhören. Das grelle Licht blendet mich ziemlich.«

Adam schaltete die Deckenbeleuchtung aus. »Besser?«

»Ja. Danke.«

»Wieso hast du nichts gesagt?«, fragte Meredith.

»Ich wollte dir nicht noch mehr Angst einjagen, als du ohnehin schon hattest.«

Meredith schnaubte abfällig. »Du dumme Nuss.«

Der Anflug eines Lächelns umspielte Kates Mundwinkel. »Die Drohung mit dem Knebel gilt immer noch.« Sie seufzte. »Jedenfalls habe ich dann die Reifen des SUV zerschossen, damit er nicht einfach abhauen kann. Aber er hat es trotzdem geschafft.«

»Wir haben die halbe Stadt auf ihn angesetzt«, erklärte Deacon. »Wo ist Cap?«

»Einer der freiwilligen Helfer des Krankenhauses passt auf ihn auf. Ich muss jemanden finden, der ihn nimmt, bis Decker nach Hause kommt.« Kate schluckte. »Er ist auf der ersten Maschine morgen früh gebucht.«

»Ich nehme Cap«, sagte Meredith. »Oder vielleicht kann Mallory auf ihn aufpassen, je nachdem, wo man sie unterbringt. Er scheint ihr gutzutun. Oder zumindest die Vorstellung, eines Tages selbst einen Hund zu haben.«

»Das hatte ich völlig vergessen. Bitte sorgt dafür, dass sie ihn streicheln kann«, meinte Kate.

Meredith drückte Kate einen sanften Kuss auf die Schläfe. »Wir kümmern uns um alles. Ich gehe jetzt zu Papa, komme aber noch mal vorbei, bevor ich gehen muss. Und du versuchst bitte, ein bisschen zu schlafen.«

23. Kapitel

Cincinnati, Ohio
Sonntag, 20. Dezember, 23.15 Uhr

»Was für ein Riesenchaos, Adam«, brummte Hanson, als er sich in Isenbergs Briefingraum auf den Stuhl neben Adam fallen ließ. Er ließ deutlich durchblicken, dass er einer der Ersten war, die sich zur Einsatzbesprechung eingefunden hatten.
Sie gingen alle auf dem Zahnfleisch, vor allem Quincy, der seit gestern Nachmittag nur noch von einem Tatort zum nächsten hetzte. Zwar trieben seine Teams die Spurensuche vor Ort voran, doch seine Anwesenheit war überall gleichzeitig vonnöten gewesen.
Allein heute Abend hatte Zimmerman um ein Haar drei seiner Leute verloren, von Troys Verletzung ganz zu schweigen. Kate würde sich wieder erholen, auch wenn alle nach wie vor ein wenig besorgt waren, weil sie immer noch verschwommen sah. Doch die beiden Agents, die vor dem Krankenhaus auf Kate, Meredith und Mallory gewartet hatten, waren nach wie vor nicht bei Bewusstsein.
Meredith saß in der Ecke des Raums und malte wortlos Muster in einem neuen Buch aus, die Special Agent in Charge Zimmermans Frau ihm für sie mitgegeben hatte. Die reizende Mrs Z hatte ihnen sogar etwas zu essen liefern lassen, worauf sie sich wie ein Rudel Wölfe gestürzt hatten.
Obwohl sich Meredith nicht beschwert hatte, sah Adam ihr an, wie erschöpft sie war. Eigentlich hätte er jemanden bitten sollen, sie ins Penthouse zu bringen, doch er musste zugeben, dass er nach wie vor nicht bereit war, sie aus den Augen zu lassen – vielleicht würde er sich nie wieder dazu überwinden können.

Er trat vor die Tafel und wartete, bis auch die anderen eintrafen – Deacon, Scarlett, Trip und Nash Currie, der auf einem Stuhl Hanson gegenüber Platz nahm, sehr zu dessen Freude. Adam hatte keine Ahnung, was zwischen den beiden vorgefallen war, würde es jedoch später herausfinden. Im Moment hatte er genug andere Probleme.
Isenberg erschien als Letzte. Sie warf Meredith einen Blick zu und schloss die Tür hinter sich. Adam war sich ziemlich sicher, dass Isenberg keine Einwände gegen Merediths Anwesenheit erheben würde, schließlich hatte sie selbst vorgeschlagen, dass sie mitkam, damit sich das Team ihre Einschätzung des Falls anhören konnte.
Ihre Warnung vom Vortag, ihn eiskalt abzuziehen, schien längst vergessen zu sein.
»Detective«, sagte Isenberg nur und setzte sich ans gegenüberliegende Ende des Tischs. Er spürte ihre Müdigkeit und fragte sich, wann sie wohl das letzte Mal geschlafen hatte.
»Also gut«, ergriff er das Wort. »Bringen wir es hinter uns, damit wir uns ein paar Stunden ausruhen können. Inzwischen wissen alle, dass Mallory Martin den Mann erkannt hat, der sie in seine Gewalt bringen wollte. Seinen Namen kennt sie zwar nicht, aber er war einer von mehreren, die sie vergewaltigt haben, als sie gefangen gehalten wurde.« Obwohl es ihm gelang, die Worte scheinbar leidenschaftslos auszusprechen, drehte sich ihm bei der Vorstellung immer noch der Magen um. Alle Anwesenden nickten grimmig.
»Also«, fuhr er fort, »wir glauben, dass dieser Mann ein Freund des Cops ist, der Mallorys Peiniger erpresst hat, damit dieser ihm erlaubt, sie zu vergewaltigen. Ihre Gesichter hat sie damals nicht gesehen, aber die Stimme dieses einen Mannes nun erkannt. Abgesehen davon, erinnert sie sich daran, dass der Polizist ein Geburtsmal oder eine Narbe auf der Brust hatte.«

Mit einem Mal war die Tatsache, dass Voss erpresst worden war, noch einleuchtender. Eine weitere Verbindung. Zwei Männer, die beide Dreck am Stecken hatten und von einem Cop erpresst worden waren. Ein Blick in Trips Richtung bewies, dass auch er gerade eins und eins zusammengezählt hatte – ein schlaues Bürschchen, trotz seiner jungen Jahre. Schlau genug, um Diesels Informationen noch eine Weile unter Verschluss zu halten, wie er Adam mit einem kaum merklichen Nicken zu verstehen gab.

»Trip, was hast du in Voss' Haus vorgefunden?«, fragte Adam.

»Neben seiner Leiche«, antwortete Trip, »haben wir seinen Safe gefunden, in dem sich etwas Bargeld und ein paar Dokumente befanden, außerdem einen Ehevertrag mit Mrs Voss und das Ergebnis eines DNS-Tests, der beweist, dass Penny seine Tochter ist. Offensichtlich hatte er irgendwann Zweifel daran. Es ist schwer zu sagen, ob sie berechtigt waren, oder es reine Spekulation war, dass Mrs Voss es ihm nachgetan und sich anderweitig amüsiert hat. Darüber hinaus haben wir ein kleines Notizbuch gefunden, in dem er seine Bewertungen von Weinen, Filmen und Huren festgehalten hat.«

»Das ist nicht dein Ernst«, meinte Adam, obwohl er sich fragte, warum ihn das überraschte.

Trip nickte. »Doch. Jolee hat er eine klare Sieben gegeben.« Er zeigte auf das Facebook-Foto an der Tafel. Seine Züge verhärteten sich. »Bei Linnie war es etwas anders. Zuerst hatte sie Siebenen und Achten, aber dann ging es abwärts. Nach dem letzten Mal wollte er offensichtlich sogar sein Geld zurück, weil sie so abgemagert war. Seine erste ›Benotung‹ von Linnie liegt etwa ein halbes Jahr zurück.«

»Voss war ein echtes Schwein. Ich müsste lügen, wenn ich behaupten würde, dass mir sein Tod leidtut«, warf Scarlett ein.

»Mrs Voss geht es ganz ähnlich«, fügte Trip hinzu. »Scarlett und ich waren bei ihr.«

»Verdammt, Trip«, stieß Adam hervor. Trip war am Boden zerstört gewesen, nachdem sie Kyle über den Tod von Tiffany informiert hatten. »Gleich zweimal innerhalb von vierundzwanzig Stunden? Das ist übel.«

Trip zuckte mit den Schultern, doch der Blick, den er Adam zuwarf, ließ keinen Zweifel daran, wie es in ihm aussah. »Mrs Voss schien ... sogar froh zu sein, dass er tot ist, und ich kann das durchaus nachvollziehen. Der Mann hat schlimme Dinge getan. Er hat sie geschlagen und ihr Kind in Gefahr gebracht. Aber mit Kyles Trauer klarzukommen, war beinahe leichter.«

Hanson räusperte sich. »Wie viel Bargeld lag in dem Safe?«

»Dreihundert Euro«, antwortete Scarlett. »Ich hätte mit mehr gerechnet.«

»Allerdings haben wir keine Bankunterlagen gefunden«, fügte Nash hinzu. »Wir haben aber alles Notwendige von der Bank angefordert. Sie schicken es gleich morgen früh.«

»Es wäre mir lieber, wir könnten die Unterlagen noch etwas früher kriegen«, meinte Adam. »Können wir ein bisschen Druck machen?«

»Ich versuche es«, versprach Nash.

»Danke. Voss' Todeszeitpunkt wurde zwischen elf Uhr gestern Abend und sieben Uhr heute Morgen eingegrenzt, was bedeutet, dass er keinen der Morde begangen haben kann, in denen wir gerade ermitteln. Wir wussten bereits, dass er ein Alibi für die Zeit hat, als Andy Gold getötet wurde. Falls er also jemanden bezahlt hat, muss es davor gewesen sein.«

Nash runzelte die Stirn. »Um wie viel Uhr habt ihr die Kollegen zu Voss' Haus geschickt, damit sie ihn überwachen?«

»Ab neun Uhr abends waren vier Detectives dort, vor und hinter dem Haus«, antwortete Adam. »Wenn wir also davon ausgehen, dass Voss sich nicht selbst das Doppelte oder Dreifache seiner üblichen Dosis gespritzt und auch nicht die Heizung auf Anschlag hochgedreht hat, stellt sich die Frage, wie der Mörder an den Kollegen vorbeikommen konnte?«

»Diese Frage kann ich beantworten«, schaltete sich Isenberg ein. »Einer der Detectives am vorderen Tor hat ein Nickerchen gemacht, während der andere aufgepasst hat. Irgendwann kam ein ›Polizist‹ in Uniform vorbei.« Sie beschrieb Anführungszeichen in der Luft. »Der Uniformierte reichte dem Detective einen Becher Kaffee und meinte, ich hätte ihn geschickt. Was natürlich nicht der Fall war.«

Adam starrte sie verblüfft an. »Und er hat das geglaubt?«

Isenberg zuckte mit den Schultern. »Der Detective hat sich ein bisschen gewundert und nachgehakt. Schließlich bin ich nicht gerade für meine Fürsorge bekannt«, fuhr sie sarkastisch fort. »Woraufhin der Cop erwiderte, ›man will es nicht glauben, aber das Miststück hat offenbar doch ein Herz‹. Ich würde nicht wollen, dass er und sein Kollege frieren müssten. Also hat der Detective den Kaffee genommen und getrunken. Und dann war Sendepause. Bis ihn sein Kollege geweckt hat.«

»In dem Kaffee war ein Schlafmittel«, folgerte Deacon.

Isenberg nickte. »Genau. Der Detective hat Stein und Bein geschworen, dass er nur ein paar Minuten weg gewesen sei. Sein Partner konnte natürlich auch nichts Genaueres dazu sagen. Der Detective war ganz sicher, dass er den Namen Swenson auf dem Namensschild des falschen Cops gelesen hat, aber der einzige Swenson unserer Truppe war an diesem Abend woanders eingesetzt. Immerhin konnte er sich noch erinnern, dass der falsche Cop gegen Mitternacht aufgetaucht war.«

Nash massierte sich die Nasenwurzel. »Direkt nach dem Stromausfall, der sämtliche Überwachungskameras lahmgelegt hat.«

»Du verarschst mich.« Hanson schien ernsthaft wütend zu sein.

»Schön wär's«, gab Nash zurück.

»Wenn wir wüssten, wer ihn getötet hat, wäre das der Schlüssel zu dem ganzen Fall.« Hanson hatte sichtlich Mühe, die Fassung zu wahren. »In seinem kleinen Notizbuch hatte Voss mindestens ein Dutzend Prostituierte aufgelistet. Und er hat massenhaft Drogen gekauft. Und jetzt haben wir auch keinen Hinweis mehr darauf, wer seine Dealer gewesen sein könnten? Bist du sicher, dass es keinerlei Videomaterial gibt?«

Nash presste die Lippen aufeinander. »Das habe ich doch gerade gesagt.«

»Gentlemen. Bitte.« Isenberg trommelte auf den Tisch, um sie zum Schweigen zu bringen. »Das muss ein sehr lokal begrenzter Stromausfall gewesen sein, denn das Tor ließ sich noch öffnen, als Sie alle eingetroffen sind.«

Hanson runzelte die Stirn. »Was wollen Sie damit sagen, Lieutenant?«, fragte er, deutlich höflicher als sie.

»Dass es kein kompletter Ausfall gewesen sein kann«, erwiderte Isenberg mit mühsam verhohlener Ungeduld. »Wissen wir, ob die Kameras später wieder funktioniert haben?«

Nash musterte sie nachdenklich. »Die Rekorder nicht. Aber was mit den Kameras war, kann ich nicht sagen.«

»Ich kapier's immer noch nicht«, erklärte Hanson.

»Der Punkt ist«, meinte Nash, »dass es darauf ankommt, was an den Stromkreis angeschlossen war. Wenn es bloß die Videorekorder waren, hätten wir zwar keine Aufzeichnungen, aber die Kameras könnten die Daten trotzdem an einen externen Server geschickt haben. Danke, Lieutenant.«

Isenberg nickte. »Vielleicht bringt uns das auch gar nicht weiter.«

»Vielleicht aber doch.« Nervös trommelte Nash auf die

Tischplatte – ein klares Zeichen, dass ihn etwas mächtig umtrieb. »Woher kannte der Killer den Zugangscode?«

»Das habe ich mich auch schon gefragt«, warf Trip ein. »Es gab keinen Hinweis auf gewaltsames Eindringen. Wir hätten einen Panzerwagen gebraucht, um dieses Tor aufzukriegen, verdammt.«

»Vielleicht war Voss mit seinem Mörder so gut bekannt, dass der den Code wusste«, sagte Adam. »Der für vorne lautet 0713, der für hinten 0915.«

Hanson zog sein Telefon heraus und begann, seine Fotos durchzugehen. »Ich glaube, der erste sagt mir etwas. Ich habe Fotos von den Unterlagen aus dem Safe gemacht. Hier ist ein Zertifikat, ausgestellt am Tag, als seine Firma an die Börse gegangen ist. Im September 2015.« Er scrollte weiter. »Und … hier, der 1. Juli 2013, der Gründungstag seiner Firma.«

Scarlett stand auf, trat zu Hanson und spähte über seine Schulter. »Das ist ja noch schlimmer als die Passwörter meiner Mutter. Sie hat wenigstens Daten genommen, die sonst keiner kennt. Wohingegen jeder, der Zugang zu Google hat, auf diese Daten kommen kann.«

Isenbergs Miene verdüsterte sich. »Also haben wir den Täterkreis auf jeden eingegrenzt, der Google zur Verfügung hat. Prima. Wurden brauchbare Fingerabdrücke gefunden, Agent Taylor?«

Quincy schüttelte den Kopf. »Wir haben Hunderte Fingerabdrücke gefunden, für deren Auswertung wir Tage brauchen werden. Der Mann hat massenhaft Partys gefeiert und Geschäftspartner zu sich nach Hause eingeladen. Aber«, fuhr er eilig fort, »wir haben ja jetzt das Gewehr und den SUV, was uns erheblich weiterbringen sollte.«

»Aha.« Erleichtert registrierte Adam, dass Isenberg sich auf ihrem Stuhl zurücklehnte.

»Die Ballistik hat die Untersuchung des Gewehrs inzwischen

abgeschlossen, das Kate aus dem SUV genommen hat«, erklärte Quincy. »Die Kugel, die Andy Gold getötet hat, stammt eindeutig daraus, ebenso die Kugeln, die den Transporter und Agent Troy getroffen haben. Dasselbe gilt für unseren toten Gorilla. Und, wie wir ja bereits wissen, wurde es vor rund dreißig Jahren bei einem Raubüberfall verwendet.«

»Sind wir schon einen Schritt weiter bei der Suche nach der Seriennummer?«, wollte Adam wissen.

»Noch nicht, aber wir sind dran und geben so schnell wie möglich Bescheid.« Quincy hob die Brauen. »Und jetzt die zweite gute Nachricht. Bei dem SUV, den der Schütze zurückgelassen hat, wurde kein Versuch unternommen, die Fahrgestellnummer zu entfernen. Der Wagen wurde im vergangenen Jahr an einen Mann verkauft, der seit zehn Jahren tot ist. Als Verkäufer konnte eine Firma namens Barber Motors in Fairfield ermittelt werden.«

Nash sog scharf den Atem ein. »Das ist der Gebrauchtwagenhändler, wo die drei Autos der Prostituierten gefunden wurden.«

Hervorragend. Adam grinste Quincy an. Endlich schienen sie einen Schritt weiterzukommen. »Sehr gute Arbeit.«

»Danke.« Quincys Lächeln war so breit, dass ein Grübchen in seiner Wange erschien, was ihn noch jünger aussehen ließ als sonst. Adam beschlichen leise Zweifel, dass Deacons Urteil über Quincy gerechtfertigt war: Den knallharten Ex-Soldaten mit dem Kasernenhofton, der laut seinem Cousin am Tatort gewesen war, hatte er noch nie zu Gesicht bekommen.

»Also fahren wir morgen früh als Allererstes nach Fairfield und statten Barber Motors einen Besuch ab«, meinte Adam. »Scarlett? Lust, einen SUV zu kaufen?«

Scarlett lachte. »Und ich darf mir jede Farbe aussuchen, solange es Schwarz ist?«

Adam lächelte. So leicht ums Herz war ihm seit Monaten nicht mehr gewesen. Er war Scarletts Partner gewesen, bevor Deacon nach Cincinnati gekommen war, und sie hatten ihre kleinen Frotzeleien stets genossen. Bis Adam zu Personal Crimes gegangen und ein anderer Mensch geworden war.
Vielleicht fand er ja nun zu seinem alten Selbst zurück. Er warf einen Blick zu Meredith hinüber, die ihre Stifte inspizierte. Sie hob den Kopf und zwinkerte ihm kaum merklich zu – ein klares Zeichen, dass sie sehr wohl mitbekommen hatte, wie er sie beobachtete.
Ich will nicht so sein wie früher, sondern besser.
Er richtete seine Aufmerksamkeit auf Isenberg. »Wenn wir einen Durchsuchungsbefehl erwirken, würde ich einfach reinplatzen. Wenn nicht, können wir es mit einer verdeckten Aktion versuchen.«
Hanson sah unbehaglich drein. »Ich weiß nicht recht, Adam. Wahrscheinlich ist niemand hier im Raum, dessen Gesicht in den letzten Tagen nicht schon mal im Fernsehen war. Die Leute erkennen uns doch sofort wieder. Vor allem Deacon.« Er sah Deacon an. »Nicht, dass ich dir zu nahe treten will.«
»Kein Problem«, entgegnete Deacon. »Außerdem stimmt es ja.«
Adam seufzte. »Wahrscheinlich hast du recht, Hanson. Auch dich hat man heute Abend gesehen, am Tatort des Mordes an unserem Gorilla. Nash? Hast du Lust, einen SUV zu kaufen?«
Nash überlegte kurz. »Klar, wieso nicht?«
»Aber nur, wenn wir nicht vor zehn Uhr morgen früh einen Durchsuchungsbefehl haben«, meinte Isenberg. »Plan A ist immer noch, hinzufahren, alle Akten zu konfiszieren und sie zu verhaften, wenn sie uns auch bloß schief ansehen.«
»Alles klar«, sagte Nash.
Adam wandte sich zur Tafel um. »Diese verdammte Kell-

nerin«, sagte er halblaut. »Wir wissen immer noch nicht, wer sie dafür bezahlt hat, dass sie Meredith und Mallory den Tisch am Fenster zugewiesen hat.«

»Und da Voss tot ist, ist es sinnlos, sie eine Stimmenidentifizierung machen zu lassen«, ergänzte Hanson.

»Aber sie kann sich Aufnahmen seiner Reden vor seinen Aktionären anhören«, schlug Quincy vor. »Es ist zwar nicht dasselbe, aber im Augenblick geht es doch primär darum, ihn als Verdächtigen auszuschließen.«

»Ist sie immer noch in Untersuchungshaft?«, fragte Adam.

»Ja, und geht uns allen mächtig auf die Nerven«, brummte Isenberg.

Adam mimte Entsetzen. »Das ist ja mal was ganz Neues. Könnten Sie Ihre Sekretärin bitten, Material von Voss herauszusuchen?«

»Natürlich«, sagte Isenberg. »Was noch?«

Adams Blick fiel auf das Foto des heruntergebrannten Hauses. »Der Brand, bei dem die Familie ums Leben kam, in deren Haus Andy Gold gewohnt hat ... das war nicht der Gorilla, weil er zu diesem Zeitpunkt in Chicago war. Wenn wir das Schwein schnappen, auf dessen Konto das geht, soll die Anklage auf jeden Fall um vierfachen Mord erweitert werden. Haben wir schon den Bericht des Brandstiftungsexperten?«

Trip zog seine Akte heran. »Ja. Offenbar wurde ein Brandbeschleuniger verwendet. Benzin, vermischt mit einer Art Seife. Ich treffe mich mit dem Sachverständigen, während ihr euch den Gebrauchtwagenhändler vorknöpft.«

»Danke«, sagte Adam. »Deacon, du gehst mit ihm. Bis wir dieses Arschloch geschnappt haben, will ich keine Alleingänge haben.«

»Stimmt«, bestätigte Deacon. »Der Typ heute Abend hat um ein Haar drei Feds getötet. Wir müssen wachsam sein.«

Adam klatschte einmal in die Hände. »Und deshalb brauchen

wir alle ein bisschen Ruhe, um wieder zu Kräften zu kommen. Es ist fast Mitternacht. Wir fahren jetzt nach Hause, schlafen und treffen uns um acht Uhr wieder hier.«

Alle verließen den Raum, bis auf Meredith, die ihre Stifte einsammelte, und Nash, der zu Adam trat. Kurz dachte Adam, Nash würde sich die Parkplatz-Fotos des Gebrauchtwagenhändlers ansehen, doch stattdessen nahm er die Aufnahmen des Tatorts in Augenschein, die Reagan und Mitchell aus Chicago herübergeschickt hatten.

»Was ist?«, fragte Adam leise, weil die Intensität, mit der Nash auf die Fotos starrte, etwas Beunruhigendes, fast Unheimliches hatte.

»Gar nichts«, antwortete Nash und löste seinen Blick von der Tafel. »Schlaf gut, Adam, wir sehen uns morgen.« Er winkte Meredith kurz zu, die bereits wartete. »Gute Nacht, Dr. Fallon.«

Adam wartete, bis Nash den Raum verlassen hatte, ehe er den Arm um ihre Schultern legte. »Können wir los?«

»Aber gern«, bestätigte Meredith.

Cincinnati, Ohio
Montag, 21. Dezember, 00.45 Uhr

»Das hat verdammt lange gedauert«, brummte Mike, als er aus den Schatten der verwaisten Ladenzeile trat. Er zog sein rechtes Bein hinter sich her, sein linker Arm hing schlaff herab, und Blut quoll aus einer tiefen Schnittwunde auf seiner Wange.

Er lehnte sich schwer an die Ziegelmauer einer chemischen Reinigung, die sich am Ende der Ladenzeile befand. Mikes Verletzungen waren zu schwer, um sie unversorgt zu lassen, aber das würde gleich ohnehin keine Rolle mehr spielen.

Denn auch Mike hatte sein Verfallsdatum erreicht. »Was ist passiert, verdammt noch mal?«
»Die drei Frauen hatten Pistolen«, antwortete Mike verärgert. »Und Messer. Sie haben mich angeschossen.«
»Und mit dem Messer sind sie auch auf dich losgegangen.«
»Ja. Das war diese blöde kleine Schlampe, Mallory. Sie hatte ein Messer.«
Er holte tief Atem, stieß ihn wieder aus. »Du solltest der kleinen Fotze eine Kugel in den Kopf jagen. Mit dem Gewehr. Aus der Ferne. Wieso hast du sie in den SUV gezerrt?«
Mikes Augen verengten sich zu Schlitzen, und seine Lippen wurden zu einer schmalen Linie. »Du bist nicht mein Boss, Jungchen.«
»Ein Scheißdreck bin ich! Ich bin derjenige, der hier das Risiko auf sich nimmt.«
Mike trat mit finsterer Miene drohend auf ihn zu. »Du egoistischer kleiner Drecksack!«
»Ich? Ich bin nicht derjenige, der Anweisungen missachtet. Ich habe nicht am Tatort alles vollgeblutet.«
Mike zuckte mit den Schultern. »Das hilft sowieso keinem weiter. Die haben ja nichts, womit sie es abgleichen können. Und schon gar keine Spur, die zu uns führt!«
Weil er und Mike nicht blutsverwandt waren. »Aber zu meinem Vater.«
Mike verdrehte die Augen. »Blödsinn. Das interessiert doch kein Schwein. Du musst die Wunde an meinem Bein nähen. Und einen Arzt für mich finden. Ich dachte, du bringst jemanden mit. Wie die Hübsche, die gestern vor der Notunterkunft herumgestanden hat.« Begierde flackerte in seinen Augen auf, was angesichts der Schwere seiner Verletzungen erstaunlich war. Eigentlich sollte er allein vom Blutverlust schon halb tot und Sex so ziemlich das Letzte sein, was ihm im Kopf herumging.

Moment mal! Dieses geile Arschloch. »Du wolltest Mallory ein letztes Mal für dich haben, stimmt's?«
Wieder kniff Mike die Augen zusammen. »Ja, klar. Na und?«
Na und? »Du hast alles aufs Spiel gesetzt? Nur für einen Fick mit der kleinen Hure?« Er baute sich drohend vor Mike auf. »Hast du verdammt noch mal den Verstand verloren?«
»Nein«, stieß Mike zwischen zusammengebissenen Zähnen hervor. »Mein Verstand ist glasklar. Und mein Gedächtnis ist sogar noch viel klarer. Du hast sie mir versprochen, aber es muss ja immer alles nur nach dir gehen. Deine Bedingungen. Deine Hinterlassenschaften. Und ich habe es verdammt satt, ständig hinter dir herzuräumen!«
Er starrte Mike an, hörte all die Dinge, die er nicht laut aussprach. Er dachte an das Geld, das heute Abend nicht in Voss' Safe gelegen hatte. »Und welche sonstigen *Hinterlassenschaften* hast du an dich genommen, Onkel Mike?« Gemeinsam mit Butch hatte Mike die Gelder all jener eingetrieben, die erpresst wurden und daher bar bezahlten. Er hatte sich nie die Mühe gemacht nachzuzählen, schon lange nicht mehr. Weil er seinen beiden Handlangern vertraut hatte. »Ich weiß genau, dass du das Geld aus Voss' Safe gestohlen hast.«
Mike reckte trotzig das Kinn. »Ich habe es mir verdient. Schließlich habe ich auch das Risiko auf mich genommen.«
»Und was ist mit dem, was du beim Kassieren beiseitegeschafft hast? Hast du das auch verdient?« Mikes angespannter Kiefer verriet ihm, dass er ins Schwarze getroffen hatte.
»Und hast du meine Mädchen gezwungen, es dir kostenlos zu besorgen?«
Mike bleckte die Zähne. »Das sind nicht *deine* Mädchen, sondern *unsere*. Deshalb kann ich mir nehmen, was ich haben will.«
Er blickte Mike leidenschaftslos an. »Ich hoffe nur, du hast

ein Kondom benutzt, als du von Linnea genommen hast, was du haben wolltest. Das Mädchen ist HIV-positiv.«
Mikes blasiertes Grinsen war wie fortgewischt, und er riss entsetzt die Augen auf. »Was?«
»Ja.« Wut brodelte in ihm auf. Weil er in den letzten sechs Monaten Linnea zu vielen, vielen Kunden geschickt hatte. Er wusste nicht, wann sie sich angesteckt hatte, aber sie könnte Dutzende Freier mit der Krankheit infiziert haben. Irgendwann würden sie ihre Diagnose kriegen, und dann stünde eine Untersuchung des Gesundheitsamts ins Haus, weil eine so hohe HIV-Quote unter wichtigen Wirtschaftsbossen doch reichlich ungewöhnlich war. Die Kunden entschieden sich für seine Mädchen, weil er ihre Gesundheit garantieren konnte.
Weil Mike ihm beteuert hatte, dass sie alle sauber waren.
Er ballte die Fäuste, als erneut Wut in ihm aufstieg, so heftig, dass er Mike am liebsten jeden Knochen einzeln gebrochen hätte. »Und wie kommt es, dass ich nichts davon wusste, Onkel Mike? Es war deine Aufgabe, dafür zu sorgen, dass sie alle zwei Wochen untersucht werden. Du hast mir die Laborergebnisse gezeigt. Hast du sie etwa gar nicht testen lassen?«
»Doch, ich schwöre.« Aber Mikes Augen schweiften leicht nach links. Das verriet ihn.
Er hatte herkommen und sich Mikes Beteuerungen von Angesicht zu Angesicht anhören müssen. Weil er seinem Onkel so gerne geglaubt hätte.
Weil ich ihm vertraut habe, diesem elenden Hurensohn!
»Du lügst«, sagte er eisig. »Wieso? Wieso hast du mir erzählt, du hättest sie untersuchen lassen, obwohl es gar nicht stimmt? War es das Risiko wert?«
Mikes Augen funkelten, doch diesmal war es blanker Hass, der sich darin widerspiegelte. Verachtung. »Hast du eine Ahnung, was diese Tests *kosten*?«

Einen Moment lang starrte er ihn fassungslos an. »Wie bitte? Es ging also ums Geld?«
»Darum geht's doch immer, Junge«, blaffte Mike. »Immer. Hast du denn all die Jahre überhaupt nichts gelernt?«
»Doch. Und du hast massenweise Geld. Was machst du damit? Es dir in deine Scheiß-Venen schießen?«
Mikes Zucken sagte alles.
»Du bist ein Junkie? Bist du ernsthaft so blöd?« Er schüttelte nur den Kopf, als Mike ihn finster anstarrte. »Ja, offensichtlich ist es so. Du erbärmlicher Schwachkopf. Ich habe dir so viel gegeben. Mehr, als du verdient hast, und trotzdem war es nie genug. Du hast uns ruiniert, uns und das ganze Geschäft.«
Mike schloss die Augen und ließ sich erschöpft wieder gegen die Wand sinken. »Ich habe gar nichts ruiniert, Junge. Zumindest war ich es nicht allein. Du hast mehr als genug dazu beigetragen.«
Sein Herz hämmerte wie verrückt. »Ich habe mir das Zeug schließlich nicht reingezogen.«
»Nein, aber du hast dir Mallory geschnappt. Du konntest ihr einfach nicht widerstehen, stimmt's? Mr Heiligenschein, der seine eigenen Mädchen nicht mit der Kneifzange anfasst, verfällt einer kleinen Schlampe, die einem anderen gehört. Und du hast sie leben lassen. Und dann hast du Linnea und ihren armen kleinen Lover auch noch mit hineingezogen. Ich habe dir gesagt, du sollst Mallory mir überlassen, aber nein, natürlich hast du mir nicht über den Weg getraut. Du musstest es ja selbst übernehmen, musstest den großen Macker spielen. Und am Ende hat uns genau das ruiniert.«
Er konnte seine eigene Stimme kaum über das Rauschen seines Bluts hinweg hören. »Du besitzt ernsthaft die Stirn, mir zu sagen, ich hätte dir vertrauen sollen? Du hast mich belogen, hast mich bestohlen. Du hast jeden Auftrag versaut, den ich dir gegeben habe. Weshalb zum Teufel hätte ich dir trauen

sollen? Du hast verdammtes Glück, dass du überhaupt noch lebst. Du bist ein verdammter Loser. Ein Junkie. Ein Versager. Alles, was du hast und bist, hast du mir zu verdanken.« Mike machte einen Satz vorwärts und stieß ihn mit seiner gesunden Hand von sich. »Du undankbarer kleiner Scheißer. Alles, was du weißt, habe ich dir beigebracht.«
Das stimmte. Er hatte ihm aber auch beigebracht, sich nicht mit Dummköpfen zu umgeben. Und dass Loser nicht am Leben bleiben durften.
»Stimmt«, sagte er leise. Mike, der endlich zu begreifen schien, wich zurück. *Aha, also doch nicht ganz so blöd, alter Mann?* »Und dir muss klar sein, dass du zu einer Belastung geworden bist.« Er zog seine Waffe aus dem Schulterholster. Mike hob seinen gesunden Arm, als wollte er ihm Einhalt gebieten. »Warte. Tu das n–«
Mike ging zu Boden. Mitten auf seiner Stirn prangte ein rundes Einschussloch – und ironischerweise stammte die Kugel aus der Waffe, die Mike ihm zu seinem letzten Geburtstag geschenkt hatte.
Verdammte Scheiße! Seine Beine gaben unter ihm nach, und er ließ sich ebenfalls auf den Boden sinken, neben den toten Mike. Sein Atem kam flach und stoßweise.
Im Lauf der Jahre hatte er mehr Männer erledigt, als er zählen konnte, aber so hatte er sich noch nie dabei gefühlt. Nicht einmal bei seinem ersten Mal, als er den Mann erledigt hatte, dessen Blut in seinen Adern floss. Ja, er hatte Mike alles gegeben, aber Mike war mehr als ein Onkel und ein Geschäftspartner für ihn gewesen.
Mike war das für ihn gewesen, was einem Vater am nächsten kam. Mehr als der Mann, der ihn adoptiert hatte. Und tausend Mal mehr als sein leiblicher Vater, diesem scheinheiligen, moralisierenden Dreckskerl, der ihn gnadenlos missbraucht hatte.

Das einzig Gute, was er von seinem Vater mit auf den Weg bekommen hatte, war die Erkenntnis, dass es wohl kaum eine wirksamere Methode gab, seine Sünden vor den Augen der Öffentlichkeit zu verbergen, als brav jeden Sonntagmorgen als Erster in der Kirchenbank zu sitzen. Alles andere hatte Mike ihn gelehrt.
Und jetzt war Mike tot. Das war's. Alles. Seine Geschäfte, so sorgsam geplant und durchgeführt ... alles zerstört. Er hatte alle Mädchen an diesem einen Nachmittag erledigt, doch die Idee, einen neuen Ring aus College-Nutten hochzuziehen, konnte er jetzt getrost vergessen, weil er sich unmöglich allein darum kümmern konnte. Nicht ohne Hintermänner wie Butch oder Mike.
Und er wollte es auch gar nicht. Sie hatten all das gemeinsam auf die Beine gestellt, zu dritt.
Immerhin hat Butch mich nie bestohlen. Das war ein kleiner Trost. Ein zu kleiner.
Er blickte auf Mikes Leiche hinab, während er sich allmählich beruhigte. Dass Mike Geld beiseitegeschafft hatte, hätte ihn nicht so aushebeln dürfen, schließlich war der alte Mann ein Krimineller gewesen. Er hatte ihm einiges beigebracht, aber bei Weitem nicht alles. Mike war ein zweitklassiger Betrüger gewesen, und weiter hätte er es auch niemals gebracht.
Zumindest nicht ohne mich. Aber jetzt musste er sich an die Arbeit machen. Er konnte nicht länger auf dem eiskalten Asphalt herumsitzen und Trübsal blasen. Mike hatte sterben müssen, deshalb war es der richtige Schritt gewesen, aber so hätte es nicht ablaufen sollen. Die Kugel steckte immer noch in Mikes Schädel.
Er achtete stets darauf, keine Kugeln zurückzulassen. Im Buon Cibo war es nur dazu gekommen, weil er keine andere Wahl gehabt hatte. Er hatte nicht vorgehabt, Andy mit einem

Gewehr zu erschießen, stattdessen hätte der kleine Drecksack in die Luft fliegen sollen, zusammen mit Mallory und Meredith und jedem anderen armen Teufel, der sich zufällig zur falschen Zeit am falschen Ort aufhielt.

Er blinzelte und versuchte, sich auf die nächsten Schritte zu konzentrieren. Hatte er die Waffe sonst irgendwo abgefeuert und eine Kugel hinterlassen? Soweit er wusste, nicht. Mike hatte Stein und Bein geschworen, dass sie nagelneu gewesen und nie zuvor abgefeuert worden war. Aber Mike war ein verdammter Lügner ...

Er stieß einen tiefen Seufzer aus. *Ich bin so müde.* Seit wann ... Donnerstag? ... hatte er nicht mehr richtig durchgeschlafen. Er musste dringend nach Hause fahren. Rita würde sich schon fragen, weshalb er sich nicht gemeldet hatte. Er hatte weder die Zeit noch das passende Werkzeug, um Mike zu verscharren, außerdem durfte sein Blut – dessen DNS die Polizei ja in ausreichender Menge sichergestellt hatte und überprüfte – nicht in die Nähe seines eigenen SUVs kommen, deshalb konnte er seine Leiche nicht wegtransportieren.

Andererseits wollte er verhindern, dass Mike identifiziert wurde. *Also, zurück zu den traditionellen Methoden*, dachte er. Und seine angestauten Aggressionen konnte er auf diese Weise auch gleich abbauen. Er spähte hinter das Gebäude und erblickte einen Stapel Backsteine. Das würde genügen.

Cincinnati, Ohio
Montag, 21. Dezember, 00.50 Uhr

Stille war eingekehrt. Endlich. Es war so still, dass Meredith kaum zu atmen wagte, als sie neben Adam mit dem Aufzug nach oben ins Penthouse fuhr.
Nur Adam. Endlich waren sie allein.
Er hatte den Arm um ihre Taille geschlungen, und ihr Kopf ruhte an seiner Schulter. Sie schwiegen, doch die Stille hatte nichts Unangenehmes an sich.
»Wunderbar«, murmelte sie unwillkürlich.
»Hmm.« Er rieb seine Wange an ihrem Kopf, wobei sich die langen roten Strähnen in seinen Bartstoppeln verfingen. Sie liebte seinen Dreitagebart. Schon von Anfang an. Er verlieh ihm etwas aufregend Piratenhaftes. »Du bist wunderbar.«
Sie gab ein leises Summen von sich, während sich ihre Wangen etwas röteten. »Ich habe die Stille gemeint. Sie ist herrlich.«
»Ich weiß.«
»Und ich bin froh, dass alle untergebracht und in Sicherheit sind«, fügte sie hinzu.
»Ja, ich auch.« Leise Belustigung schwang in seiner Stimme mit. »Alle sind zufrieden und wohlauf.«
Isenberg hatte beschlossen, Wendi und Mallory im selben Hotel unterzubringen, in dem sie auch Shane und die Davis' einquartiert hatten; direkt im Zimmer daneben, damit die Bewachung um lediglich einen Special Agent aufgestockt werden musste, der die beiden Beamten unterstützte, die auf Kyle und Shane aufpassten.
Parrish Colby würde sich um Wendis Schutz kümmern, wenn auch als Zivilist, weil er offiziell im Urlaub war, ebenso wie Kate. Doch die Gewissheit, dass Parrish die beiden Mädchen keine Sekunde aus den Augen lassen würde, war eine große Beruhigung.

Meredith biss sich auf die Lippe. »Es ist fast dekadent, das ganze Penthouse für uns allein zu haben.«
Adam hatte zwar angeboten, dass auch die anderen hier unterkamen, doch abgesehen davon, dass der Platz nicht reichen würde, schien es auch zu gefährlich zu sein – nicht zuletzt, weil allem Anschein nach ein Polizist in den Fall verwickelt war. Außer denjenigen, die offiziell unter Polizeischutz standen, und ihren Bewachern, wussten lediglich Isenberg, Zimmerman, Adam und Trip, wo sie sich aufhielten.
»Hier ist es sicherer für dich«, sagte er leise, »auch ohne gesonderten Polizeischutz. Außerdem hast du dir ein bisschen Luxus verdient.« Sein bedeutungsschwerer Tonfall ließ Meredith wohlig erschaudern.
Trotzdem rasten ihre Gedanken. Ihr Großvater und Kate mussten über Nacht im Krankenhaus bleiben, und Bailey hatte versprochen, die beiden im Auge zu behalten, was gut war, zumal Bailey als ausgebildete Krankenschwester über Kenntnisse und Fähigkeiten verfügte, mit denen Meredith nicht aufwarten konnte.
So kam es, dass Meredith niemanden hatte, um den sie sich kümmern musste. Nur um sich selbst. Und um Adam.
Was für eine reizvolle Vorstellung. Seit über einem Jahr hatte sie sich genau danach gesehnt ... aber ... »Bin ich ein schlechter Mensch, weil ich erleichtert bin, dass ich Mallory nicht zum Unterschlupf begleiten muss?«, platzte sie heraus, während ihr bewusst wurde, dass dies die Frage war, die ihr die ganze Zeit unter den Nägeln gebrannt hatte.
»Nein.« Adam drückte ihr einen Kuss auf die Schläfe. »Wie heißt es immer so schön im Flugzeug? Ziehen Sie eine der Sauerstoffmasken zu sich heran, bevor Sie anderen helfen. Es ist wichtig, dass du eine Zeit lang von niemandem gebraucht wirst, sondern dass sich andere ausnahmsweise um dich kümmern. Genauer gesagt, *ich*.«

Er hob ihr Kinn an und küsste sie mit einer Süße und Zärtlichkeit, die jedoch augenblicklich in Begierde und ... noch etwas anderes umschlug. Wieder erschauderte sie. In Lust. Köstlich und voller Verheißung.

Abrupt löste er sich von ihr. Einen Moment lang stand sie verwirrt da, ehe sie allmählich ins Hier und Jetzt zurückkehrte und bemerkte, dass die Aufzugtüren aufgeglitten waren und Adam sich wachsam nach potenziellen Eindringlingen umsah. Aber natürlich war weit und breit niemand zu sehen. Adam hatte völlig recht – sie hatten beide eine kleine Auszeit verdient, Dekadenz hin oder her.

Er wandte sich ihr zu. »Komm, lass uns ein Bad nehmen. Die Wanne muss doch auch für etwas anderes gut sein, als Tränen darin aufzufangen.«

Ein heißes Bad, das klang himmlisch. Der Aufprall auf dem Asphalt hatte mehr geschmerzt, als sie zugegeben hatte. Offen gestanden, hatte sie sich durch die Untersuchung geschummelt, um bloß nicht über Nacht im Krankenhaus bleiben zu müssen.

Sie hatte bei Adam sein wollen, und genau das war ihr letztlich auch gelungen. Er drehte das Wasser auf und roch an den Badezusätzen, die Kate ihr eingepackt hatte, bis er das Passende gefunden hatte. »Ziemlich viele Düfte«, bemerkte er, las die Dosierungsanleitung und gab exakt so viele Füllkappen ins Wasser wie empfohlen. Nicht mehr, aber auch nicht weniger.

Er war ein Mann, der sich innerhalb der vorgegebenen Grenzen bewegte. Oder es zumindest versuchte. Irgendwann würde sie ihm einen Schubs verpassen, aber nur ein kleines bisschen. Für den Moment jedoch spendete ihm die Routine einen gewissen Trost, ebenso wie ihr, deshalb würde sie sie ihm nicht nehmen.

Vorsichtig, fast förmlich begann er, ihr die Krankenhauskluft

auszuziehen, die man ihr geliehen hatte, dann trat er einen Schritt nach hinten und betrachtete sie einen Moment lang, ehe er beide Hände um ihre Brüste legte. »Du bist so unfassbar hübsch, dass es mir den Atem verschlägt.«
Wieder küsste er sie, umkreiste ihre Zunge mit der seinen, doch nicht besitzergreifend, sondern so ... als müsse er ihre Bekanntschaft erneuern. Seine Finger tasteten nach dem Taillenband der Hose und lösten es. Er ging in die Hocke, um sie ihr herunterzuziehen, wobei sein Blick an ihren Hüften hängen blieb. »Da ist eine aufgeschürfte Stelle«, sagte er. Wut blitzte in seinen dunklen Augen auf. »Er hat dir wehgetan.«
»Das ist beim Hinfallen auf dem Parkplatz passiert. Nicht weiter schlimm.«
Einen Moment lang schien er widersprechen zu wollen, besann sich jedoch eines Besseren. »Du bist auch so wunderschön«, sagte er, strich mit der Fingerspitze an ihrem Schenkel entlang und hielt nur wenige Zentimeter unterhalb der Stelle inne, wo sie sich seine Hände eigentlich wünschte. Ihre Knie wurden weich.
»Sie sind wohl einer, der andere gern quält, Detective«, murmelte sie, ehe sie zu seiner Verblüffung mit beiden Händen sein T-Shirt packte und es ihm über den Kopf zerrte. »Das ist nicht besonders nett.« Sie trat die Krankenhaushose zur Seite und zog ihn auf die Füße. »Vielleicht sollte ich dich auch mal ein bisschen quälen. Mal sehen, wie dir das gefällt.« Lächelnd löste sie seine Gürtelschnalle und zog den Gürtel aus den Schlaufen. »Dieses Bad sieht unglaublich einladend aus, und ich will sofort in diese Wanne.« Sie streifte ihm Hose und Unterhose über die Beine und betrachtete hingerissen seine beachtliche Erektion. *Und ich will dich in mir spüren.*
»Komm«, sagte sie und glitt in die Wanne – ihre Stimme klang rauer und aufreizender, als sie erwartet hatte.
Er folgte ihr und ließ sich in das heiße Wasser gleiten. »Genau

das hatte ich vor. Und zwar mehr als einmal.« Er ließ sich nach hinten sinken und streckte ihr mit einem verschmitzten Grinsen die Hand hin. »Komm.«

Sie lachte. »Du bist wirklich schlimm.« Dennoch ergriff sie seine Hand, stieg in die Wanne und setzte sich rittlings auf seine Beine.

Spielerisch ließ er seine Hände an ihrem Körper entlanggleiten, über ihre Brustwarzen und wieder nach unten zwischen ihre Beine. »Aber es gefällt dir trotzdem.«

Sie legte ihre Arme auf seine Schultern. »Stimmt«, sagte sie, beugte sich vor und küsste ihn so, wie sie es sich den ganzen Tag ausgemalt hatte. Ein tiefes Grollen stieg aus seiner Kehle auf, und er wölbte ihr die Hüften entgegen, sodass das Wasser über den Wannenrand schwappte.

Abrupt löste er sich von ihr und ließ sich unter Wasser gleiten, ehe er Sekunden später wieder auftauchte. »Ich will mich waschen, damit ich in dir sein kann«, raunte er. Und genau das wollte sie ebenfalls. Sie wuschen einander, eindringlich und voller Ungeduld, die mit jeder Bewegung zu wachsen schien, mit jedem Mal, wenn sein steifer Schwanz zwischen ihre Beine glitt.

Sie sahen einander tief in die Augen, während sie sich gegenseitig immer weiter reizten. Adam registrierte die Mischung aus Schock und Lust auf ihren Zügen, als er endlich in sie glitt. Sie schnappte nach Luft, ließ den Kopf nach hinten fallen. Es fühlte sich so gut an, so verdammt gut. So scharf, so heiß, so … unwillkürlich schweiften ihre Gedanken zum letzten Mal, als sie einen Mann auf diese Weise …

Nein. Nicht. Sie wollte nicht an das letzte Mal denken, als sie ohne Kondom mit einem Mann zusammen gewesen war.

Sie erstarrte, und auch er verharrte einen Moment lang reglos, bis auf das Beben seiner Nasenflügel und das leise Pulsieren seines Schwanzes. »Ich bin sauber«, sagte er leise. »Und die letzte Frau, mit der ich zusammen war, bist du, letztes Jahr, von heute Morgen abgesehen.«

»Ich auch. Sauber, meine ich. Und der letzte Mann, mit dem ich ... das warst ebenfalls du. Letztes Jahr.« Sie runzelte die Stirn, versuchte, sich zu sammeln. Es fühlte sich so verdammt gut an. »Aber ich nehme die Pille nicht.« Sie vertrug das Zeug nicht. Es machte sie bloß noch depressiver. »Deshalb können wir nicht ...«

Stöhnend ließ er den Kopf nach hinten fallen. »Alles klar. Geh runter. Vorsichtig.«

Sie gehorchte. Kaum war sie aus der Wanne gestiegen, stemmte er sich hoch, und dabei schwappte eine weitere Wasserwelle über den Wannenrand. Er hob Meredith hoch, legte ihre Beine um seine Taille und trug sie ins Schlafzimmer, wo er die Laken zurückschlug, die sie bislang nicht benutzt hatte, und sie behutsam auf das Bett legte, das noch unberührt war.

»Ich bin ganz nass«, protestierte sie.

»Lieber Gott, das will ich hoffen«, raunte er. »Bleib hier, ich hole bloß ein Kondom von nebenan.

»Nein.« Sie zog die Nachttischschublade auf, in der sich ein ähnlich beachtlicher Vorrat an Kondomen befand wie in der Schublade neben dem Bett im anderen Zimmer.

Er lachte. »Ich werde nicht fragen. Ich glaube nicht, dass ich es wissen will.« Er packte es, riss die Verpackung auf und streifte es über. »Bist du noch feucht?«

Den Blick auf ihn geheftet, schob sie einen Finger in sich hinein und zog ihn ganz langsam wieder heraus. Seine Augen begannen zu leuchten, und seine Atemzüge beschleunigten sich. »O Gott, ich will dir zusehen, wie du das wieder und wieder tust, bis du kommst. Aber nicht jetzt, denn jetzt brauche ich dich.«

Sie streckte beide Arme über ihrem Kopf aus. »Dann tu um Himmels willen endlich etwas.«

Sie brauchte ihn nicht zweimal zu bitten. Er schob sich zwischen ihre Schenkel, legte beide Hände unter ihr Hinterteil und hob sie an …

»Gott!«, stöhnte sie, als er sich mit einem harten Stoß in ihr versenkte, während gleichzeitig ein Stöhnen aus seiner Kehle drang, das wahrscheinlich noch unten auf dem Parkplatz zu hören war. »Ich kann nicht langsam machen. Vielleicht in Runde zwei.«

Runde zwei? *Ja, bitte.* »Dann schnell«, flüsterte sie. »Ich bin dabei.«

Ein schmutziges Lächeln erschien auf seinen Zügen. »Das glaube ich gern, Dr. Fallon.« Er stieß zu, kurz, hart, ohne den Blick von ihr zu nehmen. »Zeig mal.«

Unfähig, sich seinem Blick zu entziehen, schob sie eine Hand zwischen ihre Körper und begann, ihre Klitoris im Rhythmus seiner Stöße zu massieren, spürte, wie ihre Anspannung mit jeder Sekunde wuchs. Doch erst als er den Kopf senkte, um dem Spiel ihrer flinken Finger zuzusehen, ertrug sie es nicht länger. Sie warf den Kopf in den Nacken und ergab sich ihrer Lust, wohl wissend, dass er ihr gleich folgen würde.

Er stützte sich auf den Ellbogen ab, um ihre Hüften und Rippen vom Gewicht seines Körpers zu entlasten, wofür sie ihm nun, da die erste Woge der Lust allmählich verebbte, überaus dankbar war. Sie hatte sich anfänglich nicht um ihre Verletzungen geschert, doch jetzt, wo das Adrenalin allmählich abebbte?

Ja, nun würde der Schmerz bald zurückkehren.

Sie spürte, wie er sich anspannte und sich ein letztes Mal tief in sie schob, während ihn ein Schauder überlief, gefolgt von einem befriedigten Stöhnen. »O Gott!« Er küsste ihre Schulter, ihren Hals, ihre unverletzte Wange.

»Danke«, flüsterte er. »Das habe ich gebraucht. Nächstes Mal lasse ich uns ein wenig mehr Zeit.«

»Mir gefiel es ganz gut«, gestand sie. »Aber ich bin durchaus bereit, die langsamere Variante nachher auszuprobieren.«
»Genau das hatte ich gehofft.«

24. Kapitel

Cincinnati, Ohio
Montag, 21. Dezember, 01.35 Uhr

»Meredith?« Adams Stimme durchbrach die Stille in der Dunkelheit.

Sie lagen im Bett, eng umschlungen, ihre Wange an seiner Schulter, ihre Finger streichelten sein Brusthaar. »Ja?«, fragte sie, schläfrig, entspannt, erschöpft. Befriedigt.

Einen Teufel werde ich tun und das vermasseln. Trotzdem brauchte er Antworten.

»Was ist um die Zeit der Feiertage herum passiert?«

Ihre Finger verharrten. Schon jetzt vermisste er die Liebkosung, doch das war ein vergleichsweise geringer Preis für die Wahrheit. Solange sie ihn wieder streicheln würde. Irgendwann.

»Wie viel hast du gestern von Papas und meinem Gespräch mitgehört?«

»Ich kam rein, als du gerade sagtest, du hättest kein Problem mit der Art, wie ich mein Problem verarbeite, weshalb er auch keines damit haben sollte. Und dass du gerne alte Videos von deinen Eltern mit ihm ansehen würdest. ›An dem Tag‹. Und er meinte, er wolle nicht, dass ich dabei sei, weil er einen Drink brauchen würde, um sie sich anzusehen. Wofür ich ihm übrigens sehr dankbar war.«

»Was das angeht, ist er sehr rücksichtsvoll.«

»Möchtest du mir erzählen, was passiert ist?«, fragte er, woraufhin sie einen tiefen Seufzer ausstieß.

»Drei Tage nach Weihnachten sind meine Eltern bei einem Flugzeugabsturz ums Leben gekommen. Das ist jetzt sieben Jahre her.«

Seine Brust wurde eng. »Das tut mir so leid, mein Schatz.«
»Mir auch«, murmelte sie. »Meine Eltern waren … die besten Eltern, die man sich nur wünschen kann. Du und Diesel, Kate und Decker und all die anderen um mich herum hatten keine schöne Kindheit, und das bricht mir das Herz. Meine Eltern fehlen mir, jeden Tag. Und genau das ist ein Teil des Problems. Sie fehlen mir, und ein Teil von mir glaubt bis heute, dass es mir eigentlich gar nicht zusteht.«
»Aber warum?«
»Weil ich der Grund bin, weshalb sie in diesem Flugzeug gesessen haben«, sagte sie mit bemerkenswerter Ruhe. »Ich bin der Grund, weshalb sie gestorben sind.«
Erschüttert wandte er sich ihr zu und sah ihr ins Gesicht. Auf ihren Zügen lag wieder dieser Ausdruck fast heiterer Gelassenheit. Sie hatte die Augen geschlossen, und ihre langen Wimpern hoben sich dunkel von ihrer Haut ab. Unvermittelt verspürte er den Impuls, sie zu packen und zu schütteln, bis ihr wahres Gesicht zum Vorschein kam, doch er tat es nicht. Wahrscheinlich brauchte sie jetzt ihre Zen-Maske, um ihre Gefühle dahinter zu verstecken, und das wollte er ihr nicht nehmen.
Er wollte ihr sagen, dass sie nicht die Schuld an dem Flugzeugabsturz trug, doch die Worte waren ihr mit einer solchen Endgültigkeit über die Lippen gekommen, dass sie sie allem Anschein nach tatsächlich glaubte.
»Warum?«, fragte er schließlich.
»Ich war das perfekte Kind«, antwortete sie, »habe nie rebelliert, hatte immer gute Noten. Ich war im Leichtathletikteam, habe im Krankenhaus Freiwilligenarbeit geleistet … meine Eltern dachten, ich hätte alles im Griff.«
»Aber das war nicht so.«
»Nein. Ich bin gut darin, andere Leute Dinge sehen zu lassen, die sie sehen wollen.« Erleichtert atmete er auf, als sie ihn wieder zu streicheln begann. Die Liebkosung war ein Zeichen,

dass sie immer noch bei ihm war, trotz der scheinbaren Gefasstheit, hinter der sie sich verbarg. »Ich hatte immer diese Ruhelosigkeit in mir. Teilweise, weil ich so war, wie ich eben war – ich. Teilweise aber auch, weil ich diese Person gehasst habe. Ich war mir selbst nie gut genug. Die Mehrzahl meiner Patienten sind Opfer irgendwelcher Traumata, aber nicht alle. Manche von ihnen mögen sich schlicht und einfach nicht. Meine Aufgabe besteht darin, ihnen dabei zu helfen, sich selbst klar und deutlich zu sehen und dann zu entscheiden – mögen sie sich immer noch nicht, oder wollen sie etwas an sich ändern, und wie können sie das tun.«

»Und hat jemand je so mit dir gearbeitet?«

»Ja, aber erst, als es so schlimm war, dass ich es nicht mehr verstecken konnte. Meine Cousine Alex ist zu uns gezogen, als sie fünfzehn war. Ich war damals siebzehn und hatte mich seit Jahren geritzt. Unsere Mütter waren Zwillinge, und wir hatten uns schon immer nahegestanden, aber dann wurde Alex' Mutter ermordet, und als wir nach Georgia fuhren, wo sie gewohnt haben, war Alex in einer psychiatrischen Klinik. Man dachte, sie hätte versucht, sich das Leben zu nehmen, weil sie diejenige gewesen war, die die Leiche ihrer Mutter gefunden hatte.«

»Aber das hatte sie nicht?«

»Damals nicht. Aber später, ja, da hat sie es versucht. Wir haben sie zu uns nach Hause geholt, und ich habe auf sie aufgepasst. Weil ich gesehen hatte, dass sie eine Schlaftablette in der Hand hatte. Ich habe sie ihr abgeknöpft und sie im Auge behalten, bis ich sicher sein konnte, dass sie sich nichts antun würde.«

»Und wie lange hat das gedauert?«

»Mehrere Monate. Alex hat eine Therapie angefangen und … nach einer Weile ging es ihr besser. Die Tablette habe ich behalten.«

»Ach, tatsächlich?«, bemerkte er mit einer Ruhe, die er keineswegs empfand.

Ihr leises Schnauben war ein klarer Beweis dafür, dass sie ihm seine Gelassenheit nicht abkaufte. »Ja, und manchmal sehe ich sie mir an und denke, ich könnte mir noch ein paar mehr besorgen und es hinter mich bringen. Aber ich habe es nie getan. Weil ich es im Griff habe, sage ich mir immer.«

»Wie ein Alkoholiker, der in die Bar geht, um sich selbst zu beweisen, dass er trocken bleiben kann.«

»Genau. Und tief im Innern weiß ich, dass ich mir nichts antun wollte. Damals zumindest nicht.«

Er dachte an die Narben auf ihren Unterarmen, die feinen, die sie vom Ritzen zurückbehalten hatte, aber auch die anderen, tiefer gehenden, die auf eine weit schwerere Verletzung hindeuteten. »Wann dann?«

»Mit zwanzig. Es war kein besonderer Auslöser, kein primärer Trigger, der mich dazu gebracht hat. Ich bin bloß eines Tages aufgewacht und dachte, ich schaffe das einfach nicht mehr.«

»Klinische Depression«, murmelte er.

»Genau. Aber wie gesagt, ich war stets gut darin, die Leute immer nur das sehen zu lassen, was sie sehen wollten.«

»Wer hat dich gefunden?«, fragte er, denn die Narben an ihren Armen waren Beweis für Verletzungen, mit denen sie zweifelsfrei nicht allein hätte zurechtkommen können.

»Meine Großmutter. Meine Eltern waren verreist, Alex war an der Uni und hatte dort neue Freunde kennengelernt … sie brauchte mich eigentlich nicht mehr. Das klingt so, als würde ich sie dafür verantwortlich machen, aber das stimmt natürlich nicht. Ich wusste, dass sie bloß ihr Leben lebt, neue, aufregende Dinge ausprobiert, im Gegensatz zu mir, Ms Perfektes Superkind. Ich habe keine Ahnung, weshalb ich es ausgerechnet an dem Tag getan habe … oder wieso im Haus meiner Großmutter, aber es war klar, dass sie nach mir sehen würde. Ich glaube, sie hat immer geahnt, dass mit mir etwas nicht stimmte. Später stellte sich heraus, dass auch sie mit Depressionen zu kämpfen gehabt hatte, aber das hat sie mir erst viel später erzählt. Damals waren Depressionen ja noch ein ziemliches Tabu.«

»So ist es auch heute noch.«

»Das ist wahr, aber allmählich ändert sich die Situation. Jedenfalls haben meine Eltern natürlich davon erfahren, weil ich ins Krankenhaus kam, aber Alex habe ich es jahrelang verheimlicht, unter anderem, weil ich auf diese Weise immer noch die Starke und sie diejenige mit der Schlaftablette sein konnte.«

»Und wie hat sie reagiert, als du es ihr letztlich erzählt hast?«

»Sie hat geweint. Ich auch. Und seitdem stehen wir einander noch näher.«

»Und wann hast du es ihr gesagt?«

»Zwei Jahre nachdem sie Daniel kennengelernt hatte und beschloss, in Atlanta zu bleiben. Die beiden haben sich eine Weihnachtshochzeit gewünscht, und ich sollte erste Brautjungfer sein, aber … ich konnte einfach nicht. Der Flugzeugabsturz lag erst drei Jahre zurück. Sie dachte, das sei der Grund, und wollte mich überzeugen, dass ich doch meiner Familie Tribut zollte, wenn ich es täte. Sie hat sie ebenfalls von Herzen geliebt und wollte nur das Richtige tun. Ich habe ihr gesagt, dass ich nicht zur Hochzeit kommen könne, wenn sie an Weihnachten stattfände, und in diesem Moment wusste sie, dass etwas nicht stimmte. Also musste ich ihr alles erzählen. Sie kann, na ja, ziemlich hartnäckig sein.«

»Ich kann es kaum erwarten, sie kennenzulernen.«

»Du wirst begeistert von ihr sein. Alle mögen sie.« Meredith hielt für ein paar Sekunden die Luft an. Inzwischen kannte Adam sie gut genug, um zu wissen, dass ihm schätzungsweise nicht gefallen würde, was er gleich zu hören bekäme.

»Sie braucht keine Maske zu tragen, damit die Leute sie mögen. Sie ist einfach nur sie selbst.«

Seine Befürchtung bestätigte sich – was sie sagte, gefiel ihm tatsächlich ganz und gar nicht. »Vielleicht ist diese Maske ja nur eine Art Hilfsmittel für dich, wie ein Hörgerät für andere. Ich habe zum Beispiel erst vor ein paar Jahren herausgefunden, dass Greg sein Hörgerät als Mittel verwendet, um selbst zu entscheiden, wie viel vom Rest der Welt er an sich herankommen lassen will. Die Maske ist vielleicht deine Art, die Kontrolle über die Situation rings um dich herum zu bewahren, damit du die Ruhe nicht verlierst. Aber hinter dieser Maske verbirgt sich kein anderer Mensch, Meredith, sondern durch sie bestimmst du lediglich selbst, wie viel du jeden Tag von dir preisgeben willst.«

Ihre Finger verharrten einen Moment reglos auf seiner Brust, ehe sie sie weiter liebkosten. »So habe ich es noch nie betrachtet. Aber vielleicht hast du ja recht. Das wäre schön.«

»Also. Was ist an diesem Weihnachtsfest passiert?«

»Du kannst es einfach nicht lassen, was? Die Fragen, meine ich«, bemerkte sie trocken.

»Soll ich denn?«

»Nein. Ich mag dich so, wie du bist. Ich wusste schon vom ersten Moment an, was für ein Mann du bist.« Sie küsste sein Schlüsselbein. »Also. Weihnachten.« Sie hielt inne. »Ich war damals verheiratet.«

Er erstarrte, während die Vibration der Bombe, die sie gerade hatte platzen lassen, noch in ihm nachhallte. »Verheiratet?«, wiederholte er, um sicherzugehen, dass er sich nicht verhört hatte.

Adam fühlte sich, als hätte ihm jemand einen Schlag in die Magengrube versetzt – kein besonders angenehmes Gefühl. Doch dass Merediths Finger reglos auf seiner Brust lagen, gefiel ihm noch viel weniger. »Was ist passiert?«

Sie seufzte. »Ich hatte einen Freund. Chris. Er hat in der Firma meines Vaters gearbeitet. Meine Eltern und Großeltern waren nicht sonderlich begeistert von ihm, und ich glaube, ich wusste selbst, dass wir keine echte Zukunft hatten, aber durch ihn habe ich mich wenigstens nicht so einsam gefühlt. Eines Abends habe ich zu viel getrunken, wir hatten ungeschützten Sex, und ich wurde schwanger. Chris war an sich kein übler Mensch. Seine Mutter hatte ihn allein großgezogen. Er meinte, wir sollten heiraten, weil er nicht wollte, dass sein Kind unter denselben Umständen aufwächst. Also haben wir geheiratet, eine schlichte Trauung Ende Oktober. Ich hatte ein Kleid an, in dem man meinen Bauch nicht sehen konnte. Niemand außer meinen Eltern und meinen Großeltern wusste Bescheid.«

Alles in ihm sträubte sich beim Gedanken daran, wie sie an der Seite eines anderen Mannes stand. Aber sie hatte kein Kind, daher erschien es ihm wichtig, sich anzuhören, was passiert war. »Alex wusste nichts?«

»Nein, da noch nicht. Ich war ... ich wollte nicht, dass sie erfährt, wie blöd ich gewesen war.«

Ende Oktober. Er unterdrückte ein Stöhnen. »Als ich das erste Mal bei dir war ... Ende Oktober ... wir sind im Bett gelandet.«

»Ja. Mir ging es gerade nicht besonders, als du aufgetaucht bist, aber du sollst nicht denken, ich hätte dich ausgenutzt oder so etwas. Ich habe nicht mit dir geschlafen, weil ich einsam war, sondern weil ich dich wollte. Ich wollte Sex mit dir haben. Ich wollte nicht allein sein, genauso wenig wie du. Und so kam es dazu.«

Er schluckte seinen Protest hinunter, denn zu widersprechen hätte bedeutet, dass er ihren Verstand anzweifelte, was er definitiv nicht tat. Nein, Meredith hatte in dieser Nacht ganz genau gewusst, was sie tat. »Wusste er von dem Ritzen und dem Selbstmordversuch?«

»Ja. Ich meine, er hat es herausgefunden. Damals waren die Narben noch dunkler. Jedenfalls haben wir zusammen Weihnachten gefeiert, und meine Eltern sind ein paar Tage danach in den Skiurlaub aufgebrochen. Mein Vater hatte einen Pilotenschein und hatte sich ein kleines Flugzeug gekauft.«
O nein. Er hob ihr Kinn, küsste sie auf die Stirn und zog sie wieder an sich, sorgsam darauf bedacht, ihre verletzte Wange nicht zu berühren. »Es tut mir so leid.«
Sie schluckte. »Ich hatte damals meine Praxis schon und habe mit Kindern gearbeitet, die unter Depressionen litten oder ein traumatisches Erlebnis zu verarbeiten hatten, so wie Alex. Chris war überhaupt nicht begeistert davon und meinte, es sei nicht gut, dass ich ›all die Traurigkeit‹ mit nach Hause schleppen würde. Er wollte, dass ich mir etwas anderes suche, und wenn das Baby erst mal da sei, sollte ich sowieso ganz aufhören und zu Hause bleiben, weil ich viel zu sensibel für das stressige Leben einer berufstätigen Mutter sei, außerdem würde ich das Geld doch sowieso nicht brauchen, weil meine Eltern mehr als genug hätten.«
»Echt netter Typ«, presste Adam hervor.
»Das kannst du laut sagen. Ich wollte nicht kündigen, und es kam zu einem heftigen Streit zwischen Chris und mir. Und dann, eines Tages, kam der Vater eines meiner kleinsten Patienten aus dem Gefängnis, fuhr auf dem direkten Weg zu seiner Frau und ihrem gemeinsamen Kind und verprügelte sie. Das Kind starb. Ich war am Boden zerstört. Meine Eltern waren nicht da, Alex war bei der Arbeit – sie war damals Krankenschwester in der Notaufnahme –, und ich brauchte dringend eine Schulter, an der ich mich ausweinen musste. Also habe ich es Chris erzählt, der natürlich gar nicht auf meiner Seite stand.«
Adam spürte Wut in sich aufsteigen. »Was hat er getan?«
»Er hat gedroht, mich zu verlassen, wenn ich meine Praxis

nicht aufgeben würde. Es sei egoistisch von mir, ihn mit all dem Kummer und Leid zu belasten, schließlich sei sein Job schon anstrengend genug, deshalb wollte er sich nicht auch noch mit den Problemen anderer Leute auseinandersetzen. Ehrlich gesagt, hat er sich sehr krass ausgedrückt. Ich habe mich geweigert, meine Arbeit aufzugeben, und daraufhin ist er unter viel Getöse gegangen.«

»Er hat einfach bloß einen Grund gesucht.«

»Heute weiß ich das auch, aber damals ... ich war völlig verzweifelt. Ich hatte sogar eine Rasierklinge in der Hand. Nicht dass ich vorgehabt hätte, mir das Leben zu nehmen, das nicht. Aber ich habe darüber nachgedacht, mich zu ritzen. Ich habe stundenlang dagesessen und diese Klinge angestarrt. Und dann habe ich angefangen zu bluten, aber aus anderen Gründen.«

»Du hast eine Fehlgeburt erlitten.«

»Ja.«

»Und gab es jemanden, der dir helfen konnte?«

»Wendi«, antwortete Meredith voller Zuneigung. »Wir waren damals schon befreundet und hatten zudem ein paar gemeinsame Fälle. Sie hat mich in die Notaufnahme gebracht, allerdings nicht in das Krankenhaus, in dem Alex gearbeitet hat, und dann hat sie Papa angerufen, den sie zu dem Zeitpunkt bereits kannte. Papa hat meinen Vater angerufen, und er und Mom haben sofort alles stehen und liegen lassen. Gran hatte die Rasierklinge gefunden und es Papa und meinen Eltern erzählt. Sie hatten Angst, ich würde mir wieder etwas antun.«

»Aber die Rasierklinge war wie diese Schlaftablette«, krächzte Adam. »Du wolltest dir selbst beweisen, dass du es nicht tun würdest.«

Wieder verharrte sie einen Moment lang reglos, ehe sie nickte und ihre Wange an seine Brust schmiegte. »Niemand hat das je verstanden. Weder damals noch heute. Erst du.«

Mit einem Mal schien sich der Druck auf seiner Brust zu lösen. »Aber du hast dir nichts angetan.«
»Nein. Obwohl ich es später am liebsten getan hätte. Mum und Dad hätten nicht kommen dürfen. Ein schrecklicher Sturm tobte an dem Tag. Aber sie hatten sich solche Sorgen um mich gemacht, hatten Gewissensbisse, weil sie meine Depressionen so lange nicht erkannt hatten …«
Er spürte ihre Tränen, die seine Brust benetzten. »Das Flugzeug ist abgestürzt«, sagte er, froh, dass er die Worte aussprechen konnte, damit sie es nicht zu tun brauchte.
»Ja. Allerdings ging es keineswegs schnell, und sie mussten auch sehr leiden.«
Tiefe Trauer ergriff Besitz von ihm. Und Wut. »Wer hat das gesagt?«
»Der Polizist, der später kam, um mir die Nachricht zu überbringen.«
»Elender Dreckskerl«, brummte er.
»Stimmt. Du kannst dir bestimmt vorstellen, wie froh ich war, als du und Trip Kyle wegen Tiffany angelogen habt. Ich wollte das damals in meinem Schock und in meiner Trauer nicht hören. So, jetzt kennst du die Geschichte. Deshalb ist Weihnachten so eine schwierige Zeit für mich.«
»Das verstehe ich.« Er küsste ihr Haar. »Was ist aus dem Schwachkopf von Ex geworden?«
Sie lachte unter Tränen. »Oh, der ist auf dem direkten Weg zum Anwalt gelaufen und hat die Scheidung eingereicht. Ich habe nicht widersprochen. Zu diesem Zeitpunkt wollte ich ohnehin nicht mehr mit ihm zusammen sein, vor allem nicht, als er mir die Schuld für die Fehlgeburt in die Schuhe schieben wollte. Ich weiß nicht, wer wütender deswegen war, Papa, Gran oder Wendi. Ehrlich gesagt, hat mir Wendi am meisten Angst eingejagt.«
»Das glaube ich dir aufs Wort. Sie kann ziemlich beängsti-

gend sein, wenn es um dich geht. Aber jetzt verstehe ich auch, warum. Zumindest ein bisschen. Obwohl es mir auch damals schon eingeleuchtet hat.«

Meredith hob den Kopf und blickte ihn aus tränenfeuchten Augen an. »Damals? Was meinst du damit? Sie hat versprochen, dir nichts zu sagen.«

Adam öffnete den Mund und schloss ihn wieder. »Vergiss es, Meredith. Ich habe jedes Mal die Hosen bis oben hin voll, wenn sie sauer auf mich ist.«

Meredith grinste, was genau das war, was er bezweckt hatte. »Das wird sie freuen, wenn sie es hört.«

Er hob den Kopf und drückte ihr einen züchtigen Kuss auf den Mund. »Erzähl mir von den Depressionen. Was muss ich darüber wissen?«

»Eigentlich nicht viel. Ich gehe zu einer Therapeutin.«

»Ich weiß. Ich habe gehört, wie du deinem Großvater davon erzählt hast. Ist es auch Dr. Lane?«

»Oh nein. Dr. Lane ist auf PTBS spezialisiert, was zumindest bis gestern nicht mein Problem war. Dr. Lane und ich haben uns vor ein paar Jahren bei einer Konferenz kennengelernt. Ich mag sie sehr, und alle, die ich bisher zu ihr geschickt habe, kommen prima mit ihr zurecht.«

»In ein paar Tagen ist mein nächster Termin bei ihr«, sagte Adam, während ihm einfiel, dass er seinem Sponsor versprochen hatte, sich Zeit für ein Meeting zu nehmen. Dieses Versprechen durfte er nicht brechen. Wegen Meredith – in allererster Linie aber um seiner selbst willen. Die Anweisung, als Erstes selbst die Sauerstoffmaske aufzusetzen, bevor man anderen half, galt auch für ihn.

»Nichts, wofür man sich schämen müsste, Adam.«

»Ich weiß.« Und eigentlich sah er es auch so, nur manchmal hatte er noch Schwierigkeiten damit, vor allem, da sein eigener Vater ihn genau das hatte glauben lassen. Er schob den

Gedanken beiseite und konzentrierte sich wieder auf Meredith. »Nimmst du Medikamente?«
»Ja, und sie helfen mir auch gut. Genauso wie Yoga, Laufen und regelmäßige Abende mit meinen Mädels. Und ich arbeite an mir. Ich habe schon vor langer Zeit gelernt, wie wichtig es ist, zuerst selbst die Sauerstoffmaske aufzusetzen, bevor man anderen hilft. Ich brauchte nur eine kleine Auffrischung. Danke, übrigens, das hatte ich vorhin versäumt zu sagen.«
»Wann? Als ich dich an meinem Flugbegleiterinnenwissen habe teilhaben lassen, oder als du so heftig gekommen bist, dass du Sterne gesehen hast?«
Ihr prustendes Lachen klang dennoch damenhafter, als er es je bei einer Frau gehört hatte. »Beides.« Sie seufzte. »Ich habe immer noch schlimme Phasen«, gestand sie, inzwischen ernst. »Manchmal kann ich sie vorhersehen, wie um die Feiertage herum, manchmal kommen sie wie aus heiterem Himmel. Das sind dann meistens die allerschlimmsten Tage.«
Sie sprach vorsichtig, als hätte sie Angst, er könnte jederzeit aufspringen und die Flucht ergreifen. »Ich habe keine Angst davor«, sagte er und legte alle Aufrichtigkeit in seine Stimme, die er empfand. »Aber auch ich habe schlimme Zeiten, deshalb muss ich wissen, wie du darüber denkst. Ich will dich nicht länger ausschließen, auch wenn ich denke, dass es nur zu deinem Besten geschieht. Von jetzt an will ich, dass völlige Offenheit zwischen uns herrscht. Okay?«
»Das akzeptiere ich. Und wo wir gerade dabei sind … ich will, dass du sehr, sehr vorsichtig bist, wenn du morgen zu diesem Gebrauchtwagenhändler fährst. Jetzt, wo ich dich endlich gefunden habe, will ich dich nicht wieder verlieren.«
»Ich verspreche es«, sagte er ernst. »Weil ich auch dich endlich gefunden habe.« Er zog sie an sich. »Lass uns jetzt schlafen. Ich werde hier sein, wenn du aufwachst.«

Sie vergrub das Gesicht an seiner Brust. »Gute Nacht, Adam.« Er atmete tief ihren Duft ein, genoss das Gefühl, sie in seinen Armen zu halten. »Gute Nacht«, flüsterte er, und zum ersten Mal seit langer, langer Zeit glaubte er auch, was er sagte.

Cincinnati, Ohio
Montag, 21. Dezember, 02.05 Uhr

Er lenkte seinen SUV in die Einfahrt und schaltete die Zündung aus. Er würde sich einen anderen Wagen besorgen müssen. Dieser hier stammte von Mikes Gebrauchtwagenhandel, und er durfte nicht zulassen, dass er damit in Verbindung gebracht wurde. Dass er den ganzen Laden niedergebrannt hatte, würde es der Polizei wesentlich erschweren, seine Fahrzeuge zuzuordnen. Trotzdem durfte er kein Risiko eingehen ... nicht solange Kimble noch am Leben war. Der Kerl schnüffelte viel zu genau herum.
Dieser verdammte Dreckskerl, dachte er, aber eigentlich wusste er nicht einmal, auf wen er wütender war, auf sich selbst, auf Adam Kimble oder auf Mike.
Jahrelang waren sie so gut zurechtgekommen. Ihr Business war nie riesig gewesen, das hatten sie gar nicht gewollt. Zu oft hatten sie miterlebt, wie andere ringsum aufstiegen, nur um danach umso tiefer zu fallen.
Nein, sie waren klein geblieben und hatten Gelegenheiten genutzt, wenn sie sich boten, wenn ein Verbrechen gerade im Gange war. Sie hatten demjenigen einen einfachen Ausweg angeboten – Geld gegen Schweigen. Manchmal nur eine einzige Zahlung, nach dem Motto *Her mit den Drogen, die du verhökern wolltest, und diese Festnahme war bloß ein dummes Missverständnis.* Dann verkaufte Mike die Drogen, und sie teilten sich den Gewinn.

Manchmal jedoch hatten sie es mit schwereren oder pikanteren Straftaten zu tun, und für diese Täter stand weit mehr auf dem Spiel als für einen dahergelaufenen Straßendealer. Ihre besten Kunden waren reiche Karrieretypen, die ihren guten Ruf und ihr Vermögen zu verlieren drohten. Männer wie sie machten sie zu ihren Stammkunden, damit sie mit ihren regelmäßigen Zahlungen sein und Mikes Auskommen sicherten.

Und manchmal geriet ihnen ein perfektes Opfer ins Visier, das zu reizvoll war, um sich die Gelegenheit entgehen zu lassen.

Voss war einer von der Sorte gewesen – ein Mann, der für Erpressung ganz besonders anfällig war, nachdem er quasi über Nacht ein Millionenvermögen gemacht hatte. Und besonders anfällig wegen seiner abseitigen Vorlieben.

Für Voss hatten die Mädchen vor allem sehr, sehr jung sein müssen.

Das hatten sie herausgefunden, nachdem Voss auf eine ihrer Annoncen reagiert und sich mit einer Minderjährigen in einem Hotel getroffen hatte. Natürlich waren überall Kameras gewesen. Mike hatte Voss gleich von Anfang an erpressen wollen, als Voss' Gesicht in der Kamera zu erkennen gewesen war. Was für ein Idiot. Sie saßen auf einer Goldmine, und Mike hätte mit einer einzigen Erpressung alle Chancen vermasselt.

Er, nicht Mike, hatte Jolee angewiesen, mit dem Mädchen in Kontakt zu treten, während Voss sich im Badezimmer säuberte. Sie hatte der Kleinen gesagt, sie solle Voss anbieten, demnächst gemeinsam mit ihren Freundinnen eine Party zu feiern. Voss, der den Kragen nicht vollbekommen hatte, war sofort darauf angesprungen und hatte zugesagt – gleich am darauffolgenden Wochenende im selben Hotel.

Voss war nicht einmal auf die Idee gekommen, dass ihn

jemand gefilmt haben könnte. Die Aufnahmen des folgenden Wochenendes hatten sich als die erwartete Goldmine entpuppt, und seitdem hatte Voss hübsch regelmäßig gezahlt.
Und dann hatte er eine weitere Quelle aufgetan, doch auch sie war nicht Mike zu verdanken gewesen: Er hatte eine Party für seine besten Kunden organisiert und für die entsprechende Zerstreuung gesorgt – ausreichend Drogen und Nutten unter achtzehn –, wohl wissend, dass Voss anbeißen würde, ohne sich zu sorgen, dass er noch tiefer in den Sumpf hineingezogen wurde.
Er, nicht Mike, hatte dafür gesorgt, dass Jolee an jenem Abend Voss ihre Dienste schmackhaft machte und auf diese Weise gewährleistete, dass sie gewissermaßen Voss' bevorzugter Partyservice wurden. Sie nahmen Broderick nach allen Regeln der Kunst aus – sowohl mittels Erpressung als auch mit den »sauberen« Diensten, obwohl auch diese natürlich gegen das Gesetz verstießen. Und der Mann hatte nicht den leisesten Dunst, dass sein Geld immer denselben Leuten zufloss.
Bis er auf einmal die Bodenhaftung verlor und eine Party bei sich feierte, während sein eigenes Kind auch zu Hause war. Was für ein Arschloch.
Müsste er den Moment benennen, in dem alles den Bach runtergegangen war, wäre es dieser gewesen.
Was natürlich kompletter Schwachsinn war. Er hatte Voss so gekonnt manipuliert, weil er den reichen Sack besser verstand als irgendjemand sonst. Zumindest besser als jeder, der noch am Leben war.
In einem Punkt hatte Mike allerdings recht gehabt – er hatte Mallory Martin nicht widerstehen können und wusste bis heute nicht genau, warum. Vielleicht weil er sie als »sicher« betrachtet hatte, als etwas, worum er sich nicht persönlich kümmern musste. Und, was noch viel wahrscheinlicher war,

weil so viele im Internet sie gewollt hatten. *Und ich hatte sie. Ich hatte etwas, was all diese Loser niemals kriegen werden.* Mallory zu besitzen, hatte sein Verlangen nach einem jungen Mädchen für sich ganz allein noch gesteigert, hatte ihn angetrieben, Paula zu finden. Was für ein reizendes Ding. Aber Kimble war ihm gefährlich nahe gekommen, deshalb hatte er ihn einbremsen müssen. Daher hatte er Paula geopfert, und seitdem fand er keine Ruhe mehr.

Dann, letzten Sommer, war Mallory die Flucht gelungen, und seit diesem Tag stand kein Stein mehr auf dem anderen.

»Ich hätte Mike sagen sollen, dass er sich um sie kümmert«, brummte er in die Stille des Wagens hinein. Eigentlich hätte er gedacht, er sei viel zu klug, um alles an die Wand zu fahren. Aber genau das war passiert.

Und jetzt musste er zusehen, wie er das Chaos in den Griff bekam.

Kimble und die anderen gingen davon aus, dass sie nach einem Cop suchten. *Also werde ich ihnen einen Cop auf dem Silbertablett servieren. Und dann räume ich Kimble aus dem Weg.* Der Kerl war schlau. Zu schlau. Vor allem jetzt, da er sein Hirn nicht mehr im Alkohol ertränkte. Er kam der Wahrheit gefährlich nahe. Ihn zu eliminieren, hätte noch einen weiteren Vorteil: Der Tod von jemandem aus den eigenen Rängen würde die anderen demoralisieren und lange genug außer Gefecht setzen, damit er Mikes Fehler allesamt bereinigte und keine Spur mehr in *seine* Richtung führte.

Linnea lief immer noch frei herum, aber sie hatte weder Schutz bei der Polizei gesucht, noch hatte sie die Stadt verlassen, als sie Gelegenheit dazu gehabt hatte, was den Schluss nahelegte, dass sie ihre eigenen Pläne verfolgte. *Wahrscheinlich hat sie es auf mich abgesehen*, dachte er lächelnd. *Dieses kleine Miststück.* Sie überraschte ihn immer wieder aufs Neue. Er würde sich ihre Entschlossenheit zunutze machen, um sie anzulocken und sie auszuschalten, und zwar endgültig.

Vielleicht sollte er ihr auch einen Köder hinwerfen, dem sie nicht widerstehen konnte. *Du willst mich, Mädchen? Dann komm und hol mich. Aber zu meinen Bedingungen.*

Aufgeheitert von diesem Gedanken, stieg er aus. Augenblicklich schlug ihm durchdringender Stallgeruch entgegen. Er spähte in den Nachbarsgarten und sah einen Esel, eine Kuh und ein Schaf in Ikes Schuppen stehen.

Ike Wainwright hatte also die Genehmigung für seine Krippenszene erhalten. Wie herzergreifend, dachte er sarkastisch. Aber Ariel und Mikey würden sich darüber freuen, deshalb würde er sich notgedrungen damit abfinden. Es waren sowieso nur noch ein paar Tage.

Nicht mehr lange bis Weihnachten. Und er wusste auch schon, was er sich dieses Jahr wünschte – Mallory, Linnea und Kimble ... und zwar alle tot.

Cincinnati, Ohio
Montag, 21. Dezember, 04.45 Uhr

Ein pochender Schmerz in der Hüfte weckte Meredith, doch erst die Leere neben ihr im Bett riss sie vollends aus dem Schlaf. Sie strich über das Laken neben sich und spürte einen Rest von Wärme. Adam war also noch nicht lange auf. *Ich werde hier sein, wenn du aufwachst*, hatte er gesagt, deshalb musste er noch im Penthouse sein. Er wäre nicht weggegangen, ohne ihr Bescheid zu sagen.

Stöhnend glitt sie aus dem Bett. Ihre Hüfte brüllte vor Schmerz, erinnerte sie an die Lüge, die sie den Ärzten in der Notaufnahme aufgetischt hatte, trotzdem bereute sie es nicht. Okay, sie hätte ein Rezept für ein Schmerzmittel bekommen können, dafür hätte sie kostbare Stunden in Adams Armen versäumt. So war es das definitiv wert.

Sie schlüpfte in ihren violetten Schlafanzug und stieß einen behaglichen Seufzer aus, als die kühle Seide über ihre Haut glitt. Ja, sie war eine Hedonistin, und sie würde sich nicht dafür entschuldigen – das war eines der kleinen Dinge, die ihr halfen, ihre Mitte nicht zu verlieren. Da es kühl war, zog sie ein Sweatshirt aus Adams offener Reisetasche, streifte es gegen die Kälte über und sog tief seinen Duft ein.

Leise Musik drang an ihre Ohren, als sie aus dem Schlafzimmer trat, sanft, der Klang von Blues. Auch er war Jazz-Fan, eine Erkenntnis, die eine geradezu lächerliche Freude in ihr heraufbeschwor. Sie folgte Ella Fitzgeralds Stimme in die Küche, wo sie ihn vor seinem Laptop am Tisch sitzen sah, ohne Hemd, das Haar zerzaust, lediglich mit der grauen Jogginghose bekleidet, die er bereits zuvor getragen hatte. *O Gott, er ist unglaublich.* Sie blieb stehen und genoss seinen Anblick. In diesem Moment sah er auf. Die konzentrierten Furchen auf seiner Stirn glätteten sich und wichen Besorgnis.

»Ich wollte dich nicht wecken«, sagte er, klappte den Laptop zu und drehte die Lautstärke seines Handys herunter.

»Hast du nicht«, sagte sie. »Du brauchst die Musik nicht leiser zu machen.« Sie trat zu ihm und küsste ihn. »Ich mag das Album wirklich gern.«

Sein Lächeln wärmte sie. »Das freut mich. Ella hilft mir beim Nachdenken.«

»Ich bin zufällig aufgewacht. Willst du einen Tee?«

Er legte die Hand um ihre Wange und küsste sie voller Zärtlichkeit, von der sie Schmetterlinge im Bauch bekam. »Ja, bitte«, murmelte er an ihrem Mund, ehe er sie losließ. »Ein Tee wäre nett.«

Daran könnte ich mich glatt gewöhnen, dachte sie. Mitten in der Nacht so geküsst zu werden.

»Daran könnte ich mich glatt gewöhnen«, sagte er, als sie in die Küche trat und den Blick über ihre Tassen und die Teekanne schweifen ließ. »Dich so zu sehen, meine ich.«

Sie lächelte ihn an. »Wie ich in deinem Riesen-Sweatshirt Tee mache?«

Sein Blick war samtig weich. »Völlig egal, was du tust oder was du anhast ... oder ob überhaupt etwas.«

O Mann! Ein köstlicher Schauder überlief sie. Er grinste, und wieder erschien dieses hinreißende Grübchen in seiner Wange, bei dessen Anblick ihr Herzschlag aussetzte. Sie setzte den Wasserkessel auf und ließ sich auf den Stuhl neben ihm sinken. »Wieso bist du so früh auf?«, fragte sie. »Ich dachte, du seiest todmüde.«

Sein Lächeln verblasste. »Ich konnte auch nicht schlafen.«

Sie schmiegte ihre Wange an seinen Bizeps und blickte ihn an. Komplette Offenheit. »Ich konnte nicht schlafen, weil meine Hüfte so wehtut. Es ist ein bisschen schlimmer, als ich gestern zugegeben habe. Was war dein Grund?«

Sein Mundwinkel hob sich. »Völlige Offenheit, was?«

»Du bist derjenige, der damit angefangen hat«, meinte sie leichthin.

»Stimmt. Also gut, ich hatte einen Albtraum. So was kommt manchmal vor.«

»Das habe ich mir fast gedacht. Ging es um Paula?«

Er nickte. »Ich träume oft von ihr, meistens von dem Moment, als sie gestorben ist. Aber heute Nacht ...« Er hielt inne. »Heute Nacht habe ich ihre Leiche vor mir gesehen, auf einem Bett, mit aufgeschlitzter Kehle und herausgeschnittenen Eingeweiden.«

Sie schluckte. Ihr war bewusst, dass er ihren Trost brauchte, doch sie wusste nicht recht, wie sie ihn spenden sollte, deshalb drückte sie nur wortlos einen Kuss auf seinen angespannten Oberarm.

»Und als ich aufgewacht bin, ging mir auf, dass ich sie in Wahrheit nie so gesehen hatte. Ich weiß zwar, dass der Mörder sie so zugerichtet hat, aber ihre Leiche habe ich ja erst gesehen, als ich meinen Kofferraum aufgemacht habe und sie vollkommen verkohlt darin lag.«

Allein die Vorstellung, dass er dies erlebt hatte ... war grauenvoll, aber zumindest konnte sie etwas darauf erwidern. »Unsere Träume sind nicht immer repräsentativ für das, was wir tatsächlich erlebt haben.«

»Das weiß ich, trotzdem fiel mir ein, dass ich dieses Bild tatsächlich schon einmal gesehen hatte. Heute Abend, an der Tafel im Briefingraum.«

Er spielte auf die Fotos von Tiffany Curtis und ihrer Mutter an, die beide mit durchschnittenen Kehlen in ihren Betten lagen. »Ich konnte sie mir nicht ansehen. So tapfer bin ich einfach nicht.« Abrupt löste sie sich von ihm und starrte ihn an. »Moment mal. Wie bitte?« Sie schüttelte den Kopf, um sicherzugehen, dass sie sich nicht verhört hatte. »Willst du damit sagen, dass Paula auf dieselbe Weise getötet wurde wie Tiffany und ihre Mutter?«

Er zog die Brauen hoch. »Könnte sein. Obwohl es ziemlich verrückt klingt, oder?«

»Ja, andererseits ist der ganze Fall reichlich verrückt, Adam.«

Er fuhr sich mit den Händen übers Gesicht. »Das kannst du laut sagen.«

Der Wasserkessel pfiff. Meredith machte Tee und setzte sich wieder hin. »Hast du dir gerade die Tatortfotos aus Chicago angesehen?«

Er schloss die Augen. »Ja. Und das Video.«

»Die Kollegen aus Chicago haben ein Video geschickt?«

»Nein, ich habe Zugang zu einer Kopie des Videos vom Mord an Paula.«

Meredith zuckte zusammen. Die Vorstellung, dass er sich

gerade ein weiteres Mal angesehen hatte, was ihn um ein Haar zerstört hatte … sie zwang sich, den Gedanken beiseitezuschieben und ihr Augenmerk stattdessen auf seine Wortwahl zu richten. »›Zugang‹? Was heißt das? Dass du die Erlaubnis bereits hattest, sie dir eben besorgt oder dich in einen Server gehackt hast? Oder hattest du das Video schon die ganze Zeit?«

»Letzteres. Gewissermaßen. Bei den Sachen aus meinem Schreibtisch, den ich vor meiner Auszeit ausräumen musste, war eine DVD mit den Videos der alten Fälle, darunter auch dem Mord an Paula.«

»Aber du hast sie behalten. Wieso?«

»Das war meine Schlaftablette. Meine Rasierklinge.«

Oh, Adam. »Und jetzt wolltest du wissen, ob du sie dir ansehen kannst, ohne den Verstand zu verlieren. Und ging es?«

Er nickte. »Ja«, krächzte er. »Halbwegs.«

Sie küsste ihn auf die Wange, spürte das Kitzeln seiner Bartstoppeln an ihren Lippen. »Was hast du gesehen?«

Er schluckte. »Das erste Mal musste ich die Augen zumachen, als er ihr die Kehle aufgeschlitzt hat. Damals, als es passiert ist. Danach habe ich mich gezwungen, es mir anzusehen, aber in meinen Träumen hört es immer an der Stelle auf. Ich denke, alles andere blockiert mein Verstand, sozusagen als Schutzmechanismus.«

»Verständlich.« Sie musste sich zwingen, ihm die nächste Frage zu stellen. »Paula wurde also genauso die Kehle aufgeschlitzt wie Tiffany und ihrer Mutter?«

»Ja. Er hat sie in die Kamera gehalten. Der Typ war riesig, so wie der Gorilla, deshalb hat es ihm keine große Mühe bereitet. Die Statur ist genau dieselbe.«

Meredith sah ihn fassungslos an. »Ich glaube dir ja, trotzdem fällt es mir schwer, das alles zu begreifen.«

»Das geht mir genauso.«

Sie griff über ihn hinweg und drehte die Lautstärke seines Handys auf, woraufhin Ellas Stimme die Küche erfüllte.
»Denk nach, Adam. Denk nach und sag mir, was dir dazu einfällt.«
Ein entschlossener Zug trat auf sein Gesicht. »Option eins ist, dass Paula und Tiffany nicht vom selben Mann getötet wurden und das alles ein riesiger Zufall ist.«
»Möglich«, murmelte sie. »Aber eher unwahrscheinlich. Was noch?«
»Bei den Mördern handelt es sich um zwei völlig unterschiedliche Personen, zwischen denen keinerlei Verbindung besteht, aber der Gorilla wusste, dass ich in dem Fall ermittle und ausflippen würde, wenn ich Tiffany so sehe, und folglich meine Arbeit nicht mehr anständig erledigen könnte.« Er holte tief Luft. »Was rein spekulativ klingt und narzisstisch noch dazu.«
Ein Schauder überlief sie. »Aber jemand hat gestern versucht, dich zu töten.«
»Ich weiß. Genau deshalb mache ich mich ja so verrückt.«
»Und welche Optionen gibt es noch?«
»Ich habe nur noch eine. Dass Paula, Tiffany und ihre Mutter alle von demselben Mann ermordet wurden. Das bedeutet, dass irgendwo eine Verbindung zu mir besteht. Was durchaus einleuchtend wäre, wenn wir davon ausgehen, dass ein Cop in den Fall verwickelt ist. Deshalb tendiere ich zu dieser Option, auch wenn sie reichlich verrückt klingt.«
»Und du glaubst, dass du diesen Cop kennst. Oder er dich. Und dass er dich aus dem Weg räumen will.«
»In erster Linie will er Mallory«, sagte er grimmig. »Mich will er bloß an der Nase herumführen.«
Sie erschauderte. »Ehrlich gesagt, war es fast angenehmer, als nur ich in Gefahr geschwebt habe.«
Er warf ihr einen wütenden Blick zu. »Das ist nicht witzig.«

»So war es auch nicht gemeint. Ich bin nur ehrlich.«
Er schloss die Augen. »Ich … will ganz ehrlich sein, Meredith. Das Ganze geht mir gewaltig an die Nieren.«
»Aber wie wollen wir weiter vorgehen?«
Er tippte im Takt der Musik auf den Laptopdeckel. »Wir müssen den Gorilla mit dem Mann in Verbindung bringen, der euch drei gestern Abend angegriffen hat. Und dann überprüfen wir alle Verbindungen der beiden und finden heraus, wo sie mit denen des Cops übereinstimmen, der Mallory vergewaltigt hat.«
»Okay, das ist immerhin ein Anfang.«
Ein bitterer Zug erschien um seinen Mund. »Ja, allerdings kennen wir nach wie vor den Namen des Gorillas nicht, und der Angreifer von gestern Abend ist immer noch auf freiem Fuß. Wir wissen nur, dass der Cop ein Geburtsmal oder eine Narbe auf der Brust hat.« Er runzelte die Stirn. »Und dass er, falls er tatsächlich Polizist ist, einen Weg gefunden hat, um sämtliches Material über seinen Kontakt zu Mallorys Peiniger verschwinden zu lassen.« Frustriert fuhr er sich mit der Hand durchs Haar. »Und selbst wenn wir mehr wüssten, könnten wir nicht mit Gewissheit sagen, ob es nicht noch andere Komplizen gibt. Was wir in der Hand haben, ist praktisch nichts, ein beschissener Tropfen in einem beschissenen Ozean.«
Meredith hätte ihn so gern getröstet, ihn beschwichtigt, ihm versichert, dass alles gut werden würde, doch ihr war klar, dass ihm Plattitüden nicht weiterhelfen würden. Sie schloss die Augen, summte zu »Sentimental Journey« und schickte ihre Gedanken auf Wanderschaft – und mit einem Mal erschien Penny Voss vor ihrem inneren Auge. Pennys Entsetzen, ihre Traurigkeit und ihr Frust, der so groß gewesen war, dass sie sogar ihr Knetgesicht zerstört hatte, weil sie eine so kranke Frau nicht darstellen konnte.
Krank, traurig, verängstigt. Und auf der Flucht.

»Linnie«, sagte sie. »Linnie kennt sein Gesicht.«
Wieder seufzte Adam bitter. »Aber sie ist wie vom Erdboden verschluckt. Und wir werden sie nie dazu kriegen, uns zu vertrauen.«
Meredith schlug die Augen wieder auf und musterte sein Profil. »Aber Shane.«
Er fuhr herum und sah sie an, während die stolze Bewunderung in seinem Blick allmählich Entschlossenheit und Konzentration wich. »Stimmt. Du hast recht. Wir müssen mit Shane vor die Kameras. Er muss an sie appellieren, dass sie sich mit uns in Verbindung setzt, bevor Andys Mörder sie zu fassen bekommt.«
Sie lächelte. »Dann los.«
Er packte ihr Kinn, zog sie zu sich heran und küsste sie hart auf den Mund. »Ja.« Er ließ sie los und stand auf. »Wir müssen los.«
Sie sah ihn verblüfft an. »Wir?«
»Ja. Ich muss nach Hause, um ein paar saubere Sachen zu holen, und dann bringe ich dich … tja, wohin? Hier kannst du jedenfalls nicht bleiben.«
»Ich bin doch nicht diejenige, auf die er es abgesehen hat«, erinnerte sie ihn, doch er schüttelte den Kopf.
»Das spielt keine Rolle. Ich habe keine ruhige Minute, wenn ich nicht weiß, dass du in Sicherheit bist.«
»Dann setz mich doch einfach im Krankenhaus ab, wo ich bei Papa bleiben kann.«
»Das ist eine gute Idee. Isenberg hat einen Beamten für seine und Kates Bewachung abgestellt. Ich kann dann aufs Revier fahren und …« Er unterbrach sich. »Nein, vorher muss ich noch etwas anderes tun.« Er sah sie an. »Völlige Offenheit? Ich habe meinem Sponsor versprochen, dass ich heute Morgen zu einem Meeting gehe. Um sechs findet eines in St. Agnes statt.«

»Dann solltest du hingehen. Gib mir eine Viertelstunde.« Sie wandte sich zum Gehen, doch dann drehte sie sich um. »Wer weiß von dem Video, Adam? Dem mit Paula?«

Er hatte inzwischen die Musik ausgeschaltet und war im Begriff, eine Nummer zu wählen, hielt jedoch inne. »Wyatt und Nash. Sie haben danebengestanden.« Er verzog das Gesicht. »Und Nash war derjenige, der mich heute wieder daran erinnert hat.«

»Er hat sich die Fotos angesehen, bevor wir aus dem Briefingraum gegangen sind«, sagte sie leise.

Mit einem Mal war Adams Miene wie versteinert. »Er kann unmöglich ... Nein, Meredith. Er kann nichts damit zu tun haben. Nash ist ein anständiger Kerl.«

»Ich behaupte auch nicht, dass er ein übler Kerl ist. Aber selbst wenn der Mord an Tiffany und ihrer Mutter nur dazu dient, dich aus dem Konzept zu bringen, bedeutet das trotzdem, dass jemand Bescheid gewusst haben muss. Du musst herausfinden, wer außer dir noch Zugang zu dem Video hatte. Vielleicht war es ja jemand, den du kennst. Vielleicht auch nicht.« Sie nahm seine Hand und drückte sie. »Ruf in deiner alten Abteilung an. Vielleicht finden sich ja dort Aufzeichnungen, wer sich außer Nash und Wyatt das Video jemals angesehen hat.«

Wie vom Donner gerührt, ließ er sich wieder auf den Stuhl sinken. »Verdammt.«

»Es tut mir so leid.«

Er schüttelte den Kopf. »Nein, nein, muss es nicht, du hast vollkommen recht. Natürlich. Aber ... was für eine elende Scheiße.« Er sah sie bestürzt an. »Wem kann ich denn verdammt noch mal vertrauen, Meredith?«

»Isenberg, Deacon und Scarlett.«

Er verdrehte die Augen. »Natürlich vertraue ich ihnen.«

Meredith dachte kurz nach. »Und Trip.«

Er sah ihr in die Augen. »Wieso er? Weil es dir dein Bauch sagt? Ich würde dir ja zustimmen, aber ich kenne ihn noch nicht lange genug.«

Sie zuckte mit den Schultern. »Ich sage das nicht nur, weil ich ihn mag, sondern ich vertraue ihm einfach. Aber Tatsache ist auch, dass der Mann, der Mallory vergewaltigt hat, weiß war. Der Mann, der uns gestern Abend überfallen und angegriffen hat, war mindestens zwanzig Zentimeter kleiner und wahrscheinlich vierzig Kilo leichter als Trip. Und rein zufällig weiß ich, dass er um die Zeit von Paulas Ermordung in Quantico bei der Ausbildung war.« Sie stand auf. »Ruf Isenberg an. Ich hole so lange deine Sachen.« Sie wandte sich um und ging in Richtung Schlafzimmer.

»Meredith?«, rief er ihr hinterher. »Danke.«

Er wirkte so verloren, dass sie noch einmal kehrtmachte und von hinten die Arme um ihn schlang. »Gern geschehen«, murmelte sie und drückte ihm einen Kuss auf die Schläfe. »Ich werde jetzt lieber nicht sagen, dass alles wieder gut wird, aber du sollst wissen, dass du wenigstens nicht allein bist. Okay?«

»Okay.«

Cincinnati, Ohio
Montag, 21. Dezember, 06.15 Uhr

Linnea schreckte aus dem Schlaf hoch. Im ersten Moment wusste sie nicht genau, wo sie war. Sie hatte sich unter die weichen Decken gekuschelt, von denen sie eine zu einem Kopfkissen umfunktioniert hatte. In der Hand hielt sie immer noch ihre Waffe, und ihr Magen knurrte bloß ein ganz klein wenig.

Der Minibus der Gruber Academy. Sie streckte sich und

zuckte zusammen, als ihre Muskeln protestierten. Es war ein echter Gewaltmarsch gewesen, den sie gestern hinter sich gebracht hatte. Aber sie war immer noch am Leben, und das hieß doch etwas.

Es war noch stockdunkel, deshalb konnte es noch nicht sieben Uhr sein – was gut war, da die Eltern ihre Kinder ab sieben Uhr zur Schule bringen konnten, wie sie von der Webseite erfahren hatte.

Vorsichtig kam sie auf die Knie und spähte durchs Fenster auf den Parkplatz, der zu ihrer Erleichterung noch genauso verwaist war wie gestern Abend. Sie musste die Decken zusammenfalten und sich dann irgendwo das Gesicht waschen.

Sie atmete auf, als sie sah, dass sie nicht geblutet hatte. Das bedeutete, dass Dr. Danis Nähte hielten. Die Frau mochte eine gemeine Verräterin sein, aber wenigstens verstand sie ihr Handwerk.

Linnea steckte die Waffe ein, während sie überlegte, was sie tun würde, wenn sie die kleine Ariel gefunden hatte. Erschießen würde sie sie nicht, so viel stand fest. Außerdem konnte sie immer noch nicht mit Gewissheit sagen, ob Ariels Vater tatsächlich der Mann war, den sie suchte.

Aber das hier war der einzig brauchbare Hinweis, den sie in der Hand hatte, deshalb blieb ihr keine andere Wahl, als am Ball zu bleiben.

25. Kapitel

*Cincinnati, Ohio
Montag, 21. Dezember, 07.02 Uhr*

Adam trat aus der Kirche von St. Agnes und sog tief die eisige Morgenluft in seine Lunge. Normalerweise würde ihn die Kälte aus seiner morgendlichen Lethargie reißen, doch er war bereits hellwach, und sein Verstand arbeitete auf Hochtouren.

Bevor er aus dem Penthouse aufgebrochen war, hatte er Isenberg, Deacon, Scarlett und Trip informiert, die zwar alle noch geschlafen hatten, jedoch seine Ansicht teilten, dass sein Anruf völlig gerechtfertigt war, sofern seine Vermutung stimmte, dass hier jemand dieselbe Vorgehensweise an den Tag legte. Und sie waren sich auch alle einig gewesen, dass er keineswegs überreagierte, schließlich habe er tags zuvor ebenfalls auf der Abschlussliste des Täters gestanden.

Wodurch er sich, offen gestanden, gleich viel besser fühlte.

Er hatte das Video vom Mord an Paula, das er seit fast anderthalb Jahren auf seinem Laptop herumgetragen hatte, an sie weitergeleitet, und sie hatten sich darauf geeinigt, sich eine halbe Stunde vor Nashs und Wyatts Eintreffen zusammenzusetzen und die weitere Vorgehensweise zu besprechen.

Das gab ihm genug Zeit, um Meredith im Krankenhaus abzuliefern, ins Zimmer ihres Großvaters zu begleiten und sich dann auf den Weg zu dem Meeting zu machen.

Mit zwei zum Schutz abgestellten Beamten sollte sie dort sicher sein. Einer war vor der Intensivstation postiert, um die beiden Agents zu bewachen, die immer noch nicht wieder bei Bewusstsein waren. Bislang konnte keiner sagen, ob sie das Gesicht des Täters gesehen hatten, aber Isenberg und

Zimmerman wollten keinerlei Risiko eingehen. Der zweite Cop stand vor Kates Zimmer, das sich praktischerweise direkt neben dem von Clarke Fallon befand. Hier sollte Meredith also sicher sein.

Es sei denn, einer der Cops verstand sein Handwerk nicht. Leise Zweifel beschlichen ihn, als er in Clarkes Zimmer stand und sich nicht überwinden konnte, Meredith zurückzulassen. Doch dann hatte sie die Hand um seine Finger gekrallt und ihrer beider Hände auf ihre Brust gelegt, wobei seine Fingerspitzen etwas gestreift hatten, was eindeutig nicht so weich war, wie es sein sollte. Sie war bewaffnet. Schon wieder.

»Wie viele von den Dingern hast du eigentlich?«, hatte er gefragt, woraufhin ihr Großvater in prustendes Gelächter ausgebrochen war. Prompt war Adam rot angelaufen wie ein Schuljunge, als ihm die Doppeldeutigkeit seiner Bemerkung bewusst geworden war, dennoch hatte er keine Anstalten gemacht, seine Hände von ihren Brüsten zu lösen. Doch Meredith hatte ebenfalls gelacht, was ihn mit der Tatsache versöhnte, dass er sich gerade zum Narren gemacht hatte.

Sie hatte ihm die Arme um den Hals geschlungen und sich auf die Zehenspitzen gestellt. »Mir geht's gut. Mach dir um mich keine Sorgen«, hatte sie ihm ins Ohr geflüstert und ihn auf den Mund geküsst. In diesem Moment war ein Pfiff an seine Ohren gedrungen, gefolgt von einem Handyblitz – Merediths Cousine Bailey, die gerade Kates Zimmer verlassen hatte, um sich einen Kaffee zu holen, stand im Türrahmen.

Was bedeutete, dass das Foto noch vor dem Frühstück die Runde bei ihren Freundinnen gemacht haben würde. Doch statt sich blöd vorzukommen, erfüllte Adam ein Gefühl des Stolzes.

Kate war wach gewesen und hatte ihm in den Ohren gelegen, ihr zu verraten, was es Neues gab, doch er hatte abgewiegelt,

er hätte es eilig, was nur teilweise gelogen gewesen war. Schließlich schaffte er es gerade noch rechtzeitig zu seinem Meeting, wo John ihn – brummiger als gewöhnlich, da er definitiv kein Morgenmensch war – bereits erwartete.
Das Treffen verlief im Grunde wie alle anderen, die Adam besucht hatte – normalerweise sagte er nicht viel, gab wenig über die Dämonen preis, die ihn im Würgegriff hielten. Erst danach, wenn er und John irgendwo einen Kaffee tranken, überwand sich Adam, preiszugeben, was ihn nachts in seinen Träumen quälte. In den langen Stunden des Wachliegens. John hatte ihn stets verstanden. Als Ex-Cop wusste er nur zu gut, wie der Hase lief.
»Hast du schon Pläne für Weihnachten, Adam?«, fragte John, als er in die morgendliche Kälte trat und sich die Handschuhe überstreifte. Sie gingen zum Parkplatz von St. Agnes. »Du bist herzlich eingeladen, die Feiertage mit mir und meiner Familie zu verbringen.«
»Danke, aber ich habe tatsächlich schon etwas vor«, erwiderte Adam gerührt. »Ich besuche meine Eltern, aber die meiste Zeit verbringe ich mit Meredith.« So hatten sie es am Morgen auf dem Weg zum Krankenhaus besprochen. »Ihre Cousine kommt mit ihrer Familie aus Georgia zu Besuch, und ihre andere Cousine wollte groß kochen.«
Kochen gehörte ganz offensichtlich zu Baileys Stärken, doch in diesem Jahr würden sich alle noch mehr Mühe geben als sonst. Merediths kleines Haus würde aus allen Nähten platzen, aber so mochte sie es am liebsten.
John runzelte die Stirn. »Das geht alles mächtig schnell, findest du nicht auch?«
»Gar nicht. Ich hole nur nach, was ich versäumt habe. Ich hätte mich nicht ein ganzes Jahr lang von ihr fernhalten sollen. Damit habe ich uns beiden nur wehgetan«, sagte er, wenn auch ein wenig vorsichtig, weil letzten Endes John darauf

gedrängt hatte, dass sich Adam distanzierte. »Zumin. hätte ich ihr sagen sollen, warum ich es getan habe.«
»Dann habe ich dir wohl einen falschen Ratschlag gegeben«, meinte John bedrückt.
»Du warst überzeugt davon, dass es das Richtige ist. Und jetzt werde ich das Richtige tun und meiner Familie erzählen, was mit mir los ist. Meine Mutter hat ein Recht darauf, es zu erfahren, und Deacon, Dani und Greg machen sich ohnehin schon die ganze Zeit Sorgen. Sie haben es nicht verdient, dass ich sie außen vor lasse.« Sie blieben vor Adams Jeep stehen. »Tja, bald habe ich das erste Jahr geschafft.«
»Sag bloß. Und?«
»Du sagtest, am Ende des ersten Jahres ziehen wir Bilanz. Ich frage mich bloß, ob du weiterhin mein Sponsor sein willst.«
Johns Augen wurden glasig. »Ich ...« Er biss sich auf die Lippe. »Ich ... ich muss dir sagen ... warum ...« Sein Blick schweifte nach rechts. Er erstarrte für den Bruchteil einer Sekunde, dann packte er Adam und stieß ihn mit aller Kraft zu Boden. »Los, r–«
Ein Gewehrschuss erschütterte die frühmorgendliche Stille. Entsetzt sah Adam zu, wie John von den Füßen gerissen wurde und mit dem Kopf gegen das Dach seines SUV knallte. Ein Schrei ertönte. Mehrere Menschen schrien, doch Adam hörte sie kaum.
»John!« Adam kam auf die Knie und zog ihn zwischen seinen Jeep und den SUV.
Johns SUV war schwarz. John. Er war ein ehemaliger Cop. Könnte er ...
Adam verdrängte den Gedanken. *Nein. Nicht jetzt. Konzentrier dich.* »John! John!«
Aber John antwortete nicht. Weil die Hälfte seines Kopfes ...
Adam fuhr herum und erbrach das Frühstück, das er auf dem Weg zum Meeting gegessen hatte. *Nein. O Gott, nein!* Auf

allen vieren auf dem Asphalt kauernd, senkte er den Kopf und versuchte zu atmen. John war tot. Genauso wie Andy Gold und der Gorilla.
Reiß dich zusammen! Auf der Stelle!
Adam holte tief Luft und schrie: »Los, jemand muss die Polizei rufen! Einen Krankenwagen! Und bleibt unten!«
»Schon passiert!«, rief jemand. Adam glaubte die Stimme des Leiters des Meetings zu erkennen. »Sind alle okay?«
Mehrere zittrige *Ja* drangen aus den unterschiedlichen Ecken des Parkplatzes.
Vorsichtig rutschte Adam um Johns Leiche herum, bis er sich mit dem Rücken gegen seinen Jeep lehnen konnte, zog seine Waffe aus dem Schulterholster und zückte sein Telefon.
»Isenberg, Mobil«, sagte er, weil seine Hand zu heftig zitterte, um die Tasten zu drücken.
Isenberg meldete sich beim ersten Läuten. »Adam?« Es hörte sich an, als würde sie im Wagen sitzen.
»Lynda?« Mehr brachte er nicht heraus. Er versuchte zu atmen, doch es ging nicht. *Keine Panikattacke, nicht jetzt, bitte. Nicht jetzt, Gott.*
»Wo sind Sie?«, fragte sie. Sachlich. Ruhig. Ohne jedes Drama. Er war so dankbar.
»Parkplatz. St. Agnes.«
»Atmen Sie. Und dann sagen Sie mir, was passiert ist.«
»Scharfschütze. Notruf. Schon gewählt.« Er presste die Lippen aufeinander und versuchte, durch die Nase zu atmen, damit sich sein Puls ein wenig beruhigte. Sein Herz hämmerte so heftig, dass es schmerzte. John. O Gott.
»Wurden Sie getroffen?«, fragte Isenberg.
»Nein. Mein Sp–, mein Freund. Er ist tot. Ein einzelner Schuss. Sonst scheint niemand verletzt zu sein.«
»Bleiben Sie, wo Sie sind. Ich sorge dafür, dass die eintreffenden Beamten Bescheid wissen. Bleiben Sie dran.«

»Mache ich.« Er umklammerte das Telefon mit der einen, seine Waffe mit der anderen Hand. Dabei fiel ihm auf, dass Blut an seinen Handschuhen klebte. Und ... Er verzog das Gesicht. Hirnmasse. Er traute sich nicht, die Augen zu schließen. Der Schütze lief immer noch frei herum, und es gab keine Garantie, dass er nicht versuchen würde, das hier zu Ende zu bringen.

Also saß Adam auf dem Boden, atmete und wartete darauf, dass Isenberg fortfuhr.

»Sind Sie noch da?«, fragte sie schließlich.

»Ja. Wir kamen gerade aus der Kirche und wollten zu unseren Autos. Wir haben geredet. Er hat offenbar etwas gesehen und mich zu Boden gestoßen.« Adam hustete und kämpfte gegen die Enge in seiner Brust an. »Dann meinte er ›Ich muss dir sagen, warum‹ und schubste mich auf einmal weg, und dann traf ihn auch schon die Kugel. Er ist erschossen worden. Wie Andy Gold und der Gorilla.«

»Und wo genau sind Sie jetzt gerade?«

»Auf dem Parkplatz vor der Kirche. Ich sitze auf dem Boden.« Wieder presste er die Lippen aufeinander und atmete langsam durch die Nase. Er hielt einige Sekunden die Luft an, ehe er langsam ausatmete. »Zwischen meinem Jeep und seinem SUV.«

»Oh! Wie hieß Ihr Freund, Adam?«

»John Kasper. Er war Cop, aber schon im Ruhestand.« Er stieß den Atem mühsam aus. »Er war mein Sponsor.«

»Das dachte ich mir schon. In St. Agnes finden schon seit dreißig Jahren regelmäßig AA-Meetings statt.«

Adam blinzelte. »Was?« *Woher wusste sie das? Moment mal.* Sein Gehirn versagte immer noch seinen Dienst. *Hat Lynda etwa auch ...?* Er schüttelte den Kopf. Nein, darüber würde er jetzt nicht nachdenken. Später.

»Adam«, sagte sie so sanft, dass es fast wehtat. »Ich bin die

Letzte, die Sie verurteilt. Und nun, nachdem ich das Video gesehen habe, das Sie mir geschickt haben ... und weiß, dass Sie mit eigenen Augen gesehen haben, wie es passiert ist ... nach alldem werde ich dafür sorgen, dass auch sonst niemand sich ein Urteil über Sie erlaubt. Dass Sie alle, die gesehen haben, wie dieses Mädchen getötet wurde, noch bei halbwegs klarem Verstand sind, grenzt an ein Wunder. Und es ist ein Beweis für Ihre innere Stärke.«

Er wusste nicht, was er darauf sagen sollte. »Danke«, war das Einzige, was er schließlich hervorbrachte.

»Sie brauchen mir nicht zu danken. Ich bin schon auf dem Weg zu Ihnen. Bleiben Sie, wo Sie sind, ich kümmere mich um alles. Ich rufe Deacon als Verstärkung, okay?«

»Äh ...«

»Er weiß nichts davon?«

»Nein. Ich wollte es ihm sagen, wenn das alles vorbei ist.«

»Tja, Detective, ich schätze, Ihr Timing haben Sie nicht mehr unter Kontrolle. Soll ich mit ihm reden?«

»Nein, ich rufe ihn sofort an.«

»Gut. Ich bin in etwa zehn Minuten da. Die Einsatzfahrzeuge sollten Sie jeden Moment hören.«

Leise ertönten Sirenen in der Ferne. »Ja. Danke, Lynda. Ich werde auch niemandem sagen, dass Sie und ... St. Agnes ...«

»Ich wäre Ihnen sehr dankbar. Ich bin seit dreizehn Jahren trocken, trotzdem gehe ich auch heute noch manchmal zu einem Treffen. Ehrlich gesagt, wundert es mich, dass wir uns noch nie über den Weg gelaufen sind«, fügte sie hinzu.

»Pures Glück, schätze ich.« O Gott. Und was für ein Glück er hatte. Er war am Leben. Aber John nicht. Er ließ den Kopf gegen den Jeep sinken. »Ich muss jetzt auflegen und Deacon anrufen.«

»Gut. Melden Sie sich, wenn Sie Hilfe brauchen. Und sagen Sie Deacon, er soll zu Ihnen kommen. Ich habe Anweisung erteilt, dass die Beamten am Tatort alles abriegeln und den Parkplatz sichern, sich Ihnen aber nicht nähern. Ich will nicht riskieren, dass der Schütze oder einer seiner Komplizen in einem der Einsatzfahrzeuge sitzen. Sie bleiben, wo Sie sind, und halten sich aus der Schusslinie fern, bis entweder Deacon oder ich bei Ihnen sind. Verstanden?«

»Ja, Ma'am.« Er beendete das Gespräch und atmete eine Minute lang konzentriert, dann … *Völlige Offenheit*. Und er musste ihre Stimme hören, das war noch wichtiger als die Luft zum Atmen. »Meredith, Handy«, instruierte er.

»Hey«, sagte sie voller Wärme.

Er stieß den Atem aus. »Es geht mir gut«, sagte er, wobei er sich fragte, wen von ihnen beiden er damit überzeugen wollte. »Ich bin okay.«

»Adam?« Ihre Stimme wurde eine Spur schriller. »Wo bist du?«

»Immer noch in St. Agnes. Mein Sponsor ist tot. Er wurde erschossen, aber die Kugel hat eigentlich mir gegolten. Aber ich lebe noch, und ich wollte, dass du es von mir erfährst und nicht auf Umwegen.«

Sekundenlang hörte er lediglich ihre Atemzüge, schnell und flach. »Okay. Okay.« Sie stieß ein ersticktes Schluchzen aus. »Aber du bist in Sicherheit? Und du wurdest nicht getroffen, nein?«

»Nein. Ich bin unverletzt.«

»Bist du in der Kirche, wo es sicher ist?«

Er holte Luft. Es wäre ein Leichtes, sie anzulügen, damit sie sich keine allzu großen Sorgen machte. *Völlige Offenheit*. »Nein. Ich sitze immer noch auf dem Parkplatz, zwischen zwei großen Autos, und neben mir liegt die Leiche meines Freundes.«

»Adam.« Ein verblüffendes Maß an Regungen schwang in diesem einen Wort mit – Angst, Entsetzen, Mitgefühl. Zunei-

gung. Und noch etwas anderes. Er hoffte es so sehr. O Gott, wie sehr er es hoffte.
Ich muss ihr sagen, wie ich empfinde. Sie muss es wissen. Aber sie sollte es nicht auf diese Weise erfahren. *Nicht so.*
»Ich muss jetzt Schluss machen, Meredith. Isenberg wird gleich hier sein, und ich muss Deacon anrufen und ihm sagen, wieso ich hier bin, bevor er es von anderen erfährt, was ich nicht will.«
»Okay. Adam? Es ist nicht deine Schuld.«
»Ich weiß.« Sein Magen verkrampfte sich erneut, als er zu John hinübersah. *Das hätte ich sein können. Ich könnte tot sein, und sie hätte die Wahrheit nie erfahren.* »Meredith?«
»Ja?« Ihr Flüstern verriet ihm, dass sie weinte, aber nicht wollte, dass er es mitbekam.
Sie ist so unglaublich tapfer, dachte er. *Sie muss es wissen. Sie hat es verdient.* »Ich weiß, dass es eigentlich noch zu früh ist, aber ...« Er schluckte. »Ich liebe dich ... schon seit dem Abend, als wir bei dir zu Hause saßen und gemalt haben. Und ich will nicht, dass mir etwas zustößt und du es nie erfährst.«
»Adam ...«, schluchzte sie.
»Jetzt weißt du es. Ich muss ...«
»Wage es nicht, jetzt aufzulegen«, stieß sie in einem Tonfall hervor, den er noch nie von ihr gehört hatte. »Ich muss dir auch etwas sagen.«
Er spürte, wie er trotz allem lächeln musste. »Ja?«
»Ja«, stieß sie mit einem weiteren Schluchzer hervor. »Ich dachte ja schon, dich zu lieben, als du am Samstag mit Glitzer im Haar aufgetaucht bist, nur weil ich zu dir gesagt habe, dass ich dich brauche. Obwohl ich dachte, dass du nicht dasselbe empfindest.«
Sie dachte es bloß? Sein Herz zog sich schmerzhaft zusammen. Andererseits – *Meredith würde mir niemals wehtun.* »Und dann?«, flüsterte er.

»Und dann hast du Kyle festgehalten, als er weinte, und mich, als ich weinte, und du hast Mallory gesagt, dass sie zu uns gehört, und … da wusste ich es. Ich liebe dich. Ohne jeden Zweifel.« Ihre Stimme brach. »Das darfst du niemals vergessen, okay? Und komm heil und gesund zu mir zurück, damit ich es dir von Angesicht zu Angesicht sagen kann.«

Eine beinahe fast überwältigende Wärme durchströmte ihn, und er konnte sich nur fragen, wie ein menschliches Herz einer solchen Woge der Gefühle überhaupt standhalten konnte.

Sie liebt mich. Mich! Das war zu viel. *Beinahe.* »Ich komme wieder«, flüsterte er. »Das verspreche ich dir.«

»Das will ich auch hoffen.« Inzwischen konnte er hören, dass ihre Tränen ungehindert flossen. »Verdammt, Adam!«

»Hey.« Es brach ihm das Herz, sie weinen zu hören. »Vor gerade einmal zwei Tagen dachtest du, dass du mich liebst, während ich es schon seit vier Monaten sicher weiß«, scherzte er, um sie ein wenig aufzumuntern.

»Was soll ich sagen?« Sie schluckte, aber wenigstens hatte sie aufgehört zu weinen. »Ich bin eben ein Spätzünder.« Ihr Versuch, unbeschwert zu klingen, war nicht zu überhören, doch ihr Bemühen, die Situation erträglicher für ihn zu machen, machte sie umso liebenswerter. »Außerdem«, fügte sie spitz hinzu, »hat mir keiner das Drehbuch gegeben, deshalb wusste ich nicht, dass du dich längst in mich verliebt hattest.«

»Das ist wohl wahr. Hör zu, ich muss jetzt Schluss machen. Aber wenn ich dich sehe, werde ich es dir von Angesicht zu Angesicht sagen.«

»Das will ich hoffen«, wiederholte sie. »Pass auf dich auf.«

»Mache ich.« Er beendete das Telefongespräch. Augenblicklich platzte die Blase der Intimität, in der sie für einen Moment geschwelgt hatten, und er kehrte abrupt in die harte Realität zurück. *Jemand hat versucht, mich umzubringen. Jemand, der wusste, dass ich heute hier sein würde.*

Vielleicht war dieser Jemand ein Cop.
Unvermittelt musste er an seine Unterhaltung mit Quincy denken, der von seinem Versuch, trocken zu werden, aus irgendeinem Grund gewusst hatte. *Ich muss herausfinden, mit wem ich zusammenarbeite, muss all ihre Stärken und Schwächen kennen.*
Nein, dachte er. *Nicht Quincy. Nash auch nicht. Und Wyatt kommt nicht mal ansatzweise infrage. Nein, verdammt!* Im Lauf der Jahre hatten sie viel zu viel durchgemacht. Es musste jemand anderes sein.
Jemand, der von Paula weiß und wusste, dass wir mit dem Transporter unterwegs zum Revier waren. Jemand, der wusste, dass Mallory und Meredith am Samstagnachmittag in dem Restaurant essen und gestern Abend im Krankenhaus vorbeifahren würden. Jemand, der wusste, dass ich heute Morgen hier sein würde.
Die schreckliche Wahrheit war, dass es jemand aus ihrer aller unmittelbarem Umfeld sein musste.
Jemand will mich töten. Allein die Vorstellung war surreal.
Jemand, den ich kenne, will mich töten. Adam wünschte, er könnte den Gedanken verdrängen, ihn einfach leugnen, doch die Leiche direkt neben ihm machte es ihm unmöglich.
Ich muss Deacon anrufen, ihn darauf vorbereiten, was ihn erwartet. Alles andere wäre unfair.
Und dass er tausendmal lieber mit Deacon redete und sein Gewissen erleichterte, als sich allem anderen zu stellen, zeigte nur, wie beschissen die ganze Situation war.

Cincinnati, O.
Montag, 21. Dezember, 07.05 Uhr

Einen Moment lang starrte er ungläubig auf das Szenario. John war tot. Nicht Adam Kimble.
Dieses gottverdammte Arschloch – warf sich mitten in die Flugbahn und starb. Wer machte so etwas? Helden und Idioten. Und John gehörte definitiv zu Letzteren.
Scheiße. Dieser beschissene John und sein Impuls, sich vor Kimble zu stellen. Dieser beschissene Mike, der mir keine andere Wahl gelassen hat, als ihn abzuknallen. Dieser beschissene Adam Kimble, der mir keine andere Wahl gelassen hat, als auch Butch loszuwerden.
Elende Arschlöcher, alle miteinander, hätte er am liebsten geschrien, verkniff es sich jedoch. Er musste von hier weg. Die Polizei würde bald eintreffen. Er musste abhauen, musste sein Gewehr verschwinden lassen. Und einen Cop als Sündenbock finden.
Und dafür sorgen, dass ihm diese Schlampe, die schon viel zu lange frei herumlief, endlich ins Netz ging.
Mallory Martin konnte ihn nicht identifizieren, so viel stand fest, denn sonst hätte sie es längst getan. Nein, sie würde er laufen lassen. Erst einmal. *Erst muss sich alles ein bisschen beruhigen. Ich warte einfach, bis sie sich ein bisschen gefangen und wieder Selbstvertrauen gefasst hat.* Dann würde er sie kaltmachen.
Und Kimble? Der würde ab sofort noch besser aufpassen als sonst. Und sich unter Garantie fragen, wer zum Teufel gewusst hatte, dass er zu dem Meeting der Anonymen Alkoholiker gehen würde. Den Großteil der Puzzleteilchen hatte Kimble beisammen, nur wusste er es noch nicht. Der strahlende Held würde den Cop hopsnehmen, der ihn verraten hatte, aber natürlich nicht den richtigen. Doch das musste im Moment

genügen. Und später? Wenn Kimble auch dann keine Ruhe gab? Weiter herumstocherte und den Mann zu finden versuchte, der die kleine Mallory vergewaltigt hatte? Tja, dann würde er ihn zum Schweigen bringen. Und zwar endgültig.

Cincinnati, Ohio
Montag, 21. Dezember, 07.15 Uhr

»Deacon, Handy.« Adam hörte die Resignation in seiner Stimme, als er sein Telefon anwies, die Nummer seines Cousins zu wählen. Doch nun, da sein Sponsor tot neben ihm auf dem Boden lag, erschien es ihm umso wichtiger, Deacon die Wahrheit zu sagen.
Beim vierten Läuten nahm Deacon ab. »Ja?« Seine Stimme klang belegt.
O Gott. Deacon hatte entweder über Nacht eine Erkältung bekommen, oder aber er weinte – etwas, womit er so unmittelbar nach Merediths Tränenausbruch definitiv nicht würde umgehen können. »Alles klar, Deacon?«
»Nein.«
Ja, Deacon weinte, eindeutig. *Scheiße.* »Es tut mir leid«, sagte er leise. »Ich hätte es dir sagen müssen.«
»Was hättest du mir sagen müssen?«
»Hat Isenberg dich angerufen?«
»Ja. Sie hat gesagt, ich soll zum Parkplatz von St. Agnes kommen. Es hätte dort eine Schießerei gegeben.«
Isenberg hatte Deacon also nichts gesagt – das war wichtig, denn es bewies ihr Vertrauen in ihn.
Trotzdem fehlten ihm noch die passenden Worte für sein Geständnis. »Aber wieso bist du dann so am Boden zerstört?«
»Du meinst, wieso ich wie ein verdammtes Baby flenne?«, blaffte Deacon.

»Ja«, antwortete Adam langsam. Vorsichtig.

»Verdammt, Adam, seit ich dieses Video angesehen habe, bin ich komplett am Arsch. Faith musste mich sozusagen vom Boden abkratzen. Du blöder Dreckskerl. Ich hatte ja keine Ahnung, dass es so entsetzlich war. Wieso hast du es mir nicht gesagt, sondern hast alles in dich hineingefressen? Wieso hast du mir nicht erlaubt, dir zu helfen? Du lieber Gott, Adam! Ich dachte, du vertraust mir!«

Adam stöhnte leise. Natürlich war ihm klar gewesen, dass die anderen erschüttert sein würden, wenn sie sich das Video ansahen – wie kaltschnäuzig müsste man sein, wenn es nicht so wäre? –, doch dass es ihnen so an die Nieren gehen würde, hatte er sich im Vorfeld nicht vor Augen geführt.

Mit Tränen hatte er jedenfalls nicht gerechnet. *Diese Tränen sind für mich. Weil ich das alles mit angesehen habe und es mich komplett aus der Bahn geworfen hat.* »Ich wusste nicht, wie. Ich wollte nicht darüber nachdenken. Irgendwie dachte ich, es sei nicht real, solange ich es nicht erwähne. Dabei hätte ich genau das tun sollen. Aber das ist nicht der Grund, weshalb ich dich anrufe.«

»Da kommt noch mehr?«, fragte Deacon.

Allerdings. »Vielleicht solltest du lieber kurz anhalten und mir in Ruhe zuhören.«

»Moment.« Deacon stieß einen Fluch über den Verkehr im Besonderen und das Universum im Allgemeinen aus, ehe es still wurde. »Okay, ich bin rechts rangefahren. Schieß los«, sagte er dann.

Spuck's einfach aus. Doch sein Gehirn wollte nicht funktionieren, sondern entschied sich für einen Umweg. »Du bist gerade unterwegs zu St. Agnes, weil es dort eine Schießerei gab. Jemand hat auf mich geschossen. Mein ... Freund wurde stattdessen getroffen und ist tot.«

Argwöhnische Stille. Deacon war kein Dummkopf. »Was

hast du um sieben Uhr morgens in St. Agnes zu suchen? Gibt es so früh überhaupt schon eine Messe?«

»Nein.« Adam holte so tief Luft, dass seine Lunge gleich zu platzen drohte. *Los, nun sag es endlich.* Er kniff die Augen zusammen und biss die Zähne zusammen. Aus irgendeinem Grund war es schwieriger, Deacon die Wahrheit zu gestehen als Meredith. »Ich war bei einem Meeting der Anonymen Alkoholiker«, stieß er hervor. »Ich bin Alkoholiker.«

Stille. Völlige Stille.

»Bist du noch dran, Deacon?«

»Ja.« Adam hörte die Wut in seiner Stimme. »Die ganze Zeit schon?«

»Ja.« Und dann brach es aus ihm heraus, wirr, unkontrolliert. »Ich habe mich so geschämt. Ich wollte ein Jahr lang trocken sein, bevor ich es jemandem sage, aber dann lief plötzlich alles aus dem Ruder, deshalb ... ich wollte es erzählen, sobald wir den Fall gelöst haben und wieder zur Ruhe gekommen sind. Aber jetzt ist mein Sponsor tot, erschossen. Genauso wie Andy Gold und der Gorilla.«

»Der Täter wollte dich treffen?«, fragte Deacon tonlos.

»Ja. John, das ist – das war – mein Sponsor, hat mich zur Seite gestoßen.« Adam sah zu John hinüber, ehe er sich zwang, den Blick abzuwenden. »Deshalb hat die Kugel stattdessen ihn erwischt.«

»Du bist unverletzt?«

»Ja. Ich wollte, dass du Bescheid weißt, bevor du zum Tatort kommst. Ich ... ich hab's vermasselt, komplett. Ich war so eifersüchtig auf das, was du und Faith euch zusammen aufgebaut habt. Es war schwer, all das tagtäglich vor Augen zu haben. Und ich ... wollte nicht, dass du mich hasst. Aber vor allem wollte ich kein Mitleid von dir. John fand es klüger, es dir erst zu sagen, wenn ich ein Jahr lang trocken bin, weil es mir dann leichter fallen würde, einen klaren Kopf zu behalten.«

Wieder herrschte Stille.

»Deacon?«

»Ich denke nach«, herrschte Deacon ihn an. »Gib mir einen Moment, ich muss weiterfahren.« Wieder hörte Adam ihn Obszönitäten ausstoßen, gefolgt von einem abgrundtiefen Seufzer. »Ich sehe den Kirchturm schon. Im Kofferraum habe ich einen Helm und eine schusssichere Weste. Ich bringe alles zu dir, und dann sichern wir den Tatort. Hast du Isenberg schon alle Details durchgegeben – Name des Opfers und so weiter?«

»Ja, sie weiß Bescheid.« Das war nicht die Reaktion, mit der Adam gerechnet hatte. Diese Wut hatte er nicht erwartet, andererseits hatte Deacon ein Anrecht auf seine Gefühle, und Adam wusste, dass sein Cousin ihn von Herzen liebte, deshalb würde er ihm den erforderlichen Raum und die Zeit geben, sich mit dem Gedanken anzufreunden.

»Dann lege ich jetzt auf«, sagte er. »Ich bin in ein paar Minuten bei dir.«

Zwei Minuten später sah Adam Deacons schwarzen SUV langsam vorbeifahren. Deacon ließ das Fenster herunter und zuckte zusammen, als er Johns Leiche auf dem Asphalt liegen sah. »Ich fahre rückwärts heran und mache den Kofferraum auf, damit du die Sachen herausholen kannst.«

Geduckt näherte sich Adam dem SUV, sorgsam darauf bedacht, nicht in die Pfützen seines eigenen Erbrochenen zu treten. *Großartig, Kimble*, dachte er. *Ein echter Held!*

Er fand einen Helm und eine kugelsichere Weste und legte beides an, ehe er das zweite Ausrüstungsset schnappte und es Deacon durchs Fenster reichte.

»Steig hinten ein«, befahl Deacon und fuhr zu dem Überstand vor dem Kircheneingang, wo er den Motor ausmachte und ausstieg. »Los, komm schon«, rief er.

Adam folgte ihm ihn die Kirche, während er sich innerlich

auf Deacons Reaktion vorbereitete – die ganze Palette, von der kalten Schulter bis zu einem fürchterlichen Wutanfall.
»Hggh!«, stieß er hervor, als Deacon die Arme um ihn schlang und ihn so fest an sich zog, dass sämtliche Luft aus seiner Lunge gepresst wurde.
»Du elender Mistkerl«, krächzte Deacon und hielt ihn immer noch so fest, dass ein Brecheisen notwendig gewesen wäre, um sie voneinander zu trennen. »Ich bin stocksauer auf dich!«
Vorsichtig hob Adam die Arme und tätschelte Deacon die Schulter. »Ich weiß, und du hast auch jedes Recht dazu.« Er schlang die Arme um ihn und klammerte sich an dem Mann fest, der all die vielen Jahre an seiner Seite gewesen war, ihn in allen Lebenslagen unterstützt hatte, solange er denken konnte. »Ich bin so kaputt. Es tut mir so leid, so verdammt leid.«
»Ist schon gut ... obwohl ich dir am liebsten in den Arsch treten würde.«
»Ich weiß, aber solange du mich so festhältst, wird das schwierig.«
Deacon stieß ein ersticktes Lachen aus. »Wäre das Ganze gestern passiert, hätte ich es wahrscheinlich nicht verstanden, zumindest nicht so gut, wie ich es jetzt tue. Es war das Mädchen. Die Tatsache, dass du zusehen musstest, wie sie qualvoll stirbt.«
»Ja. Ich habe sie die ganze Zeit vor mir gesehen. Nur nicht, wenn ich sturzbetrunken war. Das war die einzige Möglichkeit, überhaupt Schlaf zu finden.«
»Das verstehe ich. Wirklich. Und dein Dad war auch nicht gerade eine Hilfe. Der Mann ist doch selbst Alkoholiker, bloß merkt es keiner. Schon immer. Ein tolles Beispiel für seinen Sohn.«
Adam hatte keine Ahnung, was er darauf erwidern sollte. Wie lange war es her, seit ihn ein Familienmitglied in den

Arm genommen hatte? »Trotzdem war es falsch von mir. Ich habe dich ausgeschlossen, und das tut mir leid.«
»Ich wünschte, du hättest es mir gesagt. Ich hätte dir doch geholfen. Irgendwie. Ganz bestimmt.«
»Ich weiß. John hat gesagt ...« Adam hielt inne.
Deacon löste sich und sah Adam an. Seine zweifarbigen Augen waren rot gerändert. »John?«
»Mein Sponsor, mein Freund, der jetzt tot da draußen auf dem Parkplatz liegt. Er meinte, es sei einfacher für mich, stolz auf meine Leistung zu sein, wenn ich es ein Jahr lang allein schaffe.«
»Er hielt es für eine gute Idee, dass du dich von deiner Familie isolierst und das ganz allein durchziehst?«
»Ja.«
»Nein.« Deacon schüttelte den Kopf. »Nein. Ich denke nicht, dass es so laufen sollte. Ich mag nie bei den Anonymen Alkoholikern gewesen sein, aber selbst ich weiß, dass du jemanden brauchst, der dich unterstützt.«
Auch Adam wusste es. Jetzt. Eigentlich hatte er es bereits vor Monaten geahnt, aber John war so überzeugt von seinem Ratschlag gewesen. Und John selbst hatte es geschafft, hatte seine Dämonen bezwungen.
John, der einen schwarzen SUV fuhr. Der irgendetwas hatte sagen ... gestehen wollen. Er musste nachdenken, all die Details beachten und überlegen, wie sie zusammenpassten. Aber jetzt musste er erst einmal mit Deacon reden.
»Ich wollte nicht auf die Unterstützung angewiesen sein«, sagte er wahrheitsgetreu. Und vielleicht hatte dieser Umstand es ihm leichter gemacht, Johns Ratschlag anzunehmen, auch wenn er tief im Inneren stets gewusst hatte, dass es nicht das Richtige gewesen war.
»Genau deswegen würde ich dir ja gern in den Hintern treten.« Deacon packte Adams Gesicht und sah ihm in die

Augen. »Ich kann dich lieben und dich unterstützen und dir trotzdem am liebsten in den Hintern treten. Das verstehst du doch, oder?«

Adam musste grinsen. »Ja, das verstehe ich.«

»Gut, denn wir sind noch nicht fertig. Aber jetzt müssen wir erst einmal den Tatort sichern und dafür sorgen, dass die Leiche in die Pathologie kommt. Isenberg und ich übernehmen die Benachrichtigung der Angehörigen.«

Adams Herz zog sich zusammen. »Noreen. Johns Frau. Sie ist so ein netter Mensch.«

»Das sind die meisten, denen wir eine Todesnachricht überbringen müssen.« Deacon ließ ihn los und verpasste ihm einen leichten Schubs. »Ab sofort verschweigst du mir nichts mehr, verstanden?«

Adam nickte. »Ja. Verstanden.«

»Und du sorgst dafür, dass dir nichts passiert.«

»Ja.«

»Gut, dann los.«

Adam folgte ihm. So erleichtert hatte er sich seit Jahren nicht mehr gefühlt.

Cincinnati, Ohio
Montag, 21. Dezember, 07.20 Uhr

»Merry, hör auf!«, bellte Diesel. »Bitte. Dieses Herumtigern macht mich ganz kirre.«

Meredith blieb abrupt stehen und wandte sich Diesel zu, der zurückgekommen war, kurz bevor Adam angerufen hatte. Nach dem Gespräch hatte es eine Weile gedauert, bis ihre Tränen versiegt waren, doch seither verspürte sie eine Energie, die sie ruhelos im Raum auf und ab gehen ließ.

Diesel schien tatsächlich drauf und dran zu sein, aus der Haut zu fahren. Er war blass und hektisch, wie auch schon am Vorabend, als er stundenlang in der Notaufnahme an Clarkes Seite ausgeharrt hatte. Und wie jedes Mal, wenn sie ihn in einem Krankenhaus erlebte.

»Geht's dir gut?«, fragte sie.

»Nein! Das sieht man doch«, herrschte Clarke sie an. »Und dir auch nicht. Wenn die mich endlich entlassen würden, müsste sich der arme Kerl nicht verpflichtet fühlen, stundenlang in diesem verdammten Krankenhaus zu hocken. Und du müsstest nicht wie ein wildes Tier im Käfig auf und ab tigern.«

»Ich bin zu gar nichts verpflichtet«, warf Diesel ein. Er schien verärgert oder sogar gekränkt ein.

»Du willst aber doch nicht hier sein, oder?«, beharrte Clarke. »Oder?«

»Nein, verdammt!« Diesel erschauderte. »Ich kann Krankenhäuser nicht ausstehen.«

Das war Meredith ebenfalls schon aufgefallen … und nicht nur ihr. Wann immer einer von ihnen behandelt werden musste, kam Diesel zu Besuch, doch er sah jedes Mal aus, als würde er sich gleich übergeben.

Genauso fühlte Meredith sich jetzt. Die Vorstellung, wie Adam … Sie hatte eine ihrer Beruhigungstabletten geschluckt, doch ihre Ängste schnürten ihr trotzdem immer noch die Luft ab. *Du musst dich in den Griff bekommen, dich konzentrieren und lieber für eine Weile an die Sorgen anderer denken.*

»Wieso bleibst du dann hier?«, fragte sie.

Diesel rieb sich den Nacken. »Weil ich denke, je häufiger ich mich alldem hier aussetze, umso leichter fällt es mir … eine Art Konfrontationstherapie im Alleingang.«

Meredith lächelte. »Da hat wohl jemand recherchiert.« Wieso er seine Phobie um jeden Preis bewältigen wollte, war nicht schwierig zu erraten: Dani arbeitete in einer Klinik, und Diesel wollte Dani.

Selbst im schwach erleuchteten Krankenzimmer war die Röte auf seinen Wangen unübersehbar. »Ja«, murmelte er. »Diese blöde Angst.«

»Also benutzt du mich in Wahrheit nur«, neckte ihn Clarke.

Diesels Lächeln kehrte zurück. »Ja. Ich schätze, Babysitter bei einem alten Mann zu spielen, ist die am wenigsten bedrohliche Methode, sich an das viele Weiß zu gewöhnen«, konterte er mit einer Geste auf die weißen Wände, die weiße Bettwäsche und alles andere, und duckte sich, als eine Schachtel Papiertaschentücher quer durchs Zimmer flog. »He, keine plötzlichen Bewegungen, hat der Arzt gesagt. Genau deshalb bist du ja so ungefährlich.«

Wieder verzog Clarke das Gesicht vor Schmerzen. »Stimmt. Das war nicht sonderlich schlau. Dieser elende Schwachkopf! Womit hat der Typ mir eigentlich eins übergezogen?«

»Wahrscheinlich mit dem Pistolenknauf«, antwortete Diesel. »Oder einem Stein.«

»Etwas anderes würde wohl kaum eine Delle in deinem Schädel hinterlassen, Papa«, warf Meredith scherzhaft ein, doch es klang angespannt.

»Merry«, sagte Clarke sanft. »Dass du dich vor Sorge um Adam verrückt machst, bringt keinen von uns hier weiter.«

»Ich kann dir gern Stricken beibringen«, erbot sich Diesel und hielt seinen Wollbeutel in die Höhe.

Beim Anblick des Spruchs auf dem Stoffbeutel – *Du hast zwei Augen, ich zwei Stricknadeln. Also pass auf, was du sagst* – stieß Meredith ein prustendes Lachen aus. »Wo hast du denn das Ding her?«

Diesel grinste. »Von Decker. Er hat die Tasche nähen lassen, eine für Kate, eine für mich.« Er sah auf seine Armbanduhr, ein klobiges Ding, das aussah, als hätte es bereits einen Krieg

überstanden … was durchaus sein konnte. »Decker müsste schon im Flieger sitzen. Er klang nicht allzu gut, als ich heute Morgen mit ihm geredet habe.«
»Das ändert sich bestimmt, sobald er bei Kate ist«, meinte Meredith. »Es geht ihr schon besser, aber natürlich ist sie nicht gerade glücklich darüber, dass sie Strickverbot hat, weil es ihre Augen zu sehr anstrengt.« Sie wandte sich Clarke zu. »Ich habe nichts zu tun. Inzwischen habe ich jedes Muster in den Büchern ausgemalt, die Mrs Zimmerman mir geschenkt hat, und joggen kann ich nicht, weil meinem Kopf die Erschütterung nicht bekäme. Deshalb gehe ich jetzt in den Wartebereich und mache ein paar Yoga-Übungen.«
»Tu das«, sagte Clarke. »Mit deiner Nervosität machst du uns bloß alle verrückt.«
»Zu spät«, bemerkte sie trocken.
»Und dir auch schönen guten Morgen, Dr. Einfühlsam.«
»Unter normalen Umständen würde sie uns an die Gurgel gehen, wenn wir das Wort ›verrückt‹ bloß in den Mund nehmen«, meinte Clarke.
Meredith bedachte die beiden mit einem vernichtenden Blick.
»Ich habe Angst, auch nur in die Nähe meiner Patienten zu kommen. Nach Hause kann ich auch nicht. Ich sitze hier fest, bis Isenberg jemanden abstellt, der mich fahren kann. Und Adam ist …«
»Adam lebt, Merry«, unterbrach Clarke.
»Ja, aber es hätte genauso gut anders ausgehen können!«, stieß Meredith aufgebracht hervor. »Ich kann ihm nicht helfen, weil ich hier nicht rauskomme. Das weiß ich inzwischen. Ich muss einfach nur irgendetwas Nützliches tun, verdammt noch mal!«
»Komm her, setz dich zu mir«, sagte Clarke und tätschelte einladend das Bett neben sich.
»Nein!« Meredith schmollte. »Ich kann dich nicht leiden.«

Trotzdem setzte sie sich neben ihn und lehnte den Kopf an seine Schulter. »Ich hasse es, so hilflos herumzusitzen, Papa.«
»Ich weiß, Schatz«, murmelte er und streichelte ihr das Haar.
»Wir sitzen alle wie auf glühenden Kohlen«, warf Diesel ein. »Mallory, die beiden Jungs, alle.«
»Übrigens habe ich vorhin mit Shane gesprochen«, sagte sie. »Parrish hat ihm erlaubt, mich von seinem Handy aus anzurufen.«
»Die Feds haben sichere Mobiltelefone«, sagte Diesel. »Niemand findet heraus, wo sie sind.«
»Das habe ich mir fast gedacht.« Meredith seufzte. »Er macht sich Sorgen um Linnie, weil sie ganz allein da draußen unterwegs ist. Er hat Angst, sie könnte erfroren sein, was nicht ganz ausgeschlossen ist. Adam hat ihm gesagt, dass er einen Appell veröffentlichen will, und daran arbeitet er gerade.«
»Was für einen Appell?«, fragten Diesel und Clarke wie aus einem Munde.
»Tut mir leid, ich habe ganz vergessen, dass ihr noch nicht Bescheid wisst. Dass Linnie uns nicht über den Weg traut, ist ziemlich offensichtlich, aber Shane vertraut sie. Deshalb ist er bereit, sich über die Presse an sie zu wenden, auch wenn er dadurch wieder im Rampenlicht steht. Solange Linnie lebt, schwebt er immer noch in großer Gefahr. Ich schätze, Adam wird ihn bitten, auf Colbys Telefon einen Appell an sie zu filmen, den Marcus dann auf der Webseite des *Ledger* veröffentlicht.«
»Ich kümmere mich um alles, was auf der Webseite hochgeladen wird«, warf Diesel ein. »Marcus kann das zwar auch, aber seine Stärke ist es nicht. Wenn du das nächste Mal mit deinem Loverboy redest, richte ihm aus, dass ich gern helfe.«
Clarke lachte und hob die Faust, um mit Diesel abzuklatschen. »Tolles Multitasking – du hilfst ihr und ärgerst sie im selben Atemzug noch ein bisschen.«

»Stets gern zu Diensten«, konterte Diesel mit gespielter Ernsthaftigkeit, ehe er die Achseln zuckte. »Ich habe meinen Laptop dabei und kann jederzeit alles Notwendige in die Wege leiten – natürlich alles mit dem gebührenden Respekt. Nicht, dass Adam mir noch eins auf die Nase gibt, ich will es nicht übertreiben.«

Meredith verdrehte die Augen. »Ihr seid schlimmer als Schuljungs.«

»Wir *sind* Schuljungs«, riefen Clarke und Diesel wie aus einem Mund und klatschten erneut ab.

Meredith seufzte. »O Mann.«

»Komm schon, das macht doch einen guten Teil unseres Charmes aus, gib's zu.«

Ihre Lippen zuckten. Er hatte vollkommen recht. »Ich gebe überhaupt nichts zu.« Unwillkürlich musste sie wieder an Shane denken und seufzte abermals, diesmal jedoch ernst.

»Wofür war nun dieser Seufzer?«, erkundigte sich Clarke und rüttelte sie leicht an der Schulter. »Gibt es irgendetwas, das du loswerden willst?«

»Nein, ich nicht«, sagte sie. »Ich musste nur gerade an Shane denken. Er will das Video-Interview unbedingt machen, aber ich glaube, dass er damit in den Fokus der Medien gerät, macht ihm größere Angst, als die Aufmerksamkeit des Mörders auf sich zu ziehen.«

»Wegen dem, was in Indiana passiert ist«, sagte Clarke. »Er hat mir erzählt, dass er die Polizei angelogen hat … wegen dem, was in dieser Pflegefamilie vorgefallen ist, meine ich«, fügte er eilig hinzu, als er Merediths Blick sah. »Als du und Kimble gestern Morgen ›geschlafen‹ habt.«

Meredith warf ihm einen finsteren Blick zu. »Wir haben geschlafen.« *Okay, die meiste Zeit. Na ja, ein bisschen.*

»Willst du uns vielleicht verraten, was Shane gesagt hat?«, fragte Diesel.

Clarke zuckte mit den Schultern. »Andy, Linnie und Shane waren damals Freunde, als sie gemeinsam in einer Pflegefamilie untergebracht waren.«

Diesels Züge wurden hart. »Das kann entweder gut für sie gewesen sein oder eine Katastrophe.«

»In ihrem Fall leider Letzteres.« Clarke schürzte die Lippen, als falle es ihm schwer fortzufahren.

»Andy hat seinen Namen geändert, als er von Indiana nach Cincinnati geflüchtet ist«, erklärte Meredith, der gerade eine Idee gekommen war, für die sie Diesels Hilfe brauchen würde. »Linnie ist mit ihm gekommen, weil Andy sie beschützt hat, vielleicht auch aus schlechtem Gewissen wegen dem, was er für sie getan hatte. Linnie wurde von ihrem Pflegevater missbraucht, und Andy hat ihn umgebracht.«

Diesel quollen beinahe die Augen aus dem Kopf. »Was? Wie?«

»Mit der Bratpfanne. Shane hat es nicht explizit zugegeben, aber es lag auf der Hand, was er meint.«

»Kyle hat nicht zugelassen, dass er es ausdrücklich sagt, als Isenberg und Kimble ihn befragt haben«, sagte Clarke. »Kyle studiert Jura und wollte ihn natürlich schützen.«

Meredith stupste ihren Großvater mit der Schulter an. »Adam, Papa. Nicht Kimble.«

»Meinetwegen«, grunzte Clarke. »Adam.«

»Adam und Isenberg haben diese Information nicht gegen Shane verwendet«, murmelte Diesel.

»Nein, Adam würde so etwas nicht machen, und Isenberg ist bei Weitem nicht so beinhart, wie alle denken. Sie hat aufrichtiges Mitgefühl mit diesen Kids gezeigt. Und mit Penny Voss auch. Inzwischen bin ich ein echter Fan von ihr«, sagte Meredith.

»Ich auch«, bekräftigte Diesel. »Also, was ist mit Shane und Andy passiert? Ins Gefängnis kam Andy ja offensichtlich nicht. Ist er geflüchtet, oder wurde gar nicht erst Anklage gegen ihn erhoben?«

»Letzteres«, antwortete Meredith und schilderte den beiden die Zusammenhänge.

Diesel nickte. »Und irgendwie ist Linnie dem Kerl in die Hände gefallen, der Andy ermordet hat.«

Meredith hatte immer gewusst, dass Diesel unglaublich scharfsichtig war. »Genau. Sie hat zu seinem Ring aus College-Prostituierten gehört. Er hat sie offenbar gezwungen, für ihn anzuschaffen.«

Diesels Kiefer spannte sich an, und er schluckte. »Und jetzt hat Shane Angst, dass die Medien sich darauf stürzen und die Verbindung zu dem Mord und seiner Falschaussage schlagen.«

Meredith nickte. »Genau.«

»Aber ich bin ja quasi die Medien, und du erzählst es mir trotzdem.« Er zog sarkastisch eine Braue hoch. »Warum?«

»Also, ich finde den Kerl toll«, sagte Clarke zu Meredith. »Bist du sicher, dass du nicht lieber ihn willst?«

Diesel lief dunkelrot an. »Clarke!«

Sie lachte. »Papa!«, schimpfte sie, ehe sie sich Diesel zuwandte. »Hör nicht auf diesen Wichtigtuer. Bei mir bist du sicher.«

»Zurück zu *Shane*«, meinte Diesel. »Wieso erzählst du es mir?«

»Shane hat mir das alles nicht in meiner Funktion als Therapeutin anvertraut, deshalb besteht hier keine Schweigepflicht. Außerdem hat er es ja ihm schon erzählt.« Sie wies mit dem Kinn auf Clarke. »Deshalb habe ich zum einen nicht das Gefühl, jemandes Vertrauen zu verraten, zweitens brauche ich deine Hilfe, und drittens vertraue ich dir.«

Wieder lief Diesel rot an, diesmal jedoch vor Freude statt aus Verlegenheit. »Danke. Und was genau soll ich tun?«

Meredith runzelte nachdenklich die Stirn. »Ich muss dauernd an die Verbindung zwischen Linnie und dem Mörder denken, und auch daran, wie wir Shane ein bisschen Freiraum im Hinblick auf die Medien gönnen können, denn das Ganze kommt auf kurz oder lang ans Licht ... vor allem, wenn die Ehefrau, die im Knast sitzt, sich zu Wort meldet.« Sie biss sich auf die Lippe. »Es gab da eine Sozialarbeiterin, vor der Shane große Angst hatte. Sie hatte wie ich rotes Haar, und Shane dachte zuerst, ich sei diese Frau.«
»Aber in sämtlichen Medien stand doch dein Name«, wandte Clarke ein.
»Andy hatte seinen Namen geändert«, meinte Meredith achselzuckend. »Und Shane hatte wohl Angst, dass sie dasselbe getan hat. Er war sehr erleichtert, als er erfuhr, dass ich es nicht bin. Wann immer sich die Pflegekinder über etwas beschwert haben, wurden sie einfach in eine andere Familie gesteckt, und die Pflegeeltern kamen ungeschoren davon. Und wenn es wie in Linnies Fall zu sexuellen Übergriffen kam, behauptete die Pflegemutter einfach, das Mädchen sei eine kleine Schlampe, die sich an ihren Mann herangemacht hätte.«
»Was dann wiederum in die Akten aufgenommen wird, mit dem Ergebnis, dass das Mädchen in der nächsten Familie noch schlimmer missbraucht wird, es sei denn, sie kommt in therapeutische Pflege oder ist in der Familie die einzige Minderjährige«, warf Diesel mit versteinerter Miene ein. »Und wenn die Kids in der nächsten Familie herausfinden, dass sie als promiskuitiv gilt, machen sie sie fertig, und sie steht automatisch in der Hierarchie ganz unten.«
»Genau.« Meredith seufzte. »Shane dachte, die Sozialarbeiterin und die Pflegeeltern stecken unter einer Decke.«
Diesel runzelte die Stirn. »Dass die Sozialarbeiterin von den Pflegeeltern Schmiergeld bekommt, wenn sie beide Augen zudrückt?«

Meredith nickte. »Letztlich geht es doch meistens ums Geld. Wie Linnie in diesem Prostitutionsring gelandet ist, wissen wir allerdings immer noch nicht. Wie und warum.«

»Vielleicht hat es ja gar nichts mit dem zu tun, was in Indiana vorgefallen ist«, meinte Clarke.

»Allerdings hat der Täter offensichtlich recherchiert«, sagte Meredith. »Er wusste, dass Andy für sie töten würde. Und dass er sie aus der Reserve locken könnte, indem er sich Shane schnappt.«

»Weil sie ihn identifizieren kann«, warf Diesel ein.

Meredith nickte. »Ich denke schon.«

Diesel nahm seinen Laptop heraus. »Womit soll ich anfangen?«

Meredith verschränkte die Arme vor der Brust und spürte, wie das kühle, feste Metall ihr half, ihre Gedanken zu klären. »Mit der Sozialarbeiterin«, sagte sie. »Weil sie wusste, was damals in der Pflegefamilie vorgefallen ist, und nichts unternommen hat, um Andy oder Linnie zu schützen. Und auch als die Ehefrau verhaftet und verurteilt wurde, hat sie den Mund nicht aufgemacht.«

Diesels Finger schwebten über der Tastatur. »Wie heißt die Frau?«

»Bethany Row.« Meredith ergriff die Hand ihres Großvaters. »Danke, Papa.«

Clarke ließ sich in die Kissen zurücksinken. Mit einem Mal wirkte er sehr müde und ausgelaugt. »Wofür?«

»Dass du mir hilfst, mich auf das Wesentliche zu konzentrieren. Aber das hast du ja immer schon geschafft.«

Er brummte leise. »Vielleicht kann Adam ja das ab sofort übernehmen«, meinte er, während sich sein Mundwinkel hob. »Ich habe jetzt eine Freundin. Die ich dringend anrufen muss.«

»Oh, Papa, es tut mir so leid! Daran habe ich gar nicht daran gedacht.«

»Schon okay«, meinte er, »du warst ziemlich beschäftigt. Ich habe sie gestern Abend angerufen, und sie ist schon unterwegs. Sie wird die Feiertage hier verbringen.« Er sah sie herausfordernd an. »In meinem Zimmer«, fügte er wie ein aufsässiger Teenager hinzu.

Vergeblich versuchte Meredith, sich ein Grinsen zu verkneifen. »Ihr beide werdet ein paar sehr anregende Tage erleben, alter Mann. Aber ich werde schön meinen Mund halten, weil ich nämlich genau dasselbe vorhabe.«

Diesel schnaubte, ehe er innehielt und die Hand hob, um mit Meredith abzuklatschen. »Frau Doktor bekommt eine Million Punkte. Game over. Bitte, lieber Gott, mach, dass das Spiel vorbei ist.«

Clarke stöhnte. »Er hat recht. Du hast gewonnen, Merry, ich geb's auf.«

Sie klatschte mit Diesel ab. »Ich akzeptiere deine Kapitulation, Papa. Und jetzt lasst uns an die Arbeit gehen.«

26. Kapitel

Cincinnati, Ohio
Montag, 21. Dezember, 07.35 Uhr

Linnea stand hinter einem Baum am Rand des Schulgeländes, weit genug weg, um nicht bemerkt zu werden, und doch so nahe, um mitzubekommen, wie die Eltern – vorwiegend hektische Mütter im Vor-Feiertagsstress, die genervt waren, weil die Ferien nicht bereits am Freitag angefangen hatten – sich von ihren Sprösslingen verabschiedeten.
Es muss schön sein, keine anderen Sorgen zu haben, dachte Linnea verbittert.
Die Mamis stellten ihre Minivans am Straßenrand ab und begleiteten ihre Kinder ins Schulgebäude. Einige hatten zudem ein Baby auf dem Arm. Alle behandelten ihre Kinder, als wären sie das Wertvollste auf der ganzen Welt – etwas, das Linnea nie kennengelernt hatte.
O Gott, wie sie diese Kinder beneidete.
Sie verfolgte das Geschehen so konzentriert, dass sie um ein Haar nicht mitbekam, wie eine dunkelhaarige Frau ein Kleinkind aus dem Kindersitz ihres Toyota hob.
»Ariel! Nun trödle doch nicht so herum, Schatz! Ich habe heute Morgen viel zu erledigen.«
Linneas Blick schweifte zu der kleinen Familie – der Mama, dem kleinen Jungen und dem hübschen kleinen Mädchen, das über die Straße schlurfte. »Mir geht's gar nicht gut, Mami. Können wir wieder nach Hause fahren?«
Die Mutter setzte sich den Knirps auf die Hüfte. »Nein. Du wirst schön zur Schule gehen, Fräulein. Schon das ganze Wochenende hast du dich so seltsam benommen. Was ist denn los, Schatz?«

Trotz ihres tadelnden Tonfalls war die Besorgnis der Mutter unüberhörbar. Wie konnte das *seine* Familie sein? Er war grausam, voller Hass, wohingegen diese Mutter so liebevoll und freundlich wirkte.

»Gar nichts, Mama.« Mit hängenden Schultern kam Ariel um den Wagen herumgeschlurft.

»Ariel? Hat dieses Theater irgendetwas mit deinem Verhalten im Mathematikunterricht zu tun?«

Ariel fiel die Kinnlade herunter. »Aber woher ...«

»Ms Abernathy hat mich am Freitag angerufen, um mir zu sagen, dass du den Brief nicht zurückgebracht hast, den sie dir mitgegeben hatte. Ich hatte gehofft, du würdest mir sagen, was passiert ist.«

Ariels Lippen bebten. »Es tut mir leid, Mama. Ich kann das einfach nicht.«

»Nun, darüber wollen wir uns jetzt nicht den Kopf zerbrechen. Vielleicht fragen wir einfach ein paar der älteren Kinder in der Kirche, ob sie in den Weihnachtsferien vorbeikommen und dir bei den Mathematikaufgaben helfen können. Wie fändest du das?«

Ariel blinzelte eulenhaft hinter ihren runden Brillengläsern. »Du bist nicht böse?«

»Nein, ich war in Mathe auch nie gut. Und dein Daddy war auch nicht böse. Aber jetzt lass uns reingehen, bevor wir hier festfrieren.«

Kichernd gehorchte Ariel, ergriff die Hand ihrer Mutter und schwang sie fröhlich hin und her, während sie im Schulgebäude verschwanden.

Kaum waren sie außer Sichtweite, trat Linnea mit der abgeschraubten Antenne zu dem Minivan, um eines der Schlösser zu knacken.

Aber auch diesmal brauchte sie nichts zu tun. Der Wagen war nicht abgeschlossen. Was war nur los mit diesen Vorstadtfamilien? Dachten sie ernsthaft, dass sie ein Leben lang von Verbrechen verschont bleiben würden?

Linnea öffnete die Tür und kletterte hinter die Rückbank. Wenige Minuten später kehrte Ariels Mutter, immer noch mit dem kleinen Jungen auf der Hüfte, zurück, schnallte ihn in dem Kindersitz an und setzte sich hinters Steuer.

Mit angehaltenem Atem wartete Linnea, bis die Frau den Motor angelassen hatte und losgefahren war.

Was jetzt? Es mochte unwahrscheinlich sein, aber wenn sie es schaffte, unbemerkt über die Rückbank zu klettern, könnte sie vielleicht nach vorn gelangen. Oder sie könnte ganz leise einen der Sitze nach vorn klappen und darüber hinwegkriechen. Oder ... lächelnd sah sie, wie Ariels Mum eine CD in den Player einlegte. Augenblicke später dröhnten Chorstimmen aus den Lautsprechern.

Perfekt. Fünf Minuten vergingen. Inzwischen fuhr die Frau laut singend den Highway entlang, während Linnea den Hebel umlegte und ganz vorsichtig den Sitz nach vorn klappte. Dann glitt sie aus ihrem Versteck, warf sich zwischen die beiden Vordersitze und schnappte sich das Handy aus der Mittelkonsole.

Noch bevor die Frau einen Laut ausstoßen konnte, hatte Linnea das Handy in ihrer Tasche verschwinden lassen.

»Keine Dummheiten, Ma'am!«, befahl sie leise und zog ihre Waffe halb aus der Tasche. »Ich habe nichts zu verlieren, aber ich will weder Ihnen noch Ihrem Jungen etwas tun.«

»W-Wer sind Sie?«, stammelte die Frau.

»Der schlimmste Albtraum Ihres Mannes. Fahren Sie nach Hause, Ma'am. Und tun Sie nichts Unüberlegtes. Bitte. Ich will Ihrem Sohn nicht wehtun, aber ich werde es tun, wenn es nicht anders geht.«

Cincinnati, Ohio
Montag, 21. Dezember, 08.45 Uhr

Adam stieß zu Isenberg, Scarlett und Trip, die sich um den kleinen Tisch in Isenbergs Büro versammelt hatten. Er hatte geduscht und war in einen frischen Anzug aus seinem Spind geschlüpft, während Deacon vor der Umkleide gewartet hatte. Niemand war herein- oder herausgekommen. Deacon war immer noch wütend auf ihn, aber zumindest zeigte er ihm nicht die kalte Schulter. So ein Typ war er nicht. Verdammt, Deacon war sogar nett zu Adams Vater, obwohl der ihm das Leben ebenso schwer gemacht hatte wie Adam, nur auf eine andere Art. Und nun bewachte er seinen Cousin wie ein Bodyguard und beäugte jeden, der vorbeikam, mit Argwohn und Vorsicht.
Deacon schloss Isenbergs Bürotür und ließ auf ihren Wunsch die Jalousien herunter.
»Ich habe den Detectives Currie und Hanson gesagt, sie sollen um neun beziehungsweise um Viertel nach neun kommen«, sagte sie, »deshalb bleiben uns nur ein paar Minuten.«
»Wieso?«, fragte Trip.
»Weil ich will, dass wir uns so weit einig sind, bevor wir die beiden einweihen«, erklärte Deacon grimmig.
Trip runzelte die Stirn. »Gehen wir denn davon aus, dass sie etwas damit zu tun haben? Ernsthaft?«
»Nein«, wiegelte Adam ab. »Ich glaube nicht, dass sie da mit drinstecken. Ich kann es mir einfach nicht vorstellen ... andererseits ... du liebe Zeit, ich kann nicht einmal glauben, dass jemand versucht hat, mich umzubringen, verdammt noch mal.«
Trip kniff die Augen zusammen. »Hat auch jemand *mich* im Verdacht?«
Adam schüttelte den Kopf. »Der Typ, der Mallory verge-

waltigt hat, war weiß. Und der Schütze von gestern Abend auch.«

Trip schnaubte sarkastisch. »Die Tatsache, dass ich schwarz bin, rettet mir also den Hintern? Was für eine Ironie!«

Adam zuckte zusammen. »Das und die Tatsache, dass du neunzehn oder zwanzig Jahre alt und gerade auf dem College warst, als Mallory entführt wurde ... und zum Zeitpunkt von Paulas Ermordung deine Ausbildung in Quantico absolviert hast ...« Er stieß den Atem aus. »Ich kann mir nicht vorstellen, dass du jemandem etwas antun würdest, andererseits traue ich es Nash oder Wyatt auch nicht zu. Ausgeschlossen.«

»Genau deswegen sind wir ja hier«, warf Scarlett ein. »Um die ganze Sache objektiv zu beleuchten, damit wir unsere eigenen Leute ausschließen und sie wieder ins Boot holen können.« Sie atmete durch. »Das Video war wirklich schlimm, Adam.«

»Ich weiß«, meinte er. »Es tut mir leid, dass ich es euch abverlangt habe. Euch allen.«

Isenberg zuckte mit den Schultern. »Wir waren zumindest darauf vorbereitet. Meiner Ansicht nach besteht eine Verbindung zwischen dem Mord an Paula und dem an Tiffany und ihrer Mutter – ob wir es mit einem Trittbrettfahrer oder demselben Täter zu tun haben, kann ich nicht sagen. Aber selbst wenn es ein Trittbrettfahrer gewesen sein sollte ... jemand hat zweimal innerhalb von zwei Tagen versucht, Sie umzubringen, Adam, und die Tatsache, dass die Morde an Tiffany und ihrer Mutter nach demselben Muster verübt wurden, sagt mir, dass der Täter es darauf anlegt, Sie aus dem Konzept zu bringen, damit Sie den Mord an Andy Gold nicht mit Mallory in Verbindung bringen. Wer weiß von diesem Video?«

»Die Jungs in unserer Einheit ... Nash und Wyatt waren

direkt neben mir, als es passiert ist, und die anderen im Einsatzraum haben Paulas Schreie gehört. Oder …« Er schluckte, als sein Mund auf einmal ganz trocken wurde, und seine Hände zitterten. »Oder zumindest ihren Versuch, zu schreien.« Die Laute waren grauenvoll gewesen.

»Ja«, warf Deacon grimmig ein. »Das wissen wir. Deshalb hilft uns die Liste derjenigen, die von dem Video wissen, nicht wirklich weiter. Wer wusste, dass du heute Morgen in St. Agnes sein würdest?«

Adam hatte Isenberg erlaubt, den anderen zu sagen, warum er sich in der Kirche aufgehalten hatte. Scarlett und Trip hatten sich sehr hilfsbereit und verständnisvoll gezeigt, was es einfacher für ihn machte als gedacht. »Meredith und mein Sponsor. Aber sie kann es niemandem gesagt haben, und ob John es getan hat, weiß ich nicht.«

»Sie haben erzählt, John hätte Ihnen etwas sagen wollen«, meinte Isenberg. »Was?«

»›Ich muss dir sagen, warum‹.«

»Er hat jemandem verraten, wo du sein würdest, der elende Dreckskerl«, warf Deacon ein.

Adam wollte Einwände erheben, stellte jedoch fest, dass er ihm zustimmen musste. »Sieht ganz danach aus.«

»Hast du ihn gebeten, dein Sponsor zu werden, oder ist er von sich aus auf dich zugekommen?«, fragte Scarlett sanft.

»Er ist auf mich zugekommen. Etwa nach einem Monat. Er meinte, Cops müssten doch zusammenhalten, weil niemand wirklich verstehen könne, was wir tagtäglich durchmachen. Was ist?«, fragte er beim Anblick von Scarletts trauriger Miene.

»Barber Motors hat ihm vor elf Monaten den schwarzen SUV verkauft. Für einen Dollar.«

Die Worte bohrten sich wie ein Messer in seine Eingeweide. Dann stimmte es also. John hatte ihn verraten. Für einen beschissenen SUV. »Wo auch der Schütze von gestern Abend seinen Wagen gekauft hat.«

Isenberg seufzte. »Und es ist der Gebrauchtwagenhändler, dessen gesamtes Gelände heute um zwei Uhr früh niedergebrannt ist.«

Adam schlug mit der flachen Hand auf den Tisch. »Das ist ein Scherz, oder? Gottverdammt noch mal!«

Scarlett, Deacon und Trip stießen ebenfalls wilde Flüche aus. »Genauso habe ich auch reagiert«, meinte Isenberg. »Es ist nichts übrig. Sämtliche Computer waren komplett zerschmolzen.«

»Ich wette, wir hätten sowieso nichts gefunden«, meinte Trip. »Voss' Computer waren doch auch allesamt blitzblank.« Er schob Adam ein Blatt Papier zu. »Ich habe den Einzelverbindungsnachweis vom Telefon deines Sponsors überprüft. Die eingekreiste Nummer ist die einzige, die sich nicht rückverfolgen lässt, aber es gab mehrere Anrufe und Textnachrichten zwischen seiner und dieser Nummer. Die letzte Nachricht wurde heute Morgen um 05.58 Uhr geschickt.«

Adam erkannte die Zeit und die Telefonnummer auf Anhieb. »Das war um dieselbe Zeit, als ich John geschrieben habe, dass wir uns vor der Kirche treffen. Und von der Nummer kam auch der Anruf bei der Kellnerin im Buon Cibo, um sie zu bitten, Meredith den Fenstertisch zu geben.« Er starrte auf das Blatt Papier, versuchte, die Puzzleteilchen zusammenzusetzen ... und auf einmal passte alles zusammen.

»O mein Gott«, flüsterte er atemlos. »O mein Gott!« Er blickte seine Kollegen an, versuchte, die Worte über seine Lippen zu bringen. Doch sie blieben ihm im Hals stecken.

»Adam?«, frage Deacon. »Was ist los?«

»*Ich* war es. Ich habe John erzählt, wohin Meredith gehen würde. Ich habe ihm erzählt, dass Mallory zur Volkshochschule wollte, um sich dort einzuschreiben. Ich war derjenige, der sie in die Falle hat laufen lassen.«

Cincinnati, Ohio
Montag, 21. Dezember, 08.50 Uhr

»Danke. Ich bin Ihnen wirklich sehr dankbar.« Meredith beendete das Telefongespräch und seufzte. Sie und Diesel saßen im Wartebereich, nachdem die Schwester sie aus Clarkes Zimmer gescheucht hatte. Wenig überraschend, war Clarke stocksauer auf die Schwester, doch sie hatte vollkommen richtig gehandelt – Meredith hatte ihm angesehen, dass er Ruhe brauchte. »Es ist zwar schön zu wissen, dass es sich auszahlt, wenn man nett zu anderen Menschen ist, trotzdem komme ich mir wie der letzte Schleimer vor.«
Sie und Diesel versuchten herauszufinden, wie Linnea ins Fadenkreuz des Killers geraten war. Als Erstes hatte Meredith die Sozialarbeiterinnen in Cincinnati kontaktiert, die sie über ihre Arbeit kannte, und hatte sich mit jenen kurzgeschlossen, denen sie am meisten vertraute, bis sie bei einer Sozialarbeiterin aus Indianapolis gelandet war, die Bethany Row kannte – jene Frau, die über die Vorgänge in Linnies Pflegefamilie Bescheid gewusst hatte.
Diesel blickte von seinem Laptop auf. »Das war ein echtes Lehrstück. Ich hätte nicht gedacht, dass eine solche Schauspielerin in dir steckt, Doc. Hut ab!«
»He!«, protestierte sie. »Natürlich kann ich schauspielern. Das muss ich schließlich tun, sonst würde mir ja keiner abkaufen, dass ich alles im Griff habe, obwohl genau das Gegenteil der Fall ist!«
Diesel lächelte sie gutmütig an. »Ich denke, wir alle wissen, dass es nicht so ist, Merry. Aber was auch immer dir hilft, mit

allem klarzukommen ... hilft auch uns ein bisschen weiter. Uns allen.«

Merediths Augen brannten. »Du musst aufhören, so nette Dinge zu sagen, Diesel.«

Er lachte leise. »Na gut. Erzähl mir, was du von der geschwätzigen Frau erfahren hast. Es war übrigens sehr beeindruckend, wie du dich von einer Sozialarbeiterin zur nächsten gehangelt hast. Deine Networking-Fähigkeiten sind fantastisch. Und wie du ihnen Sand in die Augen gestreut und sie dazu gebracht hast, dir einen weiteren Namen zu nennen, ohne dabei irgendetwas preiszugeben ... sollte es jemals im Psycho-Business nicht mehr rundlaufen, würdest du eine erstklassige Privatdetektivin abgeben.«

Meredith warf ihm einen vernichtenden Blick zu. »Das darf niemand je erfahren. Ich habe schließlich einen Ruf zu verlieren. Ich soll liebenswürdig, heiter und gelassen rüberkommen.«

Er feixte. »Alles klar. Also, schieß los, während das Programm hier runterlädt.«

Er war dabei, Bethany Rows privaten Mailaccount zu knacken; zu ihren Social-Media-Konten hatte er sich bereits Zugang verschafft und versuchte es nun mit sämtlichen Kombinationen des Namens ihres Hundes, ihrer besten Freundin und ihres Lebensgefährten.

»Die letzte Sozialarbeiterin, mit der ich geredet habe, hat ein paar Jahre mit Bethany zusammengearbeitet und mochte sie nicht. Absolut nicht.« Meredith verzog das Gesicht. »Da war eine ordentliche Ladung Gift im Spiel.«

»Das habe ich mir fast gedacht. Du hast ausgesehen, als hättest du in eine Zitrone gebissen.«

»Das glaube ich gern. Sie meinte, Bethany sei vor ein paar Monaten gefeuert worden, aber es hätte keinen gewundert.«

»Das ist ja interessant.«

»Allerdings. Für eine alleinstehende Sozialarbeiterin scheint

Bethany ein ziemlich angenehmes Leben geführt zu haben. Einige ihrer Kollegen dachten, sie hätte einen Sugardaddy, der sie finanziert, aber die Frau, mit der ich gesprochen habe, hatte sie eher im Verdacht, bestechlich zu sein, und dieser Verdacht hat sich offenbar bestätigt, als Bethany gefeuert wurde. Sie sagt, Bethany hätte stets Mädchen, die sich über sexuellen Missbrauch beschwerten, in anderen Familien untergebracht, was mir als Kündigungsgrund wesentlich plausibler erscheint. Und es gab einen konkreten Fall, bei dem das Mädchen sich einer Lehrerin anvertraut hat, dass sie in der Pflegefamilie vergewaltigt wurde. Die Lehrerin hat die Polizei eingeschaltet. Ein Detective fing an, unbequeme Fragen zu stellen, und es stellte sich heraus, dass Bethany Row das Mädchen in diese Familie vermittelt hatte.« Meredith seufzte. »Das Mädchen hat Selbstmord begangen. Die Geschichte hat vor ein paar Monaten hohe Wellen in Indianapolis geschlagen.«
»Und hast du vor, den Cop anzurufen?«
»Ja. Aber vorher sollte ich wohl mit Isenberg reden.«
»Das wäre bestimmt vernünftig.«
»Vielleicht will sie nicht, dass ich den Anruf tätige.«
Diesel blickte sie mit enttäuschter Missbilligung an.
»Jaja, schon gut. Ich frage sie.«
»Wow«, stieß er hervor. »Ich besitze Superkräfte. Das ist ja der Hammer.«
Sie lächelte. »Allerdings.« Sie wählte Isenbergs Handynummer und wartete. Die Voicemail sprang an, doch sie hinterließ keine Nachricht. »Okay, ich hab's versucht.«
Er lachte. »Stimmt. Ich bin Zeuge.«
Sie grinste verschmitzt. »Jetzt kann ich guten Gewissens diesen Detective anrufen.«

Cincinnati, Ohio
Montag, 21. Dezember, 08.55 Uhr

Ich bin dafür verantwortlich. Nur meinetwegen wurden Meredith und Mallory beinahe getötet. Es ist alles meine Schuld. Die Worte hallten in Adams Kopf wider, bis sie alle anderen Gedanken übertönten.
»Adam? Adam?«
Adam spürte Deacons Hände auf seinen Schultern, so fest, dass es schmerzte. Doch genau diese Empfindung brauchte er, um sich ins Hier und Jetzt zurückzukatapultieren.
»Alles klar?«, fragte Deacon und blickte ihm in die Augen. Offenbar war er zufrieden mit dem, was er sah, denn er ließ von Adam ab und kehrte zu seinem Stuhl zurück.
»Ja.« Adam schluckte. »Alles in Ordnung.« Er fuhr sich mit den Händen über das Gesicht. *John. Wie konntest du nur?*
»John und ich sind manchmal nach den Meetings einen Kaffee trinken gegangen und haben … geredet. Er hat mich nach meiner Arbeit gefragt, und ich habe ihm erzählt … na ja, so viel, wie ich eben preisgeben konnte. Weil …« – Gott, es fiel ihm so unendlich schwer, es zuzugeben – »… ich habe mich selbst ins Aus gedrängt.«
»Weil er dir geraten hat, auf Distanz zu deiner Familie zu gehen«, presste Deacon hervor. »O Gott, ich wünsche mir so, er wäre nicht tot, weil ich …« Er unterbrach sich und schüttelte den Kopf. »Tut mir leid.«
»Muss es nicht.« Adam presste sich die Fingerknöchel in die Schläfen. Der scharfe Schmerz half ihm, sich zu konzentrieren, während er sein Gedächtnis nach allem durchforstete, was er John im Lauf der Monate anvertraut hatte. »Ich habe ihm gesagt, dass ich gestern vom Penthouse ins Revier fahren würde. Daher wussten sie, wo sie uns auflauern müssen. O Gott, wie konnte ich bloß so blöd sein?«

»Das waren Sie nicht«, gab Isenberg tonlos zurück. »Es ging Ihnen schlecht, und er hat diesen Zustand ausgenutzt. Aber okay, wir wissen jetzt, woher die Informationen gekommen sind, das heißt, wir müssen nur noch herausfinden, wohin sie geflossen sind.«

»Richtig. Okay. Also ... der Freund des Vergewaltigers kann John nicht gewesen sein, weil er einen Schuss ins Bein und einen in den Arm abbekommen hat, John war aber unverletzt.« Er musste schlucken. »Zumindest bis heute Morgen.« Scarlett drückte mitfühlend seinen Arm.

»John kann also nicht der Cop gewesen sein, der Mallory vergewaltigt und mehrere Morde begangen hat. Außerdem hatte er kein Geburtsmal oder eine Narbe auf der Brust. Ich war letzten Sommer zum Grillen bei ihm zu Hause eingeladen und habe ihn ohne Hemd gesehen. Da war nichts.«

»Was wissen wir sonst noch?«, fragte Isenberg.

Rein gar nichts, hätte Adam ihr am liebsten entgegengeschleudert, riss sich jedoch zusammen. Ausbrüche würden ihnen auch nicht weiterhelfen. Stattdessen klammerte er sich an ihrer ruhigen Stimme fest, als wäre sie ein Rettungsring. »Jemand wusste, dass wir einen Durchsuchungsbefehl für diesen Gebrauchtwagenhändler erwirkt hatten, dessen Räume inzwischen angezündet wurden. Und jemand wusste, dass Mallory gestern Abend im Krankenhaus sein würde.«

»Haben Sie John erzählt, dass Mallory und Meredith gemeinsam mit Kate ins Krankenhaus gefahren sind?«, fragte Isenberg.

Adam schüttelte den Kopf. »Nein. Also kann John nicht die einzige undichte Stelle gewesen sein.«

»Wir wussten es«, warf Deacon ein. »Im Aufzug hast du uns davon erzählt, als wir auf dem Weg zu Voss waren. Scarlett, Trip und ich waren da. Und Nash.«

Nein! Nein, nein, nein! Er vertraute Nash. Aber er hatte auch

John vertraut. *Ich bin so ein verdammter Idiot.* »Ich weiß«, murmelte er.

»Nash wusste auch, auf welche Art Paula getötet wurde«, fügte Trip leise hinzu.

»Aber Nash war derjenige, der uns zu dem Gebrauchtwagenhändler geführt hat«, protestierte Scarlett, ehe sie seufzte. »Andererseits wären wir auf kurz oder lang allein auf ihn gestoßen, außerdem hätte uns das auch erst weitergeholfen, nachdem Kate den SUV auf dem Krankenhausparkplatz fahruntüchtig gemacht hatte. Uns diesen Brocken zuzuwerfen, war also mit keinem sonderlich hohen Risiko verbunden.«

Adam schüttelte den Kopf, denn sein Bauch weigerte sich immer noch, die Tatsache anzuerkennen, die sein Verstand ihm präsentierte. Denn … *verdammte Scheiße*. »Wyatt wusste auch Bescheid. Ich habe es ihm erzählt, als er zu Voss' Haus kam.« Er blickte in die besorgten Gesichter ringsum. »Und, ja, er wusste auch über Paula Bescheid, trotzdem sollten wir keine voreiligen Schlüsse ziehen. Wir müssen uns erst ganz sicher sein, bevor wir jemanden beschuldigen. Der Typ von gestern Abend könnte sogar einen Tipp von jemandem aus der Notaufnahme bekommen haben, wir wissen es einfach nicht.«

»Aber wir werden es herausfinden«, meinte Isenberg, deren Telefon in diesem Moment läutete. Sie hob ab, lauschte einen Moment und dankte dem Anrufer, ehe sie auflegte. »Mal sehen, was Detective Currie uns liefert, wenn wir ihn mit den Fakten konfrontieren. Er ist auf dem Weg zu uns. Ich habe darum gebeten, dass ich informiert werde, sobald er in den Aufzug steigt. Also, gehen wir in den Briefingraum.«

Sie nahmen ihre Sachen und machten sich auf den Weg, wobei Deacon als stumme Geste der Unterstützung Adam eine Hand auf die Schulter legte.

Adam kam sich immer noch wie der letzte Idiot vor.

An der Tafel des Briefingraums waren einige neue Fotos angebracht worden: Standbilder aus dem Video von Paulas Ermordung – ihre aufgeschlitzte Kehle und ihr förmlich ausgeweideter Körper – hingen neben Fotos des Gorillas aus der Überwachungskamera der Kiesler University und den Tatortaufnahmen von Tiffany und ihrer Mutter.

»Ich habe die Standbilder von Paula extrahieren lassen, damit Sie sich das Video nicht noch einmal ansehen müssen«, sagte Isenberg leise.

»Danke«, flüsterte er, völlig überwältigt von ihrem Einfühlungsvermögen.

Sie drückte seinen Arm und führte ihn zum Tisch. »Setzen Sie sich. Mal sehen, was passiert.«

Eine Minute später betrat Nash energischen Schrittes den Briefingraum, blieb jedoch abrupt stehen und ließ den Blick über die grimmigen Gesichter schweifen, ehe er zur Tafel sah. Sichtlich erschüttert wandte er sich Adam zu. »Du hast es also herausgefunden. Dass Paula auf dieselbe Weise ermordet wurde wie Tiffany und ihre Mutter.« Er zog ein paar Blätter aus seiner Laptop-Tasche und legte sie auf den Tisch. »Genau dasselbe Foto habe ich für dich ausgedruckt. Ich wollte nicht, dass du dir das Video noch einmal ansehen musst.«

Adam nickte nur. »Danke.«

Isenberg deutete auf einen Stuhl, und Nash nahm widerstrebend Platz. »Wo ist Hanson?«, fragte er.

»Kommt in einer Viertelstunde«, antwortete sie. »Wir wollten zuerst mit Ihnen reden.«

Nash kniff die Augen zusammen. »Was ist hier los? Adam?«

Adam blickte seinem alten Freund geradewegs in die Augen und begann, alles aufzulisten, was der oder die Mörder gewusst hatten und was mit diesen Informationen weiter geschehen war. Dass jemand gewusst haben musste, dass

Mallory am Vorabend im Krankenhaus sein würde, hob er sich bis zum Ende auf.

Und dann wartete er, sah zu, wie Nash begriff ... und wütend wurde. »Ihr macht mich dafür verantwortlich? Glaubst du allen Ernstes, dass ich so etwas tun könnte, Adam? Ich?«

Adam schüttelte den Kopf. »Nein. Aber im Augenblick traue ich mir nicht einmal selbst über den Weg.«

»Was vermutlich seine Absicht war«, warf Isenberg ein. »Wer auch immer ›er‹ sein mag.«

»Ich bin es jedenfalls nicht«, erklärte Nash, stand auf und begann, im Raum herumzulaufen, ehe er sich mit geballten Fäusten vor Adam aufbaute. »Weißt du, wieso ich hier bin? Ich meine, hier im Team? Bei diesem Fall?«

»Weil du Voss schnappen solltest«, antwortete Adam, wobei er sich fragte, ob das wirklich stimmte ... und sich dafür hasste, dass er es anzweifelte.

»Nein. Na ja, schon, aber nicht von Anfang an.«

Adam blinzelte. »Das ergibt gerade keinen Sinn.«

»Weil ich so verdammt wütend bin«, stieß Nash hervor und wandte sich mit finsterer Miene zu den anderen um.

»Sie sind nur das, was ich gerade nicht sein kann – objektiv und professionell«, erklärte Adam mit einer Ruhe, die er in Wahrheit nicht empfand. »Sie stärken mir den Rücken.«

»Schwachsinn«, schäumte Nash. »Denn wenn dem so wäre, hätte es gar nicht erst so weit kommen können.«

»Moment mal«, stieß Deacon ungläubig hervor. »Wie bitte?«

Nashs Zeigefinger zitterte, als er ihn auf Deacon richtete. »*Sie.* Sie wollten doch auf ihn aufpassen, aber Sie haben zugelassen, dass er den Boden unter den Füßen verliert. Monatelang. Haben Sie denn nicht gemerkt, was mit ihm los war?«

Deacon legte den Kopf schief – immer ein schlechtes Zeichen – und erhob sich langsam, drohend. »Wovon zum Teufel reden Sie überhaupt?«

Nash schloss die Augen, ehe er sich an Isenberg wandte. »Sie haben das Video gesehen?« Er tippte auf das Foto von Paulas brutal zugerichteter Leiche.

Sie musterte ihn eingehend. »Ja. Heute Morgen erst.«

»Als Sie ihn zu uns geschickt haben, war er ein guter Polizist, eine starke Persönlichkeit, und als Wrack kam er in Ihre Abteilung zurück. Haben Sie sich nie gefragt, warum das so ist?«

»Doch«, antwortete Isenberg, ohne mit der Wimper zu zucken. »Ich kann Ihnen nicht genau sagen, warum ich ihn nie gefragt habe.«

»Schwachsinn«, wiederholte Nash, diesmal resigniert. »Vielleicht haben Sie ihm die Frage bloß nie gestellt, weil Sie wussten, dass Sie mit der Antwort nicht klarkommen würden.«

»Mag sein«, räumte Isenberg ein. »Das ist sogar ziemlich wahrscheinlich. Und es war ein Fehler. Aber das erklärt trotzdem nicht, was hier gerade passiert.«

»Und das Thema zu wechseln, lässt Sie auch nicht unschuldiger dastehen«, warf Deacon ein, wenngleich weniger feindselig. Zwar hatte er immer noch die Arme vor der Brust verschränkt, doch auf seiner Miene zeichnete sich ein Anflug von Unsicherheit ab. Vielleicht hatte Nash mit seinen Vorwürfen ja einen wunden Punkt getroffen.

»Das stimmt«, bestätigte Nash, »aber es erklärt, weshalb *ich* hier bin. Ich war dabei. Ich habe mit eigenen Augen gesehen, was mit dem Mädchen passiert ist.« Er schluckte. »Und mich hat es genauso kaputtgemacht. Wochenlang konnte ich mit niemandem reden, niemanden sehen. Ich meine, ich habe mich mit Leuten getroffen und auch meine Arbeit erledigt. Zumindest einigermaßen. Aber ich konnte niemanden mehr *sehen, spüren*. Weil ich innerlich regelrecht tot war.«

»Genau das passiert mit einem«, warf Adam leise ein.

»So ist es. Aber nach einer Weile und mithilfe all jener, die mich lieben, habe ich es geschafft, wieder an die Oberfläche zu gelangen. Ich konnte wieder atmen. Aber als ich mich umgesehen habe, war Adam immer noch da, ganz weit unten. Und ganz auf sich gestellt.«

»Aber aus freien Stücken«, warf Adam ein, obwohl er seinen eigenen Beteuerungen nicht glaubte.

»Nein«, sagte Isenberg zu seiner Verblüffung, »er hat völlig recht. Zu einem gewissen Teil geht das alles auch auf unser Konto. Aber, Detective Currie, ich muss mich jetzt beeilen, weil Detective Hanson jeden Moment hier sein wird und ich mir über Ihre Position im Klaren sein will, bevor ich mit ihm rede.«

»Das will ich hoffen«, brummte Nash. »Dass er demnächst auftaucht, meine ich. Denn als ich endlich gemerkt habe, was mit Adam los ist, habe ich Kontakt zu ihm aufgenommen, und was ich da gesehen habe, hat mir ganz und gar nicht gefallen. Das Ganze hat ihn offenbar überhaupt nicht berührt.«

Adam starrte Nash an, als ihm die Bedeutung dieser Worte allmählich klar wurde. »Aber das hat nichts zu sagen. Jeder geht anders mit Stress um. Du hast doch keine Ahnung, was passiert, wenn er nach dem Dienst nach Hause fährt.«

»Doch, das tue ich sehr wohl«, sagte Nash leise. »Weil ich nämlich angefangen habe, ihm ein bisschen auf die Finger zu sehen.«

Adam starrte ihn fassungslos an. »Wie bitte?«

Nash zuckte mit den Schultern. »Anfangs habe ich es nur für mich getan. Wenn er schon anscheinend unbeschadet aus dieser Geschichte herausgekommen ist, wollte ich zumindest wissen, wie er das angestellt hat. Auf den ersten Blick sah alles völlig normal aus – ein intaktes Familienleben, alles so, wie es sein sollte. Aber es gab auch ein paar Faktoren, die nicht so richtig in dieses Leben hineinpassten. Beispielsweise, dass er manchmal mitten in der Nacht das Haus verließ.«

»Er ist Polizist«, warf Adam kopfschüttelnd ein. »So was kommt manchmal eben vor.«

»Mag sein. Trotzdem hat mich das Ganze nicht mehr losgelassen. Gleichzeitig konnte ich nicht mehr länger bei Personal Crimes bleiben, ein Burn-out, deshalb habe ich um eine Versetzung gebeten. Ins Rauschgiftdezernat.«

»Wo er bereits war?«, hakte Scarlett interessiert nach.

»Genau.« Nash wandte sich Isenberg zu. »Das können Sie sich gern von meinem Vorgesetzten bestätigen lassen, und ich hoffe, Sie tun es schnell. An dem Abend, als Hanson hier aufgetaucht ist und Sie dachten, mein Vorgesetzter hätte ihn geschickt … tja, dem war nicht so.«

Adam sah Isenberg verwirrt an. »Aber haben Sie nicht gesagt, dass er ihn geschickt hat?«

Sie runzelte die Stirn. »Nein. Ich hatte angefragt und bin einfach davon ausgegangen, dass es so war.« Sie musterte Nash mit zusammengekniffenen Augen. »Aber Ihrer Meinung nach war das ein Fehler.«

»Genau. Ehrlich gesagt, war mein Vorgesetzter gar nicht sicher, wen er abstellen sollte. Oder ob er überhaupt Kapazitäten zur Verfügung hatte. Er war ein bisschen überrascht, als Sie sich bei ihm bedankt haben, dass er Ihnen Hanson rübergeschickt hat.«

Isenberg verzog das Gesicht. »Und ich dachte, er wundert sich einfach nur über meine Freundlichkeit.«

»Na ja, das auch«, räumte Nash ein. »Aber er hat sich nichts anmerken lassen, weil er natürlich das Gesicht nicht verlieren wollte. Er wollte nicht, dass Sie glauben, er sei überrascht, weil es sonst so ausgesehen hätte, als hätte er seine eigene Abteilung nicht im Griff. Wyatt hat ihm erzählt, er hätte mit Ihnen geredet, nachdem er an diesem Abend aus Ihrem Büro gekommen war. Er wolle mehr Verantwortung übernehmen, weil er auf der Karriereleiter aufsteigen wolle. Das hat uns

Hanson mehr als einmal bei einem Bier erzählt. Er war ziemlich ehrgeizig und hat sogar laut überlegt, ob er nicht in Ihre Task Force wechseln soll, Lieutenant. Jedenfalls hat unser Vorgesetzter Ja gesagt, weil er sich dachte, es sei klüger, jemanden abzustellen, der unbedingt dabei sein will. So hat er es mir später erklärt.«

»Wyatt war schon immer ein ziemlicher Opportunist«, warf Adam ein. »Das klingt alles typisch für ihn. Aber wie hast du es angestellt, zu uns zu stoßen?«

»Ich habe mitbekommen, dass er zu euch gekommen ist, und habe darum gebeten, ebenfalls Teil des Teams werden zu dürfen. Meine Computerkenntnisse wären vielleicht nützlich, habe ich meinem Boss erklärt, außerdem würde sich ein ausgehobener Prostituiertenring in unser aller Lebensläufe gut machen. Gleichzeitig war es auch ganz praktisch, da ich Hanson ohnehin auf dem Schirm hatte.«

»Sie sagten vorhin, Sie seien ihm gefolgt«, sagte Scarlett. »Wo ist er denn hingegangen?«

»Es war nur ein paar Mal, und jedes Mal ist er mitten in der Nacht in eine Autowerkstatt in Batavia gefahren statt zu einem frisch gemeldeten Tatort. Die Werkstatt gehört einer Strohfirma, bislang ist es mir aber noch nicht gelungen, mich durch das Dickicht zu arbeiten und herauszufinden, wer der eigentliche Besitzer ist.«

»Haben Sie das gemeldet?«, fragte Isenberg.

»Was gemeldet? Dass Hanson nachts in eine Autowerkstatt fährt? Ich habe doch keinerlei Beweise, dass er gegen das Gesetz verstößt. Vielleicht hat er bloß eine beschissene Affäre.« Nash schüttelte den Kopf. »Aber woher er wusste, dass Mallory gestern Abend in diesem Krankenhaus sein würde, konnte ich noch nicht in Erfahrung bringen.«

»Er wusste es, weil Adam es ihm gesagt hat«, erklärte Isenberg.

Trip sah von seinem Handy auf und räusperte sich. »Ich habe etwas.« Er sah Adam stirnrunzelnd an. »Quincy hat mir gerade eine Nachricht geschickt, das Labor hat die Seriennummer des Gewehrs ermitteln können. Es wurde vor rund dreißig Jahren bei einem Raubüberfall verwendet, was wir ja bereits wissen, ursprünglich wurde es jedoch aus dem Fahrzeug von zwei Polizeibeamten entwendet, die gerade einen Verdächtigen festgenommen hatten. Die Namen der beiden Officer lauten Dale Hanson und James Kimble.«
Adam schnappte nach Luft, während ihn blankes Entsetzen erfasste. »Wyatts Dad. Und meiner.«

Cincinnati, Ohio
Montag, 21. Dezember, 09.45 Uhr

»Oh, Shane«, sagte Meredith leise, als sie über Diesels Schulter hinweg das Video ansah, mit dem er an Linnie appellieren wollte. »Er sieht so müde aus.«
»Dafür, dass er mit diesem Video eine Anklage wegen Falschaussage in einem Mordfall riskiert, ist er verdammt tapfer. Ich lade das Video gleich auf die Seite des *Ledger* hoch. In der Regel greifen die anderen Medien unsere Beiträge innerhalb weniger Stunden auf. Normalerweise würde ich ja nicht bei der Polizei um Erlaubnis fragen, aber …«
»Hier geht es immerhin um Shanes Leben. Ich verstehe schon. Ich habe noch mal versucht, Isenberg an die Strippe zu bekommen, aber es springt immer nur ihre Voicemail an. Ich versuche es gleich noch einmal.« Zu Merediths Überraschung hob Isenberg diesmal ab.
»Ich wollte gerade zurückrufen«, erklärte sie scharf. »Ich war in einem Meeting, allerdings wusste ich ja, dass Sie schlau genug sind, im Zweifelsfall den Notruf zu wählen.«

Meredith musste sich ein Grinsen verkneifen. Isenberg war es gelungen, in ihren Tadel sogar ein Kompliment zu packen.
»Ja, Ma'am. Ich sitze gerade mit Diesel Kennedy hier, und wir hätten da zwei Fragen an Sie.«
»Sie sind immer noch im Krankenhaus, stimmt's?«, unterbrach Isenberg. »Wo die beiden Officer, die ich abgestellt habe, Sie im Auge haben, ja?«
Meredith ging zur Tür und winkte einem der beiden Beamten zu. Er winkte zurück, woraufhin Meredith zu ihrem Platz zurückkehrte. »Ja. Ich habe ihm gerade zu verstehen gegeben, dass wir hier im Wartebereich sitzen.«
»Gut. Also, wie lauten Ihre Fragen? Beeilen Sie sich, ich habe viel zu tun.«
»Ja, Ma'am. Darf ich Sie auf Lautsprecher stellen?«
»Ja. Bitte.« Die Ungeduld in ihrer Stimme war unüberhörbar.
»Okay. Diesels Frage kommt als Erstes.«
»Oh. Okay.« Diesel fuhr sich mit der Hand über den kahlen Schädel. »Adam hat Shane gebeten, ein Video aufzunehmen, in dem er Linnie bittet, sich bei ihm zu melden, und ich soll das Ganze auf die Webseite des *Ledger* hochladen. Sie sind bestimmt bereits im Bilde, oder?«
»Nein, aber ich halte es für eine gute Idee. Weiter?«
»Na ja, wir haben das Video jetzt vorliegen. Normalerweise würde ich ja nicht um Erlaubnis bitten, aber hier handelt es sich um einen Spezialfall. Ich will nur sichergehen, dass alle immer noch an einem Strang ziehen. Shane geht ein enormes Risiko damit ein.«
»Hm.« Isenberg hielt inne. In diesem Moment ging eine Nachricht auf Merediths Handy ein. »Ich habe Meredith gerade meine Mailadresse geschickt. Leiten Sie das Video jetzt an mich weiter, damit ich es mir ansehen kann, bevor ich ins nächste Meeting muss. Inzwischen können Sie mir Ihre Frage stellen, Meredith.«

»Es geht um Shane.« Sie erzählte Isenberg, was sie von der Sozialarbeiterin aus Indianapolis erfahren hatten. »Ich habe den Detective angerufen, der dazu beigetragen hat, dass Bethany Row entlassen wurde, aber er hat sich noch nicht gemeldet.«

»Schicken Sie mir seine Nummer. Ich rufe seinen Vorgesetzten an. Das könnte helfen.«

»Danke.« Meredith schickte unverzüglich alle Daten. »Schon passiert.«

»Gerade kam auch das Video. Geben Sie mir bitte eine Minute.« Sie konnten Shanes Stimme durch die Leitung hören, gefolgt von Isenbergs Seufzer. »Laden Sie es hoch, Mr Kennedy. Und danke, dass Sie mir vorher Bescheid gegeben haben.«

Diesmal war Diesel derjenige, der sich ein stolzes Grinsen verkneifen musste. »Gern, Lieutenant.«

»Nur eines noch«, fügte Isenberg hinzu. »Sorgen Sie dafür, dass unsere Kontaktnummer eingeblendet wird. Und Detective Kimbles Name. Würden Sie das bitte tun?«

»Natürlich.«

»Ich muss jetzt Schluss machen. Sie bleiben bei Diesel, Meredith, okay?«

Etwas in ihrer Stimme ließ Meredith aufhorchen. »Ja. Aber da ist ein Cop auf dem Flur.«

»Richtig. Ich habe ihn selbst ausgesucht. Bitte bleiben Sie trotzdem in Diesels Nähe, damit Adam sich besser fühlt. In Zukunft hinterlassen Sie mir bitte eine Nachricht, wenn Sie etwas von mir brauchen.«

Sie legte auf. Diesel und Meredith sahen einander ratlos an.

»Das klang nicht allzu gut«, meinte Meredith.

»Nein.« Diesel fügte die Änderungen zu dem Video hinzu und tippte noch auf ein paar Tasten. »Okay, das Video ist jetzt online. Hoffen wir das Beste.«

»Allerdings. Ich will, dass es endlich aufhört.«
»Ich weiß. Und genau deshalb machen wir jetzt weiter. Ich versuche, Bethany Rows Mailaccount zu knacken, und du versuchst noch mal dein Glück bei dem Detective.«
Meredith tätschelte seinen muskelbepackten Oberarm.
»Danke, Diesel. Du bist mir wirklich eine enorme Hilfe.«
»Du bist mir jeden Tag eine enorme Hilfe, Merry. Das ist das Mindeste, was ich tun kann.«
Mit einem letzten Klaps setzte sie sich wieder hin und wählte ein weiteres Mal die Nummer des Detectives.

Cincinnati, Ohio
Montag, 21. Dezember, 09.45 Uhr

»Fahren Sie in die Einfahrt, Rita«, befahl Linnie leise und hielt die Waffe so, dass der ältere Mann, der vor seinem hoffnungslos übertrieben geschmückten Haus mit einer Lichterkette kämpfte, sie nicht sehen konnte. »Bleiben Sie nicht stehen, sondern fahren Sie einfach vorbei, wie immer. Keine Tricks mehr.«
Rita war eine geschlagene Stunde lang ziellos durch die Gegend gefahren, ehe Linnea ihre Handtasche geschnappt und ihren Führerschein mit ihrer Anschrift herausgezogen hatte. Rita wohnte nur wenige Minuten von der Gruber Academy entfernt, hatte jedoch darauf gehofft, an einer Tankstelle anhalten und Hilfe holen zu können, wenn ihr der Sprit ausging, allerdings war der Tank komplett voll gewesen. Trotzdem hatten sie eine weitere Stunde für den Rückweg gebraucht.
»Woher wollen Sie wissen, was ich sonst tue?«, fragte Rita wütend.
»Lächeln Sie, Ma'am. So wie immer. Und dann lassen Sie das

Garagentor herunter und machen den Motor aus.« Sie wartete, bis Rita gehorchte. »Ich weiß, dass Sie immer lächeln und winken, weil Sie ein netter Mensch sind. Ich habe keine Ahnung, wie Sie das schaffen, aber ich habe Sie vorhin mit Ihrer Tochter gehört. Das klang echt. Als wären Sie eine wirklich gute Mutter.«
»Wieso tun Sie das dann?«, fragte Rita zum x-ten Mal.
»Ich weiß nicht, ob Sie mir glauben würden, wenn ich es Ihnen sage. Gehen wir rein.« Sie wartete, bis Rita den kleinen Jungen aus dem Sitz gehoben hatte, und streckte die Arme nach ihm aus. »Ich nehme ihn.« Sie hob ihre Waffe an. Natürlich könnte sie dem Kleinen niemals etwas antun, konnte jedoch nur hoffen, dass Rita es ihr nicht ansah. »Damit Sie sich zweimal überlegen, ob Sie versuchen, jemanden anzurufen.«
Sie gingen ins Haus, das zwar recht hübsch, aber keineswegs eine Luxusvilla war. Nicht einmal ansatzweise so pompös wie die Voss-Villa. *Komisch, dass er so bescheiden lebt.*
Doch dies war eindeutig sein Zuhause. Linnea blieb beinahe das Herz stehen, als sie sein Gesicht auf einem Familienfoto im Bücherregal erkannte. *Ja, das hier ist es. Und jetzt bleib cool und zieh es durch.*
In diesem Moment fiel ihr Blick auf das Foto daneben. Ihre Knie drohten nachzugeben. Er trug eine Uniform. *Eine Uniform!*
Der Typ ist ein beschissener Cop. O mein Gott!
Scheiße! Verdammte Scheiße! Mit einem Mal ergab vieles einen Sinn. Er war ein Cop. Er konnte gegen Gesetze verstoßen, ohne dass ihm etwas passierte.
Ich muss bereit sein, ihm entgegenzutreten. Ich muss darauf vorbereitet sein, ihn gleich mit dem ersten Schuss zu erledigen. Ich muss darauf vorbereitet sein, dass seine Bullen-Kumpels mich jagen, wenn ich es getan habe. Ich muss darauf vor-

bereitet sein, festgenommen zu werden ... oder vielleicht auch dabei draufzugehen.

Aber sie war bereit zu sterben. Deshalb hatte sich im Grunde nichts geändert.

Nein, das stimmte nicht. Jetzt war es sogar noch wichtiger, ihn zu erledigen. Weil mit seinem Tod ein Cop weniger auf der Welt wäre, der die Schwachen und Unschuldigen quälte und terrorisierte.

Widerstrebend wandte sie sich um und sah Rita mitten im Wohnzimmer stehen, beide Arme um den Oberkörper geschlungen. »Was haben Sie vor?«

»Wenn Sie tun, was ich sage, wird Ihnen nichts passieren. Aber jetzt hätte ich erst einmal gern einen Tee.«

Rita starrte sie fassungslos an. »Tee?«

»Ja, Tee. Ich trinke gern Tee. Ich mag eine Nutte sein, aber eine Barbarin bin ich deswegen noch lange nicht.«

Rita nickte steif. »Natürlich.«

Linnea ging mit ihr in die Küche und verfolgte jede ihrer Bewegungen. Rita kochte Tee, dann setzten sie sich nebeneinander aufs Sofa. Linnea zog den Kleinen enger an sich, als er sich auf ihrem Schoß zu winden begann.

»Sagen Sie ihm, dass er keine Angst zu haben braucht«, befahl Linnea leise. »Jetzt. Mit Ihrer nettesten Mami-Stimme.«

»Mikey, bleib schön brav auf dem Schoß der Lady sitzen, dann bringt Mommy dir einen Keks«, erklärte sie strahlend, worauf der Kleine sich beruhigte. »Wieso machen Sie das?«, fragte Rita noch einmal.

»Weil Ihr Ehemann meinen besten Freund ermordet hat.«

Rita schlug sich vor Schreck die Hand auf den Mund. »Sie verlogene Schlampe«, stieß sie hervor.

»Das mit der Schlampe ist richtig, aber auch dazu hat *er* mich gemacht.« Traurig betrachtete Linnea den kleinen Jungen. »Ich werde jetzt nichts mehr sagen, weil du noch zu klein bist, um zu begreifen, warum dein Daddy ein böser Mann ist.«

Trotzig reckte Rita das Kinn. »Sie lügen.«

»Nein, Ma'am.« Die Waffe in der Hand, setzte sie sich den Kleinen auf die Knie. Zwar hatte sie den Sicherheitshebel umgelegt, doch sie wollte unter keinen Umständen ein Risiko eingehen. Der Tee duftete verlockend, und sie sollte dringend einen Schluck trinken, damit sich ihr Magen beruhigen konnte. »Wann kommt Ihr Mann nach Hause?«

Rita wandte den Kopf ab. »Das weiß ich nicht.«

Linnea nippte an dem Tee, genoss die angenehme Wärme, die sie durchströmte. »Das ist auch egal. In einer Minute schicke ich ihm eine Nachricht von Ihrem Telefon und sage ihm, dass er nach Hause kommen soll, weil es Mikey schlecht geht.«

»Und dann?«

»Dann werde ich ihn töten.«

27. Kapitel

Cincinnati, Ohio
Montag, 21. Dezember, 09.45 Uhr

»Ich weiß nicht recht«, murmelte Deacon, als er mit Adam und Scarlett vor dem Einwegspiegel des Beobachtungsraums stand. »Dein Dad ist ein echtes Arschloch, Adam, aber ein Verbrecher ist er nicht.«

Auf der anderen Spiegelseite schien Jim Kimble vor Wut gleich zu platzen. »Mag sein«, erwiderte Adam leise, »aber Dale Hanson ist auch kein Krimineller und ein netter Mann noch dazu.«

»Stimmt«, bestätigte Deacon. »Ich weiß noch, wie er uns immer zu den Spielen mitgenommen hat, wenn du und Wyatt aufgestellt wart. Er hat uns jedes Mal ein Eis spendiert. Ich konnte ihn gut leiden.«

Adams Zuneigung war weit darüber hinausgegangen. »Dale war mir ein besserer Vater als mein eigener. Schrecklich, dass er da hineingezogen wird. Ich meine, habt ihr ihn gesehen?«

»Natürlich«, antwortete Scarlett sanft. »Deacon und ich haben ihn hergebracht.«

Natürlich. Adam stieß einen leisen Fluch aus. »Ich weiß«, sagte er und kämpfte seine Frustration nieder. Das hatten Deacon und Scarlett nicht verdient. »Er ist fast blind. Altersbedingte Makula-Degeneration. Er kann unmöglich mit dem Gewehr geschossen haben, zumindest jetzt nicht ... vor Jahren vielleicht. Als wir noch Kinder waren, wusste jeder, was für ein erstklassiger Schütze er ist.«

»Ich weiß noch, wie wir einmal mit Onkel Jim auf dem Schießstand waren, du, ich, Dani und Wyatt. Wir waren damals Teenager«, meinte Deacon.

»Stimmt. Dale hat die Zielscheibe regelrecht zerfleddert. Jeder einzelne Schuss ging voll ins Schwarze.«
»Genau«, bestätigte Deacon. »Das war das Obercoolste überhaupt. Diesem Mann beim Schießen zuzusehen, war fast ... wie Musik. Er war echt gut.«
»Aber kein Mörder«, presste Adam hervor.
Deacon wollte protestieren, doch Scarlett warf ihm einen Blick zu, der ihn innehalten ließ. »Wie lange kennst du Wyatt und seinen Vater eigentlich schon?«, fragte sie.
»Seinen Vater kenne ich eine halbe Ewigkeit«, antwortete Adam. »Seit ich denken kann. Er war der Partner meines Vaters, als die beiden noch Streife gefahren sind. Wir haben oft zusammen gegrillt, alles Mögliche unternommen. Damals hat Dales Frau noch gelebt.«
»Aber Wyatt war nicht dabei?«, hakte Scarlett nach.
»Nein. Sie haben ihn adoptiert, als er dreizehn war. Sein leiblicher Vater war Amok gelaufen, hatte alle im Haus erschossen und sich dann selbst gerichtet. Dale hat Wyatt in einem Wandschrank gefunden, wo er sich versteckt hatte. Zuerst wurde er ans Jugendamt übergeben, aber dann konnten er und seine Frau ihn zur Pflege bei sich aufnehmen. Am Ende haben sie ihn adoptiert. Dale ist ein anständiger Mann.«
»Das sollten wir im Hinterkopf behalten, während Isenberg und Trip mit deinem Dad reden.« Scarlett verpasste ihm einen ermutigenden Klaps auf die Schulter. »Vielleicht gibt es ja eine plausible Erklärung, wie das Gewehr in den Besitz des Killers gelangt ist.«
O Gott, ich hoffe es so sehr, dachte Adam, doch sein Bauchgefühl sagte ihm etwas anderes. In diesem Moment drang die vertraute Stimme durch die Lautsprecher.
»Was zum Teufel soll das eigentlich?«, blaffte sein Vater Isenberg und Trip an, als sie eintraten und sich an den Tisch setzten. »Wieso haben Sie mich hier antanzen lassen?«

Isenberg und Trip hatten beschlossen, die Befragung selbst durchzuführen, da Deacon und Adam voreingenommen waren. Scarlett würde im Zweifelsfall als Verstärkung hinzugezogen werden.

Zudem hatte Isenberg mittlerweile Nashs Behauptung bestätigt, dass Wyatt nicht die erste Wahl des Leiters des Rauschgiftdezernats für ihr Team gewesen war. Sie hatte Nash gebeten, oben im Briefingraum zu warten, für den Fall, dass sie seine Hilfe benötigten, und Wyatts Vorgesetzten darüber informiert, dass Wyatt Hanson offiziell als ermittlungsrelevante Person galt. Wyatts Lieutenant zeigte sich kooperativ, da Wyatt abgetaucht und auch nicht mehr per Handy erreichbar war.

Inzwischen war auch die Interne Revision eingeschaltet worden, was Adams mulmiges Gefühl noch verstärkte. Die IR war stets ein Reizwort zu Hause gewesen, und sein Vater und seine Kumpels hatten sogar meist angewidert ausgespuckt, wenn die Rede auf sie gekommen war.

»Wir müssen Ihnen ein paar Fragen stellen«, sagte Isenberg. »Ich bin …«

»Lieutenant Isenberg«, unterbrach Jim Kimble und verzog die Lippen zu einem abfälligen Grinsen. »Ich weiß, wer Sie sind. Was mich interessiert, ist, wieso ich wie ein erbärmlicher Straßendieb hier festgehalten werde.« Seine Augen verengten sich zu Schlitzen. »Was hat mein nutzloser Versager von Sohn jetzt schon wieder angestellt?«

Adam zuckte zusammen, und aus Deacons Kehle drang ein Grollen. Scarlett wirkte völlig entsetzt, ebenso wie Trip auf der anderen Seite des Spiegels, doch es gelang ihm, seine Verblüffung in Sekundenbruchteilen hinter einer gelangweilten Fassade zu verstecken.

Gut gemacht, dachte Adam. Auf Trip war einfach Verlass.

»Schon okay, Deacon«, sagte er und tätschelte ihm die Schulter. »Das kenne ich alles schon.«

»Nash hatte völlig recht«, murmelte Deacon. »Wir haben dich hängen lassen. *Ich* habe dich hängen lassen. Ich habe nicht verhindert, dass dieser Scheißkerl von einem Vater dir einredet, du wärst ein Schwächling und nutzloser Versager, bloß weil du dir eine Auszeit genommen hast.«

»Du weißt selbst, dass er es trotzdem gesagt hätte.«

Deacon schüttelte den Kopf. »Trotzdem hätte ich ihn davon abhalten müssen.«

»Lass gut sein, Deacon«, sagte Adam. »Du bist hier, und das ist das Einzige, was wirklich zählt. Hören wir uns mal an, was er zu sagen hat.«

Deacon gab abermals ein Grollen von sich, und Adam musste grinsen, was er sich jedoch verkniff, denn Isenberg bedeutete Trip gerade, das Gewehr aus seinem Futteral zu ziehen und auf den Tisch zu legen. Es war nicht geladen und als Beweismittel etikettiert.

»Wir haben ein paar Fragen hierzu«, sagte Isenberg mit einer Geste auf die Waffe.

Jim Kimble runzelte die Stirn. »Wieso? Das gehört mir nicht. Ich habe dieses Modell nicht.«

»Das ist nicht irgendeine Waffe, sondern sie wurde bei einem Raubüberfall vor knapp dreißig Jahren verwendet«, erklärte Isenberg. »Sie und Ihr Partner, Dale Hanson, haben den Tätern damals Einhalt geboten und dabei die Waffe an sich genommen.«

Jims Augen verengten sich erneut. »Sie wurde gestohlen«, sagte er knapp. »Aus unserem Streifenwagen.«

»Und wo stand dieser Streifenwagen, als sie gestohlen wurde?«, fragte Trip mit seinem gewohnten Bass.

Jims Blick richtete sich auf den FBI-Mann. »Ich kenne Sie nicht.«

»Tut mir leid«, sagte Trip, obwohl es keineswegs den Anschein hatte, »aber ich bin Special Agent Triplett, FBI.«

»Und?«, konterte Jim kampflustig. »Soll ich jetzt beeindruckt sein? Was will das FBI von mir?«
»Das FBI will, dass Sie meine Frage beantworten«, gab Trip seelenruhig zurück. »Jetzt wäre ein guter Zeitpunkt dafür.«
»Der Junge ist gut«, murmelte Deacon.
Allerdings, dachte Adam.
Jims Miene versteinerte. »Vor dem Diner, in dem wir zu Mittag gegessen hatten. So wie es im Bericht steht.«
»Das glaube ich nicht«, wandte Trip ein. »Genauso wenig wie die Interne Revision damals, als Sie und Ihr Partner suspendiert wurden, um die Ermittlungen durchführen zu können.«
Adams Augen weiteten sich. Er hatte keine Ahnung gehabt. Aber … »Ich glaube, ich erinnere mich sogar daran. Er war eine ganze Weile zu Hause. Es gab ständig Streit. Und er hat viel getrunken. Meine Mom hat oft geweint. Ich war fünf oder so.« Das würde passen.
»Stimmt«, bestätigte Deacon. »Ich wusste das auch nicht.«
Bei der Erwähnung der internen Ermittlung lief Jim dunkelrot an. »Das war doch alles Schwachsinn«, stieß er aufgebracht hervor. »Diese Schwachköpfe haben rein gar nichts gefunden.«
»Richtig, aber vielleicht rollen sie den Fall ja jetzt neu auf«, warf Isenberg ein.
Jims Augen quollen vor Wut und Entsetzen beinahe aus den Höhlen. »Was soll das, verdammt noch mal? Das ist fast dreißig Jahre her! Wieso sollten die nach all der Zeit noch mal in dem Fall herumstochern?«
»Weil das Gewehr gestern Abend bei einer Schießerei gefunden wurde«, antwortete Isenberg knapp. »Und weil in den letzten zwei Tagen dreimal damit gefeuert wurde. Einmal auf Ihren eigenen Sohn.«
Jim setzte sich auf. »Hat er mich etwa verdächtigt? Dieser

elende kleine Mistkerl. Und Sie glauben ihm? Einem hoffnungslosen –«
»Schluss jetzt«, unterbrach Isenberg scharf, holte tief Luft und ließ sie wieder entweichen. »Detective Kimble hat Sie nicht verdächtigt«, fügte sie eine Spur ruhiger hinzu.
»Aber in Schutz genommen hat er mich auch nicht«, brummte Jim.
»Darauf kannst du wetten, Dad«, murmelte Adam.
»Einmal Arschloch ...«, schnaubte Deacon.
»Schhh«, schimpfte Scarlett. »Ich will hören, was er sagt.« Wieder stieß sie Adam an. »Ich will mitkriegen, wie Isenberg ihm noch eine serviert.«
Adam lächelte ihrem Spiegelbild zu, und Scarlett lächelte zurück. Isenberg hatte sich wieder gefangen und musterte Adams Vater kühl.
»Dieses Gewehr«, fuhr sie fort, »wurde bei zwei Morden allein an diesem Wochenende benutzt. Und jetzt wüsste ich gerne, wo Ihr Streifenwagen stand, als es gestohlen wurde. Sie sind nicht gegen eine strafrechtliche Verfolgung gefeit, nur weil Sie im Ruhestand sind. Eine Ermittlung könnte den Verlust Ihrer Pension zur Folge haben.«
Jims Nasenflügel blähten sich. »Dieser elende kleine Dreckskerl«, stieß er halblaut hervor, doch sein Blick schweifte ruhelos umher. »Ich bleibe bei dem, was ich im Bericht angegeben habe.«
»Er lügt«, sagte Scarlett.
»Natürlich.« Deacon verdrehte die Augen. »Die Frage ist nur, warum.«
Isenberg musterte Jim mit zusammengekniffenen Augen. »Versuchen Sie etwa, jemanden zu decken?«
Jim verschränkte die Arme und starrte trotzig geradeaus.
»Ihr ehemaliger Partner sitzt im Zimmer nebenan, und wir finden gerade heraus, was er zu sagen hat. Für denjenigen,

der mir als Erster die Wahrheit sagt, lege ich bei der IR ein gutes Wort ein, genauso wie beim Staatsanwalt.«

»Meine Frau ist schwer krank«, sagte Jim, als Isenberg aufstand und zur Tür ging. »Wenn ich meine Pension verliere, hat sie keinen Versicherungsschutz mehr. Wollen Sie allen Ernstes die Verantwortung dafür übernehmen?«

Adam spürte, wie er blass wurde. Seine Mom brauchte diesen Versicherungsschutz, sonst würde sie sterben. Er wollte zur Tür gehen, doch Deacon und Scarlett hielten ihn fest.

»Vertraue ihr, Adam«, meinte Scarlett leise. »Lynda wird schon das Richtige tun.«

»Okay.« Adam zwang sich zur Ruhe. »Ihr könnt mich loslassen, es ist alles in Ordnung.«

Isenberg schien die Vorstellung, dass Tammy Kimble ihren Versicherungsschutz verlieren würde, nicht weiter aus dem Takt zu bringen. »Nein, Mr Kimble. Sie sind derjenige, der verantwortlich dafür ist.«

Jim wandte den Kopf ab. »Sie sind tatsächlich so ein Miststück, wie alle sagen.«

Isenberg lächelte – ihr eisigstes und erbarmungslosestes Lächeln. Hätte Adam nicht so großes Vertrauen zu ihr, würde ihm bei dem Anblick angst und bange werden. Er konnte nur hoffen, dass es seinem Vater so erging.

»Danke, Mr Kimble. Haben Sie vor, mich noch weiter zu beleidigen, oder möchten Sie mir vielleicht endlich verraten, was Sie wissen? Denn ich werde nicht nachgeben.«

»Miststück«, knurrte Jim. »Der Wagen stand in Hansons Einfahrt. Er war nach Hause gefahren, um nach seiner Frau zu sehen, die damals schon schwer krank war.« Trotzig blickte er zuerst Isenberg, dann Trip an. »Sie hatte Krebs und hatte ihn angerufen, weil es ihr so schlecht ging und sie einen Arzt brauchte. Wir sind beide hingefahren, und nachdem wir einen Krankenwagen gerufen hatten, habe ich zu Hanson

gesagt, dass ich den Wagen wegfahren müsse, weil wir sonst Ärger kriegen würden. Schließlich waren wir im Dienst.«
»Aber bestimmt hätten Ihre Vorgesetzten eine Ausnahme gemacht«, meinte Isenberg leise.
»Wir wollten es lieber nicht darauf ankommen lassen. Als ich rausgegangen bin, habe ich gesehen, dass der Kofferraum offen stand. Jemand hatte ihn aufgestemmt, offenbar mit einer Brechstange. Das Gewehr war weg und ein paar weitere Waffen auch.«
»Was haben Sie gemacht?«, wollte Isenberg wissen.
Jim zuckte mit den Schultern. »Dale hatte Angst um seine Frau, deshalb habe ich ihm erst mal nichts davon erzählt. Ich habe den Wagen einfach mit dem kaputten Kofferraumschloss zurückgebracht und ein Riesentheater gemacht, als ich ›gemerkt‹ habe, dass das Gewehr verschwunden war.«
»Und wann haben Sie es Ihrem Partner gesagt?«
»Später an dem Abend, als seine Frau außer Gefahr war. Gestorben ist sie zwar am Ende trotzdem, aber erst Jahre später. Wann immer sie angerufen hat, ist er gleich zu ihr gefahren.«
»Und wollte er die Wahrheit sagen? Wegen des Gewehrs, meine ich?«
»Nein, verdammt!« Jim verdrehte die Augen. »Schließlich wussten wir ja, wer das beschissene Gewehr geklaut hatte.«
»Und möchten Sie es uns vielleicht trotzdem verraten?«, warf Trip sarkastisch ein.
»Wollen nicht, aber ich tu's trotzdem.« Jim machte ein finsteres Gesicht. »Weil ich mich nicht wegen dieser Scheiße in den Abgrund ziehen lasse. Dale hat einen Halbbruder. Mike. Ein ewiger Taugenichts und Unruhestifter.«
»Könnten Sie Mike beschreiben?«, bat Isenberg.
»Ja. Etwa einen Meter achtundsiebzig und dünn. Zumindest früher. Ich habe ihn seit Jahren nicht mehr gesehen. Dunkles Haar, das damals schon anfing, schütter zu werden.«

»Und wie lautet sein Nachname?«, fragte Trip.
Jim schüttelte den Kopf. »Keine Ahnung. Ich wollte es auch nie wissen. Der Kerl hat immer nur Ärger gemacht.«
»Die Größe passt zu den Angaben, die Kate über den Schützen von gestern Abend gemacht hat«, sagte Deacon. »Ich frage mich, ob dein Vater auch den Gorilla kennt.«
Genau das hatte Adam sich auch gerade gefragt.
Und Isenberg offensichtlich auch, denn in diesem Moment schob sie Jim das Foto aus der Überwachungskamera der Kiesler University hin. »Wer ist das?«
»Keine Ahnung. Nie gesehen. Wirklich. Kann ich jetzt gehen?«
»Natürlich«, sagte Isenberg. »Aber Sie sollten vorsichtig sein, denn wer auch immer für all das hier verantwortlich ist, räumt gerade gründlich auf. Und da wollen Sie ihm bestimmt nicht in die Finger geraten.«
»Nein«, gab Jim knapp zurück. »Ich habe Ihnen gesagt, was Sie wissen wollten, deshalb brauche ich mir keine Sorgen wegen der IR zu machen, richtig?«
»Keine Ahnung«, schoss Isenberg sarkastisch zurück. »Vielleicht bespreche ich das ja mit Detective Kimble. Er ist schließlich der Einzige, der die Angriffe des Killers lebend überstanden hat.«
Jim starrte sie finster an. »Ich wette, er macht auch darum ein Riesentheater. Der Junge ist eine Schande. Ein verdammtes Weichei … geht nicht zur Arbeit, weil er psycho ist … Die Cops heutzutage sind solche Warmduscher. Damals, zu meiner Zeit, hat man so was einfach weggesteckt und weitergemacht.«
Adam zuckte zusammen. Obwohl er Jims Urteil nicht zum ersten Mal hörte, schmerzte es immer noch.
Trip erhob sich und richtete sich zu seiner vollen Größe auf. »Ihr Sohn ist ein verdammt guter Polizist«, erklärte er mit

eisiger Verachtung. »Was man von Ihnen nicht behaupten kann.«

Adam musste zugeben, dass Trips Worte reinster Balsam waren und Jims Beschimpfungen und Beleidigungen mehr als aufwogen.

Isenberg holte ein weiteres Mal tief Luft. »Mein Team und ich haben uns gerade das Video des Vorfalls angesehen, das Detective Kimble bewogen hat, sich eine Auszeit aus medizinischen Gründen zu nehmen. Eigentlich würde ich es Ihnen gerne zeigen, um zu sehen, ob auch nur ein Hauch von Menschlichkeit und Anstand in Ihnen übrig ist, aber ich werde es nicht tun, weil ich sonst dieses arme Kind bloß benutzen würde. Also ... Sie können jetzt gehen. Aber passen Sie auf, denn irgendwo dort draußen ist noch ein Gewehr im Umlauf ... eines, mit dem erst heute Morgen ein ehemaliger Cop erschossen wurde.«

Jim erstarrte. »Ich habe in den Nachrichten davon gehört. John Kasper. Vor der Kirche, stimmt's? Er war ein guter Cop ... hat mir echt leidgetan, das zu hören.«

»O Gott, ich will ihn am liebsten umbringen«, stöhnte Deacon. Adam legte ihm die Hand auf die Schulter. »Bleib ruhig. Er weiß, dass ich hier bin, und will mich bloß provozieren, aber diese Befriedigung verschaffe ich ihm nicht.«

»Stimmt«, sagte Isenberg bitter. »John Kasper war ein so guter Cop, dass er Detective Kimble hinterrücks verraten hat. Er hat dem Schützen gesteckt, dass mein Detective dort, in dieser Kirche, sein würde. Die Kugel war nicht für Kasper bestimmt, sondern für Ihren Sohn. Los, verschwinden Sie endlich. Und hoffen Sie darauf, dass derjenige, der es auf Detective Kimble abgesehen hat, sich nicht gerade fragt, was Sie uns erzählt haben.«

»Warten Sie.« Jim erhob sich unsicher. »Sie können mich doch nicht einfach ohne jeden Schutz vor die Tür schicken.«

Trip lächelte kalt, während er das Gewehr wieder in der

Tasche verstaute und den Reißverschluss zuzog. »Wenn Sie Angst haben, können Sie ja gerne den Kollegen am Eingang eine Runde die Ohren vollflennen. Vielleicht hilft man Ihnen dort dabei, offiziell Polizeischutz zu beantragen. Oder vielleicht stecken Sie es ja auch einfach nur weg und machen weiter. Schönen Tag noch.«

Cincinnati, Ohio
Montag, 21. Dezember, 10.05 Uhr

Kaum hatte sich die Tür hinter Jim Kimble geschlossen, stieß Isenberg ein verärgertes Schnauben aus. »Ich schwöre bei Gott, Adam, Ihr Vater ist ein ...«
»Kompletter Vollpfosten«, unterbrach Trip.
Adam lachte. »Das habe ich dir ja schon am Samstag zu erklären versucht, als wir über Voss geredet haben.«
Trip schüttelte den Kopf. »Du hast gesagt, er sei ein Arschloch, aber nicht, dass ich ihm am liebsten eins auf die Fresse geben würde, sobald er den Mund aufmacht.« Er warf Isenberg einen verlegenen Blick zu. »Entschuldigen Sie, dass ich Ihnen ins Wort gefallen bin, Lieutenant.«
Isenberg stieß ein schnaubendes Lachen aus. »Schon okay. Vollpfosten ... ich hätte es nicht treffender ausdrücken können.«
Adams Lächeln verblasste. »Aber im Ernst, ich danke Ihnen beiden. Das hätte ich nie im Leben aus ihm herausquetschen können. Und ich habe tatsächlich vergessen, dass er damals suspendiert wurde. Ich erinnere mich bloß noch, dass meine Mutter viel geweint hat und von ihm wissen wollte, ob ihm wichtiger sei, was mit Mrs Hanson passieren würde, als unser Schicksal. Aber natürlich habe ich nicht verstanden, was sie meinte.«

»Sie waren noch ein Junge«, meinte Isenberg. »In gewisser Weise verstehe ich ihn ja, aber sein Verhalten war und ist trotzdem inakzeptabel. Niemand weiß, wie viele Menschen im Lauf der Jahre mit diesem Gewehr erschossen wurden.« Sie legte den Kopf schief. »Erinnern Sie sich auch an Dales Halbbruder Mike?«

Adam schloss die Augen. »Da war ein Typ, der ein paar Mal mit uns zum Schießstand gefahren ist. Sein Name war Mike, das stimmt, aber abgesehen davon, weiß ich nichts über ihn. Nur dass er irgendwie ... zu cool wirkte. Wie ein Lehrer, der für seine Schüler einen auf locker macht. Aber Mike war ... keine Ahnung. Ich mochte ihn nicht. An mehr kann ich mich leider nicht erinnern.«

»Und wann war das?«, fragte Deacon. »Ich kann mich nämlich an gar nichts erinnern.«

»Du warst damals schon auf dem College, Wyatt war auf der Polizeiakademie und ich auf der UC und habe noch zu Hause gewohnt.« Er biss sich auf die Lippe. »Aber das Ganze war ziemlich seltsam.«

»Inwiefern?«, wollte Scarlett wissen.

»Na ja, Mike und Wyatt kannten sich gut. Wirklich gut. Als hätten sie früher eine Menge Zeit miteinander verbracht. Ich war ein paar Mal mit ihnen auf dem Schießstand. Dieser Mike war ein erstklassiger Schütze, hat uns viele Tipps gegeben. Ich habe eine Menge von ihm gelernt.«

»Und bist zum Scharfschützen geworden«, warf Deacon ein. Der brüderliche Stolz in Deacons Stimme entlockte Adam ein Lächeln. »Ja, und Wyatt auch. Und dann, na ja ... Wyatt beendete die Polizeischule, bekam einen Job beim CPD, lernte neue Leute kennen, während ich zuerst aufs College und danach auf die Polizeischule ging. Anfangs waren wir Partner. Auch von ihm habe ich eine Menge gelernt.«

»Was auch immer er getan oder nicht getan haben mag, hat

nichts mit Ihnen zu tun«, warf Isenberg ein, die ein weiteres Mal seine Gedanken zu lesen schien.

»Ich weiß, trotzdem kann ich es immer noch nicht fassen. Er führt kein Luxusleben, wirft nicht mit Geld um sich. Er wohnt in einem ganz normalen Haus in einer ganz normalen Gegend, ist Ehemann und Vater.«

»Und Freund«, sagte Isenberg sanft. »Hoffentlich ist er all das immer noch, und es gibt eine andere Erklärung.«

»Aber Sie glauben es nicht.« Adams Herz schmerzte in seiner Brust. »Und ich auch nicht.«

Scarlett blickte mit einem leisen Stöhnen von ihrem Handy auf. »Als Besitzer von Barber Motors ist ein gewisser Michael Barber eingetragen. Michael mag ja ein gebräuchlicher Name sein, aber ...«

»Verdammte Scheiße«, stieß Adam hervor. »Wenn Dale irgendetwas damit zu tun hat ... Gott, ich weiß nicht, was ich dann tue ... Der Mann war mehr wie ein Vater für mich als mein eigener Dad. Und das für viele Jahre.«

»Komm«, sagte Deacon. »Reden wir mit Dale Hanson. Mal sehen, was er zu sagen hat.«

Isenberg musterte Adam. »Möchten Sie dabei sein?«

Adam seufzte und nickte dann. »Ja, das wäre ich gern. Danke.«

Cincinnati, Ohio
Montag, 21. Dezember, 10.10 Uhr

Er stieg in den SUV. Die halbe Meile von Nash Curries Zuhause mitten in der Pampa hatte ihn ordentlich geschlaucht. *Ich muss dringend mehr Sport machen.* Eine halbe Meile joggen sollte ihn eigentlich nicht so derart aus der Puste bringen. Natürlich war auch der Schlafmangel schuld. Hoffentlich würde sich das bald wieder ändern, und alles wäre wieder so wie früher.

Er hatte das Gewehr gemeinsam mit der Waffe, mit der er Mike erledigt hatte, hinter Curries Farmhaus versteckt. Die Tatsache, dass ihn eine volle Meile vom nächsten Nachbarn trennte, hatte ihm Mut verliehen, deshalb hatte er sogar einen »Schießstand« im Wald hinter der Scheune aufgebaut. Aus einer halben Meile Entfernung hatte er auf einen Baum geschossen und die Hülsen einfach liegen lassen, damit es so aussah, als wäre Currie ein beachtlicher Schütze – gut genug, um am Morgen einen Schuss auf Kimble abzufeuern.

Er wartete darauf, dass das Gebläse heiße Luft ins Wageninnere pustete, und checkte sein Handy, auf dem eine ganze Reihe von Anrufen und Nachrichten eingegangen war, darunter auch von Isenberg – wahrscheinlich war sie sauer, weil er nicht reagiert hatte. Blöde Schlampe! Einige stammten von seinem Boss beim Rauschgiftdezernat. Er runzelte die Stirn. Seltsam, eigentlich rief er ihn nie auf dem Handy an, sondern schickte ihm eine SMS oder eine Mail.

Seine Kopfhaut begann zu prickeln. Etwas stimmte nicht.

Denn alle anderen Nachrichten stammten von Nummern, die er nicht kannte. Er rief die Voicemail an und hörte die erste Nachricht ab.

»Hier spricht Lisette Cauldwell vom *Ledger*. Wir hätten gern einen Kommentar von Ihnen zu der jüngsten Meldung des CPD, in der Sie als ermittlungsrelevante Person genannt sind. Bitte rufen Sie mich unter 513-555-6220 zurück.«

Einen Moment lang saß er wie erstarrt da. *Was zum Teufel ist da los? Ich? Verdammt!*

Er löste sich aus seiner Erstarrung, rief die CPD-Webseite auf und starrte in ungläubigem Entsetzen auf die Meldung. *Ich bin erledigt. Erledigt, verdammte Scheiße!* Denn das Gesicht, in das er blickte, war sein eigenes.

Wie war das möglich? Wie kam er da wieder heraus? Wie konnte er die Aufmerksamkeit auf Currie zurücklenken? Oder war es zu spät dafür? *Nein, hör auf. So denken nur Loser. Ich gebe nicht auf. Niemals.*

Was hatte er übersehen? Mallory hatte keine Beschreibung von ihm gegeben – das hätte er gestern Abend mitbekommen. Linnea hatten sie offensichtlich auch nicht gefunden, denn das hätte längst über Funk die Runde gemacht.

Er ließ den Kopf gegen die Nackenstütze sinken und ging im Geist alles durch, was Adam und seine Freunde bis gestern Abend herausgefunden hatten. Mikes Blutspuren waren nicht identifiziert worden. Es gab keine Möglichkeit eines Abgleichs, weil Mike nie verhaftet worden war, obwohl er es zahllose Male verdient gehabt hätte.

Weil ich ihm jedes Mal den Arsch gerettet habe, diesem Schwachkopf.

Es gab keinerlei Hinweise in den Akten, die ihn mit Mike in Verbindung brachten. Sein Herzschlag setzte aus. Nur das Gewehr, mit dem er Andy Gold und mit dem Mike Butch kaltgemacht hatte – das Gewehr, dessen Seriennummer Mike vor Jahren abgefeilt hatte.

Quincy Taylor hatte angekündigt, er werde versuchen, die Nummer trotzdem zu ermitteln. Offenbar war es ihm gelungen. *Ich hätte gestern Abend ins Labor einbrechen und das Ding manipulieren sollen.* Aber Mike zu erledigen, war ihm wichtiger erschienen. Und danach hatte er sich um den Gebrauchtwagenhandel kümmern müssen.

Er ließ die Schultern sacken. Das Gewehr war die Verbindung von Mike zu seinem Vater. Und zu Adams Vater. Er fragte sich, ob sie die beiden ehemaligen Partner bereits befragt hatten und was die beiden alten Männer ihnen erzählt haben mochten.

Er beschloss, das Risiko einzugehen, und wählte die Festnetznummer seines Vaters. Es läutete und läutete, doch es hob niemand ab. Niemand zu Hause. Aber eigentlich war er immer da. Er sah viel zu schlecht, um noch selbst zu fahren, deshalb musste ihn jemand abgeholt haben. Rita konnte es nicht gewesen sein, weil er ihr nach ihrem großen Zerwürfnis verboten hatte, Kontakt zu ihm aufzunehmen. Dieser besserwisserische alte Sack.

Dale würde den Cops alles brühwarm erzählen, was er wusste, nur um sich an ihm zu rächen. Bestimmt hatte er es längst getan. Und dann würde er vermutlich allen erzählen, wie wunderbar der beschissene Adam Kimble war.

»Leck mich, John«, stieß er hervor. *Wieso musstest du ihn auch wegstoßen, du blödes Arschloch? Wieso musstest du ausgerechnet in diesem Moment zeigen, dass du doch so etwas wie ein Gewissen hast?* Aber es half nichts. Kimble war immer noch am Leben und bereitete vermutlich gerade die Anklage gegen ihn vor.

Also, was jetzt? Abbrechen und die Kurve kratzen oder bleiben und kämpfen?

Er blickte noch einmal auf sein Foto auf der CPD-Seite und begriff, dass er notgedrungen die bittere Wahrheit akzeptieren musste. Diesmal würde er nicht in letzter Minute das Ruder noch herumreißen.

Er musste abhauen. Zum Glück hatte er sich schon seit Jahren auf diesen Moment vorbereitet. Da er die Fassade eines Lebens als gewöhnlicher Polizist hatte aufrechterhalten müssen, besaß er immer noch das ganze Geld, das er im Zuge seiner Machenschaften gescheffelt hatte – im Gegensatz zu Mike, der es mit vollen Händen zum Fenster hinausgeworfen hatte und dann anfing, ihn zu betrügen.

Dieser blöde Idiot. Verdammt noch mal!

Konzentrier dich. Auf seinen Auslandskonten waren Millionen Dollar gebunkert, und jetzt war der Moment gekom-

men, da er einen Teil davon brauchte. Jetzt sofort. Und dann musste er schleunigst das Land verlassen, bevor sein Status von »Person von besonderem polizeilichem Interesse« zu »wegen Mordes gesucht« wechselte.
Er hätte Adam Kimble nur zu gern ein letztes Mal eins verpasst, aber dafür hatte er jetzt weder die Zeit, noch konnte er das Risiko eingehen. Aber wenn er erst einmal abgetaucht und sich anderswo eingerichtet hatte? Es gab immer noch bezahlte Killer.
Ich kann es mir leisten. Denn hier ging es längst nicht mehr darum, Ermittlungen zu hintertreiben oder gar ganz zum Erliegen zu bringen. Sondern um Rache. *Ich muss alles zurücklassen. Und Kimble darf hierbleiben.*
Er lenkte seinen SUV auf die Landstraße und fuhr nach Hause. Seine gefälschten Pässe lagen sicher im Safe. Wenigstens wäre Rita nicht zu Hause – heute war ihr allwöchentlicher Friseurtermin. Folglich würde es keine Fragen geben, die er mit Halbwahrheiten und Beinahelügen beantworten musste. Keine tränenreichen Abschiede.
Er würde sich einfach irgendwo niederlassen und noch einmal ganz von vorn anfangen.

Cincinnati, Ohio
Montag, 21. Dezember, 10.10 Uhr

Dale Hanson setzte sich in seinem Stuhl auf, als Adam den Befragungsraum betrat. Er roch wie eine Brauerei und hatte offensichtlich nicht geschlafen. Er wirkte traurig und immer noch ein wenig angetrunken und definitiv schuldbewusst und durcheinander. Aber nicht überrascht, sondern vielmehr resigniert.
»Adam.« Er schob die halb leere Kaffeetasse zur Seite. »Mit

dir habe ich nicht gerechnet, sondern mit den anderen beiden ... mit Deacon und dem Mädchen.«

Adam runzelte die Stirn. »Sie ist kein Mädchen, sondern heißt Detective Bishop. Und sie ist eine verdammt gute Polizistin.«

»Von mir aus.« Dale blinzelte, als Trip und Isenberg den Raum betraten. »Wer sind die beiden?«

Adam setzte sich auf den Stuhl neben Dale, bereute es jedoch sofort, als der durchdringende Gestank nach Alkohol den Wunsch nach einem Drink in ihm heraufbeschwor.

Erst jetzt registrierte Adam, dass Deacon und Scarlett über Dales Zustand Bescheid gewusst haben mussten, schließlich hatten sie ihn zu Hause abgeholt und hergebracht. Trotzdem hatten sie kein Wort darüber verlauten lassen, obwohl Deacon sehr wohl wusste, wie Adam zu Dale stand. Stattdessen war ihm klar gewesen, dass Adam das Ganze mit eigenen Augen sehen musste.

»Lieutenant Isenberg und Special Agent Triplett«, stellte Adam die beiden vor.

»Sie scheinen gar nicht überrascht zu sein, dass wir Sie hergeholt haben, Mr Hanson«, sagte Isenberg. »Warum?«

Dale schluckte. »Weil ich Sie erwartet hatte.«

Die Antwort war wie ein Schlag ins Gesicht. »Und zwar seit wann?«, brachte Adam mühsam hervor.

»Seit gestern Morgen, als ich Butchs Foto gesehen habe. Und gestern Abend kam es noch mal. Ich bin die ganze Nacht aufgeblieben und habe gewartet, dass ihr kommt und mich abholt.«

Adam runzelte die Stirn. Eigentlich hatten sie ihn wegen des Gewehrs kommen lassen. »Wer ist Butch?«

»Butch Gilbert«, antwortete Dale. »Der Kerl, der gestern Abend in der Stadt erschossen wurde.«

»Der Gorilla«, murmelte Adam.

Wieder stieß Dale dieses kehlige Lachen aus. »Das ist ein passender Name für ihn. Ich wusste gar nicht, dass er immer noch hier ist, sondern habe es erst gestern Abend auf dem Computer gesehen. Die Zeitung kann ich ja nicht mehr lesen, dafür aber die Schrift und die Fotos auf dem Computer vergrößern. Ganz so weit ist die Sache mit den Augen zum Glück noch nicht fortgeschritten.«

Adam runzelte. »Moment mal, Dale. Du hast sein Foto schon gestern Morgen das erste Mal gesehen? Aber wir haben es erst am Nachmittag veröffentlicht. Die Kollegen aus Chicago waren die Einzigen, die es im Zuge ihrer Ermittlungen in einem Mordfall gepostet haben.«

Dale lächelte dünn. »Ich sehe mir alle Berichte an. Um meinen Verstand zu schärfen, wenn schon meine Augen nicht mehr mitspielen. Ich hätte dich beinahe angerufen … hab ungefähr hundert Mal darüber nachgedacht.«

»Wieso hast du es dann nicht getan, wenn du wusstest, wer das ist?«

»Ich habe Wyatt auf den Fotos neben dir am Tatort gesehen und dachte, er hätte es dir gesagt.«

Das mochte ja sein, trotzdem erklärte es nicht, weshalb Dale ihn nicht informiert hatte, als die Chicagoer Kollegen nach dem Mann gefahndet hatten. *Wegen Mordes.*

»Und wer ist nun dieser Mr Gilbert, Mr Hanson?«, fragte Isenberg.

»Außer einem verlogenen, hinterhältigen Dreckschwein, das auch noch Menschenleben auf dem Gewissen hat?« Hanson schnaubte. »Als er noch ein Junge war, dachte ich immer, er sei eigentlich kein übler Kerl. Aber das ist lange her.« Resigniert fuhr er sich mit der Hand über die Stirn und sah Isenberg an. »Sie wissen, dass ich Wyatt adoptiert habe?«

Isenberg nickte. »Detective Kimble hat es uns erzählt.«

»Ich habe ihn gefunden … Wyatt, meine ich. Er hatte sich im

Wandschrank versteckt. Ein verängstigter kleiner Junge. Seine Familie war tot. Ermordet, und danach hat der Täter sich selbst gerichtet.« Dale hielt mit schmerzerfüllter Miene inne. »Zumindest dachte ich das.«
Adam runzelte die Stirn. »Du *dachtest* es? Was willst du damit sagen?«
»Meine Frau wollte immer Kinder. Eigene konnten wir nicht bekommen, und wir waren als Pflegeeltern angenommen worden, bevor ihr Krebs wieder ausbrach, deshalb … ich dachte, es würde sie glücklich machen, jemanden zu haben, den sie bemuttern konnte. Aber sie mochte Wyatt nicht. Sie hatte Angst vor ihm, von Anfang an. Und dann kam der Krebs zurück.« Seufzend schüttelte er den Kopf. »Ich musste mich um ihn kümmern. Schätzungsweise brauchte ich das Gefühl, die Dinge im Griff zu haben, weil ich gegen die Krankheit meiner Frau so machtlos war.«
»Wieso hatte Ihre Frau Angst vor Wyatt?«, fragte Trip.
»Er sei grausam und gemein, sagte sie, und …« Er holte tief Luft. »Ich dachte, es liegt an ihrer Krankheit, und habe sie beruhigt. Und Wyatt blieb bei uns. Jetzt, aus heutiger Sicht, frage ich mich, was er ihr wohl angetan hat.«
Adam starrte ihn an. »Was meinst du damit? Wann war Wyatt grausam und gemein?«
Wieder seufzte Dale. »Erinnerst du dich an ihre Katze?«
Adam nickte argwöhnisch. Er erinnerte sich tatsächlich an sie, aber in erster Linie, weil sie so qualvoll umgekommen war. »Sie wurde vergiftet.« Übelkeit stieg in ihm auf. »Willst du damit sagen, das war Wyatt?«
»Damals konnte ich es mir nicht vorstellen, aber ein paar Jahre später ist genau dasselbe mit der Katze der Nachbarn passiert. Ich habe Wyatts Zimmer durchsucht und eine Schachtel Rattengift gefunden.«
Adam holte tief Luft. »Aber du hast niemandem davon erzählt.«

»Nein. Ich habe ihn zum Seelsorger in die Kirche mitgenommen. Danach schien es etwas besser zu werden, deshalb sind wir nicht mehr hingegangen.« Wieder massierte Dale sich die Stirn. »Erinnerst du dich an den Tag, als ihr beide zur Staatsmeisterschaft gefahren seid und verloren habt?«
»Natürlich.«
»Und erinnerst du dich auch daran, was du an dem Tag noch verloren hast?«
Adam nickte langsam. »Meinen Baseballhandschuh. Es war mein Glückshandschuh.« Es war ein grauenvoller Tag gewesen. Adam hatte sich so hilflos gefühlt, war so wütend gewesen, weil jemand ihm etwas gestohlen hatte, das für ihn von so großem Wert war, dem Dieb jedoch rein gar nichts bedeutete. »Willst du damit sagen, dass er ihn gestohlen hat?«
»Ich habe ihn unter seinem Bett gefunden und weggeworfen.«
Adam schüttelte den Kopf. »Aber wieso hat er das getan?«
»Es hat dich aus dem Konzept gebracht.«
»Aber wir haben doch alle verloren, das ganze Team. Auch Wyatt.«
»Das stimmt, aber an diesem Tag stand er trotzdem besser da als du. Natürlich hatte er im darauffolgenden Jahr schon seinen Abschluss gemacht, und du hast ohne ihn weitergespielt. Du hast gewonnen, warst sogar Mann des Spiels.«
Adam strich sich mit dem Handrücken über den Mund. Wie hatte er das übersehen können? Wie war das möglich?
»Also, wer ist nun dieser Butch?«, schaltete Isenberg sich wieder ein. »Und in welcher Verbindung steht er zu Ihrem Sohn?«
»Ich helfe gern Kindern, so wie dir, Adam. Ich wusste, dass du es zu Hause nicht leicht hattest, deshalb habe ich versucht, dir ein guter Freund zu sein. Dasselbe habe ich auch für Butch getan. Ich habe ihn über Wyatt kennengelernt. Er hatte

sich bei einem Brand so schwere Gesichtsverletzungen zugezogen, dass man ihn nur mit Mühe ansehen konnte.«
»Und Sie haben ihn bei sich aufgenommen?«, fragte Trip.
»Nein. Aber Wyatt. Bevor er Rita geheiratet hat und die Kinder kamen. Adams und Wyatts Wege hatten sich damals schon getrennt. Er war beim Rauschgiftdezernat und hat Butch eines Tages aus einem brennenden Meth-Labor gezogen. Damals war der Junge … sechzehn oder so. Er hat lange im Krankenhaus gelegen, und Wyatt hat ihn fast jeden Tag besucht. Ich genauso. Er war ein Riesenbaseballfan, und seine Arme und Beine hatten bei dem Brand kaum etwas abbekommen, deshalb haben wir nach seiner Entlassung mit ihm gespielt. Butch ist Wyatt wie ein junger Hund gefolgt. Am Ende hat Wyatt ihm einen Job in der Autowerkstatt meines Bruders besorgt.«
Autowerkstatt, dachte Adam. Nash war Wyatt zu einer Werkstatt gefolgt, bei der es sich jedoch um eine Scheinfirma handelte.
»Sie sprechen von Ihrem Halbbruder Michael Barber?«, fragte Isenberg, worauf Dale sie verblüfft ansah.
»Ja. Wieso?« Doch als niemand etwas erwiderte, verdüsterte sich Dales Miene. »Steckt Mike da etwa auch drin?«
»Das glauben wir zumindest«, antwortete Isenberg. »Wie ist das Verhältnis zwischen Mike und Ihrem Sohn?«
Dale schüttelte den Kopf. »Ich wünschte, es gäbe keines. Sie haben keine Ahnung, wie oft ich mir gewünscht habe, ich könnte diesen erbärmlichen Mistkerl hochkant aus dem Haus werfen, verdammt. Ich wollte nicht, dass er und Wyatt etwas miteinander zu tun haben. Aber … er gehört nun mal zur Familie, deshalb habe ich ihn in Ruhe gelassen. Der Kerl hatte ständig Ärger am Hals, und ich habe ihn jedes Mal rausgeboxt. Habe meinen eigenen Arsch für ihn riskiert.«
»Haben Sie hierzu auch Ihre Funktion als Polizist genutzt?«, hakte Isenberg nach.

Dale zuckte mit den Achseln. »Bei Gott, das habe ich. Ich dachte, ich tue das Richtige.«

Irrtum, dachte Adam traurig. Er hatte die ganze Zeit gewusst, dass es falsch war, was er tat, aber das hatte ihn nicht davon abgehalten. Doch den moralischen Kompass des alten Mannes zu kritisieren, würde sie jetzt auch nicht weiterbringen. »Mike betreibt eine Werkstatt und einen Gebrauchtwagenhandel, richtig?«, fragte er stattdessen.

»Von dem Gebrauchtwagenhandel weiß ich nichts, aber passen würde es. Er ist ein schmieriger Drecksack, konnte aber immer schon gut mit Motoren und technischem Kram umgehen.«

Trip horchte auf. »Technischer Kram? Was genau meinen Sie damit?«

»Elektrogeräte, Motoren … alles, was man auseinandernehmen und wieder zusammensetzen kann.«

»Wie Uhren, Timer und Zünder, die über ein Handy aktiviert werden?«, hakte Trip nach.

Die Bombe.

Dale schloss die Augen. »Sie spielen auf die Bombe an, die der junge Mann in diesem Restaurant getragen hatte.«

»Genau«, bestätigte Trip. »Also kennt Mike sich auch mit Sprengstoffen aus?«

»Ja. Er hat früher mal im Straßenbau gearbeitet und Tunnel in Berge gesprengt. Er hatte eine offizielle Zulassung für den Umgang mit Sprengstoffen. Du lieber Gott. Hat er den Jungen etwa getötet?«

»Das wissen wir noch nicht«, antwortete Isenberg. »Aber wir können ihn im Moment nicht finden. Wissen Sie, wo er sich aufhält?«

»Nein. Er besucht mich nicht mehr. Aber heute Morgen fand eine Weihnachtsfeier in Ariels Schule statt. Das habe ich auf Facebook gesehen. Bei Veranstaltungen wie diesen hat er sich immer blicken lassen.«

»Wer ist Ariel?«, wollte Trip wissen.

»Meine Enkelin. Sie geht auf die Gruber Academy. Sie ist sieben.«

Adam sah Isenberg die Information an die Einsatzzentrale weitergeben, als ihm etwas einfiel. »Sie haben doch auch einen kleinen Jungen«, sagte er. »Wyatt und Rita. Er müsste jetzt ungefähr zwei sein. Mikey, richtig?«

Dale verzog abfällig den Mund. »Ja, das ist Wyatts Art, ›Leck mich‹ zu seinem alten Herrn zu sagen.«

»Warum?«, fragte Isenberg.

»Mir war ein Gerücht zu Ohren gekommen, dass das Meth-Labor, aus dem Wyatt Butch gerettet hat, in Wahrheit ihm gehört hat. Ich wollte es nicht glauben, trotzdem habe ich Wyatt gefragt. Natürlich hat er es abgestritten, aber überzeugt war ich trotzdem nicht. Ich wusste, dass Butch mit Meth herumexperimentiert hatte, und fand, dass er nicht in die Nähe meiner Enkelkinder kommen sollte. Also habe ich es Rita erzählt, die natürlich stinkwütend wurde und Butch gesagt hat, er solle sich von ihren Kindern fernhalten. Das ist jetzt fast zwei Jahre her, und Wyatt hat mir das nie verziehen. Seitdem unterbindet er den Kontakt zwischen mir und seinen Kindern, außerdem hat er seinen Jüngsten nach seinem Onkel und nicht nach mir benannt. Ich darf nicht mal meine eigenen Enkelkinder besuchen. Ariel sehe ich bloß in der Schule, und auch nur, weil ich mich mit dem Hausmeister angefreundet habe und der mir erlaubt, dass ich auf den Spielplatz gehe. Aber das war natürlich nur möglich, als ich noch selbst fahren konnte. Seit über einem Jahr habe ich die beiden überhaupt nicht mehr gesehen.«

»Haben Sie jemandem von dem Gerücht über das Meth-Labor erzählt?«, fragte Isenberg ohne einen Anflug von Mitgefühl.

Völlig zu Recht, dachte Adam. Für ihn war Dale stets eine

Vaterfigur gewesen, ein aufrichtiger, anständiger Mensch, und nicht das, was er in Wirklichkeit war – ein trauriger, verbitterter Mann, der die Tatsachen verdreht und Wahrheiten manipuliert hatte, damit ihm sein Leben und seine kleine Welt nicht ganz so trostlos erschienen.

Aber so bin ich nicht. Der Gedanke und die damit einhergehende Erleichterung trafen ihn mitten ins Herz. Er war nicht sein Vater, und er war auch nicht Dale Hanson. Er mochte bei Weitem nicht perfekt sein, aber immerhin hatte er sich zu einem Mann entwickelt, der sich jeden Morgen im Spiegel ansehen konnte.

Und zu einem Mann, dem Meredith vertraute.

Dale blickte Adam erwartungsvoll an. »Ich konnte es nicht. Ich habe es nicht über mich gebracht, meinen eigenen Sohn zu verraten.«

Auch Adam verspürte keinerlei Mitgefühl mit ihm. »Obwohl dein eigener Sohn ein Gift hergestellt hat, das anderer Leute Söhne getötet hat?«

Dales Züge wurden hart. »Ich dachte, du würdest das verstehen.«

»Tue ich aber nicht. Ich verstehe das ganz und gar nicht. Ich verstehe nicht, wie du verschweigen konntest, dass dein Bruder eine Waffe aus dem Streifenwagen gestohlen hat … wie du ihn nicht anzeigen konntest.«

Dale zuckte zurück. »Was?«

»Das ist der Grund, weshalb wir Sie haben herbringen lassen«, sagte Isenberg. »Das Gewehr, das damals gestohlen wurde, ist inzwischen wieder aufgetaucht. Es wurde in einem SUV gefunden, den ein Mann gefahren hat, auf den die Beschreibung Ihres Halbbruders passt. Und sie wurde bei zwei Morden verwendet, darunter auch dem an Butch. Wieso haben Sie den Diebstahl damals unterschlagen? Das war ein schweres Verbrechen.«

»Aber er ist doch trotz allem mein Bruder«, erwiderte Dale, als warte er nur darauf, dass jemand ihm Widerworte gab. »Familie.«
»Und ein Mörder«, sagte Adam, der allmählich die Geduld verlor. »Und wenn er kein Mörder ist, dann Wyatt. Wobei ich das Gefühl habe, als hättest du ihn ohnehin bereits im Verdacht gehabt.«
»Nein, das stimmt nicht«, beharrte Dale.
Adam kniff die Augen zusammen. »Du hast vorhin selbst gesagt, du würdest dich heute fragen, ob es sich bei der Tat damals tatsächlich um einen Mord mit anschließendem Selbstmord gehandelt hat.«
»Aber so habe ich es doch nicht gemeint!«
»Wie dann?«, fragte Adam. »Und wieso hast du mich nicht angerufen, als du Butchs Foto gesehen hast? Er hat allein an diesem Wochenende zwei unschuldige Frauen getötet – zumindest wissen wir aktuell von zweien. Was er in der Zeit getrieben hat, bevor du das Foto gesehen hast, können wir im Moment noch nicht sagen.« Er dachte an die drei Autos der College-Prostituierten, die allesamt auf dem Parkplatz des Gebrauchtwagenhandels von Dales Halbbruder standen. »Womöglich hat er noch drei weitere Frauen getötet. Oder sogar mehr. All das hätte verhindert werden können, wenn du mich rechtzeitig angerufen hättest. Verdammt, Dale!«
Dale blickte ihn mit einer Mischung aus Kränkung und Ungläubigkeit an. »Nach all der Zeit und nach allem, was ich für dich getan habe, behandelst du mich so? Zumindest von dir hätte ich mir ein bisschen Unterstützung erwartet.«
»Dann hast du dich wohl geirrt«, gab Adam zurück, ohne mit der Wimper zu zucken. Als Junge hatte er förmlich nach der Zuneigung und dem Lob des alten Mannes gelechzt, doch nun wurde ihm mit einem Mal bewusst, welche Hintergedanken all die Jahre im Spiel gewesen waren. »Gerade bin

ich noch nicht einmal sicher, wie wir – wie ich, genauer gesagt – etwas von dem glauben können, was du sagst.«
Die Tür ging auf, und Deacon sah herein. »Lieutenant? Auf ein Wort, bitte.«
Es musste wichtig sein, sonst würde Deacon niemals in eine Befragung platzen. Adam wartete. Er fühlte sich völlig ausgelaugt und wollte nicht noch mehr Energie für Dale Hanson aufwenden. Schließlich stand ihm noch die Begegnung mit Wyatt bevor.
Mit dem Mann, von dem er all die Jahre geglaubt hatte, er sei sein Freund. Hatte er ihn überhaupt jemals gekannt? Es schien kaum mehr Zweifel zu geben, dass Wyatt in dieser Sache drinsteckte. Hatte er allen Ernstes Menschen ermordet?
Aller Wahrscheinlichkeit nach hatte Wyatts Onkel Mike gestern Abend versucht, Mallory zu entführen und Meredith und Kate auszuschalten, die ihr zu Hilfe geeilt waren. Hatte Mike auch auf den Transporter geschossen? Hatte er den Gorilla auf dem Gewissen? Andy Gold?
Wer hatte Andys Haus angezündet und dabei eine vierköpfige Familie getötet?
Welche von all diesen Gräueltaten gingen auf Wyatts Konto?
Ich kannte ihn. Mallorys Worte hallten in seinen Gedanken wider. Sie hatte Mike gekannt. Wyatts Onkel hatte Mallory wiederholt vergewaltigt. O Gott. Und Mike hatte einen Polizisten begleitet.
Wyatt. War er der Cop, der Mallory Gewalt angetan hatte? Der sie eiskalt verraten hatte, als sie ihn um Hilfe angefleht hatte, statt ihren Peiniger zu verhaften? Allein die Vorstellung war unerträglich. Dass der Mann, den er als seinen Freund bezeichnet hatte, zu so etwas fähig war ... aber es sah ganz danach aus.
Ich muss es wissen. Zwischen Wyatt und dem Gorilla, der in

Wahrheit Butch hieß und Tiffany und ihre Mutter getötet hatte, bestand eindeutig eine Verbindung. Adam holte tief Luft, als ihn die brutale Wahrheit wie ein Vorschlaghammer traf. Butch war der Mann, der auch Paula getötet hatte. *Während ich zugesehen habe.*

Adams Magen rebellierte. Und Wyatt hatte ebenfalls zugesehen. Hatte er gewusst, dass Paula gleich sterben würde? *Nein, das ist unmöglich.* Aber wenn Butch sie doch getötet hatte? Butch war Wyatts Freund. *Und Wyatt hat neben mir gestanden und zugesehen.*

Sie wussten zumindest, dass Butch Tiffany und ihre Mutter getötet hatte, weil seine Fingerabdrücke auf Tiffanys Kleidung sichergestellt worden waren. Aber hatte Wyatt von der Tat gewusst? Adam musste davon ausgehen, dass es so war.

»Seit wann hat Wyatt diesen unglaublichen Hass auf mich?«, fragte Adam, obwohl er die Antwort lieber nicht hören wollte. Aber er musste sie erfahren.

»Ich glaube, vom ersten Tag an«, antwortete Dale bitter. »Und du hast nie etwas davon geahnt. Ein Wahnsinnsbulle ist aus dir geworden, was?«

28. Kapitel

*Cincinnati, Ohio
Montag, 21. Dezember, 10.30 Uhr*

Ein Wahnsinnsbulle ist aus dir geworden. Adam wandte den Blick ab. Der Schmerz saß tief.
Trip trommelte leise auf die Tischplatte, um seine Aufmerksamkeit auf sich zu ziehen. *Nicht,* formte er lautlos mit den Lippen.
Dankbar lächelnd fuhr Adam sich mit beiden Händen übers Gesicht. Sein Mund war staubtrocken, und er ging bereits im Geist sämtliche Schnapsläden auf dem Heimweg durch, während sein Selbsthass mit jeder Sekunde wuchs. Schwach. *Du bist so verdammt schwach.*
Nein! Du brauchst den Alkohol nicht. Aber das stimmte nicht. Er musste ...
Mit einem wissenden Blick warf Trip ihm ein Päckchen Kaugummi zu. Adam ignorierte Dales selbstgefällige Miene und zog einen heraus.
»Hab ich's doch gewusst«, bemerkte Dale lässig. »Aber du hast dich ja immer für was Besseres gehalten. Dachtest, du wärst besser als dein Daddy. Und besser als Wyatt. Dabei bist du derselbe Suffkopf wie dein Vater.«
Adam sah ihn verblüfft an. *Nicht darauf eingehen. Lass dich nicht provozieren.* »Wovon sprichst du? Ich habe mich nie für etwas Besseres gehalten.« *Verdammt!* Jetzt war er doch auf Dale eingegangen.
Dale zuckte nur mit den Schultern. »Bester Spieler auf dem Platz, College-Abschluss, Detective, noch bevor du dreißig warst.«
Adam starrte den alten Mann weiter an. Er hatte alle Kurse

nur mit mäßigen Noten bestanden – Deacon war der helle Kopf von ihnen gewesen, wohingegen Adam damals allenfalls Talent mit dem Ball bewiesen hatte. »Das gilt doch auch für Wyatt. Auf jeden Fall für die Laufbahn als Detective.« Allerdings hatte Wyatt vier Jahre Vorsprung gehabt. Adams Karriere hatte sich im Eiltempo entwickelt – bis er zu Personal Crimes versetzt worden war. Ab da war alles den Bach runtergegangen. Mit dem Mord an Paula.
Wyatt hatte ihm seinen Glückshandschuh gestohlen, damit Adam das Spiel vergeigte. Dass Tiffany und ihre Mutter lediglich nach demselben Schema getötet worden waren, um ihn aus dem Konzept zu bringen, war ihm bereits in den Sinn gekommen. War es mit Paula dasselbe gewesen? *O mein Gott! O mein Gott!*
Wieder klopfte Trip auf die Tischplatte. Diesmal zog er eine Braue hoch.
Genau, ich sollte damit aufhören, dachte Adam mit einem ironischen Lächeln in Trips Richtung, das dieser mit einem knappen Nicken quittierte. In diesem Moment kehrte Isenberg zurück, während Deacon mit verschränkten Armen und verdrossener Miene an der Tür wartete.
»Mr Hanson«, sagte Isenberg förmlich. »Ich fürchte, wir haben schlechte Nachrichten. Hinter einer Reinigung etwa zwei Meilen von dem Krankenhaus entfernt, wo gestern Abend eine Schießerei stattfand, wurde eine Leiche gefunden. Das Opfer trug keinen Ausweis bei sich, doch die Kleidung und die Verletzungen passen zu denen des Schützen, der auf dem Krankenhausparkplatz gestellt wurde, ehe er geflüchtet ist.«
Dale sackte auf seinem Stuhl zusammen. »Mike ist tot?«
»Wir gehen davon aus, ja. Hatte er Tattoos oder Narben?«
Dale legte sich die rechte Hand auf die Brust, als wollte er den Treueschwur auf die amerikanische Flagge ablegen.

»Hier hatte er eine Tätowierung. Ein brennendes keltisches Kreuz.«

Adam war wie betäubt. *Ein Mörder, ein Vergewaltiger und ein Rassist bis ins Mark.*

»Dann ist er es«, bestätigte Isenberg. »Bei der Leiche handelt es sich um Ihren Halbbruder. Mein Beileid.«

Dale starrte sie an, die Hand immer noch auf der Brust. »Aber er kann nicht tot sein.«

»Es tut mir sehr leid, Sir«, sagte Isenberg höflich. »Wir sind hier fertig. Wenn Sie also wollen, können meine Beamten Sie entweder nach Hause oder aber zur Identifizierung in die Pathologie bringen.« Sie streckte ihm die Hand hin. »Detective Bishop und ich begleiten Sie zum Eingang, dort bekommen Sie eine Fahrgelegenheit.«

Dale ergriff ihre Hand. »Wie ist es passiert?«

»Wahrscheinlich ist er nicht an den Verletzungen gestorben, die ihm im Zuge der Schießerei vor dem Krankenhaus zugefügt wurden«, sagte Isenberg, »aber die exakte Todesursache wird die Rechtsmedizinerin erst nach der Autopsie feststellen. Bitte kommen Sie jetzt mit.«

Adam runzelte die Stirn – den nächsten Angehörigen so abzufertigen, selbst wenn es sich bei dem Opfer um einen Mörder handelte, erschien ihm ziemlich harsch, doch er vertraute Isenberg, deshalb hielt er sich zurück.

Dale folgte Isenberg nach draußen, während Adam und Trip am Tisch sitzen blieben. Deacon sah den beiden einen Moment hinterher, dann trat er an den Tisch, zog einen Latexhandschuh über und verpackte die Kaffeetasse, die Dale weggeschoben hatte, in eine Plastiktüte.

»Wir brauchen die DNS für eine zweifelsfreie Identifikation der Leiche«, sagte er. »Von seinem Gesicht ist nicht viel übrig geblieben. Ein blutiger Ziegelstein wurde neben der Leiche gefunden. Ein Abgleich der Zähne fällt also aus, und weil die

Finger abgetrennt wurden, gibt es folglich auch keine Abdrücke.«
»Und das Tattoo?«, erkundigte sich Trip.
»Wurde herausgeschnitten. Aber es war definitiv über dem Herzen.« Deacon legte den Kopf schief. »Adam?«
Adam sah auf und registrierte erst jetzt, dass er sich die Hand aufs Herz gelegt hatte. »Wie die Narbe, die Mallory gesehen hat«, sagte er leise. »Wyatt hatte vor langer Zeit auch ein Tattoo. Auch über dem Herzen. Allerdings hat er es sich entfernen lassen, als er auf die Polizeiakademie kam.«
»Und das Motiv?«, fragte Trip in einem Tonfall, als kenne er die Antwort ohnehin bereits.
»Ein brennendes Keltenkreuz. Mike hätte ihn an seinem achtzehnten Geburtstag in eine Bar mitgenommen, und als er am nächsten Morgen aufgewacht sei, hätte er dieses Tattoo auf der Brust gehabt, hat er mir erzählt. Er wusste damals noch nicht einmal, dass es ein rassistisches Symbol war. Erst als sein Vater es gesehen und einen Wutanfall bekommen hätte. Wyatt wollte verhindern, dass er deswegen nicht auf der Polizeiakademie angenommen wird, deshalb hat er es entfernen lassen. So hat er es mir zumindest erzählt. Ich habe es nur einmal gesehen, die Narbe aber nicht. Ich ging damals noch auf die Highschool, und er fing gerade auf der Akademie an. Seit dem Schulabschluss hatte ich ihn nicht mehr mit nacktem Oberkörper gesehen, weil wir nicht mehr in derselben Mannschaft gespielt haben. Und in der Umkleide des Reviers hatte er immer ein T-Shirt an.« Er schloss die Augen. »Wyatt hat Mallory vergewaltigt.« Es laut auszusprechen, machte es ihm nicht leichter, die Tatsache zu akzeptieren. »Wyatt. Großer Gott.«
Deacon legte ihm die Hand auf die Schulter. »Und dafür wird er bezahlen, so viel steht fest.«
»Er hatte Angst, dass sie seine Narbe sieht und ihn identifi-

ziert«, meinte Trip. »Genauso wie du. Deshalb hatte er es auf euch beide abgesehen.«

Adam fühlte sich seltsam losgelöst. »Das hatte ich völlig vergessen. Schließlich ist es zwanzig Jahre her.«

»Aber anscheinend hat Wyatt sich mehr Gedanken darüber gemacht als du«, erklärte Trip sanft. »Die ganze Scheiße, die sein Vater da von sich gegeben hat, war … Schwachsinn. Das weißt du doch, oder?«

»Ja. Trotzdem tut es weh.«

»Das glaube ich gern«, brummte Trip. »Gibt es eigentlich irgendjemanden, der auch mal nett zu dir war?«

Adam holte Luft. »Ja. Meine Mom, wenn sie konnte. Und Deacon, Dani und Greg. Sie waren immer nett zu mir.« Er tätschelte verlegen Deacons Hand. »Du kannst jetzt loslassen. Ich werde nicht davonlaufen.«

»Ich war mir nicht ganz sicher. Es sah ziemlich danach aus«, meinte Deacon, zog jedoch seine Hand weg.

»Das ist eine Menge zu schlucken. Ich fühle mich so … verletzt«, gestand er. »Ich fasse es nicht, wie jemand glauben konnte, ich hätte mich für etwas Besseres gehalten. Na ja, besser als Verbrecher, klar, aber besser als meine Familie?«

»Trotzdem bist du es«, sagte Deacon. »Du hättest als Alkoholiker enden können wie dein Vater, stattdessen bist du ein netter, anständiger Trinker auf dem Weg der Besserung.«

Adam lachte, wohl wissend, dass es genau das war, was Deacon hatte erreichen wollen. »Du blöder Arsch.«

Deacon grinste. »Na ja, wir haben alle unsere Talente. Komm jetzt.«

»Wohin gehen wir?«

»Nach oben. Strategiesitzung.« Deacon hielt die Tüte mit der Kaffeetasse in die Höhe. »Ich bringe das noch kurz ins Labor, dann komme ich nach.«

Cincinnati, Ohio
Montag, 21. Dezember, 10.45 Uhr

»Merry, wach auf.«
Diesels Stimme riss Meredith aus ihrem Nickerchen – sie hatte durch das Fenster des Wartebereichs den Schneefall beobachtet und war irgendwann vor Erschöpfung weggedriftet.
»Was ist?«, fragte sie und fuhr sich mit der Hand über den Mund, in der Hoffnung, dass sie nicht gesabbert hatte.
»Du schnarchst«, sagte Diesel grinsend.
»Niemals!«
Seine Augen funkelten verschmitzt. »Doch, und es ist echt süß. Frag Adam, er wird es dir schon sagen.«
Sie bedachte ihn mit einem vernichtenden Blick. »Hast du mich geweckt, um dich über mich lustig machen zu können?«
»Nein. Ich habe endlich Bethany Rows Mailaccount geknackt.«
»Gerade eben?«
»Vor etwa einer halben Stunde.«
»Wieso weckst du mich dann erst jetzt?«
»Weil ich erst die Beweise finden wollte und du dringend ein bisschen Schlaf brauchtest.«
Sie lächelte ihn an. »Danke.« Er war so ein reizender Mann. Zum hundertsten Mal konnte sie sich nur fragen, worauf Dani Novak noch wartete. Diesels Interesse war unübersehbar, doch Dani schien nicht dasselbe zu empfinden. Aber das spielte jetzt keine Rolle. »Was hast du herausgefunden?«
»Ich bin auf mehrere Mails von Pflegeeltern gestoßen, die ihr Bestechungsgeld anbieten, damit sie wegsieht. In einigen davon werden konkrete Beträge genannt oder unmissverständlich die Gefälligkeiten dargelegt, die man ihr erweist, wenn sie die Beschwerde eines Pflegekinds abwimmelt. Das

dürfte genau das sein, was wir brauchen, um eine Ermittlung gegen sie einzuleiten. Aber ich habe noch ein bisschen tiefer gegraben. Vor etwa sechs Monaten hat sie eine E-Mail von ihrer Bank bekommen, in der man sie über den Zahlungseingang von zehn Riesen auf ihr Konto informiert hat.«

Meredith riss die Augen auf. »Zehntausend Dollar? Von wem?«

»Das ist das Interessante daran. In der E-Mail ist dieselbe Kontonummer angegeben, an die Broderick Voss seine Zahlungen geleistet hat.«

Sie starrte ihn fassungslos an. »Das ist unglaublich!«, rief sie, ehe es ihr dämmerte. »Aber natürlich können wir den Cops nichts davon sagen, weil du auf unlauterem Weg an die Informationen gelangt bist.«

»Und damit sind diese Beweise vor Gericht nicht verwertbar.« Diesel stieß einen genervten Seufzer aus. »Ohne Cops macht die Arbeit wesentlich mehr Spaß.«

Sie nickte verdrossen. »Ja, der vierte Zusatzartikel nervt.«

Diesel schnaubte. »Trotzdem kann dein Cop bestimmt eine Möglichkeit finden, wie es funktioniert. Er könnte seine Kollegen aus Indy um die Ermittlungsakte bitten, und dabei taucht diese E-Mail auf. Damit kriegt er keinen Ärger.«

Sie lächelte. *Mein Cop. Genau das ist er. Meiner.* Diesels Miene wurde weich. »Was ist?«, fragte sie.

»Dein Gesicht. Du siehst richtig glücklich aus.« Er zuckte mit den Schultern. »Das hast du verdient.«

Ihre Augen brannten. Schon wieder. »Du bringst mich ständig zum Weinen.« Sie stand auf, um sich nach einer Schachtel Papiertaschentücher umzusehen, als ihr Handy läutete.

»Du solltest rangehen«, sagte Diesel. »Eine Vorwahl aus Indianapolis.«

Sie trat wieder an den Tisch. »Das ist der Detective.« Sie nahm das Gespräch an. »Hallo? Hier spricht Meredith Fallon.«

»Guten Morgen, Dr. Fallon. Hier ist Detective Santos vom Indianapolis PD. Mein Boss meinte, ich solle Ihre Anrufe nicht länger ignorieren.«
»Danke.« Sie runzelte die Stirn. »Wie nett von Ihnen.«
Er lachte. »Vermutlich habe ich es nicht besser verdient. Aber ich habe Sie keineswegs komplett ignoriert. Ich musste meine Notizen durchsehen, was bei meiner Handschrift einige Zeit gedauert hat. Jetzt habe ich etwas für Sie.«

Cincinnati, Ohio
Montag, 21. Dezember, 10.50 Uhr

Adam und Trip gingen zu Scarlett und Nash in den Briefingraum. Nash stand an der Tafel und betrachtete ein weiteres Mal die Fotos von Paula und Tiffany.
Adam stellte sich einen Moment lang wortlos neben ihn. »Es tut mir leid, Nash«, sagte er leise. »Ich wollte mir die Frage, ob du da mit drinhängst, nicht stellen, aber ich musste es tun.«
Nash lächelte schief. »Hey, schon gut. Ich hätte wahrscheinlich genauso gehandelt.« Er blickte wieder auf die Fotos. »Glaubst du, er hat den Mord an Paula in Auftrag gegeben? Wyatt, meine ich?«
»Ich halte es für möglich. Und das ist grauenvoll«, gestand Adam. »Es ist die reinste Katastrophe.«
»Ich weiß.« Nash nickte. »Es schmerzt mich genauso, obwohl er nicht von Kindesbeinen an mein Freund war. Ich kann es nach wie vor nicht fassen ... wie er neben uns stehen und *ihr beim Sterben zusehen konnte.*«
»Ich weiß, aber rückblickend betrachtet, muss ich mir eingestehen, dass Wyatt nun mal nicht der Freund war, für den ich ihn gehalten habe. Ich war erst elf, als ich ihn kennengelernt

habe, und erinnere mich noch gut an seine ›Streiche‹ und ›Neckereien‹. Sie waren nie wirklich lustig, aber von meinem Vater war ich weitaus Schlimmeres gewohnt, deshalb habe ich mir nichts weiter dabei gedacht.«
»Natürlich wollte er nicht, dass du etwas mitbekommst«, warf Trip ein. »Soziopathen gelingt es ganz ausgezeichnet, ihr wahres Naturell vor anderen zu verbergen. Sonst würden wir wesentlich mehr von den Dreckskerlen schnappen.«
Adam seufzte. »Ja, das ist wohl wahr. Zumindest einiges wird mir inzwischen klar. Wer auch immer Paula gefangen gehalten hat, beherrschte die Gebärdensprache. Wyatt tut das jedenfalls.«
Nash schüttelte den Kopf. »Aber über so eine lange Zeit hinweg, er hat sie jahrelang festgehalten, Adam!«
Adam schloss die Augen, weil er Paulas Anblick nicht länger ertrug. »Ich weiß. Wir wissen, dass er … sich zu Mallory hingezogen fühlte, als sie dreizehn war. Er hat sogar riskiert, dass die Vergewaltigung auffliegt. Paula war noch nicht ganz in der Pubertät. Sie war ja erst elf.« Und das Mädchen war jahrelang seine Gefangene gewesen. »Er hat eine kleine Tochter, die gerade mal sieben ist, Nash.«
Nash stöhnte auf. »O Gott, ich hoffe bloß, er hat sie nicht angerührt.«
Adam spürte Übelkeit in sich aufsteigen, biss jedoch die Zähne zusammen, bis die Woge wieder verebbte. »Ja. Hoffentlich können wir Ariel vor dem bewahren, was andere durchgemacht haben.«
»Aber wenn Wyatt Paula gefangen gehalten hat, wieso hat sie ihn dann nicht erkannt, als er neben uns stand und zugesehen hat, wie sie ermordet wird?«
Adam versuchte, sich jenen Tag in Erinnerung zu rufen. »Weil er immer außerhalb der Kamera gestanden hat. Es sei ›meine Show‹, hat er gesagt. Er würde mich lediglich wäh-

rend des Falls begleiten, weil es mein erster großer Einsatz bei Personal Crimes sei.«

»Was Schwachsinn und dazu noch arrogant war«, murmelte Nash.

Adam seufzte. »Inzwischen ist mir das auch klar. Wir haben uns damals gefragt, wie sie es geschafft hat, das Internet und das Mailprogramm zu benutzen, ohne dass ihr Peiniger es merkt. Jetzt frage ich mich natürlich, ob Wyatt das alles bewusst eingefädelt hat, um mich um den Verstand zu bringen. Offenbar hasst er mich, seit wir uns kennen.«

Nash schwieg einen Moment. »Nachdem ich mich wieder etwas gefangen hatte, habe ich recherchiert und herausgefunden, dass du ihre Asche hast bestatten lassen. Du hast das Begräbnis aus eigener Tasche bezahlt.«

Adam zuckte unbehaglich mit den Schultern. »Ich konnte die Vorstellung nicht ertragen, dass sie anonym verscharrt wird. Ich wusste ja nie, ob sie Familie hatte … nicht einmal ihren Nachnamen kannte ich, verdammt noch mal! Sie war in meiner Obhut, wenn auch bloß für ein paar Tage.«

Nash seufzte traurig. »Ich lege Blumen auf ihr Grab. Jeden ersten Sonntag im Monat. Vielleicht können wir ja nächstes Mal gemeinsam hingehen. Und eine Art Abschluss finden.«

Adams Kehle wurde eng. »Das wäre schön. Danke.« Er wandte sich von der Tafel ab, als Deacon hereinkam – wie immer eine eindrucksvolle Gestalt.

Aber weit davon entfernt, unverwundbar zu sein, dachte Adam. *Genauso wie Meredith. Ich habe ihnen beiden wehgetan. Vielen Menschen. Indem ich mich verschlossen habe. Aber das wird sich jetzt ändern.*

»Wie lange dauert es, bis das Labor die DNS von Dale Hanson ermitteln kann?«, fragte er seinen Cousin.

»Ein paar Stunden. Sie haben es ganz oben auf die Liste gesetzt. Mit der modernen Technik ist das heutzutage ja viel schneller zu schaffen als früher, als es manchmal einen ganzen Tag gedauert hat.«

Nash verdrehte die Augen. »Ich finde es immer so lustig, wenn ihr Jungspunde über die alten Zeiten redet. Ihr habt ja keine Ahnung …« Er hielt inne und verdrehte neuerlich die Augen. »O Mann, ich bin wirklich alt.«

Deacon musterte ihn. »Kann sein, aber manchmal müssen wir uns auch anhören, was die Älteren zu sagen haben.«

Adam war bewusst, dass Deacon nicht von den Ermittlungsmethoden sprach, sondern darauf anspielte, wie Nash sie sich zuvor zur Brust genommen hatte, und was Deacon als Nächstes sagte, bestätigte seine Vermutung.

»Könnten Sie Adam im Krankenhaus absetzen, wenn wir hier fertig sind, Trip? Ich denke, er braucht ein bisschen Zeit, um alles zu verarbeiten.«

Trip zog die Brauen hoch. »Mit Meredith?«

Deacon zuckte mit den Schultern. »Ich könnte mir vorstellen, dass er eine Therapie braucht.«

»So nennt ihr Alten das also?«, höhnte Trip. »Therapie?«

»Ich bin nicht alt«, protestierte Deacon. »Sie sind bloß blutjung.«

Nash lachte. »Das kommt dabei heraus, wenn man jemanden als alt bezeichnet, Novak. Es gibt immer einen, der jünger ist und einem zur Strafe eins reinwürgt. Und ›Therapie‹ ist ein wunderbares Wort dafür, Agent Triplett. Das tut Adam bestimmt gut.«

Adam spürte, wie er rot wurde. »Schluss jetzt. Ich fahre noch nicht ins Krankenhaus zu Meredith. Als Erstes schnappen wir uns Wyatt Hanson.« Er schluckte. »Das ist jetzt wichtiger. Ich muss es tun.«

»Ich weiß, und ich verstehe das vollkommen«, sagte Deacon ernst. »Aber er hat es auf dich abgesehen, Adam. Wenn du dich da reinhängst, bringst du automatisch uns alle in Gefahr.«

Adam schien unbeeindruckt zu sein. »Willst du mir ein schlechtes Gewissen machen? Ernsthaft?« Er hielt inne, ehe er fortfuhr. »Außerdem ist es so lange mein Fall, bis Isenberg mich davon abzieht, und ich werde mich ganz bestimmt nicht verstecken.«

»Isenberg«, sagte seine Vorgesetzte, die in diesem Moment hereinkam, »hat sich aber anders entschieden. Ich nehme die Ermittlungen jetzt selbst in die Hand.«

Adam wandte sich ihr zu. »Aber warum?«

»Weil dieser Fall gerade eine ziemlich große Nummer geworden ist, deshalb«, erwiderte sie so freundlich, als würden sie sich über die Sonderangebote im Supermarkt unterhalten. »Wenn Sie wissen, was ich weiß, wollen Sie nicht mehr der Hauptermittler in dem Fall sein … ich will es ja selbst nicht einmal mehr, sondern tue Ihnen damit einen Gefallen, Detective.« Zu seiner grenzenlosen Verblüffung drückte sie seinen Arm. »Außerdem«, fuhr sie leise fort, »hat heute Morgen jemand auf Sie geschossen, dem Sie Ihr halbes Leben lang vertraut haben, und diesen Schock haben Sie definitiv noch nicht überwunden.«

Adam konnte ihr nicht böse sein, auch wenn er es noch so gern gewesen wäre. »Mir geht's gut.«

»Bestimmt bald wieder, ja«, sagte sie mit entwaffnender Zuversicht. »Setzen wir uns. Ich muss Ihnen ein paar Dinge erklären, die Sie noch nicht wissen, aber wenn Sie sie erst einmal erfahren haben, werden Sie mich auf Knien anbetteln, Sie von dem Fall abzuziehen.«

»Vielleicht sollten Sie es ihm unter vier Augen erzählen«, meinte Nash halblaut.

Isenberg verdrehte die Augen. »Jetzt ist nicht der richtige Zeitpunkt für diese Nettigkeiten, Detective Currie, und meine Leute sind hart im Nehmen. Die brauchen so etwas nicht.« Trotzdem warf sie Adam einen entschuldigenden

Blick zu. »Ich habe die hohen Tiere über alles informiert, was Sie bislang zusammengetragen haben. Die Nachricht, dass ein skrupelloser Cop einen Prostituiertenring betreibt und unschuldige Leute umbringt, ist nicht sonderlich gut angekommen ... gelinde gesagt. Noch haben sich die Medien nicht auf die Story gestürzt, aber das ist eine reine Zeitfrage. Vor allem, seit Shanes Videoappell an Linnea online gegangen ist.«

»Was für ein Video?«, fragten Deacon, Nash und Trip wie aus einem Mund, während Scarlett verdächtig still blieb.

»Oh, das Video«, erwiderte Adam. »Das hatte ich ja völlig vergessen.«

»Sie hatten heute Vormittag ja auch einiges zu tun, nicht wahr, Detective«, warf Isenberg mit einem vielsagenden Blick ein. »Also, bitte informieren Sie Ihre Kollegen.«

»Eigentlich war es Merediths Idee«, meinte Adam und schilderte, was er am Morgen Linnies wegen unternommen hatte. Scarlett sah ihn verblüfft an. »Und all das hast du in die Wege geleitet, noch bevor du zu deinem AA-Meeting gegangen bist?«

»Ja«, antwortete er. »Nur mit Marcus habe ich nicht geredet, weil ich mir nicht vorstellen konnte, dass er um halb sechs schon auf den Beinen war.«

»War er auch nicht«, meinte Scarlett, und sie musste es wissen, schließlich war der Herausgeber der Zeitung ihr Partner. »Aber du hättest mich fragen können.«

Ja, das hätte er tatsächlich tun können. Und hätte es auch tun sollen. Ihre Miene sprach Bände. Auch sie hatte er mit seinem Verhalten gekränkt und verletzt. »Ich wollte es gleich nach dem Meeting tun, Scarlett. Ehrlich. Aber Wendi und Colby waren schon wach, Mallory auch, genauso wie Kyle und Shane. Sie hatten einen *Star-Wars*-Marathon veranstaltet.« Schließlich sah er Isenberg an. »Aber wie konnte das

Video schon online gehen? Ich habe doch mit niemandem vom *Ledger* gesprochen?«

»Diesel Kennedy hat es auf deren Webseite geladen«, erklärte Isenberg mit dem Anflug eines Grinsens. »Er hat mich sogar vorher um Erlaubnis gebeten.«

Scarlett wirkte völlig perplex. »Wow, der Mann wird ja richtiggehend zivilisiert. Fragt um Erlaubnis ... Ich glaube, ich kriege das Fürchten.«

»Keine Sorge«, konterte Isenberg trocken. »Ich kann mir nicht vorstellen, dass das zur Gewohnheit wird. Jedenfalls ist das Video jetzt überall im Netz. Shane äußert sich darin sehr positiv über Sie, Adam. Linnie könne Ihnen vertrauen, und Sie würden ihr nichts tun, hat er gesagt. Er hat sie regelrecht angefleht, zu ihm zu kommen, damit sie Andy gemeinsam begraben könnten.«

»Kein Wunder, dass sich das Video rasend schnell verbreitet hat«, meinte Deacon. »Das geht einem ja direkt ins Herz.«

»Allerdings«, bestätigte Isenberg knapp. »Ich habe Diesel gebeten, Ihren Namen und die Nummer der Einsatzzentrale einzublenden. Bislang haben wir natürlich massenhaft Anrufe bekommen, nur Linnie hat sich noch nicht gemeldet. Aber es ist auch erst seit einer Stunde draußen. Und soweit wir wissen, hat sie kein eigenes Handy. Was aber kein Problem ist, weil sämtliche großen Nachrichtensender weltweit die Geschichte aufgreifen werden.«

Adam starrte sie fassungslos an. »Weltweit?«

»Ja, ganz recht. Das Ganze läuft komplett aus dem Ruder, aber dagegen sind wir machtlos. Wir können nur versuchen, die Medien in die Richtung zu lenken, in die wir sie haben wollen.«

»Und die wäre?«, hakte Nash ein.

Sie verzog das Gesicht. »Vor einer Viertelstunde war die Story noch die eines Cops mit einer Posttraumatischen

Belastungsstörung, der nach den vielen Dienstjahren bei Personal Crimes und der ICAC einfach nicht mehr konnte und durchdrehte. Ein Cop, der gegen Internetverbrecher und für Kinder kämpft, ist immer ein gefundenes Fressen.«
»Das Problem ist nur, dass das eine Lüge ist«, warf Adam leise ein. »Vor allem, da er für Paulas Tod verantwortlich ist.«
Wut flackerte in Isenbergs Augen auf. »Das habe ich denen auch gesagt, aber sie haben nur abgewinkt.« Sie fing sich wieder. »Anfangs zumindest. Immerhin konnte ich sie schließlich doch vom Gegenteil überzeugen. Aber genau aus dem Grund ist es nicht gut, wenn Sie den Fall weiter offiziell leiten, Adam. Dass ein Polizist in so eine Riesensache verwickelt ist, wird zum politischen Albtraum, in den Sie auf keinen Fall verstrickt werden dürfen, das lasse ich nicht zu.«
Er war keineswegs überzeugt. »Dafür bin ich Ihnen auch sehr dankbar, aber ich will ihn trotzdem schnappen.«
Ihre Miene wurde weich. »Ich weiß«, sagte sie, als wären sie ganz allein im Raum. »Aber es geht einfach nicht. Nicht mehr. Sie stecken viel zu tief in dieser Sache drin. Wenn Sie ihn nicht schnappen, werden die Leute sagen, Sie hätten ihn davonkommen lassen, weil Sie Freunde gewesen seien und alle Cops doch sowieso zusammenhalten würden. Und wenn Sie ihn schnappen, wird es als Racheakt dargestellt, nach dem Motto, zwischen Ihnen hätte böses Blut geherrscht, weil Ihre Väter gemeinsam ein Verbrechen vertuscht hätten. Wie auch immer es ausgelegt wird, bedeutet es das Ende Ihrer Karriere.«
Adam wusste, dass sie recht hatte. *Aber verdammt noch mal!* Er musste Wyatt in die Augen sehen, wenn er begriff, dass er mit dem Rücken an der Wand stand und keine Chance mehr hatte, mit heiler Haut davonzukommen.
Isenberg schwieg. Sie wartete auf seine Antwort.
Sag etwas. Irgendetwas. Sag ihr, sie soll sich zum Teufel

scheren. Aber das konnte er nicht machen. Schließlich versuchte sie, seinen Hintern zu retten. Und riskierte dabei ihren eigenen. Aber genau so etwas taten gute Vorgesetzte.
Trip durchbrach die Stille. »Sie sagten, das sei vor einer Viertelstunde noch die Kernaussage der Story gewesen. Aber was ist es jetzt?«
»Im Augenblick ist die offizielle Position des Dezernats die Wahrheit«, antwortete Isenberg, ohne Adam aus den Augen zu lassen. »Dank Meredith Fallon.«
Adam riss die Augen auf, dann kniff er sie zusammen. »Meredith? Was hat sie denn damit zu tun? Wenn sie das Krankenhaus verlassen hat, werde ich …«
»Erst einmal auf der Couch schlafen, wenn Sie jetzt weiterreden«, unterbrach Isenberg grinsend. »Nur die Ruhe. Es geht ihr gut, und sie ist genau dort, wo sie sein soll.«
»Also?«, fragte Adam.
Isenberg zuckte mit den Schultern. »Ihr Psychodoc war ziemlich fleißig und hat uns gerade eben das fehlende Puzzleteilchen geliefert – die Verbindung zwischen Wyatt und Andy, Linnie und Shane.«
»Merry vor, noch ein Tor«, platzte Scarlett heraus. »Und?«
»Sie wusste, dass der Killer Linnie einmal begegnet sein musste, weil er sie für seine College-Nutten engagiert hat.«
Trip nickte. »Penny Voss hat sie bei der Party ihres Vaters gesehen. Wir sind ziemlich sicher, dass Linnie gezwungen wurde. Aber wie hat Wyatt das angestellt? Was hatte er gegen sie in der Hand?«
Mit einem Mal begriff Adam Merediths Gedankengänge: Linnie hatte Andy geliebt, so sehr, dass sie ihn begleitet hatte, als er aus Indianapolis geflohen war und sich einen neuen Namen zulegte. »Der vertuschte Mord an dem Pflegevater«, sagte er leise. »Wenn das Verfahren wieder aufgenommen worden wäre, hätte Andy ins Gefängnis kommen können.

Linnie würde ihn unter keinen Umständen dafür leiden lassen, dass er sie gerettet hat.«

Isenberg nickte traurig. »Das scheint der richtige Ansatz zu sein. Meredith hat herausgefunden, dass Linnies Sozialarbeiterin – die Frau, die sie in eine andere Familie stecken wollte, weil sie die Vergewaltigung durch ihren Pflegevater gemeldet hatte – vor Kurzem gefeuert wurde, weil sie dasselbe mit einem weiteren Mädchen getan hat, nur hat sich dieses Mädchen am Ende das Leben genommen. Gegen die Frau wird gerade wegen Bestechlichkeit und fahrlässiger Tötung ermittelt. Meredith hat den zuständigen Detective angerufen, der aber erst zurückgerufen hat, nachdem ich mit seinem Vorgesetzten gesprochen hatte.«

»Und?«, fragte Scarlett. »Was hat sie in Erfahrung gebracht?«

»Dass der Detective den ganzen Morgen beim Staatsanwalt war, der den Fall Sandra Walton bearbeitet. Das ist die Pflegemutter, die gerade wegen des Mordes an ihrem Ehemann einsitzt.«

»Wegen des Mordes, den in Wahrheit Andy Gold begangen hat«, warf Trip ein.

Isenberg nickte. »Mrs Waltons Verteidiger hat die Wiederaufnahme des Verfahrens beantragt. Sie hat gestern Andy Golds Foto im Fernsehen gesehen und behauptet, das sei ein klarer Beweis für die Gewaltbereitschaft des Jungen. Der Verteidiger hat auch angeboten, dass Mrs Walton gegen die Sozialarbeiterin Bethany Row aussagen würde, wenn sie dadurch eine Verringerung ihrer Haftstrafe bekäme. Der Detective hat den ganzen Morgen alles zusammengetragen, was sie gegen die Pflegemutter, die Sozialarbeiterin und Linnie Holmes in der Hand haben. Es stellte sich heraus, dass vor etwa sechs Monaten die Anfrage eines Detectives aus dem Rauschgiftdezernat eingegangen ist.«

Adam schloss die Augen. »Wyatt Hanson.«

»Genau. Vor einem halben Jahr wurde Linnie gemeinsam mit zwei weiteren Personen beim Ladendiebstahl erwischt. Offenbar hatten sie sich auch schon früher zusammengetan. Die beiden anderen waren auch als Drogendealer aktenkundig. Zwar waren sie nur im kleinen Rahmen tätig, hatten aber Verbindungen zu größeren Fischen, hinter denen die Kollegen aus dem Rauschgiftdezernat schon länger her waren.«

»Daher dachten sie, Linnie hätte ebenfalls Verbindungen«, folgerte Scarlett, »was sie aber nicht hatte.«

Isenberg zuckte mit den Achseln. »Das wissen wir nicht. Hanson wurde aufs Revier gerufen, damit er die Befragung durchführt und versucht, an die wirklich wichtigen Leute heranzukommen. Ob er wusste, dass sie mit drinsteckt, kann ich nicht sagen, aber er hat auf jeden Fall gemerkt, dass sie Dreck am Stecken hatte.«

»Was er wiederum für seine Zwecke nutzen konnte«, folgerte Adam, woraufhin Isenberg erneut nickte.

»Hanson hat ihre Fingerabdrücke überprüft und festgestellt, dass sie mit denen auf Diebesgut übereinstimmen, das irgendwo außerhalb von Indianapolis verhökert worden war. Daraufhin hat Hanson bei der Polizei von Indianapolis angerufen und die Kollegen wegen Linnies Vergangenheit befragt. Der dortige Detective hat Hanson Linnies Akte zugeschickt, in der auch der Bericht über den Diebstahl und die Beschwerde gegen Mrs Walton aufgeführt war. Und in der Akte befand sich auch die Visitenkarte von Ms Row, der Sozialarbeiterin, gegen die mittlerweile ermittelt wird.«

»Hat Hanson auch sie angerufen?«, fragte Nash.

Isenberg runzelte die Stirn. »Bitte haben Sie etwas Geduld, Detective Currie. Der Kollege aus Indianapolis hat mir seine Akte und eine Kopie des Einzelverbindungsnachweises von Ms Rows Handy zukommen lassen.« Sie schob die Liste in die Mitte des Tischs. Drei identische Nummern waren eingekreist.

Adam sog scharf den Atem ein. »Das ist dieselbe Nummer, von der aus auch jemand die Kellnerin im Buon Cibo angerufen hat.«

»Und«, fügte Trip hinzu, »mit der der Zünder der Bombe ausgelöst wurde.«

Isenbergs Lächeln bekam eine wölfische Note. »Und nach dem zweiten Anruf hat Ms Row eine automatische E-Mail von ihrer Bank bekommen, dass eine Überweisung in Höhe von zehntausend Dollar ihrem Konto gutgeschrieben wurde. Das mag gerade nebensächlich sein, trotzdem schickt uns das Indianapolis Police Department ihre Kontoauszüge, damit wir sie mit denen von Broderick Voss abgleichen können, sobald diese uns vorliegen.«

»Wyatt hat sie also bezahlt, damit sie in Linnies, Andys und Shanes Vergangenheit wühlt.« Adam war hin- und hergerissen zwischen Wut auf die Sozialarbeiterin und Bewunderung für Meredith dafür, was sie in den wenigen Stunden in Erfahrung gebracht hatte. »Er hat herausgefunden, dass Andy wegen Mordes verhaftet worden war.«

»Genau«, bestätigte Isenberg. »Und wahrscheinlich hat er ihm gedroht, alles der Polizei von Cincinnati zu sagen, damit Andy sofort an die Behörden in Indy übergeben wird. Linnie wollte aber nicht zulassen, dass Andy für den Mord bezahlt, den er ihretwegen begangen hat, deshalb hat sie getan, was Wyatt von ihr verlangt hat.«

Trip schüttelte den Kopf. »Aber wieso? Wieso den ganzen Aufwand? Ich meine, es gibt doch zahllose junge Frauen auf der Straße, die jederzeit und bereitwillig für ihn gearbeitet hätten. Wieso ausgerechnet Linnie?«

»Wieso Mallory?«, warf Adam ein. »Wieso Paula?«

»Weil er es kann«, murmelte Nash. »Die Macht törnt ihn an.

Der Kick, andere zu manipulieren. Wer weiß, wie viele Opfer er noch so drangekriegt hat?«

»Es hat Linnie beinahe das Leben gekostet«, stieß Deacon hervor. »Dani war stinksauer wegen des Einsatzes gestern vor der Notunterkunft. Sie hat die Blutproben untersuchen lassen, und ihre Viruslast ist erschreckend hoch. Bislang wurde sie nicht behandelt. Dani sagt, Linnie hätte seit Tagen nichts Anständiges mehr gegessen, als sie in die Klinik gekommen sei, aber wenn sie sich nicht gut ernähren würde, könnten sich ihre Werte nie stabilisieren.«

»Ich hoffe nur, sie nimmt Kontakt zu uns auf«, sagte Scarlett. »Während wir warten, müssen wir das elende Dreckschwein finden, das für all das hier verantwortlich ist.«

»Wyatt Hanson«, stieß Adam zwischen zusammengebissenen Zähnen hervor, während neuerlich die kalte Wut in ihm hochstieg. Mit erschreckender Klarheit sah er vor sich, was er tun würde, wenn er Wyatt in die Finger bekäme. Isenberg hatte völlig recht – er war nicht in der mentalen Verfassung, sich an der Jagd auf seinen einstigen Freund zu beteiligen, denn wenn er ihn fände, würde er ihn mit bloßen Händen erwürgen.

Er schloss die Augen. »Ich glaube, ich brauche eine kurze Pause. Nur ein paar Stunden. Ich würde gerne mit Meredith ins Penthouse fahren. Gibt es Freiwillige, die gern ihren Arsch riskieren und uns hinbringen wollen?«

Er schlug die Augen gerade auf, als Deacon die seinen schloss und ein Dankesgebet ausstieß. »Hat auch lange genug gedauert, Mistkerl.«

»Jaja, aber wenn ich einmal etwas gelernt habe, vergesse ich es so schnell nicht wieder. Eine Wiederholung ist nicht nötig.«

»Ich hoffe nicht, Detective.« Isenberg erhob sich, als Signal an die anderen, dass die Besprechung beendet war. »Deacon und Scarlett, Sie bringen Adam und Meredith ins Penthouse, und dann fahren Sie bei Wyatt Hanson vorbei. Er ist nicht zu Hause. Das weiß ich von meinem Kollegen aus dem Rauschgiftdezernat, der höchstpersönlich bei ihm vorbeigesehen hat, nachdem Wyatt zu seinem Termin mit mir nicht erschienen ist. Er ist nicht reingegangen, weil wir zu dem Zeitpunkt noch keinen Durchsuchungsbefehl hatten, aber die Wärmebildkamera hat gezeigt, dass sich niemand im Haus aufhielt. Ich lasse das Grundstück bereits überwachen. Vor einer Weile ist seine Frau nach Hause gekommen, von ihm selbst gibt es allerdings keine Spur. Durchsucht das Haus, befragt die Frau, stellt alles auf den Kopf, Leute.«

»Haben wir denn jetzt einen Durchsuchungsbefehl?«, wollte Deacon wissen.

»Ja. Für alles. Wenn Sie einen Safe finden, tun Sie alles, was nötig ist, um ihn aufzubekommen. Trip, Sie und Nash fahren zu Mikes Werkstatt in Fairfield. Sie ist ganz in der Nähe des Gebrauchtwagenhandels und wurde zum Glück noch nicht niedergebrannt. Suchen Sie dort, und stellen Sie alles sicher, was Sie kriegen können. Los jetzt. Und passen Sie gut auf sich auf.«

Cincinnati, Ohio
Montag, 21. Dezember, 11.20 Uhr

»Ich dachte, Sie wollten ›in einer Minute‹ meinen Mann anrufen«, sagte Rita steif. »Das ist jetzt schon über eine Stunde her.«

Linnea hatte es immer noch nicht getan, weil ihr jedes Mal allein bei der Vorstellung speiübel geworden war. *Er ist ein Cop.* Aber sie würde ihre Verunsicherung unter keinen Umständen preisgeben, deshalb schüttelte sie nur den Kopf.

»Er würde meine Stimme sofort erkennen und entweder gar nicht erst auftauchen oder mich abknallen, bevor ich abdrücken kann.«

Rita hob trotzig das Kinn. »Mein Mann ist Polizist.«

»Ja, weiß ich.« Linnea legte den kleinen Jungen an ihre andere Schulter und wiegte sich sanft hin und her. Der Kleine war vor einer Stunde eingeschlafen, aber natürlich würde dieser Zustand nicht ewig andauern. Sie musste sich etwas einfallen lassen, und zwar schleunigst.

Ritas Handy vibrierte mehrmals in ihrer Tasche. Jemand schrieb ihr Nachrichten. *Vielleicht ist er es ja. Vielleicht weiß er, dass ich hier bin.*

Gut. Soll er ruhig kommen. Aber wahrscheinlich würde er stattdessen seine Bullen-Freunde schicken, die sie festnehmen würden. Kein Mensch würde ihr ihre Geschichte abkaufen. Dass einer aus ihren Reihen so etwas tun würde? Niemals. *Und dann bekomme ich nie die Gelegenheit, ihn zu töten.*

Vorsichtig den Jungen auf dem Arm balancierend, zog sie Ritas Handy aus der Tasche und blickte aufs Display.

Rita! Ruf mich an! Was ist passiert? RUF AN!!

Gefolgt von einer weiteren Nachricht: *RITA, ist alles ok? RUF MICH AN! Wyatt ist in den Nachrichten. Channel 12!*

Linneas Puls beschleunigte sich. »Bitte schalten Sie den Fernseher an. Channel 12.« Sie deutete mit der Waffe auf den Fernseher, als Rita sich nicht rührte. »Ich sagte *bitte*, Mrs Hanson.«

Rita nahm die Fernbedienung und hielt sie einen Moment in der Hand. Linneas Alarmglocken schrillten.

»Denken Sie nicht mal dran, Mrs Hanson«, warnte Linnea sie ganz ruhig, während Mrs Hanson ausholte. »Wie gesagt, ich will Ihrem Sohn nichts tun, aber ich habe auch nichts zu verlieren.«

Rita blinzelte. Tränen liefen ihr über die Wangen. »Sie sind böse.«

»Ja, das mag sein. Und jetzt schalten Sie den Fernseher an, Mrs Hanson. Bitte.«

Rita gehorchte und fand den Nachrichtensender. Sie schnappte nach Luft.

Linneas Augen weiteten sich.

CPD-Detective wegen Befragung zur aktuellen Mordserie gesucht stand in der Headline, die über den unteren Bildschirmrand lief, während Wyatt Hansons Foto – dasselbe wie jenes im Bücherregal – den restlichen Bildschirm füllte. *Das muss sein offizielles Polizeifoto sein*, dachte Linnea wie betäubt, ehe ihr bewusst wurde, was sie da sah. »Drehen Sie den Ton lauter«, befahl sie. »*Sofort!*«, fügte sie barsch hinzu, als Rita nicht reagierte.

Mit zitternden Fingern drückte Rita ein paar Tasten auf der Fernbedienung. »Das ist eine Lüge! Eine Lüge!«

»Lauter«, wiederholte Linnea. »Mir reißt gleich der Geduldsfaden.«

Ritas Hand zitterte immer noch, doch endlich gelang es ihr, die Lautstärke höher zu stellen. Das Foto von Wyatt verkleinerte sich auf die halbe Größe und glitt zur Seite, während ein Podium sichtbar wurde, hinter dem eine Frau mit kurzem grauem Haar in derselben Uniform stand, wie Wyatt sie trug. Ihr Name wurde eingeblendet – Lieutenant Lynda Isenberg.

»Mit großem Bedauern müssen wir Ihnen mitteilen«, hob sie an, während im Hintergrund das Klicken der Kameras zu hören war, »dass wir derzeit nach einem Ermittler des CPD fahnden, Detective Wyatt Hanson vom Rauschgiftdezernat. Detective Hanson gilt als Person von besonderem polizeilichem Interesse in einer Reihe brutaler Morde, die am vergangenen Samstag mit dem gewaltsamen Tod von Andy Gold ihren Anfang nahm.«

Hansons Foto wurde in die Ecke des Bildschirms gerückt, und eine Aufnahme von Andy erschien.

Linneas Brust wurde eng. »Andy«, flüsterte sie.

»Das ist nicht wahr«, rief Rita.

Linnea verspürte einen Anflug von Mitleid. »Es tut mir leid, aber es ist wahr.«

»Seit dem Mord an Mr Gold«, fuhr Isenberg fort, »kam es zu mindestens zehn weiteren Todesfällen, hier und in Chicago, die alle miteinander zusammenhängen.«

»Zehn?«, wisperte Linnea. *Wer? Und wie?*

»So kam eine vierköpfige Familie am Samstagabend bei einem Brand des Hauses ums Leben, in dessen Kellergeschoss Mr Gold eine Wohnung angemietet hatte. Wir gehen davon aus, dass der Brandstifter Beweismaterial zerstören wollte, das Mr Gold mit einer weiteren ermittlungsrelevanten Person namens Linnea Holmes in Verbindung gebracht hat. Aber«, fuhr Isenberg eilig fort, »Ms Holmes ist keine Verdächtige. Ich wiederhole: Ms Holmes gilt nicht als Verdächtige. Wir glauben vielmehr, dass sie uns wertvolle Hinweise zu den Motiven der Mörder geben kann. Ich spreche hier bewusst von Mördern in der Mehrzahl, weil wir wissen, dass zwei weitere Männer in die Morde verwickelt waren, inzwischen jedoch ebenfalls tot sind: Mr Butch Gilbert wurde am Sonntagnachmittag getötet, Mr Mike Barber heute Nacht gegen Mitternacht.«

»Mike?«, flüsterte Rita, die kreidebleich geworden war.

Fotos der beiden Männer erschienen auf dem Bildschirm. Linnea drehte sich der Magen um. Beide Männer hatten sie vergewaltigt. Und nun waren beide tot. *Gut*, dachte sie und blickte auf das Kleinkind, das immer noch an ihrer Schulter schlief. Mikey. Erst jetzt wurde ihr bewusst, dass der Kleine womöglich nach dem Mann genannt worden war, der getötet worden war.

»Wie ich bereits sagte, haben wir es hier mit mindestens zehn weiteren Morden zu tun. Zwei davon wurden am Samstagabend in Chicago begangen – Tiffany Curtis und ihre Mutter Ailene wurden brutal ermordet, weil Tiffany ihren Wagen einem Freund von Andy Gold und Linnea Holmes geliehen hatte.«

»Shane«, flüsterte Linnea.

»Mr Shane Baird wurde von Butch Gilbert verfolgt, der die beiden Frauen offenbar getötet hat, um ihnen zu entlocken, wo Mr Baird sich gerade aufhält. Wir sind nicht sicher, weshalb er nach Mr Baird gesucht hat, allerdings wissen wir, dass sich Mr Baird zu diesem Zeitpunkt bereits auf dem Weg nach Cincinnati befand, nachdem er von Mr Golds Tod erfahren hatte. Er hat sich an uns gewandt, damit wir versuchen, Ms Holmes zu finden. Um uns dabei zu unterstützen, hat er heute Morgen ein Video aufgenommen, in dem er an Ms Holmes appelliert, sich mit uns in Verbindung zu setzen. Dieses Video wurde bereits auf der Homepage des *Ledger* veröffentlicht und hat seitdem über eine Million Klicks überall auf der Welt bekommen. Wir möchten nun dieses Video zeigen, für den Fall, dass Ms Holmes diese Sendung gerade irgendwo verfolgt.«

Plötzlich füllte Shanes Gesicht den Bildschirm. Unwillkürlich beugte sich Linnea vor.

Shane räusperte sich verlegen. »Hi, Linnie«, sagte er mit beängstigend ernster Miene. »Ich bin's, Shane. Ich bin hier in Cincinnati. Ich muss dich sehen. Du fehlst mir. Ich will, dass du am Leben bleibst. Die Polizei sucht nach dir, aber nicht, weil sie dir etwas tun oder dich einsperren wollen. Sondern sie wollen dir helfen. Sie waren echt nett zu mir und Kyle, den du noch nicht kennst. Er ist mein Freund aus Chicago, der alles stehen und liegen lassen hat, um mich am Samstagabend herzufahren.« Schmerz flackerte in Shanes Augen auf.

»Die Männer, die dir wehgetan haben, Linnie ... sie haben Tiffany und ihre Mutter getötet, nur weil Tiffany uns ihren Wagen geliehen hat. Sie dachten, sie könnten sie zwingen, ihnen zu verraten, wo wir sind. Sie wollten mich, damit sie an dich herankommen. Ich wollte, dass sie dafür bezahlen, was sie getan haben ... was sie Tiffany, ihrer Mutter, Andy und all den anderen Menschen angetan haben. Detective Kimble leitet die Ermittlungen in dem Fall. Er war wirklich nett, Linnie. Das sind anständige Menschen, deshalb musst du ihnen vertrauen. Bitte. Ich weiß, dass du Angst hast, aber du musst ihnen vertrauen. Für mich, okay?« Tränen glitzerten in seinen Augen. »In ein paar Tagen muss ich Andy begraben, Linnie«, flüsterte er. »Ich brauche dich an meiner Seite. Allein schaffe ich das nicht. Bitte, ruf Detective Kimble an.« Shane blinzelte. Die Tränen liefen ihm über die Wangen. »Ich verspreche dir, dass die Polizei alles in ihrer Macht Stehende tun wird, um dir zu helfen. Und du weißt, dass ich immer Wort gehalten habe. Also, bitte tu es ... für mich und für Andy.«

Das Video, an dessen Bildrand Detective Kimbles Name und die Telefonnummer des Reviers eingeblendet gewesen waren, endete abrupt, und Detective Isenberg erschien wieder und blickte direkt in die Kamera. »Linnie, wenn Sie irgendwo da draußen zuhören – Sie sind keine Verdächtige, aber wir fürchten, Sie könnten in Gefahr schweben. Bitte rufen Sie uns an.« Sie löste den Blick von der Kamera und ließ ihn über die Anwesenden schweifen. »Ich beantworte jetzt gern Ihre Fragen.«

»Sie können stumm schalten«, sagte Linnea leise.

Rita gehorchte und starrte entsetzt auf den Bildschirm. »Das ist nicht wahr«, flüsterte sie, doch von ihrer anfänglichen Überzeugung war nicht viel übrig geblieben. »Das kann nicht stimmen.«

Den kleinen Jungen immer noch auf dem Arm, stand Linnea

auf und wählte die eingeblendete Telefonnummer mit Ritas Handy. Sie wollte das Richtige tun. Für Andy. Für Shane. Für all die anderen Opfer.
Und für mich selbst.

29. Kapitel

Cincinnati, Ohio
Montag, 21. Dezember, 11.25 Uhr

Kurz bevor er sein Wohnviertel erreichte, war seine Panik abgeebbt, und er konnte wieder einen klaren Gedanken fassen. Er lenkte seinen Wagen an den Straßenrand, um zu überlegen, wie seine nächsten Schritte aussehen sollten. Natürlich überwachte die Polizei längst sein Haus, aber er musste unbedingt hinein, verdammt. Er würde unter keinen Umständen ohne seine gefälschten Ausweise und die Zugangsdaten für seine Offshore-Konten verschwinden.
Lediglich eines seiner Konten war mit einem Passwort geschützt, das man sich leicht merken konnte, weil er es am häufigsten benutzte, alle anderen hatten längere Passwörter, die er in dem Notizbuch im Safe notiert hatte. Fast wünschte er sich, er wäre weniger paranoid gewesen und hätte sie in seinem Handy gespeichert, aber das würde ihm jetzt auch nichts nützen. Die anderen Konten hatte er mithilfe seiner falschen Identitäten eröffnet, deshalb brauchte er seine gefälschten Pässe, um an das Geld heranzukommen.
Er musste irgendwie ins Haus kommen. Und wieder heraus. Logischerweise.
Ah. Das war die Idee. Wainwright. Er wählte die Handynummer des alten Mannes, in der Hoffnung, dass er abheben würde. Und dass Wainwright die Nachrichten nicht gesehen hatte.
»Hanson ... na, das ist ja eine Überraschung«, drang Wainwrights freundliche Stimme durch die Leitung.
»Du meine Güte«, sagte er mit gespielter Zerknirschtheit. »Ich sollte dich wirklich häufiger anrufen und nicht nur, wenn ich etwas brauche.«

»Ich hoffe, es ist alles in Ordnung. Was kann ich für dich tun, Junge?«

»Mein Wagen hat eine Panne. Ich bin bloß eine Meile von zu Hause weg, aber bei dem Schnee möchte ich nur ungern zu Fuß gehen. Ich würde ja Rita anrufen, aber ihr Weihnachtsgeschenk liegt im Kofferraum. Es ist ein neuer Computer, den ich nur ungern bei der Kälte im Wagen lassen würde.«

»Ich bin in fünf Minuten da«, versprach sein Nachbar, ohne zu zögern. »Sag mir nur, wo du bist.«

»Danke, ich werde mich revanchieren.«

»Unsinn. Meine Frau ist in ihrem Handarbeitsklub, und ich werkele allein zu Hause herum. Außerdem – wofür hat man Nachbarn?«

Allerdings. Er beschrieb Wainwright, wo er sich befand, und beendete das Telefonat, ehe er erneut die jüngsten Nachrichten checkte. Frust und ohnmächtige Wut überkamen ihn: Ein Video hatte sich mit rasanter Geschwindigkeit verbreitet – Shane, der an Linnea appellierte, sich der Polizei zu stellen. Er verdrehte die Augen. *Herrgott noch mal!* Der Clip war bereits auf Twitter, unter zwei verschiedenen Hashtags. Wenigstens war er selbst nicht zum Hashtag geworden. Noch nicht. Noch galt er als »für die polizeiliche Ermittlung interessante Person«, was darauf schließen ließ, dass noch kein Haftbefehl gegen ihn erlassen wurde. Schon bald würde er an einem einsamen Strand sitzen und sich ins Fäustchen lachen. Aber jetzt galt es zuerst einmal, kühlen Kopf zu bewahren und sein Ding durchzuziehen.

Minuten später fuhr Wainwright in seinem Truck an ihm vorbei, wendete und hielt hinter ihm an. Mit einem aufgesetzt freundlichen Lächeln stieg Hanson aus. »Es tut mir so leid, dich bei dem Wetter aus dem Haus zu holen.«

»Ist doch kein Problem!« Sein Nachbar spähte durch das Wagenfenster. »Wo ist denn der Computer?«

»Hinten, im Kofferraum. Ich mache ihn gleich auf.«
»Übrigens wartet zu Hause Gesellschaft auf dich«, meinte Wainwright gut gelaunt. »Ein Wagen mit zwei Männern steht vor deiner Tür. Sahen wie Cops aus. Freunde von dir?«
Verdammt. »Ja. Sie wollten mich abholen. Ich wusste gar nicht, dass sie schon da sind. Hoffentlich warten sie nicht schon eine halbe Ewigkeit auf mich.«
»Ich habe nicht mitgekriegt, wann sie aufgetaucht sind, sondern habe sie gerade erst gesehen, als ich losgefahren bin.«
»Sobald ich Ritas Geschenk reingetragen und versteckt habe, geht's los.«
»Sehr gut.« Der alte Mann grinste. »Auf dem Weg hierher bin ich an zwei Ü-Wagen vorbeigefahren. Ich glaube, die wollen mich wegen meines Krippenspiels interviewen. Ich habe den Lokalblättern und Fernsehsendern heute Morgen eine E-Mail geschickt und sie eingeladen. Eigentlich wäre es mir lieber, sie würden erst kommen, wenn es dunkel ist, trotzdem freue ich mich sehr darüber.«
Ü-Wagen? *Verdammt!* Unter normalen Umständen wäre es geradezu rührend, dass Wainwright glaubte, sie wären seinetwegen hier. *Aber sie kommen wegen mir. Verdammt!*
»Glückwunsch!« Er öffnete die rückwärtige Klappe und wartete, bis der alte Mann neben ihm stand, dann schnappte er sich das Radkreuz und ließ es auf seinen Kopf herabsausen. Wainwright sackte zusammen und kippte vornüber, geradewegs auf die Ladefläche des SUV. Er schwang seine Beine hinein und zuckte zusammen, als ein scharfer Schmerz durch seinen verletzten Arm fuhr. Linnea, dieses elende Miststück! Er biss sich auf die Lippe und zog dem alten Mann Mantel und Schal aus.
Dann breitete er eine Plane über Wainwright, schlug den Kofferraum zu und trabte zu dem Truck seines Nachbarn. Er zog den Mantel des Alten über seinen eigenen und schlang

sich den Schal um den Hals, ehe er einstieg und zurückfuhr, vorbei an seinem eigenen Haus und in die Garage der Wainwrights.
Er würde in sein Haus gelangen, direkt vor ihrer Nase.

Cincinnati, Ohio
Montag, 21. Dezember, 11.25 Uhr

»Und? Bereit, ganz schnell die Kurve zu kratzen, Doc?«
Meredith fuhr herum. Adam stand lässig gegen den Türrahmen des Krankenzimmers gelehnt, doch der Schmerz in seinen Augen war unverkennbar. Mit zwei Schritten lag sie in seinen Armen und umschlang ihn, während er sie hochhob und fest an sich drückte, sodass ihre Füße in der Luft baumelten.
Aber das war ihr egal.
Er lebt. Und er gehört mir. Sie barg das Gesicht an seinem Hals. »Es geht dir gut.«
»Yep«, drang es knapp an ihr Ohr.
Sie holte tief Luft, spürte seine Nähe, seine Hände auf ihrem Rücken, sein rauer Atem an ihrem Ohr, die weiche Haut seines Kiefers an ihrer Schläfe, sein köstlicher Duft – alle Sinneseindrücke auf einmal, die sie zugleich erdeten und schwindlig machten. »Du riechst so gut«, raunte sie.
Er erschauderte. »Ich musste duschen ... du weißt schon.«
»Ja.« Er hatte nur ein paar Zentimeter neben einem Mann gestanden, dessen Kopf weggeschossen worden war, genauso wie sie vor gerade einmal zwei Tagen. Allerdings mit einem Unterschied: Der Mann neben Adam war kein Fremder gewesen, sondern jemand, dem er seine innersten Geheimnisse anvertraut hatte. Sie drückte einen Kuss auf seinen Kiefer. »Was ich heute Morgen gesagt habe, war ernst gemeint«, sagte sie leise und spürte, wie er neuerlich erschauderte.

»Ich auch.« Er schluckte. »Bei Gott.«
»Ich würde es gern noch einmal sagen«, flüsterte sie, während ihr mit einem Mal bewusst wurde, dass sie im Türrahmen von Clarkes Krankenzimmer standen. »Aber nicht hier, vor all den Leuten.«
Statt sie loszulassen, wie sie es erwartet hatte, hielt er sie weiter fest und vergrub seine Nase noch tiefer in ihrem Haar. »Deacon hatte recht. Genau das habe ich gebraucht. Dich.«
»Hast du es ihm endlich gesagt?«
»Ja, ich musste ihm ja erklären, was ich um sieben Uhr morgens in St. Agnes zu suchen hatte.«
Sie spürte Wut in sich aufsteigen, kämpfte jedoch dagegen an. Damit würde sie ihm auch nicht weiterhelfen. Aber er war gezwungen gewesen, das Geheimnis preiszugeben, vor dessen Enthüllung er sich so gefürchtet hatte. Und ein Killer hatte ihm auch noch die Möglichkeit genommen, es seiner Familie und seinen engsten Freunden schonend beizubringen.
Der Killer, der inzwischen einen Namen hatte. Wyatt Hanson. Sie hasste dieses Schwein. Aus tiefster Seele.
»Ich will, dass er stirbt«, stieß sie an Adams Hals hervor. »Er soll tausend qualvolle Tode sterben.«
Adam löste sich von ihr und küsste sie auf die Wange. »Wer? Deacon?«
Sie prustete los. »Nein, natürlich nicht. Oder gibt es einen Grund, weshalb ich auch ihn hassen sollte?«
»Nein.« Ohne die Arme von ihr zu lösen, stellte Adam sie wieder auf den Boden und sah sie an. »Im ersten Moment war er wütend und gekränkt, aber jetzt steht er voll und ganz hinter mir.«
Sie musterte ihn forschend. »Und was noch, Adam?«
»Ich …« Er holte tief Luft. »Würde es dir etwas ausmachen, wenn wir das später besprechen?«

»Natürlich, kein Problem.«

Sie sah ihm in die Augen, die mit einem Mal noch dunkler wirkten als sonst. »Wirklich?« Seine Stimme schien ihre Haut wie weicher Samt zu liebkosen.

»Ja. Aber … nicht vergessen, wir sind nicht allein, Adam.« Er blickte hinter sie, sah zuerst nach links, dann nach rechts, während sich seine Wangen röteten – Diesel und ihr Großvater saßen einträchtig beisammen. Und strickten.

Adam räusperte sich. »Wie geht es Ihnen, Mr Fallon?«

Meredith wandte sich gerade noch rechtzeitig ihrem Großvater zu, um seine gespielt verärgerte Miene zu bemerken.

»Hatten Sie vor, heute noch hereinzukommen, Kimble? Denn wenn Sie glauben, es würde reichen, einmal wie ein liebeskranker Halbstarker zu pfeifen, und schon kommt sie angeflogen, haben Sie sich geschnitten.«

Meredith verdrehte die Augen. »Sein Name ist Adam, Papa.«

»Ich höre genau dann auf, ihn Kimble zu nennen, wenn er mit dem ewigen Mr Fallon aufhört.«

»Abgemacht.« Adam schloss die Finger um Merediths, trat zum Bett und schüttelte dem alten Mann die Hand. »Wie geht es Ihnen, Clarke?«

»Besser. Ich darf heute Nachmittag nach Hause, haben die Ärzte gesagt.«

»Vielleicht«, korrigierte Diesel. »Vielleicht, haben sie gesagt.«

Adam setzte sich auf den freien Stuhl neben Clarkes Bett und zog Meredith auf seinen Schoß. »Ich habe gehört, ihr beide wart heute Morgen sehr fleißig. Bist du sicher, dass du nicht doch noch zur Polizei wechseln willst, Diesel?«

Alle lachten beim Anblick von Diesels entsetzter Miene.

»Du lieber Gott, nein! Stone und ich haben uns gerade erst daran gewöhnt, Familienfeiern und dergleichen friedlich hinter uns zu bringen, obwohl Scarlett dabei ist. Einen Cop in der Sippe zu haben, war schon schwer genug, und jetzt werden es immer mehr. Allein die Vorstellung … herzlichen Dank.«

Adam lachte. Seine Stimmung schien sich mit jeder Minute zu verbessern. Aber vielleicht bildete Meredith es sich auch nur ein, weil sie es sich so sehnlich für ihn wünschte.

»Aber im Ernst«, fuhr Diesel fort. »Wir sind noch auf etwas anderes gestoßen, was wir deinem Lieutenant nicht erzählt haben.«

Adam merkte sofort auf. »Und zwar?«

Diesel erzählte ihm von der Mail der Bank an Bethany Row, um sie über den Zahlungseingang von zehntausend Dollar in Kenntnis zu setzen. Adam nickte grimmig.

»Ehrlich gesagt, wusste ich es sogar schon. Isenberg meinte, das sei im Bericht des Kollegen aus Indianapolis aufgetaucht, der auch die Einzelverbindungsnachweise ihres Handys geschickt hat. Hanson hatte sie angerufen, bevor die E-Mail von der Bank einging.«

Meredith und Diesel tauschten zufriedene Blicke, was Adam verriet, dass das noch nicht alles gewesen war.

»Ich nehme nicht an, dass du dir irgendwie Zugang zu Hansons Bankkonto verschaffen kannst, oder?«, fragte er.

Diesels Brauen schossen hoch. »Weshalb das denn?«

»Ich will es gar nicht anrühren, sondern du sollst bloß dafür sorgen, dass er nicht mehr an das Geld herankommt, das ist alles. Er soll keinen Penny abheben oder überweisen können. Kannst du sein Passwort herausfinden und ändern? Wenn wir, wie in diesem Fall, im Zuge einer anderen Ermittlung auf dieses Konto stoßen, sind wir auf der sicheren Seite, und es kann uns keiner an den Karren fahren.«

Diesel grinste. »Das Passwort habe ich schon geknackt. Gib mir zwei Minuten.« Er legte sein Strickzeug beiseite, klappte den Laptop auf und begann, mit seinen Pranken auf die Tastatur einzuhämmern.

Adam blickte um Meredith herum auf den Bildschirm. »Verdammte Scheiße, der Typ hat fünf Millionen auf dem Konto.«

Diesels Miene verfinsterte sich. »Vielleicht hat er sogar noch weitere Konten. Das ist das Einzige, das ich gefunden habe. Wie soll das neue Passwort lauten?«

»Wie lautet das aktuelle?«

»KingTriton89.«

Adam runzelte die Stirn. »Seine Tochter heißt Ariel.«

Ich habe *Arielle, die Meerjungfrau* in meine Software als mögliche Quelle eingegeben«, bestätigte Diesel.

Mit angespannter Miene wandte Adam sich ab. »Am liebsten würde ich als neues Passwort eine Kombination aus den Namen seiner Opfer nehmen, aber das würde uns verraten. Also nehmen wir lieber etwas Willkürliches. Zahlen und Buchstaben. Und ich will es auch gar nicht wissen.«

Diesel nickte. »Alles klar. Aber in diesem Fall kannst du dir nicht sicher sein, ob ich das Konto nicht irgendwann knacke und das ganze Geld klaue.«

»Das würdest du nicht tun. Wenn ich eines aus dem ganzen Fall gelernt habe, dann ist es, dass sich die Wahrheit immer in dem zeigt, was man tut. Und du hast dich immer tadellos verhalten.«

Diesel starrte ihn an, während sich sein Mund öffnete und schloss. »Danke«, sagte er schließlich, und falls seine Augen verdächtig glasig geworden waren, erwähnte es jedenfalls niemand.

Adam ergriff wieder Merediths Hand. »Ist es okay, wenn ich sie für eine Weile ausborge, Clarke? Ich muss … ein bisschen Ruhe finden und verarbeiten, was passiert ist.«

»Natürlich«, sagte Clarke sichtlich erfreut. »Und Sie werden gut auf sie aufpassen.«

»Unter Einsatz meines Lebens.« Adam zog sie an sich.

»Komm. Deacon und Scarlett warten unten auf uns. Sie haben mich heute keine Sekunde aus den Augen gelassen.«
Sie stellte sich auf die Zehenspitzen und küsste ihn. »Gut. War auch höchste Zeit«, bemerkte sie und küsste ihren Großvater, ehe sie Diesel zu dessen Verblüffung ebenfalls einen Kuss auf die Wange drückte. »Ich komme später noch mal vorbei, Papa. Falls sie dich entlassen, ruf an.«
»Ich sorge schon dafür, dass er nicht allein ist«, meinte Diesel.
»Das weiß ich. Danke, Diesel.«
Clarke winkte ab. »Nun geh schon, Merry.«
Sie zog Adam mit sich zum Aufzug, blieb jedoch abrupt stehen, als sie Decker mit geschlossenen Augen vor der Tür zu Kates Zimmer stehen sahen. Jeder Muskel seines Körpers schien zum Zerreißen gespannt zu sein.
»Ich habe gerade erst nach Kate gesehen, und es ging ihr gut«, sagte Meredith leise zu Adam.
Vorsichtig gingen sie auf Special Agent Decker Davenport zu. »Decker?«, sagte Meredith. »Was ist denn passiert?«
Er schrak nicht zusammen – natürlich hatte er sie längst wahrgenommen. Nur dank seiner ausgezeichneten Instinkte war es ihm gelungen, drei lange Jahre als verdeckter Ermittler in einem überaus gefährlichen Menschenhändlerring zu überleben.
»Es geht ihr gut«, sagte er. »Ich brauchte nur einen Moment, um mich zu beruhigen, weil ich so wütend bin und mir wünsche, ich würde den Mann finden, der ihr wehgetan hat, damit ich ihm seinen beschissenen Kopf abreißen kann.«
Adam drückte Deckers Arm. »Das brauchst du nicht. Er ist bereits tot.«
Merediths Augen weiteten sich. Das war ihr völlig neu. Sie fragte sich, was sonst noch vorgefallen sein mochte ... was für den Schmerz in seinen Augen verantwortlich war.

»Musste er leiden?«, knurrte Decker.
»Nicht genug«, erwiderte Adam. »Sein Partner hat ihn erschossen. Der Typ hat aufgeräumt.«
»Und ist dieser Partner noch am Leben?«, hakte Decker leise nach.
»Ja, aber wir wissen immerhin, wer er ist.«
Decker öffnete die Augen. »Wer?« Das Wort klang so bedrohlich, dass Meredith ein Schauder überlief.
Für den Bruchteil einer Sekunde wandte Adam den Blick ab, ehe er sich wieder auf Decker richtete. »Wyatt Hanson.«
Decker verstand auf Anhieb. »Du kannst nichts dafür, Adam. Menschen mit einem Doppelleben sind meistens wahre Meister der Manipulation.«
»Trotzdem werden sich die Leute immer fragen, ob ich Bescheid wusste. Oder mich für dämlich halten, weil ich keinen Verdacht geschöpft habe.«
Meredith lag ein Protest auf der Zunge, aber sie wusste, dass er recht hatte, deshalb schlang sie nur den Arm um seine Taille und legte den Kopf an seine Schulter – Mitgefühl und Unterstützung, das war es, was er jetzt brauchte. »Bestimmt verhalten sich manche Leute dir gegenüber blöd, Adam, aber du darfst das nicht an dich heranlassen.«
Er nickte. »Das weiß ich. Aber ... verdammt.«
Decker blickte ihn scharf an. »Haben seine Vorgesetzten beim CPD Verdacht geschöpft? Nein. Sind sie alle Dummköpfe? Nein. Im Gegenteil. Auch wenn natürlich nicht alle so schlau sind wie du«, fügte er lässig hinzu.
Adam lachte leise. »Das sehen sie bestimmt ein bisschen anders als du.«
Decker zog seine blonden Brauen hoch. »Trotzdem sehen sie es nicht als ihr Versagen an.«
Meredith grinste. »Gutes Argument, Decker.«
Decker lächelte müde. »Danke. Und jetzt geht. Ich muss

wieder rein und Kate erzählen, dass der Drecksack tot ist, damit sie aufhören kann, sich auszumalen, wie sie ihn mit ihren Stricknadeln ermordet.«

Sie verabschiedeten sich, eilten durch die Lobby und traten in die kalte, aber angenehm frische Luft hinaus. »Gott, tut das gut. Ich dachte schon, ich verliere da drinnen den Verstand.«

»Es tut mir leid, aber du wirst wohl noch eine Weile warten müssen, bis du eine anständige Dosis frischer Luft bekommst«, erwiderte Adam, da in diesem Moment der Transporter vorfuhr. Die Tür glitt auf. Deacon saß am Steuer, Scarlett auf dem Beifahrersitz. Adam half Meredith beim Einsteigen und reichte ihr eine kugelsichere Weste. »Hier, zieh das an.«

»Ich bin so froh, wenn das endlich vorbei ist. Diese Ausrüstung passt so gar nicht zu meinen Schuhen.«

Deacon lachte. »Endlich sind deine Prioritäten wieder so, wie sie sein sollten, Meredith.«

Adam zog seine eigene Weste an und half ihr dann. »Wir fahren zum Penthouse«, sagte er. »Isenberg hat eine Wache dort postiert, obwohl ich gesagt habe, dass es nicht nötig ist.«

»Wenn man mal davon absieht, dass jemand zweimal versucht hat, dich zu töten«, konterte Meredith knapp. »Auf mich hat man es nur ein Mal abgesehen, und ich beschwere mich auch nicht.«

Adam legte den Arm um ihre Schultern und zog sie an sich. »Du hast recht.«

»Natürlich. Aber wie es scheint, ist eine Menge passiert, seit wir das letzte Mal gesprochen haben. Schieß los.«

Deacon fuhr los, und Adam begann zu erzählen. Mit jeder Minute blutete Merediths Herz noch ein wenig mehr. Jim Kimble war ein Arschloch, das hatte sie bereits gewusst. Und Dale Hanson? Hatte all die Jahre mit ihm unter einer Decke gesteckt.

Aber die Vorstellung, dass Wyatt mit dem Mord an Paula zu tun hatte ... »Wieso?«, fragte sie mit brüchiger Stimme. »Wieso wollte er dir so etwas antun? Und Paula?«
Adam zuckte mit den Schultern. »Das frage ich mich schon den ganzen Morgen. Ich hatte einen Ruf, als ich zu Personal Crimes kam. Einen guten.«
»Du hattest eine der höchsten Quoten abgeschlossener Fälle«, warf Scarlett ein. »Du warst sozusagen der Wunderknabe des Morddezernats.«
Wieder zuckte Adam die Schultern, während sich eine tiefe Röte auf seinen Wangen ausbreitete. »Offensichtlich hat Hanson mich schon gehasst, als wir noch Jungen waren, und wollte mir das Mütchen kühlen.« Erst als Adam ihre Hand hob und einen Kuss darauf hauchte, wurde Meredith bewusst, dass sie sie die ganze Zeit zur Faust geballt hatte. »Ich denke, das war's im Großen und Ganzen«, sagte Adam. »Jetzt hat Isenberg übernommen und ...« Der Darth-Vader-Klingelton erfüllte das Wageninnere. »Wenn man vom Teufel spricht ...« Er nahm das Gespräch an. »Ja, Boss?«, sagte er. »Wir haben gerade Meredith abgeholt. Darf ich Sie auf Lautsprecher stellen?«
Augenblicke später drang Isenbergs Stimme aus der Leitung. »Linnie hat bei der Zentrale angerufen«, sagte sie. »Sie hat Shanes Video gesehen und wollte Sie sprechen. Wir verbinden Sie mit ihr.« Kurz herrschte Stille, dann: »Linnie, Detective Kimble ist jetzt dran. Detective, Linnea Holmes ist am Apparat.«
»Ist Shane wirklich hier?«, fragte eine dünne Stimme. »In Cincinnati?«
Sie klingt so jung, dachte Meredith.
»Ja«, bestätigte Adam. »Er ist sofort losgefahren, als er von Andys Tod erfahren hat. Er hat sich solche Sorgen um Sie gemacht. Wir alle. Deshalb waren wir auch in der Notunter-

kunft. Wir wollten Sie vor dem Mann beschützen, der Ihnen wehgetan und Tiffany und ihre Mutter getötet hat.«
»Ich vertraue Ihnen nicht. Ich habe der Ärztin vertraut, aber sie hat all meine Geheimnisse verraten.«
»Sie hat uns nichts über Sie verraten, Linnie, sondern ist zu uns gekommen, um Sie in Schutz zu nehmen, weil wir Sie zur Fahndung ausgeschrieben hatten. Sie hat uns erzählt, dass er Sie gezwungen hat.«
»Das stimmt, aber ich tue trotzdem, was ich will.«
»Und was ist das?«
»Ich werde dieses verdammte Schwein Wyatt Hanson für das umbringen, was er Andy angetan hat.«
Adam verzog das Gesicht. »Ich kann Sie so gut verstehen. Ich will auch, dass er dafür bezahlt. Aber er hat mehr Menschen getötet, nicht nur Andy. Wussten Sie, dass er auch Broderick Voss umgebracht hat?«
Schweigen. »Ich müsste lügen, wenn ich behaupten würde, dass ich traurig darüber bin.«
»Auch das verstehe ich. Voss war auch ein Arschloch. Ich will darauf hinaus, dass Hanson viele Menschen auf dem Gewissen hat und dass auch sie ein Anrecht auf Gerechtigkeit haben. Natürlich kann ich Ihre Gefühle nachvollziehen. Ich will, dass er den Rest seines Lebens in einer Zelle verbringt und sich über all die Leute Gedanken machen kann, die er verraten hat und die sich nichts sehnlicher als seinen Tod wünschen. Ich will, dass er jeden Tag seines erbärmlichen Lebens in Angst leben muss. Ihn einfach umzubringen, wäre eine zu gnädige Strafe für ihn.«
Linnie schwieg immer noch.
Adam seufzte. »Sie haben mich angerufen, Linnie. Ich weiß, dass Sie bewaffnet sind, weil Sie auf Butch Gilbert geschossen haben. Ich weiß auch, was Sie mit Wyatt Hanson vorhaben. Sagen Sie mir, was Sie sich für sich selbst wünschen.«

Ihr Lachen klang bitter. »Gar nichts. Mir ist nichts geblieben.«
»Das stimmt nicht. Sie haben Shane, und Sie haben uns. Wir wollen Ihnen helfen. Wenn Sie Wyatt aber töten, können Sie dieses Leben nicht führen.«
»Ich habe ohnehin kein Leben mehr. Hat die nette Frau Doktor es Ihnen nicht erzählt? Ich bin HIV-positiv.«
»Das hat nicht Dr. Novak uns gesagt, sondern Sie selbst, als Sie angerufen und erzählt haben, wo wir Hansons SUV finden. Weil Sie das Richtige tun wollten.«
Er rief die Nachrichten-App auf und begann zu schreiben.
Darf ich Linnie sagen, dass du auch positiv bist, Dani?
Meredith sah, dass die Antwort nur Sekunden später eintraf.
Ja. Natürlich. Ist doch sowieso kein Geheimnis mehr.
Adam fuhr sich mit der Hand übers Gesicht. »Linnie, nur weil Sie positiv sind, muss das noch lange nicht heißen, dass Ihr Leben vorbei ist. Dr. Dani ist auch positiv. Sie hat mir gerade die Erlaubnis gegeben, es Ihnen zu sagen.«
Linnie holte scharf Luft. »Was? Wie das?«
»Das ist ihre Angelegenheit, genauso wie Ihre Erkrankung niemanden etwas angeht. Aber Ihr Leben ist trotzdem nicht vorbei. Sie haben immer noch die Chance, etwas daraus zu machen. Sagen Sie mir nur, wo Sie sind. Ich komme Sie sofort holen, versprochen.«
Wieder herrschte Stille, diesmal etwas länger. »Ich sitze in Hansons Wohnzimmer mit einer Waffe in der Hand und seinem Kind auf dem Arm. Seine Frau ist auch hier und sieht mich an, als würde sie mich am liebsten umbringen, weil sie mich für eine verlogene Nutte hält.«
O Gott, sie hat ein kleines Kind als Geisel, dachte Meredith. Das war ja schlimmer als gedacht.
Deacon hob eine Hand, schaltete das Blaulicht, nicht jedoch das Martinshorn ein, und legte eine Kehrtwende hin.
»Um Mrs Hanson kümmern wir uns später«, sagte Adam.

»Jetzt geht es erst einmal darum, Sie zu beschützen. Ich bin in …« Er hielt inne und sah nach vorn zu Deacon, der kurz beide Hände vom Steuer löste und die Finger spreizte.
»Geben Sie mir zehn Minuten«, sagte Adam. »Halten Sie durch. Ich bin schon unterwegs.«
»Beeilen Sie sich«, sagte Linnie leise. »Bitte.«
Und dann legte sie auf. Isenberg rief sofort wieder an. »Wie alt ist das Kind?«
»Etwa zwei Jahre alt«, antwortete Adam. »Das wird eine heikle Angelegenheit. Wir brauchen Verstärkung.«
»Schon unterwegs«, sagte Isenberg. »Und ich auch.«
»Danke.« Adam legte auf und sah Meredith an. »Ich sorge dafür, dass dich jemand wegbringt, sobald wir am Tatort sind. So lange bleibst du erst mal unten.«
Sie runzelte die Stirn, andererseits wollte sie ihm auch nicht sagen, wie er seine Arbeit zu erledigen hatte. Der Mann hatte seinen Stolz, das wollte sie respektieren. Aber, verdammt, sie wollte ihn lebend. »Adam …« Sie seufzte. »Du bringst dich in Gefahr, wenn du selbst versuchst, Linnie da rauszuholen.«
»Das weiß ich. Aber ich habe ihr mein Wort gegeben. Und ich muss das zu Ende bringen, Meredith. Ich muss einfach.«
Sie verstand ihn so gut. Trotzdem … »Was, wenn das eine Falle ist? Wenn Hanson plötzlich auftaucht?«
Ein grimmiges Lächeln erschien auf seinem Gesicht. »Das wäre ein Glücksfall. Ich *hoffe*, er taucht auf.«
»Ich bin dabei«, erklärte Scarlett. »Ich will diesen Dreckskerl zur Strecke bringen.«
»Ich auch«, sagte Deacon.
Adam hob ihr Kinn an und küsste sie hart auf den Mund. »Du bleibst unten. Verstanden?«
Meredith nickte. »Verstanden.«

Cincinnati, Ohio
Montag, 21. Dezember, 11.40 Uhr

Wainwright hat doch eine Handfeuerwaffe, fiel ihm ein, als er in die Garage fuhr und das Tor zugleiten ließ. Der alte Mann besaß einen Waffenschein dafür. Das wusste er, weil er seinen Nachbarn überprüft hatte, als sie in das Haus nebenan eingezogen waren.
Er wünschte, Wainwright hätte sich stattdessen ein Gewehr zugelegt, aber leider war das nicht der Fall. Vor seinem Haus waren tatsächlich zwei Cops postiert, wie der Alte gesagt hatte. Er würde nur im Notfall auf sie schießen, weil er dadurch noch mehr Aufmerksamkeit auf sich ziehen würde.
Er wollte bloß durch den Garten und die Hintertür in sein eigenes Haus gelangen und die Sachen holen, die er brauchte. So weit, so gut. Keiner war bislang auf die Idee gekommen, nachzusehen, wieso Wainwright nur so kurz weg gewesen war. Die beiden Kollegen vor der Tür schienen nicht die Hellsten zu sein.
Die Journalisten waren sogar noch dämlicher. Sie postierten sich bereits vor seinem Haus und würden über ihn berichten, als hätten sie auch nur den Hauch einer Ahnung. Dabei war auch ihnen nicht aufgefallen, dass er es gewesen war, der in Wainwrights Garage fuhr. Solange das so blieb, hatte er nichts zu befürchten.
Zu seiner Überraschung fand er Wainwrights Pistole in der Nachttischschublade statt in einem Waffenschrank, andererseits machte das die Dinge erheblich einfacher. Im Schlafzimmerschrank stieß er auf Munition, die reichen würde, um eine Apokalypse zu überstehen.
Er stopfte alles in die Taschen seines – besser gesagt, Wainwrights – Mantels, der zwar ziemlich eng saß, ihn aber warm halten würde, bis er sein endgültiges Ziel erreichte. Noch

hatte er sich nicht endgültig entschieden, wohin die Reise gehen sollte, aber definitiv an einen Ort, wo es warm war und die Sonne schien und sich niemand darüber aufregte, ob das Mädchen in seinem Bett reichlich jung war.

Verklemmte Idioten. Er lebte in einem Land voller prüder, verklemmter Idioten.

Er ging hinaus in Wainwrights Garten, wo ihm die fast drei Meter hohe provisorische Scheune für das alberne Krippenspiel ausreichend Sichtschutz bot, um unbemerkt zu seinem Haus zu gelangen ... eine Leichtigkeit. Er schwang sich über den Maschendrahtzaun – ehrlich gesagt, war er Rita in diesem Moment sogar dankbar dafür, dass sie ihm in den Ohren gelegen hatte, ihre Rosenspaliere über die gesamte Breite ihres Gartens zu bauen, da er nun von der Vorderseite des Hauses nicht zu sehen war.

Alles war perfekt. Bis er stehen blieb, um nach den Cops vor dem Haus zu sehen, die ihn observierten.

Gottverdammte Scheiße! Ein Transporter hielt an. Die Schiebetür glitt auf. Und Adam Kimble sprang heraus. Natürlich. Dieses beschissene Arschloch Kimble, der wie der beschissene Lone Ranger angaloppiert kam, um gegen das Böse zu kämpfen.

Blanker Hass schäumte in ihm auf, und einen Moment lang hörte er lediglich das Rauschen seines Bluts in den Ohren. Er zog die Pistole heraus und zielte, bevor sein Verstand einsetzte.

Halt. Konzentrier dich. Wenn du ihn jetzt umbringst, kommst du nicht lebend hier heraus. Und das ist erst mal wichtiger als Rache oder deine Befriedigung.

In diesem Moment wurde die Beifahrertür geöffnet, und Scarlett Bishop stieg aus. *Da sind sie. Vor meinem Haus.* In dem er all seine Kontenzugänge und falschen Pässe bunkerte. Er musste sie holen. Aber er musste auch dringend von hier verschwinden. Er hatte keine Ahnung, wie er beides zugleich bewerkstelligen sollte.

Mit hämmerndem Herzen wog er seine Möglichkeiten ab, während er zusah, wie Deacon Novak auf der Fahrerseite ausstieg und Kimble zu den beiden Cops folgte. Der eine zeigte auf Wainwrights Haus. Verdammt. Sie hatten also doch etwas mitbekommen. Wahrscheinlich hatten sie bloß auf die Verstärkung gewartet.

In den folgenden zehn Sekunden kamen vier weitere Streifenwagen mit blinkenden Lichtern, aber ohne Sirenen die stille Wohnstraße entlanggerast. Novak bedeutete ihnen, Wainwrights Einfahrt zu blockieren.

Mehrere SUVs – drei des CPD, zwei weitere in Zivil – fuhren heran. Kimble ließ die zivilen Fahrzeuge quer in seiner eigenen Einfahrt parken, direkt vor der Garage.

Und damit saß er in der Falle. Hier würde er nicht rauskommen. Zumindest nicht auf demselben Weg, wie er hergekommen war. Er blickte über die Schulter zu dem Wäldchen, das stets einen beruhigenden Puffer zwischen seinem Grundstück und dem Rest der Welt gebildet hatte. Es hatte die Illusion von Sicherheit geschaffen, das Gefühl, dass sich niemand hinterrücks anschleichen konnte.

Das nützt mir ja jetzt enorm viel. Denn es schützte zwar einerseits vor ungebetenen Gästen, machte aber andererseits eine Flucht unmöglich. Direkt hinter dem Grundstück befand sich ein Abhang, der zehn Meter tiefer seinen Besitz vom Columbia Parkway trennte. Natürlich konnte er es versuchen, aber die Gefahr, sich beim Sprung in die Tiefe etwas zu brechen, war ziemlich groß.

Zurück konnte er nicht, nach vorn ebenso wenig. Aber seitwärts. Rechts von ihm stand Wainwrights Haus, das inzwischen von den Cops überwacht wurde, zu seiner Linken befand sich die Sackgasse mit sechs weiteren Wohnhäusern. Er könnte durch die Gärten bis zum Ende laufen, auf die andere Straßenseite wechseln und sich dort nach einem Wagen umsehen.

Die fünf Millionen auf seinem Konto, dessen Passwort er auswendig kannte, würden vorläufig reichen müssen, und er würde sich einen neuen Pass besorgen müssen, bevor er die Grenze überquerte.

Wäre ich nicht so gierig, könnte ich längst schon auf dem Weg nach Kanada sein.

Aber er war kein Mensch, der sich lange mit Wenn und Aber aufhielt. Er kniff die Augen zusammen und dachte nach, wie er am schnellsten das Ende der Sackgasse umrunden konnte.

Cincinnati, Ohio
Montag, 21. Dezember, 12.05 Uhr

Beim Anblick der zahlreichen Ü-Wagen, die inzwischen vor Hansons Haus Posten bezogen hatten, musste Adam ein Stöhnen unterdrücken, obwohl er in Wahrheit damit gerechnet hatte. Wenn er ehrlich war, überraschte es ihn, dass sich nicht noch mehr Journalisten eingefunden hatten, vor allem, seit Isenberg in ihrer Pressekonferenz Hansons Beteiligung an den Vorfällen öffentlich gemacht hatte. »Die müssen verschwinden«, sagte er. »Das Letzte, was wir jetzt gebrauchen können, ist, dass einer von denen Linnie so Angst macht, dass sie dem kleinen Jungen etwas tut.«

»Ich kümmere mich darum«, sagte Scarlett, die einiges an Erfahrung im Umgang mit den Medien hatte, seit sie mit dem *Ledger*-Herausgeber, Marcus O'Bannion, zusammen war. Sie ließ das Grundstück abriegeln und dirigierte zwei Kamerateams hinter die Absperrung, während Adam und Deacon mit den Cops in dem Zivilfahrzeug redeten, die Hansons Haus überwachten.

In diesem Moment traf auch schon die Verstärkung ein – drei SUVs des CPD, vier Streifenwagen und zwei zivile FBI-Einsatzfahrzeuge. Deacon ließ Wainwrights Einfahrt mit zwei Streifenwagen blockieren, denn die beiden Cops hatten sehr wohl mitbekommen, dass der Nachbar weggefahren und keine zehn Minuten später jemand, »der anders aussah«, zurückgekommen war.

Falls es sich bei diesem »Jemand« um Wyatt handelte, könnte er jederzeit auf sie feuern, während sie sich auf dem Grundstück umsahen. Deshalb wies Adam die Kollegen des CPD an, die drei Fahrzeuge hintereinander in Wyatts Einfahrt zu stellen und auf der Beifahrerseite in Deckung zu gehen, während sie das Haus im Auge behielten.

Er, Deacon und Scarlett zogen sich hinter eines der Fahrzeuge zurück, als ein weiterer schwarzer SUV mit Trip am Steuer und Nash auf dem Beifahrersitz in Hansons Einfahrt bog. »Wir waren schon unterwegs zu Mike Barbers Werkstatt, aber Isenberg hat uns hierherbeordert«, meinte Nash.

»Gut. Aber jetzt erst mal Köpfe runter«, wies Adam an. »Deacon, du und Trip und die beiden anderen Feds, ihr kümmert euch um das Haus des Nachbarn. Geht erst rein, wenn ihr die offizielle Freigabe habt. Ich will nicht, dass Hanson uns wegen eines blöden Formfehlers durch die Lappen geht. Scarlett und ich kümmern uns so lange um Linnie. Sobald sie und das Kind in Sicherheit sind, geht ihr rein.« Er sah Nash an. »Meredith muss in Sicherheit gebracht werden. Alle aus Isenbergs Team sind entweder hier oder im Krankenhaus. Dort wäre sie am sichersten, aber ich traue keinem über den Weg. Ich kenne all die anderen Cops nicht.«

»Aber mir vertraust du?«, fragte Nash leise.

Adam nickte. »Ja«, antwortete er ernst. »Das tue ich.«

Etwas flackerte in Nashs Augen auf. »Danke. Ich gebe Bescheid, sobald sie in Sicherheit ist.«

Deacon wartete, bis Nash die Straße überquert hatte. »Bist du auch ganz sicher?«
Adam nickte. »Ja. Außerdem kann ich mich nicht konzentrieren, solange sie hier ist. Und sie kann auch schon allein deswegen nicht hierbleiben, weil Hanson sie im Zweifelsfall schnappen würde, um an mich heranzukommen. Ich brauche euch alle hier, denn sobald ich Linnie und den Kleinen habe, werde ich mich auch zurückziehen.«
»Isenberg hat genau dasselbe gesagt«, warf Trip ein. »Ich soll bleiben, Nash bringt Meredith weg, und du sollst dich zurückziehen, sobald die Geiselnahme unter Kontrolle ist.«
»Sehr gut«, gab Adam zurück.
Mit kugelsicheren Westen und Helmen ausgestattet, liefen Scarlett und er gebückt die Einfahrt hinauf, um von den Fenstern des Nachbarhauses aus nicht gesehen zu werden. Adam klopfte an die Eingangstür. »Hier ist Detective Kimble. Machen Sie bitte die Tür auf.«
Sofort ging die Tür auf, und Linnie stand vor ihnen, den kleinen Jungen auf ihrer knochigen Hüfte, die Waffe, mit der sie Butch Gilbert am Vorabend erschossen hatte, in der freien Hand. Sie wirkte völlig verängstigt.
Hinter ihr stand Rita Hanson, die sich in stummem Entsetzen die Hände auf den Mund presste.
»Linnie, ich bin Detective Kimble. Das ist meine Partnerin, Detective Bishop. Wir haben vorhin telefoniert.«
»Weiß ich«, sagte Linnie, deren Nasenflügel sich bei jeder Silbe vor Anstrengung blähten. »Sie haben gesagt, ich sei keine Verdächtige, aber jetzt sind Sie mit einem ganzen SWAT-Team angerückt.«
Er hatte überlegt, sie zu warnen, den Gedanken dann jedoch verworfen – die Situation durfte unter keinen Umständen eskalieren, solange ein Kleinkind und eine Waffe im Spiel waren. Zudem sollte Rita Hanson so wenig wie möglich

erfahren, für den Fall, dass sie in irgendeiner Weise in der Sache drinsteckte.

»Das stimmt, aber nicht wegen Ihnen, sondern wir fürchten, Hanson könnte hier auftauchen«, gab er zurück.

Rita gab einen erstickten Laut von sich. »Adam! Wieso tust du das?«

Er neigte den Kopf und musterte an Linnie vorbei die völlig verstörte Rita. »Es tut mir leid, Rita. Ich weiß, dass es schwer für dich ist, all das zu glauben. Ich konnte es selbst kaum fassen.« Zumindest hoffte er, dass es hart für sie war. Dass sie nicht mit Wyatt unter einer Decke steckte und die ganze Zeit von seinen Machenschaften gewusst hatte. »Aber die Beweise sprechen dafür, dass Wyatt schuldig ist. Er hat einigen Leuten entsetzliche Dinge angetan. Unter anderem Linnie.«

»Nein!« Rita schüttelte verzweifelt den Kopf. »Das ist nicht wahr.«

»Doch«, widersprach Adam. »Sobald wir Linnie und Mikey in Sicherheit gebracht haben, begleitet dich Detective Bishop ins Schlafzimmer, damit du ein paar Sachen zusammenpacken kannst.«

»Wieso?« Wieder schüttelte Rita den Kopf, diesmal sichtlich aufgebracht. »Ich gehe nirgendwohin.«

»Wir nehmen Sie in Schutzgewahrsam, Ma'am«, erklärte Scarlett und blickte Linnie freundlich an. »Ich nehme jetzt den Kleinen.«

Linnie reckte das Kinn und drückte den Jungen ein wenig fester an sich. »Wo ist Shane? Ich will mit Shane reden.«

»Auch er befindet sich in Schutzgewahrsam«, sagte Adam. »Sein Leben war bereits zweimal in Gefahr. Aber wir können ihn anrufen, und dann können Sie mit ihm reden. Sogar über Facetime. Sobald wir Sie an einen sicheren Ort gebracht haben.«

Linnie nickte. »Bitte.«

»Rita!«, rief Scarlett. »Stehen bleiben!«
Adam erstarrte. Rita war nahe genug an Linnie herangetreten, um ihr Mikey fast entreißen zu können.
»Aber sie hat mein Kind!«, schrie Rita. »Sie wird ihm wehtun!«
Mikey streckte die Ärmchen nach seiner Mutter aus, worauf Linnie ihn noch fester an sich drückte, trotzdem hielt sie die Waffe weiterhin zu Boden gerichtet. Mikey begann zu wimmern und zu zappeln. »Ist schon gut«, versuchte Linnie, ihn zu beruhigen.
Scarlett hatte die Hand bereits an ihrer Dienstwaffe. »Nur wenn Sie die Situation eskalieren lassen, Mrs Hanson«, stieß sie barsch hervor. »Was passiert, wenn Sie so etwas noch einmal probieren. Gehen Sie jetzt ins Wohnzimmer und legen sich mit dem Gesicht nach unten auf den Boden.«
»Aber ... aber ...«, stammelte Rita. »Sie ist doch die Verbrecherin hier!«
»Sie hat niemanden getötet«, warf Adam ruhig ein. »Im Gegensatz zu deinem Mann, so leid es mir tut. Und jetzt tu, was Detective Bishop sagt. Wir wollen nicht, dass hier etwas passiert.«
»Ich werde dafür sorgen, dass dich das den Job kostet, Adam«, erwiderte Rita drohend, gehorchte jedoch. »Und wenn meinem Mikey auch nur ein Härchen gekrümmt wird – nur ein einziges –, bringe ich dich um, das schwöre ich dir.«
Inzwischen war es Linnie gelungen, den Kleinen mit den sanften Wiegebewegungen so weit zu beruhigen, dass er lediglich leise wimmerte, jedoch nicht länger versuchte, sich ihren Armen zu entwinden. »Detective Bishop«, sagte Linnie, als hätte sie von Ritas Anfall nichts mitbekommen. »Sind Sie zufällig mit dem Priester verwandt? Dem, der die Kirche über der Notunterkunft leitet?«

»Er ist mein Onkel«, antwortete Scarlett. »Er hat sich schon Sorgen um Sie gemacht. Und die Schwestern auch.«
»Die wollten Sie nicht reinlassen«, sagte Linnie, die mit einem Mal blutjung klang. »Ich habe gesehen, wie Schwester Jeanette Ihnen den Weg vertreten hat. Direkt bevor Butch … umgekommen ist.«
Scarlett nickte. »Sie wollte Sie beschützen. Und nur fürs Protokoll – wir waren dort, weil wir Ihre Hilfe brauchten. Sie sollten den Mann identifizieren, der Sie angegriffen hat. Und wir hatten Angst um Sie.«
»Sie rücken also wegen eines kranken Mädchens gleich mit einem SWAT-Team an?«, fragte Linnie sarkastisch.
»Wenn ein mehrfacher Mörder frei herumläuft, ja. Er will Sie umbringen, und wir wollen das verhindern.« Adam schob eine Hand in die Tasche. »Ich hole nur mein Handy heraus«, sagte er, zog es hervor und wählte die Nummer von Parrish Colbys Wegwerfhandy. »Parrish? Könntest du Shane ans Telefon holen, damit Linnie mit ihm reden kann? Jetzt gleich.«
»Ich rufe gleich zurück«, versprach Parrish.
Zehn Sekunden später summte Adams Handy. Er hob ab, woraufhin Shanes Gesicht auf dem Display erschien. Er wirkte völlig verängstigt. »Linnie?«
»Sie ist hier.« Adam hielt das Telefon so, dass Linnie Shane sehen konnte. Unwillkürlich trat das Mädchen ein paar Schritte vor.
Bei seinem Anblick füllten sich ihre Augen mit Tränen. »Shane«, flüsterte sie.
»Ich bin's, Linnie«, sagte er bekümmert. »Wo bist du?«
»In *seinem* Haus.« Ihre Miene wurde hart. »Er hat Andy umgebracht. Er ist ein Cop.«
Mikey, der Linnies Anspannung spürte, begann zu weinen. Linnie wiegte sich rhythmisch und raunte dem Kleinen sanfte

Worte ins Ohr, doch er wollte sich nicht mehr beruhigen lassen.
»Wessen Kind ist das?«, frage Shane, doch sein Tonfall verriet Adam, dass er es bereits wusste.
»Seines«, zischte Linnie.
Shane holte tief Luft. »Gib ihn Detective Kimble. Bitte. Du willst doch nicht einem Kind etwas antun. So bist du doch nicht.«
Linnie brach in Tränen aus. »Du weißt doch gar nicht mehr, was ich bin. Du hast doch keine Ahnung, was für schreckliche Dinge ich getan habe.«
»Einige schon. Ich weiß, dass du auf der Straße gearbeitet hast. Ich weiß auch, dass du schwer krank bist. Ich weiß, dass ich dich lieb habe und dich bei mir brauche. Ich kann Andy nicht allein begraben.« Shanes Stimme brach. »Bitte zwing mich nicht, das allein durchzuziehen, Linnie. Bitte. Wenn diesem Jungen etwas passiert, stecken sie dich ins Gefängnis, und dann verliere ich dich endgültig. Bitte.«
Linnie weinte so sehr, dass sie kaum ein Wort herausbekam. »Ich bin doch sowieso tot. Wenn ich ihnen das Kind gebe, stecken die mich sofort in den Knast.« Tränen strömten ihr über das Gesicht. »Die lügen doch alle. Die nehmen mich mit, und dann kann ich das hier nicht zu Ende bringen. Aber ich muss ihn umbringen, bevor ich sterbe.«
Shane stieß einen erstickten Laut aus. »Du wirst nicht sterben. Die geben dir Medikamente. Andy ist tot. Zwing mich nicht, auch noch ohne dich leben zu müssen.«
Sie schüttelte den Kopf. »Aber er hat Andy umgebracht. Hat ihm in den Kopf geschossen. Ich habe es gesehen.« Schuldgefühle zeichneten sich auf ihrer Miene ab. »Andy hat das nur für mich getan. Er ist für mich gestorben.«
»Weil er dich geliebt hat!«, platzte Shane heraus. »Schon von Anfang an. Er … er hat gegen die Regeln verstoßen, weil er

wollte, dass du lebst. Und wenn du schon für mich nicht weiterleben willst, dann tu's wenigstens für ihn.«
Linnies Züge verzerrten sich. »Der Cop muss sterben, Shane.«
»Kimble soll sich um ihn kümmern. Ich vertraue ihm. Und du musst ihm auch vertrauen.«
»Bitte, Linnie«, sagte Adam leise. »Geben Sie mir die Waffe.«

30. Kapitel

*Cincinnati, Ohio
Montag, 21. Dezember, 12.10 Uhr*

Elf Gärten hatte er mittlerweile durchquert. Zuerst sechs in die eine Richtung, weg von seinem Haus, um das Ende der Sackgasse herum und dann durch fünf wieder zurück. Inzwischen lehnte er sich gegen die rückwärtige Wand des Hauses direkt gegenüber des Heims, das er seit fast acht Jahren mit Rita bewohnte.

Er war müde, sein Arm brannte, als stünde er lichterloh in Flammen, aber er wollte lieber keinen Blick darauf werfen. Vermutlich waren eine oder zwei der Nähte aufgegangen, als er über die Zäune geklettert war. Er brauchte schleunigst ein Antibiotikum, weil sich die Wunde wahrscheinlich entzündet hatte. Verdammte Scheiße!

Schlimmer noch – nicht einer der Nachbarn schien zu Hause zu sein. In keiner der Einfahrten stand ein Wagen, den er klauen könnte. Stattdessen waren alle ausgeflogen. *Die Leute sind ja alle so beschäftigt*, dachte er bitter. Sie hatten keine Ahnung, was in der echten Welt ablief, während sie zur Arbeit, einkaufen oder den Schulaufführungen ihrer Kinder gingen.

Der Gedanke versetzte ihm einen Stich. Heute fand Ariels Weihnachtsfeier statt. Sie sollte bei der Aufführung ein Rentier spielen. Und er würde es verpassen. Sie würde ihm fehlen. Für immer. Weil er sie nicht mitnehmen konnte.

Anfangs hatten die gemeinsamen Kinder mit Rita eher als Tarnung gedient. Nie im Leben hätte er gedacht, dass sie ihm so ans Herz wachsen könnten. Aber es ging nicht anders. Er konnte seine Familie nicht mitnehmen, und sie sollte ihn auch nicht im Gefängnis besuchen müssen.

Es gab keine andere Möglichkeit. *Ich muss zusehen, dass ich hier wegkomme.*

Er überlegte, in eines der Häuser einzubrechen und sich zu verschanzen, aber das wäre purer Selbstmord. Sobald Novak herausgefunden hatte, dass er sich nicht mehr in Wainwrights Haus aufhielt, würden er, Kimble und Bishop die ganze Nachbarschaft abklappern. Deshalb musste er das Risiko eingehen und verschwinden.

Er spähte um die Hausecke und sah die Mauer aus Fahrzeugen. *In meiner eigenen Einfahrt, dieser elende Mistkerl.*

Ja, sie dachten, er hätte sich in Wainwrights Haus verschanzt. *Trotzdem kann ich nicht hierbleiben. Es geht nicht.*

Eigentlich kam es ihm sogar gelegen, dass keiner der Nachbarn zu Hause war. Auf diese Weise konnte auch niemand den Notruf wählen, weil er merkte, dass sein Wagen nicht mehr in der Einfahrt stand. Er beschloss, sich bis zum nächsten Häuserblock durchzuschlagen.

Dort würde er schon einen Wagen finden, noch bevor sie merkten, dass er Wainwrights Haus längst verlassen hatte. Denn sobald das geschah, würden sie das gesamte Viertel abriegeln.

Cincinnati, Ohio
Montag, 21. Dezember, 12.10 Uhr

Meredith sah, wie Deacon ihr ermutigend ein Daumen-hoch!-Zeichen gab, als Nash losfuhr, während Adam noch mit Linnie beschäftigt war und sich nicht zu ihr umdrehte – auch wenn sie es sich noch so sehr wünschen mochte. Aber es war wichtiger, dass er seine Arbeit erledigte. Man hatte sie angewiesen, den Transporter nicht zu verlassen und sich zu ducken, was sie auch getan hatte, auch wenn sie vor Angst um Adam schier verrückt geworden war. Die Sekunden waren ihr wie Stunden vorgekommen. Bereits am Morgen, als Adam nur um Haaresbreite dem sicheren Tod durch eine Kugel in den Kopf entgangen war, hatte sie die gesamte Tagesdosis ihres Medikaments gegen ihre Angststörung eingenommen – eine Entscheidung, die sie nicht bereute.

O Gott, hätte sie doch nur eines ihrer Malbücher bei sich! Inzwischen hatte sie einen weißen Umschlag, den sie in ihrer Handtasche gefunden hatte, auseinandergefaltet und komplexe Muster skizziert, während sie ausharrte. Sie hielt ihren rosafarbenen Tactical Pen so fest umklammert, dass ihre Fingerknöchel weiß hervortraten.

»Alles klar bei Ihnen?«, erkundigte sich Nash Currie. »Wenn Ihnen kalt ist, kann ich gern die Heizung aufdrehen.«

»Nein, mir geht's gut«, erwiderte sie. »Haben Sie das kurze Hölzchen gezogen?«, fügte sie hinzu – eine freundliche Umschreibung dafür, dass er den Babysitter für sie spielen durfte.

Der Anflug eines Lächelns erschien auf seinem Gesicht, als er sie im Rückspiegel ansah. »Was, wenn ich mit Ja antworte?« Sie verzog das Gesicht. »Dann kaufe ich Ihnen ab, dass Sie nicht lügen.«

Er lachte. »Gut gekontert, Dr. Fallon.«

»Meredith«, korrigierte sie. »Wenn Adam Ihnen erlaubt, mich ins Krankenhaus zu fahren, muss er Ihnen vertrauen, deshalb können wir gern auf die Formalitäten verzichten.«

»Sehr gern, Meredith.« Er schien sich über das Angebot zu freuen. In den wenigen Minuten, während sie gewartet hatte, waren sechs weitere Ü-Wagen lokaler Nachrichtensender eingetroffen, weshalb Nash im Schneckentempo die Wohnstraße entlangfahren musste. Überall standen Reporter herum oder rangelten um den besten Blick auf Hansons

Haus. »Sie sollten lieber unten bleiben, sonst versuchen die Reporter, ein Foto von Ihnen zu kriegen.«

Wieder gehorchte sie und zwängte sich in den schmalen Spalt zwischen den Sitzen. »Alles klar.«

Er stieß einen Fluch aus. »Diese verdammten Transporter versperren die ganze Straße. Ich muss sie umfahren. Festhalten.« Er riss das Steuer so abrupt nach links, dass sie mit dem Kopf gegen die Seitenwand des Vans knallte. Sie zuckte zusammen vor Schmerz, rutschte ein Stück nach vorn und stützte sich an der Armlehne ab.

»Ich habe gesehen, wie Sie mit dem kleinen Voss-Mädchen umgegangen sind. Penny. Sehr beeindruckend«, sagte Nash.

»Sie wollte sich so gern alles von der Seele reden. Ich habe ihr nur ein bisschen auf die Sprünge geholfen.«

»Ich habe viele Jahre bei Personal Crimes gearbeitet, war dort für die IT zuständig. Obwohl ich nie einen Fall geleitet habe, kenne ich mich mit Opferbefragungen gut genug aus, um zu sehen, wenn jemand ein großes Kommunikationstalent besitzt.«

»Danke«, erwiderte Meredith sachlich. »Sie waren Adam bei Paulas Fall zugeteilt.«

»Das stimmt.«

Sie holte tief Luft. »Warum hat Hanson das Ihrer Meinung nach getan?«

Wieder entstand eine Pause, und Nash riss das Steuer herum, diesmal nach rechts. »Das frage ich mich auch schon die ganze Zeit. Und vorhin erst fiel mir wieder ein, dass Adam Channel 12 ein Interview gegeben hatte – kurz bevor Paula sich das erste Mal an ihn gewandt hat. Bestimmt kennen Sie die Sendereihe ›Helden mitten unter uns‹.«

»Weil er taube Kinder trainiert hat. Ja, er hat mir davon erzählt.«

»Genau. Und hat er Ihnen auch erzählt, dass danach sämtliche Fernsehsender bei ihm angeklopft haben? Sogar CNN. Er hat ein gutes Fernsehgesicht.«

Meredith lächelte. »Das stimmt.«

»Alle wollten ihn, trotzdem war er immer nett. Hat nie zugelassen, dass es ihm zu Kopf steigt. Einmal wurde er sogar von einer Frauenzeitschrift zum Mister Sexy Cop gewählt.«

»Das ist mir entgangen«, bemerkte Meredith trocken. »Aber ich denke, ich verstehe, worauf Sie hinauswollen. Er war der Star, und Hanson war neidisch. Er wollte Adam kleinmachen. Wollte ihn demütigen. Ihn zerbrechen.«

»Genau. Und dann hat Adam einen Fall gelöst. Einen wichtigen. Zwei Mädchen im Teenageralter, die online verhökert wurden. Der Täter, ein Typ aus der Stadt, hat die Verabredungen über seine Webseite eingefädelt und abkassiert.«

»Ich erinnere mich an den Fall, allerdings wusste ich nicht, dass Adam damit betraut war.«

»Am Ende hat die ICAC die Lorbeeren eingeheimst, aber Adam hat die ganze Vorarbeit geleistet. Doch die Bosse wussten das. Unser Lieutenant hat irgendwann mal gewitzelt, dass Adam eigentlich uns allen noch etwas beibringen könne. Es war nur ein nettes Lob ohne irgendwelche Hintergedanken, und wir alle wussten, wie es gemeint war. Nur Hanson nicht. Ihm hat es überhaupt nicht geschmeckt.«

»Also hat er ihm eine Falle gestellt und ihn dann fertiggemacht. Und Sie gleich mit dazu.«

»Genau«, knurrte Nash.

»Geht es Ihnen gut, Nash? Ich frage das nicht als Therapeutin, sondern als jemand, der dankbar ist, dass Sie sich für Adam eingesetzt haben.«

»Es geht mir gut. Na ja ... es war eine echt harte Zeit. Meine Ehe hat ... hat der Belastung nicht standgehalten.«

»Das tut mir sehr leid.«

»Sie ist mit meiner Depression nicht zurechtgekommen.

Meine Kinder haben mich am Ende überredet, eine Therapie anzufangen. Ich ... verdammt noch mal! Moment, ich muss noch mal zurück.« Er trat hart auf die Bremse, fuhr ein Stück zurück und wich nach links aus, ehe er erneut abrupt anhielt. »Bleiben Sie unten.«

Er sprang aus dem Transporter, während Meredith zur Fahrerseite robbte und sich langsam hochstemmte, um aus dem Fenster zu spähen. Am Straßenrand stand ein schwarzer SUV. Sie hörte Nash fluchen, dann saß er wieder hinter dem Steuer und riss das Funkgerät an sich.

»Detective Currie hier. Ich brauche Verstärkung und einen Krankenwagen. Hier –«

In diesem Moment wurde die Fahrertür aufgerissen und Nash aus dem Wagen gezerrt. Meredith wich zurück, als ein dumpfes Poltern den Transporter erzittern ließ.

Nein! Nein, nein, nein! Entsetzt sah Meredith zu, wie Wyatt Hanson einstieg und eine Pistole in den Tassenhalter klemmte.

O mein Gott, Nash! Hat er ihn getötet? Aber selbst wenn er noch leben sollte, musste er schwer verletzt sein. *Und wenn er mich bemerkt, bringt er mich auch um.* Der Gedanke riss sie aus ihrem Schockzustand. Sie griff in ihr BH-Holster und zog ihre Waffe. *Kampflos gehe ich jedenfalls nicht unter.*

Hanson schlug die Tür zu, ließ den Motor an und fuhr mit quietschenden Reifen los. Nach ein paar Sekunden drosch er mit der Faust auf das Steuer. »Ein beschissener Polizeitransporter«, schrie er aufgebracht. Meredith zuckte zusammen, bis ihr aufging, dass er nicht mit ihr redete, sondern einfach nur außer sich vor Wut war. »Ausgerechnet. Herrgott noch mal!« Er hatte also gar nicht vorgehabt, ein Polizeifahrzeug zu klauen, hatte den Transporter nicht einmal als solches erkannt. *Also weiß er wahrscheinlich auch nicht, dass ich hier bin. O Gott, bitte mach, dass er es nicht weiß.*

Er riss das Funkgerät aus der Halterung. »Hier ist Detective Currie«, sagte er – eine glatte Lüge. »Es tut mir leid. Falscher Alarm. Ich brauche keine Hilfe.«

Meredith hätte am liebsten laut um Hilfe geschrien, doch sobald er sie bemerkte, wäre das ihr Ende. Deshalb bemühte sie sich, möglichst kein Geräusch zu machen, während er das Funkgerät ausschaltete und das Mobilteil auf den Beifahrersitz warf.

Sie zuckte am ganzen Körper zusammen, als das Mobiltelefon in ihrer Hand brummte. Eine Nachricht von Wendi. *Shane redet mit Linnie. Wir hoffen, er kann sie überreden, das Kind herzugeben. Alles ok bei dir?*

Ein Schluchzen stieg in ihrer Kehle auf, das sie jedoch eilig unterdrückte. Nein. Gar nichts ist ok. Mit zitternden Fingern tippte sie eine Antwort. *Hilfe. Hanson hat mich. Im Transporter. Allein. Nash Currie verletzt.*

Sie schickte die Nachricht ab und stellte ihr Handy auf lautlos. Hanson fuhr wesentlich schneller als Nash zuvor, deshalb war es lauter im Wagen, und er schien nichts von dem mitzubekommen, was sie da tat. Es war das Risiko wert. Sie wählte den Notruf und legte das Handy unter den Sitz, hinter dem sie kauerte. Mit der Telefonistin zu reden, traute sie sich nicht, aber vielleicht konnte die Polizei ihr Handysignal orten. Falls es ihr nicht gelingen sollte, Hanson mit dem ersten Schuss zu töten.

Sie presste sich an die Seitenwand des Transporters auf der Fahrerseite und spähte durch den Spalt am Sitz vorbei nach vorn, doch ihre Hände zitterten wie verrückt – genauso wie auf dem Krankenhausparkplatz, als sie gefeuert und gefeuert hatte, der Mann aber trotzdem immer weiter auf sie zugekommen war. Der Mann. Wyatt Hansons Onkel. Panik stieg in ihr auf. Sie kauerte sich tiefer, um sich ein wenig zu sammeln. Dann stützte sie die Waffe auf die Armlehne des Sitzes vor ihr ab und zielte auf seinen Nacken, jenen schmalen Streifen

nackter Haut, den sie aus ihrem Versteck erkennen konnte.
Entspann dich. Tu so, als wärst du mit Kate und Scarlett auf dem Schießstand.
Die ich beide nie wiedersehen werde.
Hör auf. Lass das. Entspann dich. Für Adam. Er darf nicht derjenige sein, der deine Leiche findet.
Sie drückte den Abzug.
Und wurde nach rechts geschleudert, als er das Steuer scharf herumriss und die Kugel in die Fahrzeugwand einschlug. Ein zweiter Schuss hallte in ihren Ohren. Aus seiner Waffe. Er hatte sie bemerkt. *O Gott.*
Ihr rechter Arm brannte wie Feuer. Sie blickte auf. Die Waffe noch in der Hand, hatte er den Arm über den Sitz nach hinten ausgestreckt und riss mit der Linken das Steuer absichtlich hin und her, damit sie von einer Seite zur anderen geschleudert wurde.
Beweg dich. Geh in Deckung. Sie krabbelte hinter den Sitz auf der rechten Seite, wodurch sie sich in einem günstigeren Winkel befand, um auf ihn schießen zu können. Doch ihr Arm zitterte. Sie blutete. Stark.
Sie konnte nur hoffen, dass die Notrufzentrale Hanson die Lüge von einem falschen Alarm nicht abgekauft hatte. Doch selbst wenn, hatte Wendi inzwischen längst die Polizei alarmiert, und Isenberg hatte ihre Leute auf den Transporter angesetzt.
Du musst Hanson zum Anhalten zwingen. Adam braucht Zeit, um uns einzuholen. Lass nicht zu, dass er deine Leiche findet.
Sie biss die Zähne zusammen, zog sich mit ihrem unverletzten Arm in eine sitzende Position und nahm die Waffe in die Linke, weil ihr rechter Arm inzwischen vollständig seinen Dienst versagte.
Sie kniff ein Auge zu, zielte und feuerte. Ein Aufschrei hallte

durch den Wagen. Sie feuerte ein zweites Mal, woraufhin der Transporter schlingernd nach rechts fuhr. Sie wurde herumgerissen, wobei ihre Waffe unter den Sitz schlitterte, als der Wagen in einer Kakofonie aus quietschenden Bremsen und kreischendem Metall zum Stehen kam.

Dann herrschte Stille. Vollkommene Stille. Sekundenlang.

Ist er tot? Bitte, lieber Gott, mach, dass er tot ist.

Noch einmal brachte sie sich in eine sitzende Position und blinzelte, weil sie plötzlich nichts mehr sehen konnte. Sie wischte sich mit der Hand über die Augen und bemerkte das Blut an ihren Fingern. *Verdammt. Eine Kopfwunde.*

Ein beißender Gestank stieg ihr in die Nase. *Der Airbag. Verdammt. Der beschissene Airbag hat ihm wahrscheinlich das Leben gerettet.*

In diesem Moment hörte sie das Knarzen von Vinyl. *Das elende Schwein.*

Er war also nicht tot. *Verdammte Scheiße!* Er kam über die Mittelkonsole geklettert. Blut strömte aus seiner Nase. Offenbar hatte der aufgehende Airbag ihm wenigstens die Nase gebrochen.

Aber all das Blut ...

»Ich hoffe nur, Sie hatten keinen ungeschützten Sex mit Linnie«, presste sie aus einem Impuls heraus hervor.

Trotz des Bluts, das ihr die Augen verklebte, entging ihr seine wütende Miene nicht. »Du beschissene Schlampe!«, stieß er hervor, gemeinsam mit einer ganzen Ladung Blut, das sich jedoch über den Sitz vor ihr ergoss. »Ich mach dich alle ... schlitz dich auf!«

»So wie Butch es mit Paula gemacht hat?«, fragte sie grinsend, wobei sie ihre blutbeschmierten Zähne entblößte.

»Genau!«

Sie robbte nach hinten, sah sich fieberhaft nach etwas um, womit sie sich verteidigen könnte. *Wo bist du nur, Adam?*

»Warum?«, fragte sie und tastete mit den Fingern den Boden ab. »Warum haben Sie sie getötet?«
»Um ihm wehzutun.« Inzwischen ragte er über ihr auf.
»Wieso denn sonst?«
»Wieso?« Ihre Finger schlossen sich um etwas Schmales, Längliches. Etwas Metallenes. Sie erkannte den Gegenstand auf Anhieb wieder. Glatt, bis auf die kleinen Erhebungen. Die rosa Herzchen. *Danke, lieber Gott.* Sie schloss die Finger um den Tactical Pen, so wie sie es in der Vergangenheit zahllose Male geübt hatte. »Wieso wollten Sie ihn denn quälen?«
Er schüttelte den Kopf, packte sie mit beiden Händen bei ihrer kugelsicheren Weste und zog sie hoch. »Ich werde dir jetzt die Kehle durchschneiden, dich von oben bis unten aufschlitzen und dann einfach warten, bis er deine Leiche findet.«
Nein. Das würde Adam umbringen. Trotzdem zwang sie sich zu einem Lächeln. »Er ist stärker, als Sie glauben. Und viel stärker als Sie.«
Sie schrie auf, als seine Faust auf ihren Kiefer traf. »Halt's Maul«, blaffte er.
Jetzt. Jetzt. Mit der Linken packte sie den Stift und riss ihren Arm mit aller Kraft, die sie noch aufbrachte, hoch. Er bekam ihr Handgelenk zu fassen und drückte ihren Arm weg, doch sein lauter Schmerzensschrei verriet ihr, dass sie ihn getroffen hatte. Noch mehr Blut spritzte. Offensichtlich hatte sie ihn irgendwo im Gesicht verletzt. Er packte ihre Weste noch fester und zerrte sie in Richtung Tür, dann entwand er ihr den Stift, ließ die Tür aufgleiten und stieß sie aus dem Wagen die Böschung hinunter.
Sie waren von der Straße abgekommen und gegen einen Baum geprallt. Die Motorhaube war komplett zerbeult. Aber es hätte schlimmer enden können, denn wenige Meter vor

ihnen erstreckte sich eine Brücke über eine Senke zwischen zwei steilen Hügeln. Wäre Hanson ein bisschen schneller gefahren und hätte einige Momente später die Kontrolle über den Wagen verloren, hätten sie das Brückengeländer durchbrochen und wären in die Tiefe gestürzt. Das hätte keiner von ihnen überlebt.

Neuerlich stieg Panik in ihr auf, als sie hochsah. Der Transporter stand so, dass er die Sicht von der Straße aus blockierte.

Keiner sieht mich hier. Keiner wird wissen, dass ich hier bin. Aber den Transporter werden sie sehen, dachte sie. *Sie halten doch danach Ausschau …*

Mit einem dumpfen Grollen warf Hanson den Stift weg, zerrte sie durch die Senke in Richtung Brückenpfeiler und schleuderte sie zu Boden, wo sie hart mit dem Kopf auf den Beton aufschlug. Sie blinzelte, konnte kaum etwas erkennen, weil das Blut immer noch in ihren Augen brannte. *Konzentrier dich. Du musst bei Bewusstsein bleiben. Musst ihn zum Reden bringen. Damit Adam Zeit hat, dich zu finden.*

»Wer war sie?«, fragte sie und kroch von ihm weg. »Paula? Wer war sie?«

Er kam auf sie zu. Sie rappelte sich auf, wollte weglaufen, geriet jedoch ins Straucheln und fiel erneut zu Boden. Sie verlor ihre Schuhe, spürte den kalten Beton unter ihren bestrumpften Füßen. Wieder packte er sie brutal, doch sie rollte herum und bekam einen ihrer Schuhe zu fassen.

Er war von einer Schlammschicht bedeckt, doch der Stiletto-Absatz war unversehrt.

»Du blöde Schlampe!« Wieder packte er sie bei ihrer Weste, drückte sie nach hinten und legte ihr die Hände um die Kehle. Panisch riss sie ihren Schuh hoch und ließ ihn auf sein Gesicht niedersausen.

Ja. Sie hatte ihn mit dem Absatz mitten auf seine gebrochene

Nase getroffen, aber nicht hart genug. Er bekam den Schuh zu fassen und schleuderte ihn fort, ehe er ihr mit seinem Stiefel mit voller Wucht auf die Hand trat. Sie schrie auf vor Schmerz.

»Wer war sie?«, keuchte sie. Wenigstens das konnte sie in Erfahrung bringen. Für Adam. Denn er würde kommen und sie retten.

Hanson beugte sich dicht über sie, sodass sich ihre Gesichter beinahe berührten. »Sie war gar niemand.«

»Nein! Sie war ein kleines Mädchen. Woher kam sie?«

Seine Augen glitzerten boshaft. »Die Frage nimmst du mit ins Grab.« Er verschwand aus ihrem Sichtfeld. Sie versuchte, sich auf die Seite zu rollen, wobei sie sich auf dem linken Ellbogen abstützte – inzwischen war ihr rechter Arm völlig taub, und ihre linke Hand schien gebrochen zu sein. Mühsam kam sie auf die Knie, als Hanson sie bei den Haaren packte und auf die Füße zog. Sie wehrte sich mit aller Kraft, während ihr heiße Tränen in die Augen stiegen. Ihre Kopfhaut brannte wie Feuer.

»Du kannst dich wehren, wie du willst, du stirbst trotzdem.« Sie spürte das kalte Metall einer Messerklinge an ihrer Kehle. So würde Adam sie also finden. *Es tut mir leid, Adam. So leid.*

Cincinnati, Ohio
Montag, 21. Dezember, 12.10 Uhr

»Bitte, Linnie, geben Sie mir die Waffe«, sagte Adam noch einmal, während sich eine ganze Reihe an Gefühlsregungen auf Linnies Miene widerspiegelte – Angst, Hass, Trauer. Hoffnung.

Sie holte tief Luft und reichte Adam die Waffe, mit dem Griff voran. Dann übergab sie Mikey an Scarlett. Adams Schultern entspannten sich. »Danke«, sagte er leise.

Scarlett nahm ihr Funkgerät aus der Halterung an ihrer Weste. »Geiselnahme unter Kontrolle. Kind befindet sich in unserer Obhut. Nächster Schritt.«

Der darin bestand, dass Deacon und Trip sich Zugang zum Nachbarhaus verschaffen und es durchsuchen würden.

»Nehmen Sie mich jetzt fest?«, fragte Linnie, als eine Polizistin eintrat und Scarlett den kleinen Jungen abnahm.

»Nein«, antwortete Adam. »Für die Geiselnahme des Kindes werden Sie sich verantworten müssen, aber festgenommen sind Sie nicht.«

In diesem Moment registrierte er eine Bewegung aus dem Augenwinkel. Rita kam auf die Knie. »Einen Teufel tut ihr! Sie hat mit der Waffe auf mich gezielt. Und auf meinen Sohn!«

»Runter, Rita!«, bellte Adam.

»Nein! Ich will sofort meinen Sohn wiederhaben!«

»Nein, Mrs Hanson«, erklärte Scarlett. »Der Junge kommt in die Obhut des Jugendamts, und zwar so lange, bis wir herausfinden, wie viel Sie von alldem gewusst haben.«

Rita fiel die Kinnlade herunter. »Das kann nicht euer Ernst sein!«

»Runter!«, befahl Scarlett, ehe sie eine weitere Beamtin herbeiwinkte. »Sie stellen sich neben Mrs Hanson und sorgen dafür, dass sie liegen bleibt.«

Adam räusperte sich und wandte sich wieder Linnie zu. »Bitte bleiben Sie bei Detective Bishop«, bat er. »Die anderen Detectives müssen zuerst noch die Nachbarschaft absuchen, weil Hanson hier irgendwo sein muss.«

»Die anderen Detectives?«, fragte Linnie. »Nicht Sie?«

Das Mädchen war hellwach. »Genau. Das ist nicht länger mein Fall. Ich bin nur hier, weil Sie mit mir reden wollten.«

»Auf Detective Kimble wurde heute Morgen geschossen«,

erklärte Scarlett, worauf sich Linnies Augen vor Entsetzen weiteten. »Dabei kam sein Freund ums Leben. Wir glauben, dass Detective Hanson der Schütze war.«

»Nein.« Mit einem Schluchzer ließ Rita sich wieder auf den Teppich sinken.

Linnie biss sich auf die Lippe. »Ich habe ihn verletzt. Keine Ahnung, ob das wichtig ist, aber sagen Sie den anderen Detectives, dass ich ihn mit dem Messer erwischt habe. Hier.« Sie deutete auf die Unterseite ihres rechten Arms. »Aber es muss wehgetan haben, denn er hat mich losgelassen. So ist es mir am Samstag gelungen, abzuhauen.«

Adam nickte. »Danke. Detective Bishop wird es unseren Kollegen sagen.« Er warf Scarlett einen Blick zu. »Ruf mich an, wenn alles vorbei ist.« Er verließ Hansons Haus und lief gebückt die Einfahrt hinunter zu der Limousine, hinter deren Steuer ihn Isenberg bereits erwartete.

»Steigen Sie ein«, sagte sie und wartete, bis er angeschnallt war. »Gut gemacht. Wir schicken einen gepanzerten Wagen für Linnie und den kleinen Jungen. Es ist sicherer, wenn sie bis dahin im Haus bleiben.«

Er ließ den Kopf gegen die Nackenstütze sinken. »Ich bin so müde, Lynda.«

»Ich weiß«, sagte sie sanft. »Ruhen Sie sich ein bisschen aus. Wenn Sie später ein Meeting brauchen, geben Sie Bescheid. Ich komme mit.«

Adam spürte einen dicken Kloß im Hals und wollte gerade ein *Danke* herauspressen, als Isenberg eine Flut wilder Flüche ausstieß. »Was ist?«, fragte er leise lachend.

»Diese verdammten Reporter. Das ist ja der reinste Hindernislauf hier. Beugen Sie sich nach vorn. Ich will nicht, dass die Fotos von Ihnen für ihre Schmierblätter machen.«

Er gehorchte und hörte eine Stimme von draußen, blieb jedoch, wo er war, selbst als Isenberg gackernd lachte.

»Hab ich es mir doch gedacht, dass sie zur Seite gehen«, meinte sie. »Diese Kameras sehen verdammt teuer aus. Ich würde nur ungern drüberwalzen, nur weil die Typen nicht von der verflixten Straße runtergehen.«
»Es wundert mich, dass Sie nicht noch eine Weile bleiben wollten. Gerade jetzt, wo es anfing, spannend zu werden«, meinte Adam.
»Nein, ich vertraue Deacon und Scarlett voll und ganz. Neuerdings besteht mein Job daraus, dafür zu sorgen, dass meine Mannschaft gesund und vollzählig bleibt. Sie sind ein wichtiges Mitglied des Teams, und Ihre Karriere liegt mir am Herzen. Deshalb schaffe ich Ihren Hintern sicherheitshalber so weit von Hanson weg, wie ich nur kann.«
Wieder spürte Adam diesen verräterischen Kloß im Hals.
»Danke. Für alles. Dafür, dass Sie mir gesagt haben, wie auch Sie es schaffen, trocken zu bleiben. Denn jetzt weiß ich, dass ich trotz allem meine Arbeit machen kann.«
»Schon gut«, brummte sie. »Es ist alles in Ordnung.«
Es ist in Ordnung, dachte er. Die Vorstellung, dass Deacon, Scarlett und Trip Hanson schnappen würden, fühlte sich mit einem Mal eigentümlich gut an. Mehrere Minuten vergingen, bis Isenberg sich an den Reportern vorbeigeschlängelt hatte.
»Sie können wieder hochkommen«, sagte sie schließlich.
»Das war's. Was zum Teufel …«
Ein schwarzer SUV stand am Straßenrand, dahinter ein vertrauter Subaru. »Das ist Marcus O'Bannions Wagen. Der *Ledger* will offenbar auch sein Stück vom Kuchen.«
In diesem Moment wurde ihm bewusst, weshalb Isenberg geflucht hatte. Der Herausgeber der Zeitung stand mitten auf der Straße und winkte mit beiden Armen, um sie zum Anhalten zu bewegen. Isenberg lenkte ihre Limousine hinter Marcus' Subaru und schnappte nach Luft.
»O Gott. Ist das Nash Currie?« Sie riss die Tür auf und

sprang aus dem Wagen, dicht gefolgt von Adam. Zwar war er sich bewusst, dass er riskierte, ein weiteres Mal zur Zielscheibe zu werden, doch das kümmerte ihn nicht.

Nash hätte Meredith ins Krankenhaus bringen sollen, doch von dem Transporter war weit und breit nichts zu sehen.

Isenberg und Adam eilten zum Straßenrand, wo Nash im schmutzig grauen Schnee lag. Stone O'Bannion kniete neben ihm, die Finger an Nashs Handgelenk.

»Es ist tatsächlich Nash«, sagte Adam und spürte, wie ihm die kalte Angst die Luft abschnürte. »Was ist passiert?«

Behutsam legte Stone Nashs Arm zurück. »Er lebt, aber sein Puls ist sehr schwach. Ich weiß nicht, was passiert ist. Fest steht, dass er eine riesige Beule auf der Stirn hat und nicht bei Bewusstsein ist.«

»O mein Gott, Lynda, er sollte Meredith ins Krankenhaus bringen«, sagte Adam.

Isenberg drückte seine Schulter. »Reißen Sie sich zusammen, Adam. Bleiben Sie hier bei Detective Currie?«, fragte sie Stone.

»Natürlich«, sagte Marcus, der bereits die Notrufzentrale am Telefon hatte. »Danke. Ja, ich bleibe dran, aber ein Lieutenant und ein Detective sind gerade eingetroffen. Ich stelle Sie auf Lautsprecher.«

Isenberg runzelte die Stirn, trat um den SUV herum und nahm das hintere Fenster in Augenschein. »Da ist ein blutiger Handabdruck.« Sie stieß einen frustrierten Seufzer aus. »Und es liegt jemand drin. Unter der Plane. Ich kann seine Hand erkennen. Marcus, bitten Sie um einen zweiten Krankenwagen. Wir haben es offensichtlich gleich mit zwei Opfern zu tun.«

Ohne zu zögern, riss sie die Fahrertür auf und löste das Schloss der Ladeklappe. Sekunden später beugte sie sich in den Wagen. »Ein Mann, weiß, etwa Mitte sechzig. Er hat einen Schlag auf den Kopf bekommen, aber er lebt noch. Und er ist bei Bewusstsein. Sir, wie heißen Sie?«

Sie richtete sich abrupt auf und lief zu Nash zurück. »Das ist Hansons Nachbar. Hanson hat ihn hergelockt. Er hat ihm einen Schlag auf den Kopf verpasst und ist dann abgehauen.« Nash stöhnte auf. Adam, Lynda und Stone traten näher. »Adam? Es tut mir leid. Er hat sie. Hanson. Ich habe die blutige Hand am Fenster gesehen, angehalten und über Funk Verstärkung und einen Krankenwagen gerufen.« Wieder stöhnte er. »Plötzlich stand Hanson da, hat mich aus dem Van gezogen und ist weggefahren. In Richtung Osten.«

Bevor Nash ein weiteres Wort sagen konnte, rannte Adam, dicht gefolgt von Isenberg, zu der Limousine zurück. »Nashs Waffe ist weg«, sagte er, als Isenberg lospreschte. »Hanson ist also bewaffnet.« *Und er hat Meredith.*

»So groß kann sein Vorsprung nicht sein.« Trotzdem drückte Isenberg das Gaspedal bis zum Anschlag durch. Die Straße war alt und sehr kurvig. Sie schossen um eine Biegung, und da stand er – der Transporter war von der Fahrbahn abgekommen und gegen einen Baum geprallt. »Der Transporter ist da.« Adams Herzschlag setzte aus. »Aber ich sehe sie nicht.« Sein erster Instinkt war, aus dem Wagen zu springen und loszustürmen, doch dieser unbedachte Schritt könnte Meredith im Zweifelsfall das Leben kosten.

Denk nach. Hier geht es ums Ganze.

Isenberg hielt an und stieg aus. Gemeinsam gingen sie zu dem Transporter, während Adam, eine Hand um seine Waffe gelegt, sich bereits innerlich für das wappnete, was er womöglich gleich sehen würde.

Bitte, lieber Gott, mach, dass sie nicht verletzt ist. Bitte nicht. Mach, dass ihr nichts passiert ist. Vorsichtig ging er mit gezogener Waffe auf den Transporter zu. Doch das Fahrzeug war leer. Keine Spur von Meredith oder Hanson. *Keine Panik.*

Der Airbag war aufgegangen. Auf dem Beifahrersitz lag Nashs Dienstwaffe. Er griff durch das offene Fenster danach und checkte möglichst geräuschlos das Magazin. Es war voll. Er schob es zurück und steckte die Waffe ein.

Isenberg warf ihm einen scharfen Blick zu. *Auf Verstärkung warten*, formte sie lautlos mit den Lippen.

In diesem Moment hallte eine Stimme aus der Senke vor ihnen hoch. »Du kannst dich wehren, wie du willst, du stirbst trotzdem.«

Hanson. Adams Herzschlag setzte aus. Trotzdem zwang er sich, um den Transporter herumzutreten. O Gott. Er unterdrückte einen Fluch. Denn er konnte sie nirgendwo entdecken, doch eine Blutspur führte in Richtung Brückenunterführung. Angetrieben von seinem Instinkt und schierer Angst, stürmte er den Hang hinunter, mehr rutschend als laufend, rappelte sich wieder auf. Und dann sah er sie.

Seine Erleichterung währte nur kurz. Sie lebte. Stand schwankend auf Strümpfen auf dem eiskalten Beton. Auch in ihrem Blick spiegelte sich Erleichterung, gepaart mit blanker Angst. Denn Wyatt Hanson stand direkt hinter ihr. Er hatte die Finger seiner rechten Hand in ihrem Haar verkrallt, sodass er ihren Kopf nach hinten ziehen konnte, während er ihr mit der Linken ein Messer an die Kehle hielt.

Sie blutete aus einer Kopfwunde, ihr rechter Arm hing schlaff und kraftlos herab, die Linke hatte sie krampfhaft verkrallt. Doch ihr Kinn war gereckt, und sie blickte Adam geradewegs in die Augen. Sein erster Impuls war, loszulaufen, doch er wagte es nicht.

Blut strömte aus Wyatts Nase, sein rechter Ärmel war dunkelrot verfärbt, und auf seiner Wange prangte eine böse Schnittwunde. All die Verletzungen, ganz zu schweigen von der Wunde, die Linnie ihm zugefügt hatte, sollten ihn eigentlich schwächen und kampfunfähig machen.

Doch da war immer noch das Messer in seiner Hand. Und das höhnische Grinsen auf seinem Gesicht. »Detective Kimble«, ätzte er. »Wie schön, dass du zu uns gefunden hast.« Merediths Mund bewegte sich, doch kein Laut drang hervor. *Ich liebe dich. Es tut mir leid.*
Adam spürte, wie sein Herz in tausend Teile zerbarst. Sie glaubte, sie würde sterben. *Und sie entschuldigt sich. Bei mir.* Er nickte, dann zwang er sich zu einem Lächeln.
»Mir auch. Und nicht heute«, sagte er, ohne auf Hansons Bemerkung einzugehen. Er konnte nur hoffen, dass sie verstand.
»Wie süß«, ätzte Wyatt. »Du kommst genau zur richtigen Zeit, Adam. Jetzt kannst du zusehen, wie sie stirbt. Genauso wie bei Paula.« Er bohrte die scharfe Klinge in Merediths Haut. Augenblicklich perlten Blutstropfen aus der Wunde. »Weg mit deiner Waffe!«
Meredith legte den Kopf noch weiter in den Nacken, versuchte, sich der Klinge zu entziehen. Adam war bewusst, dass er Hanson so nicht würde erschießen können – selbst wenn er die Waffe schnell genug zog, würde Hansons Arm unwillkürlich zucken, und Meredith wäre verblutet, noch bevor Hilfe eintraf. Er fragte sich, wo Isenberg stecken mochte. Wahrscheinlich mobilisierte sie gerade die Verstärkung. Aber Adam hatte nicht warten können. Hanson schien drauf und dran zu sein, Meredith die Kehle durchzuschneiden, egal ob er dabei Publikum hatte oder nicht. *Vielleicht kann ich ihn ja lange genug ablenken, bis Isenberg uns da rausholt.* Eine bessere Idee hatte er nicht.
Betont umständlich zog Adam seine Waffe aus dem Holster und legte sie auf den Boden, während er voller Dankbarkeit an die zweite Waffe dachte, die er vom Beifahrersitz des Transporters genommen hatte. »Bitte schön. Und jetzt lass sie los. Wir alle wissen, dass du in Wahrheit mich willst.«

»Das stimmt«, bestätigte Wyatt. »Aber ich muss von hier verschwinden, und sie gibt eine erstklassige Geisel ab. Die allseits bekannte und beliebte Dr. Fallon.« Er zog die Brauen hoch. »Und von dir heiß geliebt?« Adams Miene musste ihn verraten haben, denn Wyatt grinste. »Das dachte ich mir schon. Noch habe ich mich nicht entschieden, wofür sie wertvoller ist – als Ticket über die Grenze oder als letzter Denkzettel für dich. Was meinst du, Adam? Findest du, ich sollte sie jetzt gleich umbringen, damit du zusehen kannst, so wie damals bei der kleinen Paula, oder sollte ich sie lieber mitnehmen, damit du dich für den Rest deines Lebens fragst, was ich wohl mit ihr angestellt habe? Denn es gibt so vieles, was ich gern mit ihr anstellen würde.«

Meredith schloss die Augen. Ihre Kehle bewegte sich, als sie zu schlucken versuchte. Hanson legte das Messer neu an und zog eine weitere dünne Spur, diesmal direkt unterhalb ihres Kinns.

Er versucht, dich zu ködern. Geh nicht darauf ein. Adam legte den Kopf schief und bemühte sich um eine ausdruckslose Miene. Hoffte er zumindest. »Komisch, ich dachte immer, du stehst bloß auf Minderjährige.«

Hanson lachte. »Ich mag sie nicht mehr so scharf finden, wenn sie erst mal das Alter deiner reizenden Dr. Fallon erreicht haben, aber deshalb stehe ich trotzdem noch meinen Mann. Immerhin haben Rita und ich zwei Kinder.«

»Wenn du sie umbringst, bleibt immer noch die Straßenblockade, die du überwinden musst.«

»Stimmt. Dann nehme ich sie eben mit.«

Über Hansons Schulter hinweg sah Adam Deacon die Böschung auf der anderen Seite der Brückenunterführung herunterschlittern. Noch war er rund zehn Meter entfernt – wahrscheinlich hatte er keine günstigere Stelle gefunden. Deacon begann zu laufen. Acht Meter, fünf Meter. Er bewegte

sich nahezu geräuschlos und drosselte schließlich das Tempo, als er auf die Mündung der Unterführung zukam.
Adam musste Hanson lediglich lange genug ablenken, damit einer von ihnen ihm das Messer aus der Hand schlagen konnte, denn auf ihn zu schießen, kam nach wie vor nicht infrage. *Ich muss ihn ablenken. Denk nach!* Und dann musste er fast lächeln, denn Deacon war stehen geblieben und bedeutete ihm in Gebärdensprache exakt dasselbe.
Lenk ihn ab. Nur ganz kurz.
In diesem Moment wusste er, was er zu tun hatte. *Geld.* Wyatts wahre Liebe. »Und was dann?«, fragte er. »Was willst du machen, wenn du es schaffst?« Er trat ein paar Schritte näher.
Wyatt verzog den Mund zu einem Grinsen, wobei er zwei Reihen blutverschmierter Zähne entblößte. »Ich habe vor, mir ein angenehmes Leben zu machen.«
»Und wovon?«
Wyatts Grinsen verblasste für einen Moment, ehe die gewohnte Arroganz wieder darin aufblitzte. »Ich habe mehr als genug.«
»Das glaube ich gern, allerdings dürften es fünf Millionen weniger sein, als du glaubst.«
Treffer. Ja! Wyatt wurde bleich. »Wovon sprichst du?«
Meredith starrte Adam mit zusammengekniffenen Augen an. Die Frau war schlau – sie wusste genau, dass etwas im Busch war. Und sie war bereit. *Bitte, sei bereit, Baby,* flehte er stumm.
Irgendwie gelang es ihm, sich seine Verzweiflung nicht anmerken zu lassen. »Ich sage es ja nur ungern, aber vor Kurzem hat jemand unerlaubterweise dein Passwort geändert. Deine Bank sollte dich eigentlich über derartige Vorfälle informieren.«
Wyatt schüttelte den Kopf. »Du lügst.«

»Nein, tue ich nicht.« Adam zog die Brauen hoch. »KingTriton89.«

Vor Schreck ließ Wyatt den rechten Arm, der von Linnies Attacke geschwächt war, sinken. Meredith nutzte die Gelegenheit, um sich zur Seite zu werfen, doch er hatte immer noch seine Hand in ihrem Haar verkrallt. Sie kauerte auf den Knien, während Wyatt über ihr aufragte.

Und nun weit mit dem Messer ausholte.

Adam konnte nicht mehr klar denken. Aus einem Impuls heraus zog er Nashs Waffe aus der Tasche, zielte auf Wyatts Hand, in der er das Messer hielt, und drückte ab, ehe er sich auf den Mann stürzte, den er fast sein ganzes Leben lang als seinen Freund bezeichnet hatte. Wyatts Schrei hallte von den Betonwänden wider, gefolgt vom Klappern des Messers, als es seinen Händen entglitt.

Wyatt stöhnte auf, als Adam ihm die Schulter gegen die Brust rammte und sie beide zu Boden gingen. Gleichzeitig hörte Adam Merediths Schmerzensschrei, denn der elende Mistkerl hatte zwar das Messer fallen lassen, doch seine Finger waren noch *immer* in ihrem Haar verkrallt.

Adam hielt ihm Nashs Waffe unters Kinn. »Lass sie los«, knurrte er. »Sofort.«

Wyatt feixte. »Du wirst mich nicht töten. Nicht eiskalt.«

Adam wollte es nicht tun – nicht weil ihm etwas daran lag, dass Wyatt am Leben blieb, sondern lediglich, weil so viele Fragen offen waren. Warum? Warum Paula? Woher war sie gekommen? Wie hatte er sie in seine Gewalt gebracht?

Aber wenn es sein muss, bringe ich ihn um.

Statt einer Erwiderung packte er Wyatts Arm und grub ihm die Finger tief ins Fleisch. Auf welcher Höhe sich die Schnittwunde befand, wusste er nicht, aber der ganze Ärmel war blutverschmiert, deshalb hoffte er, dass er die richtige Stelle traf. Wyatt wand sich vor Schmerzen, und seine Augen rollten nach hinten, während sich seine in Merediths Haar verkrallten Finger öffneten. *Ja.*

Aus dem Augenwinkel registrierte er, wie Meredith sich zur Seite rollte und auf die Füße kommen wollte, doch ihre Knie gaben unter ihr nach. Gerade als er Deacon zurufen wollte, dass er sie von hier wegbringen soll, sah er etwas Silbernes auf der anderen Seite seines Sichtfelds aufblitzen und richtete seine Aufmerksamkeit wieder auf Wyatt.

Doch es war eine Sekunde zu spät. Ein heißer Schmerz schoss durch sein rechtes Bein. Instinktiv wich er zurück, packte jedoch Wyatts Mantel mit der einen Hand, um ihn daran zu hindern, ein weiteres Mal auf Meredith loszugehen. Er stützte sich auf das linke Knie und verlagerte das Gewicht dann auf das andere, doch der Schmerz war zu brutal.

Wyatt hatte ein zweites Messer! Das nun in Adams Bein steckte. *Dieses verdammte Schwein.*

Wutschnaubend rammte er Wyatt die Faust aufs Kinn. Wyatt ging zu Boden. Mit einem Übelkeit erregenden Knall schlug sein Kopf auf dem Beton auf, dann lag er benommen blinzelnd da.

Deacon stand über Wyatt und hielt ihm seine Waffe an den Kopf, während Adam auf Meredith deutete. »Ich habe ihn. Du musst sie hier wegbringen. Bitte. *Bitte*«, wiederholte er, als Deacon zögerte. »Sie ist schwer verletzt.«

»Bin gleich wieder hier.« Deacon hob Meredith hoch.

Die Waffe auf Wyatts Brust gedrückt, zog Adam seine Handschellen heraus, legte die erste um Wyatts linkes Handgelenk und wollte gerade die rechte –

In diesem Moment stemmte Wyatt sich hoch und rammte seine Stirn mit voller Wucht gegen Adams. Adam taumelte rückwärts, landete auf dem Hinterteil, war jedoch sofort wieder auf den Knien und drückte Wyatt erneut die Waffe in die Brust. Doch auch Wyatt war bereits wieder auf den Knien. Bruch-

teile einer Sekunde später spürte Adam den Lauf einer alten Glock an seinen Rippen und blickte auf Wyatts Finger auf dem Abzug.
Wyatt grinste. Auch er hatte eine zweite Pistole bei sich gehabt, die er in dem kurzen Handgemenge gezogen hatte.
»Du wirst mich nicht umbringen«, höhnte er. »Wenn du dazu fähig gewesen wärst, hättest du es getan, als du die Gelegenheit dazu hattest.«
Vor einer Woche hätte er vermutlich richtiggelegen, ja, sogar gestern noch. Aber heute nicht mehr. Wyatt hatte zu vielen Menschen zu viel genommen. *Er wird Meredith nicht auch noch ihr Glück nehmen. Und dieses Glück bin ich.*
Ohne mit der Wimper zu zucken, drückte Adam ab. Wyatt wurde nach hinten katapultiert und riss ungläubig die Augen auf, ging jedoch nicht zu Boden. Der Schock in seinem Blick wich blanker Wut, während er die Waffe hob.
Adam feuerte ein zweites Mal. Die Kugel hinterließ ein deutlich sichtbares Loch in seiner Stirn. Wyatt war tot, noch bevor er auf dem Beton aufschlug.
Genau wie Andy Gold. Und John Kasper an diesem Morgen. Bittere Befriedigung durchströmte ihn.
In diesem Moment registrierte er eine Bewegung aus dem Augenwinkel und sah auf. Trip kam auf ihn zu und verstaute seine Waffen im Holster, dann bückte er sich und hob die Pistole auf, die Wyatt aus der Hand gefallen war.
»Alles in Ordnung?«, fragte Trip leise.
Adam blickte auf Wyatt hinab und nickte. »Ja. Alles in Ordnung.« Und so war es auch. Er deutete auf die Waffe in Trips Holster. »Du wolltest schießen, hast es dann aber doch nicht getan. Wieso nicht?«
»Ich war der Ansicht, dass du es tun solltest. Aber wenn du es nicht geschafft hättest, wäre ich mit dem größten Vergnügen zur Stelle gewesen.«

Adam lächelte. »Danke.«
»Kein Problem. Tut mir leid, dass wir so spät kommen. Ich habe angehalten, um nach Nash zu sehen. Wyatt hat ihn übel am Kopf erwischt, und er hatte schlimme Schmerzen, aber seine größte Sorge galt Meredith.«
»Ich weiß.« Er sah sich um. »Wo ist sie?«
»Ich habe Deacon geholfen, sie die Böschung hinaufzutragen. Sie ist in meinem Wagen und wartet auf den Notarzt.«
Adam versuchte aufzustehen, doch erneut schoss ein brennender Schmerz durch sein verletztes Bein. *Scheiße.* Er hatte das verdammte Messer völlig vergessen. Er beugte sich vor und wollte es aus der Wunde ziehen, doch Trip hinderte ihn daran. Stattdessen ging er vor ihm in die Hocke, um einen Blick darauf zu werfen.
»Nicht anfassen! Der Krankenwagen ist schon unterwegs. Die sollen das machen. Die Blutung ist nicht allzu schlimm, aber wenn du das Messer herausziehst, kann es passieren, dass du blutest wie ein abgestochenes Schwein.«
Tu lieber, was der Kleine dir sagt, dachte Adam und blinzelte, als winzige schwarze Punkte vor seinen Augen zu tanzen anfingen. Doch diesmal war es nicht die Panik, die ihn erfasste, sondern etwas anderes ... Schock?
Er schob Nashs Waffe ins Holster und kam auf die Knie, wobei er sich halb umdrehte, um nicht mit Wyatt Hansons Leiche in Berührung zu kommen. Eine neuerliche Woge des Schmerzes erfasste ihn, und er musste die Augen schließen. Als er sie wieder aufschlug, sah er zu seiner Überraschung Isenberg vor der Unterführung stehen.
»Sie ist im selben Moment die Böschung heruntergekommen wie ich, nur an einer weniger steilen Stelle«, erklärte Trip leise. »Und sie war genauso bereit, ihm den Rest zu geben.«
Isenberg trat mit ausgestreckter Hand auf sie zu.
Stimmt. Die Waffe. Er hatte sie abgefeuert. Und es tut mir

nicht mal ansatzweise leid. Er ließ das Magazin herausfallen und überprüfte es, um sicherzugehen, dass keine Kugeln mehr in der Kammer waren, ehe er beides in ihre Handfläche legte. »Standardvorgehen«, sagte er. »Schon kapiert. Fürs Protokoll – ich würde es jederzeit wieder tun. Das können Sie gern in Ihren Bericht aufnehmen.«

Mitgefühl und Verärgerung lagen in Isenbergs Blick. Und Besorgnis. Sogar große Besorgnis.

Sie steckte die Waffe und das Magazin ein. »Das war Notwehr, Adam«, sagte sie. »Trip und ich haben es gesehen.« Sie streckte ihm noch einmal die Hand hin, und erst jetzt dämmerte ihm, dass sie ihm lediglich hatte aufhelfen wollen.

»Oh.« Wie betäubt ergriff er ihre Hand und stöhnte, als Trip seinen anderen Arm nahm und ihn hochzog. Erst jetzt schienen seine Sinne wieder zu funktionieren – der metallische Geruch von Blut, vermischt mit dem Schwefelgestank einer abgefeuerten Waffe, der Anblick von Wyatts Leiche auf dem Boden, die Rufe der Polizisten und Sirenen der Einsatzfahrzeuge und – hoffentlich – Krankenwagen. Einer davon für Meredith.

Nun, da es vorbei war, spürte er, wie das Adrenalin in seinem Blutkreislauf verebbte und sich die Panik mit aller Macht zurückmeldete. Sie war verwundet, und er musste ihr helfen. »Ich muss zu Meredith«, murmelte er und versuchte, sich aus Trips Griff zu befreien, doch der junge Mann ließ ihn nicht los. »Ich muss, Trip. Bitte.«

»Das glaube ich eher nicht, alter Mann.« Trips Bass hatte etwas sehr Beruhigendes, trotz des Chaos ringsum. »Vielleicht wartest du lieber, bis der Notarzt da ist.«

»Ich denke, er muss wirklich zu Dr. Fallon«, schaltete sich Isenberg ein. Adam wäre ihr am liebsten um den Hals gefallen vor Dankbarkeit, wäre am liebsten in Tränen ausgebrochen, hätte am liebsten laut geschrien. Aber er tat nichts davon.

»Ja«, presste er lediglich hervor, wohl wissend, dass seine Selbstbeherrschung am seidenen Faden hing. »Meredith. Bitte.«
Isenberg drückte seinen Arm. »Kommen Sie, Adam. Agent Triplett, wir bringen ihn die Böschung hinauf. Und sorgen Sie dafür, dass er nicht hinfällt.«
Die beiden bugsierten Adam den Abhang hinauf, wo er halb hüpfend, halb schlurfend das Wrack des Transporters umrundete und zu Meredith trat, die auf der Ladefläche eines SUV lag. Deacon hatte bereits Erste Hilfe geleistet und einen Verband um ihren Arm gelegt, der jedoch immer noch blutete.
»Sie hat sehr viel Blut verloren«, sagte er leise, woraufhin Adams Herzschlag erneut zu stocken drohte.
»Wie sieht es aus?«
Deacons Blick verriet, dass ihr Zustand schlechter war, als er laut auszusprechen wagte. »Der Krankenwagen muss jeden Moment hier sein. Ihre andere Hand solltest du lieber nicht anfassen. Ich glaube, sie ist gebrochen.«
»Ich kann euch hören«, flüsterte Meredith und schlug die Augen auf. »Es geht dir gut. Sag mir, dass es dir gut geht. Er hat dich mit dem Messer angegriffen. Ich habe es gesehen.«
Er hatte sich auf ein Knie sinken lassen und registrierte, dass Isenberg und Trip zurückwichen, um ihm etwas Privatsphäre zu gewähren. Er beugte sich vor und legte die Hand auf ihre unverletzte Wange. »Mir geht es besser als dir.«
»Mir geht's gut«, behauptete sie, doch ihre Stimme klang entsetzlich gequält. »Die Ärzte flicken mich wieder zusammen und schicken mich bald ins Spiel zurück.«
Adam hauchte einen Kuss auf ihre Schläfe. »Solange es sich bloß um Schach oder Domino handelt, gerne. Etwas Gefährlicheres als das sollte es nicht sein, wenn's geht.«
»In Ordnung.« Ihre Lider schlossen sich flatternd. »Sag Papa, dass es mir gut geht und dass ich ihn lieb habe.«

Angst flackerte in ihm hoch. Sie klang so schwach und hatte Mühe, deutlich zu sprechen. »Das kannst du ihm später selbst sagen«, erklärte er mit fester Stimme. »Meredith? Meredith!« Sie antwortete nicht. Offensichtlich hatte sie das Bewusstsein verloren. Einen Moment lang war er wie gelähmt vor Furcht, und ein Blick in Deacons Richtung bestätigte, dass seine Sorge durchaus begründet war.

»Dani ist schon auf dem Weg ins Krankenhaus«, sagte er. »Sie erwartet uns in der Notaufnahme und bleibt dann die ganze Zeit bei uns.« Er packte Adam bei der Schulter. »Noch ist sie nicht verloren. Und ich bin hier. Das darfst du nicht vergessen.«

Er kämpfte gegen den Schluchzer an, der in seiner Kehle aufstieg. »Werde ich nicht.«

31. Kapitel

Cincinnati, Ohio
Dienstag, 22. Dezember, 10.15 Uhr

»Sie müssen nach Hause, Junge, und sich ein bisschen ausruhen.«
Adam sah nicht auf, konnte sich nicht überwinden, den Blick von Merediths blassem Gesicht abzuwenden, als ihr Großvater das Zimmer in der Intensivstation betrat und sich müde neben Adam auf einen Plastikstuhl sinken ließ.
»Mir geht's gut«, sagte Adam leise. Und das entsprach der Wahrheit. Das Messer hatte keine größeren Gefäße erwischt, und er hatte entgegen Trips Vermutung auch nicht wie ein »abgestochenes Schwein« geblutet, als man es herausgezogen hatte. »Ich bleibe hier, bis sie zu sich kommt.«
Einmal war sie ganz kurz aufgewacht, direkt nach der Operation. Sie hatte die Augen aufgeschlagen, sich hektisch umgesehen und erst wieder beruhigt, als ihr Blick auf Adam an ihrem Bett gefallen war. *Ich liebe dich*, hatten ihre ausgetrockneten Lippen lautlos geformt. Sie hatte ihn angelächelt, dann hatte sie die Augen wieder geschlossen und war in die Bewusstlosigkeit zurückgedriftet.
Vorsichtig hielt er den Mittel- und Zeigefinger ihrer linken Hand, in der allerlei Zugänge steckten. Ihr Ringfinger und kleiner Finger waren geschient worden, ihre rechte Hand war mit dicken Verbänden bis zur Schulter hinauf versehen. Die Kugel aus Wyatts Waffe hatte die Sehnen in ihrem Oberarm durchtrennt. Deshalb hatte er so schlaff herabgegangen. Der Chirurg war sich zwar sicher, den Schaden behoben zu haben, doch es lag eine lange und schmerzhafte Genesung vor ihr. Allerdings war er zuversichtlich, dass sie ihren Arm

wieder ohne Einschränkungen würde bewegen können – eine gute Nachricht.

Doch das Allerwichtigste war, dass sie überlebt hatte. Ihre Brust hob und senkte sich in gleichmäßigen, wenn auch flachen Atemzügen. Der Mistkerl hatte ihr eine Rippe und zwei Finger ihrer linken Hand gebrochen, doch sie hatte sich erbittert gegen ihn gewehrt. Sie hatte ihn zweimal angeschossen und ihm zwei Hiebe ins Gesicht versetzt – einmal mit ihrem Schuh, das andere Mal mit ihrem mit Herzen verzierten Stift.

Quincy hatte den Stift im blutigen Schnee gefunden und ihn, in einer Beweismitteltüte verpackt, Adam gezeigt. Adam hatte sie damit skizzieren gesehen, aber nicht gewusst, um was für eine gefährliche Waffe es sich bei dem harmlos aussehenden Kugelschreiber in Wahrheit handelte. Seine Augen hatten gebrannt, als ihm ein weiteres Mal klar geworden war, wie verdammt gut es dieser Frau gelungen war, sich selbst zu verteidigen. Aber das sollte sie nicht mehr tun müssen. Nie mehr.

Trotzdem würde Adam ihr eine ganze Schachtel voll rosa Tactical Pens und einen Schrank voller High Heels kaufen, wenn sie aufwachte – einfach weil sie war, wer sie war. Und weil sie immer Feinde haben würde, solange sie sich missbrauchter und misshandelter Kinder und Teenager annahm.

Abgesehen von jenem kurzen Moment nach der Operation, hatte sie das Bewusstsein nicht mehr wiedererlangt. Ein steter Strom an Besuchern war vorbeigekommen, was eigentlich nicht verwunderlich war, schließlich war Meredith ein Mensch, der von vielen gemocht und geliebt wurde.

Allerdings hatte er sich darüber gewundert, dass sie alle nacheinander hereingepilgert waren und keiner Anstalten gemacht hatte, den Stuhl direkt an ihrer Bettkante mit Beschlag zu belegen. Und dafür könnte er nicht dankbarer sein.

Der Stuhl wirkte winzig unter Clarkes wuchtiger Gestalt.
»Sie müssen auch endlich etwas essen, Junge«, brummte er. »Sie macht mich fertig, wenn sie aufwacht und sieht, dass Sie bloß noch eine halbe Portion sind.«
Bei der Vorstellung, wie Meredith sich mit ihrem Großvater anlegte, musste er grinsen, doch dann wurde seine Miene ernst. »Ich sollte Ihnen ausrichten, dass es ihr gut geht«, murmelte er. »Das hat sie mir aufgetragen, bevor der Notarzt kam. Oh ... und dass sie Sie lieb hat. Es tut mir leid, aber ich habe ganz vergessen, Ihnen das zu sagen.«
Der breitschultrige alte Mann stieß zitternd den Atem aus. »Danke.« Adam hörte an seiner Stimme, dass er den Tränen nahe war. Und dann weinte Clarke Fallon, ganz offen und ohne sich dafür zu entschuldigen. Und ohne einen Anflug von Scham.
Adam, der seiner eigenen Stimme nicht länger trauen wollte, streckte nur wortlos die Hand aus und streichelte die Innenseite von Merediths linkem Unterarm, die verblichenen Narben, während ihn seine Gefühle ein weiteres Mal zu übermannen drohten. Er biss die Zähne aufeinander, spannte jeden einzelnen Muskel in seinem Körper an.
Normalerweise ließ der Drang, in Tränen auszubrechen, von ganz allein wieder nach. Aber diesmal nicht. Er spürte, wie das Bedürfnis übermächtig wurde, ihm den Atem raubte, ihn unfähig machte, noch länger ein- oder auszuatmen. Panik erfasste ihn.
In diesem Moment ging eine fleischige Hand auf seinen Rücken nieder. Mit einem lauten Ächzen stieß er den Atem aus, der in seiner Lunge gefangen gewesen war.
»Sie müssen atmen, Junge«, murmelte Clarke. »Wäre ganz praktisch.«
Adam wartete darauf, dass sich das Gewicht von seinem Rücken löste, doch nichts geschah. Stattdessen begann sich

die Hand zu bewegen, beschrieb langsame, beruhigende Kreise. Wieder spürte Adam dieses Brennen in seinen Augen, und ihm stockte neuerlich der Atem.

»Wann haben Sie das letzte Mal alles rausgelassen, Adam?«, fragte Clarke halblaut. »Es einfach passieren lassen, ohne sich dagegen zu wehren?«

Adam wandte sich ihm zu. »Was?«

Clarke lächelte traurig. »Wann haben Sie das letzte Mal geweint, Adam?«

Verblüfft starrte Adam ihn an. »Ich weiß es nicht mehr.«

Clarke seufzte. »Das habe ich mir fast gedacht. Aber es ist okay ... zu weinen, meine ich.«

Adam schüttelte den Kopf. »Das weiß ich. Aber ... nicht für mich.«

Die Pranke beschrieb weiter beschwichtigende Kreise, und Adam spürte, wie seine Lider schwer wurden. »Übrigens habe ich Ihren Vater kennengelernt«, sagte Clarke unvermittelt. Adam fuhr hoch.

»Wann? Wo?«

»Vor ungefähr einer Stunde. Im Wartebereich. Er ist ... na ja, ein ziemliches Arschloch, wenn ich das so sagen darf. Ich hoffe, Sie nehmen es mir nicht übel.«

Adam lachte auf. »Nein, überhaupt nicht. Außerdem stimmt es. Was macht er hier?«

»Er wollte Sie besuchen. Hat sich fürchterlich wichtiggemacht. Ständig ging es nur ›Ich, ich, ich‹. Ihre Mutter war auch dabei. Ich glaube, in Wahrheit ist sie diejenige, die Sie sehen will, aber er war ... na ja, irgendwie ...«

»Er ist ihr einfach über den Mund gefahren«, sagte Adam. »Ich wünschte, ich hätte gewusst, dass sie hier ist. Sie hat es nicht verdient, dass er so mit ihr umspringt, andererseits wehrt sie sich auch nicht gegen ihn. Ich glaube, dazu ist sie gar nicht in der Lage.« Er runzelte die Stirn und blickte wieder auf die reglos daliegende Meredith. »Sie ist ganz anders als sie, so viel steht fest.«

»Allerdings. Aber ich bin sicher, sie liebt Sie sehr. Das sieht man.« Er räusperte sich. »Ich habe Ihrer Mutter angeboten, sie herzubegleiten, aber ich habe ihr auch gesagt, dass nur zwei Personen zur selben Zeit hier im Zimmer sein dürfen. Ihn hätte ich nie im Leben hereingelassen, das verstehen Sie doch, oder?«

»Allerdings. Und ich sehe das genauso.«

»Gut. Jedenfalls hat Ihr Vater gezetert, er würde nicht zulassen, dass sie ohne ihn herkommt. Stattdessen sollten Sie gefälligst in den Warteraum kommen. Aber daraufhin meinte sie, das sei nicht richtig. Sie würden jetzt an die Seite der Frau gehören, die Sie lieben.« Clarke holte tief Luft und hielt sie einen Augenblick an. »Ich dachte, ihm rutscht jeden Moment die Hand aus. Tut er so was?«

»Sie sagt Nein«, erwiderte Adam unbehaglich. »Ich habe es nie beobachtet. Und auch mich hat er in Wahrheit nie verprügelt, zumindest nicht richtig. Vielmehr manipuliert er andere eher emotional. Darin ist er besonders gut. Ich habe versucht, meine Mutter zu überreden, ihn zu verlassen ... einfach auszuziehen und zu mir zu kommen. Aber im letzten Jahr habe ich es nicht mehr getan.«

Doch das hätte ich tun sollen. Es tut mir so leid, Ma.

»Seit das Mädchen vor Ihren Augen getötet wurde, stimmt's?«

Adam sah ihn verblüfft an. »Woher wissen Sie davon?«

»Sämtliche Nachrichten berichten darüber. Im *Ledger* war ein Artikel mit einem Standbild aus einem Ihrer Skype-Gespräche mit ihr, und das CPD versucht herauszufinden, woher sie kam.«

»Nash wollte das«, sagte Adam. »Unmittelbar danach. Und ich am Anfang auch. Aber Wyatt hat uns weisgemacht, sämtliche Videos seien gelöscht worden.« Er hielt inne. »Ein paar

Monate später habe ich dann die DVD auf meinem Küchentisch gefunden, unter einem Haufen Kram, der sich dort angesammelt hatte. Ich war an dem Tag sturzbetrunken ... na ja, eigentlich jeden Tag. Ich hatte mich aus gesundheitlichen Gründen freistellen lassen, trotzdem habe ich eine Kopie davon gemacht und bin damit zu meinem ehemaligen Vorgesetzten bei Personal Crimes gegangen. Er hat mir versprochen, ein Team darauf anzusetzen, und wahrscheinlich haben sie es auch eine Zeit lang versucht, aber ... na ja, die Prioritäten. Schließlich gab es genug andere Kinder, die es zu retten galt. Ich hätte mich für sie einsetzen und Isenberg bitten müssen, dass ich den Fall übernehmen darf, aber ich konnte es nicht. Wann immer die Rede auf Paula kam, war ich völlig blockiert. Und als ich beschlossen habe, trocken zu werden, hat mein Sponsor mir dringend geraten, Distanz zu den Vorfällen aufzubauen. Wann immer ich an Paula denken würde, käme ich gefährlich nahe an den Abgrund, meinte er, und er hätte Angst, ich könnte wieder abstürzen und den Absprung dann nicht mehr schaffen.« Er massierte sich die Schläfen. »Jetzt werde ich nie herausfinden, ob John das wirklich geglaubt hat oder ob er nur von Wyatt dazu angestiftet wurde.«

»Keine Ahnung, aber vielleicht war sein Rat gar nicht so falsch«, meinte Clarke. »Manchmal muss man etwas hinter sich lassen, um sich selbst zu retten. Haben Sie sich je gefragt, woher die DVD auf einmal kam?«

»Nein. Ich dachte, sie sei die ganze Zeit bei meinen Sachen gewesen, aber nur irgendwo druntergerutscht.« Er hielt verlegen inne. »Damals war meine Wohnung nicht gerade in einem vorzeigbaren Zustand.«

»Aber jetzt ist sie es«, meinte Clarke. »Als ich mit Deacon dort war, um ein paar frische Sachen für Sie zu holen, herrschte geradezu militärische Ordnung.« Adam sah ihn erstaunt an, als hätte er nicht damit gerechnet, dass der alte Mann sich so für ihn ins Zeug legen würde. Er war zutiefst gerührt. Und er spürte, wie ihm neuerlich die Tränen kamen. Verdammt noch mal!

»Danke«, brachte er mühsam hervor. »Das war sehr nett von Ihnen.«

Clarke musterte ihn. »Bestimmt hat Ihr Vater Ihnen eingeredet, dass Männer nicht weinen. Jede Wette.«

Wieder schnaubte Adam, diesmal aus Frust, und drehte sich wieder zu Meredith um, deren Gesicht vor seinen Augen verschwamm, doch er weigerte sich zu blinzeln – seine Tränen würden von ganz allein versiegen.

Das Problem war nur, dass er sich nicht mehr daran erinnern konnte, wann er das letzte Mal echte Tränen gespürt hatte.

»Und?«, drängte Clarke.

»Ja«, presste Adam mit einer Knappheit hervor, von der er hoffte, dass sie den alten Mann von weiteren Nachfragen abhalten würde. Fehlanzeige.

»Adam, er irrt sich.« Clarkes Stimme war sanft geworden. »Als ich in Shanes Alter war, hat man mich in den Krieg geschickt. Dort habe ich meinen besten Freund sterben sehen.« Er schwieg einen Moment. »Ihm wurde der Kopf weggeschossen, genauso wie Shanes Freund Andy. Und Ihrem Sponsor. So etwas vergisst man nicht so leicht.«

Adam schluckte. Er wollte jetzt nicht daran denken, wie Johns Blut und Gehirnmasse auf ihn gespritzt waren, doch es gelang ihm nicht, die Erinnerung aus seinen Gedanken zu verbannen. »Wurden Sie verwundet?« Obwohl seine Frage mitfühlend gemeint gewesen war, klang seine Stimme barsch und rau.

»Ja. Nicht besonders schwer, aber trotzdem musste ich operiert werden. Als ich aufgewacht bin, war da dieses wunderschöne Mädchen. Eigentlich war ich sicher, dass ich tot und im Himmel bin.« Er lächelte liebevoll. »Das war meine Essie. Sie war damals Militärkrankenschwester. Ich dachte immer, Schwestern seien sanftmütige Wesen, aber das war ein Irrtum. Sie hat mir die Hölle heißgemacht, als ich nicht über meinen toten Freund reden wollte. Als ich meiner Familie keinen Brief schreiben wollte, dass es mir gut geht. Als ich mich zurückgezogen habe.«

Adam verstand. O Gott, und wie gut. Ohne sich zu Clarke umzudrehen, schluckte er gegen den Kloß in seinem Hals an, denn die Tränen liefen ihm ungehindert über die Wangen. Nur zwei. Eine auf jeder Seite. Aber bald würden sie trocknen.

Wieder spürte Adam die schwere Hand auf seinem Rücken.

»Sie hat mir diesen ganzen Blödsinn nicht durchgehen lassen, sondern mich gezwungen, über meinen toten Freund zu sprechen. Und wenn ich geweint habe, habe ich versucht, es vor ihr zu verbergen, aber sie hat mich dazu gebracht, sie anzusehen, mit ihr zu reden. Tränen seien etwas Gutes, hat sie gesagt. Ich habe ihr geglaubt. Mein Dad hat auch manchmal geweint, deshalb hatte ich im Grunde kein Problem damit. Ich wollte es nur nicht vor ihr tun. Ich meine, ich war damals neunzehn.«

Adam schwieg, doch es schien Clarke nichts auszumachen. Die Hand kreiste, beruhigte ihn, während die Worte ihn innerlich zerrissen.

»Und dann haben wir geheiratet, Essie und ich. Wir hatten ein gutes Leben. Ich will nicht behaupten, dass alles perfekt war ... dass *ich* perfekt war. Ich hatte immer noch Albträume, Phasen, in denen ich deprimiert war, und ich will auch nicht behaupten, dass Heulen wie ein geprügelter Hund reinste Wunder bewirkt und mich vor einem Kriegstrauma bewahrt hat, mit dem viele meiner Kameraden nach Hause zurückgekehrt sind.«

Er hielt gerade so lange inne, bis das Schweigen kaum noch erträglich war.

»Und was wollen Sie mir dann damit sagen?«, fragte Adam schließlich.

»Dass es mir als Ventil gedient hat, als Methode, um meine Trauer zu verarbeiten. Wir wollten eine große Familie gründen, aber Merrys Vater war das einzige Kind, das Essie austragen konnte. Vier weitere haben wir verloren. Das war ... sehr schwer. Aber noch viel schwerer war es, sie leiden zu sehen. Bei den ersten drei Fehlgeburten habe ich allein geweint, weil ich dachte, sie könne meine Trauer nicht auch noch ertragen. Aber genau das hat sie getan. Eines Tages, kurz nach der vierten Fehlgeburt, hat sie mich im Garten gefunden, wo ich Unkraut gejätet und mir dabei die Augen aus dem Kopf geweint habe. Sie meinte, es hätte ihr sehr geholfen ... zu wissen, dass auch ich sie geliebt hätte, unsere Kinder, obwohl sie noch nicht einmal geboren gewesen waren. Jahre später, als mein Sohn und meine Schwiegertochter umkamen ... habe ich wieder geweint. Ohne mich meiner Tränen zu schämen. Essie und ich haben einander in den Armen gehalten und zusammen getrauert.«

Diesmal herrschte lange Zeit Stille, ehe Clarke zitternd den Atem ausstieß. »Und als ich meine Essie verloren habe, dachte ich, mein Leben sei vorüber. Aber ich hatte ja noch Meredith, Alex und Bailey – und meine Urenkelinnen.«

Adam wusste, dass Alex und Bailey nicht seine leiblichen Enkelinnen waren, weil sie von Merediths Seite mütterlicherseits stammten, aber das schien für ihn keinerlei Rolle zu spielen. Stattdessen sammelte er alles und jeden ein, der irgendwie zur Familie gehören könnte. *Wie schön*, dachte Adam. *All diese Leute, die er quasi adoptiert hat, haben verdammt großes Glück.*

»Also habe ich weitergemacht«, fuhr er fort. »Und dabei war

es mir egal, wenn mich jemand weinen gesehen hat. Es ist mir egal, ob mich jemand für den größten Waschlappen des ganzen Planeten hält. Denn diese Tränen gehören mir. Und Essie hätte mir die Hölle heißgemacht, wenn sie aus dem Himmel mitbekommen hätte, dass ich mich zurückziehe und innerlich versteinere.«

Clarke räusperte sich. »Merry ist genau wie ihre Großmutter. Furchtlos, selbst wenn sie innerlich so verängstigt ist, dass sie daran zu zerbrechen droht. Sie verdient einen Mann, der genauso furchtlos ist wie sie. Jemanden, der keine Angst vor seinen Gefühlen hat. Jemanden, der nicht in tausend Teile zu zerbersten droht. Sie hat Sie ausgewählt, und inzwischen kann ich auch verstehen, warum. Sie sind tapfer und scheuen sich nicht, Ihre Probleme in die Hand zu nehmen. Sie haben sie mit Ihrem eigenen Leben beschützt, wofür ich Ihnen so unendlich dankbar bin. Aber, mein Sohn, leider muss ich Ihnen sagen, dass Sie aussehen, als würden Sie jeden Moment in tausend Teile zerbersten.«

Adam öffnete den Mund, doch kein Ton kam heraus.

Scheinbar unbeeindruckt fuhr der alte Mann fort, seinen Rücken zu streicheln. »Ich habe zugesehen, wie Sie hier gesessen haben, immer angespannter wurden und sich immer weiter in sich zurückgezogen haben. Das ist gar nicht gut, denn wenn Sie jetzt einbrechen, können Sie sich nicht mehr um sie kümmern, wenn sie aufwacht. Was sie auf kurz oder lang tun wird … dann, wenn es für sie der richtige Zeitpunkt ist. Merry braucht immer ein bisschen länger«, erklärte er liebevoll. »Also, was soll jetzt passieren, Junge? Wollen Sie hier zusammenklappen? Oder wollen Sie versuchen, einen Teil Ihres Kummers loszuwerden?«

Etwas an Clarkes Tonfall, der Pranke auf seinem Rücken berührte ihn … Adam blickte Meredith an. Er wollte. Er wollte so sehr derjenige sein, den sie brauchte. Und er war so

müde. Wieder füllten sich seine Augen mit Tränen, und diesmal ... diesmal biss er nicht die Zähne zusammen, spannte nicht seinen ganzen Körper an.
»Vier«, flüsterte er. »Ich war vier.«
Für einige Sekunden verharrte die Hand auf seinem Rücken, ehe sie die Kreisbewegungen wieder aufnahm. »Als du das letzte Mal geweint hast?« Instinktiv war der alte Mann zum vertraulichen »Du« übergegangen.
Adam blinzelte wieder, und nun fielen mehrere Tränen auf seine Hände, die noch immer das Bettgestell umklammerten.
»Ja.«
»Dann ist es längst überfällig, würde ich sagen.« Der Plastikstuhl knarzte leise, als Clarke sich erhob. »Ich lasse dich jetzt allein. Vorerst. Aber in dieser Familie schämen wir uns nicht für unsere Tränen, Adam Kimble. Deshalb gewöhn dich lieber daran, dass dir einer zusieht.«
Erst als er die Tür aufgehen hörte, dämmerte Adam, dass der alte Mann ihn gerade in seine Familie aufgenommen hatte. Aber darüber würde er später nachdenken, wenn er mit Meredith allein wäre. Meredith – die er nun schon so häufig beinahe verloren hatte. Die so furchtlos gekämpft hatte. Und die in seinen Armen geweint hatte, als ihr Herz nicht noch mehr Leid ertragen konnte. Sie hatte um ihn geweint, als er selbst es nicht gekonnt hatte.
Doch er konnte nur an ihr Gesicht denken, als sie geglaubt hatte, sterben zu müssen. *Ich liebe dich. Es tut mir leid.* Weil sie gewusst hatte, dass ihr Tod auch sein Ende bedeutet hätte.
Aber sie lebt. »Und dieses Mal habe ich es nicht versaut«, flüsterte er.
Dieses Mal. Aus irgendeinem Grund ließen diese beiden kleinen Worte alle seine Dämme brechen. *Dieses Mal.* Weil er auch all die anderen Male nicht versagt hatte.

Verdammt noch mal! All die anderen Male ... Plötzlich fühlte sich sein Kopf so schwer an, dass er ihn kaum halten konnte. Er ließ ihn auf seine Hände sinken, die noch immer das Bettgestell umklammerten, als wäre es ein Rettungsring, während ihm die Tränen ungehindert übers Gesicht strömten – ganz leise. Er weinte. Um all die Menschen, um all die Kinder, die er nicht hatte retten können. Er sah sie alle vor sich, ihre Gesichter, und weinte um sie. Um sich selbst. Um den Mann, der sich all die Monate isoliert hatte, betrunken und einsam, um den Mann, der in dem knappen Jahr danach so fieberhaft gearbeitet hatte, um für seine Verfehlungen zu büßen.

Er weinte, bis sein Kopf schmerzte, seine Augen rot und verquollen waren, bis er keine Tränen mehr hatte. Und in diesem Augenblick bemerkte er, dass er das Bettgestell nicht länger eisern umklammert hielt, sondern seinen Kopf auf die Arme gebettet hatte.

»Ich war nicht schuld an ihrem Tod«, flüsterte er in die Stille hinein. All die Gesichter, die ihn in seinen Träumen verfolgt hatten ... er hatte diese Menschen nicht im Stich gelassen. Sondern er hatte lediglich seine Arbeit erledigt, hatte alles getan, was in seiner Macht stand. Jedes einzelne Mal.

Seine Lider waren bleischwer, deshalb schloss er die Augen. *Nur dass ich an Wyatt Hanson geglaubt habe, das war ein großer Fehler.*

»Viele haben es getan.«

Adam blinzelte benommen und runzelte die Stirn. Das Flüstern hörte sich wie ein Traum an. Doch dann spürte er sanfte Finger in seinem Haar. Er hob den Kopf und blickte in Merediths Augen. Erleichterung durchströmte ihn. Er nahm ihre Hand und küsste die Innenseite ihres Handgelenks, spürte den gleichmäßigen Rhythmus ihres Pulses unter der weichen Haut. »Was haben viele Leute getan?«

Mit ihren unversehrten Fingern strich sie ihm über das Ge-

sicht, seine stoppelige Wange, über die feuchte Haut in seinen Augenwinkeln. »Wyatt Hanson geglaubt.«
Er sah sie an, seltsam befreit, lediglich von einem Gefühl süßer Dankbarkeit erfüllt. »Habe ich das gerade laut gesagt?« Sie nickte kaum merklich. »Du hast viele Dinge laut gesagt. Und sie waren alle richtig und wahr.« Sie hob einen Mundwinkel. »Aber nichts davon bezog sich auf das, was ich eigentlich hören wollte.«
Er küsste ihre Hand und beugte sich über das Bettgestell, um sie – ganz zart und vorsichtig – auf den Mund zu küssen. »Ich liebe dich.«
Mit einem glücklichen Seufzer schloss sie die Augen. »Das war es, was ich hören wollte.«
Er lachte leise. »Du hast eine ganze Weile geschlafen.«
»Ich hatte Nachholbedarf. Kann ich einen Schluck Wasser bekommen?« Er griff nach der Tasse mit den Eischips, mit denen er ihre Lippen immer wieder befeuchtet hatte, woraufhin sie das Gesicht verzog. »Ah, die gefürchteten Eischips«, murmelte sie, öffnete aber trotzdem brav den Mund, ehe sie sich zurücksinken ließ. »Wann kann ich nach Hause?«
»So ungeduldig?«
»Ja. Welchen Tag haben wir?«
»Dienstag.«
Sie riss entsetzt die Augen auf. »Aber in drei Tagen ist Weihnachten. Ich habe meine Einkäufe noch nicht erledigt.«
Er konnte sich ein Grinsen nicht verkneifen. »Ich staune immer noch, dass du überhaupt lebst. Wir können doch Weihnachten einfach nachfeiern, sobald es dir besser geht.«
Wieder runzelte sie die Stirn. »Das nervt trotzdem. Andererseits hast du wahrscheinlich recht – ich kann froh sein, dass ich überhaupt noch lebe.« Sie musterte ihn forschend. »Du hast gar nicht geschlafen, stimmt's?«
Er zuckte mit den Schultern. »Ein bisschen.«

Sie kniff die Augen zusammen. »Völlige Offenheit.«
»Na gut, ein bisschen weniger als ein bisschen.«
»Also gar nicht.«
»Ich denke, ich sollte jetzt die Schwester holen gehen. Ich habe versprochen, Bescheid zu sagen, sobald du wach bist.«
Sie hielt seine Hand fest, zuckte jedoch vor Schmerz zusammen. »Bleib noch. Bitte. Nur eine Minute.« Sie blickte auf ihren verbundenen Arm. »Das sieht nicht besonders gut aus.«
»Eine Weile wird es noch wehtun, aber du wirst wieder ganz gesund.«
»Im Moment tut es höllisch weh. Du hast ihn getötet, stimmt's?«
»Ja.«
»Gut. Dieses Arschloch.« Sie runzelte erneut die Stirn. »Moment mal. War Papa vorhin hier? Er hat doch jemanden als Arschloch bezeichnet. Dich?«
»Ja, ja, und nein. Meinen Vater.«
»Ah, verstehe. Aber wenn er auf den Beinen ist und schimpft, heißt das, dass es ihm besser geht.«
»Und noch viel besser, wenn er erfährt, dass du wach bist.«
»Gleich. Ich ... ich brauche dich noch einen Moment hier bei mir, okay?«
Wieder beugte er sich vor, um sie zu küssen. »Ja. Das ist mehr als okay.«
Sie lächelte ihn an. »Wie geht's Kate? Oh, und Nash? Er wurde auch verletzt, stimmt's? Oder nicht?«
»Kate geht es gut, ihr Sehvermögen ist praktisch wiederhergestellt. Nash wurde auch verletzt. Hanson hat ihm einen ziemlich heftigen Schlag auf den Kopf verpasst, aber er hatte es offenbar so eilig, dass er sich nicht die Zeit genommen hat, ihn zu töten. Nash hatte enormes Glück. Stone und Marcus O'Bannion haben ihn gesehen und angehalten, um ihm zu

helfen, als Hanson mit dir weggefahren war. Stone hat Erste Hilfe geleistet und die Blutung gestoppt. Nash behält wohl eine coole Narbe zurück, aber ansonsten wird er wieder ganz gesund.«

»Oh, das ist gut. Ich hatte schon Angst. Er wollte mich um jeden Preis beschützen. Weil du ihm vertraut hast.«

»Ich weiß. Ich habe mit ihm geredet. Zwischen ihm und mir ist alles in Ordnung.«

»Was ist mit der Person, wegen der er angehalten hat?«

»Das war Hansons Nachbar, Mr Wainwright. Er hat eine schwere Kopfverletzung erlitten, wird aber auch wieder gesund. Er war immerhin so weit bei Bewusstsein, um uns sagen zu können, dass Hanson ihn angerufen und behauptet hatte, sein SUV hätte eine Panne. Wainwright ist daraufhin mit seinem Truck zu ihm gefahren, um ihn abzuholen, und dann kam er plötzlich unter einer Plane in Hansons Wagen wieder zu sich, mit einer blutenden Kopfwunde und fürchterlichen Schmerzen. Sein blutiger Handabdruck auf der Rückscheibe war es, der Nash aufgefallen ist. Hanson hatte Wainwrights Truck genommen und ist damit geradewegs in die Garage seines Nachbarn zurückgefahren. Er dachte ernsthaft, die Cops vor seinem Haus hätten es nicht gemerkt.«

»Wieso ist er zu Wainwright gefahren?«

»Er wollte über den Zaun klettern, um in sein eigenes Haus zu gelangen. Trip hat seine Fußabdrücke im Schnee in den beiden Gärten und einen Safe in Hansons Arbeitszimmer gefunden. Er und Quincy versuchen gerade, ihn aufzubekommen. Hoffentlich wissen wir schon bald, weshalb Hanson es so wichtig war, dass er diesen Schritt riskiert hat.«

»Und wie ist er von Wainwrights Haus dann zu der Stelle gelangt, an der er Nash niedergeschlagen hat?«

»Durch die Gärten der Nachbarshäuser. Trip meinte, er hätte auch dort überall Hansons Fußabdrücke gesehen.« Adam streichelte vorsichtig Merediths unverletzte Finger. »Aber es gibt auch positive Nachrichten. Mallory geht es gut, und Agent Troy auch.«

»Oh, das sind tatsächlich wunderbare Neuigkeiten. Hat Troy jemanden, der sich um ihn kümmert? Kate wollte das ja übernehmen, aber dann hat es sie selbst erwischt.«

»Ja. Faiths Onkel hat Troy eingeladen, bei ihnen zu bleiben. Troy und Dr. O'Bannion sind beide magenkrank, und Dr. O'Bannions Ehemann kocht ihm ständig Schonkost. Daher ist Troy dort gut aufgehoben. Bei den beiden Feds, die euch zum Krankenhaus begleitet haben, gibt es ebenfalls Entwarnung. Es sieht so aus, als würden auch sie wieder gesund werden.«

»Oh, wie schön. Ich hatte mir solche Sorgen um sie gemacht.«

»Ich weiß, aber wie es aussieht, sind sie über den Berg.« Es gab noch mehr zu erzählen, doch sie schien noch nicht bereit dafür zu sein.

Ihre Augen wurden schmal. »Du verschweigst mir etwas.«

Er seufzte. »Quincy hat die letzte Fahrt des SUV überprüft, der auf dem Krankenhausparkplatz zurückgelassen wurde.«

»Der SUV von Wyatts Onkel Mike. Und?«

»Die Fahrt ging nach Osten, dann am Fluss entlang, in der Nähe der Nine Mile Road. Trip und Deacon sind die Strecke abgefahren und haben die Leichen von sechs jungen Frauen gefunden, die dort begraben lagen. Eine davon war Jolee.«

Merediths Miene verdüsterte sich. »Die Frau, die Penny Voss Drogen angeboten hat.«

»Genau. Außerdem hat Linnie Scarlett erzählt, dass Wyatt sie ebenfalls in diese Gegend gebracht hat. Dort hat sie Wyatt die Wunde am Arm zugefügt. So ist sie ihm am Samstagnachmittag entkommen. Eigentlich wollte er sie dort töten. Wir suchen die Gegend nach weiteren Leichen ab, weil inzwischen weitere Prostituierte als vermisst gemeldet wurden.

Vielleicht liegen sie ja alle dort begraben ... zumindest die, die zu Wyatts Ring gehört haben.«
Schmerz flackerte in ihren Augen auf. »Wie geht es Linnie?«
»Das weiß ich nicht genau. Dani betreut sie, seit wir sie aus Wyatts Haus weggebracht haben. Mikey ist nichts passiert, und ich glaube nicht, dass sie eine Anklage befürchten muss. Scarlett sagt, Linnie, Shane und Mallory hätten sich bereits angefreundet. Gestern Abend sind die drei unten am Fountain Square Eislaufen gegangen. Ganz in der Nähe vom Buon Cibo.«
Meredith lächelte. »Schöne Erinnerungen schaffen, um die schrecklichen zu vergessen. Das gefällt mir.«
»Genau wie ich dachte. Kyle und seine Eltern sind nach Chicago gefahren, sobald wir ihnen grünes Licht gegeben hatten. Shane wird sich wohl auch bald auf den Weg machen. Wahrscheinlich gleich nach den Feiertagen, wenn sie Andy begraben haben. Die Uni hat Shane angeboten, die versäumten Prüfungen nachzuholen. Er will, dass Linnie mit ihm kommt. Ich habe mich schon mit den Chicagoer Kollegen zusammengeschlossen. Vielleicht finden sie ja eine Bleibe für Linnie.«
»Das ist ja wunderbar. Ich hoffe, ich komme noch dazu, mich von Shane zu verabschieden und bei der Gelegenheit auch Linnie kennenzulernen.«
»Das sollte klappen. Er war schon ein paar Mal hier, weil er gehofft hatte, du wärst aufgewacht.«
»Er ist ein netter Junge. Was ist mit Hansons Frau und ihren Kindern?«
»Rita bleibt in Untersuchungshaft, bis geklärt ist, ob sie tatsächlich nicht mit Wyatt unter einer Decke gesteckt hat, aber es sieht nicht danach aus.«
»Und wo sind die Kinder?«
»In der Obhut des Jugendamts. Wyatts Dad ist ihr einziger lebender Verwandter, aber er wird diese Kinder niemals

bekommen, dafür werde ich höchstpersönlich sorgen.«
Allein bei der Vorstellung, dass diese beiden bildschönen Kinder im Haus eines moralisch verderbten Mannes wie Dale Hanson aufwachsen könnten, wurde ihm ganz anders.
»Rita hat keine Ausbildung, aber die Mitglieder ihrer Kirchengemeinde haben schon ihre Hilfe angeboten.«
Erschöpft schloss Meredith die Augen. »Wie viele Menschen hat Wyatt verletzt oder getötet?«
Diese Zahl kannte Adam auswendig. Er hatte jedes einzelne Opfer im Kopf. »Nach allem, was wir bisher wissen, gehen insgesamt siebzehn Menschenleben auf Wyatts, Mikes und Butchs Konto. Andy, die Familie, in deren Haus Andy gewohnt hat, Tiffany und ihre Mutter, Broderick Voss, Jolee Cusack und die anderen fünf jungen Frauen, deren Identifikation noch aussteht, Butch Gilbert, Mike Barber und John Kasper. Fünf sind noch im Krankenhaus, die beiden Feds, Hansons Nachbar, Nash und du.«
»So viele Menschen.« Tränen strömten Meredith übers Gesicht. Zärtlich wischte Adam sie ihr ab.
»Zu viele. Aber jetzt ist es erst einmal genug.« Er küsste die Innenseite ihres Handgelenks. »Ich gebe jetzt der Schwester Bescheid, und dann werde ich all den Leuten im Wartebereich sagen, dass du wach bist. Du kannst dich auf eine regelrechte Besucherparade gefasst machen, immer zwei auf einmal, so lange, wie die Schwestern es erlauben.«
»Solange du mit dabei bist, gern.«
Lächelnd stand er auf und wandte sich zum Gehen. »Versuch mal, mich daran zu hindern.«
»Adam?« Die Hand auf dem Türknauf, drehte er sich zu ihr um. »Ich liebe dich auch«, sagte sie. Ein Gefühl süßer Dankbarkeit durchströmte ihn erneut.
Diesmal unternahm er keinen Versuch, seine Tränen zurückzuhalten. »Ich bin gleich zurück.«

Cincinnati, Ohio
Dienstag, 22. Dezember, 11.00 Uhr

Meredith lag mit geschlossenen Augen da, als ihr ein vertrauter Duft in die Nase stieg. In der Hoffnung, dass dies kein Traum war, schlug sie die Augen auf und sah ihre Cousine Alex neben ihrem Bett stehen. Die gelernte Krankenschwester studierte die Anzeigen der Monitore, während ihr Ehemann Daniel mit seiner gewohnt ruhigen Zurückhaltung hinter ihr stand. Mit einem Mal schossen Meredith die Tränen in die Augen. »Ihr seid gekommen.«
Alex wandte sich um und strahlte sie an. »Und du bist auch wieder bei uns. Wir freuen uns sehr darüber.«
»Wir haben uns große Sorgen gemacht«, brummte Daniel. »Dir sollte doch nichts zustoßen, Merry, also lass das gefälligst bleiben.«
»Ich werde mich bemühen«, versprach Meredith.
»Nur bemühen reicht nicht«, konterte Alex scharf. »Wenigstens sind deine Vitalwerte stabil. Du allerdings siehst nicht allzu gut aus. Was hast du dir bloß gedacht?«
»Dass ich am Leben bleiben will?«, erwiderte Meredith trocken.
»Was dir ja immerhin gelungen ist.« Daniel nickte stolz, ehe er seiner Frau einen strengen Blick zuwarf. »Setz dich doch hin, du bist schon den ganzen Tag auf den Beinen.«
Alex verdrehte die Augen, gehorchte aber. »Wie soll ich sonst zwei Kindern hinterherrennen?« Sie zwinkerte Meredith zu. »Eigentlich sollte es eine Weihnachtsüberraschung werden, aber Mr Ich-kann-den-Mund-nicht-halten hat heute Morgen die Katze aus dem Sack gelassen, deshalb wissen jetzt alle Bescheid.«
Meredith hatte es sich ohnehin schon gedacht. »Bist du wieder guter Hoffnung?«

»Ja. Es kommt im Juli.« Wie auch bei ihren beiden vergangenen Schwangerschaften strahlte Alex von innen heraus – sie gehörte zu den Frauen, die regelrecht aufblühten.
Kurz fragte sich Meredith, ob Adam wohl Kinder wollte. Aber dieses Gespräch würden sie ein andermal führen, nicht heute.
»Wir brauchen eine Patentante, und du bist längst überfällig«, fuhr Daniel fort.
»Ich hatte schon gehofft, dass ihr mich fragen würdet«, meinte sie und spürte, wie ihre Augen erneut feucht wurden – Bailey und Daniels Schwester waren jeweils Patinnen von Tommy und Mary Katherine.
Alex' Augen wurden ein wenig glasig. »Die Schwangerschaftshormone«, erklärte sie und tupfte sich mit einem Papiertaschentuch zuerst die eigenen, dann Merediths Tränen ab. »Du wirst jemanden brauchen, der dir hilft, wenn du nach Hause kommst. Beim Essen, Trinken, Baden, Telefonieren. Bei jedem anderen würde ich mir Sorgen machen, aber da draußen sitzt ja eine ganze Armee an Leuten.«
»Eine sehr erleichterte Armee«, fügte Daniel hinzu. »Und ein noch erleichterterer Detective.«
Hitze breitete sich in Merediths Wangen aus, doch es kümmerte sie nicht. »Habt ihr ihn schon kennengelernt?«
»Haben wir«, bestätigte Alex. »Ich bin ihm gleich um den Hals gefallen und habe mich bedankt, weil er dir das Leben gerettet hat.«
»Sie hat dem armen Kerl beinahe die Rippen gebrochen«, warf Daniel ein. »Und ihm vor Dankbarkeit die Ohren vollgeheult.«
»Tu doch nicht so. Du mochtest ihn genauso gern«, schniefte Alex. »Als ich mich bei ihm bedankt habe, meinte er, du hättest ihm zuerst das Leben gerettet. Ich dachte, Daniel bricht auch gleich in Tränen aus.«

»Das hat er gesagt?« Meredith musste lächeln. »Das ist so süß.«

»Das haben deine Freunde auch gesagt. Offenbar gab es an der einen oder anderen Stelle leise Zweifel«, meinte Daniel. Meredith versuchte, mit den Schultern zu zucken, doch selbst die kleinste Bewegung schmerzte. »Nur ein bisschen. Ich wusste immer, dass sie nicht lange währen würden. Wo sind die Kinder?«

»Mit Hope im Wartebereich«, antwortete Alex. »Wir haben in deiner Küchenschublade Stifte und ein paar Malbücher gefunden und mitgebracht. Und Hope beschäftigt sie gerade. Und da lagen auch eine ganze Menge fertiger Bilder. Wer ist denn der Künstler?«

»Adam«, sagte Meredith leise. »Das ist eine lange Geschichte.«

»Wir finden genug Zeit, damit du mir alles erzählen kannst«, sagte Alex und lehnte sich zurück. »Wir können bis zum Dreißigsten bleiben. Daniel hat erst zu Silvester wieder Dienst.«

Meredith hatte sich immer vor dem Tag gefürchtet, an dem alle wieder nach Hause zurückkehren mussten – Clarke nach Florida, und Alex nach Atlanta –, aber in diesem Jahr brauchte sie keine Angst davor zu haben. Denn Adam würde bleiben. *Solange du mich haben willst*, hatte er gesagt. Also sehr, sehr lange.

Cincinnati, Ohio
Dienstag, 22. Dezember, 11.15 Uhr

Adam wurde von Umarmungen und lächelnden Gesichtern empfangen, sobald er den Wartebereich betrat – es war noch nicht einmal nötig gewesen, ihrer Familie und Freunden zu sagen, dass sie das Bewusstsein wiedererlangt hatte. Offenbar hatte sein dümmliches Grinsen Bände gesprochen.

Belustigt ließ er sich erzählen, dass sie bereits darum gewürfelt hatten, wer Meredith wann besuchen durfte. Diese Menschen waren unglaublich, was ihn noch dankbarer machte, dass sie ihn mit offenen Armen und offenbar unerschütterlicher Unterstützung in seinem Kampf gegen den Alkohol aufnahmen – ohne ihn zu verurteilen oder sich über ihn zu stellen. Stattdessen gab es nur Anteilnahme und Zuneigung.
Die ersten beiden auf der Besucherliste kamen gerade wieder herein: Alex und Daniel Vartanian, Merediths Cousine und deren Ehemann. Sie waren in den frühen Morgenstunden aus Atlanta eingetroffen, und alle waren sich einig gewesen, dass sie die Ersten sein sollten, die zu Meredith durften, weil sie die längste Anreise gehabt hatten. Adam hatte sie nur kurz gesehen, als Alex ihn zur Begrüßung so fest an sich drückte, dass er um seine Rippen fürchtete, und ihm mit tränenerstickter Stimme ins Ohr flüsterte, wie dankbar sie ihm war, dass er Merediths Leben gerettet hatte.
»Sie hat mir zuerst das Leben gerettet«, hatte er ihnen erzählt – und das stimmte auch. Prompt hatte Alex ihn erneut in die Arme geschlossen, gefolgt von einem kräftigen Handschlag von Daniel und Aaahs und Ohhs von Merediths Freundinnen ... selbst von Kendra, die ihn bislang auf den Tod nicht hatte ausstehen können. Und einem wohlwollenden Nicken von Clarke Fallon.
Kaum waren Daniel und Alex zu Meredith gegangen, hatte Baileys Tochter Hope sich neben ihn gesetzt und seine Hand genommen. »Du musst mitkommen, damit ich dir jemanden vorstellen kann«, sagte sie ernst und führte ihn zu einem Kindertisch, an dem zwei blonde Kinder saßen und malten. Es war auf den ersten Blick klar, dass dies Alex' und Daniels Sprösslinge sein mussten, denn beide hatten die strahlend blauen Augen ihres Vaters geerbt.
»Das sind mein Cousin und meine Cousine«, erklärte Hope.

»Tante Alex ist ihre Mom. Das ist Mary Katherine. Sie ist vier. Und Tommy ist fast zwei. Ich bin ihr Babysitter, weil ich die Älteste bin.« Sie beugte sich vor, als wolle sie ihm ein wichtiges Geheimnis anvertrauen. »Tante Meredith mag uns sehr. Wenn du ihr Freund bist, wäre es gut, wenn du uns auch mögen würdest.«
Adam musste sich ein Grinsen verkneifen. »Ich denke, das kriege ich hin. Und ich male auch gern«, erklärte er ernst.
Hopes Züge erhellten sich. »Ehrlich?«
»Ja. Deine Tante hat einige meiner Bilder am Kühlschrank hängen. Vielleicht sollten wir ein paar für sie malen, damit sie sie in ihrem Krankenzimmer aufhängen kann.«
Hope nickte. »Das ist eine gute Idee. Was könnten wir denn malen?«
Er zog einen Stuhl heran. »Was haben wir denn hier?«
»Weihnachtsbücher«, antwortete Mary Katherine mit einem hinreißenden Lispeln. »Ich male einen Baum. Tommy ein Rentier.« Sie senkte die Stimme. »Er kann es noch nicht so gut, aber trotzdem müssen wir so tun, als wäre es ganz toll.«
»Machen wir«, meinte Adam, wählte einen Lebkuchenmann aus und machte sich an die Arbeit. Augenblicklich breitete sich eine tiefe Ruhe in ihm aus, trotz des Trubels ringsum. Er war fast fertig, als sein Handy die Titelmelodie von *Chicago* spielte. »Ich muss rangehen«, sagte er. »Das ist wichtig. Aber ich bin gleich wieder da. Versprochen.« Er stand auf und verzog das Gesicht, als sich sein Rücken meldete. Er hatte eindeutig zu viel Zeit auf den harten Plastikstühlen der Intensivstation verbracht – trotzdem wollte er keine Sekunde missen.
»Kimble«, sagte er und trat auf den Flur hinaus.
»Mia Mitchell. Ich bin hier mit Abe Reagan und einer Freundin von uns, Dana. Wir haben ihr erzählt, dass Linnie Holmes gemeinsam mit Shane nach Chicago zurückkommt. Sie hat eventuell eine Unterkunft für sie.«

»Das ist ja …« Adam räusperte sich. »Das ist ja wunderbar.«
»Hi, Detective Kimble«, sagte eine kehlige, warme Stimme. »Ich bin Dana Buchanan und gehöre zur Leitung von New Start, ein Resozialisierungszentrum für junge Frauen, die aus eigenem Antrieb aus dem Menschen- und Sexhandel ausgestiegen sind oder gerettet wurden. Ich glaube, bei Ihnen gibt es so eine ähnliche Einrichtung. Mariposa House?«

Adam lachte leise. »Das ist richtig.« Er blickte durch die halb geöffnete Tür auf Wendi, die neben einem zufrieden dreinblickenden Colby saß und sich angeregt mit den anderen Frauen unterhielt. »Ehrlich gesagt, kann ich von hier aus gerade die Leiterin dieser Einrichtung sehen. Ich bin im Wartebereich eines Krankenhauses, gemeinsam mit fast allen freiwilligen Helfern von Mariposa House. Es sind alles Freunde von Dr. Fallon, die die jungen Frauen regelmäßig behandelt.« Pro bono, wie er inzwischen erfahren hatte.

»Entschuldigung«, schaltete sich Reagan ein. »Eigentlich wollten wir zuerst fragen, wie es Dr. Fallon geht, aber hier war jemand schneller.«

»Tut mir leid«, murmelte Mitchell. »Wie geht es ihr?«

»Sie ist wach. Natürlich wird sie ziemliche Schmerzen haben, wenn die Wirkung der Medikamente nachlässt, aber die Ärzte gehen von einer vollständigen Heilung aus.«

»Das ist gut«, meinte Reagan. »Bitte richten Sie ihr aus, dass wir mit unseren Gebeten und Gedanken bei ihr sind.«

»Gerne. Wir würden Linnie ja hierbehalten, aber sie und Shane brauchen einander.«

»Und Linnie braucht dringend einen Neuanfang«, meinte Dana.

»Auch das ist richtig. Wie ist Ihre Einrichtung denn aufgebaut? Bekommt sie einen Therapieplatz?«

»Alle unsere Bewohnerinnen haben ein eigenes Zimmer, und sie bekommt medizinische Hilfe – sowohl körperlich als auch

psychisch. Wenn sie möchte, kann sie gern aufs College gehen, wenn nicht, steht ihr eine Reihe an Jobs zur Verfügung. Kann ich Ihnen die Details per E-Mail zukommen lassen?«
»Bitte. Ich sorge dafür, dass Linnie alles bekommt. Wann könnte sie einziehen?«
»Ab dem 1. Januar hätte ich ein freies Zimmer.«
»Das wäre wunderbar«, sagte Adam, und dabei überraschte es ihn nicht, dass seine Stimme belegt klang. Er würde nicht dagegen angehen. »Linnie hat den Neuanfang weiß Gott verdient.«
»Dafür sind wir da«, sagte Dana. »Wir bleiben in Verbindung.«
»Bitte richten Sie Ihrem Lieutenant unsere Grüße aus«, sagte Reagan. »Und frohe Weihnachten.«
Sie beendeten das Gespräch. Adam stand einen Moment lang auf dem Flur. Linnie bot sich die Chance auf eine echte Zukunft. *Und ich habe dazu beigetragen*, dachte er glücklich.
»Hey, Adam.« Trips Bass riss ihn aus seinen Gedanken. Gemeinsam mit Quincy kam er auf ihn zu. Die beiden wirkten völlig erschöpft. »Wie geht's Dr. Fallon?«
»Gut. Sie ist wach.« Obwohl Adam es x-mal wiederholt hatte, sprach er es trotzdem immer wieder gern aus. »Was liegt an?«
Beide Männer entspannten sich sichtlich. »Wir haben in den letzten vierundzwanzig Stunden einiges herausgefunden. Können wir uns irgendwo unterhalten?«, fragte Quincy.
Sehnsüchtig blickte Adam zum Kindertisch hinüber, wo immer noch seine angefangene Zeichnung des Lebkuchenmanns lag. Er musste sie wohl später zu Ende bringen. Vielleicht würde es ihm sogar guttun, falls die Nachrichten schlimm ausfielen. »Wollen wir in die Cafeteria gehen? Ich habe noch nichts gegessen.«

»Ich könnte auch etwas im Magen gebrauchen«, meinte Trip.
»Du kannst doch immer essen«, zog Adam ihn lachend auf. Die drei holten sich ein Sandwich und setzten sich an einen Ecktisch, weit weg von neugierigen Blicken und großen Ohren. »Also, was gibt's?«

»Als Erstes haben wir uns Mikes Werkstätten angesehen«, sagte Quincy. »Ihm gehörten drei. Seine Mechaniker haben gesagt, er hätte häufig Reparaturen an schwarzen SUVs durchgeführt. Wir haben den Wagen gefunden, der am Samstag benutzt wurde. Die Sitze und die Rückscheibe waren herausgenommen worden, um sie auszutauschen.«

»Weil Linnies Blut auf den Sitzen klebte«, folgerte Adam. »Außerdem hat Hanson wohl auf sie geschossen, als sie versucht hat, zu flüchten.«

Quincy nickte. »Genau. Laut Aussage der Mechaniker hat Wyatt immer einen schwarzen SUV gegen einen anderen ausgetauscht, wenn eine Reparatur vorgenommen werden musste.«

»Im Lager der Werkstatt haben wir außerdem Kanister mit Peroxid und Aceton gefunden«, fuhr Trip fort. »Das sind die Bestandteile, die man für die Herstellung von TATP braucht, den Sprengstoff in der Bombe, die Wyatt Andy Gold umgebunden hatte. Außerdem lagen Zünder, Lunten, Dosen herum … Mike könnte noch weitere Bomben gebastelt haben. Ich glaube nicht, dass Wyatt davon wusste, sonst hätte er wahrscheinlich auch noch das Lager angezündet.«

»Gut zu wissen.« Adam wollte gerade von seinem Sandwich abbeißen, als er den eigentümlichen Blick bemerkte, den die beiden tauschten. »Was ist?«

»Wir haben Wyatts Safe geknackt«, sagte Trip, »und drei gefälschte Pässe gefunden. Ein amerikanischer, ein kanadischer und einer von den Bahamas. Außerdem eine Liste mit Bankkonten und den dazugehörigen Passwörtern.«

»Und wie viel Geld hat er versteckt?«, fragte Adam, obwohl er die Antwort eigentlich lieber nicht hören wollte.

»Über vierzig Millionen Dollar«, antwortete Trip leise.

Adam drehte sich der Magen um. »Das ist natürlich Grund genug, um noch einmal nach Hause zurückzukommen.« Er hatte sich die ganze Zeit gewundert, weshalb Hanson ein derartiges Risiko eingegangen war.

»Stimmt«, bestätigte Trip. »Er hatte auch allerlei Informationen dort versteckt. Schmutzige Details über Politiker und andere einflussreiche Leute, alles in einem Notizbuch codiert. Decker hat den Code geknackt.« Das war eines von Deckers Spezialgebieten. »Er hatte einiges an Material auf Lager, mit dem er Leute hätte erpressen können. Beispielsweise wurde die Kellnerin aus dem Buon Cibo schon mal wegen Drogenbesitzes verhaftet. Er wusste, dass sie dringend Geld brauchte, und er hatte ihre Handynummer, weil er sie damals hopsgenommen hatte. Als er also jemanden brauchte, der ihm dort einen Gefallen tat, hat er sie angerufen.«

»Außerdem hatte er Material über seine Nachbarn und seine sämtlichen ›Mitarbeiter‹ gesammelt, hat Buch über die Zahlungen und Gefälligkeiten geführt und sein ›Inventar‹ akribisch aufgelistet«, erklärte Quincy. »Was wollen Sie zuerst hören? Die schlimmen Sachen oder die wirklich üblen?«

»Arbeiten wir uns langsam hoch«, sagte Adam.

Trip nickte. »Okay. Wyatt hat von allen möglichen Leuten Erpressungsgeld kassiert, aber deinen Sponsor, John Kasper, hat er bezahlt. Genauer gesagt, hat er die Arztrechnungen für Kaspers Frau übernommen. Sie ist schwer krank. Krebs. Deshalb hat John dich verraten.«

Adam sog scharf den Atem ein. »Das ist immerhin ein plausiblerer Grund als ein neuer SUV.«

»Trotzdem ist es Verrat«, murmelte Quincy.

»Stimmt. Und wie geht es jetzt mit Johns Frau weiter?«

Die beiden tauschten einen Blick. »Sie ist ebenfalls tot«, sagte Trip leise. »Isenberg und Deacon wollten sie über Johns Tod informieren und haben sie leblos in ihrem Haus vorgefunden. Sie hatte eine Überdosis Schmerztabletten geschluckt. Ich glaube nicht, dass sie wusste, was ihr Mann getan hat.«

»Gut«, meinte Adam. »Ich hätte nicht gewollt, dass sie noch mehr leiden muss.«

Trip seufzte. »Du bist ein hochanständiger Mann, Adam. Deshalb fällt es mir noch schwerer, auszusprechen, was ich dir gleich sagen werde. Wir haben Paulas Familie gefunden. Sie leben sehr abgelegen, auf dem Land, im südöstlichen Teil Ohios. Eine Gegend mit vielen Farmen. Am Tag ihres Verschwindens hat Paula draußen gespielt, und dann war sie plötzlich wie vom Erdboden verschluckt. Das war vor sechs Jahren. Wir haben einen Straßennamen und ein Datum in Wyatts Notizbuch gefunden, allerdings keine Stadt oder einen Bundesstaat. Wahrscheinlich hätten wir Monate gebraucht, um die Angabe mit den Adressen sämtlicher verschwundener Kinder abzugleichen. Aber ich habe gestern Abend noch das Foto online gestellt, und ihre Familie hat es gesehen und sich mit mir in Verbindung gesetzt.«

»Wyatt hat sie … er hat sie also einfach mitgenommen?«

Quincy nickte. »Sieht ganz so aus. Es war der erste Tag der Sommerferien, und sie war gerade aus der Schule nach Hause gekommen, einer staatlichen Einrichtung für Hörgeschädigte.«

»Ihr habt also ihre Familie schon informiert?« Adam war hin- und hergerissen zwischen Dankbarkeit und Verärgerung.

»Ja«, antwortete Trip voller Mitgefühl. »Sie würden dich gern bald kennenlernen. Ich habe ihnen erzählt, dass du dich gerade um ein paar persönliche Angelegenheiten kümmern musst, dich aber gern mit ihnen triffst, sobald Dr. Fallon über den Berg ist. Sie wollen sich bei dir bedanken. Dafür, dass du versucht hast, ihrer Tochter zu helfen. Und für das Begräbnis, das du bezahlt hast.«

Adam musste den Blick abwenden. »Sie wollen sich bei mir bedanken?«, flüsterte er und wischte sich mit dem Handrücken die Augen trocken. »Weiß Nash schon Bescheid?«

»Noch nicht«, antwortete Quincy. »Wir wollten später zu ihm gehen.«

»Bestimmt will er auch mitkommen. Er legt ihr jeden Monat Blumen aufs Grab.«

Trip zögerte. »Wenn du willst, dass jemand dich begleitet, komme ich gern mit.«

Adam wollte nicht länger alles im Alleingang erledigen müssen. »Danke. Das halte ich für eine gute Idee.«

Einen Moment lang saßen die drei Männer in schwerem Schweigen am Tisch, bis das Läuten von Adams Handy sie aus ihrer Starre riss – es war der Klingelton für allgemeine Anrufer, denen er keinen gesonderten Ton zugeteilt hatte. Doch beim Anblick des Namens auf dem Display zuckte er zusammen. Es war Ray, der Eigentümer des Penthouse, dessen Tochter einst entführt worden war. Raymond rief ihn nie an. Mit wachsender Beklommenheit nahm Adam ab. »Ray?«

»Adam. Hi. Ich kann nicht lange reden. Hier ist es Viertel nach eins in der Nacht, und ich gehe gleich schlafen, aber vorher musste ich Sie noch anrufen.«

»Wo sind Sie gerade?«

»In Japan. Hören Sie, ich habe die amerikanischen Nachrichten gelesen. Wyatt Hanson ist ein Mörder?«

»Die Nachricht hat es bis nach Asien geschafft?«, fragte Adam überrascht.

»Ich habe ein Online-Abo für den *Ledger*, damit ich auf dem Laufenden bleibe. Ich wollte Ihnen sagen, dass Skye eine Panikattacke hatte, nachdem sie den Bericht gesehen hat. Das ist schon seit Jahren nicht mehr vorgekommen. Sie hat Wyatts

Foto gesehen, als ich gerade den Bericht gelesen habe. Seit der Geschichte damals hatte sie ihn ja nie wirklich gesehen. Sie waren der Einzige, der mit uns in Kontakt geblieben ist. Er nicht. Es sei denn, er wollte einen Aktientipp. Sie würde ihn wiedererkennen, hat sie gesagt. Er war einer der Männer, die sie entführt haben.«

Adam fiel die Kinnlade herunter. »*Was?* Und ist sie sich ganz sicher?«

»Ja, sie hat es immer wieder beteuert, bis wir sie endlich so weit beruhigen konnten, dass sie eingeschlafen ist. Und was sie sagt, klingt einleuchtend. Es gab ja keinerlei Hinweise auf den oder die Täter, aber Hanson hat den Wagen entdeckt, in dem sie saß. Und beide Männer, die sie ins Krankenhaus bringen wollten, wurden schließlich getötet.«

»Deshalb konnten sie ihn nicht verraten«, folgerte Adam. »Einer der Typen hat auf mich geschossen, aber Wyatt hat ihn sofort danach erledigt. Er hätte auf meinen Kopf gezielt, deshalb hätte er sofort reagieren und ihn töten müssen, meinte Wyatt damals. Jetzt frage ich mich natürlich, wer mir damals wirklich ins Bein geschossen hat.«

»Diese Frage kann ich nicht beantworten. Ich wollte Ihnen nur von Skye erzählen.«

»Danke, Raymond. Bitte richten Sie ihr schöne Grüße von mir aus, und ich hoffe, dass es ihr bald besser geht.«

»Alles klar. Ich muss jetzt auflegen. In ein paar Stunden läutet mein Wecker schon wieder.«

Raymond beendete das Gespräch, und Adam starrte einen Moment lang auf das schwarze Display, ehe er sich sammelte und Quincy und Trip alles von Skyes Entführung schilderte und was das Telefonat mit Raymond zu bedeuten hatte. Er fühlte sich wie betäubt.

»Wyatt hat sie also entführt?«, hakte Quincy nach.

»Zumindest sagt Skye das jetzt.« Noch immer fassungslos,

schüttelte Adam den Kopf. »Das bedeutet, dass Wyatt von Anfang an Dreck am Stecken hatte. Ich war damals noch blutiger Anfänger. Und Skye wäre fast ums Leben gekommen.«
»Aber nur fast«, warf Trip ein. »Weil du sie gerettet hast.«
Adam nickte. »Ja. Das habe ich getan, oder?«
Trip packte Adam am Arm. »Du packst das doch, oder nicht? Du hast gerade etwas erfahren, das dich echt umgehauen hat.«
»Stimmt.« Wieder nickte Adam. »Aber ich habe meinen Job gemacht, und Skye hat überlebt. Ich habe meinen Job gemacht, und Paula hat nicht überlebt. Trotzdem habe ich mein Bestes gegeben, allerdings ist das Beste manchmal leider nicht gut genug.«
Und das war die Wahrheit, schlicht und ergreifend.
»Wie geht es jetzt weiter?«, wollte Trip wissen und beäugte ihn vorsichtig.
»Ich gehe jetzt wieder nach oben und male meinen Lebkuchenmann fertig aus. Dann gehe ich zu Meredith, fahre zu ihr nach Hause und bereite alles für ihre Entlassung vor. Ich muss das Schloss an ihrer Hintertür reparieren.«
»Und dann?«, drängte Trip. Adam verstand nur zu gut, worauf er abzielte.
»Ich gehe nicht in die nächste Bar. Falls ich den Drang verspüre, rufe ich einen von euch an. Okay?«
»Gut«, sagte Quincy. »Genau das wollten wir hören.«
»Ich könnte allerdings Hilfe gebrauchen«, fuhr Adam fort. »Ich würde gerne meine Mutter besuchen, aber dann muss ich mir automatisch die Scheiße meines Vaters anhören. Wenn einer von euch beiden mitkäme, würde er sich vielleicht ein bisschen am Riemen reißen.«
Trip schien sich diebisch zu freuen. »Es wäre mir ein echtes Vergnügen, mitzukommen. Jederzeit.«
»Heute Nachmittag, vielleicht? Ich hätte meine Mom schon längst besuchen sollen.«

»Auf dem Weg dorthin können wir gern bei meinem Lieblings-Grillrestaurant vorbeifahren.«
Beim Anblick von Trips leerem Teller brach Adam in Gelächter aus. »Klingt gut.«

Cincinnati, Ohio
Dienstag, 22. Dezember, 18.30 Uhr

Es war bereits dunkel, als Adam zurückkehrte. Inzwischen war Meredith von der Intensivstation in ein normales Privatzimmer verlegt worden, wo sie seit Stunden auf ihn wartete, trotz des steten Stroms an Besuchern, die sie abgelenkt hatten. Sie seufzte vor Erleichterung, als sie ihn, die Hände auf dem Rücken verschränkt, auf Zehenspitzen hereinschleichen hörte.
»Ich schlafe nicht«, sagte sie. Er entspannte sich sofort.
»Gut. Ich hatte gehofft, dass ich endlich wieder an der Reihe bin. Deine Tanzkarte war ja restlos voll heute.«
»Es war schön, sie alle zu sehen, aber natürlich tanze ich am liebsten mit dir.«
Er beugte sich über das Bettgestell und küsste sie zärtlich.
»Gut, denn jetzt bin ich wieder hier, und du wirst mich die nächsten paar Tage auch nicht mehr los. Ich habe mir den Rest der Woche freigenommen und jede Menge Zeit. Wie geht es dir?«
»Ich habe Schmerzen. Lass uns über etwas anderes reden. Was hast du mir denn da mitgebracht?«, fragte sie, woraufhin er einen kleinen Weihnachtsbaum hinter seinem Rücken hervorzauberte – er war etwa zwanzig Zentimeter hoch und bestand aus einer einzelnen traurigen Kugel an einem durchgebogenen dürren Ästchen. »Ein Charlie-Brown-Weihnachtsbaum. Ist der schön!«
Er stellte ihn auf ihrem Nachttisch ab. »Ich dachte mir schon,

dass er dir gefallen würde. Du hast ja bekanntermaßen ein Herz für Außenseiter.«

Sie lächelte. »Das stimmt. Ich habe gehört, du hattest einiges zu tun, nachdem du von hier weggegangen bist.«

»Ja, ich erzähle dir alles morgen, wenn du dich ein bisschen besser fühlst.«

»Kate und Wendi haben mir schon einiges erzählt, zum Beispiel von Linnies neuer Unterkunft. Wir sind alle völlig aus dem Häuschen deswegen.«

»Ich auch. Linnie schien sich mächtig darüber zu freuen, und Shane ist völlig erleichtert.« Adam setzte sich neben das Bett und ergriff Merediths unverletzte Finger. »Heute Nachmittag habe ich meine Mutter besucht.«

»Ja, Quincy hat es erzählt. Und du hättest einen Bodyguard dabeigehabt.«

»Trip ist mitgekommen, um meinen Vater ein bisschen im Zaum zu halten. Es war sogar ganz nett.«

»Das freut mich«, erwiderte sie wahrheitsgetreu, obwohl Jim Kimble einen Sohn wie Adam definitiv nicht verdiente.

»Sie will dich gern kennenlernen, aber ich habe ihr gesagt, dass ich Dad nicht in deiner Nähe haben will. Sie hat versprochen, allein zu kommen. Vielleicht ja sogar zu Weihnachten. Mit ein bisschen Glück solltest du bis dahin wieder zu Hause sein.«

»Ich werde auch ganz brav sein«, sagte Meredith und konnte nur hoffen, dass sie das Versprechen würde halten können.

»Das wäre schön.« Er küsste ihre Fingerspitzen. »Ich habe das Schloss an deiner Kellertür repariert.«

»Danke.«

Er zog eine Braue hoch, und ein verschmitzter Ausdruck erschien auf seinem Gesicht. »Oh, ich habe das nicht umsonst getan. Nicht wie all die Freiwilligenarbeit, die ich überall leiste. Hier erwarte ich eine Bezahlung.«

»Und wie soll die aussehen? Buntstifte und Malhefte?«
Er beugte sich vor und küsste sie ein weiteres Mal. »Nein. Aber danach könnten wir natürlich durchaus eine Runde malen.«
»Es wird wohl einige Zeit dauern, bis ich wieder etwas tun kann, *davor* oder *danach*«, gab sie verdrossen zurück. Sechs Wochen, bis sie wieder einigermaßen auf den Beinen wäre, hatte der Arzt gesagt.
»Ich warte gern. In der Zwischenzeit repariere ich einfach weiter irgendwelche Dinge und setze alles auf die Rechnung. Und wenn du dann wieder *kannst*, gehört der Rest deines Lebens vermutlich ausschließlich mir.«
Sie schloss die Augen. »Das tut er jetzt schon.«

Epilog

Mount Carmel, Ohio
Samstag, 6. Februar, 14.00 Uhr

»O mein Gott, Adam!« Entzückt stand Meredith mitten im Wohnzimmer von Mariposa House und drehte sich um die eigene Achse. Der ganze Raum war weihnachtlich dekoriert. Gleich nach Neujahr war die Deko abgenommen worden, doch jemand hatte sie wieder ausgepackt und aufgehängt und montiert. Sogar einen echten, gut fünf Meter hohen Baum gab es. Adam hatte versprochen, dass sie Weihnachten nachfeiern würden, sobald es Meredith wieder besser ging, und nun, nach sechs Wochen, war die Muskulatur ihres Arms endlich einigermaßen wiederhergestellt. Und er hatte Wort gehalten.

Sie schlang ihren gesunden Arm um seinen Hals und zog ihn zu einem leidenschaftlichen Kuss zu sich herab, wobei sie wünschte, sie wären wieder in ihrem kleinen Häuschen – Weihnachtsflair hin oder her. Denn nach einem scheinbar endlosen Monat hatten die Ärzte das Sex-Verbot erst vor zwei Wochen endlich aufgehoben.

»Wie hast du das hingekriegt?«

»Ich hatte Hilfe.« Er schenkte ihr ein strahlendes Lächeln – eines, das sie in letzter Zeit ziemlich häufig zu sehen bekam und das sie sogar noch glücklicher machte als das ganze Brimborium ringsum. »Ich habe an Weihnachten in der Baumschule angerufen, dem Besitzer deine Geschichte erzählt und gefragt, ob wir in ein paar Wochen vorbeikommen und einen neuen Baum schlagen dürfen. Diesel ist gestern mit mir hingefahren, um ihn abzuholen. Deshalb solltest du dich auch bei ihm bedanken. Nur vielleicht nicht auf dieselbe Weise«, fügte er neckend hinzu. Auch Neckereien wie diese schienen inzwischen an der Tagesordnung zu sein. Er wirkte neuerdings so viel entspannter und weniger schwermütig.

Meredith fand Diesel im Nebenraum, wo er vorgab, sehr beschäftigt zu sein, obwohl er ihnen in Wahrheit nur etwas Privatsphäre geben wollte. In den letzten sechs Wochen war er für sie zu dem Bruder geworden, den sie nie hatte, und sie konnte sich gar nicht mehr vorstellen, wie ihr Leben ohne ihn ausgesehen hatte. Sie trat neben ihn und zupfte ihn am T-Shirt, bis er sich herunterbeugte, sodass sie ihn auf die Wange küssen konnte. »Der Baum ist ganz wunderbar. Vielen Dank.«

Er zuckte mit den Schultern. »Na ja, du hast doch Weihnachten verpasst, deshalb wollten wir eben, dass du es nachholen kannst.«

»Die Mädchen haben beim Dekorieren geholfen«, sagte Adam, der ihr gefolgt war. »Sie sind sehr enttäuscht, weil sie deine Reaktion nicht sehen können.«

»Genau«, sagte Meredith. »Wo sind sie eigentlich?« Sie war so schnell ins Haus gelaufen, nachdem sie den Baum durchs Fenster gesehen hatte, dass ihr erst jetzt auffiel, wie still es im Haus war. So still war es sonst nie.

Sie bemerkte das Funkeln in Diesels Augen genau in der Sekunde, als Adam sie bei den Schultern nahm und umdrehte, sodass sie ins Wohnzimmer sehen konnte – wo sich heimlich, still und leise eine ganze Gruppe Menschen eingefunden hatte.

»Fröhliche Weihnachten!«, riefen sie im Chor, und nur wenige Augenblicke später war sie von Mallory und den Mädchen umringt, die im Mariposa House Unterschlupf gefunden hatten. Adam trat an ihre rechte Seite, als eine Art menschliche Barriere gegen jeden, der im Eifer des Gefechts vergessen haben könnte, dass ihr Arm noch nicht vollständig verheilt war.

»Das ist ja unglaublich! Das habt ihr toll gemacht!« Meredith schnüffelte, als ihr der Duft nach Plätzchen in die Nase stieg. »Ihr habt sogar gebacken?«

»Nein«, meinte Mallory. Gleich nach Neujahr hatte sie mit ihren Kursen angefangen und machte sich ganz hervorragend. Sie waren alle sehr stolz auf sie. Obwohl Meredith immer noch zweimal hinsehen musste, wenn sie vor ihr stand. Inspiriert von der Perücke, die sie im Krankenhaus hatte tragen müssen, hatte Mallory ihr Haar inzwischen gefärbt und sich von Kate einige Make-up-Tricks zeigen lassen. Diese krasse Veränderung hatte ihr ein neues Selbstbewusstsein verliehen und sie in ihrer Überzeugung bestärkt, jederzeit die Straße entlanggehen zu können, ohne als das wiedererkannt zu werden, was sie einst gewesen war – ein Opfer.

Worüber Meredith vor Glück am liebsten in Tränen ausbrechen würde.

»Nicht wir backen«, sagte eines der Mädchen, »sondern Ms Wendi ist die Keksbeauftragte hier.«

»Aber manchmal habe ich auch Hilfe dabei«, rief Wendi, die mit einem großen Tablett voller Plätzchen aus der Küche trat, dicht gefolgt von Kendra, Bailey, Scarlett und Delores sowie Faith und Kate, die allesamt Bleche voller Plätzchen hereintrugen. »Parrish?«

»Wir kommen!«, rief Parrish von oben und stapfte in einem roten Weihnachtsmannkostüm, angeklebtem Bart und einem Sack voller Geschenke die Treppe herunter. Als Nächstes kamen die Ehemänner und Partner, die alles Sonstige trugen, was für die Feier gebraucht wurde – ein weiterer Sack voller Geschenke, Lautsprecher, eine Karaoke-Maschine (*bitte nicht*, dachte Meredith), eine Videokamera und … ein Hund?

Stone O'Bannion trug einen hellbraunen Labradorwelpen, der sich auf seinem Arm überaus wohlzufühlen schien.

Meredith erkannte das Hundebaby auf Anhieb. »Mac!« Sie warf Adam einen Blick zu, der den Welpen begeistert ansah. »Wir nehmen ihn heute mit?«

Adam nickte. »Ja. Gestern Abend habe ich den Zaun repariert, damit er nicht ausbüxen kann.« Zwei Wochen zuvor hatte er den Kleinen in Delores' Tierheim ausgesucht – genauer gesagt, hatte der Welpe eher ihn ausgewählt –, doch um den Zaun von Merediths Haus hatte sich seit Jahren keiner mehr gekümmert, deshalb hatte er einige Löcher aufgewiesen. Doch nun konnten sie den Welpen endlich mit nach Hause nehmen.

»Ihr habt ihn Mac getauft?«, fragte Mallory.

»Ja, als Kurzform von Mac-'n'-Cheese, eine offizielle Buntstiftfarbe«, antwortete Meredith. »Wahrscheinlich heißen alle unsere Hunde wie Buntstiftfarben, ganz egal, wie viele wir adoptieren.«

»Ich habe mir auch einen Hund ausgesucht«, gestand Mallory. Meredith wusste, dass sie mehrere Male bei Delores gewesen war, um unter den Neuankömmlingen nach einem passenden Kandidaten zu suchen. »Sie ist klein, ein Mischling und etwa so groß wie ein Pudel. Delores sagt, ich kann im Heim aushelfen, um das Geld für ihr Futter zu verdienen, und Wendi erlaubt, dass sie bei mir im Bett schläft, solange ich dafür sorge, dass sie sauber ist. Sie ist ganz weich und hat sich sofort in meinem Arm zusammengerollt und ist eingeschlafen. Und meine neue Therapeutin sagt, wenn ich die offizielle Einstufung als Therapiehund für sie kriege, darf ich sie sogar in den Unterricht mitnehmen, für den Fall, dass ich eine Panikattacke bekomme.«

Meredith umarmte sie vorsichtig. »Das klingt ja toll. Los, begrüßen wir die anderen.« Adam war bereits zu Stone gelaufen, um den Welpen in Empfang zu nehmen. Die beiden waren auf Anhieb ein Herz und eine Seele gewesen, und es war eine wahre Freude, ihnen zuzusehen.

In diesem Moment kam Dani Novak herein und schloss eilig die Haustür hinter sich. »Tut mir leid, aber ich bin in der Klinik aufgehalten worden.« Mallory nahm ihr den Mantel ab, unter dem ein hauchzarter Schal zum Vorschein kam, der Meredith verdächtig bekannt vorkam – sie hatte die Wolle auf Diesels Stricknadeln gesehen, als er gemeinsam mit ihrer Familie an ihrem Bett gewacht hatte.

»Der ist ja wunderschön«, bemerkte Meredith und strich behutsam über die feine Wolle, nachdem sie Dani an sich gedrückt hatte. »Wo hast du den denn her?«

»Das war wirklich seltsam. Ich habe ihn in einer Schachtel auf meinem Schreibtischstuhl in der Klinik gefunden. Mein Name stand drauf, aber kein Absender. Er ist so herrlich weich. Und die Farbe ist absolut perfekt – Schwarz, mit Weiß durchsetzt.« Genauso wie Danis Haar. »Ich bin ganz verliebt.«

Solltest du auch, dachte Meredith. Diesel hatte sich verdammt große Mühe damit gegeben. Meredith blickte quer durch den Raum zu Diesel hinüber, der Colby half, die Geschenke an die jüngeren Mädchen zu verteilen, die natürlich restlos begeistert waren, innerhalb von zwei Monaten gleich zweimal beschenkt zu werden. Diesel fing ihren Blick auf und bat sie stumm, nichts zu sagen. Sie seufzte. Früher oder später müsste mal irgendetwas passieren, das die beiden endlich zusammenbrachte.

Meredith hoffte nur, dass es kein weiterer Mordfall war. Oder Mord*fälle*. Denn Wyatt Hanson hatte innerhalb eines einzigen Wochenendes fast zwanzig Menschen das Leben genommen, bevor Adam dem seinen ein Ende gesetzt hatte. Und Gott allein wusste, wie viele Menschen er noch im Lauf der Jahre getötet hatte. Menschen wie Paula.

»Der ist hinreißend«, sagte Meredith. »Und wer auch immer ihn gestrickt hat, kennt dich sehr gut. Hey, hast du etwas von Linnie gehört?«, fragte sie eilig, als sie sah, dass Dani einhaken und wissen wollte, was genau sie damit meinte.

Danis Züge erhellten sich. »Ja, es geht ihr gut. Die Leute in Chicago haben einen Arzt für sie gefunden, und sie nimmt regelmäßig ihre Medikamente, spürt keinerlei Nebenwirkungen und hat sogar ein bisschen zugenommen. Ich habe nicht mit ihr selbst geredet, aber Shane meint, sie überlegt, sich zur Sozialarbeiterin ausbilden zu lassen. Sie will es besser machen als die Frau in Indianapolis, die sie so schmählich im Stich gelassen hat.«

»Tja, die war allerdings kein Maßstab«, bemerkte Meredith sarkastisch. »Das kann Linnie bestimmt viel besser. Ich freue mich, dass es ihr gut geht.« Sie hakte sich bei Dani unter. »Komm, mischen wir uns unters Volk.«

Sie gingen zu Wendi, die vor Stolz über die gelungene Überraschung schier platzte. »Ich hatte nicht die leiseste Ahnung«, sagte Meredith zu ihr. »Wie hast du das hingekriegt?«

»Den Großteil hat Adam organisiert«, erwiderte Wendi lächelnd. »Ich wusste ja nicht, dass sich hinter dieser trübseligen Fassade so ein anständiger Kerl verbirgt.«

Dani seufzte. »Obwohl ich es dir die ganze Zeit gesagt habe. Aber schätzungsweise musste er es dir selbst beweisen. Ich bin froh, dass es ihm gelungen ist.«

»Ich auch.« Meredith bemerkte, dass Adam sie beobachtet hatte. Mac lag unterdessen friedlich zu seinen Füßen. Der Blick, den sie ihm zuwarf, trug die Verheißung auf eine baldige Belohnung, und sie erschauderte, als sie sah, wie sich seine Augen verdunkelten. Sie wandte sich ihren Freundinnen zu, die allesamt feixten, als hätten sie Merediths Gedanken längst erraten. »Ich glaube, er hat alle für sich eingenommen«, bemerkte Meredith und tat so, als hätte sie an etwas

ganz anderes gedacht als daran, dass sie bald mit Adam zu Hause im Bett liegen würde – doch die anderen lachten nur.
»Bailey und Ryan mögen ihn«, fuhr sie scheinbar unbeirrt fort, »Alex und Daniel anscheinend auch, und Papa hat ihn sowieso adoptiert.« Was gut war, weil Adams Vater sich nach wie vor unmöglich benahm und seine Mutter entweder keinen Versuch unternommen hatte, sie über Weihnachten zu besuchen, oder sich nicht gegen ihren Mann hatte durchsetzen können. »Ich wünschte nur, wir hätten etwas mehr Zeit mit meiner Familie verbringen können, bevor sie alle wieder nach Hause mussten.«
»Tatsächlich?«, fragte Wendi.
Meredith runzelte die Stirn. »Ja! Natürlich.«
»Gut zu wissen.« Wendi hob ein Spielzeughorn an die Lippen und blies kräftig hinein. Alle verstummten. *Fast wie aufs Kommando*, dachte Meredith argwöhnisch.
Ihr Verdacht bestätigte sich, als die Küchentür aufging und Alex, Daniel und Clarke hereinkamen. Meredith blieb der Mund offen stehen. »Dachtest du ernsthaft, wir lassen uns Weihnachten entgehen?«, lachte Alex und schloss Meredith in die Arme, während Daniel ihr einen Kuss auf die Wange drückte.
»Du siehst ja schon viel besser aus«, meinte er.
»Endlich hast du wieder ein bisschen was auf den Rippen«, bemerkte Clarke, drehte sich um und streckte die Hand aus, woraufhin eine große, schlanke Frau aus der Küche trat.
»Sharon«, sagte Meredith erfreut und begrüßte die neue Freundin ihres Großvaters. »Eure Sonnenbräune ist ja fast ekelhaft.« Die Sonne Floridas schien den beiden bestens zu bekommen. »Wie kommt es, dass ihr auf einmal alle hier seid?«
»Adam hat angerufen und uns eingeladen«, sagte Alex.
»Entschuldigt mich kurz, ich bin gleich wieder hier.«

Meredith trat zu Adam, der sie mit stiller Freude beobachtete. »Du hast das alles eingefädelt? Für mich?«
»Ich würde alles für dich tun.«
Ihre Augen wurden feucht, und sie blinzelte gegen die Tränen an. »Du hast meine Familie, meine Freunde und die Mädchen versammelt. Wie kann ich dir jemals dafür danken?«
»Du bringst all diese Menschen zusammen, Meredith«, sagte er ernst. »Ich habe nur ein paar Anrufe erledigt und dafür gesorgt, dass sie alle zur selben Zeit auftauchen.« Er zwinkerte ihr zu. »Außerdem tue ich das alles nicht umsonst, wie du ja bereits weißt.«
Sie lachte. »Ich dachte, mein Schuldenkonto wegen all der Arbeiten im Haus sei längst ausgeglichen«, meinte sie, obwohl sie es noch nie zuvor so genossen hatte, Schulden zu begleichen.
»Stimmt, aber wenn du mir für heute danken willst, kannst du das hier heute Abend für mich tragen.« Er reichte ihr eine Schachtel mit einer silberfarbenen Schleife. Sie hob eine Ecke an, um hineinzuspähen, und spürte, wie ihre Wangen rot wurden.
»Aber da ist ja gar nichts drin«, sagte sie.
»Ich weiß«, erwiderte er verschmitzt.
Ohne sich um die flammende Röte auf ihren Wangen zu scheren, beugte sie sich vor und küsste ihn. »Du kannst froh sein, dass ich auch fast alles für dich tun würde.«

Dank

… Terri Bolyard, die geduldig zugehört hat, wenn ich versucht habe, Klarheit in verworrene Handlungsstränge zu bringen.

… Marc Conterato für die Beantwortung medizinischer Fragen.

… Caitlin Ellis, Sarah Hafer und Beth Miller – die besten Korrekturleserinnen aller Zeiten.

… Amy Lane, für all das Stricken.

… Geoff Symon für seine Fachkenntnis im Hinblick auf Tatorte.

… dem Seestern – Chris, Cheryl, Sheila, Susan, Kathy und Brian, die mir geholfen haben, den Faden nicht zu verlieren.

Und wie immer gehen alle Fehler auf mein Konto.

Karen Rose bei Knaur

Eine Liste aller Karen-Rose-Romane in chronologischer Reihenfolge:

1. Eiskalt ist die Zärtlichkeit (Don't Tell)

Chicago, North Carolina
Dr. Max Hunter / Caroline Stewart
Dana Dupinski / David Hunter / Eve Wilson /
Special Agent Steven Thatcher / Nicky Thatcher /
Aunt Helen

Die Rolle der glücklichen Ehefrau spielt Grace Winters perfekt – doch in Wahrheit ist ihr Leben die Hölle. Ihr Ehemann Robb ist ein unberechenbarer Psychopath. Schließlich setzt die junge Frau alles auf eine Karte: Sie täuscht ihren eigenen Tod vor, um endlich frei zu sein. Und der Plan geht zunächst auch auf. Doch während Grace sich in ihrem neuen Leben einrichtet und sich schließlich sogar einer neuen Liebe zu öffnen wagt, hat Robb ihre Spur aufgenommen. Er will sich zurückholen, was ihm gehört!

2. Das Lächeln deines Mörders (Have You Seen Her?)

Raleigh, North Carolina
Fortsetzung der Ereignisse aus *Eiskalt ist die Zärtlichkeit* um Familie Thatcher
Steven Thatcher / Dr. Jenna Marshall

Detective Neil Davies / Brad Thatcher /
Nicky Thatcher / Aunt Helen

Sie alle verschwinden in der Nacht, sie alle sind hübsch, haben lange dunkle Haare, und sie alle werden wenig später tot aufgefunden. Special Agent Steven Thatcher hat sich geschworen, den Serienmörder zu stellen, der die jungen Frauen auf dem Gewissen hat. Die Zeit drängt ... Und wie soll Steven in dieser Situation die Zeit finden, sich um seinen schwierigen Sohn zu kümmern? Bei dessen höchst attraktiver Lehrerin Jenna Marshall findet er Verständnis – und mehr. Was die beiden nicht ahnen: Der Mörder hat sein nächstes Opfer gewählt. Er hat seine Fallen ausgelegt. Er wartet bereits – auf Jenna.

3. Des Todes liebste Beute (I'm Watching You)

Chicago
Detective Abe Reagan / Kristen Mayhew
Detective Mia Mitchell / Aidan Reagan

Staatsanwältin Kristen Mayhew hat einen Verehrer. Er bezeichnet sich selbst als ihren ergebenen Diener – und schickt ihr regelmäßig Fotos seiner grausam zugerichteten Opfer: Alles Verbrecher, gegen die Kristen vor Gericht keine Verurteilung durchsetzen konnte. Als der selbst ernannte Rächer den Sohn eines Mafiapaten auf seine Todesliste setzt, ist Kristen in Gefahr. Denn nun hetzt die Mafia ihre Killer auf sie. Detective Abe Reagan, der in der Mordserie ermittelt, setzt alles daran, die schöne Staatsanwältin zu schützen.

4. *Der Rache süßer Klang (Nothing to Fear)*

Chicago
Detective Ethan Buchanan / Dana Dupinski
Caroline Stewart / David Hunter / Eve Wilson

Als Sue und ihr Sohn Zuflucht im Frauenhaus suchen, hat dessen Leiterin Dana Dupinski keinen Grund, an ihrer Geschichte vom gewalttätigen Ehemann zu zweifeln. Wie sollte sie auch ahnen, dass sie damit dem Tod die Türe öffnet? Denn Sue ist eine psychopathische Killerin, die vor nichts zurückschreckt, um ihre Rachegelüste zu befriedigen: nicht vor der Entführung eines taubstummen Jungen, nicht vor mehrfachem Mord. Danas Name steht schon bald ganz oben auf ihrer Abschussliste – und nur der Privatdetektiv Ethan Buchanan, der Sues Spur verfolgt hat, könnte Dana retten.

5. *Nie wirst du entkommen (You Can't Hide)*

Chicago
Detective Aidan Reagan / Dr. Tess Ciccotelli

»Komm zu mir!«, lockt die Stimme, die Cynthia seit Wochen verfolgt. Gequält von entsetzlichen Erinnerungen, stürzt sich die junge Frau schließlich vom Balkon ihrer Wohnung. Sie ist nur die Erste in einer ganzen Serie von Toten. Allen ist eines gemeinsam: Es sind Patientinnen von Tess Ciccotelli. Detective Reagan, der die Ermittlungen leitet, hält die bildschöne Psychiaterin zunächst für eine äußerst gefährliche Frau. Bis er endlich erkennt, dass Tess Opfer einer bösen Intrige zu werden droht, ist es beinahe zu spät.

6. *Heiß glüht mein Hass (Count to Ten)*

Chicago
Lieutenant Reed Solliday / Detective Mia Mitchell
Aidan und Abe Reagan / Ethan Buchanan /
Todd Murphy

Zu spät erkennt die Studentin Caitlin, dass ihr Leben in Gefahr ist – wenig später verschlingen Flammen ihren toten Körper ... Sie ist nicht das erste Opfer eines Mörders, der in Chicago wütet und seine Taten dann durch Brandanschläge zu vertuschen sucht. Um ihn zu fassen, muss Detective Mia Mitchell mit dem eigenwilligen Brandexperten Reed Solliday zusammenarbeiten. Als der Killer Mia auf seine Todesliste setzt, ist Reed ihre einzige Hoffnung.

7. *Todesschrei (Die for Me)*

Philadelphia
Detective Vito Ciccotelli / Dr. Sophie Johannsen

Als die Polizei von Philadelphia auf einem verwilderten Grundstück eine Leiche findet, bittet sie Sophie Johannsen, Archäologin und Spezialistin für mittelalterliche Kunst, um Hilfe. Mit einem Ausgrabungsdetektor sucht sie nach weiteren Toten – und wird fündig. Und noch während sich Detective Vito Ciccotelli fragt, warum der Mörder die Leichen wie mittelalterliche Grabfiguren drapiert hat, nähert sich der Täter schon seinem nächsten Opfer.

8. Todesbräute (Scream for Me)

Dutton, Georgia
Special Agent Daniel Vartanian / Alex Fallon
Luke Papadopoulos / Meredith Fallon /
Deputy Randy Mansfield

In Dutton geschieht ein kaltblütiger Mord an einer jungen Frau, der dreizehn Jahre zuvor schon einmal genauso passiert ist. Als Special Agent Daniel Vartanian die grausam zugerichtete Frauenleiche sieht, setzt er alles daran, den Mörder zu finden. Eine erste heiße Spur führt zu seinem toten Bruder Simon.
Zur gleichen Zeit macht sich in Washington, D. C., Alexandra Fallon auf die Suche nach ihrer verschwundenen Stiefschwester Bailey und muss dazu nach Dutton, an den Ort, an den sie niemals zurückkehren wollte. Dort angekommen, gerät sie ins Visier des gnadenlosen Killers.

9. Todesspiele (Kill for Me)

Dutton / Georgia
Luke Papadopoulos / Susannah Vartanian
Daniel Vartanian / Meredith Fallon / Dr. Felicity Berg

Ein Bunker voller Mädchenleichen, die von ihren Mördern versklavt, vergewaltigt und gebrandmarkt wurden, bevor sie qualvoll sterben mussten. Susannah Vartanian und Special Agent Luke Papadopoulos stehen vor einem Albtraum. Die Suche nach dem Kopf des Mädchenhändlerrings ist schwierig und lebensgefährlich. Susannah fühlt sich am Scheideweg ihres Lebens, ihrer

Karriere und ihrer Träume. Auch sie hat ein Brandzeichen auf der Haut. Um diesen Fall zu lösen, muss sie sich ihren Ängsten und ihrer traumatischen Vergangenheit stellen. Und dieses Mal will sie das Richtige tun.

10. *Todesstoß (I Can See You)*

Minneapolis, Minnesota
Noah Webster / Eve Wilson
Caroline (Stewart) Hunter / Max Hunter /
Dana (Dupinski) Buchanan

Eve Wilson hat die Hölle auf Erden erlebt: Ein Wahnsinniger hatte einen Mordanschlag auf sie verübt und sie dabei schwer verletzt. Nach einer Reihe langwieriger Operationen versucht sie nun, in Minneapolis ein neues Leben zu beginnen. Sie studiert Psychologie. Für ihren Abschluss untersucht sie die Teilnehmer einer virtuellen Plattform. Doch als sechs ihrer Versuchsobjekte auf grausame Art ermordet werden, erlebt Eve ein schockierend grausames Déjà-vu. Kann es sein, dass sie erneut auf der Liste eines verrückten Killers steht?

11. *Feuer (Silent Scream)*

Minneapolis, Minnesota
David Hunter / Detective Olivia Sutherland
Noah Webster / Micki Ridgewell / Tom Hunter /
Phoebe Hunter

Eine verheerende Brandserie hält Feuerwehrmann David Hunter und Detective Olivia Sutherland in Atem. Wer könnte Interesse daran haben, ganz Minneapolis in

Angst und Schrecken zu versetzen? Eine fatalistische Umweltorganisation, die eigentlich seit zwölf Jahren nicht mehr aktiv ist? Oder doch die vier College-Studenten, die sich aus unerfindlichen Gründen immer in der Nähe der Tatorte aufhalten? Ein Wettlauf gegen die Zeit und gegen einen skrupellosen Erpresser beginnt ...

12. Todesherz (You Belong to Me)

Baltimore, Maryland
Lucy Trask / J. D. Fitzpatrick

Die erfahrene Gerichtsmedizinerin Lucy Trask ist einiges gewohnt. Doch der Anblick dieser verstümmelten Leiche schockiert selbst sie nachhaltig. Zunge und Herz wurden dem Toten fachmännisch entfernt. Nur wenige Tage später erhält Lucy ein grauenvolles Paket. Darin: ein blutiges Herz. Detective J. D. Fitzpatrick vermutet einen persönlich motivierten Rachefeldzug. Doch wer könnte solchen Hass auf die attraktive Gerichtsmedizinerin haben? Als die Polizei auf eine weitere brutal zugerichtete Leiche stößt, drehen sich Lucys Gedanken nur noch um folgende Fragen: Gibt es tatsächlich eine Verbindung zwischen ihr und dem Killer? Und wer weiß von ihrem gefährlichen Doppelleben?

13. Todeskleid (No One Left to Tell)

Baltimore, Maryland
Privatdetektivin Paige Holden
Staatsanwalt Grayson Smith

Privatdetektivin Paige Holden ermittelt für einen Klienten, der wegen Mordes im Gefängnis sitzt. Unschuldig, behauptet er. Doch dann wird seine Frau auf offener Straße von einem Scharfschützen erschossen. Ein zweiter Schuss fällt – und verfehlt die attraktive Paige um ein paar Millimeter. Die Geschehnisse der nächsten fünf Minuten entscheiden über Leben und Tod ...

14. *Todeskind (Did You Miss Me?)*

Baltimore, Maryland
Anwältin Daphne Montgomery
FBI-Agent Joseph Carter

»Habe ich dir gefehlt?«, stammelt der 20-jährige Ford wieder und wieder. Er liegt verwirrt im Krankenhaus. Tagelang irrte er durch verschneite Wälder, auf der Flucht vor seinen Entführern. Doch er kann sich an nichts mehr erinnern. Seine Mutter, Daphne Montgomery, ist schockiert, als sie hört, was ihr Sohn wie ein Mantra vor sich hin murmelt. Seit Jahren wird sie von quälenden Erinnerungen gepeinigt. Ausgerechnet diese Worte flüsterten die Männer, die sie selbst als Kind gefangen gehalten und missbraucht haben. Sie vertraut sich FBI-Agent Carter an, der alle Hebel in Bewegung setzt, um der attraktiven Anwältin und ihrem Sohn zu helfen. Die Wahrheit muss endlich ans Licht ...

15. *Todesschuss (Watch Your Back)*

Baltimore, Maryland
Detective Stevie Mazzetti
Privatermittler Clay Maynard

Drei Anschläge innerhalb von zwei Tagen: Knapp entgeht die attraktive Polizistin Stevie Mazzetti den tödlichen Schüssen. Glück oder Zufall? Als auch ihre siebenjährige Tochter ins Fadenkreuz des Killers gerät, ist Stevie vor Angst wie von Sinnen. Doch Stevie weiß, dass sie ihr Leben und das ihrer Tochter nur retten kann, wenn sie den Grund für die Attentate herausfindet. Zusammen mit Privatermittler Clay Maynard stößt Stevie bei ihren Ermittlungen auf eine Reihe alter Fälle, die nur einen einzigen Schluss zulassen: Ihr Tod ist Teil eines sorgfältig kalkulierten Plans …

16. *Dornenmädchen (Closer Than You Think)*

Cincinnati, Ohio
FBI-Agent Deacon Novak
Psychotherapeutin Faith Corcoran

Gnadenlos gejagt von einem Stalker, flieht Faith in das leer stehende Herrenhaus ihrer Familie. Hier will sie einen Neuanfang wagen – doch ihre vermeintliche Zufluchtsstätte entpuppt sich als Ort des Schreckens. Im Keller der Villa macht das FBI einen grauenhaften Leichenfund, und Faith gerät ins Visier der Ermittler. Auch FBI-Agent Deacon Novak kann sie als Täterin nicht ausschließen, doch gleichzeitig fasziniert ihn die hübsche Frau. Gemeinsam betreten sie einen düsteren Pfad, der weit in Faiths Vergangenheit führt.

17. *Dornenkleid (Alone in the Dark)*

Cincinnati, Ohio
Detective Scarlett Bishop

Marcus O'Bannion
FBI-Agent Deacon Novak

Ein Schuss fällt in der Dunkelheit. Vor Marcus O'Bannions Augen bricht eine junge Frau zusammen. Ihr Name ist Tala. Über Wochen hat er sie ermutigt, sich ihm anzuvertrauen. Weil sie verzweifelt wirkte. Weil sie offensichtlich misshandelt wurde und Marcus ihr helfen wollte. Sie stirbt in seinen Armen.
Marcus, ein Journalist und Ex-Soldat, schwört sich, ihren Mörder zu finden. Gemeinsam mit Detective Scarlett Bishop, der einzigen Polizistin, der er vertraut, legt er sich mit übermächtigen Gegnern an.

18. *Dornenspiel (Every Dark Corner)*

Cincinnati, Ohio
FBI Special Agent Kate Coppola
FBI Special Agent Griffin »Decker« Davenport

Als Griffin »Decker« Davenport nach mehreren Tagen aus dem Koma erwacht, wandern seine Gedanken sofort zu seinem letzten Fall. Er hat drei Jahre damit zugebracht, als Undercover-Agent einen Menschenhändlerring auszuheben. Doch er weiß auch, dass ihm das nur teilweise gelungen ist – und dass Kinder in Gefahr sind …
FBI Special Agent Kate Coppola ist entsetzt, als sie von Decker erfahren muss, dass ein Partner des Rings Jugendliche für seinen Online-Sexhandel benutzt. Sie und Decker eröffnen die Jagd auf ihn und werden gleichzeitig zu Gejagten. Denn ihr Gegner beseitigt alle, die ihm in die Quere kommen …

Verzeichnis der auftretenden Figuren in den Romanen von Karen Rose

Die Nummerierung in Klammern entspricht den jeweiligen Titeln.

1. Eiskalt ist die Zärtlichkeit
2. Das Lächeln deines Mörders
3. Des Todes liebste Beute
4. Der Rache süßer Klang
5. Nie wirst du entkommen
6. Heiß glüht mein Hass
7. Todesschrei
8. Todesbräute
9. Todesspiele
10. Todesstoß
11. Feuer
12. Todesherz
13. Todeskleid
14. Todeskind
15. Todesschuss
16. Dornenmädchen
17. Dornenkleid
18. Dornenspiel
19. Dornenherz

Dr. Russell Bennett (12)
Dr. Felicity Berg (8, 9)
Scarlett Bishop (16, 17, 18, 19)
Dana Buchanan (1, 4, 6, 10)

Ethan Buchanan (4, 6, 15)
Joanna Carmichael (5, 6)
Joseph Carter (13, 14, 15)
Michael Ciccotelli (5, 7)
Tess Ciccotelli (5, 7)
Vito Ciccotelli (5, 7, 14)
Faith Corcoran (16, 17, 18, 19)
Bailey Crighton (8, 9)
Hope Crighton (8, 9)
Neil Davies (2, 16)
Dana Dupinski (1, 4)
Alex Fallon (8, 9)
Meredith Fallon (8, 9, 16, 17, 18, 19)
J. D. Fitzpatrick (12, 13, 14, 15)
Aunt Helen (1, 2)
Paige Holden (11, 13, 15)
Caroline Hunter (1, 4, 10)
David Hunter (1, 4, 6, 10, 11)
Dr. Max Hunter (1, 4, 10)
Phoebe Hunter (1, 4, 11)
Tom Hunter (1, 4, 10, 11)
Sophie Johannsen (7, 16)
Adam Kimble (16, 17, 18, 19)
Randy Mansfield (8, 9)
Dr. Jenna Marshall (2)
Kristen Mayhew (3, 5, 6)
Stevie Mazzetti (12, 14, 15)
Mia Mitchell (3, 4, 5, 10)
Daphne Montgomery (12, 13, 14, 15, 16)
Todd Murphy (3, 5, 6)
Deacon Novak (14, 15, 16, 17, 18, 19)
Dani Novak (16, 17, 18, 19)
Marcus O'Bannion (16, 17, 18, 19)

Stone O'Bannion (16, 17, 19)
Luke Papadopoulos (8, 9)
Abe Reagan (3, 4, 5, 6, 19)
Aidan Reagan (3, 5, 6)

HELEN CALLAGHAN

LÜGEN. NICHTS ALS LÜGEN.

— PSYCHOTHRILLER —

»Bitte komm nach Hause, Sophia …«
Ausgerechnet in einen heißen Flirt platzt der Anruf von Sophias Mutter Nina, ängstlich, fast panisch, und sicher so grundlos wie etliche Male zuvor. Als Sophia schließlich doch zu ihren Eltern in die wildromantische Gärtnerei nach Suffolk fährt, findet sie nur noch tödliche Stille – und ein Szenario von unerträglicher Grausamkeit.
Mord mit anschließendem Selbstmord, vermutet die Polizei, was für Sophia unvorstellbar ist. Sie kennt ihre Eltern viel zu gut, als dass sie den ruhigen Menschen so etwas zutrauen könnte – und beginnt nachzuforschen. Doch dann findet sie, gut versteckt in der Werkstatt des Vaters, eng beschriebene Kladden in der Handschrift ihrer Mutter.
Sie beginnt zu lesen …

S. K. TREMAYNE

MÄDCHEN AUS DEM MOOR

— PSYCHOTHRILLER —

Seit man ihr gesagt hat, sie habe im Dartmoor Selbstmord begehen wollen, scheint Kath Redways Leben langsam, aber sicher in einen finsteren Abgrund zu trudeln: An den Vorfall selbst kann sie sich nicht erinnern, auch die Woche davor scheint aus ihrem Gedächtnis gelöscht. Kath glaubt, sie sei glücklich gewesen, doch verhält ihr Mann Mark sich nicht seltsam abweisend? Welches Geheimnis verbirgt ihr Bruder vor ihr? Und was treibt ihre kleine Tochter Lyla nachts draußen im Moor? Verliert Kath den Verstand – oder ist sie einer furchtbaren Wahrheit auf der Spur?